MARGO

La trilogie norvégienne

D1731494

AVERTISSEMENT

Les personnages de la série MARGO sont de pures inventions. Lorsqu'il est fait allusion à des personnes, des organismes ou des manifestations ayant réellement existé, c'est uniquement pour mieux intégrer l'action dans la réalité historique.

Thomas Martinetti

MARGO

Tome 1

AVANT-PROPOS

La première fois que j'ai compris le sens réel du mot *identité*, j'assistais avec Thomas à une conférence du philosophe Michel Serres à laquelle je l'avais invité à me rejoindre. J'y ai appris que l'identité avait été créée par nos gouvernants dans le seul but de connaître précisément l'adresse d'une personne vivant sur le territoire.

L'identité est liée à nos racines, et à l'enracinement : d'où je viens détermine qui je suis. Cet héritage peut être vécu de multiples manières : il peut-être fardeau, ou socle sur lequel on s'appuie pour grandir.

Plus tard, avec l'avènement des réseaux sociaux, ces lieux où les identités se fracassent comme les vagues d'un océan sur les rochers, Thomas et moi avons pris conscience de leurs extrêmes vulnérabilités.

Non seulement les données ne nous appartiennent pas, mais il est très facile de les dérober, pour les revendre. Lorsqu'une personne vole votre identité, elle pille votre vie. C'est un viol, une intrusion permanente, un cambriolage sans fin.

Ces questions essentielles en font surgir d'autres : qui sommes-nous ? Suis-je le nom que mes parents, ou l'officier d'état civil, m'ont assigné lors de ma venue au monde ? Ou celui que l'on se choisit ? Si quelqu'un vole cette première identité, suis-je encore totalement moi-même ?

C'est ainsi qu'avec Thomas, nous avons construit ensemble l'embryon d'un projet pour la télévision, puis qu'il a brillamment pris la plume pour écrire son premier roman.

J'ai vu Margo prendre vie, en renvoyant une image troublante de nos identités.

Christophe Martinolli

1 · Second souffle

À Véronique Dau

PROLOGUE

Caler son souffle. Toujours. Puis l'oublier. Avec l'entraînement, le rythme se stabilise de plus en plus rapidement. Parfois je me concentre sur ma respiration. C'est un peu comme compter les moutons pour s'endormir.

J'ai longtemps couru seule. Sans écouteurs. Sans montre connectée. Je profite du moment, ou au contraire, je m'évade complètement. Que je coure en ville ou en pleine nature, c'est mon moment. Mois après mois, j'ai pris l'habitude de commencer ma journée par un circuit d'une heure minimum. Échauffements et étirements compris.

C'est ce qui m'a sauvée.

Aujourd'hui je ne suis plus seule. Adélaïde compte sur moi, et pas seulement pour courir. C'est un joli prénom, et pourtant je l'appelle toujours *Ada*. D'ailleurs pour tout le monde ici, c'est Ada.

Quant à moi, c'est Margo. Pas de diminutif ni de pseudo. Je m'appelle Margo. C'est ce que j'ai répété au village et dans la vallée lorsque je m'y suis installée. C'était si simple. Quelles preuves avaient-ils ? Aucune. Après tout, si je dis m'appeler Margo, c'est sûrement vrai. Petit à petit, ils m'ont reconnue dans les rues. Et ils m'ont accordé leur confiance.

Gagner celle d'une adolescente de bientôt 14 ans, c'est une autre paire de manches. Ada s'ouvre un petit peu plus chaque jour. La promiscuité de la vallée et du village l'a rendue prudente et réservée.

J'ai rencontré, puis réellement appris à connaître Ada en courant. Nous partageons beaucoup de points communs, malgré plus de vingt ans d'écart.

D'abord, elle a la même prof de français que moi. À mon époque, elle enseignait en ville. C'était déjà la meilleure. La seule à déclencher des lapsus tout au long de l'année scolaire, quand des élèves l'appelaient inconsciemment *maman*.

Mais une autre personne nous rassemble, plus encore. Pour Ada c'est naturel, puisqu'il est son père. Pour moi, il est l'homme qui m'a convaincue de m'installer ici.

Nous partageons encore le même attachement à notre vallée de la Vésubie. Elle a nourri Nice pendant des siècles, et continue aujourd'hui de l'abreuver des eaux du Mercantour. Cette vallée nous a vues grandir toutes les deux.

Enfin, Ada est encore très jeune et pourtant, comme moi, elle a connu le vertige total en sentant son monde s'effondrer sous ses pieds. C'est sans doute notre lien le plus fort. Une filiation invisible et souvent muette. Je la sens quand on court des kilomètres, quand on marche en montagne des heures, ou entre deux corrections de ses exercices d'anglais. Sans un mot, on se comprend. Elle le sait, je le sais.

Lors de nos premiers entraînements, Ada s'évertuait à mimer ma foulée et mon rythme, malgré son endurance plus limitée. Elle finissait essoufflée. Aujourd'hui, c'est moi qui m'amuse à caler mes pas sur elle.

La montée jusqu'aux vacheries du Boréon n'est plus qu'une formalité, alors autant dire qu'au moment de redescendre à travers la forêt jusqu'aux abords du lac, Ada ressemble à un rapace en rase-motte. Le torrent tout proche rafraîchit l'air et nous accompagne de son murmure ininterrompu.

Juste avant d'apercevoir le lac, nous longeons le parc Alpha où familles et touristes sont venus observer loups et chamois en semi-liberté. Il est presque 17 heures et les derniers visiteurs regagnent leurs voitures stationnées en épis le long de la route. Ada ne semble pas les voir et se faufile sans ralentir entre les enfants et leurs parents. Elle a littéralement grandi avec ce parc, inauguré un an avant sa naissance. Comme les loups qu'elle a vus se multiplier, elle ne supporte pas la captivité et ne s'épanouit qu'au cœur des espaces sans limites.

Un peu plus bas, la route oblique vers la droite. Elle enjambe le torrent qui alimente le lac de retenue. Ses eaux scintillantes semblent délicatement recueillies par les montagnes environnantes, comme dans le creux de mains attentionnées.

Ce n'est pas la première fois qu'Ada me distance, mais aujourd'hui c'est différent. Il ne s'agit plus d'un défi, mais d'une fuite. Elle m'évite.

Pour ne pas la perdre de vue, j'accélère et je quitte le bitume en contournant le lac par la gauche. Le chemin devient sentier et les nombreuses racines de conifères n'ont pas ralenti Ada. Je la vois bondir dans ce décor qu'elle connaissait déjà avant de savoir marcher.

Bientôt, elle disparaît de ma vue, mais je crois savoir où elle va.

Ada reprend son souffle calmement. Perchée sur le promontoire d'accès technique du barrage hydroélectrique, elle surplombe l'écoulement du trop-plein qui s'échappe par une ouverture de quelques mètres de large seulement. Sous ses pieds, une succession de cascades vertigineuses vaporisent la fraîcheur du torrent sur notre peau.

Même en sueur et accoutrée de vêtements colorés mal assortis, Ada resplendit. Humides et emmêlés, ses cheveux châtain clair se sont en partie détachés, et flottent nerveusement autour de son visage angélique. En émergent seulement deux immenses yeux bleus et une bouche à damner un saint. Elle est presque aussi grande que moi et je l'admets, je suis un peu jalouse face à sa beauté naturelle.

La chute d'eau couvre le bruit des enfants de l'autre côté du lac, celui des voitures regagnant la vallée, et mes appels répétés. Ada ne réagit pas. Quelque chose s'est brisé en elle. Comment lui en vouloir ? Depuis le départ, ou plutôt la disparition de sa mère, Ada voit son père se refermer sur lui-même. Il attend son retour, sans plus y croire. Peut-être parce qu'il ne sait pas quoi faire d'autre. Sa fille en souffre, en silence.

Si sa propre mère l'abandonne, comment lui demander de faire confiance aux autres ? Ada n'a pas bougé, toujours dos à moi. Elle parle fort pour couvrir le grondement de la cascade :

— Maman nous a quittés le jour de son trente-et-unième anniversaire, le 9 octobre 2017. Au collège, tout le monde fait encore semblant... Cannelle m'évite carrément depuis plusieurs jours. Et papa qui dit rien. Parfois je préférerais qu'il parte marcher une semaine... Ou qu'il dorme à son boulot, plutôt que de le voir prétendre que tout va bien. J'avais raison : les loups sont plus honnêtes.

— Ada, je sais que c'est difficile...

— Même toi, des fois, tu me fais douter... Et puis qu'est-ce que vous foutez avec papa ? Embrassez-vous merde ! On dirait deux collégiens ! T'es peut-être la meilleure chose qui lui soit arrivée depuis...

On n'en avait jamais parlé. Ada est assez grande pour comprendre, mais je me sens bête. Je ne sais pas quoi lui répondre. Pas ici, pas maintenant.

Cette fois, Ada se retourne vers moi. Ses yeux bleu foncé me sondent, son regard n'est plus celui d'une enfant.

— Va-t'en Margo. Tout le monde t'attend pour ta surprise d'anniversaire.

Quelle conne. Comment j'ai pu oublier ? Le 25 mai, bordel ! Je crie presque ma réponse :

— Tu crois vraiment que j'ai envie d'aller à la fête sans toi ? Eh bien non, je ne ferai pas comme ta mère. Ni aujourd'hui ni demain.

— Je me tape déjà les emmerdes des adultes, mais on me traite encore comme une gamine. Ton discours rassurant, j'en ai rien à foutre.

— Ada, tout ce que je peux te dire c'est qu'on ne connaît jamais réellement les gens... Même ceux qu'on aime. Parfois on fait des choix difficiles à expliquer. Je n'ai pas rencontré ta mère, mais elle a certainement ses raisons. Cannelle aussi. Tu sais très bien qu'elle tient à toi. T'es pas toujours tendre avec elle au collège...

— Un an et demi ! Pas un SMS, pas un courrier, rien ! C'est ma mère, merde ! Je te connais depuis moins que ça... Alors qu'est-ce qui me dit que tu vas pas te barrer toi aussi ?

Je ne l'ai jamais vue comme ça. Elle a refait quelques pas vers le bord du promontoire en béton. Pour la première fois, j'ai peur qu'elle saute. Alors j'hésite. Elle a raison. Je dois être honnête avec elle.

Putain, qu'est-ce que je raconte ? Elle n'a même pas 14 ans ! Elle va paniquer... Ou pire. C'est de la folie.

— Ada ! Attends ! Écoute-moi.

Ses yeux métalliques me fixent à nouveau. Je n'aurai pas de seconde chance. Chaque mot compte.

— Margo n'est pas mon vrai nom.

C'est la première fois que je m'entends le dire à voix haute. Ada m'interroge :

— Quoi ? C'est un pseudo ?

Elle voit que je ne souris pas. Cette fois, j'ai gagné son attention. Je ne pourrai plus jamais revenir en arrière.

— C'est le nom d'une autre femme dont j'ai usurpé l'identité. Ma véritable date de naissance est le 17 mars 1984.

C'est la première fois qu'elle porte le bunad, le costume traditionnel norvégien.

Aujourd'hui, elle se sent bien. D'ailleurs cette journée a très bien commencé : sa collègue, devenue une bonne copine, l'a invitée au traditionnel petit déjeuner du 17 mai où voisins et amis étaient également conviés. Leur appartement est plus à l'ouest sur la presqu'île d'Aspøya. Après manger, ce sont les enfants qui lui ont montré comment bien ajuster la robe colorée qu'on lui a prêtée.

Dans la rue, c'est l'effervescence. En Norvège, les militaires ne sont pas les seuls à défiler le jour de la fête nationale. Tout le monde parade et s'amuse.

Elle se laisse porter par le flot. D'ailleurs, même si elle comprend de plus en plus d'expressions, les différents accents et l'euphorie générale l'isolent agréablement, le temps de descendre Kirkegata.

Depuis son arrivée dans cette cité portuaire morcelée entre ses îles montagneuses, elle aime toujours autant flâner dans son quartier Art nouveau, original et coloré.

Des classes entières d'écoles primaires la rattrapent en chantant. Devant elle, une fanfare entame un nouveau morceau avec le soutien de toute la rue. Des centaines de petits drapeaux norvégiens s'agitent autour d'elle.

La brise marine agite les fanions. Hellebroa relie la presqu'île d'Aspøya à celle plus grande de Nørvøya. Le pont est assiégé par une horde hétéroclite de *Russ*. Ce sont les futurs bacheliers, qui arborent des combinaisons de couleurs différentes, selon leur cursus. Ils sont censés porter la même tenue pendant plus de trois semaines sans la retirer... Plus répandu, le rouge indique la filière générale, le blanc correspond à la médecine, et le bleu désigne les arrivistes inscrits en école de commerce. Cela devient même une sorte d'insulte. Les formations professionnelles et techniques portent quant à elles du noir. Enfin, le vert correspond aux lycées agricoles.

Un noyau d'étudiants vêtus de bleu récolte des *blå Russ* surexcités tandis qu'on leur tire la langue.

Invitée à danser par un blå Russ entreprenant, elle se laisse entraîner parmi ces jeunes insouciants et tourne sur elle-même. Elle sent la transpiration, l'alcool, mais aussi l'odeur des stands de hot-dogs fixes ou mobiles qui occupent leur trajet en appréciant ce moment léger et joyeux.

Puis elle entend l'impensable une première fois. Impossible, elle a dû confondre, il y a du bruit.

Non, quelqu'un répète distinctement le même nom. Elle ne l'a pas entendu depuis longtemps, mais elle en est sûre.

Elle abandonne son cavalier, vite moqué par ses camarades. Difficile de courir avec ses chaussures à talons et sa lourde robe. Alors de l'autre côté du pont, elle bifurque immédiatement sur sa gauche et descend Lorkenestorget, qui devient une sorte de quai en partie occupé par les tables d'un restaurant. Les eaux calmes parsemées de bateaux au repos contrastent avec l'agitation quelques mètres plus haut.

Terrifiée, elle observe, scrute. Mais personne ne l'a suivie. Elle extrait difficilement son smartphone des épaisseurs de sa robe, et écrit un message sur WhatsApp. La réponse est quasi instantanée :

Émeline – 10h21 : On m'a reconnue dans la rue à l'instant !
Renaud – 10h22 : Qui t'a reconnue ?
Émeline – 10h22 : On m'a appelée Agnès, plusieurs fois.
Renaud – 10h23 : Calme-toi Émeline. Il n'y a plus d'Agnès. Point.

1 · ÉMELINE

01

19h03. Toute ma voiture vibre. Percussions et sonorités électroniques se mêlent au vent que le mince pare-brise ne dévie qu'en partie. Le vieux poste radio retransmet de son mieux la sélection musicale d'Ada, qui n'a pas prononcé un mot depuis les premiers lacets. Sept kilomètres séparent le lac du Boréon du village. Cheveux au vent, elle manipule son smartphone avec une dextérité déroutante.

Je n'ai jamais choisi la voiture que je conduisais. Mes parents m'ont donné la leur quand j'ai décroché le permis... Ensuite j'ai eu droit à des véhicules de prêt ou de société... Jusqu'à ce que mon petit ami m'impose la sienne. Alors quand je suis revenue dans la région et que j'ai vu cette Mazda MX-5 de 1999 à vendre, je n'ai pas hésité. Imaginez ce petit cabriolet *rouge Ferrari,* comme je disais, enfant. Stricte deux places, équipée d'un moteur essence de 130 chevaux pour moins d'une tonne ! Le bonheur brut. Depuis son entrée dans ma vie, j'ai roulé avec ma décapotable des heures sans but précis. C'est pour Ada que j'ai réparé le poste radio archaïque. On part sur les routes ensemble. Je conduis, elle choisit la musique.

Depuis quelques jours, Ada ne se lasse pas de la voix de la jeune diva soul belge qui répond à celle ciselée de son partenaire afro-américain aussi petit que massif.

Artiste : **Selah Sue** Titre : **Please (feat. CeeLo Green)**

Juste avant la bifurcation pour monter à la Colmiane, je prends sèchement à gauche. Ma conduite arrache un sourire à Ada. L'avenue Charles Boissier n'a d'avenue que l'intitulé. Elle ressemble à un chemin forestier grossièrement goudronné. Ses arbres voûtés nous enveloppent d'une fraîcheur bienvenue.

Alors qu'on approche du chalet de son père, aux abords du centre du village, Ada coupe le son brutalement. Instantanément, j'immobilise ma Mazda au milieu de la chaussée. Un chien aboie dans notre dos. Une vieille dame a levé la tête, avant de disparaître dans son jardin. Ada a rattaché ses cheveux châtain clair, dévoilant à nouveau son visage :

— Ne dis rien à papa, s'il te plaît.

Elle pose sur moi ce même regard glacé qu'au sommet du barrage. Parfois, elle me désarçonne, c'est moi qui me sens puérile face à tant de maturité. Je ne sais pas quoi lui répondre. J'ai réfléchi, organisé, planifié pendant des mois pour que tout fonctionne. Mais je n'avais pas prévu ce cas de figure.

Ada me sauve la mise : elle relance la musique. Cette fois, le message est clair, on va fêter mon vrai faux anniversaire et rejoindre celles et ceux qui m'ont organisé une surprise.

Artiste : **Imagine Dragon** Titre : **Shots (Broiler Remix)**

Le portail rouillé du 620, avenue Eugénie Raiberti est grand ouvert. Je glisse ma Mazda entre l'antique BMW 325i bleu marine de 1992, et la rutilante Peugeot 308 blanc nacré du maître des lieux.

Le chalet bâti dans les années 1950 en contrebas de la route alterne entre pierres grises et murs peints en blanc au rez-de-chaussée, tandis que l'étage est habillé d'un joli bois couleur caramel. La toiture métallique rouge d'origine aurait besoin d'une bonne rénovation. Mais dans l'ensemble, le père d'Ada a réussi à redonner vie au bâtiment décrépi qu'il a acquis en s'installant ici dix ans plus tôt.

Justement le voilà. Ancien militaire, le crâne libéré des services d'un coiffeur depuis ses 25 ans, le sourire facile et de beaux yeux marron. On a le même âge, mais j'ai parfois l'impression qu'il a déjà vécu plusieurs vies... Mon Robin, qui peine à dissimuler la frustration d'un papa lorsque sa fille le salue brièvement sans même lui accorder un bisou. Ada s'est ruée à l'intérieur du chalet.

C'est la première fois que je me sens gênée devant Robin. Il ne faut pas. Je souris. Il sourit. Je le trouve plutôt élégant... Merde. Pendant une seconde j'avais oublié la surprise. Mon vrai faux anniversaire. Je me voyais déjà assister à un concours de critiques entre Ada et son père devant une bonne série sur Netflix, jusqu'à ce que les deux s'endorment sur le canapé et que je puisse regagner discrètement ma propre maison, nichée dans le village.

Surprise ! Dissimulés derrière les volets de la terrasse, les complices de Robin lèvent les bras en l'air, comme des enfants excessivement fiers de leur manigance.

En d'autres circonstances, j'en aurais peut-être pleuré de joie. Mais je n'arrive plus à penser à autre chose. Le regard inquisiteur d'Ada s'est imprimé sur ma rétine. Son poids m'empêche même de soutenir celui de Robin. Il vient me faire la bise. Il est rasé de près, c'est agréable. Il sent bon. Ada choisit bien les parfums de son père. Sans réfléchir, je le serre dans mes bras, comme en guise de remerciement. Je n'ai pas prononcé un mot. Je le sens un peu pris de court, mais il se laisse faire. J'espère que l'agitation autour de nous l'empêche de percevoir à quel point mon cœur cogne fort. La transpiration due à notre entraînement est encore présente. J'aurais dû me changer. Trop tard.

Un tintement de bouteilles caractéristique nous ramène à la réalité. Des bières ont été décapsulées. Nous ne sommes pas seuls.

— Joyeux anniversaire Margo !

Édouard pointe sa tête toute ronde, deux bières marquées de l'aigle niçois dans les mains. Sa calvitie fait concurrence à celle de Robin. Mais depuis des années, il a opté pour un rasage crâne et visage de la même longueur. En le voyant, on pense à un rugbyman : solide et trapu. En fait, pas du tout. C'est seulement un gros marcheur, et un bon vivant. Techniquement, Édouard est le voisin de Robin. Avec un associé, il a fondé en 2012 la Brasserie du Comté, dont les locaux sont situés de l'autre côté du torrent, derrière les vieux sapins qui bordent le jardin de Robin. Élaborer leur propre bière à partir de l'eau du Mercantour les éclate comme des gamins. On lui donnerait une petite trentaine d'années, il en compte dix de plus.

Robin a rétabli leur connexion internet à plusieurs reprises. Depuis, Édouard lui livre la bière à domicile. Et trinque occasionnellement au passage.

Mon portable vibre. Le réseau 4G approximatif malmené par les montagnes alentour me délivre plusieurs messages WhatsApp d'un coup :

Ada – 19h23 : La douche est dispo si tu arrives à t'éclipser...
Ada – 19h23 : Désolée... J'arrive pas à penser à autre chose...
Ada – 19h24 : T'as fait du mal à quelqu'un ?
Ada – 19h25 : Quelqu'un t'a fait du mal ?

Pas question de rester fixée sur mon téléphone. Une bonne dizaine de personnes veulent me faire la bise, trinquer ou simplement me donner une bonne tape sur l'épaule. La plupart m'ont été présentées par Robin. Parents d'élèves ravis de compter sur moi pour assurer du soutien scolaire en anglais, mais également en maths et en français. C'est sûrement la première fois que je me félicite d'avoir joué les bonnes premières de la classe jusqu'au bac... Pendant que les parents goûtent les bières brassées à proximité, les enfants et les ados se sont déjà isolés à l'autre bout du jardin.

Une voix familière m'interpelle. Celle de cette figure maternelle pour tant d'élèves, qui m'a accompagnée, encouragée, rassurée et m'a tellement appris en quatre années de collège. Même silhouette fluette, mêmes cheveux noirs coupés au carré. C'est Valérie, ma professeure de français qu'Ada a la chance de côtoyer à son tour.

— Joyeux anniversaire, ma puce.

J'éclate de rire. J'ai l'impression de revenir en 1994, lors de mon premier cours de français en sixième. L'unique année où elle dépassait encore ses élèves. Ce petit bout de femme m'a transmis bien plus que la culture littéraire.

— Merci, madame Dol.

Impossible de la tutoyer, encore aujourd'hui. Elle me lance un regard complice. Elle était la seule ici à savoir. Maintenant, elles sont deux.

J'ouvre son cadeau : un coffret constitué de six romans. Je vois à son regard à quel point Valérie est fière de sa sélection.

Le premier était culte, il est devenu célébrissime depuis son adaptation en série. *La servante écarlate* de Margaret Atwood est un peu difficile à proposer à ses élèves collégiens. Mais il n'est jamais trop tard pour découvrir ce roman des années 1980 qui garde encore aujourd'hui toute sa pertinence. En abandonnant son vrai nom pour porter celui de son "maître", l'héroïne principale y perd une part de son identité.

Le second m'est inconnu. Valérie a adoré *Americanah.* Chimamanda Ngozi Adichie y dresse le portrait d'une Nigériane partie étudier aux États-Unis, où sa couleur de peau prend soudain un sens. Si dans un premier temps elle essaie de se fondre dans la masse en défrisant ses cheveux puis en adoptant un accent américain, Ifemelu finit par assumer ses origines et affirmer son identité aussi bien face aux blancs qu'aux Afro-Américains.

Le troisième choix est encensé par la critique des deux côtés de l'Atlantique. Roman initiatique, *My absolute darling* de Gabriel Tallent a marqué durablement Valérie. L'auteur y dépeint la vie marginale de Turtle, une adolescente californienne capable de survivre dans la nature avec son couteau et son pistolet. Elle est ce que son père a de plus cher, et elle ne pourra compter que sur elle-même pour échapper à son emprise totale. Turtle doit d'abord se découvrir et se définir, afin de relever le plus grand défi de sa vie : se faire un ami.

En quatrième position, Valérie m'offre un ouvrage moins connu d'une auteure très médiatique. *Le pays des autres* de Leïla Slimani, raconte l'histoire tumultueuse d'une Alsacienne tombée amoureuse d'un soldat marocain venu combattre pour la France en 1944. Son uniforme n'efface pas ses origines malgré sa bravoure. À son tour, elle sera l'étrangère au sein de sa nouvelle famille, dans un Maroc bientôt indépendant. Finalement, c'est toujours l'autre qui nous assigne notre identité.

Les deux derniers romans me font sourire. Il s'agit d'exemplaires usagés, visiblement achetés d'occasion. Ces ouvrages jeunesse me replongent immédiatement dans mon adolescence, et me ramènent en salle de cours, lorsque Valérie nous faisait lire à tour de rôle des passages. Chaque chapitre a été étudié, analysé, décortiqué. J'en ai oublié plusieurs, mais elle a choisi les deux livres qui raniment Émeline au fond de moi.

Il y a bien sûr *La fée carabine* de Daniel Pennac, avec le personnage de Pastor, flic hors-norme qui m'avait fascinée jusqu'aux dernières pages.

J'avais failli oublier *La troisième guerre mondiale n'aura pas lieu* de Gérard Carré. Aujourd'hui quasi introuvable, c'est un petit bijou de littérature jeunesse paru en 1986, dans lequel une princesse extraterrestre kidnappe les chefs d'État les plus puissants de la planète pour empêcher un conflit nucléaire majeur. Son physique avantageux avait émoustillé tous mes camarades masculins.

Quand j'étais encore son élève, Valérie me cernait mieux que mes parents. Encore aujourd'hui, elle est la seule à me comprendre.

Je voudrais la remercier, la serrer dans mes bras. Je pourrais aussi bien m'enfermer dans la chambre d'Ada pour en commencer à en lire un immédiatement.

Valérie essaie de me parler, mais les autres sont jaloux. Je m'en veux, elle va passer toute la soirée à tenter de m'annoncer qu'elle hésite à accepter un poste à l'étranger... Comment envisager de la laisser partir ? Ma prof.... Ma seconde maman ?

Un vélo tout terrain franchit le portail, se faufile entre les voitures stationnées, avant de déraper dans les gravillons, à la manière d'un ado de film familial américain des années 1980. Sauf qu'il ne s'agit pas d'un garçon.

Bronzée toute l'année, Cannelle est une étincelle perpétuelle. Une tornade d'énergie et de joie de vivre, impossible à contenir. Elle ressemble à un animal sauvage que ses parents ramènent de force en ville régulièrement. Son visage d'ado encore juvénile dissimule une vivacité d'esprit surprenante. Débrouillarde, curieuse, elle est encore plus têtue que moi.

Cannelle rattache ses cheveux bruns totalement ébouriffés avec des mains sales. Son short usé jusqu'à rompre par endroits, et son t-shirt complètement délavé lui donnent une allure surréaliste, entre l'aventurière aguerrie et la petite fille qui a passé l'après-midi au jardin d'enfants.

Elle contraste tellement avec Ada, qui bondit toute pimpante à la sortie de la douche. Pourtant les deux sont inséparables et embrassent chaleureusement Valérie, plus petite d'une tête.

Vibration dans ma poche arrière. WhatsApp clignote :

Ada – 19h46 : Cannelle s'est excusée. Je te raconterai.
Ada – 19h46 : Elle a réparé mon vélo ! Je suis trop contente !
Ada – 19h47 : Joyeux Anniversaiiiiiiire !
Ada – 19h48 : Ne parle pas à mon père...
Ada – 19h48 : Embrasse-le !

Sans me retourner, je peux aisément deviner les deux adolescentes complices de potins qui m'observent depuis la fenêtre de la chambre d'Ada.

Mais où est Robin ? Où est mon bienfaiteur ? Est-ce qu'inconsciemment j'ai parlé à Ada pour me forcer à tout avouer à son père ? Pourtant je sais que le mensonge est le seul et unique rempart. Le gage de ma sécurité. Mais jusqu'à quand ?

Après tout, s'il devait se passer quelque chose entre nous, il aurait déjà tenté sa chance ! Pourquoi serait-ce à moi de tout décider, tout initier ? Pour être honnête, cette situation me va très bien. C'est apaisant.

— Tu ne me demandes pas ce que je t'ai prévu comme cadeau ?

J'ai menti. Bon dieu, là maintenant tout de suite, je le croquerais sur place ! Il est trop chou. Un peu maladroit, mais tellement attentionné... Robin ne s'arrête jamais. Je lui souris, faussement détachée :

— Ah ? J'ai droit à un cadeau ?

Il me tend une enveloppe blanche. Elle porte une sorte de sceau royal. Britannique ? Je crois que je rougis, alors que je n'ai pas la moindre idée de ce que c'est.

Deux billets pour aller assister au ciné-concert de SKYFALL au Royal Albert Hall à Londres. Robin sait que je serais prête à tuer pour 007. Merde. Je dois l'embrasser ? Notre premier baiser doit vraiment être devant tout le monde ? Personne ne regarde, ils sont déjà un peu ivres à force de déguster les bières d'Édouard.

Le visage de Robin n'a jamais été aussi proche du mien. J'ai envie de fermer les yeux.

— Margo, il faut que tu viennes.

C'est la voix de Valérie, et son ton n'a rien d'amusé. Mon éternelle prof de français m'entraîne par la main vers le portail.

Elle m'attend, le visage un peu crispé. Deuxième émotion violente de la journée. J'aurais dû boire plus de bières... Ou sauter dans le lac.

— J'ai eu un peu de mal à te trouver. Je ne savais pas que c'était ton anniversaire aujourd'hui.

Sourire forcé. Flore a six ans de moins que moi. Ma petite sœur a toujours été aussi douée pour disparaître plusieurs mois, que pour surgir quand on ne l'attend pas. Mon cœur essaie d'alimenter à nouveau correctement mes organes vitaux.

Sans réaliser une seconde la situation, Édouard nous rejoint au niveau du portail pour nous proposer des bières fraîches. Flore accepte et trinque en souriant. Elle attend tout de même qu'il s'éloigne avant de m'annoncer très calmement :

— J'ai absolument besoin que tu redeviennes Émeline.

O2

34 ans. C'est ma journée. Et aujourd'hui, à ma grande surprise, je me suis levée tôt sans effort. Un beau soleil et un ciel bleu m'offrent une magnifique journée de printemps pour mon anniversaire.

Je réalise après quelques minutes de marche que je n'ai peut-être jamais vu la rue de la mairie et ses commerces à cette heure si matinale... Caviste, boucher, fromager, maraîcher, tous s'activent déjà. Mais c'est la boulangerie qui m'intéresse.

Le Petit Duc, ses pains, ses viennoiseries, et ses pâtisseries... Je crois que j'ai bien le droit de choisir mon gâteau d'anniversaire. Hésitation. Un dôme chocolaté très élégant porte le nom de Negresco. Cette évocation d'un palace de ma ville natale déclenche mon premier choix.

Bon, premier bilan de mes 34 ans : j'ai acheté six pâtisseries et je n'ai qu'un seul petit copain à la maison. Déclic. Il y a des fois dans la vie, on ne se l'explique pas, où tout apparaît soudain limpide.

J'ai quitté Nice pour Saint-Maur-des-Fossés depuis dix ans. Basile partage ma vie depuis sept ans. La bouche pleine de pain encore chaud, je réalise que la suite logique de ma vie se tient devant moi, au bout de la rue.

Le service d'État civil de la mairie est au premier étage. Le fonctionnaire qui me prend en charge dissimule à peine un sourire en m'apercevant. Il est encore tôt, et sa première requête exhibe une boîte du Petit Duc, une baguette entamée, et une tenue plus adaptée à une soirée canapé qu'à une virée en ville. Peu importe, j'assume :

— Bonjour, monsieur. J'aimerais constituer un dossier de mariage.

Il reçoit ma demande comme si je lui achetais du pain. J'ai toujours été fascinée par ceux dont le métier consiste à traiter au quotidien les moments les plus importants de nos vies.

Dans le reflet d'une vitre, je mesure mon profil. Finalement, je suis la même petite brune qu'au lycée. Enfin pas si petite que ça. Je frôle les 1,72m, sans jamais porter de talon. J'ai les yeux marron très foncé. Mon bronzage est toujours resté très discret. J'avoue que pour une Niçoise, je n'ai pas vraiment abusé du soleil et de la plage. Mais je ne suis pas pâle pour autant.

Parfois, j'éprouve du plaisir à m'apprêter, mais au quotidien, je joue plutôt la discrétion.

Ma poitrine s'est développée un peu tard à mon goût. Alors j'ai eu le temps d'apprendre à vivre sans véritables formes. Lorsque j'ai enfin rempli mon soutien-gorge, j'ai eu un peu de mal à les gérer, à les mettre en valeur. Cela n'a pas vraiment changé.

J'ai toujours eu les cheveux longs. Comme si je n'envisageais pas de me coiffer autrement. Je les couperai peut-être pour le mariage ?

Instinctivement, je pose une main sur mon ventre. À mon âge, ma mère était enceinte de ma sœur cadette. Je reconsidère ma détermination récente à me mettre au sport, et à manger plus équilibré.

Est-ce qu'une grossesse serait l'occasion d'atteindre mes objectifs de vie saine dans un corps sain ?

— Madame Émeline Dalbera, veuillez me suivre s'il vous plaît.

Pourquoi est-ce un autre fonctionnaire qui s'occupe de moi maintenant ? Il est plus âgé. Sans doute plus gradé ? Je le rejoins dans son bureau, avec mes gâteaux et ma baguette, de plus en plus courte.

À cette heure matinale, le soleil n'éclaire pas encore la pièce, cela rend son visage plus sévère. Il consulte nerveusement plusieurs documents sur l'écran de son ordinateur, que je ne peux pas voir bien entendu...

— Il y a un problème avec votre dossier de mariage.

— C'est-à-dire ? Je viens juste de retirer les formulaires...

— Vous êtes déjà mariée, depuis 2017.

— Je crois que je m'en souviendrais...

— Avez-vous renouvelé votre passeport l'an dernier ?

— Je n'ai pas de passeport.

— Un passeport à votre nom a pourtant été délivré.

— Pas à moi, je vous assure.

Soucieux et appliqué, mon interlocuteur consulte à nouveau son ordinateur plusieurs longues minutes. Son clavier produit un bruit sec sous ses gestes nerveux. Il lève enfin les yeux de son écran, et déclare :

— Je crains, madame, que vous ne soyez victime d'une usurpation d'identité. Je vous invite à porter plainte rapidement.

J'avais lu des articles à propos d'arnaques à la carte de crédit sur internet, des détournements de permis de conduire et de plaques d'immatriculation, de faux comptes Facebook ou Twitter... J'ai même été confrontée à un faux CV.

Mais rien ni personne ne m'avait préparée à ça.

Je me revois soudain pendant mon année de CM2, lorsque toute la classe avait oublié mon anniversaire... Et qu'on m'a désignée pour organiser celui d'une autre élève que je détestais. J'avais fermé les yeux et serré mes poings très fort, espérant me réveiller d'un mauvais cauchemar.

Aujourd'hui, je veux bien annuler mon anniversaire pour les décennies à venir... J'ai du mal à respirer, comme après avoir couru derrière un bus qu'on rate malgré tout.

Quelqu'un m'a volé mon mariage. Une inconnue utilise un passeport à *mon* nom, avec *sa* photo. Mais l'agent de police a été très clair : c'est à moi maintenant de certifier que je suis la vraie Émeline Dalbera.

Je dois prouver que je suis bien moi, en confrontant mon usurpatrice devant la justice.

À nouveau dans la rue, j'ai l'impression d'avoir pris un sale coup sur la tête. Téléphone. C'est le numéro de ma banque. Ma conseillère se souvient que j'existe : elle veut me souhaiter mon anniversaire ?

— Madame Dalbera, il faudrait que vous passiez dès que possible à l'agence. Il y a un problème avec vos comptes et vos cartes de crédit.

Ça ne ressemble pas à un cadeau d'anniversaire... Je me remémore mes dépenses récentes. Rien de conséquent... Je m'immobilise sur le trottoir.

— Je vous écoute.

— Avez-vous confié vos codes personnels à un tiers ?

— Non, jamais.

— Écoutez, nous avons pu bloquer les derniers virements, et mettre en opposition vos cartes, mais il va falloir venir...

— Je ne comprends pas... Quels virements ?

— Madame Dalbera, des transferts suspects ont été effectués depuis votre compte vers l'étranger.

Choix 1 : hurler.

Choix 2 : se réveiller.

Choix 3 : respirer calmement et rentrer à la maison.

Merde. Les gâteaux ! L'officier d'État civil qui vient de ruiner mon mariage, et accessoirement ma vie, a gagné six pâtisseries du Petit Duc.

Sur le plan de travail de la cuisine, Basile a laissé une petite boîte avec un mot à côté : *Je m'occupe de ton cadeau. Je te laisse gérer le reste.*

Quelle délicate attention : un test de grossesse. Basile a vraiment un sens de l'humour particulier. À cet instant précis, je ne peux pas dire si tomber enceinte serait la pire ou la meilleure chose qui puisse m'arriver.

Premier litre de thé.

La matinée et le reste de la journée ne suffisent pas à clarifier ma situation. Soit on me prend pour l'usurpatrice, soit on ne traite pas ma demande.

Deuxième litre de thé. Je me sens de plus en plus impuissante. Une espèce de boule grandit au creux de mon ventre. Cela ne ressemble ni à des problèmes de digestion, ni même à des règles douloureuses. Alors quoi ? Un coup de vieux instantané ? Comme ces personnes qui, le jour de leur retraite, perdent tous leurs cheveux d'un coup.

Troisième litre de thé. Beaucoup me conseilleraient simplement d'attendre Basile, d'en parler avec lui, pour affronter ça ensemble. Pourquoi est-ce que je tiens à me battre seule ?

J'ai envoyé des e-mails, tenté de joindre divers services bancaires et administratifs.... Mais je dois faire face à la réalité : on est samedi, il est déjà 18h49. Rien ne bougera avant la semaine prochaine. Je suis censée faire quoi maintenant ? Me détendre ?

Comme une réponse physiologique de mon corps, ma vessie m'envoie aux toilettes subitement. Les litres de thé ingurgités y sont sûrement pour quelque chose.

J'ai le réflexe d'emporter le cadeau de Basile. Je me sens un peu bête, assise sur la cuvette avec mon premier test de grossesse. Héroïnes de séries ou de films, on les a toutes vues en utiliser. Pourtant, je ressemble à une poule avec une fourchette.

Moment de vérité.

J'entends des pas fouler les graviers qui longent notre petite maison. Basile est déjà de retour ? Je ne ressemble à rien !

Mon regard analyse le résultat du test de grossesse à l'instant même où la porte d'entrée s'ouvre, et qu'une dizaine de voix familières hurlent en chœur "JOYEUX ANNIVERSAIRE !"

Je suis enceinte. C'est la dernière chose dont je me souviens, avant de sombrer.

03

20h31. Flore n'est pas seulement ma petite sœur. C'est ma seule famille. La seule qui ne m'ait jamais lâchée. Sans elle, je ne serais pas là aujourd'hui, une bière à la main, dans le jardin de Robin, appuyée contre ma Mazda cabriolet.

Flore a un nouveau tatouage. On en devine la fine pointe, qui dépasse dans son cou, jusqu'à la naissance de ses cheveux. Elle lâche enfin quelques mots :

— Tata Yvette est morte.

— Je sais.

Qu'est-ce que je peux lui répondre de plus ? Lui dire que je suis triste ? Que je ne me suis jamais sentie aussi vieille ? Maintenant que celle qu'on croyait éternelle a rejoint dans le cimetière de son village du Cantal son époux disparu bien avant elle, il ne me reste plus que Flore. Elle cesse de me fixer et pose son regard sur les massifs colorés grossièrement entretenus par Robin.

— J'ai mis une jolie plaque et des fleurs pour nous deux.

— Merci.

Je n'ose rien ajouter parce que je redoute la suite. La vraie raison de sa présence. Flore m'avait promis. Mais je savais que ce moment arriverait un jour.

— Tout est bloqué à cause de toi.

— Émeline a disparu depuis un an. Signe à ma place.

— C'est pas la paperasse, c'est les banques. Elles vont tout saisir. Tout l'héritage. La maison, la ferme, les terres, les animaux. T'es la seule à pouvoir agir, et te défendre. Je ne peux rien faire sans toi.

Voilà, c'est dit. Si je m'expose, si je reconnais les faits, tout s'effondre. Pire qu'un retour à zéro... Je serai au niveau moins 30 ! Je payerai pour deux. Pour moi, et pour l'Autre.

Flore n'a pas grossi, mais s'est raffermie. Ses mains ont changé aussi, elles ont travaillé la terre, le bois, les animaux. Sa peau autrefois si pâle, devenue légèrement dorée, met en évidence ses yeux bleu clair. Deux petites billes étincelantes. Je la soupçonne de ne pas avoir lavé ses cheveux depuis quelque temps. Mais cette crinière éclaircie par le soleil lui va bien. Quand on était petites, on a usé tous les supports vidéos imaginables du Roi Lion. Elle disait qu'elle serait Nala, et qu'elle piquerait la place de Simba. Le lionceau n'avait qu'à bien se tenir. Ma sœur est une lionne.

Elle n'a rien à m'expliquer. Je le lis sur chaque détail de sa silhouette effilée. Par ma faute, elle risque de perdre ce que tata Yvette lui a transmis. Pas seulement un champ et un toit, mais une raison de vivre. Ce lien à la Terre qu'elle avait déjà enfant, et qu'on moquait gentiment chaque été.

Par ma faute, tout peut lui échapper à jamais. Ma faute ? Je devrais me gifler ! C'est SA faute à ELLE, à l'AUTRE.

Ma sœur me fouille du regard, elle attend ma réponse. Alors j'esquive :

— Fleur...

— C'est la seule et dernière chose que je te demande. Et ne m'appelle plus comme ça.

Pour elle, pour tata Yvette, je ne peux pas refuser. Pourtant, je sens déjà au fond de mon ventre, le long de ma colonne vertébrale, cette douleur qui avait presque disparu.

J'ai cessé de la chercher depuis seulement trois mois. Comme si finalement je lui avais abandonné ma vie, mon nom. Flore lit dans mes pensées, et lâche une phrase :

— Elle vit toujours en Norvège.

Flore devine que je le sais déjà. J'ai imaginé le scénario plusieurs fois. Mon voyage là-bas, mes démarches, jusqu'à ma confrontation avec l'AUTRE. Il faudrait qu'on se présente toutes les deux devant la justice pour que l'usurpation soit définitivement avérée et reconnue. Et qu'elle me rende ma vie. Flore ajoute :

— Elle a couru le marathon d'Ålesund le 11 mai. Une vieille copine a vu ton nom sur la liste des participants. Autrement, elle n'apparaît nulle part. Aucun réseau social perso ou pro, aucun forum.

— Rien qu'en allant là-bas, je pourrais tout perdre.

— Tu pourrais aussi tout régler définitivement. Ce serait compliqué, sûrement long, mais ensuite tu aurais la paix. Nous aurions la paix.

La fête bat son plein derrière moi. Les capsules de bière continuent de sauter. Une voix s'approche dans mon dos. Je serre fort les poings pour qu'elle ne vienne pas jusqu'à nous. Trop tard. Ada nous offre des parts de pissaladière toutes chaudes. Flore n'en fait qu'une bouchée et se lèche les doigts goulûment. Ada éclate de rire, et insiste pour qu'elle en reprenne :

— C'est la mère de Cannelle qui l'a faite, c'est une experte !

— Elle est presque aussi bonne que celle de mémé, hein Margo ?

Flore m'a appelée Margo. Mais ça ne suffit pas à tromper Ada plus longtemps. Figée la main en l'air avec son assiette à moitié vide, elle vient de saisir. Elle n'a sûrement pas bien compris, mais elle sent le lien entre Flore et moi. Son esprit vif reconnecte tout très vite. Elle me lance un regard interrogateur. Flore me sauve la mise, encore une fois :

— Je m'appelle Flore.

— Adélaïde. Je suis tellement contente de te rencontrer.

Ada a adopté ma lionne sauvage en une seconde. Du coin de l'œil, j'aperçois Valérie, qui maintient Robin dos à nous. Je la sens gênée, mais je sais qu'elle fera son possible pour prolonger sa diversion. Jusqu'à quand ? Comment continuer de mentir à tous ces gens qui m'ont accueillie ?

Je bois les dernières gorgées de ma bière, trop vite réchauffée dans ma main. Maintenant la bouteille est vide, mais je ne la lâche pas, je la serre très fort. La douleur est redevenue vive. Comme une lente hémorragie interne qui cisaille le bas de mon ventre à chaque battement de cœur.

04

— Calmez-vous madame. Je m'appelle Émeline, je m'occuperai de vous jusqu'au bout. Je ne raccrocherai pas. Votre mari est avec les médecins, ils vont le stabiliser. Vous allez être rapatriée avec votre fille dans moins d'une heure... Vous m'entendez ?

— Oui...

— Je reste en ligne. Est-ce que vous avez à boire ? C'est important, pour vous et votre fille.

— L'infirmière nous a donné de l'eau.

— Très bien. J'ai besoin que vous gardiez vos passeports sur vous, quoi qu'il arrive. Ne les confiez à personne. Vous comprenez ?

— Mon mari partira bien avec nous ?

Brin de muguet. Mon cerveau a planté, comme un ordinateur saturé. Je fixe plusieurs secondes interminables les clochettes blanches qui balancent doucement au bout de leurs tiges chétives. Juste à côté, sur les deux écrans plats de mon poste, une quantité d'informations défilent, mais rien n'imprime plus ma rétine. La voix de ma correspondante paraît étouffée dans les écouteurs de mon casque. J'ai l'impression de distinguer le scintillement des néons, et de sentir le flux de sang dans mes tempes.

Cette année, on a le droit à un vrai pont du mois de mai. Et le même la semaine suivante. Longs week-ends signifient plus d'accidents.

Depuis 2007, mon métier consiste à intervenir lorsque votre voyage vire au cauchemar. Je suis chargée d'assistance à l'étranger. Sans me vanter, je suis sans doute la meilleure pour rassurer, canaliser, et rapatrier n'importe qui depuis n'importe où.

Mais pas aujourd'hui. Une présence à l'intérieur de mon ventre devient de plus en plus perceptible. Elle m'apaise tout en provoquant douleurs et pincements. Personne à l'extérieur ne peut le deviner. Pourtant, je le sais et je le sens chaque jour un peu plus. Je porte la Vie.

— Quand est-ce que je reverrai mon mari ?

Mon cerveau s'est reconnecté. La voix tremble, le son grésille un peu. Je dois répondre à Fabienne Marsaud, 41 ans, victime d'un accident maritime, alors qu'elle regagnait en famille l'île principale de Malte à bord d'une navette régulière. Avec Alix, sa fille de 7 ans, elles ont eu de la chance. La plupart des autres passagers ne peuvent pas en dire autant. Quant à son mari, il est dans un état grave. Grave au point d'avoir été admis en urgence à l'hôpital privé Saint-James de La Valette.

— Fabienne, écoutez-moi bien. Je suis en relation directe avec les médecins qui opèrent votre mari. Dès qu'il sera stabilisé, vous pourrez le voir et vous irez tous ensemble à l'aéroport.

Une fenêtre de messagerie instantanée s'affiche dans un coin de mon écran de droite. C'est la liaison avec Saint-James : mon correspondant local suit l'opération en direct.

Dans mon casque, Fabienne perd pied. Je dois la rattraper. L'empêcher de sombrer.

— Je veux savoir quand je reverrai Patrick. S'il vous plaît, Émeline.

La fêlure dans la voix. J'entends les larmes qu'elle essuie. Sa fille renifle doucement contre elle.

Mon correspondant à Malte vient de transmettre un dernier message. Je le redoutais. La suite fait partie de mon métier. Je suis formée pour ça.

— Fabienne, notre agent sur place va vous rejoindre immédiatement. Vos bagages ont été récupérés depuis votre hôtel, et vous seront confiés à l'aéroport. Alix veut peut-être manger quelque chose ?

Dans mon casque, j'entends les médecins qui s'adressent à Fabienne, mais elle ne comprend pas l'anglais.

— Émeline... Est-ce que Patrick est sauvé ?

— Fabienne, votre mari a été opéré par les meilleurs médecins. Mais son cœur n'a pas supporté l'intervention. Je suis désolée, Fabienne. Patrick est mort.

Le téléphone vient de tomber à terre. J'entends Alix le saisir, et le rendre à sa mère. Celle-ci s'est effondrée sur le banc ou la chaise qu'elles occupent depuis déjà deux heures.

— Fabienne, je suis là. Écoutez-moi. Je sais que c'est difficile. Je sais que vous ne comprenez pas ce que les médecins vous disent. Parlez-moi. Fabienne...

Mais Fabienne ne répond plus. Une voix enfantine et pourtant teintée d'un sursaut de maturité brutale lui succède.

— Maman est tombée, elle est très fatiguée.

— Alix, écoute-moi bien. Je m'appelle Émeline, et je vais vous ramener ta maman et toi à la maison.

— Papa est mort.

— Ton papa s'était fait très mal pendant l'accident. Les médecins ont essayé de le soigner, mais n'ont pas réussi. Tu comprends ?

— J'ai froid.

Notre agent local m'indique qu'il prend le relais. J'entends sa voix dans mon casque. Mais je perçois aussi la respiration saccadée d'Alix.

— Alix, le monsieur qui vient d'arriver va vous amener à l'aéroport ta maman et toi. Si tu veux, je reste au téléphone avec toi.

— D'accord.

Leur transfert à l'aéroport prend une bonne heure. Le corps de Patrick a été préparé en urgence pour son rapatriement avec sa famille. Alix fait preuve d'un courage exemplaire, et joue l'intermédiaire avec sa mère, profondément affectée par la mort soudaine de son mari, en plein week-end de mai.

Alix me décrit les sièges de l'avion dans lequel elle accompagne sa mère. Elle me détaille les mouvements au sol des techniciens de l'aéroport qu'elle regarde à travers son hublot. Des frottements dans le micro indiquent que le téléphone a changé de main.

— Bonsoir, je suis la chef de cabine de ce vol Air France pour Paris Orly. Je dois vous demander de bien vouloir raccrocher. L'avion va bientôt décoller. Je veillerai à ce qu'Alix et sa mère fassent le vol le plus agréable possible. Alix vous réclame une dernière fois.

— Bonne nuit, Émeline.

— Bonne nuit, Alix.

Fin de communication. L'Horloge murale multi-fuseaux horaires indique 23h42. Je retire mon casque audio. Machinalement, je range mon poste de travail et j'éteins mes écrans. Assise depuis près de trois heures sans pause, je me lève enfin. Erreur. Mes jambes ne me portent qu'une poignée de secondes. Vertiges.

Étalée sur la moquette aux logos d'Europ Assistance, je plisse les yeux, éblouie par les plafonniers. Je n'entends pas les paroles inquiètes ou rassurantes de mes collègues penchés sur moi.

Je n'ai pas encore remarqué le sang entre mes cuisses. Pourtant mon corps tout entier me le signale. La petite poche dans mon ventre est fendue. Elle n'abrite plus la Vie.

Il y avait un avant et un après mes premières règles. Il y aura un avant et un après ma fausse couche. J'ai encore du mal à prononcer ces deux mots. On m'a déjà volé mon identité et mon argent. À son tour, mon corps m'enlève le droit de concevoir.

Par la fenêtre de ma chambre, j'aperçois une femme faire son jogging matinal. Elle lève les yeux vers la façade de la clinique Gaston Métivet, avant de poursuivre. J'ai l'impression de me voir. Mon objectif quotidien consiste à courir une boucle d'environ sept kilomètres au départ de la maison. Je termine toujours en longeant la clinique.

Depuis combien de jours n'ai-je pas enfilé mes chaussures de running ? Ou plutôt, encore combien de jours vais-je devoir rester clouée au lit dans une chambre médicalisée, encerclée de bouquets de fleurs et de cartes de soutien de mes collègues ?

J'ai rencontré certains d'entre eux à mes débuts chez Europ Assistance. À l'été 2007, j'y avais postulé pour un emploi saisonnier. Mon aisance au téléphone, combinée à un excellent niveau d'anglais et d'allemand, m'avait permis d'y trouver facilement ma place. Cet été pluvieux sur tout le pays avait poussé les Français à voyager à l'étranger. L'activité rapatriement avait tourné à plein régime. Depuis, je n'ai jamais quitté mon poste.

Europ Assistance dispose de locaux ultra modernes à Gennevilliers, dans la banlieue nord-ouest de Paris. Lors de ma prise de fonction, je logeais provisoirement chez un ami à Saint-Maur-des-Fossés, à l'exact opposé de la capitale. J'aurais pu me rapprocher, mais je n'ai jamais voulu quitter cette ville. Courir tous les jours en bords de Marne, avoir le choix entre huit marchés hebdomadaires et les pâtisseries du Petit Duc représentaient déjà trois bonnes raisons de m'y installer.

Plus tard, j'avais convaincu Basile de m'y rejoindre. Notre rencontre s'était produite lors de nos astreintes de week-ends et de jours fériés. À l'époque, lui qui les réclamait toutes pour épargner un maximum trouvait drôle de voir une fille faire la même chose pour le plaisir.

J'aime aider les gens, les accompagner. Je passe des heures vissée à un fauteuil de bureau devant des écrans, les oreilles enveloppées d'écouteurs. Je ne voyage pas, pourtant je connais les coulisses de certains pays mieux que leurs propres habitants.

Discret, efficace, d'un calme parfois troublant, Basile a mis du temps avant de m'adresser la parole. On avait beau travailler à quelques mètres l'un de l'autre, nous n'échangions que de simples sourires polis. Impossible de ne pas remarquer le seul asiatique de l'étage. Petit brun élégant aux yeux en amandes, j'étais presque surprise de ne pas l'entendre parler japonais.

Basile en a bavé pour me séduire. Mais il me plaisait et le savait. Ce n'est que lorsque j'ai cru en nous deux que l'idée de concevoir un enfant ensemble est devenue un vrai choix. Basile était parvenu à gagner ma confiance. Aujourd'hui, j'ai perdu la sienne. Définitivement. J'ai toujours cru être celle qui partirait, si l'on venait à se séparer. Mais l'usurpation d'identité a rongé notre couple de l'intérieur, comme une corrosion accélérée.

Ma fausse couche a été le déclic final. J'avais perdu notre bébé. Et comme plus rien ne le retenait, il est parti.

Le vol de mon identité n'a pas seulement détruit mon couple. Avec lui, c'est comme si mon dernier lien avec mon entourage d'avant avait été rompu. Pour mes amis et ma famille restés à Nice, la situation est encore abstraite. Ils se font tous une idée personnelle de l'usurpation d'identité et de ses conséquences.

La réalité, c'est que je ne me suis jamais sentie aussi seule. J'ai renoncé à espérer quoi que ce soit de mes parents depuis leur installation au Portugal. Ils nous l'ont annoncé comme un nouveau départ, j'y ai vu une ultime esquive. Ils se sont dérobés au fisc et à leurs erreurs, parmi lesquelles figurent leurs deux filles.

Alors forcément, là tout de suite, en voyant apparaître Flore dans ma chambre à la clinique, j'ai comme un doute. Suis-je déjà morte ? Endormie ?

Ma cadette s'est fait traiter de tous les noms lorsqu'elle a disparu de la maison pour la première fois. Hypocrites, mes parents lui ont reproché de fuir sa vie. En réalité, elle avait simplement choisi d'échapper à la leur et de vivre pour de bon.

Elle est venue les mains vides. Les autres se sentent obligés de m'offrir des chocolats, ou des fleurs comme si j'étais morte. Flore vient seulement partager ses voyages, ses rencontres, ses joies et ses peines. Elle me raconte la vie.

Elle me rappelle parmi les vivants.

Deux semaines ont passé. En courant le long de la clinique ce matin, j'ai regardé la fenêtre de mon ancienne chambre.

Ma banque m'appelle tous les jours. Je ne sais pas si je pourrai garder longtemps la maison. Europ Assistance reporte chaque semaine ma date de retour à temps plein.

Curieusement, je ne me suis jamais sentie aussi bien. Je cours mieux et plus longtemps. Quant à la boule parfois douloureuse qui a définitivement remplacé la vie dans mon ventre, je commence doucement à m'y habituer.

05

La vallée de la Vésubie m'a vue grandir au rythme des vacances scolaires et des nombreux week-ends chez mes grands-parents. Durant toute ma scolarité aux abords de Nice, j'ai toujours été celle qui connaissait le mieux la montagne.

Je n'étais pourtant qu'une invitée. Je le sens encore aujourd'hui quand je viens chercher Ada au collège de la Vésubie, construit au pied du nouveau village de Roquebillière, plus bas dans la vallée. Tous ses camarades vivent ici. L'arrière-pays n'est pas un terrain de jeu pour les vacances ou un petit luxe du week-end, c'est leur monde au quotidien.

Le parvis est encore vide. Les cours ne terminent que dans une demi-heure, et je compte en profiter pour voir Valérie. J'ai toujours su que ma prof était attachée à ses racines, mais je ne l'aurais pas imaginée enseigner ici. Pourtant c'est certainement la meilleure chose qui lui soit arrivée.

J'ai connu des profs imposants que les collégiens broyaient dès le premier cours. Valérie fait une tête de moins que la majorité des élèves de sa classe, mais personne ne bronche.

Elle m'a vue à travers la vitre. Sa petite silhouette est intemporelle, inclassable, unique. Je me penche pour lui faire la bise. Je sais qu'elle n'aime pas laisser sa classe, alors je vais droit au but :

— Je vais accepter les cours d'été.

— Ah ? Très bien... Tu me diras lesquels, pour...

— Tous. Je vais tous les assurer, jusqu'à la rentrée.

— Et tu continues les traductions ?

— Oui, anglais, allemand... Même si ça prend du temps et que les règlements tardent à arriver.

Valérie penche doucement la tête, et demande :

— C'est ta sœur ? Elle a des problèmes ?

— Flore va bien, elle est chez not... Son grand-père, à Saint-Martin.

— Si tu as besoin d'aide, tu sais que je suis là ?

— Personne ne peut le faire à ma place.

Valérie marque une pause, comme si les masques tombaient. Je suis à nouveau son élève et elle ma prof principale. Prenant le temps de prononcer chaque mot, elle me demande à voix basse :

— Tu l'as retrouvée ?

Inutile de lui répondre. Elle a compris. Alors, elle prend cet air maternel, à la fois protecteur et encourageant, pour murmurer :

— Sois prudente, *Meuline*.

Elle a toujours sauté la première lettre de mon prénom, comme le faisaient mes grands-parents. C'est Flore qui leur avait donné l'habitude quand elle n'arrivait pas encore à prononcer correctement Émeline.

Quelques secondes de calme avant la tempête. Lunettes de soleil sur le nez, affalée dans le vieux siège craquelé de mon roadster, j'apprécie ce répit. Le ciel bleu, le vent léger qui remonte la vallée. Je passe encore beaucoup trop de temps devant un écran. Tout prétexte à sortir au grand air est bon à prendre.

La sonnerie retentit. Les élèves sont lâchés. Plusieurs vagues d'ados hystériques déboulent autour de moi. Certains me reconnaissent, d'autres me saluent carrément. Je me demande ce que j'aurais pensé en découvrant une femme de 35 ans garée sur le parvis du collège dans un cabriolet rouge. Des garçons me questionnent sur ma voiture.

Soudain, une tornade chasse tous les badauds. Cette tornade s'appelle Ada, et elle ne partage pas sa *nounou* comme elle m'appelle. C'est vrai que c'est plus mignon que *prof de soutien scolaire*.

En réalité, Ada partage tout, même moi, avec Cannelle. Sacré duo. Les revoir ensemble me fait du bien. C'est simple. Je les envie presque.

Cannelle me fait la bise poliment. Je suis toujours amusée de la voir alterner son côté sauvageonne et ses origines bourgeoises. Eh oui, bien entendu, on va ramener Cannelle chez elle, sur les hauteurs nord du village. Son vélo est attaché sur le porte-bagages qui surplombe mon minuscule coffre. Les deux amies partagent pour quelques minutes de trajet mon unique siège passager. Il n'a pas fallu une seconde à Ada pour choisir sa musique.

Artiste : **Neneh Cherry** Titre : **Woman**

Les filles chantent, tandis qu'on traverse rapidement le village, pour s'élever jusqu'au chemin sinueux du plan Gast. La famille de Cannelle, installée depuis des générations dans la vallée, possède une belle et ancienne maison. Ada y a passé ses premières soirées pyjama et ses premières fêtes au bord de la piscine.

Dans un éclat de rire, Cannelle s'extrait comme elle peut de l'habitacle étroit. Ada reste assise quelques secondes avant de lever la tête pour recevoir une bise de son amie. J'ai l'impression d'avoir raté un détail, mais j'ignore lequel.

Cannelle a déjà détaché son vélo et disparaît derrière la haie du jardin de ses parents. Ada ne dit rien et s'allonge au maximum dans son siège. Les yeux rivés sur son mobile, elle change de chanson d'un mouvement rapide du pouce.

Artiste : **Clare Maguire** Titre : **Elizabeth Taylor**

En évoquant la mélancolie embuée dans l'alcool de la comédienne mythique, Clare Maguire a écrit une chanson belle et triste. On l'écoute souvent avec Ada.

Il y a un peu de monde à cette heure-ci dans la vallée, alors je cale mon allure sur celle de la camionnette devant nous, en profitant des couleurs et des odeurs du printemps.

— Tu connais Cannelle depuis la primaire, c'est ça ?

— On a appris à skier ensemble alors qu'on savait à peine marcher.

— Tu devrais lui parler.

— Lui parler de quoi ?

— Du fait que tu étais écarlate quand elle était serrée contre toi.

Comme une sorte de réponse, son pouce effleure l'écran de son téléphone, et une autre chanson inonde l'habitacle grand ouvert de mon cabriolet.

Artiste : **Jem** Titre : **Falling for you**

Ada a beau faire preuve parfois d'une maturité surprenante, elle reste une adolescente abandonnée par sa mère. La chanteuse britannique parle à sa place. Puis s'arrête brutalement. Dissimulée derrière ses lunettes noires, enfoncée au maximum dans son siège, Ada parle en fixant la route :

— Tu vas tout avouer à mon père ?

— Pas tout de suite.

— Alors ne me donne pas de leçon, s'il te plaît.

— Ada, je parlerai bientôt à ton père. Je lui expliquerai comment on m'a volé ma vie et comment je suis allée la récupérer.

— Tu t'en vas ?

— Je vais devoir partir quelques jours en Norvège. Quand je reviendrai, tout sera réglé. Je risque d'avoir d'autres problèmes, mais je ne vous mentirai plus.

— Tu l'as déjà rencontrée celle qui t'a *usurpée ?*

— Non. Mais j'ai besoin de savoir que je peux compter sur toi, te faire confiance. Tu ne dois en parler à personne. Même pas à Cannelle, tu m'entends ?

Ada peine à dissimuler sa réaction. Je vois qu'elle rougit un peu, malgré ses cheveux agités et ses grandes lunettes noires. Elle finit par répondre :

— Ce qui compte, c'est que tu sois honnête, que tu puisses t'expliquer. Ne fais pas comme maman.

— Je te le promets.

— Pour papa, je te couvrirai, mais je veux que tu me tiennes au courant chaque jour ! Avec des photos !

— Je ferai de mon mieux.

Une nouvelle piste musicale commence. Ada me sourit.

Artiste : **Avicii** Titre : **Addicted to you**

Je m'en souviens maintenant. Cannelle la chante souvent, elle adore le clip, qui commence déjà à dater un peu.

Ada ne m'en dira pas plus aujourd'hui. Et pour être honnête, je ne sais pas vraiment comment m'y prendre pour la rassurer sans la gêner.

Qu'est-ce que j'aurais fait à sa place, si j'étais tombée amoureuse de ma meilleure amie ?

Suis-je seulement capable de l'encourager à assumer d'être vraiment elle-même alors que je suis terrifiée à l'idée de partir réclamer mon identité à une inconnue ?

06

6h00, levée. 6h05, chaussée. 6h10, sortie. La fraîcheur de la nuit est déjà chassée par les rayons du soleil. Mon parcours de sept kilomètres alterne entre champs et bois plus ou moins denses, puis traverse le hameau de Monthérand avant de me ramener à Tigeaux. Étirée dans le lit du Grand Morin, cette petite commune rurale de Seine-et-Marne est très étendue.

Après un dénivelé cumulé d'une centaine de mètres, mes dernières foulées retrouvent le chemin de Fort à faire. Oui, ils ont fait un trait d'humour en nommant cette rue.

Là, dissimulée dans la forêt, se dresse une vieille bâtisse totalement rénovée dans les années 1980. Quelques colombages et des pierres apparentes aux angles lui ont conservé un certain charme. Mais en cette saison, c'est le jardin effervescent d'odeurs et de couleurs qui rend l'endroit paradisiaque.

Il est déjà sept heures lorsque je fais couler la douche tiède dans la salle de bains logée sous la pente du toit. Tout l'étage a été aménagé pour devenir une chambre d'hôtes indépendante et agréable. Mais je suis la première et la seule à y avoir séjourné depuis la fin des travaux.

Comme tous les matins, ma serviette impeccablement pliée m'attend à la sortie de la douche. Des fleurs du jardin fraîchement coupées ornent la pièce et diffusent leur doux parfum.

Dans la glace embuée, je croise mon reflet lorsque je monte sur la vieille balance. Mon poids s'est stabilisé, mais j'ai perdu huit kilos depuis ma fausse couche. Mes muscles ont fondu avant de reprendre un peu de volume. Avoir coupé mes cheveux change la forme de mon visage. C'est aussi plus pratique pour courir.

Courir m'a sauvée, me réveille le matin et m'a empêchée de devenir folle. Sans maison, sans travail. Sans plus de raison de se lever.

Les fenêtres entrouvertes de la cuisine permettent de profiter des oiseaux et du jardin sans subir la chaleur déjà pesante. La première fois que je suis entrée ici, j'ai eu l'impression que le temps s'était arrêté dix ans plus tôt. Huit ans pour être exact. Huit années pendant lesquelles cette cuisine n'avait plus servi à cuisiner pour deux, mais seulement à nourrir celui qui était resté.

Dans chaque détail, les petites attentions. Impossible de s'en lasser. Mon petit déjeuner complet est disposé sur un plateau, au cas où je préférerais manger dans le bureau, ou dehors. Ou ailleurs. Une princesse ne serait pas mieux traitée.

C'est notre accord, je peux sauter le dîner, je peux raccourcir le déjeuner, mais je dois terminer mon petit déjeuner tous les matins. De toute façon, je n'arriverais plus à courir si je ne me nourrissais pas assez. Mon ventre s'est resserré, raffermi. La boule à l'intérieur n'a pas disparu. J'apprends à l'apprivoiser.

Contrat rempli. Mon plateau entièrement consommé et débarrassé, je remonte à l'étage. J'arrive à peine à m'en absenter pour dormir et courir : je suis déjà en manque.

Ce qui a été conçu comme une suite conjugale ressemble depuis mon arrivée à une salle des opérations secrètes. Au centre d'un amoncellement de documents officiels et de courriers administratifs, mon ordinateur portable commence à montrer des signes de faiblesse.

Sur l'écran, où se superposent plusieurs fenêtres, je la suis à la trace. Au jour le jour. Celle qui a volé ma vie, et réduit la mienne à guetter la sienne.

La loi veut qu'il m'incombe de prouver que je suis bien moi.

J'ai toujours cru que ça n'arrivait qu'aux autres. Et puis un matin, je l'ai sentie. Cette impasse. Ces murs qui m'écrasent de toutes parts. Cette asphyxie continue.

J'ai songé à lui laisser définitivement la place. Elle est devenue moi. Je ne suis devenue personne. J'ai très sérieusement pensé à me retirer de la partie pour de bon.

On dit que seuls ceux qui ont vécu la même chose peuvent comprendre. Eh bien, c'est vrai. Malgré nos différences d'âge, d'origines et de parcours de vie, Séverin me comprend.

Véritable petit gentleman moustachu tout droit sorti d'un film avec Gabin, Séverin Pignol fêtera ses 80 ans à la fin de l'année. S'il est en pleine forme physiquement, il a cessé de vivre au décès de son épouse Mireille en 2010. Il a pourtant gardé suffisamment de force en lui pour terminer tout ce qu'ils avaient entrepris ensemble. Parce qu'elle aurait fait pareil, comme il dit.

Je lui ai parlé pour la première fois au téléphone le 31 décembre 2011. Avec les dix heures de décalage horaire, j'ai traité son cas en pleine nuit, puis tout au long du jour de l'an. On s'est souhaité deux fois la bonne année.

Dernière promesse faite à Mireille, Séverin avait entrepris seul le voyage de leurs rêves. Il visitait les îles Fidji. Mais une mauvaise chute a écourté son séjour.

Malheureusement, un 31 décembre, tout est plus compliqué pour rapatrier Séverin depuis l'autre bout du monde.

Malgré ma détermination et mon réseau, il aura tout de même attendu environ trente heures avant de fouler le sol français. Livré à lui-même, abandonné par une famille divisée depuis la mort de Mireille, Séverin s'est retrouvé totalement seul lorsqu'il est arrivé en fauteuil roulant à Roissy le 1er janvier 2012.

Nos équipes étant débordées, j'ai fait ce que Basile m'a longtemps reproché. Je suis allée l'accueillir à l'aéroport, puis l'ai accompagné à l'hôpital pour quelques examens. Le soir du jour de l'an, je déposais enfin Séverin chez lui. Depuis, il m'envoie toujours une carte de vœux à la nouvelle année, à laquelle je ne manque jamais de répondre.

Quand je lui ai téléphoné, il y a déjà trois semaines, je n'avais plus entendu sa voix depuis le premier janvier 2012. Six années. Elle n'avait pas changé. Par contre, lui a tout de suite remarqué que la mienne était différente. Ce soir-là, sans que je n'aie besoin de lui expliquer ou de lui demander quoi que ce soit, Séverin a sorti sa Citroën C5 du garage pour venir me chercher. Il m'a accueillie chez lui. Je n'en suis jamais repartie.

Les matinées sont trop courtes. Il y a toujours un nouvel article, un nouveau témoignage. L'usurpation d'identité touche plus de 200 000 personnes en France tous les ans. Certaines victimes vivent avec depuis des années, sous la menace d'être arrêtées pour un crime qu'elles n'ont pas commis, et obligées de prouver régulièrement leur innocence.

Je suis devenue incollable. Mes formations Europ Assistance sur les vols de documents et les arnaques à l'étranger ne m'avaient pas préparée à cet enfer insoluble. Même lorsque l'administratif est résolu, le doute ronge les familles, les couples, les collègues. Parfois, il ne partira plus.

Une odeur de légumes grillés et d'herbes aromatiques atteint mon antre et m'attire au rez-de-chaussée. Mon cerveau salue cette diversion bienvenue. Mon estomac confirme.

Pieds nus, vêtue d'une vieille chemise et d'un short usé, je descends lentement les escaliers de bois, d'un pas félin et silencieux. Je m'améliore chaque jour, mais un craquement au niveau des dernières marches finit toujours par me trahir.

Un tian de courgettes du jardin orne la table déjà dressée. Le carrelage est frais, c'est agréable. Je ralentis. Silence.

— 21 octobre 1984.

La voix est claire et posée. Séverin me teste tout le temps, tous les jours, sans prévenir. Il est implacable. Il dit que dehors, je n'aurai pas droit à l'erreur. Alors inlassablement, je retiens, je répète :

— Vanessa Brunner.

— Très bien. Marie Roussin ?

— 25 septembre 1984.

— 2 83 11 06 098 437 ?

— Marthe Visseaux, née le 15 novembre 1983.

Si je compte la mienne, qui m'a été volée, cela fait un total de six. Six noms, six dates de naissance, six numéros de sécurité sociale... Six identités. Séverin pense que c'est un minimum pour tenir à long terme.

Toute sa vie professionnelle, Séverin l'a passée dans une banque. D'abord simple employé sans diplôme, il a monté les échelons jusqu'à la direction régionale.

Des tricheurs, des arnaqueurs, il en a croisé un bon nombre. Mais il a aussi assisté, impuissant, à la faillite de familles entières, la destruction de personnes usurpées. Alors il s'est mis en tête de m'aider, de me préparer, parce qu'il ne sera pas toujours là.

Séverin est de précieux conseils, mais l'idée est venue de moi. Au fur et à mesure que je sentais mes employeurs me pousser vers la sortie, j'ai commencé à exploiter toutes les ressources que j'avais à ma disposition depuis des années. Un fichier détaillé de centaines de milliers de clients d'Europ Assistance à travers le monde.

Dans énormément de cas d'usurpation d'identités, la victime n'en a pas conscience, et ne le saura peut-être jamais. Alors si l'Autre s'est décidée à vivre à ma place pour un bon bout de temps, il me faut des identités de rechange.

Quand il est trop tard pour jardiner, mais qu'il fait encore trop chaud pour regagner mon étage, Séverin poursuit mon éducation financière. Comment placer, sécuriser, diversifier mes revenus. Heureusement, toute mon épargne n'a pas été saisie. Mais je dois jongler entre plusieurs banques et plusieurs identités. Séverin m'apprend comment, à moyen terme, je pourrai à nouveau envisager de payer un loyer. Grâce à lui, j'ai à nouveau espoir de retrouver une crédibilité et une légitimité financière.

Mon ange gardien aux cheveux et à la moustache argentés me fait du bien. Je vois que lui aussi apprécie nos moments. Même lorsqu'il doit s'y reprendre plusieurs soirs d'affilée pour m'enseigner certains concepts. Sa voix est chaleureuse, rassurante.

Quand j'étais au collège, je me répétais intérieurement que j'aurais voulu échanger ma mère avec ma prof de français. Aujourd'hui, j'aurais aimé connaître Séverin plus tôt. Je le charrie tout le temps sur son âge, mais je sais qu'il n'est pas éternel. Le deuil l'a beaucoup diminué.

Je crois que c'est son regard qui me fait le plus de bien. Je ne me suis jamais sentie ni jugée ni surveillée.

Après plus d'une semaine de cohabitation, je ne dormais qu'une heure par nuit et je tenais à peine debout. La boule dans mon ventre me cisaillait sans répit. Séverin n'insistait pas, mais je le sentais inquiet. Il a fait preuve d'une patience infinie.

Et puis, il y a eu une nuit un peu particulière. La pluie cognait fort sur la toiture, c'était assourdissant. Je suis restée dans le salon avec lui. On a parlé des heures. De tout, de rien. Et je me suis endormie contre lui. Un vrai sommeil, profond, réparateur. J'ai repris la course à pied le lendemain matin.

Ce soir, Séverin et moi avons décrété ensemble qu'on avait mérité une pause. Et pas n'importe laquelle. Le film *Au service secret de sa Majesté* est rediffusé sur une chaîne de la TNT. Sorti au cinéma en 1969, c'est le seul film de la saga où James Bond se marie. Malgré nos quarante ans d'écart, on partage la même excitation juvénile, bien calés dans son canapé.

Mais on ne dépassera pas le générique du début. Une silhouette agite ses bras derrière le portail. Je dispense Séverin de faire l'effort de se lever, j'ai déjà reconnu notre invitée surprise. C'est ma sœur. Flore a encore changé la couleur de ses cheveux.

07

Lorsqu'on quitte le village en escargot de Saint-Martin pour descendre dans le lit de la Vésubie, on se sent glisser jusqu'à la mer comme dans un toboggan alternant vallées verdoyantes et gorges étroites, parsemées de villages accrochés aux parois et de maisons isolées, parfois abandonnées. Il faut compter au total une bonne heure de route pour atteindre l'aéroport littéralement posé sur la Méditerranée.

Robin a dû se lever aux aurores. En réalité, je ne crois pas qu'il ait beaucoup dormi. Moi je n'ai pas fermé l'œil de la nuit. Résultat : on a les yeux rouges tous les deux, mais ce n'est pas la fatigue qui nous empêche de parler aussi librement que d'habitude.

Hier soir, Robin m'a invitée à passer la nuit chez lui. Oui, vous avez bien compris. Rester dormir dans son chalet. Avec lui. C'est seulement la deuxième fois.

La première, c'était le soir de ma surprise d'anniversaire. On avait un peu bu tous les deux et on venait de coucher Ada, totalement épuisée après des heures à danser avec Cannelle.

Le moment était simple et beau. J'aurais suivi Robin n'importe où cette nuit-là. J'étais tellement bien. Et puis la boule dans mon ventre m'a littéralement paralysée.

Je n'oublierai jamais son visage. Sa quiétude s'est volatilisée. Déçu, dépité. Robin a dû croire qu'il s'était trompé. Au contraire, c'est moi qui n'ai pas supporté l'idée de le tromper un peu plus. Je lui mens déjà depuis le début. Et je venais de promettre à ma sœur d'aller récupérer ma vie en Norvège. Et si je ne revenais pas ? Si je les mettais en danger Ada et lui ? Alors je l'ai gentiment repoussé.

Quand je suis rentrée seule chez moi, le cisaillement dans mon ventre était si intense que je n'ai jamais trouvé le sommeil, assise pliée en deux sur mes draps.

Hier soir, Ada nous a laissé le chalet, sans oublier d'aider son père à préparer un véritable dîner aux chandelles. Cette dernière soirée avant mon départ restera gravée dans ma mémoire.

Pourtant elle avait mal commencé. Je suis arrivée en retard et pas aussi apprêtée que je l'aurais voulu. Non pas que Robin ne m'en tienne vraiment rigueur, mais il aurait mérité mieux que ma tenue sportive un peu négligée. Pour couronner le tout, je lui ai offert un Whisky qu'il avait déjà.

Et puis l'inexplicable a opéré, comme toujours entre nous. On a fini par se laisser aller, parler sans retenue. Sans que l'on se soit réellement rapprochés physiquement, la conversation a pris une tournure plus chaleureuse, plus intime. Le temps a filé sans nous.

Hier soir, malgré le mensonge qui m'angoisse, je pense sincèrement que Robin a fendu ma carapace. Mais je n'avais pas encore pleinement réalisé l'épaisseur de la sienne. Car je crois qu'il me désire au moins autant que j'ai envie de lui.

Il a suffi d'un détail. Un des innombrables détails du chalet qui évoquent Bénédicte, la mère d'Ada. Sa femme. Partie du jour au lendemain sans explication. Robin n'a rien enlevé, rien bougé. Comme si elle allait rentrer demain.

Ce n'est pas une carapace qu'il s'est constituée depuis son départ, c'est une muraille, et je me la suis prise en pleine figure. Le plus douloureux hier soir n'a pas été de rentrer seule après un moment aussi touchant. Le plus insupportable, ce qui me ronge encore ce matin, c'est d'avoir pris conscience de la blessure béante de Robin. Bénédicte l'a écorché vif. Et je n'y peux rien.

Nous voilà tous les deux dans sa voiture ce matin. Robin fait cette route tous les jours, jusqu'au siège de Virbac, un important fabricant de produits vétérinaires implanté dans la vallée du Var où se jette la Vésubie. Il y est responsable du réseau informatique. Plusieurs fois par semaine, il opte pour le télétravail, depuis l'installation de la fibre optique au village.

Capable d'écouter en boucle depuis des années les mêmes albums de Queen, The Police et Noir Désir, il a laissé l'habitacle s'enfoncer dans le silence pendant tout le trajet. C'est étouffant.

J'aimerais tout lui dire. Maintenant, d'une traite.

— *Robin, je vais confronter celle qui m'a volé ma vie. Je t'ai menti sur mon nom depuis le début, mais pas sur le reste. Je ne me suis jamais sentie aussi bien, aussi vivante. J'aime ma nouvelle vie que je risque de détruire... J'aime Ada comme ma sœur, ou ma fille... Et je t'aime toi, putain ! Embrasse-moi, maintenant !*

Dans un crissement de pneus, la Peugeot 308 de Robin s'immobilise sur la chaussée. Un animal massif, mais aussi terrifié que nous vient de traverser la route. Mon cœur bat à tout rompre. Je me sens idiote. Robin vient de poser sa main sur moi, rassurant. On se fixe une longue seconde. Comment je peux me risquer à le perdre ? Embrasse-moi... Derrière nous d'autres voitures s'impatientent, il faut redémarrer.

La Vésubie se jette dans le Var. Plus large et plus évasé, le fleuve sculpte lentement son lit de sable et de galets gris jusqu'à la mer. La route s'est muée en voie rapide, les montagnes boisées en collines saupoudrées de villas et d'oliviers. Quand j'étais petite, j'avais l'impression de changer de monde en revenant à la ville, c'est-à-dire la côte. Je pensais immédiatement à la prochaine fois que je pourrais remonter.

Bonne question. Je me suis réfugiée là-haut, dans la vallée de mon enfance. Quelle folie d'en partir. Et pour combien de temps ?

— Ils auraient pu te réserver ton billet retour...

Robin lit dans mes pensées ou quoi ? C'est sa manière de m'interroger, de me jauger ?

— T'inquiète pas, je serai vite fixée sur la longueur de mon séjour.

— Tu vas manquer à tes élèves, et à Ada.

Encore une parole détournée... On est vraiment des gamins, incapables de se dire les choses !

— Ils vont me manquer aussi.

Putain, je suis vraiment la championne ! Merde, on est déjà arrivés. D'habitude c'est la queue leu leu, pourquoi ça roule aussi vite ce matin ? Trompe-toi de terminal Robin, s'il te plait...

Même mon téléphone est contre moi : l'application de l'aéroport de Nice confirme que mon vol est bien à l'heure. La douleur est revenue. Totale, générale. Je suis pétrifiée. Je ne sais même plus si mon cœur s'est affolé ou carrément arrêté. La boule dans mon ventre est bien présente. Familière et différente à la fois. Elle m'empêche de réfléchir.

Dépose-minute du Terminal 1. Je n'entends que le cliquetis régulier des feux de détresse que Robin vient d'enclencher. La 308 est engagée au milieu d'autres voitures en train de libérer voyageurs et bagages. On s'embrasse, on se salue, on se prend dans les bras tout autour de nous.

Qu'est-ce que je dois faire ? Le saluer, l'éviter sous prétexte que je suis stressée à l'idée de rater mon vol ? On est tellement en avance !

Robin m'a précédée à l'extérieur, il tient déjà ma valise et m'a ouvert la portière. Me lever demande un effort inimaginable. Je lutte pour ne pas me plier en deux, tant la douleur me déchire le ventre. Il me précède encore une fois :

— Fais un bon voyage, Margo.

Je ne réfléchis pas. Comme par instinct, j'approche ma bouche de son visage, mais il bouge au même moment. Un demi-baiser, une bise ratée ? C'était quoi ça ? Il a l'air aussi con que moi.

Les autres voitures s'impatientent. Robin lance un regard noir aux conducteurs pressés :

— Deux minutes ! J'ai droit à deux minutes ?

Il me redonne le sourire. Je sais qu'il fait des efforts surhumains pour rester calme et poli en ma présence. Râleur professionnel, Robin sait que je déteste ses excès de colère. Pourtant ce matin, je le trouve sexy, touchant, protecteur...

Merde alors ! Celui-là, je l'ai pas vu venir. Un baiser volé. Un baiser de cinéma. Non, plutôt un baiser de la vie, la vraie. Robin m'a eue. Souriant, il passe doucement sa main sur ma joue, avant de reprendre le volant et s'en aller.

Jusqu'à aujourd'hui, la boule dans mon ventre me rappelait régulièrement la courte vie qu'elle avait abritée, et celle qu'on m'avait volée. Cette fois, c'est différent. Elle se comporte comme un signal. Une sorte d'avertissement. Parce que je tire sur le lien fragile entre Robin et moi. Au risque de le rompre.

Face à moi, la structure métallique blanche et vitrée du terminal m'évoque une fosse marine insondable. En franchissant les portes automatiques, je repense à Ed Harris s'enfonçant doucement dans les profondeurs de l'océan à la fin d'Abyss, le film de James Cameron. Et si je ne remontais jamais à la surface ?

Au milieu des centaines de touristes, je suis invisible. Et pourtant, je suis terrorisée comme la première fois. Est-ce qu'on s'habitue un jour à mentir et à tricher comme on respire ?

Je me les répète tous les matins, tous les soirs, parfois la nuit. Je ne dois pas hésiter une seconde, dans l'ordre, dans le désordre. Pour éviter d'être trop visible, et surtout dans le cas où l'une d'entre elles venait à éveiller le moindre soupçon, je retiens par cœur cinq autres identités. Soit six dates de naissance, six numéros de sécurité sociale, six paires de parents, six adresses e-mail... Et six lignes de téléphone, que je contrôle régulièrement.

Aujourd'hui je suis Alexandra Pilet, née le 21 mars 1985. C'est la première fois que j'utilise sa vraie fausse carte d'identité. S'il m'arrive quelque chose, je ne veux pas qu'on puisse remonter à Valérie, ou à Robin.

Un employé aux couleurs d'Air France enregistre ma valise, et évoque sa cousine qui porte le même prénom, mais ne me ressemble pas du tout ! Comme quoi ! S'il savait... Les noms ne sont que des étiquettes interchangeables. Pourtant, je suis en train de tout risquer pour récupérer le mien.

J'ai anticipé au maximum l'étape suivante : pas de ceinture, pas d'ordinateur portable, pas de liquide en grosse quantité... Mon sac à dos passe aux rayons X, tandis que je franchis le portique détecteur de métaux sans déclencher l'alarme. Je suis soulagée quand une femme en uniforme m'interpelle et me demande de toucher une languette avec mes doigts. Tout en insérant la languette dans une machine, elle déclare effectuer un test chimique. Je sais que la pratique est courante, d'ailleurs personne ne s'en étonne autour de moi. Rien à faire, je suis pétrifiée.

— Merci madame, vous pouvez y aller. C'est un détecteur de traces d'explosifs et d'agents bactériologiques.

Mais pas d'usurpation... Je prends ma valise et me retiens de partir en courant. Une main m'agrippe et une voix quasi robotique m'interpelle :

— Madame Pilet !

Faire comme si j'avais répondu à ce nom toute ma vie...

— Oui, c'est moi.

Un grand moustachu en uniforme me tend la petite carte.

— Vous avez oublié votre pièce d'identité. Vous ne pourrez pas accéder à l'avion sans la présenter à l'embarquement.

— Merci beaucoup.

C'est le genre de moment où les multinationales qui fabriquent nos produits d'hygiène devraient tester leurs déodorants. En quelques secondes, je suis passée par tous les états extrêmes qu'un corps humain vivant peut supporter. Heureusement, je sais déjà ce qui va me faire du bien.

Mon casque audio vissé sur les oreilles, je m'assois discrètement dans le hall d'embarquement bondé. Sur les écrans, je retrouve l'indication de mon vol pour Amsterdam. De là, je prendrai une correspondance et si tout va bien, j'atterrirai en fin de journée à Ålesund, un port important du nord-ouest de la Norvège. J'ai étudié la ville en long, en large et en travers. Si la pêche représente l'activité principale, c'est essentiellement la morue séchée salée, appelée là-bas *Klippfisk*, que de nombreux navires exportent dans le monde entier.

J'essaie de me laisser porter par la musique. Depuis qu'on partage notre compte Spotify avec Ada, je m'amuse à lui soumettre des morceaux et elle me répond par sa propre sélection.

Aujourd'hui, je prends en cours d'écoute une chanson longtemps associée à une publicité d'Air France, portée par la voix unique de Hope Sandoval.

Artiste : **The Chemical Brothers**   Titre : **Asleep from day**

8h40. L'hôtesse jette un regard machinal et rapide sur ma carte d'identité, tandis que je valide le QR code de mon billet directement depuis l'écran de mon smartphone.

Merci Ada, la musique m'a évité la syncope.

La passerelle d'embarquement vitrée me permet d'admirer une dernière fois le paysage azuréen. Sous nos pieds s'étale l'aire bétonnée gagnée sur la mer. Au loin vers le nord, je devine les sommets encore saupoudrés de neige tardive. J'espère les revoir rapidement.

Ada me fait rire. J'ai presque envie de danser en montant dans l'avion au son de la piste suivante.

Artiste : **One Republic**   Titre : **Something I need**

o8

Le vent porte l'air chaud chargé d'odeurs des champs cuits par le soleil. Le bitume a tout juste tiédi pendant la nuit. Le bruit des insectes déjà à pied d'œuvre depuis plusieurs heures souligne le tintement des cloches qui m'entourent. Dans le Cantal, les vaches sont partout.

On reconnaît les Salers à leur pelage marron touffu comme des peluches. Abritées sous les arbres, agglutinées autour d'une bassine d'eau ou d'un bloc de sel, elles traversent un alpage, ou ruminent allongées. Seules quelques-unes me prêtent un début d'attention. Parfois, certaines me donnent l'impression de s'interroger sur ce qui me pousse à descendre, puis remonter du village en courant le plus régulièrement possible. Tous les matins. Par tous les temps.

Je ne pourrais pas répondre moi-même. Par contre, je sais que je ne peux pas m'en passer. J'ai allongé mon parcours, et le relief de la région rend inévitable un certain dénivelé. Peu importe, mon corps s'est adapté. Plus endurante, plus sèche, plus dure aussi. Du moins, si j'en crois le regard des autres.

La course à pied m'a sculptée, mais le travail à la ferme m'a littéralement renforcée. Un vieux panneau sombre et rouillé indique l'entrée du hameau intitulé simplement *Le Bac* en lettres blanches. C'est le premier panneau que j'ai su lire toute seule. Quand on passait les vacances au village chez mon arrière-grand-mère, mon oncle venait me chercher en tracteur. Je me ravitaillais en fromage, beurre et œufs, que je troquais contre des légumes et des fruits du jardin.

Avant le retour de Flore, tata Yvette était seule pour habiter, gérer et exploiter cette ferme d'un autre siècle. Plus capricieuse, plus têtue, ma petite sœur s'est souvent disputée avec notre famille auvergnate. Pourtant, c'est elle qui y a passé le plus de temps.

Après deux années de cohabitation et d'observation attentive, Flore déleste tata Yvette de la plupart de ses tâches quotidiennes. Je dois avouer qu'elle m'impressionne. Pour être honnête, quand elle m'a proposé le mois dernier de la rejoindre ici, je ne l'ai pas prise au sérieux. Flore la nomade, la sauvage, impossible de la tenir en place. Et pourtant. La Terre et les animaux l'ont transformée, ou plutôt non, ils l'ont révélée. Je n'ai jamais trouvé ma sœur aussi belle, aussi forte, aussi sûre d'elle.

Paradoxalement, c'est pour cette raison que je dois lui annoncer mon départ. Mais pas ce matin. Pas le 14 juillet, alors qu'elle aide tata Yvette à se préparer pour descendre au village assister aux festivités.

C'est sans doute la dernière fois que je prends une douche dans cette minuscule salle de bains un peu désuète. L'eau froide électrise ma peau brûlante. Elle a un goût métallique, minéral. L'eau des volcans.

Sur ma hanche droite, deux cicatrices me brûlent, irritées par la transpiration et le frottement de mes vêtements. La plus récente est aussi la moins profonde : mauvaise chute dans la vieille grange.

Juste au-dessus, affleure une entaille qui ne disparaîtra sans doute jamais. Comme un petit voyant rouge clignotant, c'est un rappel. Un moyen de ne jamais oublier le soir où j'ai couru délibérément vers un bus. Je voulais en finir. Mais c'est un vélo qui m'a percutée, et m'a sauvé la vie. La poignée de frein s'est enfoncée dans la chair de mon ventre.

La buée sur le miroir mural cache mon visage. J'apprends à reconnaître ce nouveau corps. Bronzé, musclé, raffermi. Mes cheveux ont repoussé, mais se sont éclaircis comme ceux de Flore.

Elle a choisi la robe qui épouse ma silhouette en douceur. Je l'entends parler à Yvette, au rez-de-chaussée. Elles sont prêtes pour descendre au village. Les festivités du 14 juillet ont déjà commencé.

Quand je les vois toutes les deux, leur complicité est une évidence. Chacune apporte à l'autre ce qu'il lui manquait depuis longtemps.

Enfant, le Renault Espace de mon oncle me fascinait. La seule voiture dans laquelle j'avais une vraie place, même à l'arrière. Un siège rien qu'à moi. Et puis on pouvait moduler l'habitacle à volonté, pour charger les vélos, des caisses, la tondeuse... Un véritable jouet. Une voiture à vivre, comme disait la pub.

Me retrouver au volant, à la place de mon oncle, me rend heureuse et nostalgique à la fois. S'il ne l'a pas ménagé, il l'a toujours bien entretenu. Malgré les 334 000 km au compteur, ce monospace de 1991 a encore fière allure.

Yvette et Flore ont préféré s'installer à l'arrière, toutes vitres baissées. En ralentissant au niveau du cimetière, qu'on longe sur la droite, j'ai une pensée pour mon oncle et mon arrière-grand-mère. Yvette et Flore ne disent rien, mais leurs regards se rejoignent.

L'effervescence du village nous enveloppe d'un coup. La fanfare est déjà à l'œuvre et les pompiers défilent en rang sur la place principale, face au collège et à l'école. Au centre se dresse une statue de bovin, sombre et mate, évoquant l'estive célébrée au printemps. Le 14 juillet compte parmi les instants où Allanche retrouve ses couleurs, ses cris d'enfants et ses parfums de fête.

Tout le monde a reconnu le monospace usé. Déjà, des jeunes et des moins jeunes approchent pour l'aider à descendre de la voiture. Yvette connaît les prénoms de chacun. D'un coup d'œil elle remarque les kilos supplémentaires, les ventres qui s'arrondissent, ou les voix qui mentent.

Ici au village, on dit qu'elle a eu deux vies. En avance sur son temps, elle a été dactylo, puis secrétaire à son compte, engagée par toutes sortes d'entreprises ou de notables de la région. À la fois assistante et conseillère, elle a accompagné plusieurs générations de petits patrons, de commerçants et d'agriculteurs.

Mais Yvette a également aidé sa sœur à sauver la ferme familiale, alors qu'elles se retrouvaient orphelines. Une main sur le clavier d'une machine à écrire et l'autre dans la terre.

Le maire en personne vient la saluer. Yvette insiste pour marcher seule, appuyée sur sa canne. Alors qu'il lui tend la main, elle sourit et lui fait la bise sans lui laisser le temps de réagir. Elle l'a connu bébé, pas de chichis. Amusé, le maire échange quelques politesses, et prend des nouvelles de la ferme du Bac.

Yvette tire Flore par la manche et la ramène à côté d'elle. Là, sans prévenir, notre tante désigne officiellement ma sœur comme nouvelle responsable de la ferme. Personne n'est vraiment surpris, sauf l'intéressée. D'habitude totalement extravertie, Flore rougit presque.

La boule dans mon ventre se resserre un instant. La douleur s'estompe sans disparaître. Comme un signal. Celui que j'attendais pour partir. Je n'abandonne pas ma sœur, je lui laisse toute la place qu'elle mérite.

— Il te reste de la monnaie ? Je veux reprendre une bière.

Flore doit être la première fan de la brasserie artisanale que deux passionnés ont installée au sud du village, sur les rives de l'Allanche. Pour le 14 juillet, la Brasserie des Estives tient carrément un stand sur la place.

Je lui tends mon dernier billet.

— T'en bois une avec moi ?

Flore rayonne. Comment lui expliquer que la boule dans mon ventre me paralyse presque. Je dois partir, je dois commencer ma nouvelle vie. Je trouve la force de lui sourire, et lui répondre d'un hochement de tête enthousiaste. Flore rigole.

— Génial merci ! ... Alors deux brunes !

— Deux brunes pour les deux blondes, c'est parti.

Je vois dans le regard d'Yvette qu'elle a tout compris avant tout le monde, comme d'habitude. Ce jeune apprenti brasseur et ma sœur apprentie fermière sont le sang neuf du village. Jusqu'à maintenant, ils ont été discrets, mais rien n'échappe à Yvette.

Flore me rend la monnaie, et en quelques secondes, je me revois dans la cuisine de Séverin. Tableaux et schémas à l'appui, il m'a transmis sa rigueur budgétaire. Je savoure cette bière jusqu'à la dernière goutte, mais je sais que je dois me préparer à être très économe dans les mois à venir. Je dois disparaître, devenir transparente. Séverin serait fier de moi. J'ai bien retenu ses leçons.

Pourtant, j'aurais préféré pouvoir lui dire merci. Il est parti sans prévenir. En quelques jours, sa famille s'est jetée sur son héritage, et la maison a été dilapidée instantanément. Toute une vie de souvenirs effacée, réduite à quelques biens de valeur marchande.

Curieusement, c'est en partant qu'il m'a donné l'envie de rester. Et de vivre.

Allanche, la ferme du Bac. C'était un joli refuge. Un lieu d'apaisement. Un répit inespéré.

Mais cela ne pouvait pas durer. Séverin le savait. Je le savais. Il m'avait préparée pour ça. Même ici au fin fond du Cantal, l'administration et les banques me pourchassent. Répercussions des agissements de celle qui vit à ma place. Je ne le supporterai pas éternellement. Et hors de question d'infliger cela à Flore. Elle a mérité le droit de vivre sa propre vie.

C'est en courant autour d'Allanche, en traversant les bois et les hameaux isolés, que j'ai choisi parmi mes six identités. J'ai décidé de devenir Margo Jossec, née le 25 mai 1983.

Reste alors à déterminer où.

Ceux que je croyais être mes amis m'ont oubliée depuis longtemps. Ma famille n'a jamais été très nombreuse, et la fuite de mes parents n'a encouragé personne à se préoccuper de mon sort.

Il reste pourtant quelqu'un à qui j'ai besoin de parler. Quelqu'un en qui j'ai confiance. La seule que j'ai appelée maman après ma propre mère. Je ne le sais pas encore, mais elle va m'aider à transformer ce que j'envisageais comme un exil en véritable renaissance.

En revenant enseigner dans sa vallée natale, elle m'a montré le chemin. J'ai suivi naturellement son exemple en retrouvant l'arrière-pays niçois des vacances chez mes grands-parents.

Séverin l'aurait beaucoup appréciée. Elle m'a connue alors que j'étais la plus petite du collège. Prof irremplaçable, Valérie Dol m'aura sauvée deux fois.

09

Je serais bien incapable de mentionner une seule page de la revue qu'Air France met à la disposition des passagers. Je l'ai pourtant parcourue quatre ou cinq fois pendant mon premier vol de deux heures, entre Nice et Amsterdam. Autrefois, j'aurais dormi avant même le décollage, étant donné mon heure de réveil et le manque de sommeil accumulé ces derniers jours. L'hôtesse qui m'a proposé une collation a dû me croire malade ou affreusement mal polie.

J'ai littéralement erré dans Schiphol pendant mes trois heures d'escale. Il a beau avoir été élu meilleur aéroport du monde plusieurs années de suite, là encore, je n'ai aucun souvenir des magasins et des lieux de détente que j'ai traversés.

En passant devant les panneaux d'affichage, les innombrables destinations à travers le monde me laissent songeuse. Partir. Tout plaquer. Au début, c'était ma seule alternative au... À une solution plus définitive que je préfère ne plus évoquer. La vérité, c'est que j'étais terrorisée. Je le suis encore.

Mais cette fois, je ne fuis pas. J'affronte. Mon vol s'affiche. La douleur revient et ne me cisaille plus le ventre, comme si elle était contenue.

`AF8219 - Schiphol (AMS) Amsterdam / Vigra (AES) Ålesund`

Encore deux heures d'avion à lutter malgré moi contre le sommeil sans être capable de lire quoi que ce soit. Mon cerveau se repasse en boucle tous les éléments du dossier. Seront-ils suffisants pour convaincre un vice-consul honoraire de m'aider ? Après tout, quel intérêt aurait ce Norvégien bénévole à soutenir une démarche aussi lourde et périlleuse ? Il pourrait aussi me penser de mauvaise foi. Ne pas me croire du tout.

Je viens de me rendre compte que mes poings compriment les accoudoirs de mon siège. En les relâchant, je permets au sang d'alimenter à nouveau mes doigts. Cette fois, pas de revue Air France dans la pochette devant moi, seulement le dépliant des consignes de secours de notre Embraer 175. Des années à organiser des rapatriements du monde entier m'ont familiarisée avec les avions de ligne.

À bord de ce petit biréacteur brésilien, je sens que je quitte les grosses liaisons aériennes. Il faut admettre que la Norvège est plutôt excentrée du ciel européen. Il reste des sièges libres. Seule une soixantaine des quatre-vingt-huit places réparties en deux rangées étroites sont occupées.

Certains rentrent chez eux, beaucoup commencent leurs vacances. Je ne suis pas sûre qu'un autre passager s'envole pour tenter de récupérer sa vie.

Une bonne partie du sud de la Norvège est couverte par les nuages, mais en atteignant la côte nord-ouest, le ciel se dégage. L'approche finale parvient même à m'aérer l'esprit quelques minutes. Les nombreuses îles qui constituent Ålesund ont toutes des formes et des couleurs différentes. Véritable porte d'entrée des fjords, ce dédale de montagnes et d'océans donne l'impression d'atterrir sur les Alpes submergées par une gigantesque montée des eaux.

L'aéroport de Vigra tient son nom de l'île relativement plate où il a été construit, au nord du centre-ville. Il a fallu gagner du terrain sur la mer, en utilisant la roche extraite lors du forage des nombreux tunnels que compte Ålesund.

Nous avons un peu d'avance, et notre appareil s'immobilise définitivement face au modeste terminal à 15h55. Comparée à celles de Nice et d'Amsterdam, l'infrastructure paraît minuscule. Je récupère très facilement ma valise, avant de chercher le bus 652 aux abords de l'unique et étroit bâtiment.

La boule dans mon ventre palpite et grossit. La beauté et l'originalité des vingt-cinq minutes de trajet m'aident à la supporter. Mon application mobile indique un total de vingt kilomètres, mais notre parcours est tout sauf rectiligne. Notre bus pointe plein sud pour quitter l'île de Vigra et traverser Valderøya. En son milieu, nous nous engouffrons dans un tunnel de cinq kilomètres dont nous ressortons à l'extrémité ouest d'Ellingsøya, une île toute en longueur. Le temps de franchir un rond-point, le bus s'enfonce à nouveau sous terre, comme dans un toboggan géant. Cinq kilomètres plus loin, nous sommes passés sous un fjord et une presqu'île, pour faire surface aux abords du centre-ville.

Bienvenue en Norvège.

Rutebilstasjon. Gare routière. La chambre que j'ai louée chez l'habitant n'est qu'à cinq minutes de marche. J'avance comme un robot dans les rues animées du centre, jusqu'à franchir le pont Hellebroa qui enjambe le canal séparant les deux parties principales de la cité.

C'est sur cet espace de quelques mètres de long seulement que je les croise pour la première fois. Bien sûr, je n'y prête pas la moindre attention, angoissée à l'idée de rater mon rendez-vous. Je ne remarque pas que le garçon me fixe à plusieurs reprises, tout en tenant la main de sa compagne. Quand je croiserai à nouveau ce couple, je ne les reconnaîtrai pas.

TORSTEIN

Ils n'ont qu'une vingtaine d'années tous les deux. Torstein est tout ce qu'il y a de plus banal. Du moins, c'est la manière dont il se perçoit. Sa petite amie Saskia ne partage pas son opinion.

S'il se considère comme l'archétype du jeune Norvégien moyen, elle au contraire, a un physique particulier. Encore aujourd'hui, elle rougit si on la compare à Kristin Kreuk, dulcinée de Clark Kent pendant les huit premières saisons de la série télévisée *Smallville*. Comme elle, Saskia a des origines asiatiques, indonésiennes pour être précise.

Deux étudiants qui visitent une des plus belles villes de Norvège. Rien de très surprenant. À première vue.

MARGO

Kirkegata 12. Mon hôte s'appelle Bent, il est absent à mon arrivée, comme prévu. L'entrée chez lui se fait grâce à une série de codes envoyés par le site Airbnb. L'appartement est spacieux, lumineux. La chambre est propre et chaleureuse. J'y dépose ma valise. Dans la salle de bains, je passe plusieurs fois mon visage sous l'eau froide.

J'emprunte à nouveau Hellebroa dans le sens inverse, pour m'avancer plein Est sur la Notenesgata qui longe en partie le port, avant de remonter Løvenvoldgata jusqu'à l'entrée de l'hôtel 1904. Je n'ai pas prêté attention à la façade, mais l'intérieur semble avoir été rénové récemment, avec beaucoup de goût et de gros moyens. J'apprendrai plus tard qu'il s'agit du plus vieil hôtel de la ville.

Alternance de bois clairs et foncés, béton brossé, acier dépoli et jeux de lumière habillent le Green Garden, une salle en partie constituée d'une véranda déstructurée du plus bel effet.

17h26. J'ai quatre minutes d'avance à notre rendez-vous, mais celui qui a le pouvoir de me sauver la vie m'attend déjà dans un des larges canapés du bar de l'hôtel.

Gunnar Haagensen est vice-consul honoraire. C'est-à-dire qu'il assure bénévolement certaines fonctions administratives à l'égard des ressortissants français sur le sol norvégien, en relation directe avec l'ambassade à Oslo.

Malgré l'air mûr que lui confère sa calvitie, il n'a qu'une petite quarantaine d'années. Ses yeux bleus malicieux me dévisagent derrière une paire de grosses lunettes carrées. Quand il n'officie pas au service de la France, Gunnar dirige Jangaard Export AS, une entreprise d'export de poissons installée dans le bâtiment voisin. En réalité, il ressemble à un prof de maths sympa. Mais un prof de maths quand même.

Il m'avait fallu insister par e-mails pour obtenir une entrevue informelle avec lui, après ses horaires de travail habituels. Bien entendu, je m'étais fait passer pour une autre, avant d'être certaine de pouvoir aborder ma requête de manière frontale. J'avais même prévu chaque mot à l'avance... Pourtant, en m'asseyant face à cet homme sérieux et avenant, je prends un risque énorme, comme poussée par la boule qui bouillonne dans mon ventre.

Je décide de tout lui avouer.

— Le 9 septembre 2017, vous avez célébré le mariage de Renaud Fossey et Émeline Dalbera, ici à Ålesund.

— C'est exact.

Il m'a répondu sans accent. Mes mains semblent peser plusieurs tonnes lorsque j'ouvre une petite pochette enfouie dans la doublure de mon sac. Ma vie est à l'intérieur. Pour la première fois depuis des mois, j'en étale son contenu, avant de lui déclarer du ton le plus honnête possible :

— Je suis Émeline Dalbera.

Gunnar étudie minutieusement ma carte d'identité, mon passeport et une série de documents authentiques à mon nom. Il les repose délicatement sur la table basse devant lui et ajuste ses lunettes du bout du doigt, tout en me fixant droit dans les yeux. J'ai l'impression d'être en chute libre, sans trouver comment déclencher mon parachute. Il attend que je poursuive.

— Je ne suis pas une cousine éloignée. Je vous ai menti. Celle que vous avez mariée a usurpé mon identité et volé ma vie.

Un serveur très jeune, mais appliqué, offre un répit à mon interlocuteur, en déposant quelques tartines de foie de morue sur du pain noir, accompagnées de deux bières. La marque norvégienne Aass n'évoque rien pour moi. À vrai dire j'en ai rien à foutre, là, maintenant. Gunnar observe les deux verres et la nourriture, avant de me répondre.

— La femme que vous accusez d'usurpation d'identité a présenté des documents en règle lors de son mariage. Je veux bien essayer de vous croire, mais pourquoi avoir attendu si longtemps pour me contacter ?

— Je me suis battue pendant des mois pour prouver que je suis moi-même. J'y ai tout perdu. J'avais fini par capituler. Puis, ma sœur a retrouvé sa trace ici, il y a un mois. Aujourd'hui, je suis déterminée à récupérer ma vie et mon nom.

— Seule la police pourrait vous aider. Vous n'ignorez pas que je ne suis pas fonctionnaire...

— Pour lancer une procédure, je dois prouver mon identité auprès des autorités françaises... Pour prouver mon identité, je dois confronter mon usurpatrice. Cercle vicieux, monsieur Haagensen.

— Qu'est-ce qui vous dit que je vais vous aider quand votre police s'y refuse ?

— Tous les témoignages vous concernant saluent votre engagement et votre droiture, année après année. J'ai envie de les croire.

Gunnar boit une gorgée de bière et étudie les photos de mes documents officiels. Il lève ensuite les yeux vers moi, comme pour me sonder :

— Vous avez beaucoup changé.

Séverin disait que j'avais mué. Gunnar n'a pas tort : je suis méconnaissable sur mes anciennes photos d'identité. Les cheveux plus foncés, Émeline était joufflue, manquait d'exercice et avait tendance à se tenir légèrement voutée. Margo s'est allégée et affinée. Pourtant, je sens encore Émeline dans chacun de mes gestes. Alors, je réponds calmement :

— Quelques minutes avec elle, c'est tout ce que je vous demande.

J'ai quitté l'hôtel 1904 sans avoir touché à ma bière ni aux tartines. La boule dans mon ventre palpite pendant que je marche dans les rues. Elle ne bloque pas seulement mon appétit. J'ai besoin de ma dose de sport quotidienne. Il n'était pas question de partir plusieurs jours sans ma tenue. J'ai à peine croisé Bent en regagnant ma chambre. Amusé, mon hôte m'a souhaité bonne promenade.

Changée et chaussée, j'ai tout juste franchi le seuil de l'immeuble que je me suis mise à courir sur les pavés. Dès les premières foulées, je me suis sentie comme une apnéiste qui retrouve enfin la quiétude des profondeurs.

Je retourne vers le port. Succession de façades colorées Art nouveau, Kirkegata devient Apotekergata, se courbe sur la gauche et rétrécit en Molovegen : un sentier côtier inaccessible aux voitures au bout de quelques centaines de mètres.

L'air marin chatouille mes narines. Je me concentre sur ma respiration, tout en observant les maisons en bois peint qui bordent le rivage rocheux, face à l'océan. Dédiées à la pêche ou à la construction marine, elles cèdent ensuite la place à un littoral plus sauvage. La vieille ville me surplombe sur la gauche, perchée sur un plateau rocheux.

20h07. C'est la luminosité qui me frappe le plus. Il fait encore jour, alors que les rues sont vides et la plupart des magasins déjà fermés.

Après les bâtiments industriels baignés d'odeurs fortes de poisson, je retrouve les habitations et un autre pont, reliant une nouvelle île, plus à l'ouest. Ici aussi, un port, des entrepôts odorants et d'innombrables maisons colorées sur les hauteurs boisées de ce bout de terre en forme de virgule.

Aller-retour, mon parcours côtier totalise environ douze kilomètres. Je n'ai pas envie de rentrer. Sans ralentir, je retrouve Kirkegata, qui finit par longer un parc entourant une imposante église toute en pierres. Je comprends rapidement que Kirkegata signifie "rue de l'église".

Je dépasse l'immeuble de Bent. Le soleil chauffe encore le Hellebroa que je franchis pour la quatrième fois. Skansegata permet de longer le port historique, où quelques navires de pêche se mêlent aux plaisanciers. D'ici, les façades Art nouveau de la vieille ville s'alignent parfaitement, et se reflètent dans les eaux calmes du chenal. C'est la Venise du nord comme l'appellent les Norvégiens. Les Belges ont Bruges, les Français ont Amiens. À chacun sa Venise, finalement.

Elle n'a pas toujours ressemblé à cette collection de maisons de poupées. Ålesund a même failli disparaître, réduite en cendres. L'incendie du 23 janvier

1904 détruisit près de 800 maisons en une nuit, et l'essentiel des habitants se retrouva sans abri.

La renaissance de la ville sera due à l'Empereur d'Allemagne Guillaume II, qui affectionnait particulièrement ses séjours à Ålesund.

Il dépêchera sur place à ses frais des milliers d'artisans allemands au service de dizaines d'architectes norvégiens. Ensemble, ils bâtiront une ville entièrement neuve, de pierres et de briques, dans le style en vogue de l'époque, l'Art nouveau. En trois ans seulement, plus de 320 édifices arborent tourelles, flèches et ornements de façades colorées, dénotant avec le reste de la Norvège, et offrant au centre d'Ålesund son cachet unique aujourd'hui tant apprécié.

Véritable résurrection, ce second souffle a permis à la cité portuaire de s'affirmer.

Quelques touristes flânent ici et là. Un joggeur me salue poliment. Le profil sculpté de ses cuisses laisse imaginer un niveau bien supérieur au mien.

Ce coureur a attiré mon attention quelques secondes de trop. Le couple que je croise à l'instant n'imprime qu'une image floue sur ma rétine. Pourtant, je les ai déjà aperçus plus tôt dans la journée, sur Hellebroa. J'ai l'esprit trop occupé, trop encombré pour retenir le visage de Torstein et le sourire de Saskia.

23h12. Le ciel est orangé, mais la luminosité correspond encore à celle d'une fin d'après-midi.

Bent a laissé à mon intention un biscuit à l'emballage coloré sur la table de nuit. À dominante jaune, on peut y lire Kvikk lunsj. Google me le traduit par : "quick lunch". Je réalise alors que je n'ai pas dîné. J'y goûte. Verdict : c'est tout simplement une copie locale des célèbres KitKat de Nestlé. Sacré Bent !

Dans la douche, je sens la douleur revenir, la boule au ventre grossir. Anesthésié par la course, mon cerveau émerge de sa torpeur. Où est-elle ? Pense-t-elle à moi lorsqu'elle prend sa douche, seule, sans artifice ni vrais faux papiers ?

Parfois je l'imagine répéter mon nom et ma date de naissance devant le miroir, comme j'ai dû apprendre à le faire pour devenir Margo... Ma vie de rechange. Peut-être a-t-elle fini par se convaincre qu'elle était réellement Émeline. Mais moi ?

Je regarde les gouttes d'eau rouler le long de mes cuisses. Si je voyais mes jambes d'avant, est-ce que je les reconnaîtrais ? Suis-je encore Émeline ?

Vieux t-shirt, vieille culotte. L'écran de mon smartphone scintille. Je m'étale sur le lit impeccablement fait. L'icône de WhatsApp est affublée d'un chiffre 6. Sans surprise, tous les messages sont du même contact.

Ada – 19h01 : Alors ? Alors ?
Ada – 20h26 : J'ai couru avec Cannelle ce soir !
Ada – 20h26 : C'était cool, mais... Elle est nulle ☹
Ada – 22h08 : Hey ? Tu m'as déjà oubliée ?
Ada – 22h52 : Dis quelque chose !
Ada – 23h11 : ....

J'aimerais pouvoir tout lui dire. Mais elle n'a pas quatorze ans.
Margo – 23h29 : Bien arrivée. Bien couru. Ne sois pas trop dure avec Cannelle... Ici il fait encore jour !
Ada – 23h30 : Je te déteste !!!
Ada – 23h33 : Je crois que papa fait la gueule...

Bien sûr que Robin fait la gueule. Et lui mentir un peu plus chaque jour me bouffe de l'intérieur... J'ai bien essayé de lui écrire. Lui dire que je pense à lui. À chaque fois, j'efface mes messages sans les envoyer.

Et si je n'arrivais à rien ? Si je ne redevenais jamais Émeline ? Si on m'accusait d'usurpation à mon tour ? Impossible pour moi de mêler Robin à tout ça...

Nouvelle vibration. Nouveau scintillement. Je balaie l'écran du doigt.

Ada – 23h36 : Je m'occupe de papa. Redeviens toi, et reviens-nous vite.

Pourquoi est-ce avec une fille sur le point de fêter ses 14 ans que je discute encore à cette heure-ci ? Je m'en veux. Elle m'attribue un rôle que je ne mérite pas. Qui suis-je pour profiter de l'absence de sa mère ? Une prétentieuse... Et si j'étais celle qui avait besoin d'elle, et non l'inverse ?

***

TORSTEIN

Établie sur plusieurs îles, Ålesund n'est reliée au continent que par une seule route. Elle longe une étroite bande de terre, séparant deux bras de mer. Sur sa côte sud, à environ trois kilomètres à l'est du centre et du pont Hellebroa, se dressent les mobile homes et les tentes du Volsdalen Camping.

Le jour persistant n'empêche pas les résidents norvégiens et autres touristes de dormir à cette heure avancée. À l'intérieur d'un camping-car stationné près du rivage, deux silhouettes se découpent, enlacées dans la lueur orangée du ciel.

Leurs bouches se séparent. Déjà torse nu, Torstein se redresse sur le lit et regarde Saskia avec tendresse. Délicatement, sans un mot, il entreprend de retirer le jean de sa partenaire. Une culotte rouge dépasse alors sous son chemisier. Torstein ralentit, et s'immobilise juste au-dessus des genoux. Il approche son visage, et dépose un baiser sur chaque jambe. Elle ferme ses yeux légèrement bridés. D'une main, elle l'encourage à continuer.

On devine alors la naissance d'un tatouage tout en lignes et en courbes, sur le flanc de son mollet gauche. En revanche, c'est une prothèse articulée qui remplace la partie inférieure de sa jambe droite, amputée sous le genou. Nouvel échange de regards complices. Sans un mot.

Le pantalon glisse sur le sol. Torstein s'allonge près d'elle, et embrasse doucement la jambe valide de Saskia, en suivant le dessin de son tatouage. Elle sourit. Aucun son ne sort de sa bouche, mais on peut lire sur ses lèvres le mot « Takk ». Merci en norvégien.

2 · AGNÈS

IO

Vue du ciel, c'est une fine bandelette de goudron qui serpente lentement au milieu d'un relief verdoyant usé et adouci par les millénaires, parsemé de lacs scintillants et de neiges persistantes par endroits.

En y regardant de plus près, une longue file de points colorés descend la route vers le sud. Après plus de trois heures de course, l'écart se creuse encore entre les premiers et les derniers.

Les coureurs les plus rapides franchissent déjà le panneau indiquant la commune de Beitostølen, station établie à un peu plus de 900 mètres d'altitude, réputée pour son domaine de ski de fond. Chaque année, elle accueille le *Fjellmaraton.* Littéralement : le marathon de montagne, en norvégien.

Les étrangers sont minoritaires dans la foule de participants venus des quatre coins du royaume.

Agnès Grangé, dossard 572. À sa connaissance, elle est bel et bien la seule Française de la compétition. Peu importe si elle ne comprend pas un mot de ce que racontent ses camarades de course. Sa performance suffit à la satisfaire.

Agnès franchit la ligne d'arrivée après 42,195 km pour un chrono de 3 heures 54 minutes. À 27 ans, c'est seulement son troisième marathon. Elle est réellement fière, même si elle n'a personne avec qui partager cette joie intense. Tant pis, elle laisse éclater plusieurs cris en français, déclenchant regards et sourires autour d'elle.

— Moi qui croyais être le seul Français ici !

Agnès sursaute. Entendre sa langue maternelle au milieu d'une autre que l'on ne comprend pas du tout, c'est un électrochoc, un éclair en pleine nuit. Son cerveau s'y prend à plusieurs fois avant de produire une réaction cohérente.

— Désolée, c'était plus fort que moi... C'est la première fois que je passe sous la barre des quatre heures.

— Félicitations ! Je crois qu'on a fait le même temps, à quelques secondes près. Mais en ce qui me concerne, j'ai connu mieux...

Tout en reprenant son souffle, Agnès observe enfin son compatriote. D'après son dossard, il s'appelle Renaud Fossey, et ils appartiennent à la même tranche d'âge, celle des 20-30 ans.

Au milieu des patronymes typiquement nordiques, il détonne nettement, mais pas autant que la couleur de sa peau. Renaud est un métis. De sa mère antillaise et de son père savoyard, il a hérité d'un teint caramel et de cheveux légèrement frisés. Plus trapu et moins fin que les autres coureurs, il affiche tout de même une excellente condition physique. Il dégage quelque chose d'agréable. Une sensation inhabituelle pour Agnès. Elle va bien finir par l'admettre. Il est tout simplement charmant. Craquant.

— все вместе для планеты Земля.

Renaud vient de prononcer ces quelques mots avec un accent scolaire, mais tout à fait correct. Surprise, Agnès répond machinalement :

— Tous ensemble pour la planète Terre.

— J'avais compris. En fait je vous ai d'abord prise pour une Russe. Avant d'entendre vos cris...

— Hystériques, vous pouvez le dire... Ce sont mes élèves qui ont écrit cette phrase sur mon dossard. Ils animent eux-mêmes une page Facebook écologiste.

— Vous êtes prof ?

— De biologie, au lycée français de Moscou. Et on peut se tutoyer.

— Avec plaisir, Agnès.

— Je leur ai promis une photo sur la ligne d'arrivée, tu veux bien ?

Agnès extrait son smartphone d'une poche arrière quasi invisible. Renaud sourit et cadre sa compatriote. La photo est réussie. Une athlète norvégienne s'adresse à eux en tendant la main. Renaud lui confie aussitôt le mobile et suggère de poser aux côtés d'Agnès, qui acquiesce d'un sourire franc. Leur arrivée commune est immortalisée. La photographe improvisée les salue, Renaud lui répond en norvégien, tout en rendant son téléphone à Agnès.

— Tu parles combien de langues ?

— Français, anglais, russe, et j'apprends le norvégien depuis que je vis ici. Et toi ?

— Je me débrouille avec le français, l'anglais, l'allemand, le russe, et le hongrois. J'ai de bonnes notions de tchèque.

Renaud sourit, tout en vidant le fond de sa gourde.

— Quand je suis arrivé ici il y a quatre ans, j'ai eu beaucoup de mal. Je côtoyais surtout des Français. Au travail, tout le monde maîtrisait l'anglais... Et puis j'ai commencé à visiter le pays. Alors j'ai parlé avec des Norvégiens.

Agnès a bien conscience qu'elle est en sueur, comme lui, qu'elle ne ressemble à rien avec ses cheveux en bataille et ses cernes. Elle réalise à quel point ses pensées sont puériles. Pourtant elle pourrait l'embrasser, là, tout de suite.

Trop beau pour être vrai. Elle a galéré pendant des années avec des mecs qui lui reprochaient son expatriation, et son besoin de courir tout le temps. Elle aurait dû commencer par là : choisir son partenaire parmi les candidats d'un marathon international.

Mais Agnès doit se contrôler, se calmer. Elle sait pertinemment que ses relations précédentes n'ont pas échoué uniquement pour des questions de voyage ou de sport. Agnès se cache derrière sa passion de l'enseignement. Elle n'assume pas sa fuite. Lors de son tout premier rendez-vous avec une conseillère d'orientation au collège, elle ne s'est intéressée qu'aux métiers qui lui permettraient de partir loin de ses parents, qui n'ont jamais été foutus de lui transmettre quoi que ce soit. C'est de là que l'envie d'enseigner a germé. Les profs peuvent choisir leur région ? Agnès a vite préféré carrément quitter le pays, en allant toujours plus à l'Est.

Pour une femme de sciences, elle a rapidement montré une aisance naturelle avec les langues étrangères. Enfant, elle apprenait déjà l'anglais et l'allemand pour échapper à ses parents.

Agnès est devenue plus forte, et de plus en plus belle. C'est ce que laisse à penser le regard des hommes dans chaque nouvelle ville, chaque nouveau lycée français à l'étranger.

La main de Renaud saisit celle d'Agnès pour l'entraîner à l'écart. Derrière eux, les coureurs continuent d'affluer sur la ligne d'arrivée, et génèrent un attroupement bon enfant dans la rue principale de la petite station décorée pour l'événement.

Puis leurs mains se séparent. Ce contact improvisé n'a duré que quelques secondes. La récupération de l'effort n'est pas terminée, que le cœur d'Agnès s'emballe encore.

Cet instant précis est en train de se graver profondément dans sa mémoire. Elle le sent. Le ciel bleu aveuglant, l'immensité du paysage, le parfum du printemps porté par le vent léger, mêlé à celui de Renaud, les acclamations norvégiennes... Et le contact de sa peau.

Elle ignore encore à quel point, pourtant Agnès sait déjà que plus rien ne sera comme avant. Un lien invisible la relie à présent à ce pays sauvage et celui qui a franchi la ligne d'arrivée à ses côtés.

Peut-être qu'il n'aime pas les petites brunes aux yeux marron clair avec des petits seins et des jambes musclées ? Après tout, Renaud ne ressemble en aucun point à ses précédents petits amis. Peu importe.

Parfois, la vie c'est simple. Simple comme une rencontre en Norvège.

La photo d'Agnès franchissant la ligne d'arrivée du Fjellmaraton a fait le tour des réseaux sociaux du lycée Alexandre Dumas, bien avant son retour en Russie. Pas une des 23 classes qu'abrite le bâtiment historique de l'avenue Milioutinski, qui n'ait pris connaissance de la performance de leur professeure de Sciences de la vie et de la Terre.

L'édifice dressé en plein cœur de Moscou, et attribué à la France avant d'être totalement rénové en 2005, rassure Agnès. Elle s'y sent bien. Et puis aujourd'hui, elle retrouve sa classe préférée, ses chouchous. Les élèves de la Première S2 sont fiers de voir leur slogan écoresponsable sur le dossard de leur prof. Ils l'assaillent de questions. Agnès en profite pour aborder l'écologie en Norvège.

La pipelette de la classe, dont le bureau est collé à celui d'Agnès, finit par lui chuchoter l'évidence :

— Madame, vous y retournez quand ? Parce que franchement, on dirait que vous êtes pas vraiment revenue.

Toujours très à l'aise avec les élèves, Agnès peine cette fois à dissimuler sa gêne derrière un sourire.

La sonnerie retentit, signalant la fin du cours. Pour Agnès, c'est la libération. Elle attend néanmoins que la salle se vide, avant de consulter son mobile qui clignote depuis une bonne demi-heure. Aucun échange depuis son départ de Beitostølen. Aucun message. Rien. Elle s'était faite à l'idée. Résignée.

Et là, en quelques phrases courtes, Renaud l'invite à courir à ses côtés le mois prochain le marathon du soleil de minuit. Unique au monde, cette course arpente la ville de plus de 50 000 habitants la plus septentrionale du globe : Tromsø. De par sa position géographique au-delà du cercle arctique, la cité côtière permet d'admirer le jour polaire pendant plusieurs mois chaque année, et de goûter au plaisir de la course en plein jour, tandis que les douze coups de minuit résonnent.

Au cours de la soirée, Agnès et Renaud échangent plusieurs messages dans les différentes langues qu'ils maîtrisent. Mais le dernier, très court, est en français : *Tu me manques.* Ils l'ont écrit et l'ont reçu tous les deux, en même temps.

Agnès pourra répondre à son élève : retour en Norvège le 21 juin. Oui, décidément, la vie est parfois bien simple.

II

La pression devient désagréable dans les descentes. Lorsqu'elle doit compenser la pente de Løvenvoldgata, Saskia a parfois tendance à économiser sa jambe amputée. Les médecins ont beau lui répéter depuis ses neuf ans qu'elle doit marcher normalement, rien n'y fait. Son dos en subit les conséquences. Heureusement, elle pratique suffisamment d'exercice physique.

Elle sait pertinemment que sa prothèse est invisible sous son pantalon. Même Torstein n'y a vu que du feu jusqu'à leur cinquième rendez-vous. Pourtant Saskia considère son amputation comme une cicatrice intime. Elle n'entend pas la partager avec tout le monde, surtout ici dans la rue. Que les gens ne la jugent que pour son handicap, c'est ce qu'elle ne supporte pas.

Ils atteignent une place circulaire entièrement pavée, St Olavs Plass. De nouveau sur le plat, Saskia oublie plus facilement sa demi-jambe. À leur droite, les vitrines d'une boutique de la marque Vic attirent son attention. Saskia entraîne Torstein en le prenant par la main. Il se laisse faire. Elle lui indique plusieurs polos colorés qu'elle le verrait bien porter.

Torstein fait face à la vitrine comme Saskia, mais ne l'écoute que d'une oreille. Surtout, son regard ne se porte pas sur les mannequins exposés. Dans les reflets de la paroi vitrée, il vient de reconnaître une silhouette. Il la suit du regard et la voit emprunter la rue qu'ils viennent de descendre. Torstein se tourne sur sa droite pour déposer un baiser sur le front de Saskia. Ainsi il peut observer à son insu celle qui marche d'un pas décidé sans avoir même remarqué le couple. Torstein sourit quelques secondes, avant de donner enfin son avis sur les propositions vestimentaires de Saskia.

***

MARGO

Cette silhouette épiée sans s'en apercevoir, c'est moi, Margo. À cet instant précis, je me concentre sur ma respiration pour calmer mon rythme cardiaque. La courte discussion avec Bent avant de sortir de chez lui m'a pourtant changé les idées quelques minutes. Il m'a même fait rire. On peut dire qu'il mérite ses commentaires positifs sur Airbnb, celui-là !

Mais ni la brise marine, ni le dépaysement, ni encore l'excellent frokost[1] alliant sucré et salé de mon hôte ne peuvent m'éviter de penser à ce qui m'attend ce matin, un peu plus haut dans le centre-ville.

Pendant quelques secondes, je me revois à la mairie de Saint-Maur-des-Fossés, la première fois que mon usurpation m'a été évoquée. Et si la boucle se bouclait aujourd'hui ? Je suis venue pour ça.

Bientôt 9h. Les Norvégiens ont déjà commencé leur journée depuis longtemps, cédant la ville aux touristes. Un panneau me confirme que je remonte Løvenvoldgata. Un autre m'indique Grimmergata sur la droite, une ruelle en pente plus étroite et longue seulement d'une centaine de mètres. Tout en affrontant le dénivelé, je consulte l'écran de mon smartphone. Google Maps a la faculté de me rassurer, même lorsque j'ai appris l'itinéraire par cœur.

Je prends à gauche, dans l'impasse étroite intitulée Rasmus Rønnebergs gate. Il me faut contourner un immeuble d'angle blanc et austère avant d'atteindre l'entrée du bâtiment de trois étages. Tout en briques rouges, il fait dos à l'hôtel 1904 où j'ai rencontré Gunnar hier.

Je n'ai pas le temps de chercher une plaque indiquant Jangaard Export AS, la société de commerce en poissons qu'il dirige. En fait, je suis du mauvais côté de la chaussée, le 21 est en face, un peu plus loin.

Alertée par une sirène dans mon dos, je me plaque contre le mur pour permettre à une ambulance de s'arrêter précisément au niveau des deux seules places de stationnement réservées au personnel, sous la plaque métallique signalant le numéro 21.

En avançant de quelques pas, je découvre trois personnes affolées accueillant les infirmiers avec soulagement. Je comprends mieux en m'approchant davantage. Gunnar Haagensen gît inconscient à proximité d'une Audi A6 bleu vif. La porte

---

[1] Petit-déjeuner

côté conducteur est entrouverte. Le torse du vice-consul honoraire reçoit déjà un massage cardiaque tonique et appliqué du plus grand des ambulanciers.

Je ne comprends pas un mot, mais l'espoir paraît se réduire minute après minute. Personne ne m'a prêté attention. À quoi je ressemble, en train d'assister à l'agonie de celui qui allait peut-être me permettre de récupérer mon nom et ma vie ?

L'ambulancier plus trapu a pris le relais de son camarade, avec professionnalisme, mais sans conviction. Les trois employés n'ont pas prononcé un mot depuis le début de l'intervention. L'unique femme éclate en sanglots, réconfortée par un premier collègue resté près d'elle, tandis que le second se penche vers Gunnar, en lui hurlant dessus. Encore penché sur le torse de l'homme que je devais rencontrer, l'ambulancier regarde sa montre et cesse le massage, malgré les protestations des trois employés de Jangaard Export AS.

La phrase aurait pu être prononcée en mandarin ou en hindi, je n'aurais pas eu le moindre doute non plus. Gunnar Haagensen est mort, visiblement d'un arrêt cardiaque. Il est précisément 9h. Minutieux jusqu'au bout.

On me fait signe de m'écarter. Le brancard me frôle. Je suis tétanisée. Est-ce que le destin s'acharne sur moi ? Je ne suis pas croyante, mais j'avoue que dans ce genre de situation, j'aimerais pouvoir prier et m'adresser à une entité supérieure bienveillante.

Les pneus de l'ambulance passent à quelques centimètres de mes chaussures. Mes pieds pèsent une tonne chacun. La gravité s'est décuplée, et j'ai l'impression que mon corps est compressé vers le sol. Peut-être aurais-je besoin d'une ambulance, moi aussi ?

Le fourgon Volkswagen est entièrement jaune vif, marqué d'une bande à damier bleu. Même dans mon état, je peux lire et comprendre le mot *ambulanse* inscrit sur ses flancs. Non pas que je m'intéresse particulièrement aux véhicules de premiers secours locaux, mais mon cerveau a réellement planté. Il faudrait le réinitialiser. Redémarrer. Après tout, c'est ce que j'ai déjà fait. J'ai commencé une nouvelle vie, avec un nouveau nom.

L'image de l'ambulance qui recule dans l'impasse se déroule au ralenti. Les battements de mon cœur s'espacent progressivement. Je ne remarque pas immédiatement qu'un des employés de Jangaard Export AS m'a adressé la parole. Il a l'air de s'inquiéter pour moi.

Je me rappelle quand il y avait l'orage à la montagne chez mes grands-parents, ou à Allanche chez tata Yvette... On perdait le son à la télévision. L'image se figeait par moments.

Là, c'est la même chose. Je n'entends pas ce qu'on me demande. Est-ce que je m'enfonce vraiment dans le sol ? Est-ce mon cœur qui frappe si fort contre ma cage thoracique ?

Une seconde de plus dans cet état et je me serais certainement effondrée ici même, à quelques mètres de l'endroit où Gunnar a perdu la vie cinq minutes plus tôt.

Pourtant, la seconde suivante prend une couleur totalement différente. Je la reconnais immédiatement. Cachée par l'ambulance, elle vient d'assister au même spectacle morbide que moi. Avec la même surprise et la même impuissance.

Lorsque nos regards se croisent, je ne pourrais pas dire qui de nous deux réagit la première. Peu importe. Je n'entends plus la sirène de l'ambulance ni les pleurs de l'employée, encore moins les cris des oiseaux marins.

Elle est là, à quelques mètres de moi. Plus d'un an que j'attends cet instant. J'ai beau l'avoir vue en photos, je dois admettre que cette première rencontre me perturbe. Est-ce que dans d'autres circonstances, je lui trouverais la moindre ressemblance avec moi ? Ou plutôt, l'ancienne moi, celle qui était sur le point d'épouser Basile quand Margo l'a remplacée.

Je suis face à celle qui est Émeline à ma place depuis déjà trop longtemps.

Difficile à expliquer, mais mon corps réagit plus vite que mon esprit. Lorsque mon usurpatrice fait demi-tour pour redescendre les escaliers qui clôturent l'impasse, et permettent d'accéder en contrebas à Storgata, mes jambes se réveillent instantanément. Je la rattrape presque tandis qu'elle tourne à gauche, devant la boutique Benetton.

Un peu plus haut sur notre gauche, nous longeons l'hôtel 1904. Lieu d'espoir encore hier. Si je la perds, qui sait quand je pourrai la confronter à nouveau ? Pourquoi ai-je donc enfilé des chaussures de ville ce matin ? Rien de pire sur les pavés. Celle que je poursuis sait courir, elle aussi.

Mes jambes me guident si bien que je ne le vois pas arriver. Comme lorsque l'on percute une baie vitrée de plein fouet. Nous tombons tous les deux à la renverse. Merde ! Elle a disparu de mon champ de vision. Elle s'est évaporée dans les ruelles de la ville.

Sans retenue, j'utilise ma langue maternelle comme soupape, pour relâcher la colère et la frustration qui me rongent :

— Putain ! C'est pas vrai ! Quel connard ! Tu peux pas regarder où tu vas ?

Et puis d'un coup, sans prévenir, je sens les larmes rouler sur mes joues secouées par mon cœur affolé. Je me suis peut-être blessée en tombant ? À vrai dire, je m'en fous. Je ne peux pas craquer maintenant. Pourtant, je n'arrive même pas à me relever. Mon corps refuse.

Pourquoi a-t-il fallu que ce con déboule à cet instant précis ? Il n'a aucune idée de ce qu'il vient de faire... Il m'a sans doute condamnée à ne plus jamais être moi-même.

— Madame, vous avez mal ?

Bon Dieu de merde. Il parle français. Mais comment oublier la fonction administrative de ce pauvre Gunnar au service de la France ? Après tout, c'est l'endroit idéal pour percuter un francophone !

— Je suis désolé...

Il persiste... En se relevant, il me dévisage avec insistance. Ce n'est pas impoli, c'est carrément gênant. Qui est-ce au juste ? Il me tend la main pour m'aider à me redresser à mon tour.

On dirait l'archétype du tennisman scandinave, déguisé en banquier premier de la classe. Et ce mec n'a pas trente ans, j'en suis certaine !

— Vous êtes Émeline ?

Je suis debout, mais j'ai encore l'impression désagréable de tomber, de perdre l'équilibre. Cette question m'étouffe, me coupe la voix. Mes yeux le scrutent sans le reconnaître. Il est moins grand que ce que je croyais. Mais il est clairement beaucoup plus jeune que moi. Qui est-ce, Bon Dieu ?

Il renchérit :

— Vous aviez rendez-vous avec Gunnar Haagensen.

Cette fois, j'arrive à prononcer un mot :

— Oui.

— Terje Ellingsen.

Ça paraît facile à dire. Autant avouer que je n'ai rien compris. En réalité, il faut prononcer « Terre-yè », « Hé-ling-sène ». Sans s'encombrer de l'accent tonique.

Incontrôlable et subite, ma colère déborde et agresse littéralement Terje.

— Qu'est-ce que tu veux que ça me foute ? Elle est partie, putain ! J'ai mis plus d'un an à la retrouver... Et elle est partie ! Elle s'est barrée avec mon nom !

Terje sursaute, mais il ne recule pas. Il garde un air sérieux et prononce deux mots. Deux mots qui prouvent qu'il sait.

— Agnès Grangé. C'est son vrai nom.

— Comment tu... ? Vous êtes de la police ?

— Non, pas la police.

— Alors pourquoi je vous ferais confiance ?

— C'est Gunnar qui m'a informé du rendez-vous. Mais qu'est-ce qui prouve que vous n'êtes pas une *autre fausse* Émeline ?

Encore mieux. Une seule usurpatrice, ça me suffit largement. Mes jambes, puis le reste de mon corps retrouvent leur vigueur. L'impatience irrigue mes veines.

— Gunnar est mort avant de me recevoir. Si tu pouvais, t'aurais déjà appelé la police... T'es pas plus avancé que moi. Alors soit tu m'aides à la retrouver, soit je continue seule.

12

Le poids de Moscou dans la Fédération de Russie ne réduit pas. Au contraire, ils sont de plus en plus nombreux à rejoindre ses 12,5 millions d'habitants. À titre de comparaison, Saint-Pétersbourg, deuxième ville du pays, en compte moins de la moitié.

Étalée sur une zone circulaire d'un peu plus de 50 kilomètres de diamètre autour d'un centre-ville relativement petit, la capitale russe souffre de la disproportion de son succès au regard de sa taille.

Il est difficile d'y trouver un bon logement sans se ruiner. Beaucoup de propriétaires louent aujourd'hui les pièces qu'ils occupaient dans les logements communautaires avant la Perestroïka, sans la moindre régulation.

Depuis son arrivée, Agnès a déménagé plusieurs fois suite à des augmentations brutales de loyers. Elle s'est résignée à consacrer l'essentiel de son salaire aux transports et à son habitat. Pour se rendre au lycée français, certains de ses collègues traversent jusqu'à quarante kilomètres de banlieue interminable tous les matins.

Agnès partage à présent un appartement rénové avec deux autres expatriés, rencontrés lors de sa précédente affectation en Hongrie. Elle a une petite chambre, mais vit dans le centre, un véritable luxe malgré le surchauffage systématique. D'héritage soviétique, la plupart des logements souffrent d'une mauvaise isolation et d'un chauffage commun si mal réglé qu'il est courant de voir les fenêtres des moscovites ouvertes par moins 30 degrés en plein hiver.

Pendant toute son enfance en Ardèche, Agnès fuyait la chaleur. Aujourd'hui encore, elle ne craint pas le froid. L'hiver a chassé les Moscovites des rues, mais cela ne l'intimide pas. Elle n'a pas renoncé à courir tous les matins avant d'aller au lycée. Depuis les premiers jours d'octobre, la neige sale s'accumule sur les bords de la chaussée. Les rues sont vite dégagées, tandis que les parcs oscillent entre verglas et gadoue.

L'application météo de son téléphone indique – 4°C, mais le vent inflige une température ressentie bien plus glaciale. Véritable armure contre le froid, sa tenue hivernale lui donne une allure androgyne. Sa poitrine, déjà menue, devient quasi invisible. Elle a également attaché ses cheveux avant de les dissimuler sous un bonnet aux couleurs du drapeau norvégien, offert par Renaud. Quelques échauffements suffisent à amorcer les premières foulées, malgré les courants d'air et l'obscurité à cette heure encore matinale.

La première fois qu'Agnès s'est habillée pour courir, sa colocataire l'a prévenue : quand quelqu'un court dans la rue à Moscou, les gens le regardent passer et il peut être sujet de moqueries. Elle-même, joggeuse occasionnelle en Hongrie, n'a pas osé avouer sa passion à ses nouveaux collègues russes.

Alors Agnès s'est mise à courir de plus en plus tôt. Petit à petit, elle n'a plus remarqué les regards, jusqu'à ce que l'hiver ne chasse les derniers témoins de son entraînement régulier.

Aujourd'hui, elle a choisi son itinéraire favori, au milieu duquel elle descend le boulevard des étangs clairs par le côté est, le long du parc étiré et de son unique plan d'eau. Elle ralentit pour en contourner son extrémité sud, et reprendre son souffle.

Elle aime cet endroit, même si en hiver l'étang est gelé et les oiseaux muets. Qu'ils clignotent ou scintillent, les éclairages de Noël l'enveloppent d'un halo presque irréel.

Baignée dans la lumière blafarde des lampadaires, l'entrée colorée d'un célèbre magasin d'aquariums moscovite l'intrigue et la fascine à chaque fois. Elle occupe l'angle gauche d'une large façade entièrement décorée.

Quelques recherches lui ont appris que l'on devait cet édifice de 1908 à l'architecte Kravetsky. Sur un fond vert clair un peu usé et haut de six étages, d'innombrables bas-reliefs, certainement blancs à l'origine, représentent chouettes, griffons et plantes fantastiques inspirés des ornements des églises russes.

Seuls quelques voitures et un bus troublent le silence étouffé par les nuages chargés de neige. Le vent fait naître des larmes aux coins de ses yeux. Elle ne s'est pas retournée, pourtant elle en est certaine, depuis plusieurs minutes déjà. Elle ignore qui, mais quelqu'un la suit.

Une silhouette. Une ombre qui reste à bonne distance, mais finit toujours par réapparaître dans son champ de vision. Agnès accélère, sans se soucier du manque d'adhérence ni de l'air glacé qui ressemble de plus en plus à une nuée de petites aiguilles plantées dans ses poumons. L'ombre cale son allure sur la sienne. Agnès hésite alors entre le chemin le plus court et des axes plus passants, moins lugubres.

Les deux derniers kilomètres passent à toute allure. Apercevoir l'entrée du lycée français est un véritable soulagement. Elle se précipite vers les vestiaires encore déserts et s'enferme dans une cabine de douche. Sous un large jet d'eau brûlante, Agnès essaie de se calmer. Elle se sent même ridicule : et si elle avait simplement aperçu plusieurs passants dans son dos ? Qui voudrait la suivre ? En tous cas, certainement pas un admirateur secret : sa tenue ne la met vraiment pas en valeur. Cette dernière pensée lui dessine un sourire bienvenu.

7h24. Douchée, coiffée, habillée, Agnès récupère son smartphone. Une petite icône clignote. Un élève tombé du lit ? Après leurs échanges de SMS enflammés la veille, Renaud revient-il déjà à la charge ? Amusée, elle ouvre le message. Il s'agit seulement d'une photo. Mais pas n'importe laquelle. Sa vision lui glace le sang. Oublié le réconfort chaleureux de la douche brûlante. Quelqu'un la suivait bien ce matin pendant sa course. De suffisamment près pour l'avoir photographiée de dos, à moins de deux cents mètres de son logement.

Agnès balaie l'écran de son mobile d'un geste du pouce. Renaud apparaît en fond d'écran, franchissant la ligne d'arrivée du marathon du soleil de minuit. Quelle course fantastique. Courir à la lumière du jour en pleine nuit, quel souvenir. Elle rêve de retourner à Tromsø l'an prochain. Avec Renaud. Son sourire lui manque.

7h37. Les plus matinaux commencent à peupler le lycée. Agnès essaie de faire bonne figure. Pas question d'inquiéter ses élèves. Justement, elle se réjouit des thèmes de ses prochains cours. En poussant la porte de sa salle de classe, Agnès ne prête pas immédiatement attention à l'inscription géante faite au marqueur sur le tableau blanc.

Ses collègues et Renaud l'aident à progresser en russe, mais elle se débrouille mieux à l'oral qu'à l'écrit. Le message est pourtant clair et concis : не с нашими детьми !

Sans hésiter, elle le traduit par : "Pas avec nos enfants !" Agnès n'a pas le temps d'essayer d'en comprendre le sens. Ses premiers élèves s'installent sans un mot. Tout en essayant d'effacer l'encre indélébile, elle les salue brièvement, mais n'obtient aucune réponse des enfants de grandes familles moscovites. Heureusement, l'arrivée des élèves d'autres nationalités détend temporairement l'atmosphère.

Jusqu'à ce qu'une fille lui tende une lettre de ses parents avant de quitter la classe sans un mot. Rédigé dans un anglais international simple et clair, le courrier ne remplit pas une pleine page. Les parents de l'adolescente y indiquent leur intention de retirer leur fille de tous les cours donnés par Agnès.

Les rares élèves assis en classe consultent nerveusement leurs smartphones, levant les yeux vers leur professeure par intermittence. Celui d'Agnès vibre à plusieurs reprises. Des SMS, des e-mails et des notifications Facebook s'accumulent. On lui reproche des propos déplacés. On l'accuse d'encourager le comportement déviant de certains élèves. On l'invite à démissionner de ses fonctions. On la menace carrément. On lui demande de quitter la Russie.

Agnès sent ses jambes vaciller. Elle se remémore la semaine passée. S'est-elle montrée trop sévère ? Trop laxiste ? Trop familière avec certains élèves ?

Celui qui l'a photographiée pendant son jogging matinal lui envoie d'autres clichés. Cette fois, Agnès laisse échapper un cri d'horreur. Sur l'écran de son smartphone s'affichent successivement : le palier de son appartement, l'intérieur de son casier, et les visages de ses deux colocataires. Un nouveau message contient une ultime photo d'elle en train de se sécher les cheveux à la sortie de la douche, quelques minutes plus tôt.

Prise d'un haut-le-cœur, Agnès s'appuie sur son bureau. Elle cligne des yeux, mais n'arrive plus à distinguer le fond de la salle.

C'est une main d'homme qui l'empêche de tomber. Ferme et réconfortante à la fois, elle l'entraîne dans le couloir, jusqu'à un bureau spacieux et ordonné, aux odeurs de cuir et de vieux livres.

Quand il l'a accueillie à la prérentrée, Agnès s'est demandé quel âge avait réellement Antoine Ruellans. Totalement chauve, il dissimule un regard attentif derrière une paire de lunettes quasi invisibles. Amateur de costumes qui lui vont à merveille, Agnès l'imagine pourtant plus à l'aise sur un terrain de rugby, ou à la tête d'un régiment d'infanterie. Elle ne s'est pas trompée. Ancien militaire, ce proviseur très apprécié aime la rigueur.

Depuis son arrivée, il se montre bienveillant avec Agnès. Elle se demandait au début s'il n'avait pas un faible pour elle. Rien du tout. C'en est presque frustrant parce qu'il dégage un certain charme.

— Il nous reste moins d'une heure avant l'arrivée des premiers parents.

Agnès le regarde, encore étourdie comme après un choc à la tête. Elle ouvre la bouche, et parvient enfin à articuler :

— On m'a suivie, Antoine ! On me menace... Je ne vais pas me laisser faire !

Le proviseur prend une profonde inspiration avant de répondre :

— Agnès, une vingtaine de parents ont déjà porté plainte... J'ai reçu plusieurs e-mails enflammés de l'AEFE[2]. Même l'ambassade m'a appelé ce matin.

---

[2] Agence pour l'Enseignement français à l'Étranger

— C'est une blague ? Putain, mais on me reproche quoi au juste ?

Antoine se tourne vers l'écran de son ordinateur et lit à haute voix :

— *Par ses propos déplacés, madame Grangé a explicitement soutenu le comportement déviant de certains élèves... En encourageant clairement l'homosexualité en plein cours de SVT...*

— Ils ont complètement craqué ?

— Le service juridique pense que tu risques la prison pour propagande homosexuelle auprès des mineurs.

Agnès se fige. Des sueurs froides roulent dans le creux de ses reins. Des douleurs inconnues lui cisaillent la poitrine.

— Mais tu sais ce qu'il s'est réellement passé au moins ?

— J'ai peur que ce ne soit plus l'essentiel. Il faut penser à ta défense.

— Bon Dieu, Antoine ! Des élèves plus âgés ont menacé de tabasser une fille qu'ils jugeaient trop garçon manqué. Ils l'ont traitée de sale gouine devant ses camarades ! Alors oui, je l'ai défendue, merde !

— C'était dans l'enceinte du lycée ?

— Non, mais on en a parlé en cours ensuite. Ça m'a semblé important.

Droit dans son fauteuil, Antoine soutient le regard inquiet d'Agnès. Il fixe quelques secondes son écran d'ordinateur, avant de déclarer d'un ton des plus sincères :

— Je suis désolé Agnès, mais c'est trop tard. Tout est allé trop vite. Il y a des gens proches du pouvoir parmi les parents concernés. L'ambassadeur en personne m'a convoqué.

— C'est un cauchemar, c'est pas possible...

— J'ai déjà sollicité notre service juridique, et des amis haut placés, tu seras bien défendue. Tu peux compter sur moi.

— Défendue ? Mais putain, t'es en train de me dire que je vais être traitée comme une terroriste ! Est-ce que je pourrai à nouveau enseigner ?

À cet instant précis, Agnès a besoin d'entendre Renaud, à défaut de pouvoir se blottir contre lui et de fuir ensemble, le plus loin possible.

13h32. Renaud l'a écoutée sans l'interrompre. Elle entend sa respiration dans le téléphone. Il prend quelques secondes avant de déclarer d'un ton posé et rassurant :

— Je vais t'aider. Je ne te laisserai pas passer une seule seconde en prison. Mais tu vas devoir suivre mes instructions. Pour commencer, tu vas me rappeler d'un téléphone sans abonnement, que tu paieras en liquide. Plus d'e-mails, ni de messagerie ni de réseaux sociaux.

Il laisse quelques secondes s'écouler avant d'ajouter :

— Tu m'as bien compris ?

— Oui.

— J'attends ton appel.

Renaud a raccroché. Agnès range son mobile dans sa poche. Elle se laisse glisser jusqu'au sol et rapproche ses genoux contre sa poitrine, le dos appuyé contre le mur du petit local attenant à sa salle de classe.

Microscopes, pipettes, flacons de tailles diverses : tous semblent lui dire adieu. Sans qu'elle ne puisse la retenir, une larme coule sur sa joue, suivie d'une autre.

Jusqu'à vendredi, Agnès n'avait utilisé les trains russes qu'une seule fois, pour aller visiter Saint-Pétersbourg. L'ancienne capitale est reliée à la nouvelle en seulement quatre heures par l'unique ligne grande vitesse du pays. Partout ailleurs, les temps de trajets sont calculés en jours.

Cela fait déjà deux jours et environ sept heures qu'elle a quitté Moscou sans prévenir personne. Quand Renaud lui a demandé de prendre le train le soir même, elle lui a d'abord ri au nez. Mais c'était avant les menaces de mort, la fouille du lycée et l'arrestation musclée de ses deux colocataires, sans le moindre mandat.

Alors en quelques heures seulement, Agnès a suivi ses instructions transmises par SMS sur son nouveau portable sans abonnement. Elle a changé de tenue, de coiffure, abandonné son ancien smartphone, puis retiré tout l'argent liquide qu'elle pouvait, en plusieurs endroits différents.

Au départ du train à 0h41 en gare de Leningrad, elle était assise dans un wagon à moitié plein, entourée d'étudiants, d'ouvriers et de tout un éventail de voyageurs pressés de retrouver leurs familles pour les fêtes. Certains dormaient déjà, beaucoup avaient enfilé une tenue décontractée, et la plupart avaient entamé leurs provisions avant même d'avoir réellement quitté Moscou.

Faute de réseau, Agnès a allumé son portable uniquement lors des escales principales, le temps de confirmer son parcours à Renaud par SMS.

Trentième arrêt depuis Moscou, la gare de Mourmansk marque le terminus de son train, à plus de 2000 kilomètres au nord de son point de départ. Fleuron de l'industrie navale militaire soviétique, la ville a perdu son éclat et ses habitants. Les décorations de Noël peinent à masquer la tristesse des rues.

Il est presque midi, et son ventre crie littéralement famine. L'idée de devoir attendre son bus jusqu'au lendemain matin ne la réjouit pas vraiment.

Machinalement, elle décide d'aller directement à la gare routière, comme pour se rassurer. La ligne 902 y est bien indiquée, l'horaire aussi : demain 6h40. Parmi quelques hommes seuls aux allures de bûcherons usés, Agnès remarque immédiatement une famille surchargée de vieilles valises. Pas besoin de les observer longtemps pour deviner qu'il ne s'agit pas de touristes, mais de migrants. La barbe du père, le voile de la mère évoquent un couple de jeunes syriens accompagnés de leur petite fille.

Comme beaucoup, Agnès n'a jamais connu la guerre ni la précarité la plus totale. Mais depuis vendredi matin, elle connaît la peur et la fuite. Elle ne peut s'empêcher de regarder la petite fille blottie contre sa mère. Comme la plupart d'entre nous, Agnès ne les aurait même pas remarqués si elle les avait croisés dans le métro ou devant un centre commercial.

À cet instant précis, alors que chaque silhouette, chaque parole en russe lui donne la chair de poule, cette famille lui inspire confiance.

Mohamad a 23 ans. Sa femme Terelid en a tout juste 19. Elle garde contre elle Saloua, bientôt 1 an. Ils ont fui Hama en Syrie, et comptent entrer en Norvège demain matin. Parler ici avec une Française aussi perdue qu'eux semble les rassurer.

Comparées aux trente-six heures de train, les trois heures trente de bus jusqu'à la frontière ont paru rapides, même si le jour a tardé à se lever. Il est tout juste 10h15. L'apparition du logo de l'opérateur norvégien Telenor Mobile sur l'écran de son portable réjouit Agnès, occupée comme Mohamad à acheter un vélo.

Le franchissement de la frontière est interdit aux piétons. Les bus font demi-tour sur une sorte d'aire de repos, une centaine de mètres avant la démarcation. Résultat, une sorte d'échoppe improvisée vend des vélos aux rares voyageurs de passage.

C'est fait. À la fois improbable et angoissant, le franchissement de la frontière aura duré seulement quelques minutes à vélo, sur une route littéralement tracée au milieu de nulle part, au cœur de la toundra.

L'officier norvégien qui lui demande son passeport sourit, à la fois intrigué et amusé par cette Française farfelue. Les rares qu'il a pu croiser dans la région arrivent en bateaux de croisière et ne s'aventurent pas sur les routes interminables du Finnmark. Dans un anglais un peu rugueux, il indique poliment le petit abri où les autorités norvégiennes collectent les vélos abandonnés sur place tout au long de l'année.

Malgré le froid, Agnès partage un sourire de soulagement avec ses compagnons de voyage. Elle prend même une photo de la petite famille devant le drapeau norvégien. Mohamad s'empresse de l'envoyer à leurs parents pour les rassurer.

Elle l'aperçoit enfin. Malgré le reflet des nuages sur le pare-brise de la petite Toyota Yaris grise, elle a reconnu la peau hâlée de Renaud. Encore ankylosée par le trajet en bus, elle accélère difficilement le pas, frigorifiée.

Une fois la portière fermée, Agnès ne dit rien. Elle se contente de se laisser glisser vers Renaud qui la serre contre lui, tandis que la neige tombe sans bruit sur le pare-brise détrempé.

— Tu as fait le bon choix Agnès. Tu as été courageuse. Le plus dur est derrière toi.

Sa voix est réconfortante. À cet instant précis, Agnès se demande pourquoi elle ne s'étonne pas de le sentir aussi à l'aise avec cette situation. Il sait quoi faire, et comment.

Renaud démarre. Le drapeau russe rapetisse et finit par disparaître dans les rétroviseurs. Les aérateurs diffusent un air chaud et apaisant dans l'habitacle aseptisé de la petite voiture de location.

Il arrête la Yaris au bord de la route, à la hauteur d'une bifurcation. Un premier panneau orienté vers leur droite indique la ville portuaire de Kirkenes, dont les premières constructions sont déjà visibles. Un second porte le logo facilement identifiable d'un aéroport, à seulement 7,8 km.

Renaud ouvre la boîte à gants et en extrait une pochette plastifiée qu'il confie à Agnès.

— D'ici une semaine, tu recevras de nouveaux papiers chez moi. En attendant, voici tes documents temporaires.

Agnès écarquille les yeux en dépliant un formulaire du consulat, concernant le renouvellement en urgence d'un passeport au nom d'Émeline Dalbera.

Pendant quelques secondes, elle se revoit au moment de sortir courir trois jours plus tôt, dans les rues gelées de Moscou. Sa vie vient de basculer à une vitesse vertigineuse.

13

— Tu es sûre qu'Agnès... Je veux dire, *Émeline* et Renaud ne sont enregistrés sur aucun vol intérieur ou extérieur ?

Tout en conduisant, Ellingsen m'observe. Il guette ma réponse. Je sens son regard sur moi, même en gardant les yeux vissés à l'écran de mon smartphone. Il dissimule mal son scepticisme. Pas question de trop en dire, mais je dois le rassurer.

— J'ai mes sources. Je travaille dans le tourisme.

Il n'est pas convaincu, mais n'insiste pas. Sa voiture était garée à proximité des bureaux de Jangaard Export AS. C'est la première fois que je monte dans une voiture totalement électrique. Le silence est presque oppressant. Surtout que les Norvégiens sont vraiment calmes sur les routes. Le déplacement de notre Nissan Leaf paraît irréel, comme un flottement droit vers l'est, en longeant l'océan, que je vois scintiller sur ma droite. Le littoral très découpé donne parfois l'impression qu'on est toujours près d'un rivage.

9h31. Après seulement quelques kilomètres, nous quittons la voie rapide, et sur un rond-point, Terje dépasse l'entrée du Volsdalen Camping, avant d'emprunter la sortie suivante.

La route rétrécit et descend jusqu'à un port de plaisance, où s'alignent sur trois pontons une bonne cinquantaine de voiliers modestes et autres modèles légers motorisés, à l'abri d'une digue et d'un petit îlot boisé.

Google Traduction confirme mes craintes : le panneau *båtutleie* signifie bien location de bateaux. J'en oublie presque les douleurs dues à ma chute, et la boule dans mon ventre, qui ne me quitte jamais.

Enfant déjà, je fuyais tout type d'embarcation. Adolescente, j'étais la seule à bouder pendant les vingt minutes de traversée qui nous permettaient d'atteindre les îles de Lérins au large de Cannes, avec le Zodiac d'un ami. C'est inexpliqué et systématique : je ne crains ni l'avion ni la voiture... Je n'ai pas le vertige, je ne suis pas claustrophobe, mais je ne supporte pas la navigation en mer.

Pas de bol, ici tout le monde navigue. D'ailleurs dans les magazines norvégiens, vous verrez autant de publicités pour les gilets de sauvetage que pour les voitures.

La Nissan se gare sans bruit à proximité d'un petit bâtiment blanc et bleu. Terje échange quelques mots avec un homme sur le quai. Il reçoit ensuite deux gilets de sauvetage, et me fait signe de le rejoindre. Bon Dieu... Qu'est-ce que je fais là ? Je fixe inlassablement mon téléphone, espérant trouver une bonne raison de ne pas l'accompagner en mer.

Trop tard. Terje ouvre ma portière, secouant devant moi un gilet orange et bleu marine. Une notification du compte Instagram d'Ada me fait l'effet d'une décharge électrique. Si elle me voyait, elle me jetterait hors de cette voiture et me pousserait dans le bateau sans hésitation.

J'attrape finalement le gilet que j'enfile tant bien que mal, tout en suivant Terje, déjà occupé à démarrer le moteur de la coquille en plastique sur laquelle il compte m'emmener. Il est trop accaparé par les préparatifs pour me prêter attention. J'ai peur. En fait, je tremble. Je m'apprête à affronter ma plus terrible phobie aux côtés d'un inconnu, rencontré quelques minutes après la mort de la seule personne qui aurait pu m'aider. Et putain, mais quelle idée j'ai eu de mettre mes chaussures de ville ce matin ? Si je me casse la gueule en embarquant, je serais peut-être dispensée de navigation ?

Terje se tourne vers moi. Il désigne mes chaussures que je retire aussitôt. Il s'approche et m'attrape par le bras pour m'aider, ou plutôt me forcer à le rejoindre à bord. Ensuite, en quelques gestes, il ajuste mon gilet et le resserre pour qu'il épouse mes mouvements sans me gêner.

Pieds nus comme moi, son gilet enfilé sur sa chemise, les manches retroussées grossièrement : Terje ressemble à un naufragé de la série *Lost*. Sauf qu'il est visiblement content d'être là.

Ma vie dépend maintenant de lui et d'un assemblage de polyester usé de 4,5 mètres de long. Terje a beau m'expliquer que le petit Pioner 15 est un modèle très commun en Norvège, je m'agrippe aux parois sans savoir vraiment dans quel sens affronter cette épreuve.

Le franchissement de la digue et la sortie des eaux abritées du port achèvent de me pétrifier. Je ne sais pas combien de temps je pourrai tenir. Mes doigts souffrent déjà.

Sans quitter sa trajectoire des yeux, Terje se révèle très bavard. Tant mieux, je me focalise sur sa voix, plutôt agréable, malgré le bruit du moteur hors-bord. Qui lui a appris à parler français comme ça ?

— La météo est bonne. Si Agnès est bien allée à leur domicile, on atteindra Godøya avant elle.

Un coup d'œil aux environs sur Google Maps me permet de déduire rapidement que *øya* signifie île. Autant dire que c'est un mot très utilisé dans la cartographie locale.

Godøya représente la limite ouest de la commune d'Ålesund. Dans un premier temps, nous rebroussons chemin en longeant par le sud le centre-ville. Des gouttes microscopiques chatouillent mon visage.

Pendant quelques secondes, la situation paraît irréelle : la beauté des paysages et le peu de courant donnent un air de vacances à notre trajet. Terje s'est arrêté de parler. Est-ce que comme moi, il hésite ? Il semble réfléchir et se demande sûrement à quel point il peut m'accorder sa confiance. M'a-t-il crue ? Je repense à notre rencontre un peu brutale dans la rue. Et si Terje avait voulu protéger Agnès en faisant diversion ? Et si j'étais tombée dans un piège ? Tendu par qui ? Et merde ! Gunnar est mort, Terje est peut-être mon seul espoir ici ! Et il parle français, j'y crois toujours pas... Je me lance.

— Pourquoi tu cherches Agnès si t'es pas de la police ? Tu travailles pour un service des fraudes ? Un ministère, ou une banque ?

À son regard, je comprends que Terje en est arrivé à la même conclusion que moi et se dévoile enfin. Du moins, partiellement.

— J'enquête sur Renaud, son mari. Il est soupçonné d'espionnage industriel par son employeur.

— Et tu crois Agnès en danger ?

— Jusqu'à aujourd'hui, elle n'avait rien à voir avec cette affaire. Si tu dis vrai, ça change tout.

Le doute. Je l'oublie, je l'étrangle à pleines mains. Il revient inlassablement. Suis-je vraiment moi-même ? Tout ça à cause d'une seule personne. Justement, revenons à elle.

— Renaud aurait pu assassiner Gunnar pour protéger Agnès ?

— J'espère seulement qu'on arrivera à temps.

Nous avons dépassé l'extrémité sud de la langue de terre principale d'Ålesund. Terje vire légèrement à tribord pour atteindre le rivage nord de Godøya. Notre destination est un minuscule port de pêcheurs, abrité derrière deux fines digues, à la pointe nord-ouest de l'île, au pied d'un massif montagneux verdoyant. Les touristes visitent Alnes pour son phare, marquant à la fois l'entrée dans le fjord et la limite des eaux communales.

10h19. Trente minutes de traversée. Je n'attends même pas l'arrêt total du bateau pour bondir sur le quai bétonné. Un peu plus loin, une autre avancée grise retient une quinzaine d'embarcations tout au plus.

Terje parlait d'un village, mais il s'agit plutôt d'un amoncellement de maisons tournées vers la mer. Le phare blanc strié de deux bandes rouges les surplombe sur la droite. Paisible, c'est le mot. À la fois proche et isolé de la ville. La présence de nombreuses voitures devant les garages m'intrigue. Je repense à tout ce que j'ai lu sur la Norvège et ses innombrables ferrys à travers les fjords.

— Ils prennent tous le ferry avec leurs voitures ?

— Non, il y a un tunnel.

Il se fout de ma gueule ? Comme s'il m'avait entendu, il ajoute :

— Mais on aurait mis plus de temps. Et puis je ne prends pas les tunnels.

Ben voyons... Chacun son truc.

Arrivée en bout de quai, je n'ai pas le choix, je dois remettre mes chaussures inadaptées. Terje marche vite. Pas question de traîner, même si cela doit me coûter une cheville. Chaussures de merde.

Les couleurs et le relief rappellent à la fois l'Auvergne et la Bretagne. Il y a ici un mélange de bout du monde et de vie moderne quotidienne très surprenant. On longe l'école où les enfants jouent dans une cour sans clôture. À leur âge, ma sœur se serait déjà enfuie depuis longtemps.

Au fur et à mesure que nous suivons le rivage et que défilent les maisons, je ne peux m'empêcher d'imaginer le quotidien ici. Agnès habite-t-elle réellement sur cette île ? Ses voisins peuvent-ils se douter qu'elle a volé la vie d'une autre ?

Agnès et Renaud possèdent la dernière maison, tout près du phare. En entendant les enfants derrière nous et en apercevant des trampolines et des balançoires dans les jardins, je me rends compte que je ne me suis pas préparée à l'éventualité qu'Agnès ait eu un enfant sous mon nom. Y aura-t-il des jouets chez elle ?

***

TORSTEIN

Saskia respire à pleins poumons. L'air marin ravive ses sens. Dressée face au vent, elle est sûre d'elle. Elle sait qu'il est impossible de deviner sa prothèse. D'ailleurs, à ce moment précis, elle-même l'oublie presque. Elle s'écarte du camping-car et tend ses bras pour immortaliser le panorama à couper le souffle. Veillant à ne pas trembler, elle utilise la fonction 360° de l'appareil photo intégré à son smartphone. L'océan l'encercle, et derrière elle, se dresse le phare blanc et rouge d'Alnes.

Elle pourrait rester sur le bas-côté de cette petite route pendant des heures. Torstein a eu raison d'insister pour emprunter les kilomètres de tunnels qui relient les autres îles jusqu'à celle-ci.

Il lui a promis une surprise. Elle est curieuse, mais pas impatiente. Elle sait apprécier les moments pour elle. C'est aussi l'occasion de reposer ses jambes. Saskia n'aime pas montrer ses faiblesses et ses limites. C'est son caractère et rien n'y changera.

Saskia aperçoit son reflet dans les vitres du camping-car. Pour la première fois depuis longtemps, elle aime ce qu'elle y voit. La vie pétille dans ses yeux noisette légèrement bridés.

Le petit port hollandais où elle a grandi, à quelques pas de la frontière belge, a créé chez elle un lien particulier avec la mer. Les plages interminables de Breskens lui manquent parfois. Elle aimerait y emmener Torstein un jour.

14

Ålesund, samedi 28 février 2015

Le président Barack Obama parle de "meurtre brutal", le président François Hollande dénonce un "assassinat odieux".

Un client fait signe d'augmenter le volume du téléviseur accroché au mur. Comme le restaurant et la plupart de ses chambres, le bar du Scandic Hotel Ålesund offre une vue imprenable sur le port et le mont Aksla, griffé d'un escalier sinueux menant au panorama naturel le plus apprécié de la ville. Le soleil est déjà couché depuis longtemps et la ville scintille paisiblement.

Agnès s'est figée. Cela fait plusieurs semaines qu'elle n'a pas entendu parler russe. Agitant sa main, elle fait signe à deux employés de lui accorder un instant. Son regard ne décroche plus le téléviseur, où des images de la place rouge défilent en boucle. En bas de l'écran, un bandeau rouge insiste sur la gravité de l'événement.

Garry Kasparov, cofondateur de Solidarnost avec Nemtsov, se dit anéanti par le meurtre brutal de son collègue de longue date dans l'opposition. Il fait le parallèle avec le meurtre d'Anna Politkovskaïa et accuse Vladimir Poutine d'avoir "des océans de sang sur les mains".

Autour d'elle Agnès surprend des réactions plus ou moins discrètes. Beaucoup sont choqués, mais pas vraiment surpris par un tel acte.

Et puis Agnès entend à nouveau du russe, à proximité. C'est plus fort qu'elle. Sueurs froides, palpitations. Un homme corpulent et son acolyte plus discret échangent quelques propos dans leur langue natale, sûrement persuadés d'être incompris par leurs voisins.

Agnès ne prête pas vraiment attention à leurs paroles exactes. Elle réfléchit à quitter la pièce le plus discrètement possible. Son service se termine dans deux heures, impossible de poursuivre dans cet état. Dans le miroir des toilettes, son visage a perdu ses couleurs.

Le calme métallique de l'ascenseur atténue ses angoisses. Malheureusement, à peine arrivée dans le hall d'entrée deux étages plus bas, un autre téléviseur prend le relais sur une chaîne différente. Agnès détourne le regard.

L'assassinat de Boris Nemtsov, politicien opposé à Vladimir Poutine, a eu lieu hier, le 27 février 2015, à 23 h 31 heure locale, sur le pont Bolchoï Moskvoretsky dans le centre de Moscou, à quelques pas du Kremlin. Un assaillant inconnu a tiré sept ou huit coups avec un pistolet Makarov PM. Quatre ont touché Boris Nemtsov à la tête, au cœur, au foie et à l'estomac, le tuant presque instantanément. Sa mort survient quelques heures après son appel au public à soutenir une marche contre le soutien militaire de la Russie aux insurgés ukrainiens.

— Je te remplace demain si tu veux, mais je dois partir... J'ai une urgence personnelle. Je suis désolée, mais...

L'employé d'une petite cinquantaine d'années ne la laisse pas terminer : il sourit en lui faisant signe de filer immédiatement. Elle sait qu'il la couvrira.

Au risque de se faire remarquer ou verbaliser, Agnès roule au-delà des limitations de vitesse, particulièrement dans les quatre longs tunnels qui lui permettent de rallier Godøya en une demi-heure.

Ces lignes droites interminables et hypnotiques font ressurgir les dernières nouvelles qu'elle a pu obtenir à propos de son propre cas. Depuis son départ de Russie juste avant Noël, Agnès n'a écrit ou parlé à aucune personne de son ancienne vie. Sa disparition a suscité quelques articles, évoquant la fuite d'une professeure de SVT accusée de propagande homosexuelle. Le jugement a été rendu par contumace, en l'absence de la prévenue. Agnès a été condamnée à 15 ans de camp à régime sévère en Sibérie.

Haut-le-cœur. Frissons. Agnès inspire profondément.

Retour à la surface. Le ciel noir rend l'extérieur plus sombre que les entrailles jaunâtres du tunnel. Dernier kilomètre, premiers lampadaires devant elle. Le petit port d'Alnes brille doucement dans l'obscurité de la nuit. Agnès ralentit enfin, jusqu'à arrêter sa petite Polo au niveau du portail grand ouvert de la dernière maison construite sur le littoral, au pied du phare blanc et rouge. La neige gelée craque sous ses pas. Comme le veut la tradition en Norvège, une lampe reste allumée devant l'entrée de chaque maison. Habitude héritée des familles de pêcheurs, pour qu'ils puissent retrouver leur chemin malgré le brouillard fréquent.

Il fait bon à l'intérieur. Elle reconnaît le parfum de Renaud, tout en quittant ses chaussures. Il travaille beaucoup depuis chez lui ces jours-ci. Elle qui a toujours été indépendante, voire sauvage selon ses ex, apprécie de le retrouver dans leur foyer. Parfois elle se surprend à avoir l'impression de partager cette vie paisible depuis des années... Il lui faut alors chasser ses craintes de tout perdre, de fuir encore, ou pire. Et puis s'habituer à son nouveau nom.

— Émeline ? T'es rentrée plus tôt ?

N'obtenant pas de réponse, Renaud quitte son bureau et traverse le salon pour atteindre la cuisine, où Agnès ouvre le frigo gigantesque. Elle a fini par s'y habituer, en découvrant que les Norvégiens avaient tous le même chez eux. Mais elle n'en sort rien de comestible. Une enveloppe à la main, elle se retourne et prend un briquet. Elle n'a toujours pas prononcé un mot lorsqu'elle ouvre la large baie vitrée face à l'océan noir invisible.

Un air glacial leur fouette le visage. Renaud sort à son tour, mais reste en retrait. Il sait ce qu'elle s'apprête à faire. Elle va définitivement rompre le lien.

Il y a maintenant plus de deux mois, Renaud lui a permis de devenir Émeline. C'est le moment pour elle de faire complètement disparaître Agnès.

De l'enveloppe, elle extrait son passeport. Celui au nom d'Agnès Grangé. Elle l'ouvre une dernière fois, avant d'en approcher la flamme du briquet. Le vent accélère la combustion. Un tas de cendres fumantes creuse doucement la neige givrée à ses pieds.

Agnès lève les yeux vers Renaud. Elle se serre contre lui et murmure seulement :
— Takk[3].

---

[3] Merci.

15

Aucun jouet. En fait, il n'y pas la moindre trace d'enfants dans la maison. Terje n'a eu qu'à pousser la porte : elle n'était pas fermée. Cela ne l'a pas surpris. Ils ont bien des écoles sans clôture... Alors des verrous sur les portes des maisons ?

J'éprouve une sorte de soulagement. Je me sens bête. Après tout, qu'elle ait des enfants ou pas, quelle différence ? Terje m'affirme qu'Agnès et Renaud ont habité ici. Cette adresse figurait sur les documents de mariage archivés par Gunnar.

Pourtant, bien que la maison soit encore meublée et équipée, elle nous semble vidée par ses propriétaires. Aucun objet, aucun signe personnel. Pas un papier qui traîne, pas une photo, pas un souvenir. Les lits sont nus et les vêtements ont tous disparu. Sur le bureau ne subsistent que quelques stylos et blocs-notes vierges.

10h37. C'est ce qu'affiche l'horloge digitale du four. Alors que j'ouvre le réfrigérateur géant totalement vide, Terje revient du garage : l'énorme coffre congélateur a été vidé aussi. Pour un Norvégien, c'est un signe fort. Renaud et Agnès ont quitté Alnes pour de bon.

Après avoir arpenté la maison dans tous les sens, Terje ralentit enfin à mon niveau :

— Si ce n'est pas par avion, c'est en bateau, ou par la route.

— Dans ce cas, ils ne peuvent pas être très loin.

J'ai dit ça machinalement. En réalité, je n'en ai aucune idée. L'envie de prendre le premier vol pour rentrer à Saint-Martin-Vésubie me traverse l'esprit quelques secondes. Je crois que Robin me manque.

Des restes de documents brûlés dans le poêle confirment la fuite d'Agnès et Renaud. La combustion a rendu la plupart illisibles. Pourtant, je reconnais un logo pas entièrement noirci, celui de la DNB ASA, principale banque de Norvège. Il figure sur l'entête d'un courrier adressé ici même à Émeline Dalbera. Elle a gardé son nom, enfin mon nom, malgré son mariage avec Renaud Fossey. Une idée me traverse l'esprit. Il faut que j'en parle à Terje. Je n'en ai pas le temps.

Un bruit attire notre attention, suivi d'un cri venu de l'extérieur. J'ai oublié, l'espace d'un court instant, que nous étions entrés chez un couple potentiellement en fuite. À ce moment précis, je réalise que j'ignore encore le statut réel de Terje. S'il n'est pas flic et qu'il ne travaille pas directement avec la police, qu'est-il exactement ? Un enquêteur privé ? Un jeune escroc doué pour le mensonge ? En l'accompagnant, suis-je sous sa couverture... Ou est-ce que je deviens sa complice ?

La voix inconnue s'est rapprochée, insistante :

— Hvem er det ?[4]

Terje aperçoit une silhouette derrière la maison, à travers la fenêtre de la cuisine. Il fronce les sourcils et m'explique :

— C'est Eldar, leur voisin.

Putain d'enquêteur privé... Va falloir qu'on s'explique monsieur "Ellingsen je sais tout". Je le laisse ouvrir la fenêtre et répondre :

— Vi er Renauds kolleger ![5]

— Oh ! Den franske ! ...De dro ![6]

Terje laisse échapper une série de jurons norvégiens qu'il ne juge pas utile de me traduire. Mais le brave Eldar a fait un signe de ses mains assez universel : le couple s'est tiré !

À l'instant même où le grand gaillard de plus de 1,95m tend sa main à Terje à travers la fenêtre ouverte, un sifflement me pince les oreilles.

Abandonné par la vie, Eldar s'étale dans l'herbe qui entoure la maison. Terje se penche par la fenêtre, comme par réflexe pour rattraper le malheureux voisin, déjà hors de sa portée.

Ma réaction suivante est instantanée. C'est sans doute l'instinct de survie. Je plaque littéralement Terje au sol. Au passage, il se cogne le crâne contre le cadre de la fenêtre ouverte, tandis que mon coude nous amortit tous les deux dans une douleur atroce et un petit craquement très désagréable.

Comme pour confirmer à Terje que j'ai adopté le bon geste, une nouvelle série de sifflements retentit au-dessus de nos têtes. Je ne sais pas par quel miracle je me retiens de hurler de peur. En vérité, je suis pétrifiée. Jamais dans ma vie, je n'ai senti un tel vertige. Le plus troublant, c'est la force que procure l'adrénaline.

Dans les secondes qui suivent, j'ai le sentiment étrange d'une évidence. Comme si tous mes entraînements et mon conditionnement physique n'avaient qu'un seul objectif final : me rendre capable de survivre, aujourd'hui, ici. Maintenant.

---

[4] Qui est-ce ?

[5] Nous sommes des collègues de Renaud !

[6] Oh, les Français ! Ils sont partis !

Car c'est bien de survie qu'il s'agit. Si Eldar est rapidement sorti de notre champ de vision, les impacts sur la fenêtre et les meubles de la cuisine sont bien réels. Étroits et profonds, ils laissent imaginer un projectile létal. En d'autres circonstances, j'aurais trouvé amusant de voir ressurgir des souvenirs de mes sessions de chasse avec mon oncle en Auvergne, ou plus récemment dans la Vésubie.

— Terje ! Tu n'es pas touché ?

En guise de réponse, Ellingsen éclate de rire, étalé sur le flanc. Est-ce dû à son coup sur la tête, ou bien se moque-t-il simplement de ma façon de prononcer son prénom ?

Il laisse échapper un gémissement de douleur en voulant se redresser, avant d'éclater à nouveau de rire. Sale gamin.

— J'adore ton accent.

Connard. Terje reprend un air plus sérieux et m'interroge à son tour du regard. Je contrôle mentalement mes membres, et je me rassure moi-même en lui répondant.

— Je crois que j'ai rien...

Tout en me faisant signe de m'écarter des fenêtres, Terje vérifie quelque chose sur son mobile.

Nous sommes tous les deux au ras du sol. La violence des impacts a pulvérisé des échardes de bois et des éclats de béton dans toute la cuisine. Les picotements dans ma main et mon coude me le confirment.

Je me surprends moi-même en accrochant un chiffon coloré au bout d'une balayette, avant de l'agiter dans le cadre de la fenêtre. Rien. Pas de sifflement. Le tireur attend de nous cueillir de l'autre côté, devant la maison. Ou il est déjà parti.

Terje me fixe. Je devine la question qui le démange.

— Jeux vidéos avec ma sœur. Paintball avec mes cousins.

Terje sourit et tend l'oreille. Personne ne semble avoir remarqué le cadavre d'Eldar ni entendu les tirs.

Je devrais réagir, lui dire d'appeler la police. Mais mon camarade d'infortune m'entraîne déjà vers la buanderie, qui communique avec le garage. Cette fois, c'est lui qui semble mû par des réflexes de survie. Sans un mot, nous improvisons une tenue de camouflage à base de gilets de sauvetage usés, de casquettes déteintes et de cannes à pêche. Dernier détail : j'ai pu enfiler une vieille paire de baskets et abandonner mes chaussures, vraiment pas adaptées à cette journée. L'occasion de constater qu'Agnès fait la même pointure que moi. Vient enfin le moment de sortir, de quitter notre abri de fortune.

11h09. Sur ma gauche, la réverbération du ciel bleu dans l'océan crée un halo aveuglant malgré ma casquette deux fois trop grande estampillée du logo bleu et orange du Aalesunds FK, le club de football local. Terje marche près de moi, aussi calmement que possible.

Nous croisons un couple de touristes allemands qui nous salue poliment. Discrètement, Terje en profite pour contrôler nos arrières. Toujours rien. Personne ne nous suit. Il reste encore 500 mètres avant d'atteindre le quai. L'envie de courir me démange, mais ce serait suicidaire. Comment être certaine que personne ne nous traque ?

Au moment de quitter la route pour descendre vers le ponton, une sirène émerge du tunnel. Une voiture de police nous dépasse à vive allure pour rouler en direction de la maison d'Agnès.

Quelqu'un a trouvé Eldar. Cette pensée me déclenche un haut-le-cœur et une série de frissons, comme si je réalisais seulement maintenant que je viens d'assister à un assassinat, avant d'échapper à une tentative de meurtre.

***

TORSTEIN

Le phare d'Alnes culmine à 36 mètres de hauteur. Mais sa lentille, automatisée depuis 1982 et encerclée de la coursive visitée par les touristes, n'est qu'à 22,5 mètres du sol. C'est amplement suffisant.

Torstein est satisfait. La météo est idéale : ciel dégagé, vent faible régulier. Profitant d'être seul pour admirer la vue, il photographie un dernier panorama à l'aide de son smartphone. Sur l'écran, on distingue clairement la maison d'Eldar, et celle d'Agnès et Renaud, parmi les habitations au premier plan.

***

MARGO

Ce que nous venons de vivre m'a curieusement rendue insensible au mal de mer. Du moins pour l'instant. Mon coude me lance de plus en plus. Je peux déjà imaginer une belle série d'hématomes autour de ma hanche et de mes côtes.

Il a fallu dépasser l'extrême nord-est de Godøya pour se sentir hors de danger. Depuis quelques minutes, Terje pousse le moteur du Pioner 15 à fond. Il n'y a plus une seconde à perdre.

— Pas de détonation... Pas de tireur...

— Terje... C'était quoi ça ? Tu savais qu'on risquait de nous...

Il me coupe sèchement. C'est la première fois qu'il prend ce ton glacial, autoritaire, et particulièrement mature :

— Non, j'avais pas prévu de me faire tirer comme un lapin aujourd'hui !

Décidément, je me demande qui lui a appris le français... Je le sens nerveux, pris de court et quelque part, ça me rassure. Non seulement je me sens moins seule avec ma trouille, mais surtout, ça le retire automatiquement de la catégorie barbouze.

Je ne sais pas encore exactement qui est ce mec, mais je viens de lui sauver la vie, et il m'a embarquée dans un beau merdier.

Nous traversons un large chenal où se croisent paquebots, chalutiers, cargos et d'innombrables voiliers de toutes tailles. J'ai l'impression d'être minuscule. Vulnérable. Invisible. Quelles seraient nos chances de survie si un de ces énormes navires ne nous voyait pas ?

Le bruit du moteur et le vent m'obligent à me rapprocher de Terje pour l'entendre me parler.

— Ils vont disparaître.

— Tu penses qu'ils vont se cacher ?

— Non, je veux dire qu'ils vont changer d'identités. Il faut absolument qu'on les retrouve avant.

— Tu crois qu'elle va abandonner mon nom ?

— Je me suis intéressé à elle parce que je surveille Renaud.

— Oui tu me l'as dit, mais...

— Non, tu n'as pas compris. Renaud aussi a usurpé l'identité de quelqu'un. Ce couple est totalement faux.

113

Je dois avoir une tête déconfite à en juger par sa réaction. Terje se penche un peu plus vers moi. Sa transpiration se mêle à son parfum et à l'air marin. Il soutient mon regard en prononçant un seul mot :

— Merci.

TORSTEIN

Malgré ses lunettes de soleil, Torstein plisse les yeux tant la luminosité est forte. Il laisse le phare dans son dos, pour couper à travers champ jusqu'à l'élargissement de la route utilisé comme stationnement, près du rivage rocheux. La pointe nord-ouest de Godøya est usée par le vent et l'eau. Rabotée, aplatie, elle sert de socle verdoyant au phare blanc et rouge d'Alnes.

Tout en marchant, Torstein lance des regards vers le ciel bleu où seuls quelques oiseaux tournoient. Soudain, il l'aperçoit. Allongée sur une de leurs chaises longues pliantes, à côté du camping-car. Un chapeau blanc et des lunettes de soleil dissimulent son visage. Torstein la reconnaîtrait parmi des milliers d'autres filles. Saskia bronze en haut de maillot, mais n'a pas retiré son pantalon léger. Par transparence, un œil attentif pourrait y distinguer sa prothèse.

Il s'approche en silence et la regarde. Sa sérénité l'apaise.

16

— Et vous, Renaud, Daniel, Marc Fossey, voulez-vous prendre pour épouse Émeline, Rose, Fabiana Dalbera ?

— Oui, je le veux.

— En vertu des pouvoirs qui me sont conférés, je vous déclare unis par les liens sacrés du mariage.

Un peu à l'étroit dans son costume, Gunnar sourit au couple. Son accent français surprend tout le monde :

— Vous pouvez embrasser la mariée.

Renaud approche ses lèvres de celles d'Agnès, aussi ému qu'elle. Le costume beige clair qu'il a choisi contraste harmonieusement avec le teint hâlé de sa peau. Elle le trouve beau.

Leurs deux témoins applaudissent. Il n'y a personne d'autre dans la salle de réunion de Jangaard Export AS. Gunnar a déployé contre le mur un drapeau français un peu froissé, aux côtés de celui du Royaume de Norvège.

En qualité de vice-consul honoraire, Gunnar présente plusieurs documents à signer. Anita Larsen prend le stylo la première. Toujours impeccable, elle porte ses cheveux blonds en chignon très serré et souligne sa fine bouche d'un léger rouge à lèvres. Cette collègue d'Agnès, chargée de communication au Scandic Hotel, est la seule à qui elle a annoncé son mariage en petit comité.

C'est au tour d'Eldar Normum d'apposer sa signature. En plus d'être son voisin, il est le plus ancien ami norvégien de Renaud. En couple avec une employée de la compagnie Hurtigruten[7], il est souvent seul chez lui. Agnès trouve à la fois rustique et attachant ce cinquantenaire, même s'il la dépasse largement du haut de son mètre 95. Eldar les a tous pris de court aujourd'hui en portant son bunad, qu'il réserve habituellement à la fête nationale du 17 mai. Son costume traditionnel lui a valu de nombreux sourires dans la rue et d'inévitables selfies avec les touristes asiatiques.

---

[7] Express Côtier, ligne maritime reliant 40 ports du sud au nord du pays.

Au début, Anita trouvait incorrect de choisir un établissement concurrent du Scandic. Mais à peine installée sous la verrière moderne et chaleureuse du Green Garden, elle a esquissé un sourire sincère et spontané qui a balayé le moindre doute.

Outre sa proximité avec l'entreprise de Gunnar, l'hôtel 1904 a une signification particulière pour Renaud. C'est ici qu'il a séjourné en Norvège pour la première fois de sa vie, en 2010. Cela lui paraît soudain si lointain. Agnès adore le voir se sentir vieux. Il est mignon quand il compte les années depuis tel ou tel souvenir.

Elle n'aurait jamais imaginé célébrer son mariage avec deux quasi inconnus, sans famille ni amis, ici. Pourtant, il suffit à Renaud de lui prendre la main pour qu'elle sache qu'elle a fait le bon choix. Ils n'ont besoin de rien ni de personne.

Parfois, la vie est simple.

Même un dîner de mariage ne se termine pas tard en Norvège. Et le nombre d'invités n'y aurait rien changé. Mais Agnès s'en contente pleinement. Toutes ses amies ont été malades ou épuisées au moment de passer leur première nuit de couple marié.

Il n'est pas encore 23h00 lorsqu'elle entraîne Renaud jusqu'à la meilleure chambre de l'hôtel, au quatrième étage. La décoration est sobre, mais les matériaux et les finitions frôlent la perfection. Ce qu'Agnès apprécie particulièrement, c'est l'atmosphère chaleureuse de la pièce. Pas de luxe inutile ni de gadgets technologiques. Pas de vue sur la mer non plus. Elle s'en fiche. À cet instant précis, elle dévore son époux des yeux. Renaud en rougit presque. En quelques gestes secs, elle le fait s'asseoir sur le bord du lit, face à elle, debout dans son tailleur blanc cassé qu'elle craint d'abîmer à chaque mouvement. Renaud ne cache pas une certaine hésitation sur l'attitude à adopter. Qu'attend-elle exactement ? Ils étaient à deux doigts de se sauter dessus et soudain, il a l'impression d'être sur le point de subir un interrogatoire, ou de recevoir une confession. Enfin, Agnès prend son courage à deux mains :

— Hier je me suis renseignée sur Émeline. Je veux dire la vraie Émeline Dalbera. C'était plus fort que moi. C'est vrai qu'elle me ressemble un peu. Je ne sais pas si c'est pour ça qu'elle a été choisie, mais je...

Renaud la coupe. Il a perdu son sourire.

— Arrête immédiatement. Tu es Émeline Dalbera. Point.

— Renaud, tu sais comme moi ce qu'on risque. Ce que je risque.

— Tu te rappelles cet article sur un homme dont l'identité avait été usurpée 13 fois à travers la France ? Et personne ne s'en est aperçu... Pourquoi ? Parce que la plupart des gens n'aspirent qu'à vivre leur petite vie. Personne ne fait l'effort de croiser les informations. C'est exactement ce qu'il va se passer. Émeline continuera de vivre sa vie là-bas. Et tu vivras la tienne ici.

Agnès inspire profondément. Elle retire ses chaussures et s'assoit près de Renaud, au bord du lit. D'une voix sereine, elle déclare :

— J'ai envie que notre enfant ait un avenir. Je ne veux pas qu'il paie les conséquences de nos actes. C'est aussi pour ça que je t'ai épousé, malgré le risque vis-à-vis de la vraie... Enfin, de l'autre Émeline.

Renaud veut lui répondre, mais elle l'en empêche d'un doigt sur la bouche. Elle poursuit, sur un ton très sérieux et tendre à la fois.

— J'ai définitivement tiré un trait sur ma vie d'avant. Et je ne te poserai jamais de questions sur la tienne. Parce que ce qui compte pour moi, c'est nous. Maintenant.

Renaud s'approche d'elle et dépose un baiser sur ses lèvres. Il sourit ensuite et demande :

— C'est tout ?

— Oui. Maintenant, fais-moi l'amour.

17

14h35. Terje a garé sa Nissan Leaf à une centaine de mètres. Dès le moment où il a accepté mon idée, j'ai senti qu'il hésitait entre m'accompagner au guichet ou attendre au volant. Il a opté pour un compromis, en restant devant la façade de l'agence bancaire spécialisée dans l'immobilier. Orné de l'inscription DNB ASA, le flanc gauche du bâtiment donne directement sur le port. La seule agence locale n'est qu'à deux pâtés de maisons de l'endroit où Gunnar est mort ce matin.

Un employé me salue poliment, très élégant dans son costume vert foncé. Il me suffit de lui répondre en anglais pour qu'il embraye sans effort dans la langue de Shakespeare. Je sais que je joue un coup de poker, mais c'est sans doute le seul moyen pour nous de retrouver rapidement la trace d'Agnès.

Sur le comptoir devant moi, j'ai déposé mon passeport, l'original. Celui au nom d'Émeline Dalbera. L'employé élégant me demande de patienter, et disparaît dans l'un des bureaux dissimulés derrière de grandes parois vitrées.

Une plaque métallique indique qu'il s'appelle Geir Nedregård Johansson. Je ne peux pas m'empêcher de me demander si à l'école on l'appelait seulement Geir, Ned ou Johan ? Ou bien GNJ ? En temps normal, ce genre de question bête m'aurait détendue. Bien tenté.

Avant de séjourner dans un pays étranger, les citoyens français sont invités à consulter la rubrique *conseils aux voyageurs* du site internet France Diplomatie. Ils y trouvent toutes sortes de recommandations concernant les vaccins nécessaires, la monnaie en vigueur, ou les zones à risques.

Pour faire court, à Europ Assistance, j'avais accès à une version ultra développée et mise à jour en temps réel par nos correspondants locaux.

J'ai gardé l'habitude de lire les fiches pays. Alors oui, avant de prendre l'avion pour la Norvège, je me suis renseignée. J'ai appris plein de choses surprenantes, parfois drôles. Comme leurs voisins suédois, les Norvégiens font figure de pionniers en Europe, tant sur le plan social que technologique. Ils envisagent par exemple de supprimer à court terme l'usage des pièces et des billets, qui représentent déjà une part très minoritaire des transactions à travers le pays.

Dans l'immédiat, je me félicite surtout d'avoir retenu un détail important relatif au système bancaire local. Il s'agit du Bank ID, qu'on pourrait traduire par identifiant bancaire. Strictement personnel, ce petit boîtier connecté sert de clé numérique pour les transactions, les virements et certaines démarches administratives.

Depuis que j'ai reconnu le logo DNB ASA sur les feuillets rescapés des flammes du poêle, mon idée ne m'a pas lâchée.

Une employée à peine plus âgée qui a l'air d'être sa supérieure hiérarchique accompagne cette fois mon premier interlocuteur. Son nom brille sur une broche accrochée à sa chemise : Susanne Giskeødegård. Elle se réjouit de me rencontrer. L'équipe vient de changer et n'a pas encore eu le temps de se présenter à tous ses clients.

Geir et Susanne se confondent en excuses, et insistent pour m'offrir un café, pendant qu'ils s'occupent de mon dossier.

Je n'ai jamais aimé le café, mais je souris quand même, craignant de rompre le charme, et de transformer le carrosse en citrouille avant d'avoir pu quitter la banque.

On dit que les goûts changent avec l'âge. Je n'aime toujours pas le café. D'un geste lent, je pousse discrètement la tasse devant moi. Les deux employés ont disparu à nouveau dans les bureaux. Deux bonnes longues minutes passent.

Geir revient enfin m'expliquer brièvement qu'ils ont réinitialisé tout mon espace personnel en ligne. Dans une enveloppe scellée, il me présente mon nouveau Bank ID. Il est renouvelé régulièrement, mais au dernier changement de modèle, beaucoup de clients ont eu des difficultés à se connecter. Selon lui, j'ai vraiment bien fait de passer à l'agence.

Et comment, mon p'tit Geir ! C'est trop beau pour être vrai. Soucieux du service client, il me fait même une démonstration sur un poste informatique de l'agence. Cette fois c'est moi qui demande pardon : on m'attend dehors. Merci Geir. Merci beaucoup.

Au moment de franchir la porte sécurisée, la voix subtilement chantante de Susanne m'interpelle. Pétrifiée, je fais un effort surhumain pour me retourner calmement, sans perdre mon sourire poli. Susanne semble amusée de la situation lorsqu'elle me tend une sorte de reçu, qui stipule bien le retrait de mon Bank ID. Je respire. Merci Susanne.

15h19. Aussi impatients que des gamins le matin de Noël, on a voulu essayer mon nouveau jouet à partir de l'ordinateur portable de Terje. Affamés et assoiffés, on s'est installés à la terrasse du Kabb, une sorte de restaurant café branché un peu plus loin dans la rue piétonne Kongens gate.

Wifi connecté, Bank ID activé. Et la magie opère. Terje y voit une avancée significative dans son enquête. Pour moi, c'est encore plus. C'est une revanche sur celle qui m'a ruinée l'an dernier en prenant ma place. Quoi de plus naturel alors que de redevenir moi-même pour accéder à ses comptes bancaires ? Retour d'ascenseur et petite satisfaction personnelle au passage.

Soulagée d'avoir enfin une bonne nouvelle, je nous commande deux verres de vin blanc argentin élaboré à base de Torrontés, un cépage endémique. À vrai dire, je ne comprends pas grand-chose à la carte… Et cette référence a l'air d'être le vin du jour. Je désigne au serveur la planche de tapas que dévorent nos voisins de table, en dressant deux doigts de mon autre main. Le jeune barbu chauve et musclé acquiesce en souriant.

Les autres clients installés en terrasse sont loin de s'imaginer ce qui s'affiche sur l'écran du portable de Terje. Je m'avoue rapidement vaincue, totalement incapable de déchiffrer seule les intitulés de chaque dépense listée sous mes yeux. Par contre, je remarque immédiatement dans le relevé de compte d'Agnès, plusieurs références en date d'hier et d'aujourd'hui.

Réservation Booking. Location de voiture dans une agence Avis. Plein d'essence chez Equinor. Jusque-là, tout confirme un départ en voiture.

Le serveur dépose nos verres de vin. Bonheur intense. Fraîcheur et arômes de fruits blancs. Un vin simple, mais qui me redonne du courage. Terje n'a pas touché son verre. Il ne boit peut-être pas de vin. Bon Dieu ! Mais quel âge a-t-il en réalité ? 25 ans ?

En remontant dans les dépenses, on peut lire l'intitulé Fjellmaraton. Terje me le traduit par marathon de la montagne. Une rapide consultation de leur site internet nous informe que la course est prévue le samedi 1er juin. Dans deux jours.

Je localise immédiatement la station de sports d'hiver qui accueille la compétition, apparemment réputée. Beitostølen est située à près de 900 mètres d'altitude, à 200 kilomètres à vol d'oiseau au sud-est d'Ålesund.

Tout en dégustant enfin son vin, Terje me met en garde contre cette proximité relative. Le relief et les innombrables fjords dictent le tracé des routes et rallongent les distances. Ainsi, il faut compter huit bonnes heures de route pour rejoindre la destination présumée de nos fugitifs.

— Et tu trouves normal qu'un couple en fuite s'inscrive à un marathon ? Tu crois vraiment qu'ils vont y aller ?

— Ils n'ont pas le choix.

— Parce qu'on ne leur remboursera pas leurs frais d'inscription ?

J'ai tenté de faire de l'humour, mais dans ces moments-là, la barrière culturelle dépasse celle du langage.

— Elle n'opère que pendant les marathons.

— Qui ça ?

— Celle qui va leur vendre de nouvelles identités.

16h29. Basile raccroche enfin. Mission accomplie. Un commercial victime d'un carambolage en Croatie va être rapatrié le soir même. Son véhicule accidenté sera également pris en charge. Sa femme est rassurée. Son employeur aussi.

En reposant son casque micro-sans-fil sur son bureau, Basile remarque près de son clavier le sandwich à peine entamé trois heures plus tôt. Juste à côté, les dernières bulles de sa Badoit éventée remontent timidement à la surface.

C'est un job d'été après l'obtention de son BTS *maintenance des véhicules* en 2003, qui l'a vu entrer chez Europ Assistance pour la première fois. En toute logique, on lui a confié les dossiers d'assistance automobile dans un premier temps.

Bien intégré et apprécié par ses collègues, Basile n'a plus jamais quitté son poste. Il y a évolué. Après avoir sauvé les voitures, il s'est mis à sauver les gens. Et quelques années plus tard, il supervise les sauveteurs.

En 2011, il a rencontré Émeline. Émeline la têtue. Émeline la travailleuse. Émeline la femme de sa vie.

Mais ça, c'était avant. Depuis leur séparation l'an passé, Basile Valmir a définitivement tourné la page. Du moins c'est ce qu'il répète autour de lui.

Sa mère japonaise lui a transmis ses yeux en amandes, ses cheveux noirs et sa petite carrure, qu'il a su habiller d'une musculature harmonieuse, somme toute discrète.

À 36 ans, passer des heures derrière un ordinateur, un casque sur les oreilles, exige un exercice physique régulier pour rester en forme.

Ce n'est visiblement pas à la portée de tous. Gilles, par exemple, ne quitte pour ainsi dire jamais son poste informatique et ne pratique aucune activité physique régulière. En général, lorsque cet ingénieur réseaux remonte de ses locaux souterrains jusqu'à la surface, c'est qu'un serveur a sauté. Ou qu'il a une blague vraiment hilarante à partager. Pas aujourd'hui.

En le voyant approcher d'un pas rapide, Basile doit admettre que ses collègues ont raison. Gilles doit bien faire le double de son propre volume, sans être beaucoup plus grand.

D'habitude du genre pas très discret à hurler dans la pièce, malgré les conversations téléphoniques en cours, Gilles s'adresse à voix basse à Basile :

— Je sais pas à quoi tu joues, mais t'es pas censé utiliser les anciens codes d'accès d'Émeline.

— De quoi tu me parles ? Elle s'est connectée ?

— Je te conseille de lui dire de faire gaffe. J'ai qualifié ça d'incident technique. Je ne pourrai pas la couvrir éternellement.

— Elle était où ?

— En Norvège.

18

La Première ministre britannique Theresa May a déclaré que l'agent neurotoxique identifié fait partie du groupe des Novitchoks, une famille de poisons du système nerveux développés dans les années 1980 par l'Union soviétique.

Le gouvernement britannique a aussitôt accusé la Russie de tentative de meurtre et a annoncé des sanctions diplomatiques.

Pour rappel, à 16h15, le 4 mars 2018, Sergueï Skripal et sa fille Ioulia Skripal ont été retrouvés inconscients sur un banc public dans le centre de Salisbury par deux passants.

Agnès coupe le téléviseur du salon. Même en regardant BBC Worlds News, l'actualité lui rappelle toujours ce qu'elle a fui. Et chaque nouvelle évocation du régime de Poutine lui glace le sang. Avant que ne surgisse le moindre remords, Agnès retrouve confiance en elle. Oui, tout cela en vaut la peine. Elle n'avait pas le choix.

Lovée dans le vieux canapé, un épais plaid sur les jambes, elle sait qu'il va bientôt falloir remettre du bois dans le poêle. Elle devra se lever, mais pas immédiatement. Elle s'octroie quelques minutes de répit. Renaud est absent quelques jours. Alors elle en profite pour s'autoriser la seule chose qu'elle lui cache.

Son ordinateur portable déplié sur ses genoux, elle navigue entre plusieurs fenêtres. Parmi elles, une page Facebook. Celle d'Émeline Dalbera, employée chez Europ Assistance et domiciliée à Saint-Maur-des-Fossés, dans le Val-de-Marne.

Agnès ignore elle-même ce qu'elle cherche en surveillant cette femme à distance. Après tout, Renaud a peut-être raison. Il y a de la place pour deux Émeline. Chacune sa vie. Ce n'est qu'un nom finalement.

Cette fois, sa vessie a gagné. Agnès doit se lever. Elle s'arrête dans la salle de bains et ouvre un placard. Sur un coin d'étagère gisent sept boîtes cartonnées identiques. Agnès en prend une, qu'elle jette après en avoir extrait le contenu : une tige de plastique fendu en son milieu. Elle l'emporte avec elle dans les toilettes. D'un geste las et visiblement répété de nombreuses fois, elle parvient à uriner sur la tige. S'ensuit l'insupportable attente de deux minutes.

Négatif. Encore. Déçue, Agnès jette le test de grossesse à la poubelle.

Plusieurs notifications sonores lui font regagner rapidement son cocon dans le salon. Elle vient de recevoir des e-mails de sites marchands, dont certains lui sont totalement inconnus. Surtout, elle n'a rien acheté.

Vérifiant que son antivirus est bien actif, elle se risque à lire le premier message. C'est le reçu d'un achat onéreux sur Amazon. Une liste de naissance complète réglée par une carte Visa au nom d'Émeline Dalbera. Sauf qu'il s'agit de l'autre. Comment a-t-il pu y avoir une telle confusion ? Agnès frissonne. Elle pense à Renaud. Elle place dans la corbeille tous les e-mails concernés, les supprime définitivement et quitte Facebook, avant de claquer l'écran de son ordinateur.

Agnès regarde par la fenêtre les rares lueurs du petit port d'Alnes, comme pour chasser ce cauchemar.

Son mobile vibre. Trois fois. Espérant un signe de Renaud, Agnès blanchit en lisant les messages successifs.

20h11 – Numéro inconnu : Bonsoir Agnès.

20h11 – Numéro inconnu : J'espère que je n'ai rien oublié pour le bébé.

20h12 – Numéro inconnu : À ton avis, Émeline sera contente ?

Le smartphone lui échappe des mains et glisse sur le parquet. Lorsqu'elle le reprend dans sa main, un nouveau message s'est ajouté à la suite des précédents :

20h13 – Numéro inconnu : Aide-moi à convaincre Renaud de collaborer. Sinon, il ne restera plus qu'une Émeline.

Cette fois, Agnès a réellement froid, malgré le plaid. Elle tremble. Dans le poêle, les dernières braises se sont éteintes.

En quelques enjambées, elle traverse le salon, abandonnant sa couverture au sol. Penchée sur la cuvette des toilettes, elle vomit tout son dîner, prise d'une violente crise de hoquet. Alors que son estomac vide la brûle jusqu'au fond de sa gorge, Agnès se laisse glisser à terre, le dos contre le mur. Méticuleusement, systématiquement, elle se ronge les ongles, qui avaient fini par repousser. Elle avait promis à Renaud de perdre cette vilaine habitude.

19

17h11. À peine sortie du magasin, Saskia regrette déjà l'air climatisé du supermarché Meny, installé aux abords de la E136, à moins de sept kilomètres à l'est de la vieille ville d'Ålesund.

Elle sourit en constatant la présence notoire de nombreux voyageurs. Étudiante le reste de l'année, elle fait aussi du tourisme, et s'en réjouit. Des couples de tous âges et des familles plus ou moins nombreuses s'activent sur le parking, où les camping-cars sont majoritaires.

Ses mains chargées de provisions, elle regrette presque de ne pas avoir cédé à la tendance du moment : elle aurait bien dégusté une glace, elle aussi.

Saskia traverse la route nationale pour rejoindre Torstein, occupé à faire le plein d'essence du camping-car de son père. Un préau orné du logo Shell projette une ombre salvatrice. Mais avec la chaleur, la pollution émise par la circulation et les vapeurs d'essence rendent l'air irrespirable.

Saskia embrasse Torstein avant de se réfugier à l'intérieur du véhicule, dont l'air climatisé ne s'est pas encore trop réchauffé. Le frigo et les placards sont pleins. Le réservoir d'eau potable aussi.

Lorsque Torstein s'installe au volant, Saskia a déjà bouclé sa ceinture côté passager. Ils sont prêts pour la suite de leur voyage.

***

MARGO

17h23. Bent aura vraiment été un hôte particulièrement agréable. Outre un accueil et un logement impeccables, il a insisté pour m'offrir de quoi grignoter sur la route. Si tous les hôtes Airbnb pouvaient prendre modèle sur lui, ce serait le bonheur.

Avant de quitter ma chambre, j'ai bien veillé à ne rien laisser, pas même dans la poubelle. Après ce qu'on a vécu à Alnes, ma paranoïa n'est pas prête de disparaître.

18h31. J'ai convaincu Terje de changer de voiture. Non pas que je sois opposée à rouler en électrique. J'ai préféré louer un véhicule plus standard, et surtout sous un autre nom. Pas question que Terje soit suivi à la trace. Le contrat est donc établi au nom de Vanessa Brunner, une des identités que Séverin m'a aidée à mémoriser et à exploiter.

Nous voilà surclassés en Ford Focus STW, c'est-à-dire la version break. J'ai laissé le volant à Terje, plus habitué aux routes de son pays.

Me voilà maintenant avec un inconnu aussi entêté que moi, à la poursuite d'un couple d'usurpateurs, eux-mêmes partis à la rencontre d'une trafiquante d'identités.

Pendant des décennies, le grand banditisme, toujours à l'affût de nouveaux marchés, s'est donné beaucoup de mal à fabriquer de faux papiers. Dans le même temps, les gouvernements se sont efforcés de rendre les documents officiels quasiment infalsifiables. Dès lors, il est devenu plus facile de voler une identité, que d'en créer une. Nouveau marché, nouveaux trafics.

Je me suis toujours sentie étrangère au commerce de la drogue, des armes, ou des êtres humains. J'ignorais que j'étais déjà concernée par le fléau du XXIème siècle. La majorité des victimes sont usurpées à leur insu.

En y repensant, je me rends compte que j'ai vraiment lu beaucoup d'articles sur le sujet.

Par pur réflexe de femme ultra connectée, je consulte machinalement WhatsApp. En affichant le fil de conversation de Robin, je vois qu'il est en ligne. J'hésite à lui écrire. Le rassurer.

L'application indique qu'il rédige un message. Mon pouce est figé à un centimètre de l'écran tactile. Mais rien ne s'affiche. À l'autre bout du continent,

129

Robin vient de faire comme moi. Il a effacé ce qu'il m'avait écrit, avant de l'envoyer.

Je mets mon mobile en veille.

Un panneau indique que nous traversons Sjøholt, un charmant petit port, après environ quarante minutes de trajet. Montagnes et rivages contraignent la route à un tracé complexe, ce qui n'aide pas mon sens de l'orientation. Heureusement, le GPS de la voiture nous situe en temps réel.

Terje n'a rien dit depuis un moment. Je le sens concentré sur sa conduite. Est-ce que je devrais relancer la conversation ? J'ai plein de questions, évidemment. D'un autre côté, j'ai l'impression que le silence lui convient très bien pour l'instant. Et puis l'interroger, c'est lui donner l'occasion de m'interroger à son tour. Est-ce que je me sens prête à lui répondre ?

Nous approchons d'une bifurcation à la sortie de l'agglomération. Est-ce qu'il compte rouler toute la nuit ? À quelle heure va-t-on arriver à Beitostølen ? Avant de lancer le débat, je déclenche Waze sur mon smartphone, histoire de visualiser notre destination. L'application me propose deux itinéraires, avec une différence de près d'une heure de trajet.

— Si on prend à droite au prochain carrefour comme l'indique ton GPS, on perd une heure.

Terje ne me répond pas. Il ne cligne même pas des yeux. Quand je le regarde, j'ai l'impression qu'il a pris dix ans d'un coup. Alors qu'il applique strictement le Code de la route depuis notre départ, je suis surprise de le voir brusquement quitter sa trajectoire sans clignotant, pour arrêter la voiture sur un petit parking, que se partagent un Systra Motell et la terrasse de son Café affilié.

Toujours sans un mot, Terje quitte sa place, contourne le capot, et ouvre ma portière en m'invitant à me lever à mon tour.

— Tu vas conduire.

— Terje...

— Viens à ma place, maintenant.

Prise de court par ce ton autoritaire que je ne lui connais pas, j'obéis, et je m'installe au volant. Pendant ce temps, Terje ajuste mon smartphone à la fixation du pare-brise. Waze m'indique le chemin à suivre.

— Démarre, s'il te plaît.

Je m'exécute. Notre Focus se réinsère dans la circulation clairsemée de la route E39. L'homme assis à côté de moi n'est plus le même. Il n'est pas blessé ou vexé, il est à vif. Quelque chose vient de céder. Comme une couche superficielle qui aurait craqué pour révéler ses véritables émotions.

Pour la première fois depuis notre rencontre en pleine rue ce matin, je réalise que Terje n'est peut-être pas là seulement pour des raisons professionnelles. Et s'il était aussi impliqué personnellement ?

19h02. Nous atteignons le carrefour sur lequel Waze me conseille de continuer tout droit, prédisant un trajet plus rapide. Je reste sur notre voie, sans provoquer la moindre réaction chez Terje.

Comme si je n'existais plus, il appelle un contact du répertoire de son mobile et entame en norvégien une conversation houleuse de quelques minutes. Puis, sans que je ne comprenne un seul mot, il raccroche au nez de son interlocutrice.

Depuis quelques minutes, je fixe mon attention sur le gros semi-remorque immatriculé au Danemark qui nous précède. La route décrit maintenant une courbe légèrement surélevée, alors que nous surplombons un lac d'environ un kilomètre de long sur notre gauche. Je suis incapable de prononcer dans ma tête son nom inscrit sur l'écran : Nysætervatnet.

Comme s'il devinait mes pensées, Terje le lit à haute voix. Mes trois tentatives orales suivantes sont lamentables, mais j'ai brisé la glace. Alors je me lance, en espérant obtenir des réponses à mes nombreuses questions :

— On s'est bousculés dans la rue ce matin. Tu parles français. Tu m'embarques à la poursuite d'une femme que j'accuse d'usurpation et que tu suspectes d'espionnage industriel avec son époux, usurpateur lui aussi. Tu me vois utiliser plusieurs identités tout en proclamant que je suis bien la vraie Émeline. On se fait tirer dessus. Je détourne un Bank ID. On prend la route ensemble vers un marathon de montagne et tout ça sans avoir prévenu la police. Je continue ?

— Ce n'est pas nécessaire.

C'est tout ? Ce mec, sans doute le plus francophone des Norvégiens, avec lequel j'ai affronté ma phobie maritime, ne serait en réalité qu'un sombre connard ?

Je ne contrôle pas vraiment ce qui bouillonne dans mon ventre. J'ai l'impression que ça ressemble à ce qu'éprouvent les enfants quand une bagarre éclate dans une cour de récréation. Je sens mon rythme cardiaque augmenter rapidement. Il faut que ça sorte. D'autres voudraient frapper quelque chose. Moi, j'ai besoin de courir, de me défouler. Terje me gonfle à rester impassible et silencieux. J'insiste :

— Qui est réellement Renaud ? Et toi ? Ellingsen c'est ton vrai nom ? Réponds-moi ! Parle putain !

— Du irriterer meg.[8]

------

[8] Tu m'énerves.

Il n'a pas daigné tourner la tête vers moi. Il fixe le vide à travers la vitre latérale et n'a pas l'air décidé à me répondre.

— Tu veux jouer au con ? OK Google, comment dit-on *connard* en norvégien ?

Une petite fenêtre Google occulte la carte de Waze. Une voix féminine robotisée prononce d'un ton monocorde :

— Drittsekk.

Terje se déride et esquisse un léger sourire. Toujours tourné vers le paysage qui défile, il me répond enfin :

— Il n'y aura pas de renfort. À toi de voir si tu me fais confiance. Je suis Terje Ellingsen.

— Renaud, qu'est-ce qu'il a fait exactement ?

Terje inspire profondément, comme pour s'accorder quelques secondes de réflexion avant de me répondre. Finalement, il se tourne vers moi et explique calmement :

— Renaud est un expert environnemental de la Fondation Bellona, une ONG fondée en 1986 à Oslo.

— Un Greenpeace local ?

— Non. Ils ne se contentent pas de dénoncer les pollueurs. Leurs équipes accompagnent les entreprises de toutes tailles dans leurs démarches écologiques. Qu'il s'agisse seulement de certifier leur impact sur l'environnement, d'orienter d'éventuels aménagements, ou de repenser en profondeur leur fonctionnement, Bellona intervient de manière ponctuelle ou continue.

— Bellona t'a engagé pour surveiller Renaud ?

— Notre client est Eramet, un groupe minier français, implanté ici en Norvège. Depuis un an, Renaud est leur expert attitré chez Bellona.

Terje surveille son mobile tout en parlant. Il attend un appel ou un message. Sans quitter la route des yeux, je résume un peu à ma façon :

— Renaud ne sera pas le premier à maquiller la réalité pour la rendre plus verte. Volkswagen a déjà essayé...

— Les sites norvégiens d'Eramet n'ont pas besoin de Renaud pour être reconnus efficients et très innovants en matière d'écologie. Si on considère que des mines puissent être écologiques...

D'un geste nerveux du pouce, il rafraîchit l'affichage de son smartphone régulièrement. Je ne peux pas m'empêcher de spéculer sur ce qui le rend aussi impatient. Terje poursuit :

— Eramet s'apprête à signer un accord historique avec son plus gros concurrent, le conglomérat russe Nornickel. Numéro un mondial. Les deux groupes doivent soumettre un projet commun au gouvernement norvégien pour obtenir l'exploitation de plusieurs gisements considérables dans le Grand Nord, à cheval sur la frontière avec la Russie.

— Renaud gère la partie Eramet ?

— Renaud gère le dossier complet, pour les deux camps.

— Et tu penses qu'il a triché ?

— Ce n'est pas ce qu'il a fait, c'est ce qu'il va faire qui m'inquiète. Mardi prochain, dans moins de cinq jours maintenant, la présidente d'Eramet viendra personnellement en Norvège pour recevoir le rapport complet de Renaud. Sa décision de signer ou pas l'accord avec les Russes dépend de ce rapport.

— Elle dépend donc de Renaud.

— S'il accompagne Émeline, enfin Agnès, à Beitostølen, c'est qu'ils comptent tous les deux acheter de nouvelles identités. Soit il veut fuir avant de rendre son rapport, soit il compte disparaître après avoir saboté le travail de plusieurs années. Sans parler des enjeux économiques de l'accord avorté.

Merde. Terje n'est qu'un pion au service des multinationales qui vident la Terre de ses ressources. Je suis déçue. Un peu écœurée même. Je fais un effort énorme pour rester polie :

— Tu veux me faire pleurer ? On parle d'un gros groupe minier pollueur et d'un autre encore plus gros, et encore plus pollueur...

— Margo, tu n'as pas bien compris.

C'est la première fois qu'il m'appelle Margo. C'est bizarre, on a tellement évoqué Émeline, j'avais presque l'impression d'avoir récupéré mon vrai nom. Terje prend un ton plus didactique et solennel :

— Cet accord, c'est une occasion inespérée pour Bellona et le gouvernement norvégien de faire plier les Russes. En les impliquant dans le projet, ils ont obtenu des garanties écologiques sans précédent.

Comme je ne réponds pas immédiatement, il ajoute :

— Bellona n'en est pas à son premier coup d'essai. En 1996, un ancien officier de la marine soviétique, Alexandre Nikitine, a dénoncé les dangers des sous-marins nucléaires laissés à l'abandon à Mourmansk. Il a été arrêté et emprisonné pour espionnage. En 2000, Bellona a réussi à le faire acquitter par la Cour suprême russe. Nikitine a alors été la première personne complètement blanchie d'une accusation de haute trahison dans la Russie soviétique et postsoviétique. Ils ne craignent pas Poutine.

— Et toi, tu n'as pas peur ?

— Les Russes que vous croisez en France ont les moyens de fuir le système. Vous ne voyez que leurs yachts et leurs grosses maisons pleines de putes. Pour nous scandinaves, la Russie est une menace à nos portes. La fin de la guerre froide ne les empêche pas de violer notre espace aérien ni de harceler nos pêcheurs.

— C'est sûr qu'on ne vous les envie pas comme voisins...

— Ils agitent leurs missiles et leurs fusils comme un cache-poussière. Ce n'est pas l'invasion que nous craignons. Les eaux de la base navale de Mourmansk regorgent de centaines de Tchernobyl en sommeil. Pour combien de temps ? Il est là le véritable enjeu.

Bon, là il m'a séchée. C'est vrai qu'à bien y penser, la Russie nous apparaît tout de même assez lointaine, presque asiatique depuis son rapprochement avec la Chine. Ici, c'est un problème régional, voire local.

J'acquiesce d'un hochement de tête. À vrai dire, je ne sais pas quoi répondre. Je ne comprends toujours pas vraiment sa véritable fonction, mais j'ai l'impression d'avoir basculé dans un roman d'espionnage beaucoup trop réaliste. Moi qui ai grandi avec les films de James Bond en cassettes VHS de mon papy, je ne m'attendais pas vraiment à ça.

Depuis plusieurs kilomètres, le paysage n'évolue pas. La route n'est qu'une saignée toute droite dans le creux d'une vallée rectiligne, bordée de coteaux boisés, sans la moindre habitation.

Terje sursaute. Le SMS tant attendu lui redonne le sourire quelques secondes. On ne peut pas parler de joie, mais il paraît réellement soulagé. Il change alors complètement de ton pour déclarer :

— C'était ma mère au téléphone. Mon fils s'est blessé.

— C'est grave ?

— Non, il lui a surtout fait peur.

La conduite m'aide à dissimuler mes émotions. Qui est Terje Ellingsen ? Quel âge a-t-il ? Qu'est-ce qui fait qu'un jeune père s'investisse autant dans ce qui ressemble de plus en plus à la traque de deux clandestins ? Et moi dans tout ça ? Est-ce qu'il me croit sincère ? À moins que cela ne soit qu'une manipulation depuis le début pour s'assurer de ma collaboration... Je pense que j'ai trop vu de films d'espionnage.

J'abandonne mes réflexions pour me concentrer sur l'homme que je suis un peu trop aveuglément depuis ce matin. Est-ce mon instinct qui me guide ? Après tout, il constitue ma seule piste pour retrouver Agnès. Le fait qu'il soit intrigant et beau gosse ne facilite certainement pas mon jugement.

La vallée débouche enfin sur un fjord très évasé, en pentes douces. En me faisant prendre à gauche à plusieurs croisements successifs, Waze m'oriente plein nord, en longeant le rivage, avant de nous engager à droite sur un pont presque neuf : le Tresfjordbrua.

Pendant un peu plus de deux kilomètres, direction plein Est, nous roulons à 32 mètres au-dessus des eaux calmes du fjord. La vue est agréable et rompt avec la monotonie de la vallée.

Depuis notre départ d'Ålesund, j'ai pu vérifier ce que j'avais lu avant mon voyage. Les Norvégiens respectent scrupuleusement les limitations de vitesse. Sans exception. Le régulateur devrait nous maintenir à 80 km/h, mais en réalité, nous suivons une file de voitures qui ne dépasse pas les 75 km/h. En ligne droite, c'est soporifique. Voilà sûrement pourquoi je n'ai pas suffisamment prêté attention à mes rétroviseurs.

Heureusement, Terje est resté à l'affût.

— Le 4x4 rouge nous suit depuis Sjøholt. Il garde ses distances, il a même laissé des voitures entre nous, mais il nous suit.

Malgré les coups de feu de ce matin, je crois que mon cerveau continuait d'essayer de se convaincre que nous n'étions pas dans un film d'action. Merde. Terje a raison. Je reconnais la calandre et les optiques d'un pick-up Hilux dernière génération, succès planétaire de Toyota. Ils sont plusieurs dans la Vésubie à conduire ce tout terrain. Oui, je m'étonne moi-même de connaître ce genre de détails.

À cet instant précis, Robin et Ada me semblent si loin. Hors de portée. Je sens la boule dans mon ventre qui enfle. Les picotements s'intensifient.

Nous avons franchi le pont. Sans réfléchir plus longtemps, comme par réflexe, je donne un coup de volant sur la gauche pour quitter la route et m'engager sur le parking en contrebas de la voie. Le plus calmement possible, je gare notre Focus entre deux autres voitures, devant la façade rouge et blanche du Coop Marked. Une famille sort de l'épicerie affublée de lourds sacs de provisions. Ils chargent le coffre d'une grosse Saab 9-3.

Dans le rétroviseur, je m'assure que le Toyota a poursuivi sa route. Après seulement trois ou quatre minutes, je retire mes mains crispées du volant. Terje n'a rien dit. Nous nous regardons un moment. Le moteur tourne toujours. Je reprends la route.

Sans demander l'avis de mon passager, j'allume le poste radio, histoire de briser le silence. Après quelques publicités incompréhensibles pour moi, une plage musicale commence, vite perturbée par une perte de signal.

Je connecte mon téléphone en Bluetooth. Sans me laisser le temps de choisir, une piste écoutée par Ada se lance via Spotify.

Artiste : **Avicii** Titre : **Addicted to you**

À chaque écoute, les paroles de cette chanson m'électrisent de la même manière. Rien d'extraordinaire, et pourtant. Sans le savoir, Ada ravive mes émotions d'adolescente. Robin me manque.

Inconsciemment, mon pied enfonce un peu plus l'accélérateur et augmente notre allure, jusqu'à dépasser les 80 km/h. Il faudra attendre la fin de la chanson pour que la raison me pousse à réactiver le régulateur. Plus aucune trace du Toyota.

Une trentaine de kilomètres plus loin, un panneau indique : Innfjorden-tunnelen – Lengde 6,6 km. Sur notre gauche, deux ou trois mètres seulement séparent la chaussée du rivage. Un peu plus loin, on devine l'ancienne route de contournement. Face à nous, les voitures s'engouffrent dans une percée de béton sous la montagne.

À peine avons-nous pénétré le tunnel que le reflet du rétroviseur me déclenche un haut-le-cœur. Le Toyota vient de réapparaître derrière nous. Ses phares m'éblouissent, impossible de distinguer le conducteur et ses éventuels passagers.

Je jette un rapide coup d'œil à Terje, comme si j'avais besoin qu'il me confirme ce que je vois. Mais je ne le reconnais pas. Il est blême, crispé sur son siège. On dirait même qu'il ne respire plus.

— Terje ? Oh ! Ça ne va pas ?

Il fait une crise ? Merde, une crise de quoi ? Et le Toyota qui se rapproche rapidement. Impossible d'accélérer, on roule à la queue leu leu à 70 km/h de moyenne.

— Terje ! Reste avec moi putain !

Recroquevillé sur lui-même, enfoncé dans son siège, il marmonne des mots que je ne comprends pas :

— Vi må komme ut herfra... raskt.[9]

De ma main droite, je lui secoue le bras. Aucune réaction. Je lui frappe carrément la cuisse, avant de le gifler. Il ferme les yeux, et finit par hurler :

— Roule ! Je veux sortir !

— Dis-moi ce que t'as putain ! ?

— Je suis... J'ai... Ah... Jeg er klaustrofobisk !

— Il est claustro, le con !

---

[9] On doit sortir d'ici... vite.

Trois autocars arrivent dans le sens inverse. Prise d'une étincelle de folie, à moins que ce ne soit juste de la connerie pure, j'écrase l'accélérateur, jusqu'à affoler le compte-tours et déclencher plusieurs alertes sur l'écran tactile central. Le trois cylindres Ecoboost hurle à la mort et finit par développer ses 100 chevaux. C'est à peine suffisant pour catapulter les 1,3 tonne de notre Ford.

Je dépasse plusieurs véhicules aussi surpris que moi de mon excès de vitesse. Les heures de jeux vidéo dans ma jeunesse n'ont pas été inutiles. Sans ces réflexes primaires, j'aurais été pétrifiée par la vision du premier autocar sur le point de nous percuter frontalement. Je viens de me rabattre sur la file de droite lorsque les trois mastodontes remplis de touristes nous croisent en nous frôlant.

À cet instant, le tube de béton me semble étroit et interminable. Je sens pourtant que je suis loin de l'asphyxie dont souffre Terje depuis de longues minutes.

J'essaie de limiter ma vitesse, mais rien qu'à l'idée de revoir les phares du 4x4 dans le rétroviseur, mon pied s'enfonce tout seul sur la pédale d'accélérateur.

Son tracé en légère courbe et sa pente douce empêchent d'entrevoir l'extrémité du tunnel jusqu'au dernier moment. Alors instinctivement, tout en tenant fermement le volant de la main gauche, je saisis celle de Terje pour la serrer fort. Je me surprends à respirer bruyamment, inspirant et expirant lentement de grands volumes d'air. Sans se regarder, sans échanger un mot, nous atteignons enfin la lumière du jour.

La route devient sinueuse au milieu de la verdure. La main de Terje se détend. Je retire la mienne pour rétrograder. Il respire normalement. Moi aussi.

Un pont nous mène aux portes d'Åndalsnes, cité des fjords bâtie au pied d'un imposant massif totalement boisé. Waze m'invite à tourner à droite, mais je choisis délibérément d'aller tout droit. Les rues concentriques de la ville nous permettent de faire demi-tour, le temps de s'assurer que le Toyota a bien disparu.

Tout ici semble dédié à la randonnée et aux sports de montagne. Très peu de voitures dans les rues, mais plusieurs groupes de marcheurs déambulent équipés contre la pluie qui menace.

Nous revenons à l'entrée de la ville et Waze recalcule notre itinéraire, tandis que je m'engage à nouveau sur la E136. Nous y retrouvons camping-cars et autocars. Mais ce flot de touristes nous quitte à l'embranchement suivant pour choisir la route 63.

— Ils vont à Trollstigen.

Terje a repris des couleurs. Je devine même un léger sourire.

— Trolls quoi ?

— L'échelle des Trolls, c'est une route de montagne impressionnante et très connue.

Effectivement, la voie s'est dégagée devant et derrière nous. La route s'enfonce vers le sud-est dans une vallée profonde et sinueuse, en épousant le lit de la Rauma, une rivière aux eaux couleur émeraude et au débit conséquent.

— Dans un pays qui compte parmi les plus longs tunnels du monde, ça ne doit pas être pratique d'être claustrophobe.

— Les Norvégiens percent les montagnes pour éviter les détours par bateau. Moi je préfère les détours.

— Tu m'as foutu la trouille.

— Le plus drôle c'est qu'on ne saura jamais si ce 4x4 nous suivait vraiment.

Est-ce que Terje comprend vraiment le sens du mot drôle ?

20h26. Une notification clignote sur mon smartphone. Il me faut quelques secondes de réflexion pour réaliser que l'application de la DNB me signale en temps réel une dépense d'Agnès, à Dombås. Terje m'aide à déchiffrer.

— C'est à une centaine de kilomètres devant nous.

— Et s'ils n'allaient pas directement à Beito ? Ou s'ils changeaient carrément d'avis ? Pour l'instant, on a l'avantage sur eux, mais Agnès va finir par découvrir que j'ai récupéré son Bank ID.

Terje réfléchit. Je continue de penser à voix haute :

— Si on ne s'arrête pas de rouler, on va arriver en pleine nuit, sans savoir si Renaud et Agnès sont vraiment à Beito.

— Tu proposes quoi ? On se gare et on attend ?

— Non, on se trouve un endroit où dormir, avant d'atteindre Dombås. De toute manière, le marathon n'est que samedi.

À la réaction de Terje, je constate que ma prononciation des noms propres norvégiens s'améliore.

Après plusieurs kilomètres sans la moindre trace de civilisation, je n'hésite pas une seconde en apercevant sur le bas-côté gauche, une aire bitumée indiquée comme parking de Kors Kirke. C'est d'ailleurs l'occasion pour moi de réviser le sens du mot Kirke : église. Le bâtiment modeste, mais élégamment recouvert de bois et entouré d'un petit cimetière me le confirme.

Cette fois, c'est à Terje de reprendre le volant. Au moment de s'engager sur la route, mon nouvel ami trouve le moyen de laisser passer un camping-car. Si j'étais dans une autre voiture derrière lui, je l'aurais rendu sourd avec mon klaxon...

Nous revoilà à 70 km/h en ligne droite. Aucun risque d'être malade, même en restant vissée à l'écran de mon smartphone. Quelques consultations et quelques clics sur Airbnb me suffisent à réserver une nuit chez l'habitant. J'entre immédiatement l'adresse dans Waze. Terje m'aide à prononcer le nom du lieu-dit : Lesjaskog. Sachant que skog veut dire bois. Les forêts interminables justifient sûrement ce choix. Terje sourit :

— En moins d'une minute, tu as loué une cabine pour la nuit ?

— Oui, enfin si j'ai bien traduit... Cabane, cabine...

— Hytter. Ça n'existe pas vraiment chez vous. C'est mieux qu'un bungalow, mais c'est plus rustique qu'un chalet. Il y en a partout. Beaucoup de Scandinaves en possèdent une, ou la partagent avec des amis, de la famille...

— Qui t'a appris à parler français comme ça ?

Terje éclate de rire. C'est agréable de le voir retrouver des couleurs. Mais il ne répond pas à ma question. Il va vite falloir trouver d'autres sujets de conversation, parce que je sens que je vais craquer si je dois contempler l'arrière de ce camping-car pendant encore longtemps. Je pourrais le dessiner de tête à force de ne voir que lui.

— C'est quoi cet autocollant sur sa vitre ?

Je désigne du doigt un blason blanc, barré d'une fine croix jaune dans toute sa largeur et sa hauteur.

— C'est l'emblème du Trøndelag, un des cinq landsdeler du royaume.

— C'est loin ?

— Pas tant que ça. Les deux lettres VX de son immatriculation indiquent qu'il vient d'Orkanger, tout près de Trondheim.

Quand il connaît ce genre de détails, Terje est vraiment surprenant. Ou flippant.

TORSTEIN

21h07. Virant à l'orange, le soleil est encore haut dans le ciel. Torstein maintient la trajectoire de son imposant véhicule tout en jetant de rapides coups d'œil vers Saskia, qui s'est assoupie dans le siège passager. Il ne regrette pas d'avoir insisté pour emprunter le camping-car de son père. À 23 ans, c'est la première fois qu'il le conduit seul. L'appréhension de ses dimensions et de son comportement routier a vite disparu. Malgré sa taille, en cette saison, c'est la façon la plus discrète d'arpenter la Norvège.

Torstein sourit en apercevant régulièrement les deux phares de la Ford Focus STW dans son rétroviseur. Il n'aurait jamais pu les rattraper, alors autant profiter d'être devant eux. Ils finiront bien par s'arrêter pour la nuit.

Torstein allume un large écran vidéo fixé au tableau de bord. Apparaît l'image retransmise par une caméra de recul fixée au-dessus de la vitre arrière. L'objectif anamorphique déforme les lignes acérées de la Ford, mais Torstein identifie sans le moindre doute les visages de Terje et Margo.

23h39. Disparue. Évaporée. Basile a passé trois heures à éplucher la toile : aucune trace d'Émeline Dalbera datant de moins d'un an. Toutes ses adresses e-mail ont été supprimées et renvoient des messages automatiques d'erreur. Sur les réseaux sociaux, même combat. Ses comptes Twitter et Instagram, sa fiche LinkedIn, tous sont restés figés depuis mai 2018. Quant à sa page Facebook, elle n'est qu'une coquille vide dont la majorité des anciennes photos ont été supprimées.

Émeline Dalbera a cessé d'exister. Du moins, sur internet.

Ne disposant pas d'un numéro de téléphone valide, ni même d'une adresse postale, Basile est dans l'impasse. Il n'a aucun moyen de joindre la femme qui a failli devenir la mère de son enfant. Comment a-t-il pu en arriver là ?

Lors de ses nombreuses missions pour Europ Assistance, Basile a souvent dû redoubler d'astuce pour contacter les proches d'une victime à l'autre bout du monde. Mais là, il doit admettre qu'il ne sait pas par où commencer.

Les yeux rouges de fatigue, Basile replie l'écran de son ordinateur portable et éteint sa lampe de bureau. Sans bruit, dans l'obscurité, il gagne sa chambre et se glisse dans le lit. Allongé sur le dos, il fixe le plafond, les yeux grands ouverts. Plusieurs minutes passent.

Puis, le corps dissimulé dans la seconde moitié du lit se tourne et une main de femme se pose sur son torse. Ses yeux se ferment enfin.

23h48. Un bruit de porte ? Le crayon gris dans une main, la gomme dans l'autre, Ada s'est figée, à l'affût. Son père est déjà venu deux fois lui dire de se coucher. Sa chambre d'adolescente occupe l'exacte moitié de l'étage du chalet, sous la pente du toit. Sur son bureau encombré d'affaires scolaires et de romans de tous âges, Ada a dégagé une zone de la taille de sa feuille A4. Avec minutie et précision, elle crayonne, estompe, gomme. Pas question de dormir sans avoir terminé.

Son smartphone clignote sans bruit, juché en équilibre sur une pile de romans de Robin Hobb. Ada pose son crayon et consulte WhatsApp. Amusée, elle s'empresse alors de répondre à la conversation amorcée plus tôt dans la soirée :

Ada – 22h35 : Joey a enfin embrassé Dawson ! Faut vraiment que je t'attende pour voir les épisodes suivants ?
Margo – 22h51 : Impatiente ! Je te rejoindrai pour la saison 2.
Ada – 22h53 : Et toi ? Tu l'as retrouvée ?
Margo – 23h11 : Oui. Mais je ne vais pas rentrer tout de suite. Veille sur ton père.
Ada – 23h12 : Pour l'instant, il est pas plus chiant que d'habitude ☺
Margo – 23h38 : Je suis peut-être en train de faire la plus grosse connerie de ma vie.
Ada – 23h39 : Dis pas ça.
Margo – 23h48 : Va dormir sinon je te dénonce.
Ada – 23h49 : J'ai quelque chose à te montrer.

Debout, tenant son mobile à la verticale de son bureau, Ada photographie son dessin et le transmet à Margo.

Un aperçu s'affiche dans le fil de discussion de WhatsApp. C'est un portrait crayonné de son amie Cannelle, à partir d'une photo prise à son insu.

3 · NAE

20

Sa petite sœur Luana n'a que 13 ans. Nae Miereanu en a déjà 16. Trois années de différence. Deux visions du monde, de leur monde.

Petite maigrichonne et agile comme un chat, Luana adore Noël depuis toujours. Ce qu'elle préfère, c'est voir gonfler et dorer le Cozonac de sa mère, une sorte de brioche sucrée traditionnelle, cousine rectangulaire du panettone italien. Luana vient entrouvrir la porte grinçante et rouillée du vieux four presque chaque minute, pour être sûre de la sortir juste avant qu'elle ne soit trop cuite.

À son âge, Nae était déjà plus sérieux qu'elle. Aujourd'hui, il est inquiet. Son pays bascule, chavire totalement depuis déjà trois jours. La dictature est tombée. Elle aura duré quarante-cinq ans. L'âge de son père.

À cette période de l'année, on devrait entendre des colindes[10] dans toutes les rues, toutes les maisons de la ville. Mais ceux qui ont les moyens d'avoir une télévision en état de marche ne regardent pas les programmes officiels de Noël. Ici, dans la troisième ville du pays, comme à travers le reste de la Roumanie, ouvriers, soldats, mères de famille, paysans et fonctionnaires suivent tous la déchéance du couple présidentiel. Personne n'utilise encore le mot dictateur à voix haute.

Comme tous ceux en âge de comprendre, Nae sait très bien que leur procès n'est qu'une parodie de justice. En quelques heures seulement, Elena et Nicolae Ceaușescu sont jugés, condamnés et exécutés.

Il y a eu au total vingt-six morts dans la ville de Cluj-Napoca. Deux camarades de Nae étaient parmi eux. Mais ce jour-là, ce qu'il souhaite le plus au monde, c'est offrir un joyeux Noël à sa petite sœur. Luana est ravie : le Cozonac est cuit comme il faut. Son arôme sucré embaume déjà tout l'appartement.

---

[10] Les colindes (singulier : colindă) peuvent être chantés ou déclamés lors de la période de Noël en Europe de l'Est.

Ancien communiste écarté du pouvoir par Ceaușescu, Ion Iliescu a profité de la révolution pour s'imposer en homme fort du pays. Ce soir, il remporte l'élection présidentielle avec 85 % des voix. Partout dans les rues, on peut encore lire son slogan : *Unul dintre noi, pentru liniștea noastră*[II].

Arrivés à Bucarest la veille, Nae et sa famille prennent réellement conscience de l'ampleur du changement profond qu'a déjà subi leur pays en quelques mois. À cet instant, jeunes ou moins jeunes ne se doutent pas encore que le séisme démocratique qui secoue l'Europe de l'Est atteindra Moscou l'année suivante.

Si les parents de Nae ont su traverser ces périodes de troubles plus sereinement que les autres, c'est grâce à leur communauté, et leur foi. D'ailleurs, c'est pour cela qu'ils ont déménagé dans la capitale. Car la Roumanie va rester communiste quelques années avec son président fraîchement élu, mais elle tolère à nouveau les Témoins de Jéhovah, bannis depuis 1949. En attendant la reconstruction du centre communautaire installé dans la capitale en 1930, les familles s'organisent déjà et accueillent tous ceux qui convergent des différentes régions du pays.

La sœur cadette de Nae vit à sa façon cette période historique. Elle y voit l'occasion d'intégrer les plus prestigieuses institutions sportives nationales. Et elle peut compter sur le soutien de son frère aîné, même si la compétition sportive va à l'encontre de leurs convictions religieuses.

La détermination de Luana n'est pas la seule faille de Nae. Sa foi est mise à rude épreuve par une fille. Depuis leur rencontre la veille, Yulia le fascine, mais elle est russe. Et il ne fait pas bon être russe en ces périodes de troubles. Le grand frère soviétique est trop associé aux années d'occupation d'après-guerre, et l'installation de la dictature.

Tandis que la population tout entière souffre des pénuries, la solidarité et la charité sont rudement mises à l'épreuve par l'afflux toujours plus important d'orphelins abandonnés, souvent en mauvaise santé. La politique de forte natalité a ravagé la population démunie et appauvrie par le régime. Les plus jeunes font pitié, et finissent par recevoir de l'aide. Mais les plus âgés, les adolescents qui ont grandi dans la rue, sont irrécupérables. Véritable fléau, ils vivent en petits groupes, volent, agressent pour survivre dans des conditions toujours plus déplorables. Chassés par les autorités aussi bien que par la population, ils sont

---

[II] « L'un des nôtres, pour notre tranquillité »

traités comme des parasites que l'on refuse de voir, vestiges d'une dictature déchue.

Par les fenêtres ouvertes, on entend la déception de ceux qui espéraient le retour à une vraie démocratie dans les rues de la capitale, encore très policée. S'ils ont accueilli avec joie la fin de l'oppression politique à leur égard, les Témoins de Jéhovah ne s'impliquent pas pour autant dans les élections. Ils ne votent pas, suivant leur doctrine traditionnelle originale.

Ce dimanche est donc pour ceux qui hébergent temporairement la famille de Nae, une journée de prière et de lecture, loin du tumulte de la ville.

Têtue et solitaire, Luana ne supporte pas de rester enfermée par une belle journée de printemps dans une métropole dont elle ignore tout. Alors, à l'insu de tous, elle part à l'aventure.

Nae la retrouve après deux bonnes heures de recherche dans tout le quartier. Mais sa petite sœur n'est pas seule. Elle est encerclée par cinq orphelins des rues. Pour sauver Luana, Nae doit se battre à coups de poing avec les deux plus acharnés.

Guidé par son instinct et la peur immense qui noie les yeux de sa sœur, Nae met en fuite ses agresseurs, sauf un. Il lui faudra le tuer pour le neutraliser définitivement.

Nae vient d'ôter la vie à un garçon de son âge. De ses propres mains. Son sang macule son pantalon et colle dans ses cheveux décoiffés. Il ne peut pas rentrer dans cet état. Accompagné de sa sœur, il sonne chez Yulia, qui vit avec ses parents russes dans un immeuble voisin.

Un peu surprise, elle dévisage Nae et Luana derrière ses lunettes de vue grossières et bien trop larges pour son visage très fin. Ses cheveux parfaitement attachés constituent une queue de cheval impeccable. À un détail près : une petite mèche s'en est échappée, et balance doucement contre sa joue. Hypnotisé, Nae ne la quitte pas des yeux. Presque aussi grande que lui, Yulia les presse d'entrer, en tendant la main vers sa petite sœur.

Alors que tous les adultes sont obnubilés par le résultat des élections et la remise en question du Pacte de Varsovie, les trois adolescents s'entraident. Cette soirée va les lier pour le reste de leurs vies.

21

Je tourne en rond. Je reconnais ces rochers, ces arbres. Je suis déjà passée par cet endroit plusieurs fois. Inexplicable. Ils vont me rattraper. Impossible de voir combien ils sont.

Un bébé pleure. Merde ! J'ai un bébé dans les bras. Il est tout fripé comme un prématuré, j'ai tellement peur de lui faire mal. Je ne sais pas comment le rassurer, le calmer. Je ne sais même pas le tenir correctement !

Suivre ce chemin n'a mené à rien, cette fois je coupe à travers bois. Je ne distingue pas au-delà de quelques arbres devant, comme dans un vieux jeu vidéo, à l'affichage progressif.

Soudain, sa fraîcheur et son éclat marquent l'arrêt brutal de la forêt : le lac est devant moi. Quel lac ? On dirait celui du Boréon, mais je ne vois pas de barrage. L'eau s'écoule librement par une cascade. Le lac se vide à vue d'œil !

Je reconnais les deux silhouettes sur l'autre rive : Ada et Robin m'ont vue. Ils ne réagissent pas. Je hurle de plus belle, mais c'est comme si je criais dans une bulle hermétique. Ada et Robin me fixent en silence.

Sans savoir pourquoi, je m'approche du rivage et je me penche pour apercevoir mon reflet. Le néant. Je n'ai pas de visage. Mon sang se glace. Le bébé pleure de plus belle.

Je n'ai pas le temps de m'interroger plus longtemps sur son sort. Des mains puissantes me l'arrachent des bras avant de me pousser à l'eau. Le choc avec la surface me fouette le dos et m'assomme l'arrière du crâne. Je coule, inéluctablement. J'essaie de remonter, mais aucun de mes membres ne répond. Des spectres luisent à la surface de l'eau. Il me faut produire un effort douloureux pour distinguer les contours de plusieurs visages de femmes. Certains me sont étrangers, mais le plus proche, le plus net, évoque quelque chose.

Émeline ! C'est le visage d'Émeline Dalbera. Moi. J'essaie de le toucher du bout des doigts, mais je m'enfonce dans les profondeurs du lac, enveloppée par l'obscurité et le silence. J'étouffe.

6h00. La sonnerie de mon téléphone m'a sauvée. Je suis en nage. Des douleurs aux mains m'obligent à desserrer les poings. En me levant du lit, je réalise que mon corps tout entier est encore crispé.

6h03. Assez tergiversé. C'est l'heure de mon entraînement quotidien. J'enfile short, t-shirt, chaussures adaptées, et je sors au grand air.

Le souvenir que j'ai de la disposition des lieux m'invite à suivre la voie ferrée, qui longe le fleuve de la Rauma sur plusieurs kilomètres dans cette vallée sans fin, grossièrement orientée est-ouest.

Dès les premières foulées, les images, les sons, mais également les sensations de mon cauchemar me poursuivent. Il me suffit de penser au bébé pour que la boule dans mon ventre se manifeste à nouveau. J'accélère la cadence. L'effort masque partiellement la douleur.

La végétation m'oblige par endroits à courir quasiment sur la ligne de chemin de fer. Comme celle où se trouve notre cabine d'une nuit, les propriétés que je traverse ne sont pas clôturées. Les rails longent la route, surplombent des zones de culture, frôlent les méandres de la Rauma, jusqu'à la petite commune de Lesjaskog, construite sur la rive nord, un peu plus haut.

Un bip de ma montre connectée signale que j'ai déjà parcouru quatre kilomètres. Il est temps de faire demi-tour.

Il aura fallu attendre mon retour à la cabine pour enfin voir un train passer dans la vallée. Une vingtaine de wagons de marchandises font légèrement trembler le sol.

D'une pression latérale, j'arrête le décompte de l'entraînement. Si cette montre pouvait parler, elle se moquerait de mes piètres performances ce matin. Mais l'écran de la Garmin Fēnix 5 se contente d'afficher des statistiques encore acceptables. Dire qu'il y a seulement un peu plus d'un an, je n'aurais pas été capable d'en courir la moitié.

Tout en m'étirant, appuyée contre un arbre, je prends le temps d'apprécier la configuration des lieux. Sur Airbnb, l'endroit est dénommé Bjørkøy.

Notre cabine, une sorte de chalet en bois miniature, est littéralement posée au fond du jardin.

À une dizaine de mètres se dresse la maison de notre hôte, assez massive, mêlant béton et lambris peints. Un autre bâtiment semble être utilisé à la fois comme hangar et stockage agricole. Enfin, un troisième et dernier édifice, plus modeste, fait office de garage et d'atelier de bricolage. Visiblement bien antérieure aux incitations fiscales envers les véhicules propres, une vieille Jeep Wrangler orange et boueuse semble attendre désespérément un bon lavage.

Si le fond de l'air reste frais, les rayons du soleil le chauffent déjà en douceur. La courte notice de bienvenue traduite en anglais indique une salle de bains située dans la maison du propriétaire, mais accessible uniquement depuis l'extérieur et réservée aux locataires de la cabine.

Sans bruit, je retrouve l'atmosphère chaleureuse et légèrement désuète de notre cabine. Certainement conçue d'un seul tenant, elle compte à présent une cloison, séparant une chambre et une sorte de salon. C'est là que j'ai dormi, pour être plus proche de la porte d'entrée. Aucun signe de vie et l'unique porte intérieure est restée close : Terje dort-il encore ?

Mes habits propres à la main, je traverse le jardin jusqu'à notre salle de bains "externe". L'eau est fraîche. À son goût minéral, j'ai peu de doute sur le fait qu'elle provient de la Rauma, dont le débit m'a bercée toute la nuit. Le jet froid sur la peau transpirante a un effet relaxant immédiat. La boule dans mon ventre s'estompe. L'effort m'a mise en appétit.

Soudain, la porte sans verrou s'ouvre. Terje entre alors que seul un mince rideau semi-translucide nous sépare. Il n'a pas l'air vraiment préoccupé par cette promiscuité et cette irruption dans mon intimité. Est-il est bien réveillé ?

— Bonjour Margo. Je t'ai entendue revenir, mais je dormais profondément quand t'es partie courir. Je vais faire vite, j'ai très faim.

Donc mon camarade norvégien la joue tranquille, sans gêne. J'hallucine, il vient de tout enlever, occupé à plier minutieusement ses affaires à côté des miennes. Donc là, si je veux sortir m'habiller...

— Tu m'excuses, Terje ?

— Ah, oui pardon, tu veux ta serviette ?

Ce con me tend ma serviette, à poil et avec le sourire ! Putain Margo, qu'est-ce qui te prend ? En temps normal, je ne me trouve pas particulièrement pudique, mais j'avoue que je suis prise de court ce matin. La situation a l'air tellement banale pour lui que je me sens bête. Et puis merde. J'ouvre le rideau et j'attrape ma serviette en souriant à mon tour. Terje prend aussitôt ma place dans la douche. L'eau coule déjà. Je m'essuie, et je dois l'admettre, je trouve ça drôle. À aucun instant, pas même pendant une seconde, j'ai senti la moindre gêne ou un regard déplacé sur moi. Décidément, cet homme qui a sûrement dix ans de moins que moi, vient de faire preuve d'une sacrée maturité. Malgré tout, je ne sais pas si je suis déjà prête pour tenter le sauna mixte.

7h01. Mon ventre crie famine. Mes affaires de sport sont déjà lavées, rincées et à moitié sèches. Curieuse, je visite, si l'on peut dire, notre petit logement. Le coin cuisine spartiate est vraiment vide. J'attendrai pour boire et manger.

Le salon où j'ai dormi comporte une jolie cheminée et quelques photos de la cabine, par tous les temps, et en toutes saisons.

Puis, il y a la porte de la chambre. Par la fenêtre, je m'assure que Terje n'est pas déjà en approche. C'est décidé, je vais y jeter un œil. Il a sûrement fait pareil.

Quatre lits superposés, comme dans un refuge de montagne. Les quelques affaires extraites de sa valise sont ordonnées, rangées. Difficile même d'identifier le lit dans lequel Terje a dormi : tout est impeccable. D'ailleurs, il me faut peu de temps pour réaliser qu'il n'y a rien de personnel. Pas un reçu, pas un ticket de CB, ou même un quelconque document dans son sac. Cela signifie que Terje a pris dans la salle de bains son portefeuille, la clé de la voiture de location et son smartphone. Et tout autre indice potentiel le concernant.

S'il s'est amusé à fouiller de mon côté en mon absence, il n'a pas dû trouver grand-chose non plus. Mes documents les plus précieux ne me quittent jamais. Je dors, je cours et je me lave avec ma pochette étanche plaquée contre mes reins. Quant à mon smartphone, il se bloque rapidement pour celui qui n'a pas le bon code. Et je ne m'en sépare pour ainsi dire jamais.

Vibration. Notification lumineuse. Un nouveau message s'affiche sur l'écran de mon mobile. Robin m'a simplement envoyé une photo de la vallée de la Vésubie au petit matin. Son trajet quotidien. Celui-là même qu'on a fait ensemble avant mon départ. Ce signe de sa part me fait du bien. Je sais que je suis ingrate. Je ne lui réponds pas. Pas maintenant.

7h13. Une voix inconnue retentit à l'extérieur. La magie d'internet et des réservations Airbnb : nous avons dormi chez l'habitant, sans l'avoir encore croisé depuis notre arrivée la veille au soir. Dans un pays comme la Norvège, où le prochain voisin peut être distant de plusieurs dizaines de kilomètres, l'accès automatisé à une location est très populaire.

Je sors retrouver l'air frais et parfumé du matin. Notre hôte se présente, jovial. Il s'appelle Ola et ne parle qu'un anglais scolaire, un peu rugueux, mais compréhensible. Ses cheveux blancs balancent autour d'un visage très pâle, mais joliment ridé. Sa chemise blanche débraillée empiète sur le haut d'une vieille paire de jeans, qui recouvrent en partie des chaussures de marche usées et boueuses. Terje choisit ce moment-là pour me rejoindre enfin, lavé et habillé.

Ola espère que nous avons passé une bonne nuit. Il nous conseille un petit commerce ouvert seulement le matin à l'entrée de Lesjaskog. Je vois immédiatement de quel bâtiment il parle : j'ai fait demi-tour devant, en courant. Il salue ma motivation et mon entraînement matinal. Je le remercie d'un sourire et sans prévenir, les deux hommes se lancent dans un échange exclusivement norvégien, avant d'éclater de rire. Ola serre la main de Terje avant de me tendre la sienne en articulant soigneusement :

— Bon voyage.

C'est tout ce qu'il sait dire en français. Adorable.

Malgré ses couleurs ternes et la finition intérieure plutôt austère destinée aux flottes des loueurs automobiles, je me sens un peu chez moi en remontant à bord de notre Ford Focus STW. Dès les premiers kilomètres, je ne peux pas me retenir d'interroger Terje :

— Qu'est-ce qui était si drôle, que tu ne m'as rien traduit ?

— Le nom de sa cabine.

— Bjørkøy ?

Inutile de préciser que ma prononciation est horrible, mais Terje reste poli et se contente de me répondre :

— Non, Bjørkøy c'est le nom de son hameau. La cabine s'appelle Gammel Stuggu.

Mes doigts sont presque aussi rapides que ma pensée. En une demi-seconde, Google traduit de sa voix robotisée :

— Vieux bâtard.

Terje éclate de rire à nouveau.

— Pour moi, ça veut plutôt dire vieille petite cabine. En Bokmål "stue" peut vouloir dire salon ou cabine.

— C'est un peu vague.

— À l'origine, les cabines ne comportaient qu'une seule pièce à vivre.

— T'as précisé en *bouc mol* ? C'est-à-dire ?

— C'est le norvégien littéraire. Mais depuis des siècles, des versions différentes coexistent dans les régions du royaume.

— Des dialectes.

— Exactement. À la fin du XIXème siècle a été inventé le Nynorsk, le nouveau norvégien, censé fédérer tous ces dialectes. Aujourd'hui les deux coexistent. L'ouest du pays a adopté le Nynorsk et le reste utilise plutôt le Bokmål.

— C'est pas gênant ?

— Les deux sont acceptés. Par exemple, aux examens, il suffit d'annoncer au début d'une épreuve dans quelle langue on souhaite rédiger.

Je l'aime bien mon petit Terje-Wikipédia-Norvège. Mais s'il ne s'arrête pas nous acheter à manger immédiatement, je vais l'étriper vivant.

Un écran digital géant accroché devant un magasin indique seulement 16°C. Les nombreux nuages n'ont visiblement pas l'intention de laisser le soleil réchauffer la station de montagne, balayée par un vent léger, mais glaçant.

Cela n'intimide personne ici. Bien sûr, il y a ceux qui se sont habillés chaudement pour travailler. Certains touristes trahissent leurs origines plus méridionales en enfilant également plusieurs couches de vêtements.

Nae se reconnaît plutôt dans les nombreux Norvégiens qui arpentent la rue centrale en tenues légères. Randonneurs, bien sûr, mais essentiellement des coureurs. C'est le dernier jour des inscriptions à la compétition annuelle, appelée ici Fjellmaraton : le marathon des montagnes.

Au cœur de la petite commune située à seulement 900 mètres d'altitude, la ligne d'arrivée est déjà prête. Des sponsors locaux et nationaux ont coloré les trottoirs et les balcons.

La carrure de Nae n'a rien d'exceptionnel ici. Âgé à présent de 46 ans, il ne compte encore aucun cheveu blanc. Ses traits sévères restent assez juvéniles. On peut le confondre aisément avec un Norvégien plus jeune : grand blond aux yeux bleus. Outre son accent marqué, c'est sa démarche qui dénote le plus. Son éducation stricte a laissé des séquelles encore aujourd'hui. Il lui est impossible de marcher autrement. Son allure est toujours régulière et droite.

Nae avait tout juste onze ans lorsqu'il a commencé le porte-à-porte aux côtés d'un autre Témoin de Jéhovah à peine plus âgé. La communauté et ses propres parents ont toujours insisté sur son allure, sa bonne présentation. Lorsqu'il a postulé pour devenir steward, cette longue expérience lui a enfin servi.

Après avoir arpenté la rue centrale plusieurs fois, Nae s'installe à la terrasse du Gjestegaarden, un établissement hôtelier de trois étages. Sa large façade en bois couleur ocre soulignée de liserés blancs évoque les hauts bâtiments agricoles traditionnels de Scandinavie. La grisaille n'a pas incité le gérant à déployer la bâche, mais les tables installées à l'extérieur n'en sont pas moins convoitées.

Nae s'assoit à la seule disponible. Par chance, elle est bien située. En tournant le dos à l'hôtel, il peut surveiller toute l'étendue du parking de l'Intersport, situé de l'autre côté de la route. Certainement pris d'assaut en hiver par les skieurs venus s'équiper, l'aire goudronnée accueille aujourd'hui plusieurs stands colorés, et toute une foule de sportifs en train de s'inscrire et de retirer leurs dossards. Tout en sirotant sa bouteille d'eau minérale Farris, Nae observe patiemment.

MARGO

12h03. Terje ne connaît Beitostølen qu'en hiver. Ses souvenirs d'enfance l'aident néanmoins à nous orienter, mais je dois admettre que le stand des inscriptions aurait été difficile à rater. L'affluence exceptionnelle nous a obligés à stationner un peu en amont, le long de la pelouse bordant un bâtiment assez imposant. C'est un établissement de la chaîne hôtelière Radisson Blu, construit dans la moitié nord de la station.

Une part de moi-même doit croire naïvement que je vais trouver Agnès plantée devant le stand et qu'il me suffira de lui demander de me suivre pour récupérer mon identité. C'est totalement irréaliste, mais cela ne m'empêche pas de forcer la cadence, à la limite de courir, pour slalomer entre les gens le long de la route.

Si je me retrouve face à elle, aujourd'hui, qu'est-ce que je dois lui dire ? Comment obtenir sa coopération ? On risque gros toutes les deux. Pourtant je ne peux pas reculer. Pas maintenant.

Devant le stand des inscriptions, les sportifs défilent dans l'ordre et le calme. Terje me parle depuis quelques minutes, mais je ne lui ai pas prêté attention.

— Margo ! Il ne reste qu'une demi-heure pour s'inscrire. Je viens de vérifier : Renaud a retiré son dossard tôt ce matin, mais Agnès n'est pas venue.

Sans lui répondre, comme mue par un réflexe archaïque, je me contente de guetter autour de nous, de scruter chaque visage, à la recherche de mon double. Je sens Terje qui essaie de ne pas me perdre au milieu de la foule. C'est difficile d'accepter qu'on a peut-être fait tout ce trajet pour rien... Et qu'elle a sans doute déjà disparu en achetant une nouvelle identité. Bon dieu, Agnès, tu te caches où ?

— J'ai noté le numéro de dossard de Renaud, on peut le retrouver.

La phrase de Terje résonne dans ma tête, comme s'il me parlait de très très loin. Tout s'est ralenti autour de moi. De la confusion sonore et visuelle émerge une idée simple et concrète. Sans en avertir mon camarade, je profite de l'hésitation d'une petite rousse pour lui passer devant et aborder un des organisateurs, lui brandissant ma carte d'identité au nom d'Émeline Dalbera.

— Margo ! Qu'est-ce que tu fous ?

Le jeune garçon me sourit, me précise toute une série de choses en norvégien que je ne comprends pas du tout, puis me tend mon dossard et une pochette remplie de documents et de gadgets publicitaires aux couleurs de la course.

— Je reprends ma place.

— Tu vas courir un marathon ?

— Je vais me gêner !

Plus j'y pense, plus je suis convaincue d'avoir eu le bon réflexe. Terje est pris de court, mais je crois qu'il commence à l'admettre lui aussi. Je renchéris :

— Je pourrai suivre Renaud et même l'aborder pendant la course.

Alors que je trépigne sur place sans but précis, Terje m'entraîne à l'écart et nous fait traverser la route. Sans se retourner vers moi, il lâche quasiment sans accent :

— J'ai soif.

Gjestegaarden. C'est la première et unique terrasse que j'ai remarquée depuis notre arrivée. Juste en face des stands : il n'y a qu'à franchir la route. Forcément, elle affiche complet. Mais Terje semble déterminé à boire en extérieur. Il aborde un homme attablé seul, qui lui ressemble, en plus âgé. Visiblement étranger, il nous invite en anglais à se joindre à lui. Il agite en rigolant sa bouteille de Farris vide, ravi à l'idée de repasser commande.

Terje s'installe à sa gauche, tandis que je m'assois face à notre sauveur. Il sourit en apercevant mon dossard. D'un ton nostalgique, il évoque sa jeunesse, lorsqu'il aidait sa petite sœur à s'entraîner, très tôt le matin. Il pensera à elle demain au moment du départ du marathon.

La serveuse nous distribue deux Farris, et une bouteille en verre pour Terje. L'étiquette indique Balholm Handverkcider. J'apprendrai plus tard qu'il s'agit d'une marque de cidre artisanal, implantée dans les fjords, plus au sud. Terje en raffole.

Au moment de lever nos verres en souriant, notre voisin de table se présente. Il dit être russe et s'appeler Valentin Dmitrovich Zukovsky.

À cet instant, j'ignore encore que je suis en réalité face à Nae. Je n'ai pas la moindre idée du lien unique entre lui et celle que j'ai traquée jusqu'ici. Nae ne ment pas seulement sur son nom. Nae est un faussaire lui aussi, un usurpateur.

Toujours en anglais, la conversation se poursuit. Comme il n'a visiblement pas retiré de dossard, contrairement à la majorité des clients attablés autour de nous, je l'interroge :

— Vous ne courez pas Valentin ?

— Non, je suis venu voir des amis. Eux sont très sportifs. Vous faites quelle distance ?

Terje répond à ma place :

— Semi-marathon.

— En réalité, je vais tenter le marathon complet.

Terje ne semble pas cautionner mon choix, mais je sais que j'en suis capable. Certes, mes dernières courses datent un peu, mais si cela peut augmenter mes chances de confronter Agnès, je tiendrai jusqu'au bout.

De nos places respectives, il nous est impossible, à Terje et moi, de remarquer et éventuellement de reconnaître l'imposant camping-car qui traverse la commune, en passant tout près de nous.

TORSTEIN

12h38. La circulation sur la rue principale de Beitostølen n'est pas très dense, mais perturbée à plusieurs niveaux par les nombreux piétons de part et d'autre de la chaussée.

Juché au volant de son camping-car, Torstein a ralenti discrètement à la hauteur du Gjestegaarden. Il a tout juste eu le temps d'apercevoir Terje et Margo, attablés avec un inconnu.

Saskia trépigne. Toutes ces couleurs, tous ces gens dans la rue. Même si elle n'a pas prévu de courir, cette atmosphère festive la réjouit. Après avoir apprécié depuis le siège passager des paysages magnifiques pendant plusieurs heures, elle ne rêve que d'une chose : prendre un grand bol d'air pur. Enfant des Pays-Bas, les montagnes ici omniprésentes lui semblent exotiques et extraordinaires.

Torstein scrute les abords de la route principale. Essentiellement composée de chalets accrochés à la colline, la commune ne dispose pas de camping, mais les véhicules comme le sien sont tolérés partout en Norvège, à condition de respecter les lieux. Et c'est une très bonne chose, car Torstein tient à s'installer à proximité de l'arrivée de la course.

22

Segueja (Russie), jeudi 21 octobre 1993

L'enveloppe est sale, usée, tachée. Mais elle a bien atteint sa destination, après plusieurs jours de transit depuis la capitale. Au dos figure le cachet de l'université d'État Lomonossov de Moscou. L'adresse complète est écrite avec une élégance et une régularité très féminines. Du moins, c'est l'avis des nombreux employés des postes qui l'ont manipulée.

Nae Miereanu
Colonie de redressement numéro 7
Segueja – République de Carélie

Son destinataire dissimule son émotion en la réceptionnant. Il veut éviter les moqueries et les violences que provoque la moindre intrusion du monde extérieur dans cet enfer hérité des goulags.

Nae fait sa part de travaux obligatoires pauvrement rémunérés. Il ne provoque personne. Il attend calmement que sa peine soit terminée pour retrouver sa communauté. Malgré les maltraitances, les odeurs, les maladies et le froid, Nae ne regrette pas son choix. Respectant à la lettre la doctrine des Témoins de Jéhovah, il a refusé d'effectuer son service militaire.

L'administration russe n'a pas apprécié cet affront de la part d'un jeune Roumain récemment marié à une Russe.

Nae a attendu la nuit pour lire enfin la lettre.

Mon époux,

Je t'écris depuis l'université de Moscou. Les Anciens critiquent les longues études. J'ai déjà rencontré beaucoup d'âmes perdues ici. Mais il y en a tellement d'autres à éclairer et à guider.

Certains ne me croient pas lorsque je leur dis que je suis déjà mariée, à mon âge. Les savoir condamnés me facilite les choses.

Je pourrais te raconter comment Boris Eltsine s'est finalement accroché au pouvoir, mais je te sais étranger à la politique. Sache seulement que pendant les années à venir, je serai à la meilleure place pour nouer des liens avec de futures communautés un peu partout en Russie, et même à travers le monde. Je fréquente déjà des étudiants de tous bords.

Un matin, j'ai croisé une fille que j'ai confondue quelques secondes avec ta sœur. Je profite de cette lettre pour t'encourager à lui pardonner. Je sais qu'au fond de toi, tu nourris encore beaucoup d'affection pour Luana, malgré sa fuite.

Je compte les mois qui nous séparent encore. Tu viendras me voir à Moscou. Je pense à toi, je prie pour toi. Et je sais que tu ne te plains pas. Tu es courageux. Les autres sont déjà morts. Tu es la vie.

Yulia.

23

S'asseoir au fond et regarder les bulles danser jusqu'à la surface. Les larges alvéoles du plafond blanc dessinent un quadrillage flou au-dessus de sa tête. Un alignement de baies vitrées latérales permet aux timides rayons du soleil d'éclairer les centaines de litres d'eau, dessinant quelques silhouettes debout sur la margelle.

Alors qu'il savait à peine nager, Nae se réfugiait déjà dans le silence bleuté du grand bassin de Cluj-Napoca. Là, à plusieurs mètres de profondeur, il pouvait échapper quelques précieuses secondes à la doctrine et au regard de sa communauté. Luana essayait de le rejoindre, mais elle avait toujours du mal à retenir sa respiration. C'était il y a si longtemps. Aujourd'hui, serait-il capable de reconnaître sa sœur du premier coup d'œil ?

Comme tous les Témoins de Jéhovah, il n'a jamais fêté son anniversaire. Seule Luana lui offrait un cadeau en cachette quand elle était enfant.

Ce culte du secret et du mensonge qui le ronge de l'intérieur est imperceptible pour son entourage. Toujours plus grand, plus robuste, plus résistant, plus strict aussi. Luana avait très tôt surnommé son frère *Nae le métronome*. Précis, d'une démarche digne des plus beaux défilés militaires soviétiques.

Les 25 mètres de longueur accordent beaucoup d'espace aux quelques baigneurs de ce début d'après-midi. S'il y a encore foule à l'extérieur, la piscine intérieure du Radisson Blu est peu fréquentée.

Depuis qu'il travaille comme steward, Nae ne s'octroie que ce modeste luxe. À chaque fois qu'une étape le lui permet, il s'accorde une heure de nage. Et de silence.

14h06. Nae doit remonter. Des picotements commencent à serrer ses poumons gavés de gaz carbonique. D'une légère pression du pied contre le carrelage blanc, son corps s'élève doucement.

Le calme aquatique est soudain rompu par un plongeon. Mais rapidement, au fur et à mesure que les bulles se dissipent autour de l'enfant, il devient évident que quelque chose ne va pas. Puisant dans ses réserves, Nae s'élance vers elle. Il saisit le corps immobile d'une main et le pousse à la surface, de manière à lui sortir la tête de l'eau le plus vite possible.

Les secondes suivantes sont difficiles. Nae ne doit pas paniquer tout en redoublant de concentration pour canaliser ses ressources. Un dernier mouvement des jambes le ramène enfin à l'air libre. Tout en reprenant son souffle, il maintient l'enfant la tête en arrière et l'entraîne vers le bord, où sa mère hurle de peur.

Autour de Nae, tout est trouble. Les baies vitrées renvoient un violent contre-jour blafard devant lequel s'agitent des formes floues. Il ne comprend pas le norvégien. Comme lorsqu'il avait sauvé sa sœur de la noyade, Nae se hisse d'un seul geste sur la margelle. Il prend une profonde respiration et soulève à bout de bras sa petite naufragée, pour l'étendre en douceur sur le matelas que quelqu'un a installé à cet effet.

Les gestes de réanimation ne s'oublient jamais. Il lui suffira de quelques secondes pour entendre des gémissements et voir jaillir de sa bouche l'eau absorbée pendant sa chute. Elle ne doit pas avoir plus de sept ou huit ans.

Agenouillée à ses côtés, essuyant ses larmes, la maman serre fort la main de sa fille.

— Trine, min lille jente... Tusen takk... Takk...[12]

Nae reprend son souffle. Ses poumons cessent progressivement de le brûler. Il regarde alternativement la mère et sa fille, sans répondre, sans comprendre, le visage impassible et ruisselant. Puis, d'un ton presque mécanique, hérité de sa formation de steward, il prononce seulement :

— Valentin.

— Tusen takk for din hjelp, Valentin.[13]

Au moment de se lever, Nae sent une main mouillée saisir la sienne. Entre deux toussotements, Trine lui sourit, reconnaissante.

Nae salue poliment l'assistance, avant de gagner les douches, puis les vestiaires. Alors qu'il traverse le lobby de l'accueil, un employé l'interpelle. Nae abrège la conversation et le remercie.

En sortant sur le parking, il songe au véritable Valentin Dmitriovich Zukovsky, en train de survoler la Sibérie orientale. Il sera certainement ravi de découvrir qu'il bénéficie d'une remise exceptionnelle sur ses prochains séjours dans le réseau Radisson Blu.

---

[12] Trine, ma petite fille... Merci beaucoup... Merci...

[13] Merci pour votre aide, Valentin.

14h37. Dès son enregistrement sur le réseau, le smartphone de Nae clignote de toutes les couleurs. Appels, SMS et messages en absence s'accumulent. La trêve aura été courte. Par sécurité, il privilégie toujours l'utilisation d'applications de messagerie. Leurs transmissions sont cryptées, contrairement aux archaïques SMS.

WhatsApp, Telegram et Signal comptent 47 messages non lus. 16 proviennent du même expéditeur et mêlent des bribes de roumain au russe. Nae ne s'attarde que sur les plus récents :

Yulia – 13h56 : Est-ce qu'il est inscrit à la course ?
Yulia – 14h02 : Elle l'a déjà contacté ?
Yulia – 14h11 : Réponds-moi.
Yulia – 14h25 : Préviens-moi dès que tu la vois.
Yulia – 14h32 : Ne fais pas l'idiot.

Pour quelqu'un de son âge et de sa génération, Nae est particulièrement habile avec les nouvelles technologies, surtout avec son smartphone, sur lequel il pianote à toute allure.

Nae – 14h42 : Renaud est inscrit. Émeline aussi. Ils ne l'ont pas encore contactée. J'ai déjà repéré le tracé de la course. Je les suivrai et ils me mèneront à elle.
Yulia – 14h42 : J'ai prévenu les frères et les sœurs. Ils t'attendent.
Nae – 14h43 : Ce ne sera pas nécessaire.
Yulia – 14h43 : Ils t'attendent. Ne refuse pas leur hospitalité.

Nae sait que le débat est clos. Aussi, est-il réellement surpris de sentir à nouveau son mobile vibrer.

Yulia – 14h44 : Sois prudent.

***

MARGO

14h45. La banquette arrière m'a offert un abri pratique pour enfiler ma tenue : t-shirt et short respirants. Tout en laçant mes chaussures de course, je ne peux pas rater l'enseigne du Radisson Blu, en plein milieu de mon champ de vision. Je me suis assise sur le plancher du coffre grand ouvert de notre Ford, à l'entrée du parking.

Pendant quelques secondes, le logo noir et bleu géant me ramène à Nice, chez moi. Le groupe hôtelier y possède un établissement en front de mer, au début de la promenade des Anglais.

— Tu crois vraiment que je suis en vacances là ? C'est une connerie et tu le sais ! lâche Terje, tout en m'aidant à m'étirer.

— Parce que moi, je suis en séjour détente peut-être ?

— Margo, non seulement tu risques de tout faire foirer, mais tu as vu comme moi de quoi ils sont capables.

— Personne ne va me tirer dessus au milieu d'une compétition !

Depuis Séverin, je n'avais plus jamais eu à expliquer ma façon de gérer mon usurpation. Surtout à un gamin ! Je préfère calmer le jeu. On a vraiment autre chose à foutre que de s'engueuler ici, sur ce parking. Je me moque intérieurement de Terje. Sa façon de guetter les alentours et la voix basse qu'il tente de contenir. Sommes-nous réellement suivis ? Surveillés ? Je dois admettre que l'idée me travaille aussi. Mais la meilleure attitude à adopter, c'est d'avancer. Avec prudence.

Les étirements sont terminés. Je me sens prête à repérer une partie du parcours. Juste un aller-retour.

— Au lieu de m'empêcher de courir, tu sais où l'on dort ce soir, monsieur le local ?

— Chez des amis de ma famille.

— Il faudra que je mange équilibré. Pour la course.

Terje prend un ton mielleux :

— Selvfølgelig ja... Min prinsesse[14].

Aucune idée du sens des premiers mots. Mais je crois que le terme princesse m'oriente vers une forme d'ironie moqueuse. Bref, il se fout de ma gueule.

---

[14] Bien sûr que oui... Ma princesse.

La route qui traverse la station de part en part, et en constitue la rue principale, est grossièrement orientée nord-sud. Demain, la course partira d'un site plus haut, dans la montagne. En fait, on y est passé en arrivant, puisque nous venions du nord.

Certains sont persuadés qu'il faut s'entraîner jusqu'au dernier moment. Les plus aguerris préconisent plutôt du repos et de la détente avant une compétition. 42,195 km. C'est la distance qui m'attend demain matin.

Émeline n'aurait jamais osé courir dans ces conditions. Mais Margo va le faire. Parce qu'il le faut. J'en ai besoin.

Il a dû se sentir bête quelques secondes, le temps que je le reconnaisse. Perdue dans mes pensées, focalisée sur mon rythme et ma respiration, je ne l'ai pas identifié immédiatement. Notre camarade de terrasse buveur de Farris me salue d'un geste de la main. Je lui rends poliment son sourire, tout en le croisant à pied, dans l'autre sens. Ce type a une démarche particulièrement régulière.

Concentre-toi Margo. Trouve ton tempo. La montée me ralentit, mais je compense progressivement. J'atteins une sorte de plateau. Tout autour de moi, des sommets plus ou moins rabotés par l'érosion millénaire. Et par endroits, l'extrémité d'un lac brise le relief. Partout ailleurs, une sorte de toundra colorée et verdoyante. Et cette odeur. La nature à pleins poumons. Mais pas seulement. Il y a quelque chose dans l'air, comme un signe.

L'orage couve.

TORSTEIN

La démarche caractéristique du buveur de Farris, Torstein l'a remarquée aussi. D'ailleurs, elle l'a aidé à le garder dans le viseur de son objectif. Quelques clichés seront suffisants. Maintenant, à Torstein de les transmettre via messagerie cryptée, pour connaître l'identité de cet inconnu décidément trop souvent à proximité de Terje Ellingsen.

De l'autre côté de la station, Saskia a franchi seule le pas. Elle vient de s'inscrire au stand handisport. Elle y a rencontré des invalides plus ou moins diminués qu'elle. Certains ont même salué son aisance bluffante. Elle pourra participer à la course dont le départ est donné un peu plus tard que le marathon. Une assistance adaptée accompagne les participants. Saskia veut faire la surprise à Torstein. Il n'en reviendra pas. À présent, il lui faut revenir au camping-car avant qu'il ne s'inquiète.

***

MARGO

15h21. J'ai parcouru 6 kilomètres. J'aurais bien continué, mais la pluie s'intensifie. L'orage a chassé les derniers touristes.

À l'abri dans sa guitoune en bois, un agriculteur vend le fromage et le jambon de sa ferme construite juste au-dessus. Il me lance un regard dépité lorsque je fais demi-tour sur l'étendue de graviers qui lui sert de parking. En revenant sur mes pas en direction de Beitostølen, je me demande alors ce que signifie Bitibua Kiosk, peint en blanc sur sa façade. La flèche plantée sur le bord de la route comporte seulement le mot "Kiosk" et un symbole en forme de tasse de café. Impossible de retenir un petit rire en pensant que Terje me le traduira mieux que Google.

Le plafond nuageux s'assombrit et s'abaisse minute après minute. La lueur blafarde gomme les distances et l'horaire de la journée. L'immensité du décor, le manque de repères fausse totalement la notion d'échelle. J'ai l'impression d'avancer vers l'infini. Ou de faire du surplace.

La guitoune isolée et son fanion norvégien sont déjà loin dans mon dos et je n'ai pas croisé une seule voiture depuis mon demi-tour. Je suis seule au monde. La légère descente me soulage un peu, mais le vent contraire compense ce coup de pouce du relief. L'air glacé me fouette le visage et m'isole un peu plus, enveloppée dans le bruit de ma propre respiration. L'orage gronde. Je dois continuer, revenir à la station. J'imagine déjà Terje en train de pester contre mon entêtement.

Ma tenue est trempée. Mes cheveux ont triplé de poids. Mes chaussures sont gorgées d'eau et sont de plus en plus lourdes à arracher du flot liquide que draine le bitume. Au loin, la foudre a frappé plusieurs fois. Le tonnerre est assourdissant.

Une part de moi-même commence à sérieusement espérer une initiative de Terje. La simple apparition de notre Ford serait source de joie immense à cet instant précis.

Pourtant, ce n'est pas la joie, mais la stupéfaction qui intensifie brutalement mon rythme cardiaque. Elle est là, devant. Elle court comme moi, face au vent et à la pluie. Elle m'a suivie ? À quoi bon s'entraîner si j'ai pris sa place dans la course ? Malgré l'eau froide qui coule dans mes yeux, j'en suis certaine, Agnès court devant moi, et je peux la rattraper. Est-ce que ça pourrait être aussi simple que ça ?

J'accélère. Encore. À chaque foulée, mes pieds claquent plus fort à la surface des cinq ou six centimètres d'eau qui dévalent la route plus vite que moi.

Agnès n'a pas ralenti et je peine à réduire la distance entre nous. Je n'arrive plus à essuyer l'eau qui coule dans mes yeux. Ma vue diminue et ma proie n'est plus qu'un spectre féminin.

Sur ma gauche, en amont de la route, se découpent des silhouettes de verdure. Je mets un certain temps à comprendre ce que je vois. C'est assez courant en Norvège d'aménager un toit végétalisé traditionnel sur sa maison. La pluie intense, le faible contraste et la densité de leurs jardins camouflent littéralement les différentes constructions de ce lotissement, à l'entrée nord de la station.

Une voie goudronnée quitte la route en montant sur ma gauche. C'est là qu'Agnès a augmenté sa cadence. Pense-t-elle me semer ? Où va ce chemin ? Je ne connais que son nom, inscrit à l'entrée : Lomhundvegen. Je devine de la lumière dans certains chalets plutôt prévus pour l'hiver. Mais à l'extérieur, nous sommes seules.

J'entends le bruit de ses pas. Je perçois presque son souffle. Mes poumons me brûlent. Je serre les poings dans la montée. Je sens que je perds progressivement de l'adhérence.

Agnès disparaît par moment derrière les arbres, les clôtures ou les quelques grosses voitures stationnées dans les allées. Nouveau panneau : Røvskroken. Je ne peux pas la perdre maintenant. J'ai failli la rater : elle vient de s'engager dans un chemin de traverse, une piste carrossable, mais non goudronnée.

La terre gorgée d'eau projette de la boue à chacun de nos pas. L'herbe épaisse colle aux semelles. Mes jambes sont comme lestées de plomb. Mais je rattrape Agnès.

Nous atteignons à nouveau le goudron d'une autre allée, serpentant à travers le reste du lotissement dissimulé derrière sa végétation et un rideau de pluie.

Agnès quitte la chaussée, sans se retourner. M'a-t-elle vue ? Entendue ? Je vais la perdre à nouveau. Pas le choix. Je me lance à ses trousses à travers les jardins, dévalant la pente vers la route en contrebas. Aucune clôture, mais beaucoup d'arbustes et une terre toujours plus gorgée d'eau.

Je ne vais pas tenir longtemps. Je n'arrive plus à retrouver mon souffle. Mes jambes ne me soutiennent presque plus, et mes poumons me brûlent tellement que mon système nerveux tout entier irradie mon corps de douleurs insoutenables. À cet instant, je crains de confondre hallucinations et réalité. À moins que ce ne soit seulement l'inclinaison de la pente qui m'emporte vers la route où Agnès vient d'atterrir, fatiguée elle aussi.

Il a suffi d'une courte seconde. Un regard de trop en sa direction. Mes pieds ont cessé de me porter. J'ai alors la sensation étrange que le temps ralentit. Je me vois chuter. Le monde vacille. Pendant un court moment, les gouttes de pluie remontent vers mon visage, à moins que j'aie la tête à l'envers. La douleur n'est pas immédiate. Mais le choc est net, brut. Le bitume encore tiède des derniers rayons de soleil avant l'orage. Curieusement, je ne m'entends pas crier, pourtant j'ai la bouche grande ouverte et je sens mes cordes vocales vibrer.

Mais ce n'est pas le silence qui m'enveloppe, au contraire. Un grondement augmente, se rapproche, un crissement l'accompagne. Puis plus rien. Si, le bruit de la pluie, que j'avais failli oublier. Des gouttes qui semblent peser plusieurs kilos frappent toute la surface de mon corps, étalé à même la route.

Il m'a fallu tourner la tête pour apercevoir les pneus larges, et la calandre ruisselante d'un vieux pick up Ford Bronco des années 1980. Il pue l'essence et la gomme brûlée. La chaleur du moteur a quelque chose de réconfortant. Je pourrais rester là allongée, reposer mes jambes et retrouver enfin mon souffle...

Deux mains puissantes m'attrapent par les bras, pour me redresser doucement, et m'assoir sur le bitume trempé. Une voix rugueuse et grave déclame des phrases et des mots totalement incompréhensibles que j'identifie comme du norvégien. Malgré la pluie dans mes yeux, je distingue vaguement son visage barbu affolé. Et pour cause, je viens de comprendre qu'il a failli me percuter de plein fouet en sortie de virage, sur une route détrempée.

Ne me demandez pas comment, mais il me faut seulement quelques secondes, et un effort surhumain, pour me relever, en prenant appui sur le capot brûlant du Bronco.

Une seule chose compte pour moi. Je dois m'en assurer immédiatement. Sous le regard stupéfait du Norvégien barbu, je relève en partie mon t-shirt. D'un geste machinal, je tâte ma pochette étanche, toujours sanglée dans mon dos. À mon poignet, je constate également que ma montre connectée n'a souffert que de quelques rayures supplémentaires. Aucun réseau disponible.

Tout en longeant son véhicule, je repousse de la main mon sauveur : je ne veux pas perdre Agnès, pas maintenant.

Ne parlant visiblement pas un mot d'anglais, l'homme finit par renoncer et reprend sa route vers le Nord. Quant à moi, je souffre l'enfer à chaque foulée, mais je me laisse porter par la pente, dans la direction opposée.

Plusieurs notifications sonores de ma Fēnix 5 m'indiquent qu'il ne reste qu'un kilomètre avant d'atteindre mon point de départ. Distance ridicule et interminable à la fois. J'ai un goût de sang dans la bouche. Mes cheveux collent. Mon crâne est éraflé à plusieurs endroits.

La route est cernée de maisons plus ou moins végétalisées. Au loin apparaît la silhouette massive du Radisson Blu.

16h01. Je distingue enfin le parking, à droite de la chaussée. Je n'y vois pas notre Ford Focus STW. Les rues se sont vidées. Je ralentis, tout en approchant de l'endroit où j'enfilais mes chaussures, il y a un peu plus d'une heure.

Essoufflée et ruisselante, je me sens seule. Je me sens bête. Où est Terje ? Je ne peux pas m'empêcher d'analyser à rebours chaque détail depuis notre rencontre. Quel est son poste exactement ? Est-ce son vrai nom ? Après tout, moi aussi j'ai des documents officiels au nom de Margo. Est-il faux lui aussi ? M'a-t-il piégée ? Abandonnée ? À moins qu'il ne lui soit arrivé quelque chose ?

J'ai froid. J'ai mal partout. Je suis épuisée. Des silhouettes abritées sous les tentes du marathon semblent me regarder. Elles me font peut-être signe, mais je n'y vois plus rien. Quelqu'un sort du Radisson Blu et accourt dans ma direction. Il a l'air immense. En fait, c'est que je suis à terre. Laissez-moi respirer.

Je vais fermer les yeux quelques secondes, juste quelques secondes. Et puis je me réveillerai de ce mauvais cauchemar.

Le ballotement. Le ronronnement du moteur Ecoboost. Le confort relatif de la banquette arrière de notre Ford. L'odeur du tissu synthétique encore neuf, et un vague parfum masculin que j'associe à Terje. La boule dans mon ventre palpite, accentuée par la faim.

J'ai couru 6 km, avant de poursuivre Agnès pendant 4 ou 5 km, aussi rapidement que mon corps me l'a permis. Maintenant, j'en paye les conséquences. Il faut m'hydrater et me nourrir. Demain... Je dois être prête pour demain.

16h24. Le moteur s'est arrêté. La portière s'ouvre et laisse entrer l'air frais dans l'habitacle. La pluie a cessé, mais son odeur persiste, mélange d'herbe mouillée et de bitume tiède.

J'ouvre enfin les yeux. Ce n'est pas Terje qui vient m'aider à sortir. C'est notre voisin de table, le buveur de Farris, celui qui nous a dit s'appeler Valentin. Souriant, mais soucieux à la vue de mon état, il me tend la main.

Le visage familier de Terje apparaît à son tour :

— Dès qu'il s'est mis à pleuvoir, je t'ai cherchée... Puis, j'ai vu Valentin. Il t'a trouvée inanimée. Tu m'as fait peur.

J'ai la désagréable sensation d'être droguée. La dernière fois que j'ai perçu pareil flottement, c'était à la clinique, lors de ma fausse couche. Associés, ces deux derniers mots sont horribles. Il m'a suffi d'y penser pour percevoir un cisaillement intense dans mon bas ventre.

Concentre-toi Margo. Je serre fort la main de Terje, je ne veux pas le quitter une seconde, tandis que Valentin nous invite à entrer dans une maison au toit végétalisé, comme celles que...

Haut-le-cœur. Nausée. À l'instant même où nous franchissons tous les trois le seuil de la porte, je réalise que j'ai contourné cette maison tout à l'heure, en poursuivant Agnès.

Coïncidence. Confusion. Fatigue. Parano. Et merde... Doute. Prudence. Méfiance.

Valentin explique dans un anglais simple comment un couple d'amis a accepté de l'héberger pour quelques jours. J'exagère mon état, prenant totalement appui sur Terje. La décoration de la pièce principale est très modeste, d'une sobriété presque lugubre.

Valentin aide Terje à m'installer dans la salle de bains pour nettoyer mes plaies. Mais une image est restée imprimée sur ma rétine. Celle d'un tas de plaquettes de propagande des Témoins de Jéhovah, bien alignées devant un cadre photo. Sur papier glacé, un couple qui pourrait très bien être russe comme le prétend Valentin. Mais ils ne risquent pas de courir le marathon, vu leur âge avancé sur le cliché déjà usé.

Quelque chose cloche. Où sont-ils ? Qui est ce Nae/Valentin ? J'ai beau avoir la tête dans le coton, je ne peux pas m'empêcher de refaire inlassablement mes calculs. Même approximatifs, ils sont implacables. Si je me fie aux dires de Terje, l'endroit où il nous a pris en voiture n'a rien de logique, compte tenu de l'allure et de la direction que Valentin suivait lorsque je l'ai croisé en courant.

Parano. Réaction. Leurre. Stratégie.

Pendant mes réflexions, Terje s'évertue à nettoyer ma plaie à la tête et à essuyer le sang qui commence à sécher sur mon visage. Mes vêtements sont encore trempés et à moitié déchirés. Le rebord de la vasque me fait mal aux fesses. Tout ici est impeccable. Pas chaleureux du tout, mais irréprochable.

Valentin nous apporte des serviettes propres, l'air réellement inquiet de mon état. Dès qu'il ressort de la salle de bains, je murmure à l'oreille de Terje :

— Il faut partir. Maintenant.

— Calme-toi.

Il se fout de moi ? Contrôle-toi Margo.

— Terje, il faut partir. Emmène-moi dans la maison des amis de ta famille.

Je lis des dizaines de questions dans ses yeux bleus. Valentin approche à nouveau. La suite est pure improvisation de ma part. Lorsque notre hôte passe la tête par l'entrebâillement de la porte, il nous surprend en plein baiser fougueux.

Enfin, aussi fougueux que mes blessures me le permettent. Terje est aussi gêné qu'un ado, mais semble avoir compris.

Il nous faut seulement quelques secondes pour nous excuser et ressortir, avant de retrouver l'atmosphère décidément chaleureuse et rassurante de notre véhicule. Terje démarre, s'éloigne puis stoppe net au milieu des maisons pour la plupart inoccupées.

— C'était quoi ça ?

— Valentin ment depuis le début.

Terje ne proteste pas. N'acquiesce pas. Il reste muet. Aucune allusion au baiser. Mon ventre me relance. Sans réfléchir, je lâche simplement :

— J'ai faim.

— C'est bon, t'as gagné.

Soulagée, tandis qu'on s'éloigne de la maison de Valentin, j'essaie de décrisper Terje :

— Ils sont si désagréables les amis de tes parents ?

— Ils sont absents.

— T'as peur que je vois de vieilles photos de toi déguisé en petit viking ?

Pas de réponse. Terje démarre brutalement, ravivant sans le savoir la douleur dans mon dos et mes jambes.

TORSTEIN

17h32. Installée sur la banquette arrière du camping-car, Saskia a adopté sa position favorite. Elle peut détendre sa jambe valide de manière à réellement la soulager. Bien calée avec un coussin, elle oublie, quelques instants, le bout d'elle-même que la vie lui a retiré.

La pluie a enfin cessé. Saskia étudie le parcours de la course handisport sur l'écran de son smartphone. La météo prévoit du soleil pour demain. Tant mieux.

La jeune femme lève les yeux et observe Torstein qui lui fait face, vissé à son ordinateur. C'est vrai qu'il est totalement accro. Mais elle ne lui en veut pas. Ils gardent tous les deux leurs jardins secrets. Et puis elle le trouve mignon quand il est concentré comme ça. Il est totalement absorbé par son écran et ne prête plus attention à ce qui l'entoure. Si bien qu'elle surprend parfois des émotions, des expressions inédites.

Cette fois, ça a vraiment l'air sérieux. Elle n'aime pas qu'on lise par-dessus son épaule ou qu'on fouille dans ses affaires. Pourtant, Saskia meurt d'envie de retourner l'écran de Torstein pour voir ce qu'il fait. Elle sait par avance qu'il ne l'entendra même pas si elle lui adresse la parole. Alors elle opte pour son langage à lui. Sur son écran de mobile, elle rédige du bout de ses pouces agiles, plusieurs messages sur Slack, une plateforme informatique qu'ils utilisent normalement pour leurs travaux d'études.

Saskia – 17h36 : J'ai faim.

Aucune réponse. Saskia sourit intérieurement, et ajoute :

Saskia – 17h38 : Je suis toute nue.
Torstein – 17h40 : Prends pas froid.
Saskia – 17h41 : Je comptais sur toi pour me réchauffer.

Plus rien. Saskia se mord la lèvre inférieure. Curieuse et réellement affamée, elle décide de se lever. Elle va prendre les choses en main.

À l'autre bout du camping-car, Torstein a pivoté le siège conducteur. Ainsi orienté vers l'intérieur et paré d'accoudoirs confortables, il fait office de gros fauteuil dans cet habitacle à la fois salon, cuisine, et chambre. Son ordinateur sur les genoux, il joue des doigts sur son clavier avec la même dextérité aveugle qu'un virtuose du piano.

Il a vu Saskia se lever. Elle approche. Torstein n'a que quelques secondes pour réceptionner le fichier crypté que vient de lui envoyer son contact régulier. Le document s'affiche et devient progressivement lisible. Il s'agit d'une fiche de renseignements. Celle de Nae Miereanu, né le 4 février 1973 à Cluj-Napoca en Roumanie. Plusieurs photos officielles accompagnent le texte. Torstein sourit, satisfait, puis rabat l'écran de son ordinateur portable, une seconde seulement avant que Saskia ne puisse en apercevoir l'image. Il lève la tête vers elle :

— J'ai tout raté, tu t'es déjà rhabillée ?

MARGO

17h48. La salle de bains est plus spacieuse que mon ancienne chambre à Saint-Maur-des-Fossés. Tout y est beau. Pas seulement beau, mais bien ajusté, bien choisi. Chaque matériau, chaque élément a été sélectionné avec goût et s'harmonise avec le reste.

Je pourrais danser et m'étirer dans la cabine de douche, sans en toucher les parois. Et avec ce soleil encore vif, le jet d'eau scintille, comme des petites billes d'argent.

Je me sens bien. Pas seulement parce que cette pièce est un pur fantasme. Je crois que Terje m'apaise. Il a beau être jeune, étrange par moment, sa présence me rassure.

Et lui ? Comment me perçoit-il ? Est-ce qu'il préfère me garder à distance ? Après tout, cette maison est peut-être un lieu intime, personnel. Il faut que je le lui demande.

En quoi consiste exactement ton travail ? Quelle est réellement son implication dans cette affaire ? Est-ce lui qui m'a embarquée dans son enquête ou l'inverse ?

Quelques minutes de quiétude. Même si je la garde à portée de main, j'ai retiré ma pochette de sécurité. Rare moment où je n'ai pas à prouver qui je suis, nue avec moi-même. Je pourrais laisser couler l'eau indéfiniment. La chaleur m'anesthésie en douceur. Mes plaies et mes ecchymoses se fondent dans la brûlure de l'eau, qui chasse la boue et la pluie glacée de mes jambes.

Je perds la notion du temps. Terje doit m'attendre. Je coupe le jet, et je m'enroule dans la grande serviette épaisse qu'il m'a confiée. Bonheur simple.

Par la fenêtre, j'aperçois le domaine skiable se découper à l'horizon. Au premier plan figure le centre de la station, qui se résume en réalité à des dizaines de chalets comme celui-ci, éparpillés dans la nature de part et d'autre de la route.

Mon short en partie déchiré et mon t-shirt tâché de sang gisent à même le sol. J'utiliserai ma tenue de rechange demain. Pour l'instant, l'espèce de pyjama rouge que Terje m'a prêté fera l'affaire. Bonheur simple numéro 2.

Encore dans les vapes à notre arrivée, je crève d'impatience de visiter cette maison de carte postale dont je n'ai vu que la salle de bains. Rien de clinquant. Juste de la qualité à tous les niveaux, le tout agencé d'une façon très intuitive et pratique.

Un énorme poêle à l'ancienne trône au centre du salon mêlant quelques pierres au bois omniprésent. Une large ouverture communique directement avec la cuisine, spacieuse et suréquipée.

Dans un angle, le plus grand réfrigérateur qu'il m'ait été donné de voir. J'ouvre ses deux portes. Chacune permet d'accéder à un volume intérieur suffisant pour accueillir deux adultes debout. Je pense furtivement à mon premier frigo, minuscule et jamais froid.

Quasiment vides, les étagères ne supportent qu'une série de condiments ou autres aliments de longue conservation. Celles du bas sont garnies de canettes. Bières locales et cidres norvégiens. Je reconnais la marque artisanale appréciée par Terje. Intriguée et assoiffée, je me risque à en ouvrir une. Le goût est très léger, l'arôme de pomme assez doux. Mais c'est frais et peu sucré. Idéal.

Par contre, ce n'est pas non plus avec ce qu'il y a dans les placards qu'on va pouvoir préparer un repas digne de ce nom. Et dehors, tous les magasins sont fermés depuis longtemps. Bon Dieu, mais où est passé Terje ?

L'exploration du rez-de-chaussée révèle la présence d'une seconde salle de bains aussi spacieuse que la première, équipée celle-ci d'un sauna capable d'accueillir une dizaine de personnes. Trois chambres, toutes aussi chaleureuses les unes que les autres.

Mais quelque chose m'intrigue. Tout a l'air d'être conditionné pour une absence indéterminée. Protections sur les meubles, sur les canapés, aucune affaire personnelle apparente, prises débranchées. Prudence saisonnière démesurée ou maison délaissée ?

C'est une double sensation, presque paradoxale. Cette maison semble à la fois vidée de son âme et chargée de souvenirs. Et ce silence. Terje s'est-il endormi ?

Il me reste l'étage, après avoir gravi un escalier tout en bois massif. Sous les toits, un couloir central dessert trois autres pièces. Une seule est entrouverte, d'où filtre une lumière blafarde. J'approche sans un mot. À vrai dire, je ne sais pas vraiment ce que je m'attends à voir en poussant doucement la porte en bois.

Une chambre, similaire aux précédentes. Mais cette pièce est la seule qui porte réellement des traces de vie. Des bibelots, des souvenirs, et des photos recouvrent murs et meubles. Terje, plus jeune, sourit accompagné d'une blondinette bien en chair. Je reconnais derrière eux Beitostølen, et sur d'autres clichés, ce qui ressemble aux abords du chalet.

— Stølen veut dire pâturage.

Cet idiot m'a fait sursauter. Il est assis contre le mur, dans le fond de la chambre. Je m'agenouille devant lui. Je ne lui ai pas encore connu ce visage sombre, vidé de toute vie. Ses yeux bleus sont éteints.

— Je suis désolée Terje. J'ignore ce que tu as vécu, mais je suis profondément désolée de t'avoir ramené ici. Avec moi.

Aucune réaction. J'aperçois le cadre photo qu'il tient entre ses mains. Une photo du couple, qui entoure un bébé. Je recule doucement :

— Si tu préfères rester seul, je comprends. T'es pas obligé de...

— C'est le dernier endroit. Nos dernières vacances.

— C'était un accident ?

— Erling va avoir un an le 3 juillet. Il n'aura aucun souvenir de sa mère.

Quelques secondes passent, interminables, pesantes, gênantes. Mes genoux me font souffrir. Enfin Terje se lève, dépose délicatement le cadre photo sur la table de nuit, avant de me tendre la main pour m'aider à me relever à mon tour. Il m'entraîne hors de la pièce, et referme la porte. En haut de l'escalier, il déclare calmement :

— Je te raconterai son histoire. Mais pas maintenant.

J'acquiesce d'un hochement de tête et d'un sourire plus maladroit que je ne le voudrais. Nous descendons au rez-de-chaussée, mais Terje continue, et franchit une autre porte au bout du couloir. Nous accédons au garage, garni d'accessoires de sports d'hiver et de vélos bâchés.

Terje ouvre le couvercle coulissant d'une armoire horizontale mesurant presque toute la largeur du mur. Le congélateur. En m'approchant, je découvre tout un stock de viandes, légumes, desserts... Plusieurs morceaux de gibier provenant de la chasse, véritable sport national. Chaque lot est conditionné, daté.

Terje revient à la cuisine, l'air satisfait, avec un sachet de petites galettes panées. Il sort une poêle et déclare d'un ton enjoué :

— Fiskekaker. Comme quand j'étais petit.

On a le poisson pané Findus. Ils ont les Fiskekaker. Littéralement, gâteaux de poissons. Deux assiettes, des couverts et un flacon de ketchup local. Dîner de rois. J'aurai mes protéines.

En le regardant, je me repose la même question : qui est ce Norvégien quasiment bilingue de moins de trente ans, à la fois adolescent et jeune père veuf, à qui j'ai confié ma vie ?

21h13. Ada consulte plusieurs fois sa montre. Le stress l'empêche d'imprimer la position des aiguilles de son authentique Longines Conquest Calendar Acier Auto de 1953. Avec l'aide de son père, elle a appris par cœur le nom exact du modèle. C'est le dernier cadeau de sa mère, qui en avait hérité de son grand-père.

Il ne reste plus une place de libre sur la terrasse du restaurant la Treille. Attablés ou debout, c'est comme si tous les habitants du village s'y étaient donné rendez-vous.

Ada vient d'arriver. Elle a beau tous les connaître, cette foule bruyante et alcoolisée la crispe totalement. Tout en se frayant un chemin jusqu'à la rambarde, elle serre contre elle son sac à dos. Il n'y reste presque rien de ses affaires de cours, mais elle tient à protéger son cadeau. Et puis, c'est plus discret.

Le soleil a disparu depuis une bonne demi-heure derrière le massif de la Colmiane et les sommets alentour. Une lueur rose orangé baigne encore la vallée boisée de la Vésubie, sur laquelle la terrasse offre une vue imprenable.

On la salue, on lui tapote amicalement l'épaule, on lui vole plusieurs fois la bise. Ada sourit machinalement en avançant tout droit. Elle ne voit que son sourire. Ses cheveux décoiffés, ambrés par le couchant et doucement balancés par la brise qui remonte de la vallée. Pas de bijou, pas de maquillage. Même pas de chaussures. Cannelle est pieds nus, accoudée à la rambarde usée. À contre-jour, son t-shirt blanc laisse deviner ses légères rondeurs et sa poitrine par transparence. Bardées comme toujours de griffures et de plaies mal cicatrisées, ses jambes musclées dodelinent. Gourmande et robuste, Cannelle ne tient jamais en place.

Ada perçoit déjà son parfum, un mélange léger de cerises et de fleurs des montagnes. Son amie rit aux éclats. C'est sa spécialité. Essayant de garder son sérieux, son cousin Aymeric remplit à nouveau son verre de vin rosé. Il oublie toujours qu'elle a quatre ans de moins que lui. Nounours bienveillant, il doit bien mesurer trois têtes de plus que Cannelle. Il faut avouer qu'elle n'est vraiment pas grande : même Ada doit se pencher pour lui faire la bise. Ses joues sont chauffées par l'alcool. Ada essaie de trouver sa place près d'elle, contre la rambarde décolorée. Elle lui raconte sa journée, évoque plusieurs anecdotes, mais constate le regard incrédule de son amie. Cannelle éclate à nouveau de rire :

— J'ai pas entendu un mot ma belle !

Ada trouve qu'elle parle déjà fort, elle hurle presque. Cannelle vide son verre d'une traite et le pose sur une table sans prêter attention à leurs occupants. Elle lui crie dans l'oreille :

— Suis-moi, on va prendre l'air.

— Je viens à peine d'arriver.

Pure politesse. Avant même d'entrer dans le restaurant, Ada ne rêvait que de ça. Un de leurs moments à elles.

Personne. Même le garçon qui la rendait dingue en classe de cinquième. Personne n'a affolé le cœur d'Ada de cette façon. Lorsque la main de Cannelle prend la sienne pour l'entraîner à travers la foule compacte, cela lui rappelle le vertige incontrôlable qu'elle a ressenti lors de son baptême en parapente. Peur de tomber, plaisir de voler. Envie de recommencer.

Pour contourner le comptoir du bar et le four à pizza en pleine action, les deux jeunes filles doivent ruser. Cannelle est contre elle. Ada respire le parfum de ses cheveux, et perçoit presque les palpitations de son cœur en serrant fort sa main.

Finalement l'extérieur, l'air libre. Une brise remonte inlassablement la rue Cagnoli, artère sinueuse et séculaire du village.

Tous les enfants ont déjà essayé de faire flotter quelque chose dans l'étroite rigole centrale. Comme lorsqu'elle avait à peine l'âge de marcher, Cannelle y trempe ses pieds nus. Ada a retiré ses baskets. L'eau est fraîche et apaisante. Elles plaisantent toutes les deux en remontant la rue, chaussures à la main.

La tête d'Ada va exploser. Tout se mêle. Tout se percute. Elle veut trouver le bon moment, les bons mots pour lui offrir son cadeau. Cannelle est un peu ivre. Juste ce qu'il faut pour la rendre plus sauvage et tellement plus belle.

Ada repense aux derniers épisodes de *Dawson's Creek* qu'elle a visionnés seule, depuis le départ de Margo. Dawson se perdrait en réflexions interminables. Pacey agirait spontanément, au risque d'être maladroit. Et les filles ? Que ferait Joey Potter à sa place ? Pourquoi a-t-il fallu que Margo parte ?

Cannelle ne cesse de parler. Elle commente les couleurs, les maisons, la façon dont Ada a attaché ses cheveux, et le haut rouge qu'elle a osé déboutonner plus qu'à son habitude. Les joues d'Ada sont écarlates.

Arrivée au bout de la rue Cagnoli, en haut du village, Cannelle plonge ses mains dans l'eau froide de la fontaine, entourée d'un vieil oratoire et d'un banc de pierre. Ada a l'impression de revenir dans le temps. Remonter le cours de leurs courtes vies. Elles avaient à peine cinq ans toutes les deux lorsqu'elles ont joué dans ces rues la première fois, pendant l'été 2010.

Ada sait que Cannelle adore passer par le chemin des Collettes à cette heure-ci. Elles restent parfois un long moment à regarder la silhouette perchée de

Venanson se découper sur la montagne en face. Elles se sont souvent demandé si d'autres filles faisaient la même chose, de l'autre côté de la vallée.

Cannelle commence à se calmer. Elle a arrêté de parler, elle s'est même assise sur le bord de la route, les pieds dans le vide. Saint-Martin s'apprête à s'endormir. La chaleur de la journée n'est pas encore dissipée et l'odeur de l'herbe grillée par le soleil plane dans l'air.

Mais Ada ne prête pas attention à tous ces détails qu'elle apprécie tant d'habitude. Est-ce que ce serait plus simple si Cannelle était un garçon ?

Ada s'est installée à ses côtés. Sa main droite se crispe et serre son sac à dos contre elle. C'est le moment. Ada commence à défaire la fermeture éclair, tout en rompant le silence :

— J'ai quelque chose à te...

— Moi aussi, j'ai un truc à te dire.

Ada n'avait pas prévu d'être coupée. Elle se fige et sourit maladroitement :

— Toi d'abord, je peux attendre.

— C'est pas facile à dire. J'y ai beaucoup réfléchi, et je préfère être honnête avec toi.

Ada détourne le regard. Elle sent ses joues et ses oreilles brûler, elles ont sûrement pris la couleur vive de son haut. Son cœur s'affole à nouveau. Qu'est-ce qui est en train de se passer ? Cannelle l'aurait-elle devancée ? Dans ce cas, comment... La tête d'Ada est un vrai tourbillon. Cannelle confie :

— Je n'ai pas confiance en Margo.

Quoi ? Qu'est-ce qu'elle raconte ? Ada a l'impression d'être dans un avion de ligne dont le commandant improviserait une acrobatie aérienne. Tout chavire. Cannelle poursuit :

— Je sais que tu l'adores, et c'est vrai qu'elle est super avec nous. D'ailleurs, tout le monde l'adore. Mais il y a quelque chose qui me gêne.

Ada parvient à prononcer quelques mots :

— Elle t'a dit ou fait quelque chose ?

Cannelle approche doucement son visage de celui de son amie. Ada peut sentir sa respiration mêlée à l'odeur sucrée de sa peau et voir briller l'ambre de ses yeux.

— Je... Ada, tu te souviens le mois avant que ta mère ne parte ? Tu te souviens de ce que je t'avais dit ?

Le visage d'Ada se voile et elle peine à le dissimuler. Cannelle ajoute calmement :

— J'ai le même pressentiment. Margo nous cache quelque chose.

Ada répond sèchement, sûre d'elle :

— Elle va revenir.

Cannelle a posé sa main droite sur la main gauche d'Ada.

— Je ne veux pas qu'elle te fasse du mal.

Sous sa main droite, Ada sent la forme de son cadeau à l'intérieur de son sac.

— Cannelle, je...

Une série de sons concentre l'attention de Cannelle sur le vieux modèle d'Iphone qui a déjà défié toutes les théories de résistance aux chocs et d'étanchéité. Les fissures de l'écran peuvent en témoigner. Mais il fonctionne encore et Cannelle s'en contente.

— Aymeric me ramène à Roqu' ce soir... Mes parents veulent qu'on aille à Nice demain matin.

Cannelle se lève. Les effets de l'alcool se sont dissipés. La magie de l'instant aussi. Ada reste assise. Combien de fois a-t-elle hébergé son amie ? Alors pourquoi pas ce soir ? Ce soir devait être différent.

Cannelle prend un ton plus attentionné :

— Je sais... Mais je viendrai dormir chez toi dimanche soir, on ira en cours ensemble lundi... Ok ? Bon je file, il m'attend !

Finalement, Ada extrait de son sac un paquet, ou plutôt une enveloppe cartonnée. Elle la tend à Cannelle.

— Tiens, c'est un cadeau. Tu l'ouvriras chez toi.

— Quoi ? C'est gentil... Mais pourquoi tu... Bon, je te WhatsApp ! Merci t'es trop ! T'es comme ma sœur !

22h28. Ada est étendue tout habillée sur son lit. Comme ma sœur. Les derniers mots de Cannelle résonnent encore dans sa tête. Elle a à peine pris le temps de retirer ses chaussures avant d'enfiler le casque Bluetooth de son père.

Au moment de lancer Spotify, dont elle partage le compte avec Margo, elle ne peut se retenir de penser à elle. Où est-elle ? Que fait-elle à cet instant ?

La voix caractéristique de vieux baryton aux basses profondes enveloppe doucement Ada de ses paroles, accompagnées d'une simple guitare.

Artiste : Johnny Cash   Titre : One (U2 cover)

Ada ferme les yeux. Elle se concentre sur la chanson la plus reprise du groupe U2, que Margo l'a aidée à traduire. Justement, son mobile vibre, c'est sûrement elle.

Sur l'écran, un autre nom s'affiche. Ada blêmit. Le texte s'affiche :

Cannelle – 22h31 : Je sais pas quoi dire. Je suis émue. Tu sais que j'aime pas les photos de moi. Mais ton dessin, c'est magique. J'ai envie de le montrer à tout le monde... Et de le garder pour moi toute seule.

24

17h32. Les derniers passagers quittent l'habitacle en empruntant la passerelle télescopique. Le choc entre l'air climatisé et la chaleur étouffante dégagée par le bitume des pistes irrite la gorge.

Nae salue les deux hôtesses de la Siberian Airlines, avant de s'engager à son tour dans le tube métallique plaqué contre le flanc du Tupolev Tu-154. De conception soviétique, le triréacteur vient d'effectuer une des premières rotations de la compagnie depuis Moscou-Cheremetievo.

Épousant toute la longueur du tarmac, le terminal consiste en un bâtiment austère de verre et de béton, ne dépassant pas les deux étages. Comme à son habitude, Nae ne laisse transparaître aucune émotion particulière. Pourtant, il y a encore deux ans, il n'avait jamais pris l'avion.

Le commandant et son copilote le saluent d'un geste de la main, tout en récupérant leurs bagages. Sa valise cabine sous le bras, Nae reprend sa marche droite et régulière, sans prêter attention aux boutiques en cours d'aménagement, ni aux guichets de compagnies à peine créés.

Sans que les passagers qu'il croise dans le terminal n'en aient la moindre idée, Nae frôle la syncope. Il vient de la voir. Son cœur s'emballe, tandis que son visage ne trahit toujours rien.

Habillée simplement, les cheveux impeccablement attachés en queue de cheval, Yulia rayonne naturellement au milieu de tous ces anonymes. Son visage s'irradie d'un sourire lumineux en l'apercevant. Malgré ses larges lunettes de vue un peu désuètes, Nae distingue ses yeux ambrés brillants d'émotion. Comme retenus par des forces invisibles, les deux jeunes époux ne se précipitent pas l'un vers l'autre. Yulia attend sagement que Nae arrive à son niveau pour recevoir un baiser. Leurs mains se frôlent, se touchent, se serrent. Le reste, à ce moment-là, n'existe plus.

Yulia recule d'un pas, pour mieux regarder l'uniforme de Nae. La veste et le pantalon sont bien ajustés. Le petit insigne argenté brille sur sa poitrine. Après une première expérience parmi le personnel au sol de l'aéroport et quelques mois de formation, Nae vient d'effectuer sa première rotation aérienne en tant que steward. Yulia est fière de lui.

L'antique poste radio diffuse les dernières nouvelles. Vladimir Poutine, directeur du FSB[15], vient d'être nommé président du gouvernement russe par Boris Eltsine. Yulia écoute d'une oreille, mais Nae coupe immédiatement le son. Pas de politique. Il laisse ça aux âmes perdues.

Malgré les vitres ouvertes, l'habitacle de la Lada 2107 du père de Yulia ne se rafraîchit pas, même en roulant. Nae reconnaît le mélange d'odeurs d'essence, de plastiques usés, et des tapis de sol imprégnés de toutes sortes de substances au fil des années. Reine des routes d'URSS, cette berline aux formes simplistes et désuètes n'est plus qu'un vestige rouillé et bruyant d'une époque révolue.

La voiture roule et c'est tout ce qui compte à présent. Yulia est impatiente de présenter à Nae la nouvelle salle du royaume que ses parents ont aidé à financer et pour laquelle elle s'est beaucoup impliquée. La communauté locale des Témoins de Jéhovah est très active.

Justement, Nae n'a pas renoncé à sa foi et ses convictions. Prendre très souvent l'avion et voyager aux quatre coins du pays ou à l'étranger, lui permettra de rencontrer d'autres communautés et de diffuser les publications de la Tour de Garde[16], en russe, en roumain et en anglais.

18h11. Plus nombreuses chaque année, les puissantes berlines étrangères dépassent à toute allure les camions, tracteurs et vieilles voitures, limités par leur âge avancé et leur puissance modeste.

Yulia n'y prête pas attention. Elle se cantonne sur la file de droite et remonte l'autoroute P240 plein nord, vers la ville d'Oufa, établie sur plusieurs collines, dans les méandres boisés de la Belaïa.

Tel un bon élève appliqué, Nae s'entête à parler de la communauté. Il sait Yulia très engagée et il ne veut pas la décevoir. Pourtant, ses yeux glissent inexorablement vers les plis de sa robe, et les courbes de sa poitrine. Le soleil latéral lui donne un regard d'ambre scintillant. Agités par le vent chaud qui s'engouffre dans l'habitacle, ses cheveux noirs ont toujours le même parfum doux que dans ses premiers souvenirs.

---

[15] *Federalnaïa Sloujba Bezopasnosti*, services secrets russes, chargés de la sécurité intérieure.

[16] La Tour de garde (*The Watchtower*), revue internationale créée en 1879, constitue l'organe principal d'enseignement des Témoins de Jéhovah.

Nageuse régulière aussi grande que lui, Yulia entretient sa silhouette dans les immenses piscines de l'ère soviétique depuis l'enfance. Fidèle à la doctrine de sa communauté, elle n'a jamais été inscrite à la moindre compétition. Peu importe, Nae se réjouit de ses victoires secrètes. Les médailles et les records de Yulia sont dans sa tête à lui.

Il ne peut s'empêcher de repenser aux discussions avec ses collègues hôtesses. Elles l'ont assailli de questions sur son épouse. Nae n'a rien à leur dire. Yulia n'est pas un trophée. Les âmes perdues ne peuvent pas comprendre.

Douze kilomètres au nord de l'aéroport, Yulia quitte l'autoroute. La Lada vibre de plus belle sur la route rectiligne tracée dans la forêt. Sept cents mètres plus loin, des maisons modestes bien alignées parsèment les bas-côtés, cernées par la nature verdoyante. La voie longe une douzaine d'habitations avant d'atteindre un dégagement non goudronné. Utilisé pour la mise à l'eau des embarcations légères, le rivage est désert. Les eaux profondes de la Belaïa rafraîchissent un peu l'atmosphère et véhiculent une très légère brise.

Yulia tourne vers la gauche et arrête la voiture à l'ombre de plusieurs arbres, sans doute plus vieux que la majorité des bâtiments soviétiques voisins. Surpris, Nae n'ose pas prononcer un mot. Yulia guette les alentours. Personne.

— Nae, je me sens prête à avoir des enfants.

— Moi aussi.

— Mais j'ai encore besoin d'un peu de temps. J'ai tant à faire avant de devenir mère. Tu comprends ?

— Oui.

Mariée, mais encore étudiante et sans enfant à 24 ans, Yulia sait très bien qu'elle commence à se démarquer de l'ensemble de la communauté. Mais Nae la soutient. Il croit en elle et en ses vastes ambitions. Alors jusqu'ici, ils n'ont pas cédé à la tentation. Comme le veut la doctrine, ils n'ont ni flirté ni forniqué avant leur mariage. Tous deux partagent la même vision procréatrice de l'acte sexuel. Ainsi, Nae ne s'est jamais inquiété de savoir sa jeune épouse entourée d'étudiants à Moscou.

Yulia retire ses lunettes pour les déposer sur le tableau de bord. Elle détache sa ceinture de sécurité, lui prend le visage et l'approche du sien. Leurs lèvres se touchent, se découvrent et se mordent presque. Les forces invisibles de leurs convictions les retiennent dans leurs sièges, malgré une tension palpable. Yulia est si proche de lui qu'il peut distinguer chaque détail de ses iris scintillants. Elle saisit son bras gauche et le plaque contre son bas ventre, si bien que sa main se retrouve dans les plis de sa robe. Yulia écarte légèrement ses jambes et murmure :

— Aime-moi. Maintenant.

Les caresses commencent à travers le tissu. Yulia se laisse faire, puis remonte doucement sa robe, révélant le blanc de sa culotte. La respiration de Yulia s'accélère petit à petit. Nae tremble. Il sursaute légèrement lorsqu'il sent la main droite de Yulia se poser sur son entrejambe. Un peu maladroite, elle ouvre son pantalon et entreprend de libérer son sexe.

Les yeux dans les yeux, Nae et Yulia s'aiment de leurs mains, jusqu'à s'essouffler de plaisir. Une gêne mutuelle leur fait détourner le regard quelques secondes, avant qu'ils ne rapprochent à nouveau leurs visages, pour échanger un baiser, bien plus sensuel que le premier.

Sans un mot, Yulia rajuste sa robe, s'essuie la main avec un mouchoir, avant d'en tendre un à Nae. Elle remet ses lunettes.

Le moteur usé toussote au démarrage. La marche arrière craque plusieurs fois.

À nouveau sur le confort du bitume, la Lada reprend la direction de la ville. Nae se permet alors de serrer doucement la main droite de Yulia pendant quelques secondes. La jeune femme l'étreint en retour. C'est leur façon de sceller un pacte secret entre eux. Ils n'ont pas peur du jugement de Dieu, mais leur communauté n'a pas besoin de savoir.

Yulia est concentrée sur sa conduite, pourtant un léger sourire se dessine sur son visage arrosé de la lumière dorée du soleil.

25

Il m'a semblé entendre une voiture. Je n'ai qu'à lever la tête pour regarder par la fenêtre. Il n'y a pas de volet en Norvège. Je ne rêve pas : Terje vient de partir avec la Ford. Il y a peu de chance pour qu'il soit allé nous chercher des croissants...

Bon sang que ce lit est confortable. Les draps sentent bon le propre, et la lueur du jour ravive déjà les couleurs chaudes du bois.

J'appréhende de me lever. Terje n'a rien dit de tel, mais il pense sûrement que j'ai fait une grosse connerie en voulant m'entraîner seule... Résultat, une chute, des blessures, et le risque de ne pas être capable de courir aujourd'hui.

Pour couronner le tout, je l'ai embrassé à pleine bouche pour fausser compagnie à Nae.

Je me suis retenue de regarder l'heure sur mon mobile, mais je crois être éveillée depuis longtemps déjà. Et ce soleil qui ne se couche presque pas... Est-ce que Terje a mieux dormi lui ?

6h00. Mon alarme se déclenche. Trop tard ma belle : je suis déjà debout ! J'étais tellement angoissée hier soir que j'ai déjà tout prévu. Tenue de course, rechange, équipement, et le dossard contenant ma puce d'identification. Elle permet d'établir officiellement mon temps à l'arrivée.

C'est plus fort que moi, j'ai besoin d'une douche pour amorcer la journée. Elle sera brève, mais utile. C'est aussi un prétexte pour apprécier quelques minutes supplémentaires ma nouvelle salle de bains.

Si elle me voyait, Ada serait morte de rire. Ou plus probable, elle m'engueulerait : *T'as pas mieux à faire que de baver sur ce chalet ? Chope celle qui t'a usurpée et rentre à la maison !*

Devant la grande glace embuée, en révisant à voix haute mes six identités, je repense à Jason Bourne. Qui est-il vraiment ? Qui voit-il lorsqu'il se regarde dans un miroir ? J'ai saturé Basile avec ce personnage. Coffret DVD. Coffret Blu-Ray. Et projection de la trilogie au Grand Rex. Les films suivants sont sans intérêt, mais ont servi de prétexte à revoir les trois premiers. Et si Jason Bourne avait été une femme ? Pourquoi pas ?

En attendant, pas question de m'emmêler les pinceaux. J'ai promis à Séverin et je tiendrai parole. Tant que je n'aurai pas récupéré définitivement ma vie, je serai capable de jongler sans erreur entre mes six identités. Je suis Alexandra, Marie, Vanessa, Marthe, Émeline. Margo.

Repenser à Ada me donne envie de lui écrire. Je me reconnecte au réseau. La diode de notification de mon mobile clignote aussitôt.

Ada – 23h07 : J'ai offert le dessin à Cannelle. Je crois que ça lui a beaucoup plu.
Ada – 23h18 : Je vais me coucher. Réponds quand tu peux. J'ai besoin de te parler.

J'y réponds avec un peu de retard.

Margo – 6h21 : Cette fois, c'est toi qui dors. Aujourd'hui, je vais courir un marathon. Je te raconterai.
Margo – 6h23 : Hier, je l'ai vue. Elle était devant moi.

Je sélectionne ensuite le fil de conversation avec Robin. Pourquoi n'est-ce pas aussi simple qu'avec sa fille ? Je n'arrive pas à aligner plus de quatre mots sans les effacer aussitôt. Je sais d'emblée que je ne serai pas disponible pour une discussion avant longtemps.

Je me sens bête. En réalité, j'ai peur. Peur de ce qu'il va imaginer. Ce qu'il va me demander. Alors, encore une fois, je me rétracte et je ferme son fil de conversation sans rien envoyer.

Le rez-de-chaussée de la maison embaume le pain grillé. Sur la grande table, Terje a fait de son mieux pour me préparer un vrai petit déjeuner complet. Piochant dans le congélateur démesuré et dans les nombreux placards, il a réussi à rassembler toute une variété de produits. Le ravitaillement est visiblement assuré.

Il y a des tranches de pain de seigle, sur lesquelles je peux tartiner deux ou trois sortes de pâtés de poisson. J'ai même droit à du saumon et du haddock fumé. Emballé dans du plastique rouge, je découvre le brunost, une sorte de cheddar marron au goût légèrement caramélisé. Bizarre à décrire, mais plutôt bon à déguster en fines tranches. Dans une barquette de crème surnagent quelques crevettes roses.

Que dit la météo locale ? Sur les conseils de Terje, j'ai installé Yr, une application norvégienne très précise. Selon elle, il fait tout juste 6°C à l'extérieur.

C'est censé monter un petit peu dans la journée. Optimisme ou humour nordique.

J'ai la bouche pleine de bonnes choses lorsqu'une véritable décharge électrique me crispe sans prévenir. La boule dans mon ventre s'est réveillée. Je crois qu'il y a une explication très simple à ces symptômes. L'effroi.

Je vais courir un marathon, en n'y étant pas assez préparée. Je vais tenter d'y confronter celle qui m'a tout pris. On va essayer de m'en empêcher. Voire de me tuer.

Terje, reviens, je t'en prie.

***

TORSTEIN

6h31. Assise dans le fauteuil passager retourné vers l'intérieur, Saskia ajuste sa prothèse handisport. La température à l'intérieur du camping-car a chuté cette nuit. Mais ni elle ni Torstein ne sont frileux et leurs duvets sont efficaces.

Saskia a menti. Elle a menti lors de l'inscription. Et à Torstein. Elle se déteste pour ça. Mais c'est plus fort qu'elle. Cette course, elle veut y participer. Mélangée avec des valides et des invalides. Pourtant, elle n'a pas le niveau. Cette prothèse handisport tant espérée, et si coûteuse, elle l'a très peu utilisée jusqu'ici. Parce que cela demande beaucoup de patience et d'efforts. Parce que cela fait mal. Parce que c'est difficile d'accepter son image avec.

Avant son accident et son handicap, Saskia n'avait jamais vu de prothèse handisport. Puis elle avait regardé ses premiers jeux paralympiques. Une fille de son âge, amputée des deux jambes, courait un cent mètres plus vite que tout un groupe d'athlètes valides. La fille en question ne dissimulait pas son handicap, au contraire. Jonchée sur ses deux lames de carbone semi-rigides recourbées, elle bondissait comme un félin.

Aujourd'hui, Saskia a remis un short pour la première fois depuis longtemps. Contrairement à sa prothèse de marche, la lame profilée en carbone est très légère. Sa fixation au corps est décisive, pour éviter l'inflammation ou la rupture.

C'est aussi la première fois que Torstein la voit équipée ainsi. Comme à son habitude, il reste très peu expressif, mais lui propose son aide à plusieurs reprises. Poliment, Saskia refuse. Elle va aller s'échauffer seule. Son départ à elle est décalé, elle veut mettre à profit les quelques heures qui lui restent.

Torstein la laisse s'éloigner seule du camping-car. Elle trébuche, titube et manque de chuter plusieurs fois, avant de trouver son équilibre. Torstein se retient de l'aider. Derrière la vitre, il sourit : il est très fier d'elle. À présent, il a beaucoup à faire, et l'absence de Saskia est une véritable aubaine.

MARGO

7h45. Je croyais être parmi les premiers, mais les Norvégiens sont ponctuels. Comme prévu, des bus spécialement affrétés s'apprêtent à acheminer les coureurs du marathon jusqu'au point de départ. L'embarquement a été rapide et ordonné. Beaucoup semblent être des habitués de la compétition. Des bribes de discussions en anglais m'informent que cette année la météo est plus clémente que l'an passé, où la neige avait joué les trouble-fête. En plein mois de juin.

11°C affichés par Yr, confirmés par ma montre. Les nuages épars qui traversent le ciel nous accordent une trêve ensoleillée. J'ajuste ma tenue, impatiente de bouger pour me réchauffer. Mes vêtements techniques me protègent du vent, mais sont très fins. Donc inefficaces à l'arrêt.

8h48. Nous sommes plusieurs centaines, alignés sagement sur le bitume rugueux. De part et d'autre de la chaussée, la toundra est encore parsemée de plaques de neige réticentes. Derrière nous, la silhouette arrondie de Besstrond fjellet[17] nous surplombe. La route longe un lac, le Sjodalsvatnet, avant de devenir quasiment rectiligne, pointant vers le sud. C'est par là que nous allons nous élancer.

Un panneau affiche 900 m.o.h.[18] J'en profite pour calibrer l'altimètre de ma montre connectée. Derniers échanges avec mon mobile, que je dois couper pour l'accrocher dans mon dos, à l'abri de ma pochette de sécurité. Aucune réponse, aucun message de Terje.

Je peux me frayer un chemin au milieu de la foule, devenir invisible parmi les coureuses et les coureurs venus de toute la Norvège et de l'étranger. Il y a beaucoup d'équipes. Certaines portent le nom d'entreprises, d'autres de communes ou de clubs de sport. Il y a aussi des familles. Et moi.

Où es-tu Agnès ?

8h59. Les plus déterminés se sont agglutinés sur la ligne blanche tracée au sol et jonchée de deux fanions aux couleurs du marathon. Des arbitres veillent à ce que personne n'enjambe la démarcation avant le signal. Mon cœur palpite. Le vent

---

[17] Les Monts Besstrond

[18] m.o.h. : *meter over havet* (900 mètres au-dessus du niveau de la mer)

glacé nous fouette le visage. Tout le monde a déjà le nez et les joues rouges. À la seule vue des mollets de certaines et certains, je me sens ridicule. Trop tard.

9h00. C'est le départ des tout premiers. Le mouvement met une bonne trentaine de secondes à atteindre mon niveau. Inutile de se bousculer, un boîtier détecte le passage effectif des puces incrustées dans chaque dossard. Ainsi, chacun sera chronométré selon son propre démarrage.

Nous commençons par un léger faux plat. Je dois absolument me ménager pour l'ascension des 500 mètres de dénivelé jusqu'au point culminant. L'air me glace les poumons, mais je sais que cela ne durera pas. Il faut passer les vingt premières minutes pour que mon corps commence à réguler sa température et que j'ajuste ma respiration.

Le soleil joue à cache-cache avec nous. Les ombres géantes glissent sur le lac et habillent les sommets environnants. Un air moins froid se mêle par intermittence à la brise encore glaciale.

Les nombreux participants s'étalent maintenant sur un bon kilomètre. J'essaie de maintenir ma position dans la première moitié. Disons que je suis précisément au milieu du peloton géant. Il y a une sorte de soutien mutuel général. Mis à part, peut-être, les coureurs de tête, qui visent réellement la performance. Ici, tout le monde se salue poliment et s'entraide. Un dossard mal attaché, une gourde qui fuit : un voisin vous le signale. Nombreux sont celles et ceux qui courent par petits groupes, pour se caler et trouver leur rythme. Je fais partie des solitaires.

Depuis le départ, mon regard se focalise sur une seule chose : le dossard 460, probablement l'un des rares hommes de couleur présents ici. J'ai aperçu Renaud au moment de débarquer du bus, mais impossible de le retrouver depuis. Je sais qu'il va profiter de la course pour récupérer deux nouvelles identités.

Agnès viendra-t-elle ? Après tout, j'ai pris sa place. Enfin, j'ai repris la mienne, en courant sous le nom d'Émeline aujourd'hui.

À quoi ressemble cette trafiquante d'identités ? Renaud est-il son seul client ici ?

Merde, la pluie. De la neige fondue pour être exacte. La Norvège estivale imprègne déjà mes vêtements. Se concentrer sur l'effort. Mon corps se réchauffe lentement. Pourquoi suis-je sortie de la douche ce matin ? J'aurais dû y rester.

Bordel, mais où est parti Terje ? Retourner dans ce chalet chargé de souvenirs, était-ce au-dessus de ses forces ? À moins qu'il ne surveille la course ? Il aurait pu se garer à mi-parcours pour intercepter Renaud ? Dans ce cas, pourquoi ne rien me dire ?

Tu gamberges trop, Margo. Bois une gorgée d'eau avant qu'elle ne gèle. Pendant les quatre prochaines heures, je n'ai besoin de personne. Et personne ne pourra courir à ma place.

9h32. Premier ravitaillement. Embouteillage, attroupement. Je prends le risque de ne pas m'arrêter. Le dossard 460 vient d'apparaître enfin devant moi. J'en ai la certitude, malgré le groupe compact de coureurs qui nous sépare. La silhouette trapue, la peau caramel, Renaud tient une bonne allure. Je vais avoir du mal à le rattraper. Comme moi, il avance en solitaire, à son propre rythme.

Agnès n'est pas avec lui. Et cette vendeuse d'identités, qui a probablement fait commerce de la mienne, où et quand apparaîtra-t-elle ? Je ne peux plus perdre Renaud. Quoi qu'il arrive.

Nous dépassons le lieu-dit Bessheim et une série de minuscules hameaux, ou plutôt de huttes isolées, tandis que le lac en contrebas se rétrécit jusqu'à devenir un large canal naturel que nous enjambons, avant qu'il ne relie d'autres plans d'eau sur notre droite. Puis c'est un large plateau qui s'offre à nous.

Une femme plus âgée que moi, plus musclée aussi, remonte lentement à ma hauteur, pour me dépasser progressivement. Je saisis l'occasion pour me caler sur sa cadence. Ma respiration parvient de justesse à réguler cet effort supplémentaire, tandis que la route s'élève plus nettement.

Premier effet : Renaud ne s'éloigne plus. Je dois me préserver, ne pas me mettre en péril pour la dernière partie de la course. La boule dans mon ventre palpitait doucement, à présent elle me cisaille les entrailles par intermittence. J'angoisse. J'ai peur. Peur de perdre Renaud, de ne pas terminer, de surestimer mes capacités, d'être lâchée par mon corps.

Le froid n'est plus ma seule sensation. Je transpire presque. Mes vêtements respirants font leur travail. À moi d'assurer. Je dois tenir.

Pendant un court instant, j'imagine Ada en train de courir à mes côtés. Elle aurait forcément râlé en voyant la météo et la température. Puis elle aurait pris le départ en souriant. Comme toujours.

Appelez ça de l'instinct si vous voulez, mais mon corps a réussi. J'ai accéléré petit à petit, jusqu'à courir aux côtés de Renaud. Le nouveau palier de montée que nous venons de franchir a étalé un peu plus les participants. Nous avons clairement devancé les groupes qui nous suivaient. Quant aux plus rapides, ils ont encore creusé l'écart.

Je me retrouve pour ainsi dire en tête-à-tête avec Renaud. À l'instant où il choisit d'apprécier le nouveau classement d'un regard circulaire, il me reconnaît. Il ne réagit pas, mais je sais qu'il sait.

194

Le temps est comme suspendu. Nous courons côte à côte. Nos foulées sont presque synchronisées. Le vent et nos respirations enveloppent le silence. Nous savons tous les deux qu'il est hors de question de ne pas terminer la course. Il doit encore nous rester pas loin de quatre heures de compétition.

Qui est-elle ? Renaud doit-il l'attendre à ce rythme ou au contraire la retrouver en amont ou en aval du long peloton de coureurs ? À moins que je ne l'aie déjà croisée ? Et si c'était la femme qui m'a doublée ?

Ma montre m'extrait de mes pensées. Elle m'indique le franchissement des dix premiers kilomètres, pour un dénivelé positif de 182 mètres depuis le point de départ.

— Je ne sais pas où est Agnès.

On s'habitue au silence, au bruit hypnotique des pas sur le goudron, au vent qui souffle dans nos oreilles. Cette phrase me prend de court. Renaud m'a parlé comme s'il répondait à mes propres réflexions. Il poursuit :

— Je sais ce que vous lui voulez. Et je suis inquiet pour elle.

Il n'y a que nous. Les autres coureurs sont loin, devant et derrière. De Renaud, je ne sais que ce que Terje m'a raconté. Est-il réellement un homme en cavale ? Épuisée par ces jeux de chats et de souris, je lui réponds sèchement :

— Agnès est ici. Je l'ai vue hier. Je sais ce que vous êtes venus chercher.

Renaud me lance des regards, tout en restant focalisé sur sa trajectoire. Il finit par lâcher :

— Si vous restez, *elle* ne viendra pas.

J'ai la sensation étrange d'avoir l'ascendant sur mon interlocuteur. Renaud craint réellement de manquer son rendez-vous. Après une année entière à subir, je ne me fais pas prier deux fois. J'oublie la boule dans mon ventre, mon souffle et le vent glacé qui nous enveloppe par moments.

— Je veux son nom. Je veux savoir comment s'appelle celle qui a vendu ma vie.

Renaud m'a très bien entendue. Pour la première fois depuis longtemps, je ne suis pas au centre du piège. Difficile de dire combien de minutes s'écoulent avant qu'il ne me réponde :

— Laissez-nous tranquilles et vous pourrez récupérer votre identité.

— Pour qu'elle la vende à une autre ? Que ça recommence ?

Je crie. Je vide mes poumons trop vite et je sens le manque d'oxygène. Renaud résiste mieux que moi, c'est flagrant. J'ai toujours eu du mal à parler en courant. Ce n'est pas nouveau.

D'un seul coup, toutes les explications de Terje, son enquête, les enjeux internationaux, tout me revient à l'esprit. Est-ce que je ne risque pas de tout court-circuiter en agissant seule pendant la course ? N'est-ce pas à la fois égoïste et risqué ? Puis-je réellement me passer de l'aide de Terje ? Le trahir ?

Finalement, c'est Renaud lui-même qui propose une alternative :
— Laissez-moi Agnès et je vous donne Madeleine. Vous avez ma parole.

Madeleine. Tu t'appelles Madeleine. Est-ce ton vrai nom ? Ton pseudo ? Après tout, j'en ai rien à foutre. Tu vends des identités. Tu as vendu MA vie à une autre.
Je suis impatiente de te rencontrer, Madeleine.

Mes jambes me rappellent à l'ordre. Nous montons depuis un moment déjà et je cours plus vite que mon rythme habituel. Renaud maintient sa cadence sans effort, un ou deux mètres devant moi.
Deuxième ravitaillement. J'arrive seulement à attraper une bouteille d'eau. Cette fois, Renaud a pris de la nourriture. Il y a du monde, je ne peux pas me permettre de perdre de précieuses secondes ici.
Trop concentrée, trop préoccupée, je n'ai même pas remarqué la bonne cinquantaine de coureurs qui nous rattrapent, et ne tardent pas à nous entourer. Certains discutent, d'autres respirent bruyamment. Où es-tu Madeleine ? D'ailleurs, cours-tu seule ou accompagnée ?
Mon cerveau bouillonne, mon regard saute d'une silhouette à l'autre. Il y a de tout. Une jeune femme dynamique et athlétique concentrée sur ses pas. Une quarantenaire détendue, en pleine discussion avec ses voisines. Une équipe féminine soudée et synchronisée.
À chaque suspecte, je scrute la réaction de Renaud. Mon regard doit être si insistant, qu'à plusieurs reprises, il secoue discrètement la tête pour m'indiquer clairement que je me trompe.

Afin d'observer mes arrières discrètement, j'entame une conversation hasardeuse dans un anglais peu académique avec un coureur d'environ deux têtes de plus que moi. J'ai tout de suite cerné l'intérêt qu'il avait pour mes fesses.
Et puis il y a cette apparition, quasi furtive. Ses pas frôlent à peine le bitume sans le moindre bruit. Vêtue du minimum, mélange de gris foncé et de noir, elle remonte lentement les différentes strates du peloton. Personne ne semble la remarquer ni la connaître. Pourtant. Pourtant, la boule dans mon ventre me la désigne sans hésitation. Est-ce bien toi, Madeleine ?

Lorsqu'elle passe à ma hauteur, j'ai une révélation. C'est un sosie de la comédienne Keri Russell. Comme beaucoup de filles de mon âge, je l'ai d'abord trouvée un peu naïve dans *Felicity*[19], avant d'en tomber quasi amoureuse dans les six saisons de l'immense série *The Americans*[20]. Elle y interprétait Elizabeth Jennings, fausse mère de famille américaine et véritable espionne soviétique pendant les années Reagan. Terriblement touchante et humaine, implacable et totalement dédiée à sa patrie.

Cette ressemblance me stupéfie. Est-ce que Keri Russell est Madeleine ? Assez fine et musclée, le visage sec et doux à la fois. Elle a ce regard bleu scintillant et perçant régulièrement dissimulé derrière des cheveux châtains mal attachés. Une bouche finement dessinée. L'effort, le froid, la foule, rien ne semble la perturber, ni même la concerner. Cette femme doit avoir seulement quelques années de plus que moi. Elle dégage quelque chose d'indescriptible.

Elle atteint Renaud et ajuste discrètement son rythme sur le sien. À son insu, il finit par m'adresser un signe de la main. C'est Madeleine. Keri Russell est Madeleine. Celle qui a volé, vendu, détruit ma vie. Elle s'apprête à recommencer. Combien d'identités déjà usurpées ?

Toutes sortes d'idées me traversent l'esprit. La dénoncer à l'arrivée. Naïvement, j'imagine un temps son arrestation et ses aveux. Non, avant ça, la kidnapper. La frapper. La plaquer à terre, et la frapper encore. La faire souffrir.

Margo, reprends-toi. On va bientôt dépasser la moitié de la course. Je dois tenir. D'un seul coup me reviennent la voix apaisante de Robin et la vitalité d'Ada. Je tiendrai.

Quatrième ravitaillement. Cette fois, je bouscule des coureurs pour m'assurer des portions de nourriture et de l'eau. Je sais que je dois les ingérer progressivement, mais je succombe à la faim et la soif qui me rongent depuis trop longtemps.

Madeleine m'a vue. Elle m'a reconnue. Je le sais. Je le sens. Nos regards se sont à peine croisés. Il n'y a eu aucun signe, aucun son. Mais elle sait que je sais.

Mon cœur s'emballe. Ma poitrine me brûle et cela s'ajoute à la boule dans mon ventre, entrée en fusion incontrôlée. Ce n'est pas seulement dû à la proximité de celle qui a bousillé MA vie. La route grimpe encore et encore.

---

[19] *Felicity* (1998-2002) série diffusée aux USA sur The WB.

[20] *The Americans* (2013-2018) série diffusée aux USA par la chaîne FX.

Madeleine et Renaud sont meilleurs que moi. Sans effort apparent, ils maintiennent leur vitesse, tandis que je dois réduire la mienne pour ne pas m'asphyxier. Le classement se modifie chaque minute, au gré des performances de chacun.

459 mètres de dénivelé positif. Ma montre me signale aussi un rythme cardiaque élevé et un manque de régularité sur les derniers 300 mètres. Je dois me concentrer sur ma course.

Madeleine s'éloigne avec Renaud. L'idée que je ne tiendrai pas jusqu'à l'arrivée commence à m'effleurer l'esprit. Je dois chasser de ma tête cette éventualité.

Bats-toi, Margo. Putain, respire ! Et cours, merde !

11h01. Deux heures de course. Nous approchons du point culminant. Le vent glacial semble vouloir m'en dissuader. Je n'ai pas perdu Renaud ni Madeleine. Ils sont à quelques mètres devant moi. La montée s'adoucit progressivement.

J'atteins enfin le plateau. Réel soulagement pour mes jambes et panorama impressionnant, très enneigé malgré la saison.

Ils sont tous en rang sur le bas-côté. Ils attendent leur heure. Des participants supplémentaires vont prendre la course en cours, pour accomplir le halvmaraton, semi-marathon en français.

11h15. Nous y sommes. Avant de se lancer dans le flot de coureurs, certains prennent la pose devant le panneau bleu inscrit de grosses lettres blanches, indiquant : Valdresflye 1389 m.o.h.

La moitié. Il nous reste 21 km. Pour l'essentiel, de la descente jusqu'à Beito. Je n'aurais pas supporté de grimper plus longtemps. Pourtant, la partie se complique rapidement. Des centaines de nouveaux participants plus ou moins performants ont envahi la route, frais et motivés. Ce qui n'empêche pas les meilleurs de maintenir un rythme soutenu voire, pour les plus sportifs, de semer tout le monde, loin devant.

La descente jusqu'au lac Bygdin, 400 mètres plus bas, doit me permettre de rattraper Renaud et de confronter Madeleine, avant qu'elle ne disparaisse à jamais.

Est-ce réellement cela le second souffle ? Mes jambes ont retrouvé leur légèreté. Le vent ne me gêne plus. Je respire plus calmement. Surtout veiller à ne pas se laisser entraîner par la pente, contenir son allure, amortir et préserver les genoux au maximum.

À mon tour de remonter le peloton étalé sur plusieurs kilomètres. Renaud est apparemment le seul coureur de couleur. Au milieu des blancs parfois très pâles, sa peau caramel d'Antillais le rend difficile à confondre, même de loin. J'essaie de ne pas le perdre de vue plus de quelques secondes.

Le voilà. Madeleine est toute proche. Comment procède-t-elle ? Dissimule-t-elle une pochette sous sa tenue ?

Séverin aurait aimé être là. Il ne m'aura pas aidée pour rien. Je vais récupérer ma vie. Aujourd'hui.

Une silhouette arrive à ma hauteur. Sa course n'est pas seulement régulière, elle est mécanique. C'est un véritable métronome qui court à mes côtés. Pendant l'espace de quelques secondes, j'ai l'impression de voir Terje en version plus âgée tant il a la même carrure. Pourtant, c'est un autre homme que je finis par reconnaître. D'ailleurs, il m'a identifiée lui aussi.

C'est le buveur de Farris, l'homme à la maison austère remplie de brochures des Témoins de Jéhovah, celui qui prétend s'appeler Valentin.

Il a pris la course en cours. Il est frais et déterminé à garder une bonne moyenne. Si certains frileux ont cumulé les couches de vêtements, Valentin ne semble pas craindre le vent et le froid. t-shirt et short minimalistes, il fend l'air sans le moindre effort apparent.

Mais ce n'est pas sa forme olympique ni sa démarche militaire qui me préoccupe. Valentin connaît Madeleine. C'est flagrant. Elle a accéléré en l'apercevant. Merde.

Je n'aurai pas eu le temps de comprendre la connexion entre eux. Quelque chose a rompu mon équilibre. Un geste sec. Dans un réflexe, je m'agrippe au quarantenaire qui me dépasse par la gauche, pour tenter de m'éviter une chute inéluctable. Surpris, il parvient à rester debout. Pas moi.

Valentin m'a poussée.

Je n'aurais jamais imaginé être amortie par de la neige tardive. Le froid saisissant atténue la douleur du choc. Je ne réalise pas immédiatement être dans le mauvais sens. Les coureurs me dépassent, certains proposent leur aide, mais je leur fais signe que tout va bien.

En fait, je n'en sais trop rien. Je ne sens plus grand-chose. Mes fesses sont gelées, mon genou saigne, mon coude aussi. Mais je me contorsionne pour ne pas perdre de vue Madeleine. Valentin s'est retourné furtivement, comme pour s'assurer qu'il m'avait bien mise hors-jeu. Putain Terje, j'avais raison.

Raclure. Ce qui me donne la force de me relever n'a plus rien d'un second ou troisième souffle. C'est une rage, une fureur que je ne me suis jamais connue.

C'est aux regards inquiets des autres participants que je réalise que je perds du sang à chaque foulée.

Valentin n'a pas le physique d'un marathonien. Il a démarré très fort. Il ne tiendra pas la longueur. Où es-tu, raclure ?

Je rattrape rapidement mon retard. Un peu trop peut-être. Je pense aux jeunes athlètes victimes de mort subite, de rupture d'anévrisme, ou d'attaques cardiaques. Je ne ralentis pas.

Madeleine et Renaud sont là, devant moi. Je crois qu'ils se parlent. Lui a-t-elle déjà vendu les deux nouvelles identités qu'il est venu chercher pour disparaître avec Agnès ? Pourquoi j'ai l'impression qu'ils ralentissent tous les deux ? Où est Valentin ?

Renaud et Madeleine m'ont aperçue. Mais ce n'est pas moi qu'ils craignent. Valentin les précède et se retourne régulièrement. Son regard est perturbant. Impossible de dire s'il les traque, les menace, ou les surveille. Attend-il Agnès, lui aussi ?

Nous sommes tous portés par la pente, bien plus forte que lors de la montée. L'allure générale augmente encore. La route amorce ses premiers virages depuis longtemps. Nous contournons un véritable dôme rocheux sur notre droite, pour commencer à apercevoir les eaux cristallines du lac Bygdin.

Les coureurs devant nous, divisés en groupes de différentes tailles, se déplacent comme un long serpent multicolore plus ou moins régulier, occupant par endroits toute la largeur de la chaussée.

Je n'y crois pas. Madeleine choisit ce moment pour donner quelque chose à Renaud. Il attrape discrètement une fine pochette plastifiée dans son dos. Je dois être la seule à avoir remarqué leur geste. Heureusement, j'étais sur leurs talons.

Valentin s'est immobilisé au beau milieu de la chaussée. Il s'est retourné et fixe Madeleine droit dans les yeux. Il l'attend, dressé, frôlé par les coureurs un peu surpris. Des coureurs très rapides nous doublent des deux côtés. Comment l'éviter ?

Mue par un réflexe quasi animal, je pousse Renaud et Madeleine vers la bordure de la route. Passer du goudron lisse à l'herbe accidentée et jonchée de cailloux brisés n'est pas aisé. Mais nous évitons la chute et parvenons même à remonter rapidement sur la piste, une fois l'obstacle dépassé.

Valentin est furieux, il s'est remis à courir.

26

14h08. C'est le premier vol international de Nae. Après 4h45 de trajet depuis Moscou, l'A320 de la Siberian a atterri sans encombre sur les pistes brûlantes construites parallèlement au rivage de la Méditerranée. Âgé de 27 ans, Nae n'a connu que la Roumanie de son enfance avant de vivre en Russie.

Tout en veillant à garder son uniforme impeccable, il a décliné poliment l'invitation de l'équipage à partager un repas de l'autre côté du terminal. Nae n'a que très peu de temps et il ne doit pas échouer.

Autour de lui, on parle espagnol, catalan, anglais, français, et allemand. Il ne prête pas attention aux tenues souvent indécentes de toutes ces âmes perdues. Il contourne chaque boutique offrant diverses formes de tentations et de corruptions de l'esprit.

Il atteint enfin le comptoir de dépose-bagages correspondant à son vol, déjà très encombré. Là, il reconnaît la langue russe, plus familière. De nombreuses familles récupèrent leurs affaires. Nae s'inquiète, mais reste immobile et impassible, tandis que l'espace se vide. Une rapide consultation de sa montre le rappelle à l'ordre : l'escale est courte. On l'attend à bord d'ici vingt minutes seulement.

La lourde valise noire apparaît enfin. Au prix d'un effort important, Nae la soulève du tapis roulant pour la déposer délicatement au sol. Les roulettes le soulagent partiellement de son poids démesuré. Il n'y a pas une seconde à perdre.

Nae se lance à travers l'aéroport d'un pas pressé. Essayer de ne pas transpirer. Ne pas échouer. L'air climatisé lui irrite la gorge.

Les portes coulissantes du Terminal 2 s'ouvrent et une vague d'air chaud, lourd et épais lèche le visage de Nae. Il avance sur le trottoir, le long duquel arrivent et repartent plusieurs bus multicolores. Les taxis se faufilent également dans la contre-allée. Nae cherche du regard, la main en visière. L'heure tourne.

Il est sur le point de retourner à l'intérieur, dépité, lorsqu'une voix masculine l'interpelle dans un russe approximatif. Miguel accourt, essoufflé. Nae décrypte ses explications, son retard dû à la circulation, sa joie de l'avoir trouvé. Le jeune Espagnol, âgé tout au plus d'une vingtaine d'années, ne transporte qu'un sac à dos, qu'il s'empresse de confier à Nae, tout en lui prenant des mains la lourde valise. Les deux hommes se sont mis à l'ombre pour entrouvrir le bagage et en extraire plusieurs fascicules. Les différents exemplaires présentés par Nae sont identiques en présentation et en illustrations. Seule la langue varie. Car il s'agit de publications destinées à guider de nouvelles âmes, tout en aidant les prêcheurs. Le père de Yulia en imprime et en conditionne des milliers. Nae se charge de les diffuser à chaque rotation. Il est temps de repartir. Les deux hommes se saluent brièvement.

Nae se sent léger sans sa valise et traverse le Terminal 2 à grands pas. Il aperçoit déjà la porte d'embarquement de sa compagnie, lorsqu'elle lui apparaît, presque invisible. Nae refuse d'en croire ses yeux. Mais c'est plus fort que lui, il doit vérifier. Alors il change de direction et se précipite, le plus discrètement possible, vers une grande papeterie où la silhouette vient de disparaître. Nae évite de son mieux les unes des journaux blasphématoires et les messages de Satan.

Elle est là, tout près. Nae tend la main pour lui toucher l'épaule, lorsqu'il réalise avec stupeur qu'il s'est trompé. Ce n'est pas elle. Il a cru revoir sa sœur Luana, disparue depuis le 10 juillet 1993.

Nae enfouit immédiatement ses émotions très profondément en lui et court vers la porte d'embarquement, où une collègue de sa compagnie lui fait signe de se dépêcher. Nae remonte toute la file de passagers en cours d'enregistrement, traverse la passerelle et retrouve l'atmosphère artificielle de la cabine de l'A320.

Ses collègues hôtesses l'accueillent en rigolant, et échangent quelques paroles moqueuses à voix basse. Nae les ignore et repense à un article qu'il avait lu, à propos de ce que l'on appelle internet. Peut-être qu'un jour, cela lui permettra de retrouver la trace de sa petite sœur.

Les passagers s'engouffrent en file indienne dans l'appareil. Nae les salue tous poliment, sans les voir. Il ne voit pas non plus les gros titres de la presse russe ou européenne. Vladimir Poutine a été élu la veille président de la Fédération de Russie avec 52,52% des suffrages. Les médias occidentaux dénoncent déjà des irrégularités pendant les élections.

Mais Nae ne s'intéresse toujours pas à la politique.

Il croyait avoir retrouvé Luana.

27

11h52. La route serpente doucement au milieu d'un relief accidenté et usé par les millénaires. L'herbe et la neige ajoutent peu de couleur à la nature brute, striée de ruisseaux bruyants. Plus haut, des nuages sombres bouchent l'horizon et traînent paresseusement leurs reflets sur la surface lisse du lac Bygdin.

Tout en courant malgré mes blessures, je me concentre sur mes souvenirs de la carte détaillée du trajet. À l'extrémité nord-est de ce lac de plus de 25 kilomètres de long se dressent quelques bâtiments agricoles, des huttes saisonnières, et plus près de la route, le Bygdin Fjellhotell[21]. Tous arborent les mêmes façades de bois rouge, criblées de fenêtres blanches à carreaux. Une sorte de chemin carrossable quitte la route dans un virage pour atteindre le rivage, avant de contourner l'hôtel par l'arrière, et finalement rejoindre la route plus bas. Ce sera la seule opportunité de semer Valentin avant d'atteindre Beito. Il faudra courir plus vite, sur un sol irrégulier.

La course quasi robotique de Valentin apparaît par intermittence dans mon dos. Il bouscule presque tous ceux qu'il dépasse.

Sans un mot, mais d'un geste net, j'entraîne Renaud et Madeleine avec moi vers mon itinéraire bis. Touristes, coureurs, tous les témoins de notre échappée ne cachent pas leur surprise. Il faut profiter du relief et de la foule colorée pour semer Valentin.

Le rivage sent l'herbe mouillée. L'air humide pénètre mes vêtements déjà imbibés de transpiration. La présence de Valentin a un tel effet sur mes deux compagnons de course qu'ils n'ont pas émis la moindre protestation. Comme s'il représentait une menace supérieure à tout le reste.

Il nous faut d'abord traverser ce qui fait office de parking pour les marcheurs et les pêcheurs. Nous longeons une dizaine de voitures bien alignées, avant d'approcher réellement du lac. Là, nous prenons à gauche, en laissant un embarcadère sur notre droite.

---

[21] Hôtel de montagne

La terre humide colle aux chaussures. Deux pêcheurs nous regardent passer, incrédules. Un autre petit ponton s'avance au-dessus de la surface de l'eau limpide. Un minuscule pont de pierres enjambe un ruisseau scintillant. Il faut accélérer, longer rapidement le dos de l'hôtel, pour remonter sur la route le plus discrètement possible.

Le bitume à nouveau. Nos pas redeviennent plus réguliers. Il y a suffisamment de monde aux abords de l'hôtel pour que notre manœuvre passe inaperçue.

L'arrivée est à moins de 12 kilomètres maintenant. Une dernière poignée de coureurs rejoint la course en candidats libres, si j'ai bien compris. Enfants, personnes âgées et handicapées. Ils participent sans la moindre prétention de performance et dans une ambiance bon enfant, à l'opposé de la tension qui nous ronge, Renaud, Madeleine et moi.

Avons-nous réussi à semer Valentin ou quel que soit son vrai nom ? A-t-il pris de l'avance pendant notre sortie de piste ? Impossible à dire. Renaud et Madeleine n'ont pas prononcé un mot, mais nos regards se croisent sans cesse.

Quelques bourrasques de neige fondue nous rafraîchissent subitement. Un peu plus bas, le soleil perce à nouveau le ciel chargé. C'est à cet instant que je l'ai aperçue pour la première fois. D'abord, j'ai cru à une illusion d'optique. Ensuite, j'ai pensé à un oiseau. Difficile de lever la tête en courant. Surtout après plus de 30 kilomètres en surrégime. Une ombre nous suit. Une ombre artificielle, presque invisible. Et puis le sifflement. Quasi inaudible à cause du vent et du bruit de la course.

Au risque de perdre l'équilibre, je finis par lever les yeux au ciel et je le vois. Un drone. Sombre et insensible aux bourrasques, il nous suit, comme relié à nous par un fil invisible. Car j'en suis certaine, il est calé sur nous. Depuis combien de temps ? Qui le pilote ?

***

TORSTEIN

Saskia sourit. Elle lutte pour garder son rythme et son équilibre. Sa prothèse handisport ultra légère l'accompagne sans aucune gêne dans chaque foulée.

Il n'a rien dit, mais elle sait que Torstein va la filmer en plein effort. Il est fier d'elle et il y a de quoi : c'est lui qui lui a donné la confiance dont elle manquait depuis quelques années. Après avoir été une enfant puis une adolescente handicapée très courageuse et sportive, Saskia est devenue une étudiante assidue, mais renfermée sur elle-même. Elle a déployé toutes sortes de stratagèmes pour dissimuler sa prothèse.

Aujourd'hui, elle veut franchir la ligne d'arrivée sans se cacher. Et un jour, elle fera la course en intégralité.

Torstein s'est installé sur un petit plateau dégagé, accessible par un sentier, à une centaine de mètres du bord de la route où passeront bientôt les coureurs les plus rapides. Pour l'instant, il se tient debout, les pieds écartés pour avoir une meilleure stabilité. Dans ses mains, une grosse télécommande, à laquelle est greffé son smartphone, faisant office de retour vidéo. Sur l'écran s'affiche l'image retransmise par la caméra de son drone. Torstein a personnalisé l'interface pour l'adapter à ses besoins. En effet, le petit aéronef vissé à 60 mètres au-dessus de Madeleine n'a plus grand-chose à voir avec le modèle de série vendu dans le commerce. Il ne reste que la structure d'un drone DJI Mavic 2 Pro.

Pour l'heure, Torstein se contente d'observer en toute discrétion. Son objectif est pointé sur la silhouette de Valentin, ou plutôt Nae, de son vrai nom. L'homme métronome montre des signes de fatigue et d'essoufflement. Pourtant, il ne semble pas décidé à renoncer et persiste dans son effort.

Sa proie est à quelques dizaines de mètres en avant. Torstein oriente alors son œil électronique vers Madeleine. Il la désigne comme cible au drone. Aussitôt, celui-ci se cale sur son allure, garantissant la plus grande stabilité possible. D'une série de pressions sur l'écran tactile, Torstein déploie un menu de fonctions inédites, qu'il a lui-même programmées. Il sélectionne une action nécessitant deux validations et un code secret.

MARGO

Encore huit kilomètres. Tiens bon, Margo. Je me le répète inlassablement. Madeleine se maintient à mes côtés, suivie de près par Renaud.

Nous rattrapons aisément une jeune femme qui court avec une prothèse handisport. Chaque foulée semble lui demander beaucoup de concentration pour maintenir son équilibre. L'espace de quelques secondes, j'oublie ma propre situation et je suis simplement admirative. En passant à sa hauteur, je la salue d'un sourire encourageant, qu'elle me rend aussitôt. Son visage atypique reste imprimé sur ma rétine. Métisse aux origines très variées, elle allie un regard légèrement bridé à de rares taches de rousseur et des yeux ambrés.

Madeleine la salue à son tour. Pendant quelques secondes, nous courons toutes les trois de front. L'air reste frais, mais n'est plus glacial, et le soleil nous réchauffe juste ce qu'il faut.

L'ombre réapparaît à notre verticale. Cette fois, Madeleine l'a vue elle aussi.

TORSTEIN

Torstein vient d'annuler sa commande in extremis. Saskia est apparue subitement dans sa ligne de mire. Il désamorce sa fonction et reprend de l'altitude avec son drone, redevenu invisible pour les coureurs.

Sur l'écran de son smartphone, il verrouille à nouveau le viseur sur la silhouette de Madeleine. Quasiment à sa verticale. C'est plus risqué, mais il ne peut plus attendre.

Concentré sur Madeleine, perturbé par l'apparition de Saskia, Torstein n'a pas vu la remontée fulgurante de Valentin/Nae.

***

MARGO

Je croyais réellement l'avoir semé. Valentin approche, déterminé. Et je ne tiens pas à l'attendre pour connaître ses véritables intentions. Pourtant, je me sens impuissante. Mon genou ensanglanté me lance à chaque pas, mes poumons ne rejettent plus assez vite le CO_2 et la boule dans mon ventre a décidé de ne plus m'accorder le moindre répit. Je manque d'entraînement et de préparation. Je manque de sucre, de protéines. J'ai sauté trop de ravitaillements. D'autant que je suis tant bien que mal deux coureurs de haut niveau. Madeleine et Renaud ne faiblissent pas.

Valentin est sur nos pas. Je l'entends respirer bruyamment. La foule de participants s'est étirée un peu plus, et dans les virages qui s'enchaînent, je me sens plus isolée et vulnérable que jamais.

Renaud s'écarte, Valentin va atteindre Madeleine. Celle-ci ne semble plus vouloir le semer. Putain, mais qui est ce type ? Un tricheur de plus ? Madeleine lui lance un regard en coin, sans vraiment se retourner, concentrée sur la route qui descend de plus en plus vers la station.

Monter était difficile, mais retenir son propre poids après bientôt quatre heures de course, c'est une torture. Je n'ai qu'une envie, celle de me laisser entraîner par la descente... Mais je dois contenir mon allure, amortir mes foulées, sans quoi je vais bousiller mes genoux, et risquer la chute.

Valentin attrape Madeleine par le bras. Impassible, elle maintient sa trajectoire. Elle ne le craint pas. Amants ? Ennemis ? Client ?

Ils finissent par échanger plusieurs phrases incompréhensibles. Ce n'est pas de l'anglais ou du norvégien, ni même du russe. Mais elle l'a appelé *Nae*. J'en suis certaine. Il n'a pas prononcé une seule fois *Madeleine*. Je crois plutôt qu'il a utilisé quelque chose comme Luana. Elle n'a pas apprécié.

Et puis une évidence me saute aux yeux. Même regard. Même langue étrangère. Ces deux-là sont frère et sœur.

Soudain, il se passe quelque chose d'inexplicable. Quelque chose de si rapide, de si brutal, que Renaud, Madeleine et moi, ne comprenons pas immédiatement la situation. Du sang m'atteint au visage. Le dos de Madeleine est criblé de taches rouges. Elle laisse échapper un cri d'horreur. Pas seulement un cri de surprise, un cri d'inquiétude profonde, de compassion.

Derrière nous, le bras droit de Valentin/Nae pend le long de son corps, écarlate. L'homme métronome ne s'arrête pas pour autant, mais ne soutient plus notre rythme, et ralentit immédiatement. Il souffre, c'est évident.

Un projectile l'a atteint, comme tombé du ciel. Ou d'un drone.

TORSTEIN

Torstein court aussi vite que le relief accidenté et les éboulis le lui permettent. Il coupe droit devant lui, au risque de se rompre les os.

En contrebas, le flot de coureurs s'engage dans les derniers grands virages à quelques kilomètres de l'arrivée. Il n'a pas une seconde à perdre. Plusieurs fois, il se voit chuter, mais se rattrape de justesse.

Il l'aperçoit enfin, 200 mètres devant lui, sur une sorte de mini parking recouvert de graviers, en bordure de la route. Son drone, à court de batteries, se pose en mode automatique sur une surface plane.

Essoufflé, les mains tremblantes, Torstein récupère son oiseau mécanique et déclipse la batterie brûlante pour la remplacer. En quelques secondes, il s'assure que les fonctions vitales répondent, avant de le poser au sol et d'amorcer son décollage. Émettant un puissant bourdonnement aigu, le drone s'élève à plus de huit mètres par seconde, pour retrouver son altitude de vol. Moins d'une minute plus tard, les premiers coureurs passent à sa hauteur, dans un défilé de couleurs. Près de 100 mètres au-dessus de leurs têtes, l'œil électronique de Torstein cherche Madeleine dans la foule hétéroclite.

MARGO

13h00. Ma montre connectée s'affole. Elle a de quoi. J'ai l'impression que mon cœur va lâcher. Il doit nous rester moins de trente minutes de course. Combien ont renoncé ? Combien ont abdiqué avant la fin ? Je ne peux pas me le permettre. Mais est-ce que mon corps suivra ?

— Les Russes ne me lâcheront pas.

Renaud a perdu son assurance. Il est moins essoufflé que moi, mais il souffre aussi. Il a surtout peur. Alors que je manque déjà d'oxygène, je parviens à lui répondre, à la limite de l'asphyxie :

— Il faut rester dans la foule. C'est la meilleure protection. On doit terminer la course.

28

6h03. Nae a fait aussi vite que possible. Il a dû réveiller plusieurs employés de l'aéroport et quémander l'aide de collègues dignes de confiance. Lorsqu'ils ont pris l'autoroute P240 en file indienne jusqu'au centre-ville, on aurait dit un véritable convoi. Nae conduit le premier des six minibus qu'il a réussi à mobiliser avant même l'ouverture de la société de taxis.

Les rues sont presque désertes. Le quartier du stade Dynamo s'éveille doucement. La Baïla coule en contrebas de cette colline parsemée de maisons et encore relativement boisée.

Les minibus ont été répartis sur plusieurs adresses. Celui de Nae, accompagné d'un second véhicule, s'arrête devant l'entrée d'une résidence de plusieurs étages. Prévenue par SMS, Yulia surgit sur le trottoir, un bébé qu'elle enserre par son bras, et une petite fille qu'elle tire de sa main libre. Derrière elle, une dizaine d'enfants de tous âges la suivent. Certains hésitent, d'autres sont curieux. Nae et son camarade ouvrent en grand les portes coulissantes latérales et répartissent rapidement le groupe entre les deux minibus. Yulia les recompte deux fois avant de monter à l'avant côté passager, pour faire signe à Nae de démarrer sans tarder.

Les deux utilitaires aménagés de banquettes affichent complet, lorsqu'ils s'engagent à nouveau dans la circulation matinale. Yulia se retourne et à travers la vitre arrière, aperçoit ce qu'elle craignait.

Trois voitures et deux fourgons de la police fédérale déboulent devant la résidence. Les gyrophares clignotent, mais les sirènes sont muettes. Des agents armés, précédés par les forces spéciales, isolent le bâtiment. Sur le trottoir, un couple d'une cinquantaine d'années apparaît déjà, les menottes aux poignets. Yulia ne dit rien, mais des larmes coulent sur ses joues. Un SMS s'affiche sur son portable : *"Ce sont nos enfants à tous. Protège-les comme les tiens. Seule la vie compte. Nous sommes fiers de toi. Maman et Papa."*

Sur le trajet vers l'aéroport, Yulia allume la radio. Cette fois, Nae ne baisse pas le son, au contraire. Évoquée parmi les brèves du matin, une information accapare toute leur attention. Ils écoutent la voix du journaliste raconter comment hier, la Cour suprême, qui examine cette affaire depuis le 5 avril, a décidé de satisfaire la demande du ministère, ordonnant la liquidation des 395 organisations locales des Témoins de Jéhovah sur le territoire russe et la confiscation de leurs biens.

Les parents de Yulia ont fait le choix difficile du sacrifice. Certaines familles ont déjà eu le temps de quitter le pays. Mais d'autres n'en ont pas les moyens. Alors ils ont confié leurs enfants à Yulia. Mêlés aux orphelins de la communauté, ils seront sous sa protection.

Au moment d'embarquer, Nae rassure Yulia de son mieux. Elle est terrifiée à l'idée d'oublier un enfant. Avec la complicité de ses collègues, il aide son épouse à évacuer douze petits garçons et petites filles. Tous sont silencieux, un peu effrayés, encore endormis.

Et puis, l'avion décolle. Dans son bel uniforme, Nae prend le temps de sourire à chacun de ses jeunes passagers. Il faut attendre d'avoir quitté l'espace aérien russe pour que Yulia reprenne enfin des couleurs. Nae s'assoit dans le siège vide à côté d'elle. Il lui prend doucement la main et la serre dans la sienne.

— Ce seront nos enfants.

Yulia s'interdit de bouger. Le bébé dort contre elle. Nae ne peut s'empêcher de penser à leurs nombreuses tentatives de procréer. Cette année, elle a eu 42 ans, il en a fêté 44. Dieu ne leur a pas donné d'enfant pour qu'ils veillent sur ces orphelins.

Ce soir, ils dormiront en Autriche. Là-bas, les Témoins de Jéhovah sont reconnus comme une religion à part entière depuis mai 2009.

9h14. Olesya n'a que 4 ans. Dans son regard, Yulia perçoit déjà beaucoup de peine et d'inquiétudes que bien des adultes ne connaissent pas.

Tout a fonctionné. Les Témoins de Jéhovah installés à Innsbruck les ont accueillis comme prévu. Le passage de la frontière n'a pas posé de problème.

Yulia pense tous les jours à ses parents. Elle les a laissés derrière. Là-bas en Russie. Dans cette soi-disant mère patrie. Elle sait ce qu'elle leur doit. Ce que tous ces enfants leur doivent. Elle ne supportera pas le moindre signe d'ingratitude de la part de toutes ces âmes sauvées.

Elles ne sont plus très loin de leur arrêt de bus. Olesya serre fort la main de Yulia et ajuste comme elle peut son allure, compte tenu de ses petites jambes. Elles remontent la Meinhartstraße, où exerce un médecin membre de la communauté. Olesya est guérie. Elle est contente. Yulia lui sourit de son mieux, mais reste sur ses gardes, persuadée que la Russie ne lui pardonnera jamais sa fuite.

Les rues de la capitale du Tyrol sont paisibles. Où que l'on se trouve en ville, les sommets alpins découpent l'horizon de leurs aiguilles encore enneigées. Les couleurs des bâtiments lui rappellent la Roumanie de son enfance.

Soudain, Olesya lui échappe, attirée comme un aimant vers le chiot d'un garçon à peine plus âgé qu'elle. Il a suffi d'une poignée de secondes pour qu'elles soient séparées de quelques mètres.

Yulia appelle Olesya, mais quelque chose les sépare brutalement. Des fourgons de la police autrichienne se sont arrêtés en double file à leur niveau. En surgissent une dizaine de policiers, qui se précipitent sous un porche. Yulia n'a pas pu lire la plaque indiquant le Türkischer Kulturverein[22]. L'établissement occupe une partie de la cour intérieure du pâté de maisons. L'intervention est très rapide. Des policiers dressent une sorte de cordon de sécurité en travers du trottoir, isolant Olesya et Yulia. Aussitôt, les agents reviennent vers les fourgons, précédés par quatre jeunes Turcs menottés. Des hommes plus âgés les suivent en hurlant dans leur langue maternelle :

— Nankör ! Küçük salaklar ! Hepsi nankör ![23]

Les jeunes sont poussés à l'intérieur des fourgons. Les policiers embarquent à leur tour. Les sirènes retentissent et s'éloignent rapidement.

---

[22] Centre culturel turque

[23] Ingrats ! Petits idiots ! Tous ingrats !

Olesya se blottit contre Yulia. Le papa du petit garçon leur sourit. D'un jappement, le chiot semble dire au revoir à sa nouvelle amie. Yulia redouble d'efforts pour bien comprendre, malgré l'accent autrichien :

— C'est à cause des mosquées fermées ce matin ! Il paraît que ça s'agite un peu partout dans le pays. Les anciens ont raison. Ces gamins sont des ingrats.

Yulia se contente d'acquiescer d'un hochement de tête, tout en invitant Olesya à dire au revoir. Il est temps de rentrer.

9h41. Prétexte à enseigner le vocabulaire allemand à sa petite protégée, Yulia a lancé un débat délicat concernant la couleur du bus 4125 qu'elles ont pris à l'arrêt Innsbruck Museumstraße. Olesya soutient qu'il s'agit d'un jaune pâle, mais pour Yulia, c'est un vert pomme très clair. Des passagères plus âgées sourient et finissent même par rire, face à l'entêtement de la petite Olesya. Elle n'hésite pas à mêler ses notions d'allemand à son russe natal, tout en désignant des exemples du doigt tout autour d'elle.

Le bus traverse le Innsbrucker Hofgarten, verdoyant et très arboré. Puis, la route longe l'Inn par sa rive sud. Yulia commence à se sentir bien ici. Ce ne sont pas quelques policiers ni les unes des journaux nationaux qui vont l'empêcher d'être heureuse dans ce pays.

Yulia laisse Olesya presser le bouton rouge. Aussitôt, le voyant "Angeforderter Stopp[24]" s'allume en différents endroits du plafond. Le nom du prochain arrêt défile en grosses lettres jaunes lumineuses : Innsbruck Rotadlerstraße.

Il ne faut que cinq minutes à pied pour rejoindre le bâtiment sobre et moderne, installé à l'est de la ville, non loin de la rive nord de l'Inn. Sur la façade blanche surmontée d'un préau en bois sombre, une plaque indique sobrement Königreichssaal Jehovas Zeugen[25], tandis qu'une autre sur fond bleu ne porte que l'adresse *JW.org*.

Le cantique et la prière habituels sont déclamés en allemand. Mais lorsque Yulia prend la parole devant une salle comble, elle rend hommage brièvement à ses proches en russe, avant de s'exprimer dans un anglais limpide.

Fidèles, nouveaux membres, simples curieux, tous écoutent attentivement celle qui a sauvé les orphelins de Russie. La doctrine veut que la communauté ne se

---

[24] Arrêt demandé

[25] Salle du royaume des Témoins de Jéhovah

mêle pas de politique. Mais aujourd'hui, Yulia a décidé d'évoquer un événement marquant pour l'Autriche et les Autrichiens.

C'était l'une de ses principales promesses de campagne : avant de devenir chancelier, en décembre 2017, le jeune candidat conservateur Sebastian Kurz avait juré de débusquer les islamistes se cachant dans les mosquées autrichiennes et de les expulser manu militari dans leurs nations d'origine.

Avec son vice-chancelier d'extrême droite et deux membres de son gouvernement, M. Kurz a annoncé dès l'aube, lors d'une conférence de presse, que Vienne allait retirer les permis de séjour d'une quarantaine d'imams et fermer sept mosquées. Une décision sans précédent.

Yulia déplore l'ingratitude de certains fidèles envers leur communauté musulmane turque. La solidarité est rompue parmi ces âmes perdues. Elle met à rude épreuve leur foi.

Les Témoins aussi sont soumis à diverses formes de discrimination ou de répression. Si elle méprise la stupidité des âmes perdues, Yulia refuse de tolérer l'ingratitude parmi sa propre communauté. Au nom de Dieu, elle veut éclairer ceux qui seraient susceptibles de s'égarer, et les ramener vers leur foi.

Elle déclare officiellement la guerre à tous ceux qui ont profité de fuir la Russie pour abandonner et trahir les leurs. Elle traquera les Ingrats égarés dans différents pays d'Europe du Nord, notamment la Scandinavie voisine. Parfois, ces Ingrats reçoivent même l'aide d'autres traîtres, des Témoins ayant perdu la foi. Cela ne peut plus durer. Les Ingrats doivent se repentir, ou payer de leurs actes.

Le public est conquis, et les applaudissements secouent la salle. Les enfants présents se joignent à la liesse, sans comprendre. Le cantique et la prière de clôture semblent expédiés, tant la communauté s'impatiente de venir partager son opinion avec Yulia à la fin de l'office.

Pour beaucoup ici, c'est une véritable icône vivante. Elle a sauvé les orphelins au péril de sa vie, grâce au sacrifice de ses parents. En quelques mois seulement, Yulia a vu son influence dépasser celle des Témoins les plus respectés de la région.

Il faut que la salle se vide pour que son uniforme se démarque des murs ternes. Nae a écouté chaque mot de son épouse. Il a applaudi avec énergie. Aussi, c'est un effort surhumain que lui impose la doctrine lorsqu'il résiste à la tentation d'enlacer Yulia et de l'embrasser tendrement ici même. Bien plus perturbants que les regards accusateurs potentiels, les enfants s'agitent autour de leur sauveuse. Il faudra l'aide d'autres Témoins pour que Yulia puisse s'entretenir au calme avec son mari, à peine revenu d'une série de rotations aériennes à travers l'Europe.

Nae fixe Yulia dans les yeux et prononce quelques mots qu'elle seule peut entendre, dans l'immensité de la salle quasi déserte.

— Tes parents peuvent être fiers de toi.

— Les tiens aussi, Nae.

— Les miens ne se sont pas sacrifiés.

— Ils seraient heureux de voir ce que tu fais.

— Ce qui les rendrait heureux, ce serait de revoir leur fille.

Yulia soutient le regard de son mari et marque une courte pause, avant de répondre :

— J'ai des nouvelles de Luana.

— Tu sais où elle est ?

— Non, pas précisément. Mais je sais ce qu'elle fait, Nae.

Le ton de Yulia le fige. Son uniforme lui semble soudain trop étroit, trop chaud. Elle reprend :

— Ta sœur aide les Ingrats à changer d'identité.

Quelque chose vient de se briser au plus profond de son âme. Ni les écrits sacrés ni le soutien de son épouse ne suffisent à contenir les émotions qui brûlent son cœur. Nae acquiesce poliment, le visage crispé, avant de sortir seul du bâtiment.

29

Ivresse et fatigue se confondent parfois. J'ai l'impression de les cumuler depuis plusieurs kilomètres. Mes sens sont altérés. Mon corps avance en mode automatique vers l'entrée de la station de ski. Le bruit sourd des battements de mon cœur me rappelle quand toute petite, je plaquais mes mains sur mes oreilles. Les sons extérieurs me parviennent étouffés et déformés, comme au fond de l'eau. Quant aux traces de sang séché sur ma tenue, je n'y prête pas attention. Le vent nous fouette par intermittence.

Une chanson tourne en boucle dans ma tête, comme un second battement de cœur. La voix de Brian Molko semble résonner dans l'infini du paysage.

Artiste : Placebo Titre : Running up that hill

La peau caramel de Renaud me guide comme un phare dans la nuit. La silhouette athlétique de Madeleine n'est qu'un fantôme devant nous. Difficile d'estimer la distance. J'ai envie de dormir. J'ai froid. Je transpire.

Ce qui suit me fait l'effet d'un seau d'eau glacée en pleine figure. Deux détonations aiguës. Deux impacts sur le bitume. Deux fois, les projectiles ont frôlé Madeleine. C'est le même bruit sec et métallique que celui qui a tué Eldar à Alnes avant-hier matin. Je dois faire un effort surhumain pour me concentrer, analyser la situation.

Madeleine a disparu. Elle a littéralement disparu de mon champ de vision, tandis que nous dépassons les premiers hôtels de Beito. La chaussée est bordée de bannières aux couleurs des sponsors. La masse de coureurs s'accumule comme dans un entonnoir jusqu'à la ligne d'arrivée toute proche.

Je n'entends pas les deux autres tirs, mais je les sens. Ma démarche presque titubante sur les dernières centaines de mètres vient de me sauver la vie. Je ne suis pas une proie stable. Les projectiles m'ont seulement griffé violemment la peau du bras gauche. Où est ce maudit drone ? Je manque de tomber en scrutant le ciel. C'est Renaud qui me rattrape de justesse.

Soudain, je réalise que mon haut de couleur rose orange fait de moi une cible très visible. Dans un pur réflexe, sans prendre le temps de réfléchir à ma décision, je retire mon t-shirt sans m'arrêter de courir, tout en veillant à garder à la main mon dossard et sa puce d'identification. Me voilà en brassière suffisamment large et sobre pour éviter l'attentat à la pudeur, mais pas la pneumonie.

Seul Renaud semble comprendre mon geste, et entreprend lui aussi de modifier son apparence. Un tir l'érafle à l'épaule. Il n'y en aura pas d'autres.

Une nouvelle menace concentre toute mon attention. L'électrochoc des tirs du drone a ravivé mes sens et affûté ma vue. Je ne me l'explique pas, mais Nae, malgré ses blessures et son retard notoire, nous attend sur la ligne d'arrivée. Renaud vient de l'apercevoir à son tour. Impossible de faire marche arrière. Il ne me vient qu'une seule idée en passant à la hauteur d'une tente de la Croix-Rouge. Elle est un peu brutale, mais efficace.

D'un geste sec, je feins de perdre l'équilibre. Je percute Renaud, qui entraîne la jeune métisse handicapée dans sa chute. Les deux restent à terre tandis que je continue seule jusqu'à la ligne d'arrivée. Derrière moi, des infirmiers ont pris en charge les deux blessés. Nae enrage. Mes jambes ne me répondent plus. Je dois tenir.

13h24. Je termine le marathon en 4 heures et 24 minutes. Mais il est hors de question de m'arrêter. Nae bouscule des participants et des bénévoles pour avancer dans ma direction. Est-ce que j'ai poussé Renaud pour rien ? Ou l'ai-je sauvé ? Merde, Terje, j'ai besoin de toi ! Pourquoi tu m'as abandonnée, toi aussi ?

J'ai froid. Ma brassière sobre épouse parfaitement les courbes de ma poitrine. Elle attire les regards, pas ceux dont j'ai besoin dans l'immédiat.

Une bénévole a eu le temps de me donner une bouteille d'eau. Je la vide maladroitement dans ma gorge sans réellement ralentir. La moitié coule sur mes vêtements trempés de sueur. Nae est ralenti par la foule, j'en profite pour revenir plus ou moins sur mes pas. Je dois rejoindre la tente de la Croix-Rouge, malgré l'attroupement général sur la ligne d'arrivée.

***

TORSTEIN

Torstein est furieux, mais il n'en laisse rien transparaître. Il s'en veut d'éprouver autant d'émotions pour Saskia. Il est pourtant incapable de la juger coupable de quoi que ce soit. Il aurait dû mieux s'organiser. Les bourrasques de vent au-dessus de Beito l'ont empêché d'atteindre sa cible. Mais l'intimidation a fonctionné sur les autres. Il lui faudra exploiter le moindre détail des vidéos enregistrées aujourd'hui.

Replié, son drone ne remplit même pas son sac à dos. D'un pas pressé, mais toujours souriant comme un touriste, Torstein accourt auprès de Saskia, encore examinée par un médecin sous la tente de la Croix-Rouge. Heureusement, elle n'a rien de grave et sa prothèse est intacte. Torstein peut déjà mesurer la frustration et la tristesse dans son regard ambré.

À deux mètres de là, Renaud attend qu'on termine son bandage. Il saigne, mais peut marcher. Pris de court, le métis antillais déplie le bout de papier qu'un jeune homme a confié à l'infirmier à son intention. Il y est seulement écrit : SAUDA.

Tout en serrant fort Saskia contre lui, Torstein s'assure de la réaction de Renaud à son message. Le jeune couple s'éloigne, pour regagner leur camping-car, plus bas dans la station.

Saskia est déçue, mais elle recommencera. Elle courra.

***

MARGO

Où est passé Renaud ? Lui aussi a disparu ? C'est pas vrai... J'ai perdu dix minutes à repousser les infirmiers qui voulaient soigner mes plaies. Sans compter que je dois avoir une tête de déterrée... Mes paupières tremblent, manque de magnésium. Des frissons irréguliers me traversent de la tête aux pieds. Je me sens seule. Épuisée.

Comme dans un cauchemar, Nae surgit à nouveau. J'essaie de me remettre à courir. Impossible. J'ai consumé toute mon énergie. Mon corps refuse. Plus rien ne fonctionne.

Nae va m'attraper. Et puis quoi ? Me kidnapper ? Me frapper ? Terje, reviens !

— Valentin ! Helten min ![26]

Une voix de fillette vient de me sauver, sans que je ne comprenne comment. Elle s'est agrippée à la jambe de Valentin/Nae, avant d'avoir un regard apeuré en découvrant son bras blessé. La maman de la petite fille s'inquiète à son tour et une bénévole se propose d'emmener Nae à l'infirmerie.

Je ne suis plus en état d'essayer de comprendre qui elle est, qui il est. Je crois que je vais m'allonger et dormir. Au moins le temps de soulager mes jambes.

J'ai réussi à m'éloigner de la foule agglutinée autour de l'arrivée. Mes mains tremblantes et sales peinent à rallumer mon portable. Terje ne répond pas. Je lui partage ma position GPS. Ce sera mon dernier geste conscient.

Sans prévenir, sans transition, mon corps me lâche pour de bon. Le ciel chavire. Je suis à terre. C'est fini. J'ai perdu. J'ai perdu Renaud, Madeleine, Terje...

Robin. Pourquoi suis-je partie ? Au lieu de récupérer ma vie, je vais tout perdre. Te perdre.

14h22. Sans ouvrir les yeux, sans bouger, j'ai reconnu l'odeur de l'habitacle de notre Ford Focus STW. Le parfum, même discret, de Terje. Et un peu de transpiration, comme on peut la percevoir dans une voiture dont le chauffeur vient de rouler quasiment 7 heures d'affilée. À en juger les secousses, Terje conduit plus nerveusement que précédemment.

---

[26] Mon héros !

223

Je sais que je devrais hurler, l'engueuler. Je devrais peut-être tout simplement appeler l'ambassade de France et leur déclarer une attaque de drone en plein marathon.

Malgré tout, je me sens en sécurité. Terje n'a rien dit, pourtant sa présence me réconforte. Ma mémoire brouillée est incomplète, mais je peux sentir mes blessures nettoyées et protégées. Une sorte de veste polaire dissimule ma brassière tout en me réchauffant.

Une vibration contre ma cuisse m'extirpe un peu plus de ma léthargie. J'ouvre enfin un œil pour voir s'afficher le nom et le visage de Robin sur mon téléphone. Je laisse sonner sans répondre.

Pas maintenant. Pourtant, tu me manques tellement.

14h38. Un Y blanc dont la queue se fond dans un X de la même couleur sur fond rouge. Le logo de YX Energi flotte sur les six drapeaux hissés aux abords de la station-service. C'est un des rares commerces de la commune de Ryfoss, bâtie le long d'un torrent dont le grondement nous parvient jusqu'ici.

Comme dans la plupart des stations norvégiennes, celle-ci compte une série de pompes abritées sous un immense préau, et une boutique attenante. Pardon, une Butikk.

Terje a ralenti, mais ne se dirige pas vers les distributeurs de carburant. Il engouffre notre Ford dans ce qui ressemble à une porte de garage marquée du mot VASK aux couleurs de YX.

Il me suffit de quelques secondes pour en comprendre la signification : lavage. Tandis que les rouleaux s'activent contre la carrosserie, Terje guette les abords de la station. Je le vois se calmer progressivement. Nous n'avons pas été suivis. Il ne baisse pas sa garde pour autant.

Je suis enfin réveillée pour de bon. Mes jambes ne sont que douleur, j'ai la gorge sèche et mon ventre gargouille. Mais je me sens mieux.

Terje parle enfin :

— Renaud va rendre son rapport comme prévu. Il a confirmé sa présence lors de la signature de l'accord avec les Russes. Agnès sera avec lui à Sauda. Il nous reste encore une chance de les arrêter en allant sur place.

Sa voix m'apaise. Pourtant, ses propos font ressurgir toute la tension de ce matin. J'ai envie de hurler, mais les mots ne sortent pas comme je le voudrais. Alors, je me tourne vers Terje et lui donne la plus belle gifle qu'il n'ait jamais reçue, j'en suis sûre. L'effet est immédiat. D'abord, le silence.

Finalement, les mots sortent enfin de ma bouche. C'est un mélange de colère, d'angoisse, de frustration :

— Putain, Terje ! T'es parti où ? Tu m'as abandonnée ! C'est quoi ton délire ? T'as roulé toute la journée ? Tu croyais que j'allais réagir comment ? En achetant des cartes postales ?

Ça fait un bien fou. Terje m'écoute en me fixant droit dans les yeux. Les rouleaux ont cédé la place à de puissants jets d'eau savonneuse. J'ai repris mon souffle, je peux continuer :

— Un drone nous a tiré dessus ! En pleine course ! Le type là, Valentin, que Madeleine a appelé Nae... Peu importe son vrai nom, il a été blessé, j'ai été blessée ! Qui c'est ce dingue ? Renaud mentionnait les Russes, comme toi... Agnès n'est pas venue... Et Madeleine a disparu.

Terje a balayé du regard toute la station-service avant de reposer ses yeux sur mon visage fatigué. Comment peut-il rester aussi calme ? Et pourquoi au fond de moi, je sais que malgré mes propos, je ne lui en veux pas ? J'ai une sorte de confiance intime en lui. Et cela m'énerve autant que cela me rassure.

Avant de me répondre, Terje me sourit. Pas un sourire faux ou déplacé, un sourire de complicité. Comme si pour lui, nous étions déjà soudés. Enfin, il me dit calmement :

— Margo, si je suis parti très tôt ce matin, c'était pour rejoindre les bureaux de Bellona, à Oslo. La mort de Gunnar et le meurtre d'Eldar ont déclenché l'ouverture d'une enquête de police.

— T'avais besoin d'y aller ? De m'abandonner pour ça ?

— Je nous ai fabriqué un alibi. Pendant que tu courais sous le nom d'Émeline, Margo était avec moi à Oslo. D'après ce que tu viens de me raconter, ce ne sera pas du luxe.

— Bellona, c'est l'ONG écolo qui emploie Renaud...

— Oui.

— Tu y as fait quoi exactement ?

Terje marque une pause. Il hésite à prononcer la suite. Dehors, le lavage est terminé. De larges séchoirs robotisés ont pris le relais pour aller et venir le long de notre voiture. Terje finit par déclarer :

— J'avais besoin de vérifier qui tu étais vraiment, Margo.

Son ton ne me plait plus du tout. Sans réfléchir, je pose ma main sur la poignée de portière, prête à m'enfuir. Mais Terje ajoute :

— J'ai déjà été confronté à des usurpateurs accusant l'usurpé.

— Tu ne m'as jamais crue ?

— Si, mais maintenant j'en ai les preuves.

Le lavage est terminé. J'ai besoin d'entendre les explications de Terje. Qui est-il ? Pour qui travaille-t-il au juste ?

Calmement, il remet le contact et extrait notre voiture rutilante de son abri, pour stationner à proximité de la boutique. Tout en manœuvrant, il déclare :

— Mes employeurs travaillent en collaboration avec l'ITRC.

— ID Theft Resource Center[27]. Tu m'as dénoncée. C'est ça ?

— Margo, j'ai retrouvé la trace de Madeleine. Elle a vendu ton identité à treize personnes à travers le monde.

---

[27] Centre de ressources sur le vol d'identité, société spécialisée basée à San Diego.

Ce n'est plus une boule dans mon ventre, c'est un trou noir. Un gouffre d'antimatière. Merde, Terje ! Qu'est-ce que je suis censée répondre ? Que je renonce ? Que je préfère rester Margo pour retrouver Robin. Et Ada.

C'est lui qui poursuit à ma place :

— Grâce à toi Margo, on va les retrouver. Agnès et les douze autres.

— J'ai tout raté. Tout perdu.

Terje brandit devant moi une pochette plastifiée sale, mouillée, et tachetée de sang. Mon cerveau reconnecte comme il peut. Terje écourte mes réflexions :

— Non Margo, tu as réussi.

À l'intérieur, soigneusement conditionnées séparément, deux séries de documents officiels et administratifs français illustrés des photos d'Agnès et de Renaud. Deux vraies-fausses identités.

— Ils seront prêts à tout pour les récupérer.

Mon cerveau rembobine, répète en boucle mes derniers souvenirs de la course, de la chute provoquée de Renaud. Un doute persiste au fond de moi-même. Ai-je agi par pur réflexe, ou Renaud m'a-t-il réellement confié cette pochette ?

— Her er din sandwich.

À la fois responsable de la station-service et vendeur de hot-dogs, un petit blond souriant me tend mon ravitaillement calorique luisant de gras et chargé de moutarde. Je le prends machinalement, tandis que Terje paye le plus naturellement du monde, comme si nous étions en vacances.

J'ai besoin de prendre l'air.

15h23. Il nous a suffi de rouler une centaine de mètres pour atteindre les abords du rivage. Quelques rochers à enjamber, et nous voilà surplombant un cirque de cascades bruyantes et rafraîchissantes. Foss veut dire chute d'eau. Nous sommes à Ryfoss. Imparable.

Je n'ai jamais autant apprécié un hot-dog. Je l'ai avalé si vite qu'il me faut plusieurs gorgées d'eau pour aider mon tube digestif à accueillir ce ravitaillement tant espéré.

J'ai retiré mes chaussures de course et mes chaussettes pour tremper mes pieds endoloris dans l'eau des montagnes, froide et relaxante.

Je devine le reflet de ma silhouette à la surface mouvante. Où est Agnès à cet instant précis ? Où sont les douze autres Émeline ? En Norvège ? En France ? Aux quatre coins du monde ? Depuis combien de temps vivent-elles sous mon nom ? Et jusqu'à quand ?

Terje se tient derrière moi, silencieux. Nourrie et hydratée, en équilibre sur mes jambes encore hésitantes, je me retourne vers lui. Ses yeux bleus perçants me scrutent. Je crois qu'il sent comme moi que ce moment prend une importance particulière. Alors je ne le laisse pas gamberger plus longtemps :

— Emmène-moi à Sauda. Je vais t'aider à attraper Renaud. Tu vas m'aider à arrêter Madeleine.

En guise de réponse, Terje me tend la main pour m'aider à remonter sur les rochers secs. À cet instant, ce contact me réconforte.

Comme si je savais maintenant que je pouvais compter sur lui.

ÉPILOGUE

— Tinto cão.

Livio a délicatement soupesé une grappe de raisins déjà foncés. Partout autour, la vigne, en pleine croissance, a fleuri. Très fier de sa bonne réponse, le garçon de 11 ans garde sa main en visière. Le soleil brûle le sol et la peau. Heureusement, le lit du fleuve bienfaiteur en contrebas apporte sa fraîcheur aux coteaux. La partie portugaise du Douro alimente et berce l'une des plus anciennes et plus célèbres régions viticoles du monde.

Une silhouette féminine surplombe Livio et le précède entre les rangées bien alignées de plants de vigne. Cultivées en terrasses épousant le relief des collines, elles dessinent de véritables courbes de niveau végétales.

Son accent est moins chantant que celui de Livio. Elle l'interroge sans se retourner vers lui. Il adore ce jeu entre eux. Elle lui désigne d'autres parcelles en contrebas, dont il doit deviner le cépage :

— Quais outras variedades de uvas ?

— Touriga nacional, e tinta barroca.

— Exact.

— *Ezate.*

Elle rigole. Livio sourit à son tour. Il a toujours aimé s'amuser à prononcer ce mot français court et étrange. Il ne l'a jamais appelée maman. Cela viendra peut-être un jour. Elle ne lui en veut pas.

Quand elle est arrivée au domaine Quinta do Crasto, elle ne parlait pas un mot de portugais. Mais elle connaissait déjà le langage du vin.

Une grande rousse à la peau très pâle ne passe jamais inaperçue dans cette partie du pays. Ses immenses yeux verts brillent toujours autant devant ces paysages devenus siens.

Le père de Livio lui a ouvert son univers. À peine arrivée, tout juste installée, elle s'était sentie chez elle. Pour la première fois depuis si longtemps.

16h02. Le vent agite doucement quelques mèches folles et porte à ses narines mille parfums grillés par le soleil. Elle est heureuse. Malgré ce qu'elle ne pourra jamais raconter à personne.

Livio s'attarde dans les vignes derrière elle lorsque son portable sonne. Elle consulte l'écran rayé. Il ne lui reste plus que 1% de batterie. L'icône de WhatsApp clignote. Un seul message.

Madeleine – 16h03 : Tromsø sera mon dernier marathon. Ceci est mon dernier message. Bonne chance.

Qu'elle veuille tenter de répondre ou non, le numéro de Madeleine est déjà désactivé.

Son mobile s'éteint, batterie déchargée. Ses jambes pèsent soudain une tonne chacune. Elle fixe quelques longues secondes son écran noir où se reflète le soleil éblouissant. Madeleine arrête. Elle est seule à présent. Seule avec son secret.

Livio accourt, une fleur à la main, souriant. Il hurle entre les rangées de vignes bien alignées, avec un accent tellement adorable :

— Émeline ! Émeline !

15h07. Elle a eu neuf mois pour imaginer ce jour. Anticiper cet instant unique. Inévitable. Elle se croyait prête. Elle ne l'est pas du tout. Deux sages-femmes l'aident à s'aliter, mais on dirait qu'elles n'ont pas vu le bide énorme qu'elle se paye ! Encore bien au chaud à l'intérieur, son petit habitant est clairement décidé à sortir.

Trois années de vie commune avec un professeur à l'université de Bristol n'ont pas suffi. Elle n'a pas encore le niveau d'anglais pour comprendre ce que se disent les deux infirmières de chaque côté de son lit. On la palpe, on l'équipe de sondes, en parlant d'elle comme si elle n'était pas dans la pièce.

Elle a envie de hurler. Mais son corps ne lui autorise pas un tel défoulement. Sa tête part la première en arrière. Elle s'évanouit.

15h39. Quelque chose entre un saut à l'élastique les yeux bandés et une remontée de plongée trop rapide sans palier de décompression. Elle est revenue à elle. Cette fois, pas de répit. Elle sent la petite tête qui dépasse déjà. Où est Rory ? On s'affaire autour d'elle. Son corps lui fait découvrir toute une panoplie de sensations et de muscles dont elle ignorait l'existence.

— Please, help us here !

Celui qui ressemble à un médecin semble perdre patience. Il ajoute, sans lever les yeux de son entrejambe.

— Come on ! He's almost here !

Comme si elle ne poussait pas déjà de toutes ses forces. Son cerveau passe en mode primitif :

— Fermez-la putain !

Un silence envahit brièvement la pièce. Suivi d'un cri. Un cri de vie. Le médecin tient le petit être vivant tout fripé suffisamment haut pour qu'elle le voie agiter ses minuscules bras.

— Oh merde...

Un sourire ému reste imprimé sur son visage, alors qu'elle vient de perdre à nouveau connaissance.

15h56. Rory est penché sur elle, inquiet, puis rassuré de la voir ouvrir les yeux. Il l'embrasse, en se confondant en excuses, il a été prévenu trop tard, et le temps de venir de l'université... Il a une sale tête et cela la fait rire. À quoi peut-elle ressembler ? De petite blonde rondelette, elle est passée ces derniers mois à baleine échouée. Mais Rory lui porte toujours le même regard tendre.

Derrière lui, la sage-femme en termine avec la toilette du bébé. Rory est le premier à le prendre dans ses bras, elle n'ose pas lui dire à quel point elle est terrifiée. Il a l'air si fragile.

16h02. Son mobile vibre. Premier message à la nouvelle maman. Elle frôle un nouveau malaise en l'affichant.

Madeleine – 16h03 : Tromsø sera mon dernier marathon. Ceci est mon dernier message. Bonne chance.

Elle tend les bras vers Rory. Tout émoustillé, il lui confie leur fils à peine né. Envolée la peur de lui faire mal. Elle veut le serrer fort contre elle. Qu'on ne le lui prenne jamais.

Rory se rapproche, et s'applique pour prononcer correctement :

— Émeline, je t'aime.

15h46. Roseline manie son petit hors-bord comme un jouet. Elle connaît ce passage par cœur. Adolescente, elle piquait déjà le bateau de son père pour rejoindre ses copines sur l'île voisine de Cavallo.

Roseline est sa première, sa meilleure amie ici dans le sud de la Corse. Elle a choisi seule d'y vivre, mais c'est Roseline qui lui en a livré les codes. Toutes les deux, elles ont beaucoup partagé. Elles se sont soutenues. Elles se sont aussi disputées, mais jamais séparées.

Avec seulement un an de différence, elles sont très minces toutes les deux. Roseline la force à bannir "maigre" de son vocabulaire. Elles sont fines, point. Mêmes cheveux noir de jais, plus longs pour Roseline.

La petite embarcation blanche contourne le Capo Pertusato, avant de redresser vers le nord-ouest. La côte n'est que falaises. Les célèbres parois blanches sont striées, sculptées par l'érosion. Plus loin, elles s'avancent en pointe escarpée dans les eaux turquoise de la Méditerranée. Accrochée sur cet éperon rocheux, se dresse la cité de Bonifacio.

L'air marin se mêle aux odeurs terrestres et végétales. Elle apprécie ce moment de sérénité avant de retrouver le monde des Hommes. Roseline lui sourit, derrière ses grandes lunettes de soleil. C'est son île. Non, c'est leur île. Roseline lui a déjà dit qu'elle était la sœur qu'elle n'avait jamais eue.

16h12. Elles entrent à vitesse réduite dans le port, aux pieds de la cité perchée.

Son mobile vibre. Il vient de se reconnecter au réseau. Plusieurs emails. Deux SMS. Et un seul message WhatsApp.

Madeleine – 16h03 : Tromsø sera mon dernier marathon. Ceci est mon dernier message. Bonne chance.

Le bateau heurte doucement le ponton. Roseline n'a pas eu le temps de déployer seule les bouées latérales, elle s'énerve contre son amie restée immobile, son portable dans la main :

— Émeline, tu dors ou quoi ?

236

18h26. Basile a sommeil. Il n'a pas quitté son vieux t-shirt qu'il portait déjà la nuit dernière. De toute manière, il n'arrive plus à dormir depuis qu'il sait qu'Émeline, *son* Émeline, utilise illégalement ses codes d'accès Europ Assistance.

Où est-elle ? Pourquoi prend-elle ce risque ? Basile pensait y être insensible, en réalité la situation actuelle d'Émeline ne quitte plus son esprit. Son entourage s'en doute, même si Basile ne l'évoque jamais.

Alors depuis cette nuit, il s'acharne à nouveau. Il traque Émeline sur internet et dans les bases de données internationales accessibles via ses propres codes d'accès professionnels.

La piste norvégienne ouverte par son collègue s'est révélée bien plus prometteuse qu'il ne l'espérait. Émeline y a laissé des traces de vie. Mais est-ce bien son Émeline ? Ou celle qui l'aurait usurpée un an plus tôt ? À moins qu'elles ne soient plusieurs à vivre sous son nom… Il a déjà compté cinq autres Émeline Dalbera nées le même jour, établies dans plusieurs pays. Coïncidence ?

Pourquoi ne l'a-t-il pas crue tout de suite ? Pourquoi ne pas l'avoir soutenue ?

Dans son dos, une silhouette féminine va et vient dans leur maison. Basile l'observe quelques secondes. Il ne lui parle jamais d'Émeline.

Il devrait éteindre son ordinateur et la rejoindre. En se dépêchant, il pourrait leur permettre d'être à l'heure au cinéma où les attend un couple d'amis. Il lui doit bien ça.

Sous la douche, Basile se souvient de la première fois qu'Émeline a mentionné cette boule dans le ventre, cette douleur incontrôlable qui la rongeait de l'intérieur. Aujourd'hui, il comprend enfin. C'est insupportable.

19h08. Quand elle regarde son père à la dérobée, Ada le trouve beau. Sans doute pas selon certains canons de beauté actuelle, mais elle s'en fiche. Son papa n'est pas le plus grand, il arbore déjà une belle calvitie et use sa vue devant un écran tous les jours. Heureusement, ses années dans l'armée de Terre l'ont doté d'une carrure robuste qu'il entretient encore.

Lorsqu'il l'encourage, lorsqu'il la rassure, ce qu'il dégage est magnifique. Un regard tendre, une voix chaleureuse.

À cet instant précis, Ada se demande comment sa mère a pu le quitter du jour au lendemain, l'abandonner purement et simplement. Son papa chéri.

Robin s'acharne sur le ménage et le rangement, pour canaliser ses angoisses et sa frustration. Ada le sait depuis toute petite. Il chasse la poussière de ses livres, nettoie ses maquettes d'avions et de tanks de la Seconde Guerre mondiale, vestiges de ses années lycée. Il peut aussi décider de repasser tout le linge propre d'une traite.

Dehors l'air s'est déjà rafraîchi, mais à l'étage du chalet, la chaleur de la journée persiste. Ada apparaît dans l'entrebâillement de la porte.

Cette pièce désignée officiellement bureau correspond à ce qu'elle considère comme le domaine réservé de son père. Il a beau être studieux et organisé, elle l'a souvent surpris en pleine nuit en train de relire ses anciennes bandes dessinées assis par terre ou jouer à un jeu vidéo en ligne avec des amis d'enfance.

— Papa, viens manger.
— Je n'ai pas faim.
Ada sourit. Elle répond sur un ton plus adulte, quasi maternel :
— Je t'entends grignoter la nuit.
— Toi tu dessines, moi je range. Chacun son truc.
Ada murmure avec tendresse :
— Elle va revenir. Sois patient.
Robin ne répond rien. Il est terriblement gêné d'entendre cette vérité de la bouche de sa fille, qui aura tout juste quatorze ans d'ici quelques jours.
Puis, il laisse échapper :
— Elle m'énerve.
— Dis pas ça.

Robin repose les livres qu'il triait par auteur. Il prend un ton plus grave :

— Le père de Cannelle veut la faire virer du collège. Je crois que s'il le pouvait, il la chasserait de la vallée. Il la traite de faussaire.

— Je sais tout ça, papa.

— Ce qui m'énerve le plus, c'est la confiance que je lui accorde. Je suis vraiment naïf.

— Non, tu tiens à elle. Moi aussi.

— Et si c'était vrai ? Si Margo nous mentait à tous ? Et moi qui l'attends bêtement.

Robin s'est laissé tomber sur son vieux fauteuil. Ada s'assoit sur ses genoux, comme lorsqu'elle était plus petite. Elle se blottit contre lui et respire son parfum familier et réconfortant.

Elle sourit en voyant à son bras la vieille montre noire Casio des années 1990 et son écran LCD totalement désuet, façon K2000. C'est tellement son père.

D'un ton étonnement mature, elle déclare :

— Margo va avoir besoin de nous. Ce sera difficile, il faudra la soutenir.

Le téléphone de Robin émet un son un peu ringard. Celui d'Ada clignote en vibrant. Tous deux ont reçu un message sur un petit groupe WhatsApp qu'ils partagent avec Margo.

Margo – 19h16 : Robin, je sais... Je ne t'ai pas donné de nouvelles. J'espère qu'Ada veille bien sur toi. Vous me manquez. Je dois terminer ce que j'ai commencé. Je vous promets qu'ensuite il n'y aura plus de secrets. Merci d'avoir été là pour moi.

— Réponds-lui papa. N'importe quoi. Dis-lui quelque chose.

Robin reste muet. Il pratique sa spécialité, qui consiste à écrire, puis effacer ses messages sans me les envoyer. Je le sais parce que souvent je vois s'afficher la mention "écrit" lorsqu'il tape quelque chose. Et je le sais surtout parce que je fais exactement pareil.

Ada s'énerve. Elle arrache le mobile des mains de son père, déclenche un appel, mais n'obtient qu'un répondeur. Le mien. Déterminée, elle prend un ton autoritaire :

— Margo, c'est Ada. Papa veut te parler. Je te le passe.

Robin n'apprécie pas du tout, mais finit par approcher le téléphone de son visage, sous l'œil amusé de sa fille, qui le laisse seul dans la pièce. Il prononce seulement :

— Prends soin de toi.

19h23. Longs cheveux châtain clair. Silhouette athlétique. Lunettes rondes assez discrètes. La dernière passagère à débarquer du vol en provenance de Paris-Charles de Gaulle traverse l'interminable hall d'un pas déterminé. Elle tire une valise de taille moyenne, qui glisse en silence sur des roulettes invisibles. Rien ne détourne son attention.

Les clients les plus pressés ont déjà été servis lorsqu'elle atteint le guichet de l'agence locale Europcar. Habillé aux couleurs de la compagnie, un homme fatigué mais souriant saisit son numéro de réservation, avant de lever les yeux vers elle, amusé. Dans un anglais teinté d'accent norvégien, il lui annonce :

— Vous avez été surclassée, vous aurez de la place !

Il rigole tout seul, tout en prenant le permis de conduire que lui tend sa cliente. Une fois la copie faite, il hésite un instant avant de lui rendre le document. Elle serre les dents, sans le montrer.

L'employé rigole à nouveau tout seul :

— Il y a eu une erreur dans l'orthographe de votre nom. Je viens de corriger. Émeline DALBERA, c'est bien ça ?

— Oui, merci.

— Kilométrage illimité. AutoPass pour l'autoroute inclus, facturé au rendu du véhicule. Škoda Superb. Moteur essence...

Elle sent qu'il va lui décrire chaque partie de la voiture. Elle l'interrompt d'un seul mot, en attrapant la clé sur le comptoir.

— Parfait.

— Bon séjour en Norvège, madame Dalbera.

20h34. Robin n'a pas bougé de son fauteuil. Il fixe toujours son téléphone, guettant les brefs moments où notre fil de discussion WhatsApp porte la mention "en ligne".

Il se décide enfin. Il m'appelle. Ma photo s'affiche sur son écran, tandis que mon répondeur l'accueille de sa voix robotique et impersonnelle. Il laisse passer quelques secondes, avant de se lancer enfin :

— Margo, c'est moi. Tu nous manques. Tu me manques. Reviens quand tu seras prête. Mais reviens. Peu importe comment tu t'appelles réellement. Ta vie d'avant t'appartient. Tu ne connais pas la mienne non plus.

Nouveau silence de plusieurs secondes. Il termine :

— Je sais que tu ne vas pas me répondre. J'attendrai.

Depuis sa chambre, Ada a tout entendu. Sur l'application Spotify de son téléphone, elle voit apparaître le titre que j'écoute à l'autre bout du continent.

Artiste : **Foals** Titre : **Late Night**

Fin du premier tome.

La sélection musicale
de Margo & Ada pour le tome 1

Selah Sue - Please (feat. CeeLo Green)

Imagine Dragon - Shots (Broiler Remix)

Neneh Cherry - Woman

Clare Maguire - Elizabeth Taylor

Jem - Falling for you

Avicii - Addicted to you

The Chemical Brothers - Asleep from day

One Republic - Something I need

Johnny Cash - One (U2 cover)

Placebo - Running up that hill

Foals - Late Night

*Retrouvez la Playlist **MARGO** · 1 sur Spotify*

NOTE DE L'AUTEUR

Et si vous deviez prouver que vous êtes bien vous-même ?

Le sujet de l'identité m'a toujours fasciné. J'ai pris conscience de sa vulnérabilité il y a seulement quelques années. Alors que je voulais décider mon coauteur Christophe à développer une série sur l'usurpation d'identité, je me souviens l'avoir définitivement convaincu en lui démontrant avec quelle facilité je pouvais obtenir des papiers d'identité officiels à son nom, mais à mon image, et l'obliger ensuite à prouver qu'il était vraiment Christophe Martinolli.

Les premiers témoignages recueillis dans la presse et sur internet sont stupéfiants. Non seulement le fléau est universel et en constante augmentation, mais il ruine parfois totalement l'existence des victimes. Elles sont alors condamnées à vivre à côté de leurs vies volées.

Deux cas m'avaient particulièrement touché.

Le premier concernait un fonctionnaire de la région de Toulouse, qui comptait au moment de l'article déjà une dizaine d'usurpateurs à travers le territoire national. Chaque semaine ou presque, il devait prouver son innocence et sa bonne foi avec l'aide de son avocat et de nombreux témoins. À chaque fois, il craignait qu'un délit grave ou qu'un crime soit commis en son nom.

Qui sait combien de temps il passerait en prison avant que la vérité soit rétablie ?

Le second cas était celui d'une femme sur le point de se marier. Mauvaise surprise au moment d'amorcer les premières démarches, l'administration l'informe qu'elle est déjà mariée depuis plusieurs années, à son insu. Une simple demande d'acte de naissance par courrier et voilà que l'usurpatrice avait pu se marier, avoir des enfants, et contracter un crédit à sa place.

La plus infime négligence peut engendrer une situation quasi inextricable.

Pourtant, cette femme n'a pas renoncé, elle s'est battue pour prouver qu'elle était bien elle-même.

C'est ainsi qu'est née Émeline. J'ignorais encore qu'elle deviendrait un jour Margo.

Thomas Martinetti
Cagnes-sur-Mer, le 23 décembre 2019

Thomas Martinetti

MARGO

Tome 2

2 · Nordland

À mémé Jenny

PROLOGUE

Chère Ada,

Si tu lis ce message, c'est qu'il m'est arrivé quelque chose en Norvège. J'ai promis à ma sœur de récupérer mon identité. Tu le sais parce que tu fais partie des rares personnes qui connaissent mon secret. Depuis le début, j'ai confiance en toi, Adélaïde. Tu as été ma première élève et ma première amie dans la vallée. Peu importe ton jeune âge. Tu m'as acceptée. Tu m'as fait une place dans ta vie, je t'en ai fait une dans la mienne et très vite, tu es devenue Ada.

Maintenant, tu sais que je mens. Mon vrai nom est Émeline. Mais pour toi, je suis restée Margo. Tu vas entendre des choses blessantes à propos de moi. Beaucoup seront fausses. Mais quelques-unes seront vraies.

Sache que je n'ai jamais voulu tout ça. J'aurais dû me marier la semaine prochaine. La femme que je traque vit sous mon nom et s'est mariée à ma place en Norvège. Je ne pourrai pas rentrer en France avant d'avoir arrêté celle qui lui a vendu mon identité. Et les onze autres inconnues qui la lui ont achetée.

Tout va se jouer au marathon de Tromsø le 22 juin. Cet email est programmé pour te parvenir le lendemain. Tu auras 14 ans le 2 juillet et je vais sans doute rater ton anniversaire. Mais je veux que tu saches que je ne t'abandonne pas.

Ton amie, Margo

I · PHILOMÈNE

O1

***

MARGO

Épuisée. Survoltée. Révoltée. Désorientée. Incapable de dormir. Et pas vraiment en état de conduire. Pourtant, je ne me voyais pas laisser le volant à Terje une minute de plus. Besoin de reprendre les commandes.

Tu parles. J'ai l'impression d'être piégée dans une vidéo diffusée en boucle. Le même tronçon de route monotone longeant un torrent se répète à l'infini. Depuis une bonne demi-heure, les rares fréquences que notre poste radio capte enchaînent publicités et rubriques d'informations en norvégien. Si l'on ajoute à cela le ciel gris qui rend la vallée plus étroite, je vous laisse imaginer à quel point je lutte contre la somnolence.

Depuis le marathon de ce matin, je n'ai pas pu me changer, ni même me rincer. La veste polaire que Terje m'a enfilée lorsqu'il m'a recueillie à la fin de la course commence à me gratter. Je pue. Je rêve d'une douche. Même le torrent me fait envie alors que la présence de plaques de neige le long de la route suggère sa fraîcheur.

16h29. Un tunnel. Un de plus. Cette fois, le GPS du téléphone de Terje ne retrouve pas immédiatement le signal en sortie. Après des kilomètres de route interminable sans la moindre intersection, c'est à l'approche d'un rond-point que l'application décide de recalculer notre itinéraire. En prenant tout son temps.

Je vous rassure, mes tours gratuits autour du manège de béton n'intriguent personne. Il n'y a aucun signe de vie à la ronde.

J'immobilise la voiture au beau milieu de la chaussée. L'application Waze affiche enfin un itinéraire. Ou plutôt deux. L'un, plus court de 35 min, emprunte le tunnel le plus long du monde. Mais comment oublier la claustrophobie de Terje après sa crise de l'autre jour ?

Sauf que là, je ne suis pas en état d'assurer 35 min de conduite supplémentaires pour son confort. Et il dort. Après tout, il m'a confié le volant après ma course de plus de 42 km ce matin. J'ai envie de parier sur son sommeil profond et sa fatigue accumulée depuis plusieurs jours.

J'aime le risque. Je vais donc poursuivre sur la E16, direction Lærdal. Environ 4h50 estimées pour parcourir seulement 291 km jusqu'à Sauda. Franchement, à ta place Waze, je ferais moins le malin : c'est déprimant. L'application se contente de me répéter la limitation de vitesse. Moi qui ai toujours râlé contre les autoroutes en France, je me surprends à les regretter.

16h51. Nous atteignons un rond-point plus large, au niveau duquel je prends la direction d'Aurland. Montagnes, forêts. Montagnes... et forêts.

Ici encore, pas de fioritures inutiles, aucun panneau touristique ni de mise en garde. Pourtant, d'après Google Maps, je m'apprête à traverser une galerie de 24,5 km, percée sous un important massif montagneux. Si Terje se réveille, il va adorer.

Magie norvégienne, à l'intérieur du tube de béton large de 9 mètres, des relais offrent une réception parfaite du signal GPS, de la 4G et des ondes radio. Je peux donc continuer à apprécier les réclames incompréhensibles. Et il faut l'avouer, parfois un peu ringardes. Enfin, rien de bien méchant si je compare avec le kitsch inimitable de *Radio Émotion* à Nice.

Pour les rustiques, les anti-GPS ou anti-mobiles, à chaque kilomètre, un panneau indique la distance parcourue et restante.

A priori, j'en ai pour vingt bonnes minutes en ligne droite, la seule de la région. Les trois camping-cars qui me précèdent vont nous éviter des ennuis : le tunnel est truffé de radars.

En réalité, on a plutôt affaire à de légères courbes, censées éviter la somnolence.

Dix kilomètres parcourus. Quatorze kilomètres et demi restants. Mes amis campeurs auraient-ils cédé au sommeil ? Notre vitesse moyenne se maintient timidement 15 km/h en deçà des 80 autorisés.

Heureusement, je viens de trouver une fréquence qui diffuse de la musique audible. Les paroles sont en norvégien, mais la chanteuse a une belle voix. J'apprendrai plus tard qu'il s'agit de Silje Nergaard. Je dois admettre qu'elle rend le trajet souterrain presque agréable.

17h02. Habituée à lire sur le smartphone de Terje les instructions de Waze, je sursaute lorsqu'un appel s'affiche sur l'écran. J'oublie parfois que ces petits jouets sont avant tout des téléphones.

Le mode silencieux évite le réveil en sursaut de mon passager. Un numéro norvégien apparaît en surimpression sur le visage d'une femme de mon âge, brune comme moi, mais plus joufflue. À en juger par son expression contrariée, elle n'a pas apprécié qu'on lui vole ce portrait. Cette photo familière évoque plutôt une amie qu'une relation professionnelle.

Je suis surprise de lire son prénom sans difficulté. Et pour cause : il est français. Murielle insiste et rappelle deux fois sans laisser de message. Qui est-elle ?

Je me serais contentée d'attendre la sortie du tunnel pour obtenir la réponse de la bouche de Terje, si je n'avais pas lu les messages envoyés par ladite Murielle via WhatsApp.

Ils confirment d'abord mes hypothèses : elle est bien française et emploie un ton décidément trop familier pour être celui d'une collaboratrice. Je pencherais pour une amie proche, ou une ex ?

Les mots de Murielle provoquent en moi une réaction viscérale : elle connaît mon nom, et visiblement mon histoire. Terje s'est bien foutu de ma gueule !

Murielle – 17h03 : Margo, Émeline, peu importe !
Murielle – 17h03 : Tu vas devenir obsédé par cette femme.
Murielle – 17h04 : Ne lui donne pas de faux espoirs.
Murielle – 17h04 : Pense à ton fils.

Putain, mais qui est cette Murielle ?

Un tas d'autres questions me brûlent la langue. Comme par réflexe, à proximité d'une aire de retournement, je quitte la route avant de tirer le frein à main.

Je ne prête pas attention aux réactions plus ou moins violentes des conducteurs qui me dépassent, surpris par ma manœuvre.

Tout mon être se focalise sur lui. Terje Ellingsen. Celui que je considérais comme mon ange gardien jusqu'à présent. Il avait su dissiper les doutes que j'avais à son égard, mais les propos de Murielle me donnent envie de vomir. On a beau être sous des tonnes de roche, j'ai le vertige.

Ma poitrine va exploser. La boule de douleur me cisaille l'abdomen. Je détache ma ceinture et contourne le capot de notre voiture pour déloger Terje de son siège passager. Réveillé en sursaut, il ne met pas longtemps à comprendre qu'il est à l'intérieur d'un tunnel. Un très long tunnel. Ses pupilles se dilatent, son pouls s'accélère et son teint blêmit instantanément.

Ses premiers mots sont en norvégien, mais il recouvre rapidement l'usage du français :

— Margo ! T'es folle ? Tu veux ma mort ou quoi ?

— Qui est Murielle ?

Terje plisse les yeux, comme ébloui par un soleil pourtant invisible. J'insiste :

262

— Pourquoi connaît-elle ma véritable identité ?

Vacillant, Terje s'agrippe difficilement à la portière. L'éclairage bleuté façon aurore boréale donne un aspect encore plus irréel à cette caverne creusée à même la roche, large d'une bonne trentaine de mètres.

De nombreux véhicules passent à notre niveau. Pourtant, je me sens seule au monde. Pas question de reculer ni de renoncer. Je claque la portière côté passager, retirant le dernier appui de Terje, qui tombe à genoux, en pleine crise d'angoisse. Sa claustrophobie le paralyse totalement.

La ventilation assourdissante du tunnel m'oblige à crier :

— T'as pas le droit de lui parler de moi !

Agenouillé sur le bitume, grelottant, Terje a plaqué ses mains sur ses tempes :

— Murielle a toute ma confiance !

— Tu viens de perdre la mienne.

Et si je me trompais depuis le début ? Si Terje m'avait menti dès le premier jour ?

En une poignée de secondes, je me réinstalle au volant, et je m'enferme à bord. Au moment de redémarrer, Terje s'est relevé au prix d'efforts surhumains. Après plusieurs tentatives d'ouverture de sa portière, d'un geste désespéré, il plaque sa carte d'identité norvégienne contre le pare-brise.

Sa photo officielle monochrome lui donne un air juvénile. D'ailleurs, sa date de naissance confirme mes premières estimations. Terje est né le 13 février 1992. Il n'a pas trente ans.

J'étudie le document avant de croiser son regard implorant. Je ne bouge pas d'un cil. Cela ne me suffit pas.

Terje déplie alors contre la vitre un mandat rédigé en français, à l'entête de la société Eramet, dont il m'a déjà parlé. Je suis trop énervée pour lire en intégralité le texte. Des mots accrochent mon regard. Usurpation d'identité. Espionnage industriel. Une photo du principal suspect : Renaud Fossey. Le mari d'Agnès, celle qui a volé mon nom et ma vie. Des termes techniques et d'autres précisions m'échappent. La date du mardi 4 juin 2019 apparaît à plusieurs reprises, en gras. Dans trois jours.

Un bruit sourd me fait sursauter. Terje tape du poing sur la vitre. Il m'implore de déverrouiller la portière. J'ai du mal à soutenir son regard.

17h11. Nouveau sursaut. Mon portable vibre. Le logo de l'application bancaire norvégienne clignote en haut de l'écran. Agnès a utilisé sa carte de paiement. Immédiatement, je localise le lieu de la dépense, grâce au Bank ID que j'ai retiré avant-hier en me faisant passer pour elle... sous mon vrai nom.

J'appuie à nouveau sur le bouton de verrouillage centralisé avant de démarrer le moteur. Terje ouvre enfin la portière et se blottit dans son siège. En pleine crise, il balbutie seulement :

— Roule, s'il te plaît.

Je m'insère rapidement entre deux files de voitures. Ralentie par un énorme semi-remorque, j'en profite pour renseigner notre destination dans Waze, tout en annonçant :

— Agnès est à Flåm.

J'ignore si Terje me comprend. J'ai certainement écorché le nom de cette commune. M'entend-il seulement ? Ses yeux sont à moitié fermés, il ne respire plus, il halète.

J'affiche à nouveau l'interface de l'application bancaire sur l'écran de mon mobile. Je lis à haute voix :

— 1260 couronnes norvégiennes, à l'ordre de *Flåmbana*.

Malgré mon accent grossier, Terje finit par réagir :

— Le train... Elle fuit ! Avec Renaud ?

La question est lourde de sens. Je dois absolument confronter Agnès devant la justice française pour que l'usurpation d'identité soit reconnue. Mais à choisir, Terje préfèrera-t-il remplir son contrat en neutralisant Renaud avant qu'il ne sabote l'accord avec les Russes ? Va-t-il m'abandonner à mon sort ?

Bon dieu, ce tunnel est réellement interminable ! L'éclairage au-dessus de nos têtes, jusqu'ici blanc, vire peu à peu au jaune. Dernières centaines de mètres avant l'air libre.

Nous y sommes. Terje a baissé sa vitre pour passer la tête à l'extérieur et inspirer à pleins poumons. Le soleil frappe le pare-brise. Un rond-point franchi, la route poursuit en légère courbe jusqu'au *Onstadtunnelen*, long quant à lui de seulement 650 mètres.

S'ensuivent six kilomètres de voies qui épousent les rivages du fjord majestueux, avant de traverser un dernier tunnel de deux kilomètres cent, le *Fretheimtunnelen*.

La route jaillit alors de la montagne pour enjamber un torrent. Sans les indications de Waze, il aurait été difficile d'imaginer que nous approchions d'un site touristique majeur.

En quittant la route nationale pour longer le torrent, je m'aperçois que cette petite bourgade nichée au creux de l'Aurlandsfjord à plus d'une centaine de kilomètres des côtes de la mer du Nord, voit transiter de nombreux navires, y compris les plus gros. En guise de port, une large jetée bétonnée s'avance sur les eaux calmes du fjord, jonchée de boutiques souvenirs, hôtels, et autres billetteries. Aux abords de cette zone piétonne fréquentée, la fin de la route, où affluent camping-cars et bus bondés.

Je dois traverser tout le parking pour trouver une place libre, parmi les innombrables caravanes de toutes tailles. Terje n'a pas dit un mot depuis le tunnel. Tant mieux, moi non plus.

J'ai un sentiment étrange. Comme si nos chemins devaient se séparer ici. Ou se lier pour de bon.

Justement, Terje n'a pas bougé de son siège alors que je l'attends déjà à l'extérieur de notre voiture. Il me fixe d'un regard glacial. J'ai une petite idée de ce qui le chagrine. Sans un mot, je lui tends la clé de contact. N'ayant pas apprécié l'épisode du tunnel, il semble satisfait de mon geste et se décide à me rejoindre.

Malbouffe, bibelots et peluches hors de prix grossièrement fabriqués à bas coût en Asie, troupeaux de touristes en surpoids, le port de Flåm ressemble à un mini Disneyland aux couleurs vikings.

C'est ici que tu comptes m'échapper Agnès ?

17h34. Après des kilomètres sans apercevoir la moindre habitation, la foule agitée m'oppresse. Encerclé par les montagnes entre lesquelles se faufile le fjord, le port bondé aurait de quoi me rendre claustro.

Terje, au contraire, a repris des couleurs. Je crois surtout qu'il est accaparé par sa mission. Pour combien de temps encore ferons-nous équipe ?

Me suivra-t-il si je trouve seulement Agnès ? Devrais-je l'accompagner s'il repère Renaud de son côté ?

Les mouvements incessants et désordonnés de tous ces moutons bariolés nous compliquent vraiment la vie. Difficile d'identifier qui que ce soit au milieu d'une cohue bruyante dont ne dépassent que des casquettes publicitaires, des chapeaux bon marché et des perches à selfie.

Nous nous dirigeons vers la gare historique de Flåmbana, en faisant dos au fjord, sans trop y croire. Agnès n'a pas pu venir jusqu'ici pour prendre un train touristique... Les affiches renforcent mon impression : les gares desservies, aussi bien que le terminus, sont autant de coins perdus et difficiles d'accès, à mille lieues d'une issue de secours.

Une bonne partie du quai est à l'ombre, malgré un ciel enfin dégagé. Il me suffit de lever les yeux pour apercevoir la silhouette disproportionnée d'un paquebot qui donne au port des allures de maquette minuscule. Sur la cheminée jaune qui le domine, la lettre C peinte en bleu marine se voit de loin. Costa Croisières. Les eaux profondes du fjord permettent à ces usines flottantes de s'enfoncer loin dans les terres. Vertigineux.

Plusieurs couples, familles, et groupes chargés de bagages se pressent d'embarquer.

C'est à la réaction de Terje que je réalise la soudaineté de mon geste. Je me suis figée. Et si... Si Agnès profitait réellement de cette escale pour disparaître ?

La sirène du paquebot retentit. Assourdissante. Elle a l'effet d'un électrochoc sur les derniers retardataires, et provoque en moi une véritable révélation.

Je cours, abandonnant Terje sans explication, à peine un signe de la main.

Je bouscule, je pousse, je me rapproche de l'unique passerelle d'accès au paquebot, marquée de son nom : Costa Fortuna. J'ai à peine eu le temps de compter au moins cinq étages de balcons identiques sur son flanc, au-dessus des canots de secours abrités de leurs bâches orange. Un immeuble de métal, véritable gouffre à pétrole consumériste. Tout ce que je déteste.

Sur le point d'emprunter la passerelle, une réalité m'apparaît incontournable : je n'ai pas de billet ! Ni la moindre certitude qu'Agnès est à bord.

Instinct ? Bêtise ? Inconscience totale ? Détermination.

Si je croyais au destin, je dirais qu'il vient de me faire signe à l'instant. Un sacré signe même.

Une femme s'est arrêtée net devant moi, inquiète d'embarquer sans son mari, à la traîne plus loin sur le quai. Et pour cause : il lutte avec leur valise pleine à craquer. Elle finit par rebrousser chemin pour l'aider.

Le miracle juste à mes pieds. Elle a fait tomber son passeport et son billet décoré du logo jaune et bleu. Elle est brune, a la peau blanche. Cela me suffit. Je tente ma chance. En priant pour que personne ne m'interroge.

En franchissant la passerelle métallique, une seule question me traverse l'esprit. Est-ce qu'on peut avoir le mal de mer à bord d'un bateau aussi gros ? Je serais prête à payer cher pour retourner au cœur d'un tunnel.

Dans ma poche, mon téléphone vibre : Terje. Pas le temps de décrocher, un marin contrôle le billet que je viens de voler. Et le passeport belge d'une inconnue. Costa Croisières me souhaite la bienvenue à bord. Agnès a-t-elle été aussi bien accueillie ?

À quelques minutes du départ, les abords de la passerelle grouillent de passagers égarés, stressés, ou carrément énervés. Eh oui, ces gens sont pourtant en vacances.

Où es-tu Agnès ? Si tu es cloisonnée dans ta cabine, je ne te trouverai jamais... Mais si tu préfères l'air libre, j'ai déjà une petite idée. D'instinct, je ne me risque pas sur le flanc opposé du navire. Côté quai, je garde l'embarcadère dans mon champ de vision le plus possible. Inéluctablement, mon cerveau ressasse en boucle toutes les raisons pour lesquelles je n'ai quasiment aucune chance de la retrouver. Est-elle seulement à bord ?

Terje me rappelle, mais je n'ose pas décrocher. Pour lui répondre quoi ? J'ai embarqué sur un paquebot, sous le nom d'une autre et... Et je quoi ? Je disparais pour de bon.

Vertige, nausée, boule dans le ventre : le cocktail de sensations m'empêche de faire un pas de plus. Appuyée contre une large rambarde surplombant le port, je prends enfin le temps d'ouvrir mon passeport d'emprunt.

Est-ce que je peux devenir Stéphanie Blanchoud, née le 26 septembre 1981, de nationalité belge ?

Mais surtout, pourquoi redevenir Émeline ? Ou rester Margo ? Affronter le regard d'Ada et de Robin. Mentir, encore.

Est-ce que Stéphanie Blanchoud vient de m'offrir une vraie alternative ? Qu'en dirait le vieux Séverin ? Ma tête va exploser. Mon téléphone vibre à nouveau. Terje insiste sur WhatsApp :

Terje – 17h47 : J'ai vu Agnès !
Terje – 17h48 : Je l'ai perdue. Tu es où, nom de Dieu ?

Pour la première fois de la journée, je souris à pleines dents en lisant le français de Terje. Mon sang bouillonne instantanément.

Elle est là en contrebas. Agnès traverse le quai au beau milieu de mon champ de vision. Elle n'est pas à bord de ce foutu paquebot.

Moi oui. Merde.

O2

***

PHILOMÈNE

Sur mes papiers de naissance, je m'appelle Philomène Lavieille. Je sais, mes parents se sont surpassés. Le patronyme ne suffisait pas. Pourtant je ne leur en veux pas. J'ai toujours aimé l'originalité et la sonorité de mon prénom. Même si au quotidien, on m'appelait seulement Philo.

Le 7 avril, cela fera précisément 20 ans que je supporte toutes sortes de blagues et jeux de mots prétendument drôles à propos de mon nom et de mon prénom.

Malgré tout, le vrai problème depuis le début, ce n'est pas mon nom, c'est moi. Ma famille et toute ma scolarité m'ont répété que je suis trop discrète, trop cérébrale, trop timide, trop grande, trop maigre, trop plate, trop pâle, trop blonde.

Résultat, je ne me suis jamais senti "assez."

J'ai passé mon enfance à fuir le regard des autres, en vain. J'ai ensuite consacré mon adolescence à essayer d'attirer le regard d'autrui, sans succès.

Aujourd'hui, je n'ai plus besoin de personne. Je m'arrange au contraire pour que les autres aient besoin de moi.

Jérémy par exemple, est ravi de recevoir mon aide. Ça a commencé avec l'anglais, puis ça a débordé sur d'autres matières. Il étudie le droit, et il a beaucoup de mal à retenir les informations.

Moi, c'est l'inverse. Je retiens tout. Je crois que ça remonte à l'école primaire. Par peur de ne pas savoir quoi répondre à mes camarades, j'apprenais des répliques de films par cœur. Bien sûr, ça ne fonctionnait jamais. Mais je n'ai rien oublié. On dit que la mémoire est comme un muscle. La mienne est particulièrement développée.

Les parents de Jérémy lui louent un studio près du parc Jourdan, à deux pas de la faculté de droit. C'est très pratique. Et puis, le parc est très agréable.

Pour ma part, je préfère le centre historique d'Aix-en-Provence. Même quand je dors chez Jérémy, il m'arrive d'aller jusqu'à la place Richelme pour faire mon marché. En général, j'y suis assez tôt, puisque je prétends aller en cours à 8h.

Jérémy est persuadé que j'étudie à Sciences Po Aix. C'est vrai que j'aime y retrouver Vicky, une amie canadienne. Elle me permet de pratiquer l'anglais, en échange de mon soutien en informatique. Parfois, je la rejoins le temps d'un cours en amphi. Mais je dois alors lutter contre l'envie de m'endormir.

Vicky, elle, croit que je suis en DUT informatique. Ce qui n'est pas totalement faux, si l'on considère les heures passées à écouter Manfred me raconter ses cours de seconde année. J'avais déjà de bonnes bases, j'aurais maintenant le niveau pour, comme lui, viser une école spécialisée.

Manfred loue un appartement juste au-dessus de la place Richelme. Un vrai bonheur. D'ailleurs, entre nous, je préfère les jours où je dors chez lui, c'est mieux tenu, et je ne me lasse pas de sa vue sur les toits orange de la vieille ville.

Bien entendu, Vicky ne croisera jamais ni Manfred ni Jérémy. Quant à eux, ils ignorent leur existence réciproque. Tous deux croient naïvement que lorsque je n'habite pas chez eux, je partage une colocation étriquée et conflictuelle avec deux copines moches et insupportables qu'ils gagnent à ne pas rencontrer.

Quand je les valorise, les gens ne cherchent pas à en savoir plus à mon sujet. Ils se contentent facilement de leurs préjugés.

Je mens par pragmatisme. Comme personne ne prête jamais réellement attention à moi, quelle importance ?

Ce qui est primordial dans le mensonge, c'est la cohérence. Voilà pourquoi je veille à ne jamais me contredire. C'est aussi la raison pour laquelle mes trois camarades aixois me connaissent tous sous un nom différent. Cela évite les coïncidences malheureuses.

D'ordinaire, je déteste les weekends. Jérémy et Manfred ont beau être studieux, ils insistent systématiquement pour sortir et voir du monde. Outre le fait que je risque de me faire griller plus facilement, je n'aime pas l'agitation et la foule. Paradoxalement, m'y sentir encore plus invisible me fout en rogne.

Lorsque je suis seule avec Jérémy ou Manfred, je contrôle tout : ce qu'on fait, ce qu'ils savent, et même ce qu'ils perçoivent.

Ce weekend de mars 2006, je peux remercier chaleureusement notre gouvernement pour son entêtement à vouloir maintenir le CPE, le contrat première embauche, malgré les manifestations entamées début février.

Réunis ce matin, des centaines d'étudiants et de lycéens débattent à la faculté de lettres. A priori, ils prévoient aussi d'y passer leur dimanche.

Tout le monde y sera, sauf moi. C'est un moment historique selon Jérémy et Manfred qui m'ont tous deux proposé d'y aller.

Personne ne m'a demandé ce que j'en pensais réellement. Concrètement ? Rien. Je ne me sens pas plus concernée que mon entourage ne l'est de moi.

Je compte bien profiter de ces deux journées de calme en commençant par faire quelques achats au marché. Je viens ici régulièrement, et pourtant personne ne me salue. Aucun commerçant ne me reconnaît jamais. Suis-je transparente à ce point ?

Ravitaillée pour le weekend, je quitte l'effervescence de la place Richelme et rejoins l'appartement de Manfred au dernier étage d'un vieil immeuble fraîchement rénové. Depuis ses fenêtres, le brouhaha s'estompe et rend l'endroit vivant sans perturber ma concentration.

Manfred est un locataire maniaque. Rangé et nettoyé, son logement ne manque de rien. Sauf que côté déco, c'est impersonnel. Les propriétaires se sont contentés de tout repeindre grossièrement en blanc et d'acheter le strict minimum : lit, cuisinière, frigo... Sans goût et au rabais. Le fruit certainement d'un samedi après-midi déprimant dans la zone commerciale de Plan de Campagne.

Heureusement, Manfred a apporté avec lui son fauteuil. On le croirait volé au salon d'un grand hôtel un peu désuet. Le cuir usé a perdu de son éclat, mais pas de son confort. Une fois mon ordinateur portable connecté à Internet et ma tasse de thé servie, je n'ai plus aucune raison d'abandonner mon refuge. Ma position peut varier à l'infini, je ne quitterai plus ce fauteuil de la journée.

La connexion ADSL de Manfred saute parfois, mais son débit me permet tout de même de télécharger allègrement ma musique et mes séries. Surtout quand j'ai le weekend entier devant moi.

Internet c'est ma vie, mon cordon ombilical. Certains s'en passent encore, d'autres se contentent de se connecter à la fac ou à Sciences Po. Dans mon cas, c'est Internet qui doit venir à moi. J'y reçois mon travail et le renvoie d'où que je suis. Dans les semaines suivantes, je perçois ma rémunération. Sans que personne n'ait besoin de savoir où je me trouve.

J'ai mis un petit moment à caler ce mode de fonctionnement, pour le rendre fiable. Et rentable.

Je travaille pour des éditeurs de guides touristiques anglais et japonais. Tout se fait à distance. Je respecte toujours les délais et je rends un travail parfaitement calibré aux attentes de mes éditeurs. Alors personne n'a encore trouvé à y redire.

En septembre dernier, j'ai décidé qu'il était temps de choisir où m'installer.

J'aimais déjà bien Aix-en-Provence. Je connaissais la ville comme ma poche. Du moins, à travers les guides que j'avais pu corriger et traduire. Avec pour atouts une gare TGV flambant neuve et la distance que cette ville mettait entre mes parents et moi.

Autre avantage : il n'y a rien de tel qu'une ville étudiante pour jouer les étudiantes et vivre sans trop dépenser. Je dois surveiller mon budget si je veux épargner suffisamment. De plus, en alternant entre Manfred et Jérémy, je préviens la lassitude, de leur côté comme du mien.

Je bénéficie en outre de deux adresses régulières, sans que mon nom ne figure nulle part, puisque je n'ai pas signé de bail.

Ainsi, quand je serai prête à partir pour de bon, je ne laisserai aucune trace.

Si tout fonctionne, c'est parce que je suis particulièrement disciplinée. Aucun excès, aucune vague, pas d'abus.

Pourtant il m'arrive d'être tentée de profiter de leur crédulité et de leur naïveté. De leur arrogance et de leur égoïsme aussi.

J'y ai beaucoup réfléchi après avoir vu pour la sixième fois le film LORD OF WAR sorti en janvier. Nicolas Cage y joue un trafiquant d'armes sans scrupules, profitant de l'hypocrisie générale pour vendre de quoi s'entretuer aux deux camps adverses d'un même conflit.

Le cinéma est ma seule petite faiblesse. Pour tout le reste, je remercie le Dieu téléchargement et les disques durs qui m'accompagnent. Depuis longtemps déjà, ils ont remplacé des valises entières de disques et de DVD.

Avant de me plonger dans mon travail de relecture attentive, après avoir traité mes emails, j'ai pris l'habitude depuis peu de me connecter à un site encore brouillon à mon goût.

Vicky m'y a "invitée" avant Noël. C'est une sorte de réseau géant, réservé dans un premier temps aux étudiants de grandes universités américaines. Les inscrits n'y montrent que leurs meilleurs côtés. Beaucoup y étalent leurs trophées : médailles, diplômes, et conquêtes sexuelles.

Au milieu de ce déballage souvent embelli, mon profil est tout ce qu'il y a de plus modeste. Trop succinct ? Je dirais plutôt mystérieux. C'est ce qui a séduit Jérémy et Manfred.

Il m'a suffi de consulter leurs profils de mâles orgueilleux pour adapter ma stratégie de séduction. Jongler avec plusieurs profils différents adaptés à mes cibles me laisse une belle marge de manœuvre.

Encore peu connu, le site s'appelle simplement "Facebook". J'ai la conviction qu'il va rapidement conquérir un large public. Ceux qui aiment être vus atteindront aisément leur cour plus discrète, qui se contente de regarder abritée derrière un écran.

Alors les plus naïfs seront livrés aux plus manipulateurs.

03

***

MARGO

Urgence. Bousculades, encore. La passerelle, le quai, enfin. Stéphanie Blanchoud et son compagnon sont sur le point de rater le départ, faute de billet pour madame. Je lui rends son passeport et le précieux sésame, tout en regagnant la terre ferme, souriante. Sans me retourner, je perçois leur soulagement.

Maintenant, à nous deux, Agnès. Dans sa direction, je remarque un autre bateau, beaucoup plus petit que le Costa Fortuna. Une sorte de navette touristique pour visiter les fjords, accostée à l'autre bout du quai. Cette silhouette qui s'y précipite, c'est Agnès. J'en suis sûre. Vraiment ?

Je n'ai pas le temps d'hésiter plus longtemps, la passerelle est sur le point d'être rétractée.

Tant pis, j'y vais au culot. Je n'ai jamais fait de théâtre. Mais j'ai toujours été fascinée par les gens capables de pleurer sur commande. S'agit-il d'un vrai talent ou plutôt d'une facilité innée comme celle de toucher le bout de son nez avec la langue ?

J'ignore quelles techniques utilisent les comédiennes, mais je sais quel mal me ronge. Il m'a suffi d'y repenser quelques secondes pour que la douleur explose, aussi intense qu'au premier jour. Les larmes ont coulé dans la foulée. Généreuses, sincères.

Quelques mots d'anglais maladroits, des bribes de norvégien. L'employé a eu pitié de moi, et a rouvert l'accès au bateau, avant de définitivement condamner la passerelle. Départ imminent.

Ma main s'est naturellement posée sur mon bas ventre. Inexorablement vide. Je peux vous le certifier. Il n'y a rien de faux dans une fausse couche.

Agnès est là, sur le quai. Elle m'a eue. Elle disparaît dans la foule. Mon bateau quitte son emplacement. Il m'éloigne d'elle. Encore. Ma colère et ma frustration masquent presque le mal de mer naissant. Terje !

D'une main tremblante, j'essaie de l'appeler, mais le réseau fait des siennes. Tant pis, je choisis WhatsApp, au moins il me lira dès que je capterai.

Margo – 18h01 : J'ai embarqué sur la navette. Mais Agnès est encore à terre. Elle m'a eue.
Margo – 18h01 : Je descendrai à Undredal.
Margo – 18h02 : Je t'y attendrai.
Margo – 18h03 : Je suis désolée pour le tunnel.

Je dois patienter de longues minutes pour voir le symbole en chevrons de l'accusé de réception virer au bleu. Terje a bien eu mes messages. Alors pourquoi ne répond-il pas ?

Nous prenons de la vitesse. J'ai froid. Le pont arrière n'est pas couvert. Combinée à ma tenue de marathon, la polaire de Terje ne suffit pas à me réchauffer.

J'envie l'insouciance des touristes autour de moi. Familles bruyantes, couples amoureux, groupes attentifs à leur guide. Je réalise à quel point je suis hors catégorie.

Je suis la seule à ne pas photographier chaque seconde de la traversée. Cependant, la beauté des parois boisées et abruptes du fjord m'hypnotise. Nous remontons ici plein nord l'extrémité d'un dédale d'anciennes vallées glaciaires, avant d'épouser le coude dessiné par le rivage. Nous virons bâbord, cap nord-ouest.

Je m'installe au niveau du flanc gauche du navire. Le petit port d'Undredal ne devrait pas tarder à apparaître.

Et si Terje ne m'y attendait pas ? J'ignore combien de temps dure le trajet en voiture. Je sais seulement que par ma faute, il doit emprunter un autre tunnel, seul et au volant, cette fois.

Est-ce qu'Agnès et Renaud ont voulu nous séparer ? Tentent-ils de nous diviser ? Sont-ils encore ensemble ? C'était quoi ce cirque à Flåm ?

Undredal. Mes compagnons de traversée l'ont tous répété avec leurs accents respectifs. Je m'attendais à un petit village, c'est en réalité un minuscule hameau. Une trentaine de maisons tout au plus, coincées dans l'embouchure d'une vallée étroite et verdoyante. Les deux massifs montagneux qui se font face ruissellent de cours d'eau alimentés par les neiges tardives. Ils fusionnent en un torrent scintillant et bruyant, pour se fondre dans le fjord.

Notre bateau ralentit et manœuvre aux abords d'un ponton, évoquant un immense plongeoir gris, baigné dans les eaux paisibles virant ici du bleu profond au vert émeraude.

18h26. Mon téléphone vibre. J'espère lire un message de Terje, mais c'est une notification de l'application bancaire. Agnès vient de faire le plein d'essence dans une station située à Gudvangen.

Elle a pris la direction de Sauda... Terje va m'en vouloir. À moins que Renaud ne soit plus avec Agnès ? D'ailleurs, roule-t-elle réellement vers Sauda ? Ou est-ce encore un leurre ?

À peine amarré, le navire libère son troupeau de moutons colorés, au rythme des selfies les plus originaux. À la fois impatiente de débarquer et inquiète à l'idée de ne pas trouver Terje, me voilà finalement la dernière à fouler le béton rainuré du quai.

Une courte passerelle permet d'accéder au rivage, près d'un établissement disposant d'une grande terrasse sur pilotis. L'endroit est pris d'assaut par les visiteurs. On dirait un restaurant.

Terje est sans doute déjà là. À vrai dire, il m'est difficile de l'identifier au milieu de tous ces Scandinaves blonds. Malgré le froid et la fatigue, je fais de gros efforts pour me remémorer la tenue de Terje. Sobre. Plutôt insipide. C'est simple, rien n'a retenu mon attention. Ma vie est suspendue à l'apparition d'un Norvégien invisible...

Terje ! Le voilà. Aucun doute. Ses yeux bleus inimitables, un sweatshirt anthracite et un pantalon gris désuets : c'est lui. Il me sourit à travers la vitre du restaurant, où il... mange. Après tout, il a bien raison. Le hot-dog dévoré à Ryfoss est digéré depuis belle lurette. Incroyable Terje. Surprenant et imprévisible. Énervant et attachant.

Envolées mes angoisses. Pendant quelques secondes, je me sens aussi légère que les touristes qui m'entourent. Le décor est sublime, les odeurs minérales et végétales m'emplissent les poumons, tandis que le soleil perce enfin le manteau nuageux. Aussitôt, ses rayons caressent le bois verni des maisons rouges et blanches alentour, sans oublier de faire scintiller les eaux du torrent tout proche. Ce véritable coup de projecteur naturel sculpte le relief jusqu'ici aplati par le voile de nuages épais.

D'un grand geste enfantin, Terje me fait signe de le rejoindre. Éblouie par le soleil, j'acquiesce de la main et me dirige vers lui avant de m'arrêter net.

Le bateau qui m'a déposée quelques minutes plus tôt s'éloigne déjà plus loin dans le fjord. Tandis que le ronronnement de son moteur s'estompe, un sifflement terrifiant devient de plus en plus clair à mes oreilles. Si discret, qu'aucun touriste ne semble l'avoir remarqué. Pourtant c'est bien son ombre que j'aperçois encore par intermittence. Je n'y crois pas de suite. Je me rassure en pensant à une illusion sensorielle, un oiseau sans doute. Mais le bruit aigu et obsédant des pales confirme mes craintes. Rapace mécanique. Le drone mortel qui nous a tiré dessus pendant le marathon de Beitostølen. Il nous guette comme du gibier.

Je me dépêche de pousser la porte d'entrée du restaurant, en bousculant une grosse dame. Je m'excuse en anglais, sans vraiment lui prêter attention.

Terje a perdu son sourire juvénile en me voyant. Je dois faire une sale tête. Discrètement, je l'attire près de moi. Sans un mot, je lui désigne un point dans le ciel à travers la baie vitrée : l'oiseau de métal rôde au-dessus du petit port, suffisamment haut pour échapper aux regards.

Le soleil disparaît à nouveau derrière les nuages. Alors que la véranda du restaurant s'assombrit, je prends conscience de l'affluence autour de nous.

De nombreux clients occupent les grandes tables de la salle où s'activent les serveurs chargés de plats régionaux sortis brûlants des cuisines.

Mais à notre niveau, à proximité de l'entrée, pas de table ni de comptoir. Des vacanciers font la queue devant un grand étalage réfrigéré où des étiquettes colorées indiquent *geitost*, fromage de chèvre.

Terje me prend par la main, et m'entraîne près de la vitrine. Profitant de l'hésitation du groupe d'Allemands devant nous, il commande deux fromages, et obtient de la vendeuse une dégustation. J'hallucine. Le drone tueur nous attend à l'extérieur, et Terje trouve le moyen d'acheter du fromage.

Je ne sais même pas quoi dire. Comme sonnée par le décalage de la situation, je regarde d'un air ahuri la vendeuse découper de fines tranches de *brunost*, ce fromage de chèvre couleur caramel très prisé des Norvégiens qui ressemble à du cheddar. Méticuleusement, elle rabote le pavé marron à l'aide d'une tranchette métallique au manche en bois, ici appelée *Ostehøvel*, d'après Terje.

En l'entendant s'exprimer en allemand à la dizaine de touristes agglutinés derrière nous, je réalise que je n'ai pas l'exclusivité de ses connaissances culinaires.

Je nage en plein délire. Je me suis sans doute endormie au volant, et nous sommes morts ou plongés dans le coma suite à un terrible accident de la route. À moins que je ne me sois jamais relevée après le marathon de Beito ?

Non, tout cela semble bien réel. Terje est simplement... Terje. Les Allemands l'adorent. Mon niveau linguistique est trop précaire pour juger du sien, mais son humour fait mouche.

Terje ne m'a pas laissé le choix, j'ai déjà un morceau de brunost dans la bouche. Un peu surprenant ce goût sucré, mais je crois que j'apprécie. Et puis j'ai faim. Terje me tend cette fois de la saucisse sèche de chèvre. Coriace, mais savoureux. Bon Dieu... Mais qu'est-ce qu'on est en train de faire là ? Tout en souriant à nos compagnons germaniques, je m'adresse sèchement à Terje :

— Qu'est-ce que tu fous avec les Allemands, là ?

— T'as un parapluie ?

C'est quoi cette question ? Terje aurait-il complètement perdu la tête depuis sa crise dans le tunnel le plus long du monde ? Devant ma mine déconfite, il ajoute en désignant les Allemands du doigt :

— Eux, oui.

Terje dévore un autre morceau de fromage plus foncé, une sorte de brunost noirci. Comme sa couleur le laisse présumer, il est plus fort et moins sucré. Il avale sa bouchée et me murmure :

— Fais-moi confiance, on va sortir d'ici, et rejoindre Agnès à Sauda. En Norvège, tout se règle par carte bancaire. Il n'y a presque pas d'espèces. Avec ton appli bancaire, Agnès ne nous échappera pas. On la suivra à la trace.

Sortir d'ici ? Et le drone ? Terje consulte nerveusement son mobile. J'y reconnais le logo et l'interface de l'application météo norvégienne *Yr.* J'ai à peine le temps d'apercevoir une animation pluvieuse avant qu'il ne range son smartphone, l'air visiblement satisfait. Il m'adresse même un sourire malicieux :

— Reste près de moi. Et fais-moi confiance.

Les Allemands s'apprêtent à sortir, mais semblent attendre Terje pour franchir la porte. Il leur cède le passage d'un signe de politesse, très apprécié.

À l'extérieur, tandis que la pluie ruisselle, nos compagnons déploient leurs parapluies aux couleurs de Costa Croisières. Décidément. Terje saisit ma main fermement pour m'entraîner à l'abri des toiles tendues.

Notre progression maladroite en groupe serré évoque pour moi les formations parfois fantaisistes des légions romaines dans les albums d'Astérix. J'ignore quelle forme représente la nôtre, mais une chose est certaine : impossible pour le drone de nous identifier sous cet enchevêtrement de toiles colorées, martelées par la pluie.

Le soleil a quasiment disparu, le ciel s'est obscurci, et mon champ de vision se réduit au sol détrempé. Nous quittons les graviers et la terre gorgée d'eau pour atteindre le goudron du parking.

Du coin de l'œil, j'aperçois notre voiture de location à une cinquantaine de mètres sur notre gauche. Nous nous orientons pourtant vers la droite. Comme s'il lisait dans mes pensées, Terje me murmure à l'oreille :

— On les suit. Pour l'instant.

Au gré du mouvement des parapluies, je comprends pourquoi il nous est encore impossible d'accéder à notre véhicule. Malgré l'averse, le drone nous attend à sa verticale. Merde, ça ne craint pas l'eau, ces engins-là ?

Nos amis allemands suivent les instructions de Terje, qui nous guide sur l'unique rue du village. Après avoir longé le port, elle forme une boucle et permet de revenir sur ses pas, pour repartir à l'intérieur des terres.

Dans le virage devant nous, le seul vrai magasin du village affiche la longue liste des services proposés. À la fois bureau de poste et épicerie, il vend du fromage local, des souvenirs et la presse quotidienne. Lieu de vie et de ravitaillement, le minuscule commerce est pris d'assaut par de nombreux campeurs établis sur les terrains bordant le torrent. Surpris par la pluie, ils s'y réfugient en masse.

Dans la vitrine, je devine le reflet du prédateur noir au-dessus de notre voiture, rassurée de voir qu'il ne nous a pas suivis. Notre carapace de parapluies colorés remonte la rue en tournant le dos au port. L'eau de pluie ruisselle sur le bord de la chaussée, où s'alignent les quelques maisons constituant le centre du village. Les façades de bois blanc se ressemblent sans pour autant être identiques.

Je vois bien que Terje lance régulièrement des regards vers le coin du ciel où vole encore l'oiseau de métal. Il finira bien par manquer de batterie... Mais dans combien de temps ? Jusqu'où Agnès peut-elle fuir pendant que je visite Undredal avec une bande de joyeux Allemands ?

La boucle est bouclée. Nous avons retrouvé la route principale, que nous remontons toujours. Nous longeons alors le torrent jusqu'à bifurquer à droite sur un chemin étroit, mais goudronné. Il s'élève progressivement, épousant le relief de cette partie surélevée du village.

Un petit panneau indique seulement *Undredal Kyrkje*. L'orthographe diffère légèrement, mais je reconnais le mot église. *Kirke* en norvégien traditionnel Bokmål devient *Kyrkje* en Nynorsk, cette variante plus récente utilisée essentiellement ici dans le sud-ouest du royaume.

Elle est minuscule. Accrochée à la pente sur le bord de cette route étroite, l'église en bois d'Undredal est la plus petite de tout le pays.

Pendant des siècles, les Norvégiens n'ont utilisé que le bois comme matériau de construction. Les très anciens bâtiments se font rares. Il ne reste que vingt-huit *stavkirke*, ou *stavkyrkje* à travers toute la Norvège. Ces églises médiévales en bois debout[28] constituent aujourd'hui des vestiges historiques fragiles et précieux, dans des régions où les ruines centenaires sont quasi inexistantes.

Nous sommes exactement onze et nous tenons à peine à l'intérieur, serrés dans l'étroite allée centrale. De part et d'autre se succède moins d'une dizaine de bancs usés, tout juste assez larges pour deux personnes.

Malgré la situation et le stress, je suis subjuguée par l'atmosphère qui règne entre ces murs marqués par le temps, entièrement peints comme le plafond. Des couleurs chaudes contribuent à rendre ces motifs, dessins et inscriptions particulièrement apaisants.

Tandis que nos compagnons observent, photographient et commentent entre eux, Terje s'est assis, pensif. J'ai du mal à le croire, mais il prie. Du moins, il se recueille. Je me décide à le rejoindre. Notre banc craque doucement, mais ne cède pas.

Décidément, depuis notre arrivée à Undredal, j'ai l'impression que le temps est suspendu. La pluie tombe toujours dehors. Seuls les chuchotements des Allemands perturbent le silence religieux.

La situation est indescriptible. Je n'ose pas déranger Terje. Lui que je trouvais presque grotesque dans la boutique de fromage, prend ici une dimension spirituelle. Il a perdu d'un coup son air juvénile et décalé. C'est un homme en plein recueillement qui est assis à mes côtés.

Après une courte hésitation, je pose ma main sur la sienne, agrippée au dossier du banc devant nous. Il se tourne vers moi et m'explique à voix basse, comme pour justifier son comportement :

— Je pense à mon fils. Et à sa mère disparue.

Terje est protestant comme la majorité des Norvégiens. Mais je ne pensais pas le découvrir de cette manière. Je n'ai rien à répondre. Je ne suis pas croyante. La religion reste quelque chose d'abstrait pour moi, avant tout liée à notre héritage culturel. La France s'est habituée au recul de la foi. Ici, c'est différent.

Alors que je me surprends à apprécier une certaine quiétude, Terje retire sa main de sous la mienne, tout en déclarant :

— Tu vas faire diversion. Je vais aller chercher la voiture. On va rattraper Agnès.

---

[28] On doit ce terme à leurs structures autour d'un ou plusieurs mâts.

Joli programme, mais j'apprécie moyennement la partie où je sers d'appât. Ai-je vraiment le choix ? La pluie s'est arrêtée, et le drone guette forcément notre véhicule.

Mon escorte d'Allemands jusqu'au port, sans Terje, prend une tournure inattendue. Cousins, amis, frères et sœurs ? Ils se mettent tous à chanter en quittant l'église.

Mes notions d'allemand me reviennent par bribes. Elles ne me permettent pas de saisir le sens de leur chanson, mais sont suffisantes pour leur souhaiter bon voyage lorsque nous atteignons le rivage.

La plupart des voitures et camping-cars sont déjà partis. En évidence au milieu du parking à moitié vide, notre Ford Focus ruisselante brille sous quelques rayons de soleil timides. Je saisis déjà mon mobile dans ma poche : la voie est libre !

Fausse joie. Surgi de la végétation sur l'autre rive du torrent qui longe l'extrémité du parking, le drone tueur reprend son vol stationnaire et menaçant. Il ne lui faut pas plus de quelques secondes pour me repérer, et s'élancer dans ma direction.

Comme prévu selon le plan de Terje, je cours me réfugier dans l'épicerie repérée à l'aller. J'achète une cape de pluie sombre au commerçant un peu étonné de me voir lui offrir ma veste polaire, avant de ressortir sans un mot. Je ressemble à présent à de nombreux campeurs et autres touristes équipés contre la météo capricieuse.

Mais Terje ne m'attend pas dans la rue. Et notre voiture a disparu du parking. Où est ce foutu drone ? Il se remet à pleuvoir, comme pour rentabiliser mon achat.

Où aller ? Sans doute guidée par mon instinct, je me mets à marcher de plus en plus vite, jusqu'à courir en direction de l'église miniature.

Bruit d'éclaboussures. J'en perds presque l'équilibre. Je reconnais immédiatement les phares devant lesquels dansent les gouttes de pluie. Au volant de notre Ford Focus, Terje me hurle de le rejoindre.

Ma cape trempée m'encombre, mais me voilà au sec. Plaquée au dossier par les accélérations successives, je boucle rapidement ma ceinture de sécurité, tout en m'agrippant au siège.

Nous n'avons encore prononcé aucun mot, lorsqu'à la sortie du village, un impact sourd résonne dans l'habitacle. Cette fois Terje perd son calme, et s'inquiète :

— Il a changé de batterie... Il est revenu !

En me retournant pour espérer apercevoir notre agresseur volant, je remarque la vitre arrière percée d'un trou, et striée de fissures en étoile. Le projectile s'est logé dans la banquette arrière. Le prochain risque d'être pour nous.

Tremblante de peur, je consulte Google Maps, à la recherche d'un abri. L'évidence me saute aux yeux. Que l'on rebrousse chemin ou que l'on prenne la direction de Sauda, il nous faudra emprunter un des deux tunnels. Longtemps accessible uniquement par bateau, la vallée escarpée est en cul-de-sac.

— Terje ! Laisse-moi le volant ! On n'a pas le choix !

Second impact, sur le goudron devant nous. Les arbres et le relief perturbent sans doute la visée. Terje accélère encore. Seuls six kilomètres et demi séparent Undredal des deux tunnels de la route E16.

Nous enjambons à nouveau le torrent que longe la route, pour le retrouver sur notre gauche. Il nous reste un peu plus d'un kilomètre à parcourir.

Quelle est la portée de ce putain de drone ? Il va bien finir par nous lâcher... La zone autour de nous est à nouveau dégagée. Quelques maisons éparses se dressent à flanc de montagne, sur notre droite. Terje zigzague sur la route, provoquant la colère et la panique de quelques voitures en sens inverse. Une apparition timide du soleil projette l'ombre menaçante à même la chaussée. Elle est bien trop proche à mon goût.

Un chantier interrompu s'étale sur plusieurs centaines de mètres, côté gauche de la route. Les arbres nous abritent à nouveau.

La bifurcation apparaît enfin. Route E16. Les directions Oslo à gauche et Bergen à droite rappellent qu'il s'agit d'un axe majeur du pays, malgré ses allures de simple route départementale. Le trafic y est dense. Pourtant Terje ne ralentit pas, et tourne le volant brutalement à droite. Notre Ford s'insère sans préavis dans la circulation, coupant la route à un semi-remorque. Son chauffeur nous assourdit de son avertisseur, et allume toutes les rangées de phares accrochées à sa calandre en signe de contestation. Terje est impassible.

L'entrée du tunnel est toute proche, dans une légère courbe. Je ne vois plus le drone. L'avons-nous semé pour de bon ? Au prix de contorsions douloureuses dans mon siège, je me penche pour scruter le ciel. Rien. Des nuages chargés, mais pas d'oiseau métallique. J'ai envie de crier mon soulagement.

Je sursaute, et je crois que Terje aussi. Une détonation sèche, comme un bouchon de Champagne. Moins de cinq secondes avant de nous engouffrer dans le tube bétonné du *Gudvengatunnelen*.

À peine les trente premiers mètres franchis, je vois la paroi grisâtre se rapprocher dangereusement. Terje freine de justesse avant la collision et la Ford s'immobilise sur le bas-côté.

On nous frôle, on nous contourne avec étonnement et prudence, mais personne n'imagine ici qu'un drone vient de nous tirer dessus. Une balle a perforé le toit, et traversé l'accoudoir central, à quelques centimètres de mon bras et de celui de Terje. Putain de drone.

Se contentant d'un jeu de regards silencieux, Terje s'assure que nous ne sommes pas blessés, sans avoir l'air de témoigner la moindre émotion. Tout en réserve, il fixe son mobile au pare-brise, et active Waze. 223 km soit 4 h de route nous séparent encore de Sauda.

Mais l'information qui n'a pas dû échapper à mon compagnon, c'est la longueur du tunnel dans lequel nous venons de pénétrer. Douze kilomètres. Près d'un quart d'heure de souffrance claustrophobique pour lui.

Tandis que je lis les informations affichées sur son écran, Terje avale des comprimés, et détache sa ceinture. Rapidement, il quitte son siège et contourne le capot. Un peu prise de court, je finis par libérer ma place, et m'asseoir au volant.

Installé côté passager, Terje ajuste le dossier en position allongée. Il déclare tout en fermant les yeux :

— On ne peut pas éviter les tunnels. Alors d'ici quelques minutes, je vais m'endormir. Profondément. Conduis prudemment. Respecte les limitations. Tu as assez d'essence pour atteindre Sauda. Notre logement est déjà payé. Tout ira bien.

À chaque fois que je crois m'être habituée à lui, Terje me surprend de plus belle. Il a carrément pris une pose funèbre, les mains en croix sur le torse.

Pas question de traîner. Mais avant de conduire, je me dépêche d'écrire à Robin. Je le lui dois. Mes doigts tremblent sur l'écran tactile.

Margo – 19h16 : Robin, je sais... Je ne t'ai pas donné de nouvelles. J'espère qu'Ada veille bien sur toi. Vous me manquez. Je dois terminer ce que j'ai commencé. Je vous promets qu'ensuite il n'y aura plus de secrets. Merci d'être là pour moi.

WhatsApp me confirme que le message est bien parti. Je profite d'une accalmie dans la circulation pour m'engager réellement dans le tunnel.

J'ai le cerveau en ébullition, encore dopé à l'adrénaline. L'idée d'allumer la radio ou d'écouter de la musique ne me traverse même pas l'esprit. Je fixe la route, les mains vissées au volant. Ma vitesse est stabilisée.

Soudain, les mots sortent. Spontanés. Ils sont destinés à Terje bien sûr, mais je crois que j'ai besoin de les entendre pour réaliser pleinement ce que nous vivons depuis quelques jours :

— C'est Renaud qu'il était censé viser non ? À Beito, c'était lui la cible ! Pourquoi nous ? Pourquoi moi ? S'ils nous ont suivis jusqu'ici... Ils vont nous attendre à Sauda ?

Le ronronnement du moteur meuble à lui seul le court silence. Je ne peux pas m'empêcher de poursuivre :

— J'ai vraiment cru que t'allais m'abandonner aujourd'hui. À plusieurs reprises. D'ailleurs toi aussi, t'as sûrement pensé que je voulais disparaître... Alors merci.

19h22. Terje dort profondément. Il n'a pas menti : son somnifère l'a assommé d'un seul coup. J'espère qu'il se réveillera avant Sauda.

***

PHILOMÈNE

19h23. Elle est la dernière passagère à débarquer du vol en provenance de Paris-Charles de Gaulle.

Philomène n'a pas seulement changé de nom. Elle était blonde, elle est devenue châtain clair. Elle a un peu affermi sa silhouette, et porte des lunettes rondes assez discrètes.

Elle n'a eu aucun problème à entrer en Norvège sous une fausse identité. Personne n'a noté la différence de taille avec la vraie Émeline, qu'elle dépasse d'environ 10 centimètres.

Philo ne ressent pas la moindre angoisse en traversant le grand hall tout en longueur d'un pas déterminé.

Pour être plus efficace, elle n'a emporté qu'une valise de taille moyenne, qui glisse en silence sur des roulettes invisibles. Rien ne détourne son attention. L'endroit est spacieux, les voyageurs ne se bousculent pas.

Les clients les plus pressés ont déjà été servis lorsqu'elle atteint le guichet de l'agence locale Europcar. Habillé aux couleurs de la compagnie, un homme fatigué, mais souriant, saisit son numéro de réservation, avant de lever les yeux vers elle, amusé. Dans un anglais teinté d'accent norvégien, il lui annonce :

— Vous avez été surclassée, vous aurez de la place !

Il rigole tout seul, tout en prenant le permis de conduire qu'elle lui tend. Une fois la copie faite, il hésite un instant avant de lui rendre le document. Philo serre les dents, sans le montrer.

L'employé rigole à nouveau tout seul :

— Il y a eu une erreur dans l'orthographe de votre nom. Je viens de le corriger. Émeline DALBERA, c'est bien ça ?

— Oui, merci.

— Kilométrage illimité. AutoPass pour l'autoroute inclus, facturé au rendu du véhicule. Škoda Superb. Moteur essence...

Là, elle sent qu'il va lui décrire chaque partie de la voiture. Philo l'interrompt d'un seul mot, en attrapant la clé posée sur le comptoir :

— Parfait.

— Bon séjour en Norvège, Madame Dalbera.

Philo a faim. Hors de question de se lancer sur les traces de la véritable Émeline le ventre vide.

***

MARGO

20h34. Malgré le ciel toujours couvert, il fait encore plein jour. La luminosité n'a pas beaucoup varié depuis le début d'après-midi. Le temps s'est comme arrêté.

C'est le cas de le dire. Je patiente, immobilisée dans une longue file de véhicules. Des travaux bloquent la route, et la circulation est alternée. Terje dort comme un bébé, il a fusionné avec son siège.

C'est plus fort que moi. J'ai mon téléphone dans la main. J'ai déroulé la conversation WhatsApp avec Robin. Comme moi, il doit voir que je suis en ligne. J'hésite. Il me manque.

Appels de phares, impatience des véhicules alignés dans mon rétroviseur. Il faut dire que nous sommes à l'arrêt depuis déjà un long moment. Je redémarre, laissant mon mobile entre mes jambes. Il vibre. Robin m'appelle. Je suis pétrifiée. Tant par l'ampleur des travaux de terrassement titanesques traversés, que par l'idée de parler à Robin, là, maintenant. Alors je fais preuve de lâcheté et le laisse déclencher mon répondeur.

Une notification sonore m'avertit d'un nouveau message vocal. Je m'empresse de l'écouter :

— Margo, c'est moi. Tu nous manques. Tu me manques. Reviens quand tu seras prête. Mais reviens. Peu importe comment tu t'appelles réellement. Ta vie d'avant t'appartient. Tu ne connais pas la mienne non plus.

Pendant quelques secondes, je n'entends que sa respiration.

— Je sais que tu ne vas pas me répondre. J'attendrai.

04

***

PHILOMÈNE

Le cliché commence à dater. Depuis 2007, mon portrait flou est affiché sur le site Internet d'Interpol. Une seule très ancienne photo d'identité illustre la *notice jaune*[29] signalant officiellement ma disparition inquiétante sous le nom de Philomène Lavieille.

Mes parents n'avaient pas mieux ? Franchement, même moi je ne me retrouverais pas avec cette image décolorée pour seul indice. Je dois reconnaître que les autres notices jaunes font vraiment de la peine à voir. Photos déformées, floues, mal compressées, incomplètes.

Certaines femmes sont recherchées depuis près de dix ans. Je me demande combien d'entre elles ont fui volontairement.

Pas étonnant finalement que cinq ans après ma disparition, je n'aie jamais été inquiétée une seule fois.

J'ai varié les plaisirs depuis Aix-en-Provence. En choisissant mes généreux hôtes via Facebook, j'ai gagné un temps fou. Le ciblage efficace m'a évité bien des tracas et des dépenses inutiles. Ce Mark Zuckerberg m'a facilité la vie avec son réseau social.

Changer de ville étudiante chaque année s'est avéré particulièrement efficace. Lucas et Alexis à Rennes. Killian et Rahim à Grenoble. Sylvain et Mehdi à Toulouse. Jimmy et Hugo à Lille.

Zéro bail, zéro quittance.

---

[29] Les notices jaunes sont émises en vue de la localisation de personnes disparues, souvent mineures, ou de l'identification de personnes dans l'incapacité de s'identifier elles-mêmes.

Je suis arrivée chez madame Kirino en janvier. La deuxième semaine de l'année voit l'île de Ré se vider totalement des touristes et des Parisiens pour n'abriter que ses habitants. Je crois que c'est ma période préférée.

Tombée amoureuse de l'endroit lors d'un premier séjour vingt ans plus tôt, madame Kirino a acquis une vieille maison un peu désuète au nord de l'île. Cernée de propriétés rénovées à grands frais et toutes équipées de luxueuses piscines, elle apprécie le calme de la forêt voisine et la proximité du rivage. Les-Portes-en-Ré a un goût de bout du monde.

Aux heures de pointe, en pleine saison, traverser l'île dans toute sa longueur jusqu'au pont pour regagner le continent peut s'avérer aussi périlleux qu'un tour de périphérique parisien un vendredi soir. Madame Kirino s'en fiche pas mal. Et moi donc.

Hormis notre marche quotidienne, nous restons à la maison, bercées par le bruit du vent dans la pinède et les notes de jazz que sa platine vinyle flambant neuve restitue à longueur de journée.

Nous maintenons un rythme de travail soutenu de huit heures à dix-neuf heures. Écrivaine japonaise installée en France, elle est très réputée dans son pays et lue dans le monde entier. Madame Kirino m'a choisie pour l'aider à rédiger son autobiographie.

Mon japonais oral s'améliore jour après jour. Son français progresse à grands pas.

Pour une fois, ici, je me sens bien. Madame Kirino est la première à pouvoir m'appeler Philo depuis que j'ai quitté mes Ardennes natales.

Aujourd'hui, le programme quotidien subit une légère entorse. Madame Kirino a réussi à me convaincre de fêter mon anniversaire. La dernière fois que j'ai soufflé des bougies, j'avais treize ans. J'en ai maintenant vingt-cinq.

Après des années à changer de nom et de ville, j'éprouve une forme de soulagement à réutiliser mon prénom de naissance. Pourtant, je ne regrette pas une seconde mon départ définitif.

Cela fait plusieurs années que personne ne m'a trouvée trop maigre, trop grande, trop plate, trop pâle, trop blonde, ou trop intello.

Madame Kirino me rappelle Madame Leween, la voisine belge de mes parents. Parce qu'en présence de l'une comme de l'autre, j'ai le sentiment d'être moi-même.

J'ai passé des heures, des soirées entières, réfugiée dans la bibliothèque de cette retraitée un peu froide au premier abord. Ancienne interprète au siège de l'OTAN à Bruxelles, Madame Leween maîtrisait un nombre de langues vertigineux.

Mais c'est sa collection de livres et de guides touristiques qui m'ont marquée à vie. Elle les achetait pour distraire son époux handicapé et condamné à ne jamais voyager.

Avec l'aide de Madame Leween, j'ai tout lu. En français bien sûr, mais également en anglais, parfois en allemand, en italien.

Madame Kirino évoque déjà mon installation définitive chez elle. Je dispose de l'étage avec ma chambre et ma propre salle de bain. La connexion Internet vient d'être modernisée et la dématérialisation progresse chaque jour. De plus, je dois l'avouer, à mon grand étonnement, j'apprécierais bien un peu de stabilité.

05

***

ADÉLAÏDE

Dans un mois, Adélaïde aura quatorze ans. Depuis des semaines déjà, elle ne pense qu'à cette date. Mardi 2 juillet 2019. Dernière épreuve du brevet de collèges.

Célébrer son anniversaire et terminer son année de troisième haut la main sont des préoccupations secondaires, contrairement à ce que croit son père. Parce que depuis le départ de Margo, Robin ne voit rien et ne comprend rien. Particulièrement au sujet de sa fille.

Pour la première fois depuis le CP, Ada angoisse à l'approche des grandes vacances. Elle a l'impression de courir au bord d'une falaise les yeux bandés depuis plusieurs jours. Et le 2 juillet, elle devra se décider à sauter dans le vide, les yeux grand ouverts. Affronter la réalité.

Personne ne pourra le faire à sa place.

— Tu seras seule avec Cannelle ?

Les mots d'Édouard ont l'effet d'un électrochoc. Ada rougit instantanément. Elle aimerait ouvrir la portière et sauter sur la route pour éviter d'avoir à répondre.

Pourtant Édouard est devenu comme un tonton adoptif. Ada l'adore et il doit beaucoup l'apprécier, lui aussi. Il n'a pas hésité à partir plus tôt un dimanche matin pour la déposer à Roquebillière, plus bas dans la vallée.

Les légers effluves de bière lui paraissent soudain insoutenables. Ada baisse totalement sa vitre côté passager. La brasserie du Comté vient tout juste d'acquérir ce Peugeot Expert blanc, orné de l'aigle doré sur ses flancs. Des factures, des reçus, et des étiquettes de la bière du Comté se sont immiscés un peu partout dans l'habitacle déjà usé. À chaque virage, le tintement du verre rappelle la fonction principale du véhicule : transporter des bouteilles à travers la vallée.

Ada aime bien accompagner Édouard. Il est pourtant chargé de la communication de la brasserie, mais il prend parfois le volant pour livrer lui-même certains clients. Il faut dire qu'au démarrage de l'entreprise en 2012, ils n'étaient que deux. Chacun a dû faire preuve de polyvalence.

Dans une parade défensive, Ada connecte son téléphone au poste radio Bluetooth du véhicule et lance Spotify.

Artiste : **Leagues**   Titre : `Walking backwards`

Un roulement de basse et de percussion rock envahit l'habitacle, comme une version musicale du sang que pompe le cœur agité d'Ada.

Édouard sourit, et réduit le volume pour demander :

— Pas de garçons pour vous accompagner ?

Si Ada a du mal à répondre, c'est qu'elle réalise à quel point être seule avec Cannelle lui est devenu indispensable et terrifiant à la fois. Il lui suffit de fermer les yeux pour sentir son parfum floral.

Concentré sur la route devenue sinueuse, Édouard ne se démonte pas :

— Piscine entre filles ?

Cette fois, Ada retrouve son énergie et son enthousiasme habituels :

— Randonnée entre filles. On monte à la pointe de Siruol.

— Je me disais bien que ton sac à dos était chargé pour une serviette et un maillot ! Siruol, c'est à plus de 2000 m... Sacrée grimpette !

Ada sourit, et finit même par laisser échapper un rire. Édouard a toujours cet effet sur elle. C'est la version détendue de son père. Avec encore moins de cheveux.

Robin va finir par tous les perdre s'il ne réduit pas la cadence. Ada, bien matinale, l'a pourtant raté ce matin. Encore une prétendue urgence informatique sur le site industriel de Virbac, le groupe pharmaceutique vétérinaire installé dans la vallée du Var, aux portes des Alpes. Ada n'y croit pas. Elle connaît son père mieux qu'il ne se connaît lui-même. Margo lui manque. Alors Robin fuit. Il fuit son village, sa fille. Il se réfugie dans les réseaux, se cache derrière son écran, à l'abri d'une usine quasiment vide un dimanche matin.

Si Saint-Martin-Vésubie domine la naissance de la vallée à plus de 60 km au nord de la côte, Roquebillière en épouse le lit.

Véritable petite ville de moyenne montagne, elle embrasse le relief des planches nourricières cultivées par les anciens, aujourd'hui rendues à la nature. Au milieu des vieux oliviers se dressent encore quelques ruines aux toits effondrés.

C'est ici qu'elle habite. La maison de ses parents se situe précisément sur une sorte de grand plateau légèrement pentu surplombant le village, appelé plan Gast.

Il faut dépasser plusieurs maisons avant d'apercevoir le chemin non goudronné qui descend droit vers l'ancienne ferme familiale rénovée.

La piscine offre un panorama saisissant sur la vallée, mais Ada n'en profitera pas aujourd'hui. Son amie l'attend sur le bord de la route, chaussures de randonnée aux pieds et vêtements colorés adaptés à la marche.

Malgré sa casquette et ses lunettes de soleil, impossible de ne pas la reconnaître. Des boucles brunes dépassent sur sa nuque, et ce visage aux traits si doux piège tous ceux qui tentent de lui donner un âge.

Cannelle Gastaldi. Voici celle qui cristallise les émotions les plus intenses, parfois encore inconnues, d'Ada.

Édouard ralentit pour s'arrêter à son niveau. Cannelle lui adresse un signe amical de la main, qu'il lui rend avec le sourire. Il se tourne alors vers Ada :

— Soyez prudentes. Tu m'appelles si vous avez le moindre souci.

— Merci, t'es le meilleur.

— Je te récupère ici à dix-sept heures précises. Pas de blague.

Ada s'est penchée à travers l'habitacle pour embrasser ses joues mal rasées.

Le fourgon rebrousse chemin, abandonnant les deux adolescentes sur le bord de la route, au milieu de la nature dorée par le soleil estival.

Ada rougit, mais se contrôle. Cannelle n'est pas dans son état normal. Alors Ada doit parler, rompre le silence :

— T'as pas de sac ?

— Je me suis pris la tête avec mon père. Du coup je me suis barrée en courant. Sans sac.

Cannelle lance la marche à un rythme soutenu. Ada la suit, transie de bonheur, oubliant presque l'angoisse qui la ronge.

Le cadran de la vieille Longines offerte par sa mère indique seulement 8h13, mais le soleil brûle déjà.

À cet instant précis, Ada se demande si, au contraire, Margo a froid. Pourquoi ne lui donne-t-elle aucune nouvelle ?

***

MARGO

Le soleil ne s'est couché que deux ou trois heures cette nuit. Le trajet m'a paru interminable. J'ai arrêté de compter les tunnels.

Terje s'est réveillé quelques minutes seulement avant notre arrivée. Encore assommé par ses somnifères, il a déverrouillé notre hébergement via l'application Airbnb, m'a indiqué ma chambre, puis s'est effondré sur son lit.

8h14. J'ai l'impression qu'il est midi. Deux sensations contradictoires m'envahissent : une grande fatigue et le besoin de courir.

Alors je sors. Je quitte notre logement. Je traverse l'espèce de cour autour de laquelle se dressent un corps de ferme, deux maisons traditionnelles en bois blanc et deux autres bâtiments agricoles un peu excentrés.

Divers véhicules y sont parfaitement alignés : un tracteur boueux, une moissonneuse-batteuse imposante, un pick-up Toyota blanc, et une petite citadine électrique Nissan.

Je viens de me rendre compte que j'ai eu le réflexe de mémoriser les modèles et les plaques d'immatriculation. Émeline en aurait été incapable.

J'atteins la route par laquelle nous sommes arrivés. Gauche ou droite ? Autant profiter de mon entraînement pour repérer les lieux. Je prends à gauche, en direction du centre-ville de Sauda, tout proche.

Déjà haut dans le ciel, le soleil perce difficilement le plafond nuageux grisâtre. Tant mieux, je me suis totalement adaptée au climat vivifiant norvégien.

Mes premières foulées sont douloureuses. J'ai même du mal à garder l'équilibre. De longues heures de voiture après un marathon sans préparation : je m'attendais à quoi ?

La route bordée de maisons de bois peint en rouge ou en blanc traverse des terres agricoles pendant deux kilomètres. J'aperçois déjà les toits du centre-ville de Sauda, bâti dans l'embouchure du fjord. Sur la gauche de la route, devenue une avenue sinueuse comme surgie des entrailles de la vallée boisée, se dresse la silhouette sombre et massive de l'usine d'Eramet Norway. Renaud s'y est-il réfugié ? Agnès est-elle avec lui ?

Le voile noir. On désigne ainsi le phénomène subi par les pilotes de chasse lorsqu'ils prennent rapidement de l'altitude, en redressant brutalement le nez de l'avion. La pression exercée rend impossible le trajet du sang vers la partie haute du corps. Pendant une fraction de seconde, on ne voit plus.

Robin m'a montré un simulateur de vol ultra réaliste qui reproduit ce phénomène. Je ne croyais pas le vivre aujourd'hui, en courant sur la route. Sauf que pour moi, ça a duré bien plus qu'une fraction de seconde.

On m'a relevée, puis allongée sur une surface métallique froide, recouverte de tiges piquantes. De la paille.

Je suis à l'arrière d'une voiture sans toit. Un jeune homme d'une vingtaine d'années est près de moi, il récite inlassablement des phrases en norvégien. Je ne les comprends pas, mais je reconnais plusieurs fois les mêmes. Des prières ?

À nouveau, on me soulève, pour me déposer sur un vieux canapé. Une couverture me recouvre les jambes. Difficile de savoir si j'ai chaud ou froid.

Une odeur fumée. De la viande. Un morceau touche mes lèvres. Par réflexe, je goûte, et je mâche. C'est un peu fort, mais c'est bon. Je saurai plus tard que je suis en train de découvrir la viande de renne séchée.

J'ouvre les yeux. L'image revient enfin. Des rideaux épais occultent toutes les fenêtres.

J'ai droit à un autre morceau de viande séchée. Mes sauveurs se ressemblent comme deux gouttes d'eau. Ou plutôt comme père et fils. Leur accent est très différent de ce que j'ai entendu jusqu'ici.

Le plus âgé semble prier. Son fils me fixe droit dans les yeux, sans un mot. Mon corps retrouve toutes ses capacités, mais je me sens mal à l'aise. Qui sont ces gens ?

Soudain, plusieurs indices autour de moi déclenchent une véritable réaction épidermique. Brochures, livres et objets religieux... Ils me rappellent immédiatement notre courte intrusion chez Nae à Beitostølen : les Témoins de Jéhovah.

Je ne me l'explique pas, mais il m'a suffi de quelques secondes pour jeter la couverture à terre, bondir du canapé, et m'élancer vers la porte d'entrée.

Une fois à l'extérieur, j'essaie de comprendre. Je reconnais le pick-up boueux. La benne arrière est pleine de paille. La moissonneuse et le tracteur n'ont pas bougé. J'aperçois même notre voiture de location et son toit perforé.

J'ai dormi ici. Chez les Témoins de Jéhovah. Est-ce que je peux leur faire confiance ? Bon Dieu de merde, mais où est Terje ?

Comme pour me répondre, ou se foutre de ma gueule selon le point de vue, j'entends sa voix derrière moi. Souriant, un verre de lait frais à la main, Terje me salue, entouré de mes deux sauveurs. Visiblement inquiets à mon sujet, ils détournent pourtant le regard. Mon short est très court. Trop court pour les Témoins de Jéhovah.

Comme s'il n'avait rien remarqué d'anormal, Terje rigole, maquillé d'une moustache blanche de lait :

— Je te présente notre hôte Roald Bjørgestad, et son fils, Fabian. Ils m'ont dit qu'ils t'avaient trouvée inconsciente sur la route ce matin.

Comment fait-il ? Son air détaché. Zéro empathie. Terje n'est pas seulement imprévisible, il est insupportable. Si je lui réponds, je risque de hurler. Je me contente de lui prendre le verre des mains, pour terminer d'une seule gorgée le lait visiblement tout juste issu de la traite du matin. Un peu surprise par le goût de terre ainsi que la texture épaisse et grasse, je manque de m'étouffer, mais je garde mon calme apparent pour lui annoncer sèchement :

— Je vais prendre une douche. Ensuite, je veux tout savoir, à commencer par ce qu'on fout chez eux.

06

***

PHILOMÈNE

La première fois que je suis venue ici, la hauteur des pins m'a impressionnée. La forêt déborde dans le jardin aux limites invisibles. La brise caresse doucement les cimes. Je marche sur un lit d'aiguilles de pins et d'humus parfumé.

Une légère odeur de bois brûlé gagne mes narines de temps à autre. Comme si le vent voulait me rappeler à l'ordre en guidant jusqu'à moi les émanations de la cheminée.

Beaucoup de maisons alentour accueillent des familles réunies pour le réveillon. Pourtant, aucun bruit ne filtre. Le calme absolu.

Qu'est-ce que je fais là ? Il m'a fallu beaucoup de temps et d'énergie pour tout organiser. J'étais parée pour le grand départ. J'avais même acquis une nouvelle identité officielle. Pas seulement un nom inventé ou un profil Facebook usurpé.

Terminé Philomène Lavieille.

Appelez-moi Émeline Dalbera. Quand j'y repense, c'est tellement abstrait. Cette femme prénommée Madeleine m'a confié mes nouveaux documents officiels pendant le marathon de La Rochelle. C'était le 30 novembre, il y a moins d'un mois. Et me voilà, à la veille de Noël, dans le jardin de Cédric, habillée d'une robe pour la première fois depuis des années.

Cédric Lemaitre, 38 ans, de dix ans mon aîné. Mon imprévu. Mon inattendu. Mon premier rendez-vous physique avec un banquier depuis longtemps s'est transformé en premier rendez-vous, tout court. Sa femme est morte d'une leucémie aiguë, il y a bientôt deux ans.

Sa résilience me touche, mais ce qui me bouleverse un peu plus chaque jour est bien plus surprenant. J'en perds parfois mes moyens, et je dois être très vigilante si je ne veux pas me trahir. Je n'ai plus le droit à la faute.

Je suis devenue Émeline Dalbera. Je resterai Émeline Dalbera.

— Tu viens pas ?

298

Le voilà. Le petit être qui a tout changé. Celui qui a éveillé en moi quelque chose que j'ignorais. Quelque chose de profond et d'intense.

Lino a bientôt 3 ans. Sa mère, passionnée par le cinéma des années 1960, adorait Lino Ventura. Elle n'aura pas eu le temps de partager avec lui ses films préférés.

Je crois que Lino m'a adoptée dès notre première rencontre. Moi, c'est simple : j'ai eu l'impression de me réveiller d'une longue amnésie. Comme si une part de moi-même le connaissait déjà.

Cédric et moi avons redoublé de maladresse. Parfois pires que des ados. Pas Lino. Il a tout de suite su. Il a insufflé la spontanéité et le naturel dans notre trio.

Lino me tend sa petite main, souriant. Il porte une chemise que nous avons choisie ensemble. Son regard me fait fondre. Toute tentative de résistance serait vaine.

En me levant pour l'accompagner à l'intérieur de la maison, un mantra tourne en boucle dans ma tête :

Je suis Émeline Dalbera.

07

***

ADÉLAÏDE

Pour Ada, chaque tentative pour courir une longue distance avec Cannelle s'est soldée par un échec. Elles sont toutes les deux parfaitement d'accord sur un point : Cannelle n'accompagnera jamais Ada à un marathon. Par contre, dès qu'il s'agit de grimper, Cannelle est imbattable.

Après une heure de montée, Ada tente de dissimuler les douleurs que lui transmettent ses mollets et ses cuisses, tout en étouffant le bruit de sa respiration.

En sueur, Ada bénit les arbres qui les ont protégées du soleil sur une bonne partie de leur ascension. Mais ils se font soudainement rares, à l'approche du panneau indicateur numéro 39. Celui-ci affiche l'altitude, qui traduit la souffrance physique d'Ada en dénivelé : près de 500 mètres depuis leur point de départ au-dessus du village.

Cannelle a beau avoir marqué de courtes pauses pour que son amie la rejoigne, elle sent qu'elle a démarré fort. Excessivement fort. Mais la colère est encore trop présente. Elle a besoin de grimper plus haut. L'idée de devoir redescendre pour affronter à nouveau son père lui est insupportable.

Voici l'état de ses pensées au moment où Ada, totalement essoufflée, mais souriante, lui tend sa gourde métallique remplie d'eau fraîche. Sans un mot, Cannelle savoure chaque gorgée.

Ada la dévore des yeux. Elle ne peut se retenir. Elle la boit du regard. Elle voudrait le lui dire, là maintenant. Mais rien ne sort. Cannelle lui rend la gourde, et essuie les gouttes restées à la commissure de ses lèvres. Ada met de longues secondes à revisser le bouchon.

Tandis qu'elle réajuste les lanières de son sac à dos, Cannelle déclare en contemplant la vue imprenable sur la vallée :

— Je t'ai choisie.

Troublée, Ada manque de perdre l'équilibre, et s'accroche à Cannelle, qui précise aussitôt :

— Mon père voulait que je choisisse entre lui et toi. Je t'ai choisie toi.

Qu'est-ce que Ada peut répondre à ça ? Qu'elle aussi choisirait sa meilleure amie plutôt que n'importe qui d'autre ? Qu'elle tient tellement à elle qu'elle en souffre parfois ?

Même dans sa tête, Ada n'ose pas utiliser le mot amour. Pourtant c'est de cela qu'il s'agit, elle le sait. Son cœur s'affole, et le dénivelé n'y est pour rien.

Heureusement, Cannelle poursuit :

— Depuis quelques jours, il s'acharne sur Margo. Il dit qu'elle a arnaqué tout le monde, et qu'elle ne reviendra pas. Pour moi, c'est simple, si tu fais confiance à Margo, je fais confiance à Margo. Alors là, mon père s'énerve encore plus. Il dit que Robin n'a pas digéré la disparition de ta mère, que Margo l'a manipulé. Que Margo nous manipule tous.

Cannelle marque une pause. Elle s'assoit dans l'herbe, avec la même nonchalance que lorsqu'elle était enfant. Ada l'imite, incapable de prononcer un mot. Son amie continue :

— J'ai giflé mon père, et je suis partie en courant. Sans rien.

Cannelle soupire doucement, avant d'appuyer sa tête contre l'épaule d'Ada. Elles restent un moment immobiles et silencieuses, caressées par les bouffées d'air chaud qui remontent de la vallée déjà dorée par le soleil. Le parfum des fleurs de printemps embaume l'air.

Ada voudrait parler. Elle aimerait trouver la force de lui répondre. Mais elle craint de gâcher cet instant magique et spontané. Elles sont là toutes les deux, au cœur d'une nature qui les a vues grandir. Cannelle n'a pas terminé. Elle chuchote maintenant, tout près de son oreille :

— Quand il est à Roquebillière, mon père joue les citadins puissants. De retour à Nice, il vante son attachement à la terre, ses racines du haut pays. Toujours à critiquer ceux qui l'entourent. En réalité, il ne se sent à sa place nulle part. Il ne comprend rien ni personne.

Cannelle soulève un court instant sa casquette pour mieux y coincer ses boucles brunes. Ada perçoit son parfum.

Puis le charme se rompt. Cannelle s'est levée d'un coup, prête à reprendre l'ascension. Après quelques pas, elle se retourne, avec son premier sourire de la journée :

— En ville, j'étouffe. Ici, je respire. Margo et toi l'avez bien mieux compris que mon père.

***

MARGO

9h36. C'est seulement sous la douche que j'ai aperçu mes nouvelles blessures. Cette chute sur la route m'a laissé quelques marques supplémentaires aux coudes et à la hanche. Rien de profond, mais j'aurai de vilaines croûtes.

Putain de merde, Terje. Il me donne parfois l'impression de se croire en plein film d'espionnage, puis de se comporter comme un ado en vacances dans l'heure qui suit.

Au moment de m'habiller, je repense aux regards gênés de nos hôtes, et je constate la pauvreté de ma garde-robe. Combien de temps je croyais partir ? Un vieux jean fera l'affaire. Le temps s'est rafraîchi, ça m'arrange.

Je viens tout juste d'enfiler mon tee-shirt lorsque Terje entre sans frapper, le visage sérieux. L'espion parano a remplacé l'ado un peu perché. Ça tombe bien, j'ai un tas de questions.

Mais Terje ne me laisse pas le loisir de l'interroger. Il tire tous les rideaux et s'assoit sur mon lit. La chambre ressemble à un confessionnal sombre et démuni. En me regardant droit dans les yeux, Terje commence :

— Ils sont le lien entre tous. Agnès, son mari Renaud et Nae.

J'ai d'abord l'impression d'avoir raté un chapitre, avant de comprendre :

— Ils font tous partie des Témoins de Jéhovah ?

— Pas Agnès. Mais Renaud a déserté sa communauté pour s'enfuir en Norvège. Et Nae traque les déserteurs.

Nae. Comment oublier ce *Terminator* surgi en plein marathon à Beitostølen ? Moi qui suis peu habituée aux églises et à la religion en général, je ne m'attendais pas à fréquenter des Témoins de Jéhovah. En Norvège.

J'essaie de comprendre le raisonnement de Terje :

— Donc parce qu'il a sa carte de membre, Roald nous aiderait ?

— Roald n'est pas seulement un proclamateur croyant et pratiquant. Il travaille pour Eramet Norway, ici, à Sauda.

Combien de cartes secrètes Terje me cache-t-il encore ? Je ne sais pas si j'ai envie de croire qu'il a un plan bien huilé depuis le début ou si, au contraire, il improvise systématiquement en cours de route.

— Roald m'a mis en contact avec Olav, un collègue proche de Renaud. Il peut m'aider à le convaincre. L'empêcher de saboter l'accord.

Terje s'applique à prononcer chaque mot. Son français m'impressionne vraiment. Ces propos sont très clairs, mais j'ai toujours ce vague sentiment d'avoir atterri dans un mauvais film d'espionnage. Alors je le taquine :

— L'accord avec les Russes, basé sur un rapport environnemental que Renaud risque de falsifier pour le compte des... Russes ?

Terje garde son air sérieux :

— Le pouvoir russe ne partage pas toujours les choix de ses oligarques. Avec leurs engagements écologiques, ceux qui ont pris la tête du groupe Nornickel défient Poutine personnellement.

— Donc tu veux convaincre Renaud rapidement...

— L'accord doit être signé mardi, dans un hôtel à l'entrée de la ville.

— On fait quoi pendant les prochaines 48 heures ? On visite ? On se convertit avec Roald et son fils ?

— Dès demain matin, la ville tout entière prendra les couleurs d'Eramet. C'est un événement très important ici.

— Tu comptes en profiter pour approcher Renaud ?

— Parfaitement. Et sans craindre ce foutu drone. Roald est très impliqué dans la vie de l'usine. Il va nous aider.

Constatant mon scepticisme, il ajoute :

— Agnès ne sera pas loin. Fais-moi confiance.

Terje poursuit ses explications, mais je ne l'écoute plus. Je pense à Robin et à Ada... À mon ancienne professeure, Valérie... À ma sœur, Flore. Je prends brutalement la mesure de la situation. De ma situation.

J'avais promis de m'absenter seulement quelques jours. Et je n'ai pas répondu au message vocal de Robin.

Terje grimace en me voyant saisir mon téléphone portable. Il semble penser que je ne pourrai pas m'en servir. Je n'y crois pas. Je ne capte aucun réseau. Rien. Comment est-ce possible dans un pays où même les tunnels sont équipés de relais 4G ? Terje fait de grands signes circulaires avec les bras :

— Roald a installé un brouilleur. Il préserve sa communauté.

— Tu te fous de ma gueule ?

— On est en sécurité ici. Les Témoins de Jéhovah nous protègent des Russes. Poutine les chasse comme des criminels depuis deux ans. Je te promets que personne ne nous trouvera. Pas même le drone.

— T'es sérieux ?

Il l'est. Cette mise en doute aurait pu énerver ou vexer quelqu'un d'autre. Terje est hermétique à tout ça. Il s'approche de moi. La pièce est toujours plongée dans l'obscurité et le silence. Mon lit est pour ainsi dire le seul meuble. Il me montre une liste sur l'écran de son mobile. Instinctivement, mes yeux ont repéré son nom. Ou plutôt, mon nom. Car bien entendu, Agnès s'est inscrite sous le nom d'Émeline. Terje précise :

— Agnès courra le marathon de Tromsø. Elle va recontacter Madeleine pour obtenir de nouvelles identités. Cette fois, on ne la ratera pas. Et on ne la lâchera pas.

— C'est ça, ton plan ? Lui coller aux basques jusqu'à... D'ailleurs c'est où *Trome-Seu* ?

Terje sourit, aussi réjoui de ses précisions que si je lui promettais de visiter la tour Eiffel en VIP :

— Au-delà du cercle polaire, au nord du pays. On surnomme cette course le marathon du soleil de minuit. Tu vas courir de nuit en plein jour.

Pendant une fraction de seconde, je me laisse fantasmer cette course hors du temps, avant de revenir à la réalité :

— Mais il a lieu quand ce marathon ?

— Le 22 juin pour le solstice d'été.

— Dans 20 jours ?

— C'est ça.

Terje n'a pas l'air de comprendre ma stupeur, mon angoisse. Comment je suis censée appréhender vingt jours d'attente ? De traque de celle qui m'a volé mon nom ? Mes économies ne sont pas illimitées. Pas question de dépendre de Terje ou de je ne sais qui. Chaque jour passé ici met en péril ma nouvelle vie auprès de Robin et Ada.

Je me lève en serrant mon mobile dans la main. Me voyant approcher de la porte, Terje s'inquiète :

— Tu vas où ?

— Quelque part où je pourrai capter.

o8

***

PHILOMÈNE

Bonne année, Philo. J'ai toujours adoré les premières heures du jour de l'an. J'ai beaucoup de souvenirs de rues désertes et de villes silencieuses.

Depuis l'adolescence, je dors rarement cette nuit-là. Que ce soit en rentrant chez moi après un réveillon ou simplement pour le plaisir de sortir dans cette atmosphère unique : un mélange étrange de fin du monde et de commencement.

Pour la première fois depuis des années, je n'ai pas bougé de la soirée. J'ai abandonné 2018 pour 2019 sans quitter le canapé du salon. De sa position légèrement excentrée, le poêle à bois émet encore de la chaleur, et un léger crépitement. À aucun moment je n'ai craint le froid. Non seulement une couverture enveloppe mes jambes, mais un petit corps tout chaud dort paisiblement contre moi.

Lino aura 7 ans en février. Il a veillé jusqu'à minuit, pour *dire la bonne année* comme il l'a répété frénétiquement avant de sombrer dans un sommeil profond. Sa respiration m'a bercée toute la nuit.

Les premiers rayons du soleil réchauffent doucement les hauts pins qui cernent la maison. La baie vitrée devant moi a quelque chose d'irréel. Une fenêtre sur le cœur sauvage de l'île.

Depuis combien de temps Cédric est-il assis sur le bord du vieux fauteuil en velours délavé ? J'ai ouvert discrètement les yeux, sans bouger, sans me trahir. Cédric est concentré sur son écran d'ordinateur. Les notifications reçues sur mon mobile m'indiquent qu'il lit actuellement le texte à peine terminé de mon premier livre. Une nouvelle originale. Pas une commande ni une traduction, une histoire de ma création. La première.

Il sourit. Ce genre de sourire sincère qui m'irradie en profondeur. J'aimerais que ce moment ne cesse jamais.

Soudain, Lino remue et manque de glisser. Je le retiens. Il ne s'est pas réveillé, mais Cédric m'a vue. Il repose son ordinateur, et s'assied à côté de moi. Il me fixe droit dans les yeux.

Je ne me l'explique pas. Je l'aime.

Cédric s'approche encore. Jusqu'à ce que je perçoive son souffle dans mon cou. Là, dans le creux de mon oreille, il murmure seulement :

— Veux-tu m'épouser ?

Cette fois le temps se fige totalement. J'ai pourtant envie de lui répondre sans attendre.

Épouser Cédric ? Oui. Mille fois oui. Je me suis renseignée sur les démarches pour adopter Lino. Pourtant, chaque neurone de mon cerveau me rappelle douloureusement la réalité. Mon passé peut tout faire basculer. La vérité pourrait tout détruire en quelques secondes.

En 2017, après dix ans de "disparition inquiétante", Philomène Lavieille a été déclarée administrativement morte. Plus de retour arrière possible. *Je suis Émeline Dalbera.*

Sauf que la même année, Émeline Dalbera, la vraie, s'est mariée en Norvège. Si Cédric s'en aperçoit...

Cédric ne saura rien. Je vais retrouver Émeline. Je vais tout arranger. S'il le faut, je porterai plainte contre elle pour usurpation. J'aurai alors les documents nécessaires pour me marier avec Cédric.

Parce que je l'aime, parce que j'aime Lino.

Parce que je suis Émeline.

— Oui, je le veux.

Mon esprit bouillonne encore. Combien de longues secondes Cédric a-t-il dû patienter avant d'obtenir ma réponse ? Son sourire plein de tendresse me rassure.

Il voudrait qu'on se marie cet été.

Il n'y aura plus de problème d'ici là.

Personne ne me volera cette vie.

Ma vie.

09

***

ADÉLAÏDE

La deuxième heure de marche a été aussi intense que la première. Heureusement, l'essentiel du parcours épouse une crête encore ombragée le matin. Ada et Cannelle viennent de franchir les 1 500 mètres d'altitude. Prochaine étape, droit devant elles, la pointe de Siruol qui culmine à 2 053 mètres.

Cuisses et mollets en fusion, Ada se concentre sur sa respiration pour maintenir une distance raisonnable derrière Cannelle, infatigable. Cette dernière a beau avoir soulagé Ada de son sac à dos, rien ne la ralentit. Elle pourrait parler sans s'essouffler, mais son ascension reste muette. Pourtant, Cannelle n'est pas timide. Elle est même très sociable. Mais elle redouble d'efforts pour éviter de se livrer aux autres. Ada a parfois bien du mal à cerner ses émotions profondes. Cannelle peut se révéler surprenante. Comme aujourd'hui :

— Que mon père se méfie de Margo, soit. Mais comment ose-t-il douter de toi ? S'il n'a pas encore compris que tu fais partie de ma famille, c'est qu'il ne me connaît pas.

Pour la première fois, Cannelle ralentit, décompose chaque foulée. Ada finit par marcher à son niveau, hésitant à prendre la parole. Mais son amie n'a pas terminé ses réflexions à haute voix :

— Le dessin que tu as fait de moi, je ne l'ai montré à personne. Pas même à ma mère.

Cannelle s'immobilise. Son visage a pris des couleurs, elle respire bruyamment lorsqu'elle se tourne vers Ada :

— Merci d'être là.

Les pupilles d'Ada se dilatent, ses yeux bleus brillent d'émoi. Sans s'en rendre compte, elle perd l'équilibre. Amortie par l'herbe encore imbibée de la rosée matinale, Ada ne perçoit pas immédiatement la vibration dans sa poche. Cannelle l'aide à se relever. Ada consulte finalement l'écran de son mobile : appel en visioconférence, via WhatsApp. C'est Margo. Ada retrouve aussitôt ses esprits, pressée par Cannelle :

— Réponds-lui !

La connexion s'établit. Le visage marqué de Margo s'anime. La vidéo est saccadée, mais le son est audible. Ada sourit, et invite Cannelle à ses côtés. L'air soucieux de Margo se transforme en une mine réjouie, presque amusée de retrouver les deux inséparables.

Le décor norvégien derrière elle n'est pas bien différent des pentes boisées de la Vésubie, mais les rayons du soleil l'éclairent déjà quasiment à la verticale.

Décelant leur curiosité, Margo s'explique d'une voix atone :

— Je me suis écartée de mon logement pour parler tranquillement.

Ada prend soudain un air soucieux :

— Tout va bien ?

— Oui, je suis seulement fatiguée. Vous êtes seules, les filles ?

Cannelle coupe Ada dans son élan, tout en lui prenant le mobile des mains :

— Seules au monde ! Pas le moindre con à l'horizon !

Elle confirme aussitôt ses propos d'un rapide panorama à 360 degrés. Margo ne peut retenir un rire. Mais son ton est des plus sérieux :

— Je vais avoir besoin de vous. Il faut me promettre de ne rien dire à personne. Strictement personne. Pas même à Robin.

Ada tient à nouveau son mobile. Les deux filles se sont figées. Simultanément, elles répondent d'une voix en hochant la tête :

— Personne.

Cannelle renchérit :

— J'ai déjà choisi mon camp ce matin.

Ada précise :

— Elle s'est engueulée avec son père parce qu'il te traite de manipulatrice. Il répète que tu arnaques toute la vallée. Et que tu n'es pas celle que tu prétends être.

Margo détourne le regard, noyée dans ses réflexions. Elle fixe à nouveau sa caméra :

— Je ne vais pas pouvoir rentrer aussi vite que prévu. Tant que je serai en Norvège, j'aurai besoin de votre aide.

Ada laisse échapper :

— J'ai confiance en toi.

Cannelle lui succède immédiatement :

— Moi aussi.

Margo hésite quelques secondes, puis déclare d'un ton solennel :

— Les filles, vous allez entendre énormément de choses à mon sujet. Il y aura beaucoup de mensonges, parfois des vérités.

— On ne les écoutera pas !

— Au contraire. J'ai besoin de savoir. Pour vous protéger, pour protéger Robin et Valérie. Vous me rapporterez les rumeurs, les soi-disant preuves contre moi.

Ada et Cannelle se dévisagent un court instant, avant de déclarer ensemble :

— Tu peux compter sur nous.

***

MARGO

11h32. J'avais faim. Compte tenu des choix de Terje en matière de logement, j'ai préféré sélectionner moi-même un établissement susceptible de nous nourrir convenablement. L'offre gastronomique de Sauda n'étant pas abondante, j'ai recherché une table sur Google Maps.

Vous fantasmez d'une terrasse sur le rivage paisible du fjord ? Une placette garnie de tables et de parasols colorés ? Un bistrot du coin ? Oubliez tout ça. Vous n'êtes ni en France ni en Italie. L'offre locale se réduit encore le dimanche, surtout si vous tentez comme moi d'éviter les hot-dogs, burgers ou pizzas.

Les photos du Kraft Kafe ont retenu mon attention. Des produits locaux appétissants, des tarifs abordables (à l'échelle norvégienne), le tout dans un décor convenable. Ouvert depuis seulement un an, l'endroit respire le neuf. Grande verrière, boiseries modernes, mobilier fonctionnel.

Je dois l'avouer, sans Terje, je n'aurais pas forcément saisi la subtilité du lieu : le Kraft Kafe occupe le rez-de-chaussée de la *Folkets Hus* locale. Autrement dit, la maison du peuple de Sauda, inaugurée l'an dernier en plein centre-ville pour accueillir conférences, spectacles, et autres événements.

Terje n'a pas besoin de me les montrer : j'ai remarqué toute seule les éléments de décoration aux couleurs du groupe minier français Eramet installés un peu partout. La serveuse nous confirme fièrement le programme chargé des deux jours à venir. Que l'on soit rassurés : le Kraft Kafe restera ouvert pendant toutes les festivités.

La grande brune aux yeux en amande poursuit la conversation en norvégien avec Terje. Je ne les écoute déjà plus.

Je pense à Ada et à Cannelle. J'aimerais être avec elles, sentir se mêler la fraîcheur des sous-bois et l'air chaud de la vallée de la Vésubie. Les écouter me raconter leurs dernières aventures au collège, ou leurs angoisses à l'idée de rentrer au lycée l'an prochain.

Est-ce que je les protège vraiment en pourchassant Agnès à travers la Norvège ? Il suffit d'une fraction de seconde pour que le visage de ma petite sœur me ramène à la raison, et m'ôte le moindre doute. Je le fais pour Flore, pour préserver la vie qu'elle mérite. Je le fais parce que je veux et je dois récupérer mon nom. J'ai été trop loin pour renoncer maintenant.

Et puis, Agnès n'est pas la seule. Même si elle disparaissait et s'avérait finalement inoffensive, j'ai besoin d'elle pour identifier les douze autres Émeline. Douze autres femmes à qui Madeleine a vendu mon identité. En la neutralisant, j'espère éviter à d'autres de subir l'enfer de l'usurpation.

Tenir jusqu'au prochain marathon me paraît soudain insurmontable. J'ai beau avoir confiance en Terje, je me sens comme une criminelle en cavale à ses côtés. Il y a seulement 48 heures, j'assistais à la mort de Gunnar à Ålesund... Avant de me faire tirer dessus chez Agnès. Comment oublier le drone armé pendant le marathon à Beitostølen puis à Undredal ? L'intervention de Nae et son lien de parenté probable avec Madeleine ?

Mon plat arrive, bien présenté et appétissant. Une sorte de fish and chips revisité. La serveuse m'assure à nouveau que tout est fait maison, en insistant sur la provenance locale des produits, à commencer par le poisson pêché à proximité. J'en suis ravie.

Terje ne m'a pas attendue, il dévore à pleines dents son sandwich au poulet. Je ne croyais pas avoir tant d'appétit : je termine jusqu'à la dernière frite le contenu de mon assiette.

Rassasiée. Je me sens d'attaque pour relever le défi : interroger Terje très sérieusement au sujet de Renaud. Quitte à rester bloquée ici à cause de lui, autant comprendre comment un expatrié français s'est retrouvé au cœur d'enjeux économiques et environnementaux majeurs, après avoir épousé celle qui a volé mon nom.

12h26. Sans que je ne perçoive ni sonnerie ni vibreur, Terje reçoit un appel. D'un ton très sérieux, il répond en norvégien, se lève et s'éloigne à travers la salle.

Je me retrouve donc seule face à la serveuse souriante, qui me tend la note. Merci Terje. Si on voyage encore ensemble vingt jours comme ça, il va falloir clarifier la notion de partage des dépenses. D'ailleurs, ne devrait-il pas établir des notes de frais ? Décidément, sa mission aussi bien que son poste exact restent très flous pour moi.

J'ai payé. Après avoir salué l'équipe féminine derrière le comptoir, je me faufile à mon tour entre les tables. Les rares clients venus déjeuner prennent leur temps. L'endroit reçoit la lumière à travers le plafond de verre. Les teintes de bois clair choisies pour le sol et le mobilier contribuent à rendre l'endroit très agréable. Je serais bien restée un peu, mais mon acolyte est déjà dehors.

Depuis l'extérieur, la rénovation et l'agrandissement du vieux bâtiment sont flagrants. Une sorte de parvis traversé d'un escalier permet d'apprécier la partie neuve, surmontée d'une façade massive peinte dans un brun dense. Celle-ci est accolée aux murs plus anciens, laissés dans leur couleur sable d'origine. L'intitulé *Folkets Hus* surplombe l'entrée de ses grandes lettres rouges.

Terje est seul dans la rue. Il me déconcerte à s'énerver au téléphone. Je ne reconnais que le mot "Renaud" à plusieurs reprises. La conversation se termine brutalement, mais Terje me sourit :

— Il va me rappeler.

Mon étonnement suffit à obtenir une précision de sa part :

— Olav Melvær est un collègue de Renaud, expert lui aussi pour l'ONG Bellona. Il prépare l'accord de mardi depuis des semaines, ici, à Sauda. Il a encore du mal à croire Renaud capable de tout saboter.

Sans m'attendre, Terje s'élance en direction de la rue principale toute proche. Je dois quasiment courir pour le rattraper. Voyant qu'il ne ralentit pas, et qu'il accélère même, je finis par lui demander :

— On ne reprend pas la voiture ?

— Non, c'est seulement à quelques rues. Ce sera plus discret de la laisser à l'abri.

Toujours cette impression d'avoir raté un chapitre avec Terje.

— Mais tu vas où ?

— Chez le coiffeur.

J'ai arrêté de croire à un quelconque sens de l'humour chez Terje. Nous sommes réellement dans un salon de coiffure, exceptionnellement ouvert un dimanche.

Catrina gère son enseigne *Wox Frisør* avec une amie d'enfance. Grâce à son anglais scolaire mêlé à du norvégien, j'ai compris que nous devons son accueil personnalisé à Roald, notre hôte. Oui, Catrina fait elle aussi partie des Témoins de Jéhovah.

Les cheveux noirs coupés très courts mettent en valeur son visage rond et malicieux. Habillée simplement, elle ne porte pas de bijoux, et très peu de maquillage.

Terje s'installe confortablement. J'en profite pour m'assurer que Catrina ne comprend pas un seul mot de français. Je peux alors m'adresser sereinement à Terje. Après un long massage crânien, le voilà enfin à ma merci :

— Si je dois passer encore deux jours ici à cause de lui et son foutu rapport, je veux tout savoir à propos de Renaud.

Depuis notre rencontre, je suis familière du Terje mutique. La version bavarde est tout aussi impressionnante. Un vrai moulin à paroles.

Très concentrée, Catrina lui applique méticuleusement divers soins, avant d'employer une tondeuse silencieuse pour raccourcir la chevelure blonde de mon acolyte norvégien. Tandis que ses mèches tombent, celui-ci s'est lancé dans une véritable biographie de Renaud Fossey, l'époux d'Agnès.

Bien calée dans un fauteuil massant face à lui, je suis parfaitement disposée à l'écouter attentivement.

Bourrées de détails, les explications de Terje exigent un effort de concentration. Lui ne perd jamais le fil de son propos. À moi de m'y accrocher.

En substance, je retiens l'expatriation d'un métis antillais arrivé fin 2010 en Norvège. Seule chance pour lui de fuir la communauté des Témoins de Jéhovah au sein de laquelle ses parents l'ont élevé. Moi qui avais vaguement idée de l'existence de cet ordre, j'ai l'impression d'être cernée !

Un stage réussi chez Alstom Power en France vaut alors à Renaud un poste en or dans leurs bureaux d'Oslo.

L'entité énergie du groupe français est rachetée en 2015 par le géant américain General Electrics. L'année suivante, l'ONG environnementale Bellona recrute Renaud et le nomme expert spécialisé dans l'industrie des matériaux de pointe. Francophone, il hérite alors du dossier Eramet Norway, filiale locale du groupe minier français éponyme.

Bellona n'a pas vocation à dénoncer les atteintes à l'environnement, comme le font Greenpeace et la plupart des ONG écologistes. Ses experts conseillent, accompagnent et proposent des solutions environnementales aux entreprises de tous secteurs.

Implantée également en Russie avec un certain succès, Bellona subit toutes sortes de pressions à longueur d'année. Renaud n'a pas tardé à en faire l'expérience personnellement.

Constatant qu'il ne cédait pas à la menace, les Russes ont ciblé sa femme. La nouvelle identité protectrice d'Agnès n'a pas résisté longtemps. N'hésitant pas à faire appel à des agents privés, les services de renseignement russes ont facilement remonté sa piste. Sa condamnation et sa fuite depuis Moscou n'ont fait qu'envenimer la situation.

Rongé par la culpabilité, prêt à tout pour protéger son épouse, Renaud s'est montré plus coopératif avec les Russes, à ses risques et périls. Ses indiscrétions ont fini par alerter la direction d'Eramet.

C'est là que Terje est entré en scène. Spécialiste de l'usurpation d'identité, il lui revenait de s'assurer qu'Agnès ne jouait pas un double jeu.

Mon arrivée en Norvège a quelque peu bousculé son investigation. Même s'il ne l'admet pas clairement, ma présence lui a surtout fait gagner un temps fou.

Je crois que Terje cherche à me rassurer. Pourtant, en venant récupérer l'identité que m'a volée Agnès, je perturbe un mécanisme dont les enjeux nous dépassent.

L'espionnage étatique de l'ère soviétique a depuis longtemps déjà été remplacé par toutes sortes de piratages informatiques et autres intrusions illégales au plus profond de l'économie occidentale.

Ces dernières années, l'usurpation d'identité est devenue un marché ultra-lucratif, au même titre que celui de la drogue ou des armes.

13h27. Terje s'est arrêté de parler aussi subitement qu'il avait lancé son intense monologue. Et pour cause, Catrina en a fini avec lui. Seule une mince couche de cheveux blonds brille encore à la surface de son crâne dégagé. Ses yeux bleus me fixent, tandis que Catrina s'affaire derrière lui avant de passer dans mon dos. Les mains de la coiffeuse attrapent alors mes cheveux. Je n'ai pas la force de protester. Catrina sait y faire. J'ai droit à une version longue du massage crânien. Je ne me souviens pas de la dernière fois que je me suis sentie aussi détendue.

Beaucoup d'hommes auraient laissé échapper une remarque graveleuse ou de l'humour lourdingue. Terje n'est pas n'importe quel homme. Il m'observe d'un regard neutre. Oui, je sais, c'est bizarre dit comme ça. Mais je ne vois pas d'autre mot.

Totalement relaxée, je sens chacun de mes membres se relâcher pour épouser l'assise confortable du grand fauteuil. Mes paupières se ferment. Catrina balbutie quelques mots en norvégien.

Un son me sort immédiatement de ma torpeur. On vient de déboucher un flacon, d'enfiler des gants. Merde. Je n'ai rien demandé à personne ! Maintenant, mes yeux sont grand ouverts. Terje me fixe toujours, et me dit très naturellement :

— Tu dois changer. Nouvelle coupe, nouvelle couleur.

— Nouv... Quoi ?

Trop tard. Dans les grands miroirs du salon, mes cheveux s'assombrissent déjà sous les mains gantées de Catrina. Le massage reprend au niveau des racines, avant d'atteindre progressivement les pointes.

Catrina retire ses gants maculés d'une teinture brun foncé. Terje sourit, comme un enfant fier de lui :

— Trente minutes.

Une demi-heure prisonnière ici ? Face à Terje ? Je ne me sens pas capable de l'écouter encore si longtemps ! À son habitude, il semble avoir lu dans mes pensées, et m'annonce simplement :

— À ton tour de parler.

Qu'est-ce qu'il espère entendre ? Le fiasco de mes fiançailles ? Mes idées suicidaires l'an dernier ? Mon retour à la vie sous un faux nom ? La promesse faite à ma sœur de redevenir Émeline ? Que je n'abandonnerais jamais Ada ? Ou comment je suis tombée amoureuse de son père, Robin ?

Je sais au fond de moi pourquoi je suis venue en Norvège. Mais puis-je réellement avoir confiance en mon compagnon viking ? Ce marathon dans vingt jours, n'est-il pas une folie ?

Le sentiment de m'empêtrer dans une version féminine de la saga *Jason Bourne* me terrifie.

Est-ce que je dois mettre ça sur le dos du fauteuil relaxant ? Du massage crânien ? Ou des substances chimiques à l'odeur entêtante de la teinture ? Mon corps était déjà détendu. Mon esprit s'est apaisé d'un seul coup. Sous le regard à la fois attentif et bienveillant de mon camarade norvégien, ma langue se délie. À mon tour, je me lance dans un long monologue.

À ma grande surprise, cela me fait un bien fou.

Si jusque là je me cantonnais à des réflexions personnelles prononcées à voix haute, j'en viens à soulever des questions concrètes, adressées à Terje :

— Donc, selon toi, il est hors de question pour moi de quitter le pays dans l'immédiat ? Nae, le drone tueur, et même la police norvégienne, risquent de me cueillir à l'aéroport ?

Impossible de cerner le sentiment de Terje. Son regard sans expression me fixe en silence. Je poursuis :

— Si je m'en tiens à ton plan, j'ai vingt jours pour me préparer au marathon de Tromsø. Il faudrait sérieusement qu'on aborde le problème financier, mais admettons. Qu'est-ce qui me dit que tu ne vas pas m'abandonner dès que Renaud aura remis son rapport, mardi ? Et si Agnès s'en allait seule à Tromsø ? Tu la suivrais avec moi, une fois ta mission terminée ?

Sans émettre le moindre son ni afficher la moindre réaction, Terje respire profondément. On dirait ce genre de profs à l'oral du bac qui vous poussent dans vos retranchements en vous fixant sans un mot. Vous finissez par douter de vous-même, persuadé que vous avez forcément oublié un élément clé.

Je réalise soudain à quel point ma situation est précaire. Je suis une usurpatrice d'identité à la poursuite d'une autre impostrice. Quasiment en cavale. Le tout dans un pays deux fois plus cher que la France, où la moindre distance se mesure vite en heures de route ou de bateau.

Sans prêter la moindre attention à Catrina, occupée à quelques mètres de nous, Terje s'approche de moi pour me prendre la main. D'un ton solennel, il m'annonce :

— Agnès est mon seul moyen d'atteindre Madeleine. Madeleine est la seule à connaître la vérité sur Sigrid.

Je n'en suis pas certaine, mais je crois déceler des larmes naissantes dans les yeux bleus de mon compagnon norvégien. Je repense aussitôt au cadre photo aperçu dans la maison de famille à Beitostølen. Sigrid, la mère de son enfant. Sa compagne disparue. Il m'avait promis des explications. Mais est-ce le bon moment ?

14h01. Une alarme sonore avertit Cristina de la fin du temps de pose. Le moment est venu de laver mes cheveux assombris. Difficile de poursuivre notre conversation sérieuse avec Terje, alors qu'un shampooing doux et parfumé me plonge à nouveau dans un état de relaxation totale. Mais cela n'a pas l'air de le perturber, et j'entends sa réponse à travers mon nuage de mousse :

— Avant d'aller ensemble à Tromsø, nous allons piéger Renaud et Agnès, ici, à Sauda.

Très appliquée, Catrina me rince les cheveux. Les yeux fermés, je réplique :

— On va utiliser les identités qu'ils ont achetées à Madeleine au marathon de Beito comme monnaie d'échange.

— En les récupérant à leur place, tu as pris l'avantage sur eux. Il suffit que l'un craque pour que l'autre suive.

14h22. Absorbée par notre conversation, je n'avais pas prêté attention à mon apparence. Le grand miroir face à moi renvoie une image à la fois familière et étrangère.

Émeline avait toujours eu les cheveux longs, et ne prenait pas vraiment soin de sa silhouette. Devenue plus sportive et plus élancée, j'avais déjà allégé ma coiffure. Catrina vient de me prouver que je pouvais encore la raccourcir.

Soyons clairs : je n'attends plus la moindre remarque de Terje. Quant à Catrina, elle se lance dans un court monologue en norvégien, dont je ne reconnais que deux mots : Winona Ryder.

À moi de préciser qu'elle pense sûrement à la période où cette actrice américaine a joué dans le quatrième film de la franchise *Alien* à la fin des années 1990. Sa coupe très courte lui donnait une allure androgyne et fragile à la fois.

Loin de moi l'idée de me comparer à cette icône hollywoodienne. Pourtant, je dois admettre que je suis agréablement surprise. Et rassurée. Parce que si Terje me trouvait vraiment moche, je crois qu'il n'aurait pas pris la peine de le cacher.

À présent, mes cheveux presque noirs ne me gêneront plus du tout pour courir, c'est certain. Suffiront-ils à faire diversion auprès de nos ennemis ? C'est une autre question.

Je ne résiste pas à l'envie de partager cette métamorphose avec Ada et Cannelle, en leur adressant une photo via WhatsApp.

Catrina proteste, elle a besoin que je reste immobile pour terminer ma coiffure. Je repose mon mobile sans broncher.

Visiblement satisfaite de son travail, je la vois manipuler mes cheveux avec délicatesse dans le grand miroir. Elle y croise mon regard, et me fait une suggestion, dont je ne comprends pas un mot. La traduction de Terje m'éclaire autant qu'elle me surprend :

— Ils nous attendront à 16h pour la réunion du dimanche. C'est Roald Bjørgestad lui-même qui prendra la parole.

Oui, je suis invitée par les Témoins de Jéhovah, moi qui n'ai jamais tenu plus d'une dizaine de minutes dans une église.

Trois vibrations brèves, une quatrième plus longue. Je finis par saisir mon mobile. Un frisson traverse ma colonne vertébrale, lorsque j'aperçois des notifications de l'application bancaire norvégienne. Agnès a effectué une nouvelle dépense. L'intitulé est à chaque fois le même : *Saudahallen*. Google et Terje m'aident à identifier aussitôt la piscine municipale de Sauda, à deux pas d'ici.

Au risque de vexer Catrina, je me lève brutalement, et tandis que je cherche ma carte de paiement, la coiffeuse me fait un signe négatif, désignant Terje. Il se rattrape, après le coup du restaurant...

Terje prend son temps. Mais qu'est-ce qu'il attend ? On n'a pas une minute à perdre ! Qu'elle cherche à nous attirer à elle ou qu'elle profite réellement des loisirs nautiques, je dois rejoindre Agnès immédiatement.

Terje consulte un message sur son portable, avant de simplement me dire :

— Olav, le collègue de Renaud, a accepté de me voir. J'ai peut-être une chance de le convaincre de m'aider... Tu dois aller seule à Saudahallen.

Terje prend d'abord l'initiative de changer mon apparence. Il me lâche ensuite dans la nature, comme si j'étais une véritable espionne. Comme si je savais quoi faire face à tout danger. Pourtant je n'hésite pas une seconde. Terje ou pas Terje, je ne lâcherai pas Agnès.

Après avoir traversé une partie du centre-ville au pas de course pour me voir offrir un nouveau visage, me voici seule, guidée par Google Maps. Malgré une population réduite et dispersée sur ce territoire de plus de 500 km2, une certaine animation règne dans les rues larges. Accompagnées de quelques vitrines, les habitations alternent entre maisons de bois peint en blanc, et autres petits immeubles de deux étages.

Ironie du sort, Saudahallen se trouve à deux pas du Kraft Kafe. De l'extérieur, je perçois déjà des cris d'enfants et des bruits de plongeons. Design moderne, billetterie dématérialisée, le bâtiment relativement récent se révèle très fonctionnel.

Premier constat évident : si je compte dépasser le hall d'accueil, j'ai besoin d'un maillot. Détail anodin a priori. Pourtant, lorsque je me retrouve devant deux présentoirs et leur offre très limitée, je réalise que je ne me suis pas mise en maillot depuis... Depuis que je suis devenue Margo. Mes souvenirs de plages niçoises après les cours au lycée paraissent soudain si lointains.

Verdict : je suis à la limite de prendre une taille enfant. Au pays des Vikings, mes mensurations sont celles d'une ado. Dans la cabine d'essayage, le miroir m'oblige à affronter ma nouvelle apparence. Est-ce toujours moi dans ce reflet que je reconnais à peine ?

Je n'arrive pas à juger mon corps. Ma seule appréciation du maillot deux pièces que je finis par choisir concerne son confort relatif et sa sobriété : noir uni, sans motif ni inscription.

La traversée furtive des vestiaires me ramène immédiatement à l'adolescence. Affronter les regards de mes camarades à la piscine constitue encore l'une des épreuves les plus embarrassantes de ma vie.

Retour au présent. Je me sens plus vulnérable que jamais. Comme si mon maillot laissait apparaître les cicatrices de ma vie passée, celles de ma métamorphose en Margo et mes blessures norvégiennes.

Me voilà quasi nue, sans Terje, sans téléphone portable.

Où te caches-tu Agnès ?

10

***

PHILOMÈNE

Lorsque j'ai brûlé les dernières traces de l'existence de Philomène Lavieille, j'étais déjà décidée à devenir Émeline Dalbera pour de bon.

Le mariage en Norvège de la vraie Émeline compliquait la situation, mais n'altérait en rien ma détermination. Jusqu'ici, j'envisageais de tout régler à distance. Cela m'avait coûté quelques nuits blanches et de nouvelles connexions à ce qu'on appelle le *dark web*, où tout se monnaie à l'écart des lois et des contrôles.

Je dois pourtant changer de plan. La raison : Gunnar Haagensen est mort ce matin. Ce Norvégien, vice-consul honoraire au service bénévole de la France, a célébré le mariage d'Émeline en 2017. D'après mes nouveaux amis du *dark web*, le malheureux avait précisément rendez-vous ce matin avec Émeline et une autre ressortissante française.

Je me prépare à ce cas de figure depuis longtemps. Je mentirais si je disais que cette excitation ne me manquait pas un peu.

Pourtant, Cédric a tout changé. Cédric et Lino m'ont changée. Pour la première fois de ma vie, je ne vais pas seulement servir mon propre intérêt. Bien sûr, je dois encore leur mentir, comme à tous les autres. Mais quand je reviendrai de Norvège, mes mensonges feront partie du passé. Mon avenir avec Cédric et Lino sera différent. Sincère et honnête. Si je veux réellement être Émeline Dalbera, je serai Émeline Dalbera.

D'ailleurs, je suis Émeline Dalbera.

La vraie Émeline est très discrète, difficile à traquer. Au contraire, son mari Renaud agite les réseaux sociaux et la communauté écologiste européenne. Il doit remettre un rapport déterminant lors de la signature d'un accord franco-russe mardi prochain.

Sur son site Internet, Eramet, un des deux groupes miniers concernés, annonce plusieurs entretiens vidéos avec Renaud et son épouse française. Puisqu'ils seront tous les deux à Sauda dans le sud-ouest de la Norvège, j'y serai aussi.

2 · TERJE

II

***

ADÉLAÏDE

Seuls quelques rayons du soleil filtrent à travers les branches croisées des sapins et des mélèzes. Les yeux fermés, il est plus facile de percevoir la délicatesse du vent chaud qui remonte de la vallée, chargé d'odeurs de fleurs fraîches et d'herbes grillées. Prendre le temps d'identifier les parfums, sans négliger les sons. Les caresses des arbres entre eux. Le bourdonnement incessant des butineurs. Les chants effrénés des oiseaux. Le ronronnement lointain d'un avion parti de Nice pour rallier une capitale européenne.

Et la voix de Cannelle. Encore teintée de sonorités enfantines, elle n'en est pas moins hypnotisante. Ada en perd la notion du temps. À quelle heure ont-elles atteint la pointe de Siruol ? Cannelle a dévoré une bonne partie du déjeuner d'Ada, avant de l'entraîner sur les ruines affleurantes d'un édifice inachevé de la ligne Maginot.

Quatre blocs jamais terminés, vidés depuis longtemps de leurs armes et de leur équipement. L'ouvrage du Col-du-Fort se résume aujourd'hui à plusieurs grandes dalles enfoncées dans l'humus, et à moitié cachées par la végétation.

Même en cette saison le mètre et demi de béton armé prévu pour protéger des obus reste frais au contact du dos en sueur des deux collégiennes.

Cannelle est intarissable. Aussi bien sur la végétation que sur les sites militaires de sa vallée. Ada ne se lasse pas d'écouter ses anecdotes, qu'elle la soupçonne parfois d'inventer.

14h48. Ada regrette déjà d'avoir regardé sa montre. Il est temps de redescendre si elle ne veut pas rater Édouard à 17h.

Encore quelques minutes. Allongée sur la coque de béton, Cannelle est si près d'elle qu'Ada perçoit son parfum. Comme elle ne peut s'empêcher d'accompagner ses récits de grands gestes, leurs mains se frôlent régulièrement.

Ada se sent bien. Cannelle a retrouvé sa joie. Elles sont seules au monde. Ada repousse l'échéance inéluctable, appréciant chaque minute passée allongée aux côtés de celle qu'elle pourrait quasiment dessiner de mémoire.

Cannelle se lève la première et lui tend la main. Ada accepte l'invitation. Une fois debout, elle n'a pas le temps de réagir. Son amie la serre dans ses bras. Ada sent ses joues rougir, mais elle s'en fiche. Elle blottit son visage contre celui de Cannelle, le nez chatouillé par ses boucles brunes. Ada l'agrippe, elle voudrait rester contre elle. Sans chercher à se libérer de son étreinte, Cannelle lui murmure à l'oreille :

— Merci. Merci. Merci d'être là.

Ada ne sait pas quoi répondre. Elle se retient de la serrer plus fort encore. Le temps semble suspendu.

Une vibration, puis une sonnerie brève rompent le charme. Cannelle ne réagit pas : elle laisse son mobile en mode avion la plupart du temps, et ne l'utilise que pour photographier la nature.

Ada s'écarte de son amie et consulte son téléphone. Elles découvrent ensemble un visage familier et différent à la fois.

Cannelle laisse éclater son rire cristallin et juvénile :

— Merde alors, c'est bien Margo ? J'ai failli ne pas la reconnaître !

— Je crois que c'est le but.

***

MARGO

14h52. C'est un fait : Agnès me ressemble. Mais aujourd'hui, c'est l'inverse : je ressemble à Agnès. Elle m'a volé mon nom, je peux bien lui emprunter un peu de son apparence. Je réalise seulement maintenant à quel point Catrina a su imiter sa coupe et sa couleur de cheveux.

Agnès n'est pas dans le bâtiment qui abrite la piscine municipale, où des groupes s'entraînent dans le bassin de 25 mètres.

Elle a préféré s'installer dans la partie extérieure, à l'une des tables de pique-nique disposées sur la grande terrasse. Le ciel menaçant n'inquiète pas les enfants de tous âges qui se relaient dans le toboggan en colimaçon. Les impacts de leurs plongeons se mêlent aux cris et aux rires. Dans un second bassin plus large, les adultes discutent et nagent plus discrètement.

Agnès n'a pas bougé. Ce n'est pas une imprudence de sa part ni un moment de détente. C'est un rendez-vous. Elle m'attend. Elle me fixe. Est-elle surprise de me voir adopter sa coiffure ? Nos carrures sont similaires. Seule la couleur de nos maillots nous distingue. Le rouge bordeaux qu'elle a choisi met en évidence notre peau claire.

Je ne pense pas à Renaud, ni même à Terje. La foule qui nous entoure n'est plus qu'un arrière-plan flou et distant. Après l'avoir traquée, croisée et toujours ratée, Agnès est là. Je m'assois face à elle. Ai-je l'air aussi épuisée qu'elle ? A-t-elle peur de moi ? Agnès coupe court à mes réflexions :

— Rends-les-moi maintenant, et tu n'entendras plus jamais parler de moi.

Nous savons toutes les deux à quoi elle fait allusion. Les deux fausses identités vendues à Renaud pendant le marathon de Beitostølen. Elles lui sont indispensables pour fuir avec son mari et disparaître. À l'issue d'une course éreintante, c'est moi qui les ai récupérées. Je compte bien m'en servir pour mettre définitivement un terme à l'usurpation d'identité qui a ravagé ma première vie, et risque de détruire la nouvelle.

Je l'admets, le regard implorant d'Agnès me procure une certaine satisfaction. Pourtant, j'ai besoin d'elle. J'aurai besoin d'elle jusqu'au bout. Alors je réponds d'un ton déterminé :

— Non, je regrette.

— Je détruirai tout ce qu'il me reste d'Émeline sous tes yeux. Je te rembourserai.

— J'en ai rien à foutre. Ce sont les douze autres qui m'intéressent.

— Douze ?

— Les douze autres Émeline Dalbera.

Agnès a l'air sincèrement dépassée. Je l'imaginais coriace, sournoise et insaisissable. En réalité, elle n'est pas plus préparée que moi à affronter la réalité, notre réalité. Qui est-elle ? Est-ce que je veux vraiment le savoir ?

La colère accumulée pendant plus d'un an envers elle bouillonne dans mes veines. J'ai envie de la frapper. Son regard invite à plus d'explications. Je fais un effort immense pour me calmer :

— Madeleine a vendu mon identité à douze autres femmes. Tu es mon seul moyen de l'atteindre.

Autant être claire, et lui préciser ce que je t'attends d'elle :

— J'ai besoin que tu coures le marathon de Tromsø pour la piéger.

— Hors de question.

Agnès s'est ressaisie. Elle serre les poings et contracte tout son corps. Sa voix se veut tranchante. Elle ne me laisse pas le temps de répliquer :

— Si tu n'avais pas débarqué en Norvège, rien ne serait arrivé. Tu n'avais pas la moindre idée que nous étions treize, pas vrai ?

Agnès ne me regarde même plus. Elle tourne la tête vers les enfants qui ne se lassent pas de grimper dans le toboggan tubulaire pour y glisser en file indienne.

— Tu viens réclamer ta petite vie de merde. T'as pas idée de ce que j'ai enduré.

Je crois que cette rage couvait depuis trop longtemps pour rester contenue. J'étais pourtant persuadée que Margo avait apaisé la douleur d'Émeline. Il n'en est rien.

Pendant quelques secondes surréalistes, mon corps prend le dessus. Je perds le contrôle.

Mes mains arrachent Agnès à son banc. Celle-ci reçoit ensuite une violente gifle, puis une deuxième, avant que sa tête ne soit plongée de force dans le petit bassin près de nous.

Je me ressaisis avant qu'elle ne se noie réellement. Prise de court, à moitié asphyxiée et terrorisée, Agnès tousse, et crache de l'eau, à genoux devant moi.

L'inquiétude et la surprise des baigneurs autour de nous me permettent de mesurer avec quelle impulsivité j'ai agi. Agnès est à mes pieds et je ne ressens rien. Aucun regret, aucune pitié pour elle. Je ne me connaissais pas ce tempérament.

Une sorte de vertige m'étourdit quelques secondes avant que le son et l'image ne me parviennent à nouveau.

Agnès a disparu.

***

TORSTEIN

Torstein ne s'y attendait pas. Margo a bien failli tuer Agnès au beau milieu d'une piscine publique, entourée d'enfants et de familles encore choquées par cet accès de violence.

Il ne regrette pas d'avoir maintenu Saskia dos à la scène, de peur qu'elle ne reconnaisse Margo. Ou pire, que Margo se souvienne avoir croisé Saskia, coureuse handisport au marathon de Beitostølen.

Du haut de ses 23 ans, Torstein ressemble encore à un adolescent svelte et peu musclé, moins grand que la plupart de ses compatriotes. Son maillot trop large ne joue pas en sa faveur, mais sa copine Saskia s'en contrefiche éperdument. Elle se noie dans ses yeux marron malicieux et emplis de tendresse à chaque fois qu'il la regarde.

Saskia repense souvent à leur première rencontre dans les couloirs de l'université de Trondheim. Elle débarquait à peine des Pays-Bas. Torstein l'a immédiatement prise sous son aile.

Elle a d'abord eu peur qu'il ne s'intéresse qu'à son physique. Les origines en partie indonésiennes de Saskia l'ont dotée d'une beauté singulière, rappelant celle de la comédienne Kristin Kreuk, véritable icône des années 2000 grâce à la série *Smallville*. Elle y interprétait la jeune fiancée de Clark Kent, alias Superman.

Elle a ensuite craint que Torstein ne cherche qu'à profiter de ses excellentes notes. Mais il n'en était rien.

Bien avant leur premier baiser, Saskia était obnubilée par le regard qu'il pourrait porter sur sa jambe. Pas la valide, l'autre. Celle qu'on lui a amputée à l'âge de neuf ans. Pourtant, avec le modèle de prothèse ultraléger que ses parents lui ont offert cette année, Saskia peut reprendre le sport et se déplacer plus vite, tout en étant moins gênée par la douleur.

Là encore, Torstein l'a surprise. Non seulement il l'a acceptée avec son handicap, mais il lui a aussi appris à l'assumer.

Grâce à lui, à sa patience et à sa tendresse, Saskia peut aujourd'hui se baigner sans gêne au milieu des familles. Elle surprend parfois quelques regards intrigués, mais dans l'eau, elle retrouve son autonomie et oublie ses jambes.

Saskia remercie Torstein d'avoir eu l'idée de passer l'après-midi à la piscine de Sauda. Après de longues heures de route à bord du camping-car, elle en avait besoin.

À cet instant précis, elle n'a pas la moindre idée de ce qui tracasse son petit ami. Trop occupée à enchaîner les longueurs en apnée, elle n'a pas remarqué à quel point il est devenu pâle.

Il regrette d'avoir été trop brouillon à Undredal. Il aurait dû supprimer Margo. Terje aurait été facile à manipuler ensuite. Déployer son drone au-dessus d'une ville comme Sauda sera autrement plus délicat. Heureusement, ses commanditaires russes lui font confiance.

Torstein ne connaîtra pas un autre échec. Et puis il est insoupçonnable. Qui pourrait deviner qu'il cache dans le faux plafond du camping-car de son père un drone de sa fabrication, capable d'abattre une cible mouvante à 100 mètres de distance ?

***

MARGO

Je suis vraiment trop conne ! Je voudrais me donner des claques, me pincer jusqu'au sang. Comment ai-je pu frapper Agnès ? Et tenter de la noyer ? Si Ada m'avait vue... Elle me haïrait. Et Robin ?

J'ai envie de vomir. Mon sens de l'équilibre reste un moment altéré par mes émotions. Mais je ne dois pas perdre la trace d'Agnès. Je bouscule quelques baigneurs. Direction les vestiaires, dans les niveaux inférieurs.

Je cherche toujours Agnès du regard lorsque je le vois, à quelques mètres seulement de moi. Comment oublier cet homme massif et imperturbable d'une bonne quarantaine d'années, après son intervention digne d'un bulldozer pendant le marathon ? Puissant et imposant, Nae m'aperçoit à son tour.

Celui que je suppose être le frère de Madeleine n'a pas l'air d'être là pour une séance de natation. Plus il s'approche de moi, plus j'ai la sensation d'être face au T1000, le modèle indestructible d'androïde, dans le film *Terminator 2*.

En rebroussant chemin, je bouscule Agnès. Terrorisée, elle s'accroche à moi, et bredouille quelques mots :

— Ce type-là... Il dit qu'il cherche Madeleine. Il a failli me péter le poignet.

Je retrouve toutes mes facultés. Sans lui laisser le choix, j'agrippe fermement Agnès, et l'entraîne dans une autre partie du bâtiment.

Des petits symboles universels m'indiquent que nous approchons des douches. Un logo de maillot de bain barré accompagne les consignes en norvégien :

Grundig såpevask uten badetøy
må foretas før bruk av basseng og badstu.

Aussi vite que possible, je retire mon maillot et j'ordonne à Agnès de m'imiter, sans lui laisser le temps de réfléchir. Tandis que nous nous retrouvons nues toutes les deux, elle traduit machinalement à voix haute la pancarte murale :

— Un lavage complet au savon sans maillot de bain doit être effectué avant d'utiliser la piscine et le sauna... Tu délires ?

Il me semblait bien avoir reconnu le mot *badstu* plusieurs fois. C'est ça. Le *sauna* norvégien. Sans maillot. Sans rien en fait.

Les traditions naturistes locales nous sauvent in extremis. Dans le couloir, nous entendons d'abord des voix de femmes en colère, puis des hommes furieux.

Aussitôt, des employés reconduisent Nae à la sortie. Pas de maillot, pas de vêtements. Il n'a sans doute pas bien lu les consignes.

12

***

TERJE

Terje Ellingsen n'a jamais aimé les tunnels. Petit déjà, il craignait de descendre seul à la cave ou de monter dans le grenier étroit de la maison familiale dominant la presqu'île de Jeløy.

Mais aujourd'hui, Terje fournit des efforts surhumains. Heureusement, il connaît par cœur la route d'Oslo. Il visualise à l'avance chaque tunnel. Dans sa tête, il compte même les secondes que dure leur traversée.

Le film qu'il voulait voir se jouait pourtant cet après-midi au SF Kino de Moss. Mais Terje tenait à profiter de l'occasion pour se rendre à la capitale. Même si cela lui coûte un aller-retour bardé de tunnels.

Il n'a aucun regret, le film en valait la peine. Il y a bien eu quelques scènes d'amour un peu gênantes, et des passages compliqués pour un enfant de son âge. Ses parents auraient sans doute préféré attendre qu'il soit un peu plus grand pour le voir. Terje a fêté ses 11 ans en février.

Arrête-moi si tu peux s'inspire de la vie de Frank Abagnale Junior, un faussaire de génie qui a tourné le FBI en bourrique pendant plusieurs années. Tout au long du film, l'implacable Tom Hanks traque l'intrépide Leonardo DiCaprio à travers les États-Unis.

Terje aimerait être comme le personnage du film. Mais il sait qu'il est bien trop jeune pour cela. Alors, en attendant de grandir, il apprécie chaque seconde passée avec celle qui l'accompagne.

Assise à côté de lui, du haut de ses "presque vingt ans", elle a découvert avec la même fascination l'aventure incroyable d'un jeune homme capable de tromper tout un pays, sur son métier, ses compétences, et son âge.

Ils viennent de quitter l'autoroute. Encore un tunnel avant de traverser le centre de Moss et de rejoindre Jeløy. Terje s'agrippe au siège passager.

Murielle ralentit. Ils approchent de la maison des parents de Terje. Il appréhende ce moment, au moins autant qu'il l'attend avec impatience. Il n'aime pas lui dire au revoir. Mais quel bonheur intense de lui faire la bise, à la française.

Oui, Murielle est française. Elle aide Terje pour ses devoirs de mathématiques et lui apprend le français. Elle en profite pour perfectionner sa pratique du norvégien.

Aujourd'hui, ils étaient censés aller jusqu'à Oslo pour voir un vieux film projeté par le lycée français. Ce sera un secret de plus entre eux.

Parce qu'il n'y a pas d'âge pour les secrets.

Parce qu'il n'y a pas d'âge pour être amoureux.

Et Terje le sent, il le sait. Il aime Murielle.

13

***

MARGO

— C'était qui ce type ?

Excellente question, Agnès. Instantanément, je me remémore le court instant pendant lequel j'ai entendu Nae s'adresser à Madeleine, en pleine course. Je n'ai pas tout compris. Pourtant j'en suis certaine :

— Il était à Beito. Nae est le frère de Madeleine.

— Encore elle ? Putain, mais si j'avais son nouveau numéro je vous le donnerais rien que pour avoir la paix !

— Tu te fous de moi ? Tu veux dire qu'elle a été *joignable* ?

— Elle a envoyé un message collectif hier, avant de fermer sa ligne.

— Il disait quoi, ce message ?

— Tromsø sera son dernier marathon.

Dans le feu de l'action, portée par l'adrénaline, je n'ai pas réellement prêté attention à notre environnement. Agnès est enfermée avec moi dans une cabine de sauna. Des lambris de pin habillent toutes les parois, sol et plafond compris. De grosses marches font office de banquettes, mais nous sommes restées debout, face à face.

Mon corps supporte mal la température. L'air est lourd, j'ai l'impression d'étouffer. Je crois que je vais me liquéfier. Sans nous concerter, nous nous asseyons, chacune à une extrémité de la banquette en bois. Dans un réflexe pudique maladroit, nous croisons nos jambes contre notre poitrine. Notre confrontation change de ton. J'ai besoin de savoir :

— Elle correspond par messages écrits uniquement ?

— Elle correspondait. T'as pas compris ? C'est terminé. Elle arrête.

Ressaisis-toi, Margo. Madeleine cesse son trafic d'identités ? Rien à foutre, elle me doit cette putain de liste. Je veux les douze Émeline.

Je prends une grande inspiration, mais l'air semble dépourvu d'oxygène. J'en ai mal à la tête. La force intérieure qui m'a portée jusqu'ici me rapproche un peu plus d'Agnès pour lui demander calmement :

— Je ne renoncerai pas. Je ne te lâcherai pas. Alors, parle. Explique.

Acculée, Agnès est plaquée dos à la paroi de bois. Dans la pénombre et la vapeur, nos cheveux mouillés nous rendent plus identiques que jamais. Agnès finit par parler :

— Madeleine choisissait ses clients. C'est à ça que lui servait WhatsApp.

— Elle fixait ses tarifs, tu veux dire... T'as payé combien pour vivre à ma place ?

— Madeleine ne m'a rien demandé.

— Tu me prends pour une conne ?

— Non, je t'assure. Je n'ai rien payé.

— OK, admettons. Comment tu l'as trouvée ?

— Renaud s'est occupé de tout la première fois. Quand je suis devenue... Enfin, quand j'ai pris ton nom, en 2014.

Cinq ans déjà. Cinq années pendant lesquelles Agnès a vécu sous mon nom. Elle s'est même mariée à ma place.

La nudité et notre isolement total rendent cette discussion à la fois surréaliste et sincère. Pourtant, si je ne l'avais pas vue prendre une douche et si elle n'était pas nue comme un ver, je pourrais croire qu'Agnès dissimule son smartphone quelque part pour me piéger.

Bon Dieu ce que j'ai soif. J'ai la bouche sèche. Familière du procédé, Agnès se lève et verse un seau d'eau entier sur les pierres brûlantes dissimulées sous les lattes du plancher. La chaleur accablante et la moiteur envahissante m'empêchent de réfléchir correctement. Mais une question m'apparaît évidente :

— Renaud connaissait-il Madeleine ?

— Je n'en sais rien. Il vivait déjà en Norvège, mais...

— Tu savais que Renaud était un ancien Témoin de Jéhovah ?

— Témoin de... Conneries ! Il supporte pas de voir une bible !

Pourquoi n'y ai-je pas pensé plus tôt ? Terje a encore occulté une partie de la vérité. À moins qu'il ignore lui-même le lien antérieur entre Renaud et Madeleine ? Pourtant, ça me paraît évident :

— Renaud a acheté une identité à Madeleine pour s'installer en Norvège. Il la connaissait déjà. Il la connaissait parce qu'elle l'a aidé à fuir les Témoins de Jéhovah.

— Tu veux m'embrouiller ! C'est pour sauver ma peau que j'ai utilisé ton nom ! Tu as tous les droits de m'en vouloir, mais laisse Renaud en dehors de ça !

Sa voix flanche. Agnès doute. Elle ne croit plus totalement ce qu'elle dit. Renaud lui a menti. J'en suis à présent certaine.

La porte de notre sauna s'entrouvre sur un groupe de trois femmes. Agnès leur demande en norvégien de bien vouloir utiliser une autre cabine. Elle m'attrape ensuite le poignet fermement :

— File-moi les deux identités de Beito, et je te donne mes codes d'inscription au marathon de Tromsø. Madeleine te confondra avec moi. Tu courras sous le nom d'Émeline.

Je nage en plein délire ? Mon usurpatrice marchande ma propre identité ! Agnès insiste :

— Avec Renaud, on disparaîtra pour de bon.

Il est temps de libérer le sauna. Je réponds fermement :

— Vous aurez vos deux identités mardi, après la signature de l'accord. À toi de convaincre Renaud de ne pas saboter son rapport.

— Mardi ?

— Mardi.

***

TORSTEIN

Tous les sens de Torstein sont en alerte. Tel un rapace sur son perchoir, il observe l'entrée du Saudahallen depuis la terrasse à peine surélevée par rapport au niveau de la route. S'il pouvait déployer son drone, rien ne lui échapperait. Mais pour le moment, il doit se contenter de ses yeux. Où sont passées Agnès et Margo ? Combien de temps va-t-il guetter leur sortie ? Sa capacité à supporter les cris d'enfants hystériques atteint ses limites.

Saskia. La regarder un court instant suffit à le calmer. Elle se laisse flotter en faisant la planche à la surface du grand bassin. Les yeux fermés, elle a l'air si paisible. Délestée de sa prothèse, elle laisse affleurer ses jambes à la surface. Dans l'eau, son membre valide n'a pas besoin de compenser l'amputation.

Torstein reste à l'affût. Il y a peu d'allées et venues. Il ne fait ni assez chaud ni assez ensoleillé pour provoquer une ruée vers Saudahallen.

Torstein se fige. Il ne s'attendait pas à le revoir si vite. Aucun doute, c'est bien lui. Le parasite, le gêneur du marathon de Beito.

Les Russes lui ont transmis une fiche partiellement complète à son sujet. Torstein en a retenu son nom, Nae Miereanu, et son âge, 46 ans. Né en Roumanie, émigré en Russie en 1991. Il est steward depuis 1998. Mais le FSB[30] l'a surtout enregistré comme membre éminent des Témoins de Jéhovah. Communauté interdite de culte en Russie depuis 2017. Année au cours de laquelle Nae a fui le pays.

Torstein comprend qu'il ne verra pas Agnès et Margo sortir par la porte principale. Les deux jours qui le séparent encore de la signature de l'accord franco-russe s'annoncent plus palpitants que prévu. Torstein sourit. Il adore ça.

---

[30] Service fédéral de sécurité de la Fédération de Russie, service de renseignement chargé des affaires de sécurité intérieure. Le FSB est le principal successeur du KGB soviétique.

***

MARGO

15h47. Mon premier réflexe a été d'appeler Terje. Injoignable. J'ai alors repensé à la suggestion de notre coiffeuse Catrina. Je sais, si Nae est un Témoin de Jéhovah, mon idée peut sembler suicidaire. Mais Roald et sa famille ne m'ont-ils pas sauvée ce matin ?

Voilà comment je me retrouve à entraîner Agnès vers le nord, le long de la Storelva, la rivière étroite et bruyante qu'une passerelle piétonne nous permet de franchir.

Sur la rive est, tout en veillant à ce que Nae ne nous ait pas suivies, nous atteignons le lycée, imposant édifice de briques rouges, aux allures d'hôpital des années 1990. Nous n'avons plus qu'à traverser le parking pour atteindre le début de la rue recherchée : Griegs gate.

Encore quelques pas vers l'est, et la voilà sur notre droite. Une bâtisse de deux étages. Rez-de-chaussée bétonné, rehaussé de murs de briques percés de rares fenêtres. C'est ici.

Une pancarte récente et discrète indique seulement :

Rikets sal av Jehovas vitner

Une fois à l'intérieur, Agnès réalise où nous venons de pénétrer : une salle du Royaume, lieu de culte et de rassemblement de la communauté locale des Témoins de Jéhovah. J'ai moi-même du mal à croire que ce soit à cet instant précis le seul endroit où je m'estime en sécurité.

À peine franchie la grande porte d'entrée, une soixantaine de personnes se tournent vers nous. Les vêtements colorés que nous avons volés dans les vestiaires pour quitter discrètement Saudahallen dénotent avec la sobriété générale.

Un jeune homme d'une vingtaine d'années s'approche de nous, souriant. Il porte la cravate comme tous les autres. Je le reconnais, c'est Fabian, le fils de Roald. À son regard, je comprends que nos tenues sont inappropriées. Sans un mot, il nous indique deux places libres. Agnès me suit, déboussolée et intimidée.

Satisfaite de notre présence, Catrina, la coiffeuse, nous tend des fascicules. Je me contenterai des illustrations pour aborder l'ordre du jour : tout est rédigé en norvégien.

Je lève les yeux sur les murs qui nous entourent. Aucune image, aucune croix. Seules quelques banderoles de teintes sobres, et marquées d'une citation biblique, font office de décoration.

Impossible de rater la grande horloge murale qui indique 15h59. Le silence est de mise.

16h00. Tout le monde se lève simultanément et sans un mot. Nous suivons le mouvement. Alors seulement apparaît Roald coiffé et rasé de près, dans un costume noir aussi impeccable qu'austère. Notre hôte fermier est méconnaissable. C'est lui que la communauté est venue écouter.

Après le chant collectif d'un cantique de quelques minutes, la prière du dimanche commence. Cette première partie ressemble beaucoup au discours du prêtre lors de la messe. Oui, j'ai accompagné ma grand-mère à l'église une fois. Une fois de trop.

Agnès me traduit à voix basse les passages principaux. Pendant une bonne demi-heure, Roald évoque la communauté et ses projets d'agrandissement de la salle du Royaume. Il est aussi question des festivités liées à l'accord franco-russe. Le groupe Eramet emploie beaucoup de membres de la communauté.

Les Témoins de Jéhovah ne se mêlent jamais de politique, mais ils comptent profiter de l'affluence inhabituelle pour prêcher. Leur implication dans l'agriculture locale les rend sensibles aux questions environnementales. Mais je n'écoute que d'une oreille. Je suis fascinée par l'union des familles qui m'entourent.

Tout cela me fait penser à Terje. Est-il encore avec le collègue de Renaud ? Et moi ? Je suis assise au milieu de croyants assidus, aux côtés de celle qui a volé ma vie.

Quelqu'un va me pincer. Je vais me réveiller, et cesser ce cauchemar... Oui, c'est ça. Je vais me réveiller le matin de mes 34 ans. À la mairie, personne ne m'annoncera que je suis déjà mariée. Foutaises. Reprends-toi, Margo. Ada et Robin n'ont rien à foutre dans ce cauchemar. Agnès aussi est bien réelle.

Une chose est sûre, nous avons semé Nae. Je dois l'admettre, Terje avait raison : Jéhovah nous protège.

Le discours de Roald touche à sa fin. Il cède la place sur l'estrade à un homme plus âgé. Un plus jeune rapproche deux chaises. Ils s'y installent et ajustent leurs lunettes.

— J'arrive au bon moment. La lecture de la *tour de Garde* va commencer.

Je reconnais cette voix et ce léger accent. Improbable Terje. Il a surgi dans mon dos, souriant. Par-dessus mon épaule, je peux seulement apercevoir sa veste et sa cravate.

— C'est le périodique officiel édité depuis leur siège américain, m'explique-t-il. Un Ancien va y sélectionner une série de questions doctrinales, cultuelles, ou prophétiques. L'orateur lira des passages censés y répondre.

— C'est long ?

— Une heure environ.

Donc Terje est spécialiste de la question ? Serait-il Témoin de Jéhovah ? Avec lui tout est possible. Il ne me laisse pas le temps de répliquer, et ajoute :

— Ce sera suffisant.

Suffisant pour quoi ? Ce type est un *escape game* à lui tout seul. Il ne fonctionne que par énigmes et rebondissements. A-t-il seulement remarqué la présence d'Agnès ?

Terje me tend discrètement son mobile. Je le saisis sans comprendre, jusqu'à ce qu'il m'en désigne l'écran, d'un geste insistant. Dès les premières images qui défilent, Agnès ne peut s'empêcher de s'approcher pour mieux voir. Je crois deviner. Terje a rassemblé une série de documents officiels, photos et autres archives concernant Renaud. Sauf que si je reconnais bien son visage, son nom diffère dans les éléments les plus anciens.

Agnès m'a pris le téléphone des mains, et navigue nerveusement parmi ces preuves de plus en plus accablantes. Les preuves irréfutables que son époux ne s'est pas toujours appelé Renaud. Il lui a menti depuis le début.

Lorsqu'un de ses camarades étudiants a brutalement renoncé à une carrière prometteuse, Laurent Nipoix a récupéré son stage. Il a alors usurpé son identité pour fuir les Témoins de Jéhovah et se réfugier en Norvège.

Agnès peut se méfier de nous, s'entêter. Mais elle doute de plus en plus. Je le sens. Le doute est terrible. Il s'immisce dans les moindres pensées, puis contamine la raison pour ne jamais vraiment disparaître.

Tout ce qu'Agnès a fait semblant de ne pas voir, de ne pas remarquer pendant des années remonte brutalement, avec plus d'acidité qu'une violente envie de vomir.

J'avais raison. Voilà pourquoi Renaud connaissait déjà Madeleine. Elle l'a aidé à abandonner son identité de naissance.

Aujourd'hui, Renaud est pris au piège. L'imposteur marié à une usurpatrice d'identité. Que peut-il face aux Russes ? Il ne leur livrera pas Agnès.

La fuite est inéluctable. Les nouvelles identités acquises auprès de Madeleine sont leur seule chance de salut. Celles que j'ai récupérées à leur place à Beito. Celles qui me mettent en position de force vis-à-vis d'Agnès.

Terje peut être fier de lui. Son jeu de pistes fonctionne à merveille.

Les paroles religieuses nous enveloppent toujours. De temps à autre, des regards accusateurs nous rappellent à l'ordre. Nos chuchotements perturbent le silence qui règne dans l'assemblée.

Agnès n'a pas cessé de faire défiler les images en boucle sur le smartphone. Tel un robot dont le logiciel aurait complètement planté, incapable de réagir, de définir sa prochaine action.

Je lui retire le mobile des mains pour le rendre à Terje. Dans le creux de son oreille, je chuchote à Agnès :

— Renaud fait tout ça pour toi. Tu dois lui parler. Tu peux encore l'empêcher de saboter cet accord. Terje vous aidera à disparaître.

Mais Agnès ne m'écoute pas. Elle murmure à elle-même :

— Je ne lui ai jamais caché qui j'étais vraiment. Lui m'a menti depuis le premier jour.

J'observe ce visage que j'ai appris à haïr depuis des mois. Pourtant, j'ai soudain envie de m'excuser. Parce que depuis quelques minutes, Agnès est dans un état que je connais trop bien. Elle s'enfonce inexorablement dans les abîmes du doute comme Émeline l'an dernier. Ce n'est pas seulement une usurpation d'identité, c'est un miroir troublant qui est assis à côté de moi sur ce banc inconfortable. J'en oublie les Témoins de Jéhovah, la Norvège, et tout le reste. Deux Émeline se rapprochent.

Mon attention se porte soudain sur l'estrade, où les lectures religieuses se terminent subitement. Roald a repris sa place derrière le pupitre en contreplaqué. Une partie de son public, sans doute la plus conservatrice, se permet un ronronnement de contestation.

Roald lève les mains et obtient un silence total. Cette fois, son discours en norvégien, bien que je ne comprenne rien, m'apparaît plus spontané, plus personnel aussi. Agnès et Terje l'écoutent attentivement. Je n'ose pas leur demander de traduire, tant la tension dans l'assemblée est palpable. Bon Dieu, mais qu'est-ce qu'il raconte ?

Ce que je confondais jusqu'ici avec des bruits provenant des rues alentour se fait plus présent, jusqu'à gêner l'écoute de Roald. On dirait une altercation, au niveau de la porte d'entrée. De nombreuses têtes contrariées se tournent vers l'origine de ces sons parasites.

Comme je ne comprends rien aux paroles de Roald, je me focalise sur le reste. Quelqu'un s'énerve... en anglais ! Un retardataire refoulé ? Un fanatique provocateur ?

Merde. J'ai peur de reconnaître cette voix.

Dans un grand vacarme, la porte s'ouvre. Roald s'interrompt aussitôt. À travers l'entrebâillement, découpée en contre-jour, la silhouette imposante de Nae me glace le sang. C'était prévisible.

Roald s'exprime au nom de sa communauté sans engendrer la moindre contestation. Dans un anglais rugueux, mais compréhensible, il exige à l'intrus de quitter les lieux immédiatement. Nae ne bouge pas. Il nous cherche du regard.

Il nous a trouvées. Agnès saisit mon poignet. Nous sommes tétanisées. Malgré les dizaines de personnes qui nous séparent de lui, Nae me fait peur. Comme une incarnation de la menace qui pèse sur moi depuis le début.

— Vous abritez des ennemis des Orphelins ! Et vous m'empêchez de chasser un Ingrat.

La voix rauque de Nae résonne dans toute la pièce. Mais Roald ne se laisse pas intimider. Il s'approche de Nae, avant de lui répondre fermement, en anglais lui aussi :

— Nous connaissons l'idéologie de Yulia ton épouse et de votre communauté. Sache que nous ne la partageons pas. Tu n'es pas le bienvenu ici. Et tu n'auras pas notre aide.

Nae jauge Roald. Puis, lorsque plusieurs hommes bien bâtis se dirigent à leur tour vers lui, il se décide à sortir sans un mot.

Pendant ce moment particulièrement tendu, Terje semblait prêt à s'interposer. Nos regards se croisent. Je crois déceler chez lui beaucoup de bienveillance.

Soudain, c'est la stupeur que je lis dans ses yeux. Tandis que les voix s'élèvent dans un chant religieux final, je constate avec effroi que la place à côté de moi est vide. Agnès a disparu.

Partir à sa recherche ? Prendre le risque de croiser Nae à nouveau, ou de l'attirer à elle. Mon cerveau bouillonne. Après l'asphyxie dans le sauna, je me sens oppressée par cette foule silencieuse. Rien ne me retient vraiment ici et pourtant, où aller ?

L'assemblée garde son calme, mais des murmures s'élèvent ici et là. Je me retourne brièvement pour sonder Terje. Un homme plus âgé a pris sa place. Incroyable ! À son tour Terje a disparu. C'est pas vrai, c'est une blague ou quoi ?

14

***

TERJE

Terje a 17 ans et n'aime toujours pas les tunnels. Mais il fait beaucoup d'efforts pour le cacher quand Murielle est à ses côtés. La voir au volant lui rappelle immédiatement leurs virées secrètes.

Murielle a beaucoup progressé en norvégien. Terje se défend pas mal en français. Il impressionne ses professeurs avec son aisance orale et écrite. Les nombreuses lettres et emails adressés à Murielle l'ont aidé à progresser.

Au téléphone, il est plus timide, mais là encore, l'effet Murielle l'a poussé dans ses retranchements. Jusqu'à le rendre totalement à l'aise pendant leurs longues conversations.

Parce que Murielle n'est plus sa nounou. Ni même vraiment sa professeure de français. En fait, cela fait bien longtemps que les parents de Terje ont cessé de la rémunérer. D'ailleurs, ils ignorent la nature réelle de leur relation.

Eux-mêmes seraient bien incapables de la définir. Quelle expression, quel mot de français ou de norvégien permettrait de qualifier avec justesse ce lien unique que les années n'ont fait que renforcer ?

Aujourd'hui, Murielle a 26 ans. Elle n'est pas rentrée en France depuis un moment. Elle a sympathisé avec des Norvégiens, mais la plupart de ses amis étaient en réalité des amis de Petter.

Et elle vient de quitter Petter.

Alors Murielle a accepté sans hésiter la proposition de Terje. Elle conduit selon ses indications, sans connaître leur destination.

Terje jubile. Roulant au sud de Moss, ils viennent de dépasser Fredrikstad, la dernière ville norvégienne sur la côte avant la frontière suédoise.

C'est surtout la porte d'entrée d'un paradis entre terre et mer : l'archipel de Hvaler, qui doit son nom aux baleines qui nagent entre ses îles. Relié au continent par la route 108, c'est à la fois une réserve naturelle, réputée pour ses nombreux oiseaux de mer et pour son importante population de phoques, et un site touristique majeur.

Là encore, Terje doit endurer une succession de longs tunnels connectant les différents îlots. Pour s'adapter au relief sous-marin, la route s'enfonce parfois en profondeur, tout en épousant des courbes plus ou moins fortes.

Le festival des tunnels. L'enfer pour Terje.

La récompense apparaît enfin. Établi à l'extrémité sud d'une des îles principales, le port de Skjærhalden concentre une bonne partie des visiteurs de l'archipel, surtout en pleine saison.

Terje indique à Murielle où se garer. Elle le suit ensuite sur le quai, souriante et détendue. Ils longent plusieurs hangars réhabilités en commerces.

Des enfants sortent du Spar les mains pleines de provisions, encore vêtus de leurs gilets de sauvetage. Ils sont venus se ravitailler en bateau. Terje sourit en les voyant démarrer et s'éloigner dans les eaux calmes du port pour rejoindre la cabane où les attendent leurs parents.

Terje a travaillé tout l'été précédent au Skjærhalden Marina AS. Alors, quand il a voulu organiser sa surprise pour Murielle, le patron a immédiatement accepté.

Coque effilée. Silhouette élancée. Terje ne regrette pas son choix. Le Northmaster 645 Open glisse sur l'eau avec une aisance déconcertante.

Terje est encore trop jeune pour conduire ou boire de l'alcool. Mais avec l'accord de ses parents, il peut déjà naviguer. Car si Terje déteste les tunnels, il adore la mer. Il s'y sent dans son élément.

La mer les éloigne de la foule. Terje accélère légèrement. La brise leur caresse le visage. Murielle emplit ses poumons d'air iodé. Elle se laisse imprégner de ces paysages, de ce royaume qui commence à l'accepter.

Terje la regarde, rayonnante et apaisée, blottie contre lui. Il ne lui dit rien. C'est inutile, elle a compris. Elle le sait depuis longtemps. Et pour la première fois, Murielle prend sa main dans la sienne.

15

***

MARGO

— Mes chères sœurs, mes chers frères.

Le silence est revenu instantanément. Cette fois, Roald s'exprime en anglais. Ses yeux ne balaient plus l'assistance, mais restent fixés dans ma direction. Après s'être assuré d'avoir toute mon attention, il reprend :

— Je déplore comme vous cette intrusion. Beaucoup d'entre vous le savent déjà, elle n'est pas étrangère à la présence d'invités aujourd'hui.

Sueurs froides. J'ai la même sensation que lorsqu'un prof me désignait pour passer au tableau. Affronter les regards de toute la classe me donnait la chair de poule.

Roald n'insiste pas. Et pour cause, il se tourne sur sa droite, et invite quelqu'un à le rejoindre d'un signe de la main, tout en ajoutant :

— Avant de nous séparer et de rejoindre nos foyers, je tiens à évoquer avec vous la question du choix. Et l'importance de respecter ceux de chacun.

Pourquoi ne suis-je pas totalement surprise de voir Terje rejoindre Roald sur l'estrade ? Le sentiment d'être embarquée dans un jeu programmé par Terje devient de plus en plus agaçant. Pourtant, je dois l'avouer. Il me fascine.

Roald introduit son invité du jour :

— Terje ne fait pas partie de notre communauté, mais il s'y intéresse et nous respecte. Je vous demande donc de l'écouter partager avec nous son histoire et sa manière d'accepter le *choix*.

Le visage de Terje a perdu tout ce qui lui donnait son allure juvénile. Il inspire profondément avant de s'exprimer lui aussi en anglais :

— Bonjour. J'ai rencontré Sigrid en 2014. Nous nous sommes mariés en 2017 et notre fils est né en 2018.

Alors que je ne sais quasiment rien de lui, Terje déballe sa vie à une assemblée d'étrangers. Je ne peux pas m'empêcher de repenser à l'instant où je l'ai retrouvé recroquevillé dans le coin d'une chambre, à l'étage de sa maison de famille à Beito.

Impossible d'oublier le regard mélancolique qu'il posait sur la photo de sa femme et de son fils.

Terje marque un temps, puis raconte :

— Sigrid s'est suicidée le 5 janvier. On lui avait volé sa vie. Accusée de crimes qu'elle n'avait pas commis, elle risquait de tout perdre, et a préféré mettre fin à ses jours.

Mon sang se fige dans mes veines. J'ai l'impression que mon cœur fonctionne à l'envers, tant ma poitrine se contracte. Plus bas, c'est la boule dans mon ventre qui palpite à nouveau.

J'ignore si Terje dissimule d'autres secrets. Mais si sa femme s'est suicidée parce qu'elle ne supportait plus l'usurpation de son identité, je crois que je peux enfin commencer à le comprendre.

— Je lui en ai d'abord voulu. Je l'ai haïe pour son geste égoïste. Mais j'ai décidé de l'accepter. D'élever notre fils sans salir son souvenir. Parce que c'était son choix.

Au-delà des paroles, je découvre une nouvelle facette de Terje. Resté à ses côtés, Roald le remercie avant de reprendre la parole :

— Ceux qui me connaissent savent que je partage la douleur de Terje. Ma première épouse Torild nous a quittés en 2002. Son geste est lié à la perte de notre second enfant au terme d'une grossesse difficile. Comme Terje, j'ai ressenti beaucoup de colère. Aujourd'hui, j'ai du chagrin, mais aussi de la compassion. J'accepte son choix.

Après le marathon, le drone tueur, et le sauna naturiste, me voilà confrontée à une séance de confessions. Je suis à deux doigts de me lever et de serrer Terje dans mes bras. Ou de partir en courant.

Comme s'il avait lu dans mes pensées, Roald change de ton, et retrouve son élocution solennelle, sans cesser d'employer l'anglais. Effectivement, la suite méritait ma patience. Ce dernier discours est aussi concis qu'efficace. Terje reste sur l'estrade en retrait derrière Roald, très impliqué dans ses propos :

— Les Soviétiques ont longtemps oppressé notre communauté. La Fédération de Russie a finalement accepté nos sœurs et nos frères, avant d'interdire notre culte en 2017. Poursuivies et victimes de discriminations, de nombreuses familles ont envoyé leurs enfants à l'étranger pour les protéger. Une partie d'entre eux s'est rassemblée autour de Yulia, en Autriche. Elle appelle son groupe les *Orphelins*. Depuis des mois maintenant, elle traque tous ceux qui ont profité de cet exode pour quitter notre communauté dans laquelle ils ont grandi. Elle les appelle les *Ingrats*. L'homme qui a troublé notre réunion aujourd'hui est son époux. Comme vous le savez, nous ne soutenons pas cette traque. Nous respectons le choix de chacun. Même celui de s'éloigner de la vérité, en préférant le *système de choses*.

Sérieusement Agnès, dans quoi m'as-tu embarquée ? Quand je pense qu'à l'origine, je voulais juste ouvrir un dossier de mariage à la mairie de Saint-Maur-des-Fossés. Le jour de mon anniversaire. Cette époque me paraît si lointaine.

18h22. Pour Terje il est déjà très tard. Pour moi, il est encore affreusement tôt. Peu importe, le repas est servi.

De retour dans notre logement aux allures de mini chalet, nous avons droit à la visite d'Isabel, la fille de Roald. Elle doit avoir l'âge d'Ada. Hormis le fait d'être sans doute nées la même année, tout sépare ces deux adolescentes. Son air sérieux et sa tenue austère confèrent à Isabel l'allure d'une petite adulte très appliquée. Elle n'a prononcé que quelques mots de politesse en apportant notre dîner, cuisiné par ses soins pendant que sa mère s'occupait des animaux de la ferme.

Ma tenue colorée volée dans les vestiaires de Saudahallen me vaut encore un regard méprisant, vite effacé par un sourire cordial adressé à Terje. Je dois reconnaître que cette robe jaune vif trois fois trop large pour moi et particulièrement courte ne correspond pas à mes critères non plus.

Lorsque Isabel referme la porte derrière elle, Terje éclate de rire. Il désigne du doigt la robe incriminée.

À fleur de peau après cette journée particulière, je me lève en poussant brusquement ma chaise. Je m'écarte ensuite de la table qui occupe l'espace central de notre pièce à vivre, en laissant Terje manger tout seul. Mon exaspération n'a pas l'air de le perturber.

Sans un mot, je le contourne pour accéder à sa chambre. Tout y est impeccable. Son sac est à peine entrouvert. Je fouille sans gêne, pour en extraire un grand tee-shirt. Associé à un caleçon, il fera l'affaire pour la soirée. Ma propre garde-robe n'étant pas illimitée, si je dois abandonner des vêtements tous les jours, je vais vite me retrouver à poil.

La robe jaune échoue sur une chaise. Me voilà vêtue d'un caleçon noir et d'un tee-shirt blanc orné des célèbres Astérix, Obélix et Idéfix. Pas très norvégien. Un cadeau de Murielle sans doute ?

Lorsque je m'assois en face de lui, et que je commence à manger, Terje se fige quelques secondes. Je lui souris le plus naturellement du monde. Il rigole, puis termine tranquillement son assiette.

Tout en dégustant mes boulettes de viande maison, je constate une fois de plus que je dois aller à la pêche aux infos :

— Puisque tu le demandes, moi ça va super. J'ai failli tuer Agnès à la piscine. Finalement, on s'est fait un sauna ensemble, ça nous a bien détendues avant la prière du dimanche. J'ai beaucoup apprécié le discours de Roald et la petite intervention de Nae. Et toi ? Tu as vu Olav ? Il va t'aider à convaincre Renaud ?

Pendant toute ma tirade, Terje examinait le fromage blanc épais servi en guise de dessert. Il y trempe un doigt, qu'il lèche avec méfiance, avant de sourire. Entre deux cuillerées, il finit par me répondre :

— Olav a compris la situation. Il connaît bien Renaud, et maîtrise l'accord dans ses moindres détails.

— C'est plutôt bon signe. Tu le revois demain ?

Terje fait la grimace. Un rictus de dégoût déforme son visage. Inquiète, je désigne son bol de fromage blanc :

— C'est si mauvais ?

— Non, c'est Olav. Je ne l'aime pas.

— Tu ne lui fais pas confiance ?

— Non. On dirait Kurt Cobain qui aurait survécu pour devenir Monsieur Propre.

Terje fait-il de l'humour ? En tous cas, je le trouve drôle. Il me prend de vitesse en ajoutant :

— Ton sauna avec Agnès aura plus d'effet. Renaud va l'écouter.

— Si elle lui parle encore après ce que tu lui as montré.

On frappe à la porte. Échange de regards avec Terje. Ma tenue l'incite visiblement à aller ouvrir à ma place.

Aussi impeccable qu'à la réunion, Roald s'excuse de nous déranger. Terje l'invite à s'asseoir à notre table. Contrairement à sa fille, il ne prête pas vraiment attention à mon apparence.

Avec le ton solennel et sérieux de ses discours, il entreprend d'expliquer sa visite, dans un anglais parfaitement fluide :

— Ma fille Isabel est née et a grandi ici, comme sa mère. Elles n'ont connu que notre communauté et ignorent tout du *monde*.

Il marque une courte pause.

— J'ai beaucoup voyagé, ajoute-t-il. Avant de trouver la vérité, je me suis égaré pendant de longues années. Mais cela m'a permis de voir le monde, ce que nous appelons le *système de choses*. Avec ma première épouse, nous avons transmis cette tolérance et cet éveil à notre fils Fabian. Nous avions décidé ensemble d'ouvrir notre ferme aux voyageurs.

L'émotion est évidente lorsqu'il évoque son deuil. Roald change de ton en abordant la suite :

— Mais Élisabeth est différente. Elle tolère mal mes échanges avec les *exclus* comme vous. Et Isabel est très proche de sa mère. Jéhovah m'a infligé l'épreuve du deuil. Mais je l'en remercie. Parce qu'aujourd'hui, je retrouve une part de vérité dans chacune de mes épouses.

Qu'est-ce qu'on peut répondre à ça ? Moi qui n'aie pas la moindre croyance religieuse, je ne suis pas vraiment réceptive. Pourtant, Roald m'inspire le respect. Terje m'a-t-il entraînée malgré moi dans un voyage spirituel ? Est-ce une partie de son programme de lutte contre les conséquences de l'usurpation d'identité ?

Terje racle méticuleusement son bol de fromage blanc. Il ne le repose qu'une fois bien propre. Alors seulement, il joue cartes sur table avec notre hôte, alternant à nouveau comportement enfantin et attitude professionnelle :

— Je sais qu'à vos yeux Renaud est un déserteur, mais j'ai besoin que tu nous aides à le sauver. Il a permis à son épouse, Agnès, d'échapper aux Russes. Aujourd'hui, il en paye le prix fort.

Roald ne s'étonne pas de la requête de Terje. Il laisse soudain échapper une phrase en norvégien, à peine un murmure, comme s'il se parlait à lui-même :

— Du har rett, kjære Torild.

Je n'identifie qu'un seul mot : Torild, le prénom de la première épouse de Roald. Celle qui s'est suicidée.

Notre hôte relève la tête, l'air déterminé. Il s'adresse à nouveau à nous en anglais :

— Demain sera une journée particulière pour notre communauté. De nombreux frères travaillent pour Eramet. Ils assisteront aux festivités prévues toute la semaine à l'occasion de la signature de l'accord avec les Russes. Mais ce sera aussi une journée consacrée à la prédication à travers toute la ville. Mes enfants y participeront.

Roald marque un temps, comme pour s'assurer de notre écoute. Il poursuit :

— Nos frères et sœurs proclameront la vérité auprès des habitants de Sauda. Beaucoup vont vous défendre, comme moi. Mais d'autres sont réceptifs au discours de Yulia. Sa pensée plus radicale envers ceux qu'elle appelle des *Ingrats* en séduit plus d'un.

Terje déclare :

— Mardi, tout sera terminé.

— Vous ne comprenez pas bien. Ce soir, Nae a certainement déjà trouvé des soutiens parmi les frères et sœurs de notre communauté.

Cette fois, c'est moi qui interviens :

— On sera prudents.

— Restez ici ce soir, vous êtes en sécurité. Nous reparlerons demain.

Roald se lève, et avant de quitter notre chalet, dépose deux exemplaires usés de la Bible sur la table. Sans la moindre ironie, il ajoute à mon attention :

— Il peut traduire.

Terje acquiesce, tout en feuilletant les premières pages. La main sur la poignée de la porte d'entrée, Roald conclut :

— Vous n'entendez peut-être pas *Son message*. Pour accepter la vérité, vous devez d'abord faire la paix avec vous-même.

19h02. Il fait encore plein jour. Terje dort profondément. J'aimerais m'écarter suffisamment de notre chalet pour tenter de capter la 4G. Depuis la fenêtre, j'aperçois Roald et son fils Fabian. Difficile de savoir s'ils nous protègent ou s'ils nous surveillent.

Me voilà isolée, cloîtrée. La journée a été agitée, mais je n'ai pas eu ma dose d'exercice. Émeline s'en serait largement contentée. Margo a besoin de se défouler.

Des bouteilles feront office d'haltères, le tapis de salle de bain atténuera les douleurs dorsales. Abdos, pompes, extensions.

Quatrième journée en Norvège. J'ai l'impression d'avoir quitté Saint-Martin-Vésubie depuis des mois.

PHILOMÈNE

19h48. Cela fait déjà plus de vingt-quatre heures que Philo est sur le territoire norvégien. Le hot-dog acheté et consommé sur l'autoroute peu après avoir dépassé Oslo l'a décidée à être plus prudente concernant la nourriture pour le reste de son séjour. La nuit passée dans un motel bruyant l'a ensuite convaincue de mieux choisir ses hébergements.

Pour séjourner à Sauda, Philo a réservé une chambre à l'hôtel Kløver. Elle n'a pas eu de mal à traduire. Très proche du mot anglais, le nom de l'établissement s'illustre sur la partie gauche de sa façade : trois disques verts forment un trèfle géant.

L'architecture années 1970 de l'hôtel et ses grandes parois vitrées évoquent un bâtiment administratif, mais l'intérieur dégage une atmosphère des plus chaleureuses.

Chambre calme au dernier étage avec vue sur le fjord. Restaurant offrant une variété de menus plus vaste que toute la concurrence locale réunie. Le tout en plein cœur du centre de Sauda.

Sur Internet, l'hôtel affichait complet. Mais au téléphone, Philo a prétendu faire partie des cadres d'Eramet Norway. Une chambre s'est miraculeusement libérée.

Car Philo est bien renseignée. Elle n'a pas pris un TGV jusqu'à Paris, un vol pour Oslo et avalé 7h de route sans être certaine. Certaine que celle qu'elle traque est bien ici.

Émeline Dalbera. Philo usurpe son identité depuis quatre ans et demi. Cette coexistence pacifique aurait pu encore durer longtemps. Philo aurait préféré qu'il en soit ainsi pour toujours.

Mais la situation ne lui laisse pas le choix. Parce qu'en 2017, Émeline s'est mariée. Elle a épousé un Français, ici en Norvège. Cette union expatriée la met aujourd'hui en danger, alors Philo doit intervenir.

Philo a un plan. Elle n'agit jamais sans prévoir chaque détail. Chaque année les réseaux sociaux envahissent un peu plus nos vies. Dès leur apparition, Philo a appris à les exploiter, pour obtenir ce dont elle a besoin.

Quelques recherches ciblées lui ont permis d'identifier l'époux d'Émeline Dalbera. Il est français comme elle et s'appelle Renaud Fossey. Il travaille pour l'ONG environnementale Bellona, basée à Oslo. Dans deux jours, il doit remettre son rapport, dont le verdict est décisif pour la signature d'un accord historique entre le groupe minier français Eramet, et son concurrent russe, Nornickel. L'enjeu est de taille : en échange de la coexploitation de gros gisements disséminés le long de la frontière russo-norvégienne, Nornickel s'engage à financer les programmes environnementaux supervisés par Bellona dans la région voisine de Mourmansk en Russie. Hydrocarbures dans les nappes phréatiques, déchets radioactifs immergés, pollution chimique de sols, les chantiers civils et militaires ne manquent pas.

Ce rôle central expose Renaud, et le rend facilement traçable sur Internet. Philo a vite repéré un moyen de l'approcher à Sauda.

Elle s'est alors intéressée à Jeanne Grenat, envoyée depuis le siège parisien d'Eramet pour couvrir l'événement. Responsable éditoriale du groupe minier, elle doit rencontrer Renaud demain après-midi. L'entretien sera retransmis en direct sur Internet.

Jeanne alimente très sérieusement son compte LinkedIn. Rien ne dépasse. Tout est pro. Idem sur Facebook et Instagram. Au contraire, le cadreur vidéo qui l'accompagne publie plus que de raison. Philo n'a aucun mal à les suivre à la trace depuis leur taxi parisien, pendant leur embarquement à Roissy ou lors de leur arrivée à Oslo.

Dans le calme de sa chambre d'hôtel, Philo lève parfois les yeux pour contempler la luminosité des eaux du fjord. Mais chaque neurone de son cerveau se consacre à la conception de son plan.

Pourtant Philo se trompe. Celle qu'elle croit être la véritable Émeline n'est qu'une usurpatrice, comme elle.

Philo l'ignore encore, mais c'est Agnès qu'elle s'apprête à piéger.

Gennevilliers (Île-de-France), dimanche 2 juin 2019

***

BASILE

Basile et Émeline auraient dû se marier la semaine prochaine. Dans une autre vie. Sans usurpation, sans doute, et sans séparation. Peut-être qu'elle n'aurait pas perdu le bébé. Plus d'un an après, impossible d'y penser sans un pincement au cœur.

Des notifications sonores ramènent Basile à la réalité. Des messages clignotent sur les deux écrans de son poste de travail. Une réalité bien différente de celle qu'il avait imaginée. Il ne prépare pas son mariage. Il assure un énième weekend d'astreinte dans les locaux d'Europ Assistance.

Où est Émeline ? Cette question n'a jamais vraiment quitté son esprit. Depuis trois jours, elle le hante jour et nuit.

Émeline s'est servie de ses anciens codes d'accès jusqu'à ce qu'ils soient désactivés. Cette semaine, elle s'est connectée à l'intranet d'Europ Assistance en utilisant les identifiants de Basile.

Était-elle réellement en Norvège comme le lui a assuré son collègue du service informatique ?

Sa hiérarchie a accusé Basile de détourner les ressources de l'entreprise. Pourtant il n'a pas dénoncé Émeline. Il veut savoir.

Où est Émeline ? Depuis hier, il essaie de comprendre. Son nom figurait sur la liste des passagers d'un vol Paris-Oslo. Elle a ensuite loué une voiture à l'aéroport. Pour aller où ? Avec qui ?

Combien de temps Basile va-t-il tenir ? Ses proches, ses collègues, personne n'est dupe. Jusqu'ici, la qualité de son travail n'en pâtit pas, mais son nouveau couple en souffre.

Comment pourrait-il se douter une seconde qu'il surveille en réalité Philomène ?

16

***

TERJE

En passant devant la vitrine d'un magasin de costumes masculins, Terje ne peut s'empêcher de penser au héros du film *Arrête-moi si tu peux*.

À présent, il porte tous les jours un de ces costumes élégants et sobres. Il a parfois l'impression de se déguiser. De ne pas être réellement lui-même.

Mais une chose est sûre. Terje a réussi. Comme l'agent du FBI interprété par Tom Hanks dans le film, il traque les imposteurs. Et ce n'est pas du cinéma.

Premier stage professionnel. Premiers succès. Premier emploi. Terje vient d'intégrer le prestigieux cabinet Wikborg Rein, présent également à Londres, Singapour, et Shanghai.

Son bureau à lui se situe à Bergen, la seconde ville du royaume, sur la côte ouest. Pendant toutes ses études, Terje a appris à apprécier ce port à la fois historique et moderne, très prisé des touristes. L'activité culturelle intense, le point de départ de l'express côtier et les nombreuses universités ont de quoi rendre jalouse Oslo.

Mais Bergen, c'est surtout la ville natale de Sigrid. Terje l'a rencontrée en 2014. Elle avait 27 ans, lui seulement 22. La maturité et l'ambition de ce jeune homme brillant l'ont séduite. À moins que ce ne soit ses longues tirades en français ? Ou toutes ses références à des films qu'elle allait découvrir avec lui ?

Terje en a conscience. Son premier contrat, et le premier baiser de Sigrid, il ne les doit qu'à une seule et même personne. Sans Murielle, il ne serait pas à Bergen. Sans Murielle, il ne serait pas totalement Terje.

Pourtant, cela fait déjà un moment que Murielle a dû prendre ses distances. Les parents de Terje, qui n'ont pas accepté la relation naissante, ont accéléré le départ de leur fils pour la côte sud-ouest.

Élève surdouée, étudiante hors-norme, petite blonde bien en chair et joviale, Sigrid travaille déjà depuis trois ans pour le groupe minier français Eramet et se déplace régulièrement sur leurs différents sites norvégiens.

Son poste l'amène à collaborer avec de nombreux expatriés, essentiellement francophones. Dont certains sont victimes d'usurpation d'identité. C'est là que Terge intervient.

Première présence française en Norvège, le pétrolier Total a recours aux services du cabinet Wikborg Rein. Terje a fait ses preuves en accompagnant les DRH du groupe énergétique dans l'évolution de leur politique de protection des données personnelles. Plusieurs cas d'usurpation ont pu être empêchés à temps.

Terje était le seul juriste parfaitement bilingue norvégien-français. Là encore, merci Murielle.

17

***

MARGO

6h00. Réveil. Se lever. Courir. Non, je suis chez les Témoins de Jéhovah. Ils m'ont déjà ramassée une première fois sur la route.

Il faudrait que je me lève. Mais j'ai mal aux cuisses et aux mollets. Mes poignets et ma nuque me lancent : j'ai un peu trop forcé sur les exercices hier soir. Je me suis endormie d'épuisement.

7h12. Merde. Des années que ça ne m'était pas arrivé. J'ai replongé. Absence totale. Un hiatus d'une bonne heure. Cette fois, je me lève pour de bon. Terje dort-il encore ?

Sa chambre est vide. Il m'a laissé un mot sur la table sur laquelle les deux Bibles de Roald n'ont pas bougé. Terje a rendez-vous ce matin avec Olav. Le message est clair. Me voilà confinée jusqu'à nouvel ordre.

Pour ma propre sécurité. Ou pour la sienne ?

Premier constat : mon heure de sommeil supplémentaire est sans conséquence. Personne ne m'attend nulle part.

Mais comment rester inactive ? Je culpabilise. Comme si je devais être déjà prête, courir après Agnès dans les rues de Sauda, et me démener pour récupérer mon identité...

Néanmoins, dans l'immédiat, je serais bien impuissante. Si Agnès se braquait, elle pourrait disparaître pour toujours. Et j'ai besoin d'elle pour atteindre Madeleine.

Devant mon reflet, dans la salle de bain, la même question ressurgit. Elle m'angoisse depuis des mois. Elle m'effraie un peu plus chaque jour passé en Norvège : suis-je encore Émeline ?

7h38. Je traque la 4G dans tous les recoins. Aucun réseau, rien. Le chalet tout entier est en mode avion.

Mon estomac émet des sons de plus en plus inquiétants. J'ai à peine le temps de constater que les placards sont vides lorsque quelqu'un frappe à la porte.

Des fruits du jardin, du lait de la ferme, des toasts de poisson fumé, une sorte de fromage blanc artisanal, et le pâté de poisson dont Terje raffole. Trahie par mon regard avide sur le plateau qu'il tient, je lève enfin les yeux vers mon bienfaiteur. Fabian a tout juste 21 ans. Le fils de Roald ressemble beaucoup à son père. Son sourire timide me rappelle mes années collège et lycée, lorsque prononcer un mot devant des adultes inconnus relevait du pur exploit.

Sois sympa, Margo. Il t'a sauvée hier, et te nourrit ce matin. Il mérite un effort.

En attrapant le plateau, je lui souris franchement. Je m'applique à prononcer un authentique *tusen takk*[31] norvégien.

Difficile de savoir si c'est la barrière de la langue ou sa timidité qui l'empêche de me répondre. Par contre, impossible de rater à quel point il rougit et détourne le regard. Je n'ai pas besoin de short ultra court ou de robe affriolante pour émoustiller le jeune Fabian. Mon tee-shirt Astérix fait l'affaire.

Alors qu'il s'apprête à me laisser manger seule, je lui indique la chaise en face de la mienne. Il se fige, avant de finalement s'asseoir, droit comme un i, les mains sur les genoux.

Je me risque à prononcer quelques mots d'anglais. Le petit déjeuner est délicieux. C'est sans doute le meilleur repas que j'aie fait depuis mon arrivée en Norvège.

Fabian reste impassible. Je crois que je pourrais aussi bien parler mandarin ou hindi. La conversation ne va pas être évidente. Je lui souris à nouveau. Il finit par ouvrir la bouche, et enchaîne plusieurs phrases enjouées, tout en désignant le contenu de mon plateau. Mon niveau de norvégien ne me permet pas de lui répondre.

Cette incapacité à communiquer installe un silence amusé entre nous. Fabian promène son regard. Il s'arrête sur les deux Bibles déposées par son père. Puis, il remarque mon smartphone. Comme un enfant de 8 ans qui lorgnerait sur celui de ses parents.

J'avale le dernier morceau de ma tartine, avant de saisir le mobile et de lui montrer la mention "No signal", en affichant un air désolé.

Fabian se met à parler tout seul, d'un ton sec et énervé, tout en fixant la maison familiale à travers la fenêtre de la cuisine. Lorsqu'il se tourne à nouveau dans ma direction, son visage est plus sévère, son regard plus dur.

---

[31] Mille fois merci.

Je n'ai pas eu le temps de terminer mon fromage blanc. Fabian m'a arrachée de ma chaise, et entraînée à travers la cour de la ferme. La météo s'est rafraîchie, j'en ai presque la chair de poule.

En pénétrant dans la grande maison familiale, je repense immédiatement à ma première visite la veille, inconsciente et affaiblie. L'entrée est toujours aussi sombre et impeccable, à l'inverse du séjour extrêmement lumineux. Il y a peu de meubles, et peu de décoration.

Mais Fabian ne me laisse pas le temps d'observer en détail. Sans lâcher mon bras, il gravit les escaliers jusqu'au deuxième étage.

Nous atteignons une pièce assez volumineuse, percée d'une seule fenêtre. La charpente massive dessine une sorte de cage en bois sombre. Nous sommes sous les pentes du toit. Fabian n'a pas dit un mot depuis qu'il a interrompu mon petit déjeuner. Mais je comprends son intention. Un ordinateur occupe le centre d'un grand bureau. À en juger par l'aspect de son moniteur, un des premiers modèles d'écrans plats, il date du début des années 2000.

Dans le silence étouffant de la maison, le démarrage du vieux PC prend une ampleur déroutante. J'avais oublié le bruit mécanique des vieux disques durs. Après de longues minutes, une page d'accueil familière apparaît : celle de Google.

Ma prudence, mes questions, ma peur... Tout s'envole : j'ai besoin de me connecter. Sans la moindre retenue, je m'installe face à l'ordinateur, jouant de l'antique souris filaire.

Première recherche : Bellona. J'ai passé tant d'heures à courir, conduire ou dormir, que j'ai l'impression de n'avoir perçu la Norvège qu'à travers les bonnes paroles de Terje. Le moment est venu de vérifier quelques éléments.

L'ONG environnementale pour laquelle travaille Renaud accompagne bien Eramet Norway. Sur leur site Internet, son collègue Olav figure en bonne position. Si j'en crois le compte Twitter de l'entreprise, ses bureaux russes ont également beaucoup œuvré pour la signature de l'accord, demain. L'enjeu est de taille.

Et Terje ? Google patauge avec ses nombreux homonymes scandinaves. Mon Terje reste insaisissable. Aucune présence sur les réseaux sociaux, excepté un profil incomplet sur LinkedIn. Pas de photo. Dernière entrée dans son CV numérique : un stage chez Wikborg Rein en 2016. Ce cabinet juridique international est basé à Oslo, mais dispose de bureaux à Bergen, la deuxième ville du pays. Quelques juristes ont droit à leur photo officielle. Terje ne figure nulle part. Faut-il en déduire qu'il n'y travaille pas ?

J'avais presque oublié la présence de Fabian, immobile derrière moi. Il ne semble pas vraiment intéressé par mes recherches en ligne. Je dirais plutôt qu'il monte la garde. Comme s'il craignait d'être surpris ici. Avec moi. D'après le silence qui règne dans la maison, nous sommes seuls.

Je prends soudain la peine de jeter un œil autour de nous. Sur les meubles alignés contre les murs, des piles de fascicules, prêts à diffuser "*la bonne nouvelle*" : le message des Témoins de Jéhovah. Deux grosses imprimantes un peu désuètes, mais visiblement en état de marche. Des Bibles de différents formats en norvégien. Enfin, appuyés contre un mur, de larges panneaux pliants aux messages illustrés aguicheurs et intrigants, utilisés par les Témoins de Jéhovah pour l'évangélisation sur la voie publique. De la PLV religieuse en somme.

Pas le temps de rêvasser. Je ne trouverai sans doute rien de plus sur Terje sans une enquête plus approfondie. Par contre, j'ai besoin d'en apprendre davantage sur un événement qui risque d'être décisif pour moi. Le marathon du soleil de minuit, à Tromsø. Le site officiel est formel : il se courra le samedi 22 juin à l'autre bout du pays.

Est-ce là l'échéance de ma quête norvégienne ? La confrontation ultime ? Dans ce cas, il ne me reste plus qu'à m'entraîner. Par réflexe, je m'inscris à la newsletter.

Mes emails. Je vais abuser quelques minutes de plus et contrôler ma boîte de réception. Je survole rapidement les messages non lus, pour m'arrêter sur une notification de l'intranet d'Europ Assistance. Un message d'erreur ? À moins que Gilles au service informatique n'ait détecté mon petit jeu ? Après tout, c'est lui qui m'a appris à leurrer leur système. Je suis étonnée que Basile n'ait toujours pas changé ses identifiants. La raison me saute immédiatement aux yeux. C'est volontaire. L'email que je viens d'ouvrir contient un mot de sa part, envoyé via sa propre messagerie interne. Il s'est écrit à lui-même, persuadé que j'allais le lire en me connectant à son compte. Le texte est court, pourtant il me glace le sang.

Celui qui a failli devenir le père de mon enfant, celui que j'allais épouser, est totalement sorti de ma vie en l'espace de quelques semaines. Dès les premiers signes d'usurpation, j'ai senti qu'il s'éloignait. Le doute l'a rongé de plus en plus. Jusqu'au jour où j'ai perdu notre enfant.

En relisant une énième fois ses mots, je sens Émeline frémir. Basile prétend m'avoir localisée en Norvège. Réfléchis, Margo. Il n'y a aucun scoop. Lorsque nous avions décidé de nous unir, la mairie de Saint-Maur-des-Fossés nous avait appris une nouvelle assommante : je m'étais déjà légalement mariée en 2017, en Norvège. Et puis, il me suffit de renoncer à me connecter au compte professionnel de Basile pour rompre notre dernier lien.

Ai-je encore besoin des services internes et des accès privilégiés d'Europ Assistance ? La vérité, c'est que Basile ne peut rien contre moi. Alors pourquoi ai-je des sueurs froides ?

Fabian interrompt mes réflexions en posant une main sur mon épaule. Il veut me montrer quelque chose. Un doigt sur sa montre indique que le temps presse.

Connecté à sa propre messagerie, Fabian ouvre un document en pièce jointe. Ses bonnes intentions n'étaient pas totalement désintéressées. Il veut que je lise un long message en français.

Le responsable d'une communauté de Témoins de Jéhovah établie au Bénin répond favorablement à la candidature de Fabian. Il est attendu sur place d'ici une semaine. Merde, ça ressemble à une fugue. Version Jéhovah, mais une fugue quand même.

J'essaie de lui traduire le message, mais cette fois, mon langage corporel a un effet limité, même si Fabian en saisit l'aspect positif. Frustrée, je tente Google traduction. D'abord impressionné puis amusé, Fabian échange avec moi quelques phrases à travers l'application en ligne :

— Tu es attendu là-bas dans une semaine. Tu quittes ta famille ?

— Quelle famille ? Papa a trahi maman. Quant à Élisabeth et Isabel, elles n'ont jamais quitté Sauda. Elles parlent un dialecte local entre elles que je ne comprends même pas.

— Roald sait que tu t'en vas ?

— Je vais apporter *la bonne nouvelle* et aider ceux qui en ont besoin.

Le regard déterminé et le visage fermé de Fabian donnent à ses propos inscrits dans le traducteur en ligne un ton des plus secs :

— Tu peux leur répondre que j'arriverai à temps.

L'email est parti. Dans une poignée de secondes, il atteindra le Bénin, où s'enfuira Fabian dans quelques jours. Jéhovah ou pas, il souffre de la disparition de sa mère, et ne trouve pas sa place dans cette famille recomposée.

Je ne peux pas m'empêcher de penser à Ada. Est-ce que je vole la place de sa mère ? Même si son départ est volontaire, je ne pourrai jamais la remplacer. Comment Ada me percevrait-elle si je m'installais avec son père ? Me laisserait-elle retirer les affaires de sa mère pour mettre les miennes partout dans leur chalet ?

Sans prévenir, Fabian me saisit le bras. Sur l'écran, des messages d'erreur indiquent une absence de connexion Internet. Tout en me faisant signe de rester silencieuse, il ne murmure qu'un mot, ou plutôt un nom :

— Élisabeth.

Sa belle-mère aurait-elle coupé Internet ? Fabian s'agite. Il éteint le vieux PC, range la chaise sous le bureau, et s'active au-dessus d'un meuble garni de fascicules. Lorsqu'il me tend un exemplaire en français, il insiste pour que je prétende le lire. Des pas résonnent dans l'escalier. Quelqu'un monte.

Méthodiquement, Fabian remplit des enveloppes de fascicules et autres documents religieux. Il jette de rapides regards dans ma direction, implorant ma collaboration.

Élisabeth pénètre le grand bureau. Son visage trahit sa surprise de me trouver là. Rassurée de voir que j'étudie *la bonne nouvelle* avec le sourire, elle finit par me saluer. Fabian présente les fascicules, puis désigne ma lecture, tout en commentant. Elle paraît satisfaite, mais ne peut s'empêcher de nous dévisager, et de scruter l'ordinateur éteint.

Son inspection est perturbée par une voix provenant du rez-de-chaussée. Je crois reconnaître celle de sa fille, Isabel. Des pas montent les escaliers. Deux personnes. Isabel sans doute, accompagnée de quelqu'un de plus corpulent.

L'homme qui précède Isabel ressemble à un rugbyman viking à la retraite. Sa silhouette austère me glace le sang. D'une voix caverneuse, il s'adresse à Élisabeth, sans nous prêter la moindre attention. Isabel s'est rangée dans l'ombre de sa mère, ne levant pas les yeux du sol, telle une écolière punie.

Que se passe-t-il ? On dirait les réprimandes d'un professeur à ses élèves. Vient-il prêcher avec eux ? Sont-ils en retard ?

Il me faut quelques instants pour réaliser qu'une partie de la réponse est sous mon nez, en français, qui plus est. D'après mon fascicule, cet homme est un Ancien, c'est-à-dire un membre éminent de la communauté ayant une fonction similaire à celle d'un pasteur, et habilité à s'assurer que chaque foyer vit selon les dogmes.

Dans ce cas, ma présence serait-elle une entrave à la foi de la famille de Roald ? J'ai beau ne rien comprendre, le ton et les regards qu'on me lance témoignent clairement d'une certaine hostilité à mon égard. Fabian va-t-il être sanctionné ? Suis-je réellement en sécurité ici ?

Terje, reviens s'il te plait.

Soudain, Élisabeth s'emporte. Alors qu'elle subissait les propos du vieil homme, la voilà colérique. Elle nous désigne tous les trois du doigt, et soulève des piles de fascicules prêts à être distribués.

Quand Isabel et Fabian enfilent la bandoulière de leurs sacoches pleines, sans réfléchir plus longtemps, je les imite, avant de me tenir fièrement à leurs côtés.

L'homme respire bruyamment, nous dévisage, et puis se tourne à nouveau vers Élisabeth. Ils échangent quelques mots. L'Ancien quitte alors la pièce, et nous l'entendons descendre bruyamment les escaliers, d'un pas pressé.

Élisabeth s'adresse à Fabian d'une voix autoritaire. Isabel reste figée près de sa mère. Lorsque c'est à mon tour de recevoir les consignes d'Élisabeth, je sursaute. Cette fois, inutile de chercher à deviner ses propos : elle me donne des ordres dans un anglais basique.

L'Ancien, qui était soi-disant venu vérifier le bon respect des dogmes au sein de cette famille, nous traquait en réalité, Agnès et moi. Comme de nombreux membres de la communauté locale, il soutient Nae et partage les opinions radicales de sa sœur Yulia.

Génial. La vraie bonne nouvelle d'Élisabeth, c'est que nous allons tous prêcher ensemble à travers la ville. Isabel, Fabian, et moi. Pour ma propre sécurité. Finalement, je préférais l'option confinement.

18

***

TERJE

Terje est très attaché à la démocratie. Élevé par une mère impliquée dans la politique régionale et un père diplômé d'une grande université américaine, il a été sensibilisé très jeune aux dérives totalitaires. Au cours de l'histoire, la Norvège a été occupée de nombreuses fois. Son indépendance est précieuse.

L'intégration sociale et économique de la Scandinavie est une réalité quotidienne. Suède et Norvège partagent avec le Danemark des langues très proches, facilitant les échanges culturels et politiques. C'est une Europe dans l'Europe, à la manière du Benelux. Un véritable havre de paix et de prospérité.

Pourtant, si la démocratie a gagné les rives de la Baltique après la fin de la guerre froide, la Norvège partage toujours une frontière avec la Russie. Les incidents maritimes et les violations d'espace aérien sont monnaie courante dans le Grand Nord.

Terje a grandi dans ce milieu privilégié. Les images qu'il voit depuis ce matin, les témoignages qu'il écoute en direct, lui rappellent brutalement la triste réalité.

Un régime autoritaire est à l'œuvre dans un pays frontalier. Il ne s'agit pas d'un État africain en proie aux coups d'État multiples ni d'une monarchie pétrolière du Moyen-Orient... Mais d'un des pays les plus puissants au monde, en partie européen.

Aujourd'hui, dans plus de 80 villes de Russie, environ 60 000 personnes manifestent contre la corruption. Des centaines de militants ont déjà été interpellés, y compris le chef de l'opposition, Alexeï Navalny, et des cadres de sa fondation.

D'après Human Rights Watch[32], les autorités russes ont même menacé les écoliers et les étudiants tentés de participer aux manifestations. Rien qu'à Moscou, au moins 70 enfants ont été arrêtés.

Plusieurs firmes russes ont récemment sollicité les services du cabinet Wikborg Rein. Terje a été un des premiers à refuser de travailler pour eux.

Derrière de nombreux cas d'usurpations et de manipulations de données personnelles se cachent des intérêts russes. Dans un pays dirigé par une oligarchie toute puissante, entités privées et organes de l'État se confondent.

Mais Terje doit se concentrer. Il a promis à Sigrid d'étudier minutieusement le dossier du groupe minier français Eramet. Si sa hiérarchie le lui permet, c'est lui qui supervisera le protocole de sécurité du personnel.

Terje a déjà un doute à propos de Renaud Fossey, un consultant français de l'ONG Bellona, chargé d'accompagner la transition écologique d'Eramet en Norvège.

Renaud parle russe et a travaillé en Russie pour Bellona. Il a le profil idéal. Il serait judicieux d'usurper son identité pour accéder à Eramet.

Bien sûr, Sigrid a demandé à Terje de redoubler de prudence. Parce que selon elle, Terje s'est pris à son propre jeu. Il est devenu paranoïaque et suspecte tout le monde.

---

[32] Human Rights Watch (HRW) est une ONG qui se donne pour mission de défendre les droits de l'homme et le respect de la Déclaration universelle des droits de l'homme.

19

***

ROBIN

11h58. Robin s'est garé plus haut dans le village, à l'abri des regards indiscrets. En descendant les grands escaliers jusqu'à l'entrée du collège Jean Salines, il éprouve une certaine jalousie.

Un écrin de montagnes majestueuses cerne le groupe de bâtiments. Les établissements qu'il a fréquentés tout au long de sa scolarité à Obernai n'offraient pas un tel panorama. S'il est nostalgique de son enfance alsacienne, Robin se réjouit de voir sa fille grandir dans ce décor grandiose.

Bien sûr, la scolarité rurale a aussi ses inconvénients, mais Ada aura bien le temps de goûter à la compétition effrénée des campus urbains surpeuplés.

12h00. La sonnerie retentit. Des élèves hystériques s'élancent dans tous les sens. La cour s'emplit de couleurs et de cris. C'est la pause déjeuner.

La voilà. Aussi petite que ses plus jeunes élèves. Valérie plaisante avec une collègue quand elle aperçoit Robin. Elle lui fait signe discrètement, avant de franchir la grille pour le rejoindre. Ils s'éloignent du parking pour échanger leurs premiers mots. Constatant une certaine gêne chez Robin, Valérie inspire profondément et parle la première :

— On a un vrai problème.

Robin corrige :

— Margo a un problème.

— Ta fille est concernée. Je suis concernée. Nous avons un problème.

— Au collège, tout le monde adore Margo...

— Oui, mais à l'extérieur Gastaldi aboie. Pour lui, Margo n'a jamais eu sa place dans la vallée.

— C'est une grande gueule, mais il ne peut rien contre elle. Les élèves la défendront.

— Je sais. Cannelle a déjà lancé une campagne de soutien.

— Contre son père ?

— Ils sont passés en phase de conflit ouvert.

Valérie lit l'embarras sur le visage de Robin, puis reprend :

— Tu dois préparer Ada. Gastaldi va chercher à salir Margo, la discréditer. Si on lui tient tête, il n'hésitera pas à aller plus loin.

— On n'a pas le choix.

— Ce sera la guerre, Robin.

— C'est déjà la guerre.

La voix de Robin déraille sous l'émotion. Il reprend :

— Depuis le départ de ma femme, c'est la guerre. Pour moi, pour Ada. L'arrivée de Margo a seulement donné à Gastaldi un nouveau prétexte pour nous emmerder.

Le regard bienveillant de Valérie apaise partiellement Robin. Ce n'est pas une légende. Elle a beau devoir lever la tête pour parler à ses élèves, elle n'a pas son pareil pour les rassurer. Mais être compréhensive ne signifie pas pour autant être passive et soumise. Personne ne dicte à Valérie son comportement. Encore moins cet arriviste de Lionel Gastaldi. Pour elle comme pour Robin, le fait qu'il s'agisse du père de Cannelle, la meilleure amie d'Ada, complique la situation.

Valérie prend un ton plus intime pour souligner l'évidence :

— Elle nous manque.

***

MARGO

Lorsque je vivais à Saint-Maur-des-Fossés avec Basile, mes voisins racontaient être régulièrement sollicités par les Témoins de Jéhovah. Il s'agissait la plupart du temps de deux femmes venues prêcher *la bonne nouvelle*, à grand renfort de tracts et autres revues de la tour de Garde. Mes horaires décalés chez Europ Assistance m'ont toujours épargné leur visite. Je n'aurais jamais imaginé accompagner un jour une famille dans sa journée de prédication.

La barrière de la langue me cantonne à un rôle de figurante. Une figurante bien chargée tout de même : ma sacoche pleine de fascicules pèse une tonne. La tenue sombre et bien peu estivale qui m'a été imposée me rend méconnaissable. Heureusement, la météo plutôt fraîche et le ciel couvert m'évitent la sensation de marcher dans un sauna ambulant.

L'attitude de Fabian à mon égard oscille entre l'escorte personnelle et la fascination d'un adolescent en lutte avec ses hormones.

Néanmoins, sa présence me protège d'Élisabeth et de la docile Isabel. Sans faiblir, sans jamais exprimer la moindre déception, elles enchaînent les maisons, les magasins, les résidences, essuyant souvent des refus ou tout simplement des absences.

Au fil des adresses visitées, Fabian et moi développons un langage des signes rudimentaire. Mon complice m'évite d'attirer trop l'attention. Et surtout, il me couvre. Car cette promenade d'évangélisation me permet enfin de reconnecter mon mobile à la toute-puissance d'Internet via la 4G.

Déception. Je n'ai raté aucun message de Terje. Une part de moi envisage toujours le pire : est-ce que je peux réellement compter sur lui ? La famille de Roald est-elle bien une protection ou une cage dorée ? Et si Terje remplissait sa mission en remettant Renaud sur le droit chemin ? Que risque-t-il quand moi je joue ma vie ?

Arrête, Margo, tu radotes. D'ailleurs, je n'ai pas reçu le moindre signe d'Agnès non plus. Elle n'a pas utilisé sa carte bancaire. A priori c'est plutôt rassurant, non ? Elle ne va quand même pas s'enfuir à pied ? Reste concentrée, Margo. Je me sens bête : je réalise seulement maintenant qu'elle n'a aucun moyen de me joindre.

Quatre emails, quatre notifications. En moins d'une heure. Toutes portent le même intitulé de l'intranet Europ Assistance. Basile ne me lâche pas. Basile veut me parler.

Au début, j'ai pensé qu'on pouvait aussi me tendre un piège. Mais les mots qu'il emploie ne laissent aucun doute. Je sais que c'est lui. Basile, s'il te plaît, arrête.

Comme une mauvaise blague que me jouerait ma boîte email, le message suivant a été envoyé par Robin. Je sens à nouveau la douleur cisailler mon abdomen. Dois-je m'en inquiéter ? La proximité, même virtuelle, de l'ex-fiancé d'Émeline et du... Comment qualifier ma relation avec Robin ? Amitié intense ? Amour platonique ? Ou liaison adolescente à la limite du ridicule ?

Fabian est obligé de me tirer vers lui. En marchant la tête baissée, le regard vissé à mon écran, j'ai failli perdre l'équilibre et percuter une barrière. Élisabeth et Isabel nous attendent, moi et ma sacoche, devant une grande maison.

Son propriétaire, un homme assez frêle et souriant, nous accueille chaleureusement. Fabian semble confirmer ma première impression : ce monsieur est un Témoin de Jéhovah. Et à la vue du nombre de fascicules qu'Élisabeth extrait de ma sacoche, il va lui aussi prêcher la bonne nouvelle à travers la ville.

De retour à l'extérieur, le ciel est couvert, et ses reflets aveuglants. Je m'abrite sous un arbre pour lire le message de Robin. Le père de Cannelle m'accuse d'être une usurpatrice. Il veut me dégager de sa vallée. Cannelle a pris ma défense contre lui. Et ma chère Ada ?

Je le savais. Même à l'autre bout du continent, je fous la merde. Et si je ne rentrais pas ?

Margo ! Tu n'as pas le droit. Ada a déjà perdu sa mère sans explication et sans préavis. Je ne peux pas l'abandonner. Pas elle.

— Så du det ?[33]

Fabian m'indique un point dans le ciel. Je dois mettre ma main en visière tant le ciel nuageux m'éblouit. Même avec un œil fermé et l'autre blessé, je l'aurais reconnu. L'oiseau métallique de malheur. Ce putain de drone. Il s'éloigne en longeant une rue voisine. Son pilote ne m'a sans doute pas reconnue, habillée dans cette tenue. Je ne lâcherai pas.

---

[33] T'as vu ça ?

Le poids de ma sacoche me rappelle soudain mes fonctions du jour… Élisabeth et Isabel sortent à leur tour de la maison. Je dois leur échapper. Et réfléchir, vite.

D'un élan que je veux le plus spontané possible, je prends Fabian par la main, et je mime de mon mieux mes intentions : prêcher avec lui de notre côté pour atteindre plus de maisons.

Miracle, ça fonctionne. Élisabeth insiste seulement pour que nous nous retrouvions à 14h sur la place de la mairie. Fabian doit absolument rester à mes côtés.

Parfait. Sauf que le drone quitte déjà notre champ de vision et qu'il nous est impossible de courir avec nos sacoches. Surtout sous l'œil méfiant d'Élisabeth qui nous observe encore.

Une fois loin de nos deux chaperonnes, j'exhorte Fabian à accélérer le pas. Le drone a ralenti son allure. Il perd de l'altitude.

J'avance sans vraiment savoir que faire lorsque j'apercevrai son pilote. Et s'il était à l'abri d'une maison ? Caché derrière un mur infranchissable ?

Je fatigue. J'ai beau avoir changé plusieurs fois d'épaule, la bandoulière de la sacoche me lacère la peau. Sans un mot, Fabian me déleste de mon sac. Il porte les deux et m'invite à accélérer encore. Me voilà escortée par un Témoin de Jéhovah chargé comme une mule, dont je ne comprends pas la langue. Et sur le point d'abandonner sa famille pour partir au Bénin.

Nous approchons du petit aéronef. Au moment de dépasser un établissement scolaire, nous sommes cernés par un flot d'élèves enjoués. Plusieurs professeurs et parents les accompagnent vers le centre-ville, où les festivités ont commencé. La petite troupe emporte pancartes et autres travaux pratiques artisanaux : dessins de l'usine, cartes colorées du fjord, schémas explicatifs… Quelques enfants nous dévisagent Fabian et moi. Qu'est-ce que je penserais si j'étais à leur place ?

Sur ma gauche, au bout d'une rue perpendiculaire, je reconnais la silhouette bétonnée de Saudahallen.

Mais le point de chute du drone sera face à nous. L'endroit se précise. Dépourvu d'arbres et de poteaux électriques, à l'écart des bâtiments trop hauts. Il s'agit du cimetière entourant l'église de Sauda.

Je fais signe à Fabian de ralentir. Le drone descend de plus en plus vite. Il disparaît maintenant derrière la toiture de l'église, dont nous contournons l'arrière.

Nous allons bientôt être à découvert. Mue par une sorte d'instinct félin, je modifie progressivement ma démarche, après avoir récupéré ma sacoche. Nous ressemblons à nouveau à ce que nous sommes presque : un couple de prêcheurs.

Le voilà. Alors que je ne l'entendais pas dans le ciel, je perçois maintenant clairement son bourdonnement, à mesure qu'il approche du sol.

Où se cache le pilote ? Le cimetière est totalement désert. La phase finale de descente du drone ressemble à une semi-chute, comme si ses moteurs ne le portaient plus suffisamment. Fabian et moi longeons d'un pas rapide la clôture pour atteindre enfin l'entrée du cimetière, qui fait face à celle de l'église. Toujours personne.

Impact. L'araignée noire s'est enfoncée dans un massif de fleurs coincé entre deux pierres tombales. Les derniers tours d'hélices projettent des confettis de pétales colorés dans les airs.

Je suis tentée d'aller le toucher, l'inspecter. Le détruire, le neutraliser. Heureusement, une part de moi-même se veut plus prudente, et me tient à distance de l'autre côté du cimetière.

C'est Fabian qui l'a remarqué le premier. Un jeune homme, seul. Il porte une veste légère gris foncé et un jean usé. Son sac à dos noir arrondit son profil.

Merde. Il va nous voir. Impossible de fuir sans se griller. J'improvise.

Je saisis fermement la main de Fabian, pour qu'il m'accompagne quelques mètres sur notre droite, devant une tombe récente et très fleurie. Toujours aussi réservé, Fabian est malgré lui parfaitement raccord. Je me blottis alors dans ses bras, la tête posée sur son torse. Fabian finit par me serrer contre lui.

Notre position me permet de surveiller le pilote penché sur son drone. Il nous fait dos. Cet atterrissage n'a pas l'air de le réjouir. Il avait certainement prévu un lieu plus accueillant. Et une réception moins brutale.

Retourne-toi, bon sang ! Nous devinons à peine l'agitation du centre-ville, près de la mairie à quelques rues d'ici. Le cimetière est si calme que j'entends le pilote râler tout seul.

Lève-toi, montre-moi ton visage ! Notre deuil fictif semble parfaitement convenir à Fabian. Son étreinte est plus chaleureuse, plus douce. Il me caresse les cheveux avec tendresse. Margo, ne joue pas avec lui. C'est un gamin. Un très grand gamin.

Enfin, le voilà. L'enfoiré, le lâche, caché derrière sa télécommande. Blond avec des reflets plus foncés, relativement grand, propre sur lui. Visage carré, si bien rasé qu'on le croirait imberbe. L'archétype du bon élève de bonne famille, poli et sympathique. Excepté sans doute son regard froid. Cette fois, je le vois distinctement. Ses yeux marron inspectent le cimetière.

Son drone paraît assez lourd à soulever. J'essaie de le photographier mentalement. Il regarde vers nous. Impossible de sortir discrètement mon smartphone. Rien à foutre. Le visage caché par le bras et la sacoche de Fabian, je fixe cette ordure. Je sollicite chaque neurone de mon cerveau pour y imprimer son visage.

Je sens le cœur de Fabian s'emballer. Il est temps de reprendre nos distances.

TORSTEIN

Torstein n'aime pas les cimetières. Mais la panne d'une de ses batteries l'a contraint à faire ce choix pragmatique. Un lieu dégagé et accessible. La chute finale a été amortie par un massif de fleurs.

Cela aurait pu être bien pire. Et puis finalement, hormis ce couple endeuillé, il n'a croisé personne.

Il n'y a pas une seconde à perdre. Une fois à l'écart du cimetière et des regards indiscrets, Torstein remplace la batterie défaillante et positionne son drone pour le décollage.

À pleine puissance, les moteurs hissent rapidement l'oiseau noir mat haut dans le ciel chargé de Sauda. Torstein sourit : la chasse peut reprendre.

Une précision inégalée en vol stationnaire. Des moteurs quasiment inaudibles depuis le sol. À partir du modèle grand public DJI Mavic 2 Pro, Torstein a conçu un prototype personnalisé aux performances redoutables. Et armé.

Flottant soixante mètres au-dessus du centre-ville, son drone lui offre une vue privilégiée de Sauda. Les images très haute définition enregistrées par l'œil de verre rotatif lui permettent de zoomer suffisamment pour identifier quelqu'un au sol.

Torstein peut ainsi constater que les festivités sont finalement très localisées, essentiellement au niveau de la place de la mairie où s'amasse déjà une foule colorée.

En se décalant vers le sud-est, Torstein survole maintenant l'entrée du site industriel d'Eramet Norway. Par précaution, il évite de se mettre à la verticale de l'usine et se contente de filmer de biais.

Pendant quelques minutes, Torstein craint de l'avoir raté, mais le voilà. Olav Melvær, expert chez Bellona. Il sort tout juste de son véhicule, aussitôt accosté par Terje Ellingsen. Tous deux longent un bâtiment de briques rouges plus bas que les autres.

À sa verticale, la manœuvre aurait été un véritable jeu d'enfant. Mais dans cette position oblique, viser juste demande beaucoup de dextérité. Et de chance. Surtout quand Terje s'interpose régulièrement entre le drone et sa proie.

Les deux hommes se sont immobilisés au niveau du portique de sécurité installé à l'angle du bâtiment d'accueil. Ils ont l'air de se disputer. Ils finissent par changer de position. La cible est enfin dégagée. Sans bruit, un projectile quasi invisible transperce la veste d'Olav. Le contenu se dilue déjà dans son sang.

Torstein est satisfait. Il réoriente immédiatement son drone vers le centre-ville. Sur la place de la mairie, les écoliers de la ville exposent leurs travaux pratiques illustrant le savoir-faire métallurgique local.

Soudain, il la voit. Même à cette hauteur, impossible de la confondre. Saskia rayonne. Torstein a du mal à contenir ses sentiments. En calant correctement le drone, il peut voir ses cheveux noirs onduler doucement.

Il en est persuadé. Depuis leur arrivée à Sauda, Saskia se doute de quelque chose. Elle vient de lui envoyer un nouveau SMS, inquiète de son absence prolongée. Torstein lui répond immédiatement qu'il arrive. Il veut la préserver, quoi qu'il lui en coûte.

Alors qu'il s'apprête à rapatrier le drone en lieu sûr, sans incident cette fois, une image retient son attention. Une silhouette un peu plus loin dans la foule. Une carrure singulière. Le temps d'ajuster les paramètres de la caméra, l'homme s'est déplacé. Il s'arrête net.

Soudain, d'un mouvement sec, il lève les yeux vers le drone. Par caméra et écran interposés, Torstein vient de croiser le regard hostile de Nae.

TERJE

Terje ne se sent pas dans son élément. Il y a le bruit, incessant, assourdissant. Et l'odeur âcre, pénétrante.

Comme sur tous les sites industriels, les normes de sécurité ponctuent et conditionnent le moindre déplacement au sein de la filiale locale d'Eramet. Pour avoir l'autorisation de suivre Olav à l'intérieur d'un des longs bâtiments de briques noircies par le temps, Terje a dû s'équiper d'un casque, enfiler une combinaison de protection et des chaussures coquées. Ici, tout le monde porte le même déguisement.

Méconnaissable aussi bien par sa silhouette difforme que par sa nouvelle démarche pachydermique, Terje ne lâche pas Olav d'une semelle. Celui-ci salue des responsables d'équipe, qui l'accueillent chaleureusement, là où le membre de n'importe quelle ONG écologiste aurait été chassé à coups de pelle. Bellona n'est pas là pour critiquer ou sanctionner, mais pour accompagner Eramet. Terje peut ainsi constater sur le terrain à quel point son implication dans l'avenir du groupe minier français est totale.

Il faut conclure la discussion houleuse amorcée sur le parking. Terje monte d'un ton pour espérer se faire entendre d'Olav :

— Si tu remplaces Renaud maintenant, tu vas tout faire foirer !

— Je ne suis pas le seul à décider. Si ton enquête avait abouti plus tôt, Bellona ne serait pas prise à la gorge, et Eramet n'aurait rien à craindre des Russes.

— Te fous pas de ma gueule. L'usurpation c'est comme la pollution : il y en a partout, chez tout le monde. Même quand on ne la voit pas.

— Je veux que tu abandonnes le dossier Eramet. J'en ai déjà parlé à ta hiérarchie.

Malgré le poids de sa tenue, Terje agrippe Olav et le plaque contre un mur. Ce dernier en a le souffle coupé. Terje lui parle face à face :

— Les combats que nous menons tous les deux ne se gagnent pas en deux jours. Alors, me fais pas chier.

Deux techniciens s'approchent, prêts à les séparer. Terje recule et libère son interlocuteur en s'excusant de son geste. Olav le fixe un long moment, avant de reprendre sa marche rapide et déterminée vers le centre du bâtiment.

Le bruit les assomme littéralement. Pourtant, plus ils avancent, plus la chaleur les surprend. L'air semble palpable, épais et chargé de métal. Olav se retourne vers Terje pour hurler :

— On approche du four !

Au moment de franchir une série de portes de plus en plus grandes, ils croisent des silhouettes casquées et masquées. Terje ralentit.

Le four. Comment peut-on se lasser d'un tel spectacle ? Gigantesque, médiéval, digne d'une forge issue de l'univers du *Seigneur des Anneaux*. Deux puissants vérins basculent une cuve monumentale. Du ferromanganèse porté à très haute température coule à l'air libre, aussi brillant que le soleil. Les éclaboussures refroidissent au contact du sol en prenant la forme de pépites tourmentées.

Un technicien entraîne Terje à bonne distance : rester trop près peut s'avérer dangereux. Son sourire et sa voix puissante lui permettent de reconnaître rapidement Roald, malgré l'uniforme bleu et jaune fluo. Les deux hommes se saluent tout en rejoignant un coin plus abrité.

Olav y serre quelques mains. Une Française, dont quelques mèches châtain dépassent du casque, l'accueille cordialement. Ses collaborateurs l'imaginent certainement plus à l'aise dans ses bureaux parisiens qu'au cœur de cette fournaise, pourtant cette femme élancée et habituée des lieux fait preuve d'une grande assurance.

Tout est filmé par son cadreur vidéo, français lui aussi. Lorsqu'elle remarque la présence de Terje, elle le salue à son tour, ravie de sa réponse :

— Vous parlez français ! Enchantée, je suis Jeanne Grenat, responsable éditoriale du groupe Eramet. Je vous présente mon cadreur, Bruno.

Ainsi, Terje se retrouve aux côtés d'Olav, pendant son interview concernant le site de Sauda, et l'accord exceptionnel qui sera signé le lendemain.

Bien avant d'entrer dans le giron du groupe français Eramet, au début du XXe siècle, l'usine de Sauda fonctionnait déjà depuis l'installation plus haut dans la vallée d'une usine hydroélectrique. Aujourd'hui, ses 175 employés assurent la plus grosse production de ferromanganèse d'Europe du Nord, un élément essentiel pour de nombreux secteurs industriels de pointe, comme l'aéronautique et l'électronique.

Lorsque Jeanne et son cadreur se focalisent sur Olav, Roald sourit et se penche vers Terje pour se faire entendre malgré le vacarme assourdissant :

— C'est moi qui leur sers de guide quand ils viennent ici.

— Tu connais leur programme, alors ? Elle va filmer Renaud, n'est-ce pas ?

— Oui, mais avant, il y a la grande patronne.

En effet, précédée d'une escorte locale, la présidente-directrice générale rejoint Olav, avant d'échanger avec lui quelques mots en anglais.

Puis c'est au tour de Jeanne d'accueillir celle qui dirige le groupe Eramet depuis deux ans déjà. Brune aux yeux bleus, énergique et élégante, Christelle Doris inspire naturellement l'autorité. Malgré sa taille inférieure à l'ensemble de ses collaborateurs, elle paraît bien plus à l'aise qu'eux lorsqu'elle arpente cet impressionnant site industriel.

Seul Bruno ne semble pas happé par sa présence. Comme à son habitude, dès que sa caméra est éteinte, il publie photos et extraits vidéos sur Instagram.

Soudain, Jeanne lui fait signe. La patronne n'attend pas, moteur ! Bruno ajuste sa caméra et filme un échange entre Christelle Doris et Olav.

Pendant ce temps, Roald fait part de son inquiétude à Terje. Renaud devrait déjà être là. Il avait rendez-vous avec Jeanne et Bruno, lui aussi. À en croire le service de sécurité, il n'a pas quitté le site. Où se cache-t-il ?

Alors qu'il évoque les enjeux majeurs de l'accord du lendemain, Olav bafouille et transpire à grosses gouttes. Christelle s'inquiète. Soudain, il perd l'équilibre, rattrapé de justesse par Roald. Tombé à genoux, Olav vomit, avant de s'effondrer, raidi de douleur. Un technicien l'allonge et constate rapidement que son cœur s'est arrêté.

Tandis qu'un infirmier lui prodigue un premier massage cardiaque, Roald prévient les secours et lance un regard inquiet à Terje. Celui-ci garde pour lui ses réflexions. Il ne peut s'empêcher d'envisager un empoisonnement. La grande spécialité russe.

20

***

TERJE

Depuis le 25 mai, le *Règlement Général sur la Protection des Données* est entré en vigueur dans les pays de l'Union européenne. La Norvège sera bientôt concernée, comme les autres membres de l'Espace économique européen.

La plupart des citoyens n'y prêteront aucune attention. Pourtant, ce dispositif permettra à l'avenir de mieux sécuriser l'utilisation de nos données personnelles, tout en garantissant le droit à l'effacement et à l'oubli. Pour que notre vie privée le reste.

Nommé juriste RGPD chez Wikborg Rein, Terje le sait mieux que quiconque. "*Expert en usurpation et trafic d'identités*" serait plus juste. Malgré un soutien sans faille de sa hiérarchie et des moyens à la pointe de la technologie, Terje sait qu'il n'est pas de taille à affronter un fléau qui s'amplifie chaque jour.

Il a pourtant décidé de mener à terme chaque dossier, chaque cas d'usurpation avéré. Arracher la mauvaise herbe jusqu'à la racine.

Certaines enquêtes l'ont éloigné de son épouse Sigrid. Parfois trop longtemps. Si bien qu'il a du mal aujourd'hui à réaliser que neuf mois ont déjà passé. Et qu'il va devenir père.

Hier encore, ils hésitaient tous les deux à propos du choix du prénom de leur fils. Terje n'a pas dormi de la nuit, dominé par ses angoisses. Comment nommer son enfant sans penser à ceux qui risquent de lui voler son identité un jour ?

Pourtant, à peine tient-il son fils dans ses bras que ses angoisses disparaissent totalement. Erling vient de naître.

Épuisée, mais heureuse de voir son mari tenir leur enfant avec tant d'émotion, Sigrid sourit et fait signe à Terje de s'approcher. Elle n'a pas la force de parler fort. Et puis, elle ne veut pas réveiller Erling. Elle murmure, le regard plongé dans celui de Terje :

— Promets-moi de toujours veiller sur lui. De ne pas l'abandonner ni de renoncer. Quoi qu'il arrive.

À chaque fois qu'il repense à ces mots, Terje regrette. Il regrette de ne pas avoir compris plus tôt. Il regrette de ne pas avoir mieux protégé Sigrid.

21

***

PHILOMÈNE

Enfant, Philomène restait souvent seule devant le poste de télévision. Des heures de séries américaines aux scénarios souvent répétitifs.

Philo appréciait particulièrement *L'Agence tous risques*. Comme le chef charismatique du célèbre groupe de mercenaires en cavale, elle adore quand un plan se déroule sans accroc.

Alors Philo anticipe, prévoit, et répète chaque étape. Elle y a consacré la nuit entière, dans la pénombre de sa chambre d'hôtel.

Arrivée devant l'entrée du site Eramet Norway, elle se dirige d'un pas déterminé vers la guérite du gardien. Moment de vérité, elle lui présente sa carte d'identité.

Émeline Dalbera figure bien sur sa liste d'invités. Avec le sourire, l'homme lui indique le chemin à suivre jusqu'à Renaud, qui l'attend à l'intérieur.

Une surveillance attentive des réseaux sociaux, quelques astuces informatiques et un peu de chance ont permis à Philo de se faire passer pour une collaboratrice de Jeanne, et d'ajouter l'épouse française de Renaud à la liste des invités.

Philo pénètre dans l'usine. Tout en longeant les bâtiments, elle consulte sur son smartphone les dernières publications de Bruno, le cadreur de Jeanne. Son compte Instragram se révèle toujours aussi instructif. Les deux Français viennent de filmer Olav et la présidente du groupe. Ce sera bientôt le tour de Renaud. Philo doit le voir avant. Elle a seulement besoin de quelques minutes.

La visite de Christelle Doris et l'imminence de l'accord avec les Russes bouleversent la routine du site. Partout, la tension est perceptible. Les employés ressemblent aux élèves d'une classe visitée par la directrice de l'école. Philo ne leur prête pas attention. Elle se focalise sur son plan.

Soudain, au détour d'une série de machines titanesques, Renaud apparaît, accompagné de deux techniciens qui le dépassent d'une bonne tête. Impossible de le rater, c'est le seul homme de couleur. Sa peau caramel contraste avec son casque blanc et son gilet jaune fluo.

C'est le moment. Philo prend l'intonation d'une stagiaire qui s'excuse d'exister :

— Monsieur Fossey ! Je travaille avec Jeanne Grenat. Je dois vous aider à préparer l'entretien vidéo. Pouvons-nous nous isoler au calme un instant ?

Pendant huit minutes exactement, Philo ajuste ses questions en fonction des réponses de Renaud. Et sans qu'il ne s'en doute une seconde, chacun de ses mots est enregistré sur le mobile de Philo.

À la neuvième minute, les sirènes d'une ambulance interrompent brutalement leur conversation. Un technicien accourt vers Renaud, paniqué. Celui-ci traduit immédiatement à Philo :

— Un collègue vient de faire un malaise, je suis désolé...

Tandis que la nouvelle se propage, et que l'inquiétude gagne tout le personnel, Philo s'échappe discrètement vers la sortie. Elle n'a eu que huit minutes. Cela devrait suffire. Malgré cet imprévu fâcheux, Philo sourit. Son plan s'est déroulé sans accroc.

TERJE

Les dimensions de l'usine sont si colossales, et l'outillage si spectaculaire, que Terje a l'impression d'évoluer dans les décors disproportionnés d'un jeu vidéo dernière génération.

Renaud a dû sortir à l'air libre pour téléphoner. Visiblement, il ne parvient pas à joindre son interlocuteur. Il insiste, en vain, avant de finir par laisser un message vocal. Terje n'en saisit que des bribes, mais comprend l'essentiel : affolé, Renaud s'enfuit, il ne participera pas à l'interview aux côtés de Christelle Doris.

— Je peux vous protéger. Ne commettez pas l'irréparable.

Renaud s'est figé sans se retourner vers Terje, qui s'approche un peu plus. Le métis français finit par lâcher :

— Madame Doris peut très bien se passer de moi.

— On connaît tous les deux les enjeux de l'accord de demain.

Gardant Terje dans son dos, Renaud s'éloigne à nouveau tout en lui répondant :

— Laissez-moi tranquille. Vous ne savez rien.

Terje ralentit et se contente d'articuler :

— Laurent Nipoix.

Renaud se pétrifie, puis se retourne sur Terje qui marche vers lui. Il craque et explose :

— Espèce de connard ! Vous en êtes ? C'est ça ?

— Non, lui répond calmement Terje en veillant à ce qu'aucune oreille indiscrète ne l'entende, mais je sais ce qu'il vous en a coûté de les fuir définitivement. Les Témoins de Jéhovah ont volé votre enfance et votre adolescence.

— C'est du passé. Je m'appelle Renaud Fossey.

— Laurent, Renaud... J'en ai rien à foutre. Vous n'êtes pas chez Bellona par hasard. Vous avez des convictions fortes. Ne gâchez pas tout maintenant. N'offrez pas ce plaisir aux Russes.

— De toute manière, c'est trop tard... Ils viennent de s'en prendre à Olav ! Je suis le prochain.

Un bruit métallique les interrompt : un technicien ramasse son outil tombé à terre. Alors que Terje s'est retourné, Renaud en profite pour s'enfuir. Terje se lance à sa poursuite. Bousculant plusieurs ouvriers furieux, ils évitent de justesse un bulldozer en pleine manœuvre. Sa benne laisse alors échapper des pépites grises de manganèse, semblables à un gravier grossier et scintillant.

Familier de ce chaos industriel, Renaud finit par se volatiliser derrière les fumées épaisses et le balai des engins grinçants.

***

PHILOMÈNE

Par précaution, Philo a changé d'apparence une fois dans la rue. Elle a retourné sa veste réversible, détaché ses cheveux et enfilé ses lunettes de vue, pour éviter toute confusion avec la collaboratrice fictive de Jeanne qui a pénétré une heure plus tôt le site industriel d'Eramet Norway, certainement filmée par les caméras de sécurité.

De l'endroit où elle s'est installée, elle aperçoit Renaud, alors qu'il sort à la hâte de l'usine. Tout en gardant ses distances, Philo le suit à bonne allure. Elle franchit derrière lui le fleuve discret qui atteint le fjord une cinquantaine de mètres plus loin, après avoir serpenté entre le centre de Sauda et le site Eramet.

Philo est concentrée. Parce qu'elle n'a aucune photo d'Émeline ni le moyen de la localiser. Parce que Renaud est sa seule chance.

Plus modestes que celles qu'elle avait imaginées, les festivités emplissent la commune d'animation et de couleurs. Musiques et cris d'enfants, tout se mélange dans un joyeux brouhaha.

La place de l'hôtel de ville rassemble l'essentiel du public autour d'une vingtaine de stands. Malgré la fraîcheur, les glaces remportent un franc succès toutes générations confondues.

Philo sourit. Pas spontanément, mais par mimétisme. Ce réflexe lui a toujours permis de se fondre dans la masse, de devenir invisible. D'avoir l'air normal.

Cela fonctionne encore aujourd'hui. Philo n'est qu'à quelques mètres de Renaud, quand il rejoint une petite brune, musclée et nerveuse. Philo l'imaginait un peu plus âgée. Mais aucun doute, c'est bien Émeline, l'épouse de Renaud. Ou sa future ex ? À en croire leurs échanges houleux, leur relation pâtit de la situation. Philo sourit de plus belle. Son plan n'en sera que facilité.

Retournement de situation inespéré : furieuse, la femme de Renaud s'éloigne de lui. Philo peut agir. Tout en préparant son smartphone dans sa poche, elle contourne le premier stand.

Un impact. Philo s'est délibérément laissée bousculer par la femme de Renaud. Désorientée, celle-ci met quelques secondes à comprendre la situation. Ce laps de temps suffit à Philo pour l'attraper par le bras et lui plaquer son smartphone contre l'oreille. D'abord surprise, sur le point de repousser l'assaillante, elle écoute finalement l'enregistrement de 30 secondes de la voix de Renaud.

Philo la fixe droit dans les yeux, certaine de l'effet provoqué par son montage audio. En manipulant les réponses de Renaud à ses questions savamment écrites, Philo lui a prêté des propos compromettants. La réaction ne se fait pas attendre, Agnès fulmine :

— Vous êtes qui ? Qu'est-ce que vous me voulez ?

— Vous aider à divorcer.

— Comment avez-vous eu cet enregistrement ?

Avant de répondre, Philo brandit sa carte d'identité au nom d'Émeline Dalbera sous les yeux écarquillés de son interlocutrice. Elle ajoute ensuite :

— Il faut qu'on parle toutes les deux.

Les festivités de Sauda ne sont plus qu'un bruit de fond lointain. La foule qui s'agite autour d'elle ne constitue qu'un arrière-plan flou. Tenant le bâtonnet de glace que Philo vient de lui offrir, Agnès lève les yeux vers cette femme immense, fine et vigoureuse qui vient de faire s'écrouler son monde. Agnès admet d'un ton résigné :

— Je savais que ce jour arriverait.

Philo mord dans sa glace, et demande :

— Vraiment ?

— Je pensais que le mariage me protégerait. Il m'a rendue vulnérable.

Philo la dévisage avec insistance avant de lui annoncer :

— Si vous divorcez, vous n'entendrez plus jamais parler de moi.

— J'aurai affaire aux autres.

Pour la première fois, Philo semble prise au dépourvu :

— Les autres ?

Agnès avale une grosse bouchée de sa glace, et contient un rire jaune :

— Parce que tu pensais être la seule ?

Philo blêmit. Les rapports de force viennent de s'inverser. Agnès précise :

— Tu crois qu'elle l'a vendue combien de fois son identité ?

Le cerveau de Philo bouillonne. Son cœur s'emballe. Sa voix tremble. Elle vient de comprendre :

— Vous n'êtes pas la vraie Émeline Dalbera.

— Pas plus que toi, lui répond Agnès en l'observant attentivement.

Philo fait un effort surhumain pour garder le contrôle. En apparence calme et réfléchie, elle sent monter en elle une colère et une fureur qu'elle n'a pas connues depuis l'enfance. Le petit bâtonnet encore maculé de glace au chocolat vient de se briser entre les doigts de Philo. Elle pourrait étrangler Agnès sur-le-champ.

La fête bat son plein tout autour. Elle n'en a rien à foutre. Une seule chose obsède Philo. Où est la vraie Émeline ?

Agnès termine sa glace et s'essuie lentement la bouche, avant de déclarer :

— Si demain tu m'aides à lui reprendre les nouvelles identités qu'elle m'a volées, elle est à toi.

Le visage de Philo s'illumine :

— Elle est en Norvège ?

— Elle est à Sauda.

MARGO

18h32. Quand j'étais petite, je trouvais curieux de voir à la télévision des familles prier avant de commencer leur repas. Ce soir, conviée à dîner parmi des Témoins de Jéhovah, je me sens observée. Ici, c'est moi, Margo, la curiosité.

À la suite d'une courte prière récitée par Roald en bout de table, Élisabeth prend la parole. Mais elle semble ne s'adresser qu'à sa fille Isabel. Roald lui lance un regard inquisiteur.

Fabian me fait comprendre discrètement que sa mère emploie à cet instant l'ancien dialecte local de Sauda. Ni lui ni son père ne le comprennent totalement.

Le ragoût que nous nous partageons a mijoté un long moment. Miraculeux qu'une famille très occupée toute la journée, et engagée pour sa communauté trouve le temps de cuisiner.

Mon complice dans cette maison m'intrigue et m'attendrit réellement. Fabian ressemble à un chat en cage. Prêt à bondir, mais résigné. Je dois l'admettre, en le voyant, je pense à mon usurpation. Ce rôle imposé, ce n'est pas sa vie. Roald se doute-t-il de quelque chose ? Imagine-t-il une seconde que son fils prépare sa fuite en Afrique ?

Tandis que je m'interroge à son sujet, je veille à garder notre complicité discrète. Au moment de débarrasser nos assiettes, Fabian profite que sa mère est occupée pour me confier la page arrachée d'un des innombrables fascicules distribués à travers la ville. Ce n'est qu'en le retournant que je comprends son geste : il y a inscrit son numéro de portable.

S'il maintient un visage inexpressif pour sauver les apparences, le regard qu'il m'adresse furtivement pourrait à lui seul le trahir. Je me sens soudain très mal à l'aise. Je m'en veux. Ai-je le droit de jouer avec les sentiments de ce garçon ? Fabian a déjà 21 ans, mais que sait-il réellement des femmes ? Les dernières 24 heures tournent en boucle dans ma tête. Aurais-je dû le tenir à distance ?

Fabian est prisonnier de sa vie. Il m'est impossible d'imaginer une seconde ce qu'il peut ressentir, et la manière dont il me perçoit. Son éducation, sa culture, ses repères, tout me semble si différent.

Je glisse le papier dans ma poche, tout en remerciant Roald et Élisabeth pour le repas. Terje doit m'attendre. J'ignore encore comment regagner mon logement sans froisser mes hôtes.

Soudain, la porte d'entrée s'ouvre. Se contentant d'un bref salut en norvégien, Terje s'approche de moi en me tendant la main. Son attitude ne laisse aucune place au doute. Je me lève aussitôt. Toute la famille m'imite alors pour me saluer, autour de la table déjà débarrassée et nettoyée.

Sans même me retourner, je sens le regard de Fabian m'accompagner jusqu'au perron.

Dehors, l'air s'est encore rafraîchi, mais le ciel couvert reste inchangé depuis ce matin. Impossible de deviner l'heure. Terje ne m'en laisse pas le temps. Tout en se hâtant vers notre chalet, de l'autre côté de la cour, il me sermonne d'un ton tranchant :

— Garde tes distances avec eux, Margo.

Comment ai-je pu oublier l'incroyable capacité de Terje à me surprendre ? Lui qui nous a carrément logés chez les Témoins de Jéhovah, et qui m'y a laissée en *sécurité...*

— Moi aussi j'ai passé une super journée, merci.

Par contre, mon humour et mon second degré n'ont toujours aucun effet sur lui.

Il a foncé directement dans la cuisine de notre chalet sans prononcer un mot. En le regardant entamer un paquet de pain croquant aux céréales, popularisé en France par la marque Wasa, je me demande s'il n'a pas un secret. En me fiant seulement à son régime alimentaire, la bonne santé apparente de Terje constitue un mystère insondable avec ses horaires de repas et ses aliments improbables.

Du frigo presque vide, il sort un tube dont il étale le contenu sur ses galettes rectangulaires. On dirait une sorte de mayonnaise saumonée. Terje se régale. Est-ce qu'il a tout bonnement oublié ma présence ?

— Tu veux goûter ?

Il me tend une tartine généreusement couverte de sa mixture. J'ai encore le goût de la viande mijotée dans la bouche. Mais je suis curieuse, et j'ai le sentiment que partager cet instant culinaire original avec Terje pourrait consolider notre collaboration. Aussi étrange soit-elle.

Son visage s'illumine lorsque j'attrape prudemment la tartine. En me fiant seulement au goût, je n'aurais certainement pas deviné toute seule les ingrédients de ce condiment gras, sucré et très salé. Des œufs de cabillaud fumés, du sucre, du sel, et beaucoup d'huile de colza. Une sorte de tarama trop salé pour moi.

Terje engloutit sa troisième tartine, tandis que j'inspecte le tube décoré des couleurs nationales, estampillé *Kaviar*.

Il me faut deux grands verres d'eau pour compenser l'assèchement de ma langue. Terje a enfin l'air détendu et disposé à m'écouter. J'en profite :

— J'ai vu le pilote du drone. Je l'ai perdu dans la foule, mais je peux l'identifier.

— Ça nous sera utile demain. Les Russes ont empoisonné Olav. Renaud est terrifié.

— Tu crois qu'ils vont s'en prendre à lui ?

— Pas avant la signature, prévue à 15h au Fjordhotell.

— Et Agnès ?

— Agnès est invitée au déjeuner officiel avec Renaud. Tant qu'ils sont exposés publiquement, il ne leur arrivera rien.

Qu'est-ce que je fous là ? Terje me parle comme si on était en planque dans la série *Le Bureau des légendes*. Un drone tueur, des Témoins de Jéhovah, des Russes, un accord international majeur... Bon Dieu, Margo, jusqu'où vas-tu te laisser entraîner ?

Mais quelle alternative ai-je réellement ?

— Il faut que tu parles à Fabian cette nuit.

Terje me dit ça comme s'il savait. Comme s'il nous avait suivis toute la journée.

— Pardon ?

— Il travaillera au Fjordhotell demain. Il va nous aider à y entrer.

— Tu as déjà calé tout ça avec lui ?

— Non, je suis en train de le faire et tu vas m'y aider.

Terje m'aurait poussé dans les bras de ce gamin pour atteindre Renaud demain ? La famille de Roald, ce chalet de location, tout m'apparaît maintenant froid et méthodique. Comme s'il percevait mes réflexions, Terje précise :

— Attends qu'il fasse nuit, s'il te plaît.

La belle affaire ! Dans un pays où le soleil ne se couche presque pas...

19h38. Terje a disparu dans la salle de bains. J'entends la douche couler. Assise sur mon lit, je fixe bêtement l'écran de mon smartphone, toujours déconnecté du réseau.

J'ai rédigé plusieurs messages adressés à Robin, mais je les ai effacés avant de les terminer.

Ce sera plus facile d'écrire à Ada. Pourtant, je me sens tiraillée entre deux sentiments. Il y a d'abord le rôle de grande sœur qu'elle m'a rapidement attribué. Je culpabilise d'autant plus de l'abandonner, au moment où sa relation ambiguë avec Cannelle la déstabilise.

Puis il y a le rôle de complice, de copine. Ma seule véritable amie me manque atrocement. Malgré son jeune âge, j'ai besoin de ses avis tranchés et de son soutien.

Finalement, j'ai tout effacé sans rien envoyer. Mes pensées ne quitteront pas ma chambre ce soir. Tout se jouera demain.

20h04. De nouveau, je suis face à moi-même. Combien de temps reste-t-il avant la disparition du soleil ?

20h36. Il fait encore plein jour, mais je me suis risquée à l'extérieur. Cette fois, je n'ai pas vu qui que ce soit guetter mes mouvements depuis la maison voisine.

Au départ, j'espérais atteindre un point suffisamment élevé pour accrocher le réseau 4G. Mais après avoir grimpé en forêt une vingtaine de minutes à bonne allure, je me suis laissée envoûter par le panorama.

21h15. Les eaux du fjord scintillent de mille couleurs. En surplomb, les tons orangés du ciel se mélangent aux dégradés vert foncé qui habillent les montagnes immergées. Ce bout d'océan au milieu des terres disparaît dans le relief en dessinant une légère courbe vers le sud.

À mes pieds, entourée des innombrables maisons de la commune de Sauda, l'usine Eramet Norway. Sombre et massif, pourtant fondu dans le paysage, l'énorme animal rouillé ronronne inlassablement au bord de l'eau.

22h06. Quelques plaisanciers profitent du soleil pour rentrer au port sans se presser. Le jour décline, mais la nuit tarde à envelopper les cimes encore saupoudrées de neige.

Je viens d'envoyer un SMS au numéro noté par Fabian. Une part de moi s'interroge sur mon rôle ici. Pourtant, l'excitation a eu raison de mes hésitations.

Depuis mon perchoir, je guette toute la vallée, y compris la maison de Roald et la cour de la ferme. Calme plat.

23h19. Est-ce qu'on peut enfin dire qu'il fait nuit ? Pas totalement. Mais l'ombre des montagnes rend l'éclairage public et l'intérieur des maisons plus visibles.

Surtout, il y a cette flamme bleue et rose, immense, effrayante, véritable phare dans la nuit, qui indique l'emplacement de l'usine. Combien de temps suis-je restée immobile, le regard fixé sur cette lueur quasi irréelle ?

Je n'ai perçu la présence de Fabian qu'à l'instant où il s'est assis à côté de moi. J'ai spontanément envie de lui parler. Évoquer notre journée étrange et surtout celle de demain. Mais je me heurte violemment à la barrière de la langue.

Fabian ne se décourage pas. Tant mieux, cela me laisse le temps de transcrire mes questions via Google Traduction, puis de l'inviter à y entrer ses réponses.

Ses premiers mots concernent l'usine. Contrairement à son père, il n'y a jamais travaillé. Fabian a grandi en jetant un dernier regard à la flamme chaque soir avant de dormir. Comme tous les habitants de Sauda, sa lueur le rassure. Elle indique le bon fonctionnement des fours, que l'on n'éteint pour ainsi dire jamais.

Fabian n'aime pas les Russes. Surtout depuis 2017, lorsqu'ils ont chassé les Témoins de Jéhovah. Il est prêt à m'épauler.

Demain, il sera hôte d'accueil au Fjordhotell, privatisé pour la journée par Eramet et le groupe russe Nornickel. Il m'aidera à y entrer, comme je l'ai aidé à garder son projet de fuite secret.

Mais il faudra se lever très tôt. Suffisamment tôt pour éviter Isabel et Élisabeth. Fabian se méfie d'elles, et de leurs croyances radicales. Sa belle-mère et sa demi-sœur n'hésiteront pas à prévenir Nae de mes moindres faits et gestes.

L'utilisation de Google, la transcription de chaque phrase, tout cela nous a ralentis, sans éteindre notre complicité. Je n'ai aucune attirance pour Fabian, mais je me sens bien avec lui.

J'ai peur de le gêner, de le frustrer. Pourtant, je me laisse aller contre lui. Nous restons un moment blottis sur notre bout de rocher, tandis que la nuit enveloppe enfin la vallée endormie.

***

BASILE

23h46. Basile ignore depuis combien de minutes exactement il s'est arrêté devant la mairie. Un perron élégant mène à l'entrée magistrale, sous une grande horloge. Joyau architectural de la fin du XIXe siècle, elle impose sa silhouette massive ornée de drapeaux français et européens aux passagers arrivés en RER.

En passant devant les vitrines du boucher, du caviste ou du fromager, Basile s'est presque attendu à voir Émeline surgir d'un magasin. Mais les vitrines sont plongées dans l'obscurité, les rideaux baissés, et les étalages rangés.

Et puis il y a cette mairie, qui évoque des souvenirs qu'ils n'auront jamais elle et lui. Ceux de leur mariage, prévu initialement pour samedi prochain.

Basile jette dans une poubelle publique un carton d'emballage coloré. Celui d'un smartphone muni d'une carte SIM prépayée. Il l'allume, et se connecte immédiatement. Quelques secondes suffisent à télécharger une application professionnelle réservée aux techniciens d'Europ Assistance. Basile ne devrait pas y avoir accès, mais Gilles, son collègue du service informatique, a fini par céder. Il est le seul à partager la quête obstinée de Basile. Ni ses proches ni sa nouvelle petite amie n'ont la moindre idée de son obsession, nourrie par la culpabilité et les remords.

Gilles pensait qu'en retrouvant la trace d'Émeline, Basile finirait par accepter l'idée qu'elle a refait sa vie ailleurs. Mais Basile ne tourne pas la page. Au contraire, il parle même d'aller en Norvège.

22

***

TERJE

À l'école primaire, le dessin de Terje avait été retenu par la maîtresse lors d'une fête en l'honneur de la ville. Il avait parfaitement reproduit le blason de Moss : un corbeau jaune, dont le profil se découpait sur un fond rouge.

Terje avait ensuite récité la légende à l'origine du choix de cet oiseau. La culture du maïs et d'autres céréales attirait en nombre les corbeaux, souvent rassemblés sur le toit de l'église. Lorsqu'un incendie se déclara dans l'église, les cris des oiseaux alertèrent les habitants de Moss. Ainsi, ils purent sauver l'édifice des flammes.

Terje ignore depuis combien de temps il fixe le blason géant qui orne l'entrée du tunnel aux portes de la ville. Il ne peut pas se l'expliquer, mais aujourd'hui, franchir les 300 mètres de cavité lui semble physiquement impossible.

Après plus de 500 km parcourus en un peu moins de 8 h depuis son départ de Bergen, il s'est garé à l'entrée d'un accès pompier. Terje n'a pas bougé. Le battement régulier des clignotants semble répéter l'instant à l'infini.

Quatre mois. Déjà. L'absence a brisé quelque chose en lui. La douleur est telle qu'elle a fini par l'anesthésier. Terje fait peur à voir. Difficile de croire qu'il ait pu conduire sans encombre jusqu'à sa ville natale. Le regard toujours accroché au blason géant fixé dans la roche, il n'a pas prêté attention à la Renault Zoé qui vient de sortir du tunnel. La citadine électrique passe à son niveau, fait un tour complet du rond-point à proximité pour revenir s'immobiliser derrière le véhicule de Terje.

Quatre mois, déjà. Mais depuis combien de temps n'a-t-il pas parlé à Murielle ?

Terje la suit, comme un enfant qui a veillé trop tard rejoint son lit. Installé côté passager dans la Renault, il reconnaît son parfum familier et réconfortant. Elle ne démarre pas immédiatement.

— Tes parents m'ont appelée, susurre-t-elle de sa voix la plus douce.

Murielle hésite à poursuivre. Elle voudrait choisir ses mots, mais ils lui manquent. Alors elle se contente de dire l'évidence, même si elle aimerait être capable de plus.

— Je suis désolée, Terje.

Il fixe toujours le blason, mais son visage s'est détendu. Son regard se porte maintenant sur le tableau de bord.

— Sigrid ne s'est pas suicidée, répond-il seulement.

— Je sais que c'est dur à accepter...

— Les Russes l'ont eue.

Murielle renonce. Il ne changera pas d'avis.

— Pense à Erling. Tes parents s'en occupent, mais ton fils a besoin de toi.

Murielle n'attend pas de réponse. Le moteur électrique de la Zoé se met sous tension sans bruit. Murielle s'insère dans la circulation sans difficulté.

Sa main saisit celle de Terje et la serre fort à l'entrée du tunnel. Terje ferme les yeux pendant toute la traversée. Sa nouvelle vie l'attend de l'autre côté. Une vie sans Sigrid. Mais une vie où Murielle retrouve la place qu'elle a toujours eue.

3 · MURIELLE

23

***

MARGO

7h56. Il me reste quatre minutes. Malgré l'agitation qui gagne l'établissement tout entier, ma chambre est exceptionnellement calme. Paisible. Comme les eaux du fjord qui subliment le panorama offert par la grande fenêtre au-dessus du lit.

Ma main se crispe autour de la carte d'accès de ma chambre, la 302. J'ai mal aux mâchoires tant j'ai serré les dents cette nuit.

Déjà une heure que Fabian nous a emmenés, Terje et moi, à l'insu de sa mère et de sa demi-sœur. Le trajet en voiture a été court. Seulement six kilomètres séparent la ferme de Roald du *Sauda Fjordhotell*, dressé sur un promontoire naturel, au sud-ouest du centre-ville. Orienté plein sud, il surplombe la rive nord du Saudafjord.

La boule dans mon ventre n'a jamais été aussi douloureuse. J'ai encore du mal à respirer. Au réveil, j'étais incapable d'avaler quoi que ce soit. Terje a terminé seul son tube de pâté de poisson.

Est-ce que j'ai eu tort de lui faire confiance ? Je me posais déjà la question à l'aube, lorsqu'il a décidé d'abandonner notre voiture de location, ainsi que l'essentiel de nos affaires. L'objectif : éviter d'éveiller les soupçons, et retarder le moment où Isabel et Élisabeth pourraient prévenir Nae.

En préparant de quoi me changer, j'en ai profité pour emporter le minimum vital : le chargeur de mon téléphone, une batterie de secours et quelques documents précieux.

Pourtant, je me sens plus démunie que jamais. Notre stratagème permettra sans doute de leurrer Nae quelques heures. Mais si le drone revenait ? Certes, je suis capable d'identifier son pilote. En aurai-je seulement le temps avant qu'il ne frappe à nouveau ?

***

TORSTEIN

8h06. Torstein lui avait promis une surprise, elle n'a pas été déçue. Élevée dans un port hollandais, Saskia a appris à naviguer avant de savoir faire du vélo. Heureusement, puisque l'année de ses neuf ans, un accident de bus scolaire lui volait la jambe droite. Marcher, courir, jouer avec les autres enfants sont devenus autant d'activités inaccessibles. Mais en mer, Saskia a conservé sa liberté et son indépendance.

Torstein a loué un voilier bien trop grand pour tous les deux, mais il tenait à ce qu'elle s'amuse vraiment, après de longues heures de camping-car frustrantes et un marathon pour le moins éreintant.

Le sourire et le regard pétillant de Saskia témoignent à eux seuls de son bonheur. La brise qui remonte le fjord caresse doucement ses cheveux noir de jais. Leur monocoque blanc glisse en silence sur le bleu foncé des eaux profondes.

Pendant plusieurs minutes, Torstein atteint un niveau de quiétude inédit. Il apprécie le moment présent. Le parfum fruité de Saskia se mêle aux senteurs matinales des montagnes verdoyantes qui les dominent de part et d'autre.

Leur voilier longe le littoral sud-est. Dans leur dos, l'usine Eramet Norway, dont la silhouette métallique encore endormie semble avaler les eaux du fjord aux portes de Sauda. Moins visible en plein jour, la flamme bleutée scintille toujours à l'extrémité de la cheminée dressée vers le ciel.

Jonchée de maisons éparses, et aussi boisée que celle d'en face, la rive nord-ouest est encore dans l'ombre. À l'œil nu, le couple d'étudiants peut y distinguer oiseaux et animaux que le soleil précoce surprend doucement.

Tandis que Saskia se concentre sur la navigation, Torstein fixe une large silhouette blanche remarquable, desservie par la route qui serpente au-dessus de l'eau. De son promontoire naturel, ce parfait exemple de l'architecture du début du XXe siècle aligne seulement trois étages face au fjord. Façade et terrasse en bois, fenêtres à carreaux caractéristiques, l'édifice ressemble à une maison bourgeoise qu'on aurait agrandie pour accueillir toutes les branches de la famille. Au sommet, un petit campanile pointu recouvert de zinc donne une allure solennelle à l'ensemble.

Barnums blancs déployés sur les pelouses, clôtures temporaires érigées autour du parc, agitation sur le parking : le Sauda Fjordhotell témoigne d'une activité particulièrement intense pour une heure si matinale.

Si le dispositif de sécurité n'est pas visible à cette distance, Torstein a noté depuis un moment déjà la présence d'un patrouilleur de la garde côtière norvégienne, naviguant à faible vitesse au milieu du fjord.

Mais Torstein est confiant. Son visage rayonne de sa pleine satisfaction. Parce que son plan est parfait. Parce qu'il aime Saskia.

NAE

Nae a été patient toute sa vie. Cette résilience lui a permis d'endurer une éducation stricte, parfois sévère. Mais aujourd'hui, Nae ne supporte plus d'attendre. Cette Agnès peut lui permettre de retrouver sa sœur ? Il la traquera jusqu'au Cap Nord[34] s'il le faut.

Qu'elle se fasse appeler Madeleine, qu'elle vende des identités usurpées, Nae s'en contrefiche. Il ne laissera personne le séparer plus longtemps de sa famille.

Cela fait déjà vingt-six longues années que Nae n'a qu'une obsession : entendre sa petite sœur, Luana, s'expliquer avec ses propres mots.

Depuis qu'il l'a frôlée au marathon de Beito, sa patience s'est épuisée.

Tous les moyens sont bons. Quitte à solliciter les plus radicaux des Témoins de Jéhovah. La présence des Russes aujourd'hui est une véritable bénédiction pour lui. La haine qu'ils inspirent à certains membres de la communauté va lui permettre de se débarrasser de Margo.

---

[34] Cap Nord (en norvégien : *Nordkapp*), falaise de 307 mètres de haut, lieu touristique souvent décrit comme le point le plus septentrional d'Europe continentale.

MARGO

Il était précisément 8h00 lorsque Fabian est venu me chercher. Il gagne beaucoup de prestance dans son costume de service. Son regard chaleureux et complice le distingue aisément de tout le personnel de l'hôtel.

Grâce à lui, je dispose d'une chambre pour la journée. Ce qui justifie mes allées et venues dans tout le bâtiment, bientôt envahi par les délégations françaises et russes.

Terje m'attend dans le salon du rez-de-chaussée, où s'activent vigiles, organisateurs, et manutentionnaires. Nous arborons tous deux un badge nominatif aux couleurs du groupe Eramet.

C'est la première fois que je vois mon allié norvégien en costume cravate, dans un élégant camaïeu de bleu. Pour ma part, j'ai choisi ce que ma valise compacte pouvait contenir de plus adapté à cette journée : pantalon noir et chemise blanche. Oubliez les talons, mes chaussures sont simples et discrètes.

Je m'efforce de mémoriser la configuration des lieux. Les teintes chaleureuses du bois recouvrent aussi bien le sol que les murs et le plafond. Ici pas de chaises, mais de confortables fauteuils recouverts de tissu rayé couleur crème. Une cheminée occupe un angle, près des escaliers menant à l'étage. Au-dessus de nous, une ouverture jusqu'au toit permet à la lumière du jour d'atteindre les coursives des niveaux supérieurs.

Aussi détendu que si nous étions en voyage de noces, Terje m'invite à picorer dans son petit déjeuner copieux, à la fois sucré et salé. Il provoque chez moi un rire incontrôlable, sincère et bienvenu. Mais il ne suffit pas à estomper le cisaillement qui me brûle l'abdomen.

Nous avons répété inlassablement le programme de la journée. Pourtant, j'ai la sensation depuis mon arrivée d'avoir sauté dans le vide, sans parachute.

Je ne peux m'empêcher de penser que si Terje réussit à sauver son accord, rien ne l'obligera plus à m'aider.

Et Agnès ? Si elle avait déjà fui très loin d'ici ?

10h12. Plusieurs minibus déposent les cadres français du groupe Eramet. L'occasion pour les expatriés de rencontrer leurs homologues en poste à Paris.

Notre emplacement est idéal. Non seulement aucun invité ne nous échappe, mais la disposition du salon nous assure une discrétion protectrice.

Toujours pas de visage connu, mais j'éprouve une sorte de réconfort en entendant ma langue maternelle sans accent. Même s'il m'étonne chaque jour par son niveau de français exceptionnel, Terje ne peut totalement dissimuler ses origines nordiques.

10h36. Technicien au service d'Eramet la semaine, fermier le weekend, et hôte Airbnb le soir, Roald est méconnaissable en costume cravate. Son nouveau rôle : jouer les guides le temps de la visite officielle.

Impeccable, il accompagne l'arrivée des VIP du jour. Grâce à Terje, j'identifie les deux futurs signataires du précieux accord, cernés de leurs escortes attitrées : Christelle Doris, PDG du groupe français Eramet, suivie de Vladimir Krostanine, PDG et propriétaire du conglomérat russe Nornickel.

Sans que je ne l'ai vue approcher de notre table, une Française très élégante entraîne Terje à l'écart, auprès de son cadreur vidéo. Elle prend tout juste le temps de me saluer :

— Bonjour, Jeanne Grenat, communication du groupe Eramet.

Mon hésitation aura eu raison de ma réponse. Je ne perçois que des bribes de leur conversation, mais il est question de l'absence d'Olav et de Bellona, l'ONG qui a mandaté Renaud.

Le grand hall est à nouveau désert. Il suffit d'une poignée de secondes pour me sentir totalement invisible. Et vulnérable. Je serre mon portable dans ma main, comme s'il incarnait mon seul espoir en ces lieux hostiles. Ce n'est pas la première fois que Terje m'abandonne. Pourtant, la situation n'a jamais été aussi sérieuse. J'ai la désagréable impression d'avoir perdu le contrôle de ma propre quête...

Après le drone tueur et Nae l'indestructible qui me semblaient déjà improbables, aujourd'hui me voilà au cœur d'enjeux environnementaux, stratégiques et économiques majeurs.

Suis-je allée trop loin ? Me suis-je déjà définitivement perdue ?

Soudain, une main débarrasse ma table. Sans que je n'aie le temps de lever la tête, une autre glisse une feuille de papier à l'en-tête du Fjordhotell sous mon nez. Inscrits au stylo bille d'une écriture précipitée, seulement trois mots : *Autre Émeline arrivée.*

D'un bref mouvement de tête, je croise le regard complice de Fabian qui m'indique le fond de la salle, dans mon dos. Le temps de me retourner, j'aperçois à peine la silhouette d'Agnès disparaître dans les escaliers.

Réflexe quasi animal. Elle est là. Je suis sur ses pas, et pourtant, je n'ai aucune idée de la manière dont je vais procéder. Je lui ai promis les fausses identités récupérées à Beito, mais je sais pertinemment qu'elle disparaîtra pour de bon avec Renaud à l'instant même où je les lui remettrai.

L'adrénaline me guide dans les étages à une telle allure que les muscles de mes jambes me brûlent lorsque j'atteins le bon niveau. Agnès est prostrée devant la porte d'une chambre.

Comme elle ne semble pas m'entendre, j'approche un peu plus d'elle. L'épais tapis sur le parquet étouffe mes pas.

Sa voix traduit une certaine fébrilité. Ses mots s'adressent clairement à Renaud, mais n'obtiennent aucune réponse. Elle frappe plusieurs fois, avant de laisser échapper un soupir de déception devant la porte désespérément close.

Soudain, Agnès se tourne et me fixe. Son regard me pétrifie. C'est seulement à cet instant que je réalise qu'elle porte comme moi une chemise blanche. Rien d'original en soi, mais associée à ma coiffure, copiée sur la sienne, elle nourrit notre ressemblance mutuelle. Il y a deux *Émeline* dans le même couloir d'hôtel, comme le rappellent nos badges identiques. J'ignore comment, mais Terje a réussi son coup. Agnès a pu entrer dans l'hôtel sous mon vrai nom.

Une femme de chambre nous frôle et nous salue timidement. Deux clients parlent russe en attendant l'ascenseur. Puis, l'étage se vide et redevient silencieux. Seul un léger ronronnement remonte du grand salon par le puits de lumière central.

Je voudrais être forte. Je voudrais la plaquer contre le mur, mais j'en suis incapable. Mes membres sont tétanisés. Je finis seulement par prononcer quelques mots :

— Il reste peu de temps... Tu dois convaincre Renaud.

Je ne sais pas si Agnès a pitié de moi, ou si c'est l'évocation de son époux qui provoque chez elle une telle réaction. Mon usurpatrice fend un peu plus sa carapace :

— On s'est disputés. Je ne sais même pas s'il veut encore me parler... Alors votre rapport de merde...

Je retrouve enfin la force de m'exprimer avec conviction :

— N'oublie pas notre marché. Renaud rend son rapport non truqué, il sauve l'accord franco-russe, et après seulement vous aurez vos nouvelles identités.

— Putain, tu comprends pas ? Avec tes conneries de Jéhovah, j'ai douté de lui. Il m'en veut à mort...

Comme lors de notre première rencontre dans le sauna, j'imagine que tout pourrait s'arrêter ici. Je pourrais la laisser partir, lui permettre de disparaître...

Mais j'ai une autre idée. Un moyen de regagner sa confiance. Et pour elle, de quoi convaincre Renaud. Je joue ma dernière carte.

Agnès vacille et s'appuie contre le mur. Elle semble épuisée. Son visage reprend quelques couleurs lorsque je lui tends une pochette plastifiée. Elle l'ouvre avec précipitation, de ses mains tremblantes. Agnès se fige en apercevant le visage de Renaud sur le passeport et la carte d'identité. Madeleine a bien fait les choses : tout est authentique. Et pourtant, tout est faux.

Je lui annonce la couleur, cette fois d'un ton clair et résolu :

— Tu auras la tienne après la signature de l'accord.

11h23. En amont de la remise du rapport de Renaud et de la signature effective de l'accord, prévues après déjeuner, la conférence de presse permet aux journalistes et aux invités sélectionnés de profiter du panorama exceptionnel et de la chaleur du soleil, malgré la brise fraîche qui remonte encore le fjord.

Dans le prolongement du salon central, la terrasse en bois sur pilotis a été vidée de ses chaises et de ses tables pour accueillir un large pupitre aux couleurs des deux groupes miniers. Des drapeaux norvégiens, français et russes complètent la décoration.

Le public discipliné et compact m'offre une couverture bienvenue. Pourtant, j'ai le sentiment paradoxal d'être à la fois invisible et observée.

Enfin un visage connu : Jeanne, l'élégante responsable éditoriale d'Eramet, donne des instructions à son cadreur vidéo. Où est passé Terje ? En le cherchant, j'aperçois seulement Fabian.

Les journalistes s'agitent, braquent leurs objectifs et leurs micros vers le pupitre où Christelle Doris les salue, tout en invitant l'oligarque Vladimir Krostanine à la rejoindre.

Regard sévère, visage fermé et marqué, cet homme qui se force à sourire ressemble à un garde du corps impitoyable tout droit sorti d'un film de *James Bond*. Pourtant, il compte parmi les hommes les plus influents et les plus riches de Russie. Ses investissements dans les matières premières sont colossaux et variés. Sa holding Interros, maison mère de Nornickel, représenterait à elle seule près de 1,5% du PIB russe. Proche du pouvoir depuis l'époque de Boris Eltsine, il tente de faire oublier ses excès de milliardaire incontrôlable à travers différentes œuvres caritatives internationales, et un mécénat culturel très actif en France.

À la fin de sa description, Terje a souligné l'hypocrisie du personnage. Krostanine est allé jusqu'à faire d'Interros un membre du Pacte mondial des Nations Unies défendant les droits de l'homme et le Code du travail.

Cet accord sur le point d'être signé pourrait enfin l'obliger à jouer franc jeu sur le plan écologique et social.

Christelle Doris fait figure de bonne élève bien fragile comparée au mammouth russe. Incarnation féminine de l'excellence française à l'international, elle poursuit une carrière sans erreur depuis son diplôme de HEC.

Leurs dirigeants ont beau être diamétralement opposés, Eramet et Nornickel, ces deux poids lourds mondiaux des métaux précieux, jouent gros aujourd'hui. Terje me l'a suffisamment répété. C'est maintenant au tour de Renaud de le reformuler officiellement devant un parterre de journalistes studieux.

Depuis que nous avons rejoint ensemble cette terrasse bondée, Agnès a changé d'attitude. Ai-je réussi à la rallier à ma cause ? Je chasse mes doutes pour me focaliser sur celui qui vient de prendre la parole. Renaud s'exprime d'abord en norvégien, puis en français, avant de poursuivre dans un anglais international fluide et limpide.

Tandis que sa présentation du grand projet minier absorbe l'attention de l'assemblée, Agnès s'approche du pupitre. Je lutte pour ne pas la perdre de vue. Si nos chevelures foncées détonnent avec celles de la plupart des Norvégiens, la présence aujourd'hui de Russes et de Français nous rend moins facilement repérables.

Merde. Je croyais l'avoir suivie du regard jusqu'au pied du pupitre, mais ce n'est pas elle. Où est Agnès ? Comment la retrouver rapidement au milieu de toutes ces nuques, toutes ces silhouettes de dos ? En avançant à mon tour, je prends le risque de me faire repérer.

La voilà. En première ligne, à quelques mètres seulement de Renaud, encore en plein discours. Lorsqu'elle se retourne, et que nos regards se croisent à nouveau, une silhouette masculine bouscule soudain plusieurs journalistes. Méprisant leurs plaintes et leurs remarques, l'homme, qui les dépasse presque tous d'une tête, se rapproche rapidement d'Agnès. Il arbore un badge de presse russe. J'ai peur de le reconnaître. C'est bien lui. Nae.

J'ai l'impression d'être en plein cauchemar, de courir sans avancer. Agnès repousse Nae sans que j'entende leur conversation. La conférence touche à sa fin,

Agnès ne veut pas s'éloigner de Renaud, je le sais. Mais le colosse insiste, il veut l'emmener à l'écart. Il me reste encore quelques journalistes à contourner...

Si je me sentais impuissante dans le couloir seule face à Agnès, je sens maintenant la violence jaillir en moi. Comme à la piscine de Sauda, une force insoupçonnée guide mes gestes.

Nae ne m'a toujours pas vue. Démunie et désarmée, je dois improviser avec ce que je peux trouver à portée de main. A priori pas grand-chose. Les journalistes se tiennent tous debout, ils notent ou enregistrent le discours de Renaud sur support numérique.

C'est du sol que surgit ma première idée. En levant ensuite les yeux au niveau de la nuque de Nae, une seconde afflue, évidente. Aussi déterminée qu'inconsciente, je saisis le cordon du badge presse autour de son cou avant de le tirer de toutes mes forces. Pour éviter l'étranglement, Nae porte ses mains à sa gorge et n'aperçoit pas l'aspérité du plancher sur laquelle il trébuche. Bien que discrète, la chute semble très douloureuse.

Renaud a terminé son discours. Agnès devrait être à proximité, mais je ne la vois plus. Autour de moi, les journalistes grouillent comme une foule à l'entrée d'un concert : on vient d'annoncer l'ouverture de la salle de déjeuner. Christelle Doris et Krostanine précèdent les invités et la presse à l'intérieur.

Je suis portée par le mouvement de foule. La chute de Nae a alarmé le service de sécurité. Ce n'est pas le moment de se faire remarquer. Margo, tu vas devoir passer à table.

TORSTEIN

11h48. Chaque minute compte. Torstein le sait. En fixant la silhouette blanche du Fjordhotell, il devine au mouvement sur la terrasse que le déjeuner officiel sera bientôt servi. Le programme de la journée suit son cours.

La matinée sur le fjord a été belle. Saskia a l'air si épanouie lorsqu'elle navigue. Elle en oublie sa prothèse.

Torstein, lui, en oublie presque la vraie raison de leur présence à Sauda. Au fond, il espère sincèrement en finir aujourd'hui. Cette mission est délicate et décisive, mais ce sera la dernière. Il a beau être très bien payé, pour la première fois de sa vie, une personne compte plus que tout le reste à ses yeux. Si Saskia découvrait seulement une infime partie de son secret, il la perdrait à jamais.

Comme si elle avait capté ses pensées, Saskia lui fait signe de la rejoindre à la barre. Torstein n'a pas vraiment le pied marin, alors il veille à garder l'équilibre à chaque pas malgré la gîte du voilier.

Arrivé sans encombre à la poupe, Torstein s'installe contre Saskia. Elle lui prend la main. Il ferme les yeux quelques secondes et savoure cet instant.

Le patrouilleur de la Garde côtière norvégienne aperçu ce matin les dépasse. Même s'ils désossaient le voilier, les gardes ne trouveraient rien à bord. Confiant, Torstein se permet même de les saluer d'un geste de la main. Sur la passerelle, un officier lui rend la politesse.

Il est temps de rentrer. Saskia a faim, et ils approchent déjà du ponton réservé aux usagers du Sauda Fjord Camping. Installés au bord de l'eau, caravanes et mobile homes occupent le bas du terrain verdoyant au sommet duquel se dresse le Fjordhotell.

MARGO

12h01. Les premières assiettes sont servies. Certains convives cherchent encore leur place. Agnès a disparu, Terje ne répond pas à mes messages. Quant à Fabian, l'affluence le rend inaccessible.

Une employée norvégienne m'invite à m'asseoir. Les retardataires encore debout s'agglutinent dans mon dos. Je suis prise au piège. Quelle solution me reste-t-il ? Les toilettes ?

Merde. Nae. Il n'a pas l'air d'avoir apprécié ma tentative d'étranglement avec le cordon de son badge. Trois tablées nous séparent. Pour combien de temps ?

L'employée de l'hôtel se fait pressante. Je ne comprends toujours pas le norvégien, mais elle m'indique une place en désignant mon badge. Je souris et je m'assois.

— Émeline, nous vous attendions !

La voix de Jeanne me sauve. Impatient, Bruno me salue la bouche pleine. Il me fait face, tandis que Jeanne est à ma droite, ravie. Mon badge nominatif m'a trahie. Elle m'a confondue avec Agnès en me prenant... pour moi-même. Margo, reste calme.

La vraie surprise n'est pas d'avoir gagné un repas gratuit avec ce duo français. À ma gauche, se tient un homme aussi abasourdi que moi, mais tout autant déterminé à sauver les apparences : Renaud.

Les dernières assiettes sont servies. En remerciant le serveur, je croise le regard interrogateur de Terje, resté en retrait à l'entrée de la salle de déjeuner. Cette fois c'est moi qui ai pris de court mon allié.

Jeanne indique à Bruno de lancer l'enregistrement, avant de m'interroger :

— Émeline, parlez-nous de votre vie en Norvège. Comment deux expatriés français se sont-ils adaptés à ce beau pays ?

Renaud me regarde, prenant l'air détendu. Dans quelle merde tu t'es encore foutue, Margo ?

***

TORSTEIN

13h06. Torstein n'a pas réussi à la dissuader. Quand Saskia a décidé quelque chose, elle change rarement d'avis. Surtout si cela implique sa prothèse.

Lorsqu'ils ont accosté au niveau du camping, elle voulait déjà se baigner. Torstein a seulement réussi à gagner un peu de temps. Et puis comment lui résister ? Un simple regard le fait fondre. Il lutte pour dissimuler l'effet qu'elle a sur lui.

Saskia a changé depuis le marathon. Elle qui osait à peine sortir en public déambule maintenant en maillot, dévoilant sa prothèse aux yeux des résidents du camping et des rares enfants qui jouent au bord de l'eau.

Torstein ne la quitte que furtivement du regard pour guetter la façade du Fjordhotell. Le moment approche. Son moment. Torstein n'a pas peur. Il n'a jamais peur. Appliqué, il répète dans sa tête chaque détail de son plan. De toute manière, la partie a déjà commencé. Ce n'est plus qu'une question de minutes.

— Tu préfèrerais être là-haut avec eux ?

Torstein garde son sang-froid. Qu'est-ce que Saskia insinue ? Elle l'a vu en train d'observer l'hôtel pendant leur balade en voilier ? Elle se doute de quelque chose ? Impossible.

Saskia ajoute :

— Avoue que tu ne cracherais pas sur une nuit d'hôtel...

Torstein respire à nouveau, et lui sourit :

— Payer plus cher pour avoir vue sur le Fjord ? Alors qu'on peut y naviguer tous les deux ?

Torstein prend Saskia dans ses bras, et plaque sa joue contre la sienne. Tandis qu'elle contemple le ressac sur le rivage, il scrute à son insu les fenêtres du Fjordhotell. Le ciel est dégagé. Le vent est régulier. Les conditions sont parfaites.

Vivement la fin de cette foutue mission. La dernière.

MARGO

— La Norvège nous a offert une nouvelle vie. Un nouveau départ, comme on dit.

Renaud me fixe lorsqu'il parle d'Agnès. J'espère un répit, mais du coin de l'œil, je sens la caméra de Bruno qui ne me lâche pas.

Le menu composé uniquement de poissons du fjord semble délicieux. Pourtant, j'ai à peine touché à mon assiette. Une partie de l'interview m'a échappé, tant l'angoisse altère mes sens depuis le début du repas.

Me faire appeler Émeline à cette table est surréaliste.

Plusieurs convives se sont tournés vers nous. J'ai l'impression qu'ils veillent à être moins bruyants pour entendre Renaud. Jeanne reprend :

— Vous avez découvert ce pays en participant à plusieurs marathons, lors desquels vous défendiez les couleurs de Bellona.

Renaud me sourit, avant de se tourner vers Jeanne pour lui répondre :

— C'est lors d'un marathon que j'ai rencontré Émeline.

— Allez-vous participer au Marathon du Soleil de Minuit, organisé à Tromsø dans un peu moins de trois semaines ?

Renaud n'a pas le temps de prononcer un mot. Je me rapproche de lui, tout en affirmant à sa place :

— Bien sûr. Nous y serons tous les deux.

Ce mouvement de tendresse fictive m'a permis d'apercevoir discrètement la silhouette de Nae, assis trois tables plus loin. Terje était censé attirer Renaud dans notre chambre de repli. Est-il déjà à l'étage ? Encore une fois, il me laisse avancer à l'aveugle.

Dans mon dos, je ne comprends quasiment aucun des mots qu'il prononce, mais je reconnais la voix de Fabian. Il s'adresse à Renaud en norvégien. Celui-ci s'excuse et se lève aussitôt. Jeanne le salue et Bruno cesse de filmer.

Mais Fabian n'en a pas terminé. Tandis que Renaud disparaît dans l'ascenseur, mon jeune complice norvégien me fait signe de l'accompagner dans l'escalier. Tout en me faufilant entre les tables bondées, je repère Nae qui se lève à son tour. Je crois qu'il m'a vue. Avance, Margo. Avance.

Tandis que Fabian m'attend au premier étage, les marches en bois craquent sous les pas de Nae. Fabian me prend par la main et m'entraîne dans un local technique, qu'il referme derrière nous. Noir total. Silence pesant. Je suis coincée entre un tableau électrique et le buste de Fabian.

Nae ralentit à notre hauteur. Il a dû nous voir entrer. Comme s'il percevait l'accélération de mon rythme cardiaque, Fabian me serre la main très calmement. Je suis enfermée avec un jeune Témoin de Jéhovah, et sur le point d'être attaquée par une espèce de Terminator.

À ma grande surprise, la colère, ou plutôt la rage, surpasse soudain ma peur. Je tente d'écarter Fabian pour sortir affronter cet entêté. Mon protecteur me retient de toutes ses forces.

Une autre voix familière s'adresse alors en norvégien, puis en anglais à Nae. C'est Roald, le père de Fabian. Comme il le prétend avec son badge presse, Nae feint d'être journaliste. Roald le raccompagne vers la terrasse où sera présenté sous peu le rapport.

Celui dont dépend la vie de Renaud.

Les bruits de pas s'éloignent vers le rez-de-chaussée. Le silence revient. Je ne perçois plus que le grésillement des boîtiers électriques dans mon dos, et les battements du cœur de Fabian.

Je me sens en sécurité auprès de ce jeune homme loyal et courageux.

Je réalise à cet instant à quel point Terje s'est montré distant et mystérieux. Jusqu'ici déroutant, il en devient presque suspect.

Pourtant, c'est bien lui mon allié. Margo, ne te trompe pas.

13h51. De retour dans ma chambre d'hôtel. Cette fois je ne suis pas seule. Renaud se tient droit devant la grande fenêtre, et fixe un point loin à l'horizon, à la surface des eaux sombres du fjord. Dans son dos, Terje ne laisse pas transparaître le moindre stress, à quelques minutes de la remise du précieux rapport environnemental. Deux versions reposent sur le lit. Celle qui nous sauverait tous, et celle qui tuerait l'accord avant même sa signature.

Les minutes passent. Personne ne prononce le moindre mot. Dans la salle de bain, le clapotis de l'eau attire mon attention. La porte s'ouvre. Agnès ne m'a jamais autant ressemblé.

— Laissez-nous seuls, nous ordonne-t-elle à Terje et moi. Juste une minute.

Terje s'exécute, mais je tarde à réagir. Agnès ajoute en me fixant :

— Je suis là pour le convaincre. C'est bien ce que tu voulais ?

13h54. Je rejoins Terje dans le couloir. Un brouhaha ininterrompu remonte du restaurant et du grand salon, comme un rappel de l'échéance.

Pendant quelques secondes, je pense à Fabian qui s'apprête à tout plaquer pour l'Afrique, à l'insu de sa communauté. Est-ce ce que je suis en train de faire ? Abandonner tous ceux qui comptent pour moi ?

Tandis que Terje ajuste son costume et sa cravate bleu électrique, je l'interroge à voix basse :

— Tu crois vraiment qu'Agnès ira courir à Tromsø ?

— C'est notre seul moyen d'atteindre Madeleine.

— Si je cours à sa place, sous mon vrai nom, en tant qu'Émeline ? J'aurai son dossard...

— C'est un risque que l'on ne peut pas se permettre de prendre.

— Comment vas-tu la surveiller pendant dix-huit jours ?

13h58. La porte s'ouvre. Renaud sort le premier, un dossier épais sous le bras. Il nous observe un moment Terje et moi. Désignant Agnès derrière lui, il finit par annoncer :

— Veillez sur elle. Je vais faire ce pour quoi je me suis battu depuis des mois. Je vais encourager la signature de ce putain d'accord historique. Que ça leur plaise ou non, les Russes devront nettoyer leur crasse s'ils veulent leur part du gâteau.

Terje accompagne Renaud vers l'ascenseur. Retournée à l'intérieur de la chambre, Agnès m'invite à m'asseoir comme si nous étions deux bonnes amies en vacances :

— Je te sers du thé ?

Tandis que j'accepte la tasse brûlante, Agnès reçoit sur son téléphone un message dont je ne peux ni lire le contenu ni connaître l'expéditeur. Ma nouvelle meilleure amie dissimule mal sa satisfaction, et son stress.

***

PHILOMÈNE

Trois étages plus bas, l'émettrice du message verrouille l'écran de son téléphone. Au moment d'atteindre le parvis de l'hôtel, son visage prend soudain une expression gênée. Un hôte d'accueil et un agent de sécurité la retiennent au niveau de la seconde entrée du Fjordhotell. Confuse, elle s'excuse en anglais d'avoir égaré son badge. Les deux hommes la dévisagent en contrôlant sa carte d'identité française. Ils vérifient ensuite sa présence sur la liste officielle, avant de lui confier un badge temporaire au nom d'*Émeline Dalbera*.

Philo les remercie, et promet de veiller à ne pas le perdre cette fois-ci. Elle s'engage alors dans le grand couloir, puis traverse le salon central pour rejoindre les invités rassemblés sur la terrasse.

Dans sa poche, son téléphone vibre. Philo déverrouille son écran où s'affiche un message :

13h59 - Elle est avec moi. Chambre 302.

24

***

MURIELLE

Le père de Murielle le lui répète depuis des mois : l'euro arrive. La monnaie unique, c'est l'Europe concrète. C'est l'avenir. Mais pour Murielle, le futur n'est ni local ni dans l'Union européenne.

En dépit de son jeune âge, Murielle s'intéresse déjà à beaucoup de domaines. Pourtant, à force de vouloir la soutenir, ses parents l'ont noyée sous une masse d'informations sur les cursus qui s'offraient à elle.

Murielle a grandi dans un village au sud de Clermont-Ferrand, bâti sur le flanc oriental du puy de Corent dont il tient son nom, sur la rive ouest de l'Allier.

En s'inscrivant en licence d'économie à l'université Clermont Auvergne, elle pensait gagner un répit d'une année, pour se laisser le temps de choisir son orientation définitive... Après tout, elle n'a que 19 ans ! Mais la réponse à ses questions est arrivée au début de son année, sous un nom norvégien. Celui de Petter Carlsen.

Cet étudiant de 21 ans, qui effectue un stage chez Michelin, l'employeur historique et incontournable de la région, partage un logement avec un de ses camarades.

À première vue, Petter n'avait rien pour lui plaire. Trop grand, trop blond, trop sportif, et trop sûr de lui. Murielle n'est pas attirée par lui : elle aime celle qu'elle devient en sa présence.

Depuis leur rencontre, Murielle affirme ses goûts. Elle s'applique à l'aider à perfectionner son français, lui fait découvrir sa région et sa culture. France Gall, Alain Bashung, Belmondo, Luc Besson, Les Visiteurs, Amélie Poulain, tout y passe. Chez Petter, qui a grandi dans une famille plus portée sur la nature que sur la culture, c'est un déclic.

Murielle trie ses affaires. Elle anticipe déjà son départ. L'an prochain, elle accompagnera Petter en Norvège. Son choix est fait.

25

***

TORSTEIN

14h06. Le soleil arrose la vallée de ses rayons bienfaiteurs. Ce qui représente une aubaine pour certains ne fait pas les affaires de Torstein. Les reflets le gênent lorsqu'il consulte nerveusement son mobile. Encore dans l'eau jusqu'à la taille, Saskia le croit en train de recadrer les photos de leur baignade improvisée.

Ils ont le rivage pour eux. Depuis quelques minutes, Saskia respire calmement, et remue l'eau autour d'elle tout en observant le camping qui lui fait face. Éblouie, elle met sa main en visière, et baisse le regard.

Torstein est rassuré. Il lui aurait suffi de lever plus haut les yeux pour apercevoir un objet voler en direction du Fjordhotell.

PHILOMÈNE

14h07. La terrasse du Fjordhotell est comble. Renaud accapare toutes les attentions, à commencer par celles de Christelle Doris et Vladimir Krostanine. Le rapport qu'il tient contre lui au moment de prendre la parole incarne tous les enjeux de la journée.

Mandaté par Bellona, Renaud a tout juste le temps d'annoncer que son rapport encourage la signature de l'accord.

En une poignée de secondes, des visages se baissent dans la foule. Tous les invités reçoivent des notifications sur leurs smartphones.

Philo a sans doute été la première prévenue. Elle a immédiatement alerté Agnès, avant de lever la tête vers le ciel, incrédule.

***

MARGO

Dans la chambre 302, Agnès n'a pas lu les messages de Philo. Elle est trop occupée à essayer de m'étrangler. Son changement d'attitude a été aussi brutal que violent. J'aurais dû me douter qu'elle perdrait patience.

Heureusement, elle ignore que la fausse identité qu'elle convoite se trouve bien protégée dans ma pochette dorsale.

Mon cerveau commence à manquer d'oxygène. Des images de Robin se mêlent aux paroles d'Ada. Je ne sens plus mes jambes. Les paroles d'Agnès sont confuses.

Est-ce que mes dernières pensées seront celles d'une femme qui réalise qu'une autre est en train de définitivement prendre sa place parmi les vivants ?

Je crois sentir des larmes couler sur mes joues. Difficile à dire. Tout est flou. Comme du coton.

C'est fini. Mon corps me le fait comprendre. Il va céder. La vue s'éteint la première. L'ouïe fonctionne encore, mais les sons me parviennent étouffés à travers un long tunnel.

Mille éclats. Scintillement. Griffures. Choc.

L'oxygène alimente à nouveau mon cerveau. Je me suis cognée en tombant parce que mes jambes ne me portaient plus. Je suis en vie.

Agnès gît près de moi, inconsciente, mais vivante. Quelque chose a traversé la fenêtre et l'a frappée à la tête. Je rampe dans les bris de verre, incapable de me relever. Le sang bouillonne dans mes tempes.

Agnès respire encore. Moi aussi.

Je me concentre pour recouvrer une vision correcte. Et je ne crois pas immédiatement ce que je vois. Une tête de renard polaire. On dirait une peluche. Au prix d'efforts considérables, je tends une main pour le toucher. Le renard, au pelage d'un blanc éclatant, est curieusement lourd. Je comprends enfin ce que je vois : un drone déguisé. Une banderole y est accrochée : SAVE THE ARCTIC FOX.

C'est quoi ce bordel ?

Sentant soudain comme une injection d'adrénaline pure dans mes veines, j'arrive enfin à me lever. Agnès respire toujours. Tant mieux.

Rongée par la curiosité, oubliant toute notion de prudence, je me penche par la fenêtre cassée. En contrebas, sur la terrasse, les invités agglutinés regardent dans ma direction, ou plutôt vers le ciel.

Il y en a une bonne vingtaine. Chaque drone arbore un déguisement d'animal menacé par le projet minier. J'entends un autre choc : une peluche de hibou tout blanc, portant la mention SAVE THE SNOWY OWL, vient de percuter la façade de l'hôtel.

Je ne vois qu'une explication à la scène qui se déroule sous mes yeux : privé d'oxygène, mon cerveau est en proie à des hallucinations. Pourtant, lorsque mon assaillante s'approche à son tour de la fenêtre, elle semble aussi stupéfaite que moi.

Nos téléphones vibrent et sonnent en boucle. Nous consultons enfin nos mobiles. Agnès laisse échapper un cri :

— C'est une blague ?

Oubliant sans doute qu'elle a tenté de me tuer, elle me montre son écran. On y lit très clairement la revendication de l'action militante en cours, au nom de la *vraie* écologie, contre l'hypocrisie de Bellona... Un nom apparaît en lettres capitales :

ÉMELINE DALBERA
DÉNONCE LE RAPPORT REMIS CE JOUR
PAR SON PROPRE MARI.

Le bourdonnement des peluches volantes rend le spectacle d'autant plus surréaliste. Au sol, tandis que certains journalistes s'empressent de filmer, d'autres, plus prudents, s'écartent déjà.

Derrière son pupitre, Renaud serre son rapport contre lui. Deux agents de sécurité l'invitent à s'abriter dans l'hôtel. Agnès ne peut retenir un cri :

— Renaud !

Il marque un arrêt, et lève les yeux vers notre fenêtre. Au même instant, un drone plus gros que les autres, et sans doute plus lourd, semble victime d'une panne de batteries. Il chute et percute Renaud de plein fouet. Son crâne se fend sous le choc.

À présent, c'est la panique générale. Le corps de Renaud est évacué. Il est urgent pour nous de quitter cet enfer, avant que tout l'hôtel ne réalise que la chambre 302 abrite deux Émeline Dalbera.

Terje nous retrouve dans le couloir, et nous aide à enfiler des vestes d'employées de l'hôtel. Nous dévalons les étages jusqu'au rez-de-chaussée.

Agnès a l'air semi-consciente. Elle nous suit sans vraiment réaliser ce qu'elle vient de voir. Son regard implore de lui dire que Renaud n'est pas mort sous nos yeux.

Le salon central est digne d'un film catastrophe. D'autres drones ont dû chuter, blessant journalistes et invités.

Perdue, je me laisse guider par Terje. Comment ai-je pu douter de lui ?

Soudain, mon sang se glace. Nous l'avons reconnu tous les trois. Dépassant d'une tête la foule qui l'entoure, Nae a l'épaule ensanglantée. Il aide un employé de l'hôtel à porter une blessée.

Trop tard, il nous a vus.

Quelque chose de plus inquiétant, et de bien plus surprenant, détourne tout à coup notre attention. Deux agents de sécurité empoignent une femme, plus grande que moi, plus fine qu'Agnès. Ils lui demandent en anglais de se calmer. Elle répète en français :

— Oui, je m'appelle bien Émeline Dalbera, mais je n'ai rien à voir avec cette folie ! Lâchez-moi !

Encore sonnée, Agnès semble moins étonnée que moi. Je jurerais même qu'elles se dévisagent un instant... En revanche, Terje partage ma stupéfaction.

Une troisième Émeline Dalbera est présente au Fjordhotell aujourd'hui. Et elle est en train de nous sauver la vie.

— Kom med meg[35] !

Le brave Fabian surgit devant moi, et nous guide au pas de course dans les couloirs de service, avant que l'hôtel ne soit bouclé par la police.

Enfin, la lumière extérieure. Nous atteignons à la hâte l'extrémité du parking, où un véhicule de secours manœuvre près d'une ambulance aux portes ouvertes. Deux infirmiers y referment un sac mortuaire autour du corps de Renaud. La chute du drone lui a été fatale.

Agnès ne supporte pas cette image définitive. Celle de trop. Elle nous échappe. Mes réflexes encore altérés par son agression ne me permettent pas de la retenir.

---

[35] "Venez avec moi !"

Choquée, blessée, je cours aux côtés de Terje sans vraiment comprendre où nous allons. Tout ce que je vois, c'est le rivage scintillant, droit devant nous. Nous traversons un camping pour atteindre un voilier accosté à son minuscule ponton.

Machinalement, je rassemble encore quelques forces pour monter à bord. Mais Terje me retient à terre. Il a détaché les amarres du voilier et bloqué son moteur d'appoint. Le navire s'élance déjà sans passager ni capitaine. À quoi Terje joue-t-il ?

Je crois entendre des cris en provenance du camping. Sans doute ceux du propriétaire inquiet de voir son voilier partir en balade sans lui.

Terje ne lâche plus ma main. Mon sens de l'équilibre est affecté. J'ai l'impression de ne voir qu'une image sur deux. Nous revenons sur nos pas, contournons plusieurs mobile homes, pour finalement pénétrer dans un hangar à bateaux.

Je réalise alors que depuis notre départ du Fjordhotell, nous n'avons pas eu la moindre clôture à franchir. Cerise sur le gâteau : la clé du petit hors-bord que nous convoitons est accrochée au mur.

Le bateau tangue un peu. Puis, en prenant de la vitesse, il se stabilise. Cette fois, aucun cri derrière nous. Terje m'assure qu'il veillera à ce que le propriétaire de notre embarcation puisse la récupérer intacte.

Pour le moment, j'avoue que je n'en ai rien à foutre. Mes mains et mes coudes sont griffés de minuscules bouts de verre. Ma gorge me fait mal à chaque fois que j'avale. Ma tête me lance en continu.

Et j'ai toujours autant le mal de mer.

26

***

MURIELLE

Les cours ont beau être dispensés en anglais, Murielle progresse en norvégien. Grâce au programme Erasmus, étendu à des pays hors Union européenne comme la Norvège, elle poursuit son cursus en commerce international à l'université d'Oslo.

C'est lors de ses weekends, passés systématiquement à une heure de route au sud de la capitale, dans la ville portuaire de Moss, que Murielle apprend le plus. Quoi de mieux que la famille de son petit ami pour se familiariser avec une langue ?

Murielle chérit son indépendance. Bien sûr, elle ne peut pas rembourser tout ce que lui offrent Petter et sa famille, mais elle tient à gagner un peu d'argent.

Après plusieurs tentatives avortées, Murielle a trouvé une solution qui lui évite les réunions de famille étouffantes chez Petter.

Chaque samedi, elle se rend en bus sur les hauteurs de la presqu'île de Jeløy chez les Ellingsen, pour donner des cours de soutien scolaire. En plus de l'aider en mathématiques, elle enseigne le français à Terje, 11 ans, l'enfant unique de la famille. Outre la fierté de le voir progresser, elle apprécie de pouvoir retrouver sa langue natale pour quelques heures.

Engagée à l'origine pour des sessions courtes, Murielle passe désormais souvent des journées entières avec Terje. Ils étudient bien sûr, sans jamais cesser de parler. Murielle est une nounou de luxe.

Ici, elle se sent à sa place, épanouie dans ce rôle. Parce qu'elle n'a pas gardé de grandes attaches en France. Parce que ses anciens amis n'en étaient peut-être pas vraiment. Parce que sa famille se porte bien sans elle.

Comme les parents de Terje sont souvent absents, Murielle veille parfois sur lui tout le weekend. C'est le cas aujourd'hui.

Comment aurait-elle pu le deviner ? Il fallait qu'elle rencontre cet enfant solitaire et curieux pour découvrir qui elle était vraiment.

Murielle a 20 ans et Terje n'en a que 11.

Il est amoureux d'elle. Elle le sait.

27

***

MARGO

15h06. Le coup du voilier sans passager était une diversion. Bonne nouvelle : elle fonctionne à merveille ! Dans notre dos, le patrouilleur de la garde côtière norvégienne intercepte le bateau livré à lui-même.

Je jurerais avoir vu la silhouette d'un homme sur le quai du camping. Celle du propriétaire du navire ?

Gênée par les mouvements de notre bateau et par la distance, j'ai du mal à m'en assurer. Pourtant, tandis que la silhouette se fond progressivement dans le paysage, j'ai un flash. C'est celle du pilote du drone tueur. Beito, Undredal, Sauda, il ne renonce pas.

Je tente d'en avertir Terje, mais le bruit du moteur couvre ma voix. Ma gorge endolorie m'empêche de crier plus fort.

Depuis notre départ, mes mains n'ont pas relâché leur étreinte. Gelées ou seulement ankylosées, c'est difficile à dire. Elles me tiennent soudée à la banquette. La peau de mon visage reçoit de minuscules griffures glacées à chaque rebond sur une vague.

J'ai beau me concentrer sur le paysage, impossible d'y échapper. Le mal de mer ne m'épargne pas, il s'acharne.

J'ignore encore notre destination. Mutique, Terje se cramponne à la barre. Il scrute l'horizon, et se retourne régulièrement pour assurer nos arrières. Mon sens de l'orientation assez limité me laisse penser que nous remontons le fjord plein sud.

Au bout d'une dizaine de minutes, les rives boisées semblent se rapprocher pour former un étranglement. Plus délicate, la navigation oblige Terje à ralentir. Mon mal de mer en profite pour me retourner l'estomac.

Quelle distance avons-nous déjà parcourue ? Je n'en ai aucune idée. Difficile pour moi d'évaluer la vitesse de notre hors-bord. Quant à la nature sauvage environnante, elle ne m'offre pas vraiment de repères.

Le fjord s'élargit à nouveau avant de dessiner une sorte de chicane. C'est le moment que choisit Terje pour m'adresser enfin la parole. Sauf que je n'entends pas un mot. Il s'est écarté vers l'extrémité de la banquette, m'invitant à le remplacer à la barre. Terje est-il suicidaire ? En tous cas, il ralentit, et élève suffisamment le ton pour devenir audible :

— J'ai besoin que tu gouvernes à ma place.

Une nouvelle technique pour lutter contre mon mal de mer ? Le plus sérieusement du monde, Terje m'aide à m'installer, et pose ma main sur une grosse manette latérale. Il m'incite alors à la pousser vers l'avant, très progressivement. J'accélère.

Je dois reconnaître que la chose est relativement simple à appréhender : un volant et une manette des gaz.

Le fjord est suffisamment large pour naviguer sans craindre de s'échouer. Et le trafic suffisamment épars pour éviter les collisions. Je ne suis qu'à moitié rassurée : ici pas de lignes blanches, ni même de route.

— Cette boussole t'indique notre cap, me dit Terje. Vise le 240 pendant 16 min, et maintiens ta vitesse à 30 nœuds.

Je n'ai pas le temps de lui répondre. Il s'écarte en plaquant son smartphone contre son oreille.

Pas question de relâcher mon attention. D'autant plus qu'un bateau fonce dans notre direction. Bon, j'exagère. Disons plutôt qu'il va nous croiser. Il s'agit d'un des nombreux ferries reliant les rives des fjords norvégiens. On dirait une barge chargée de véhicules stationnés sur deux ou trois files. Seul un poste de commande dépasse, jonché d'antennes et d'un dôme radar.

Instinctivement, je décide de céder au ferry la priorité à droite. Je tourne légèrement le gouvernail à gauche pour déporter notre bateau sur la gauche. "À bâbord".

Le ferry approche. Je peux maintenant voir des enfants sur le pont supérieur. J'aperçois même le capitaine perché dans sa cabine. Sur cette minuscule coque de noix livrée aux éléments, je me sens terriblement fragile.

Le sillage du ferry dessine de jolies ondes d'écume. Je réalise un peu tard qu'elles vont nous atteindre. Et nous secouer. Terje n'a pas reposé son téléphone, mais il prend la peine de m'adresser un conseil bref :

— Prends-les de face.

De face. Il a peut-être fait ça toute sa vie, pas moi. Mes souvenirs de sorties au large de Cannes à bord du zodiac d'un ami ne sont pas assez précis. Et pour cause : je passais la traversée entièrement terrifiée. Vagues ou pas.

Comme à son habitude, Terje ne me laisse pas le choix. Malgré les douleurs dans le ventre et à la gorge, je dirige notre bateau droit vers les vagues provoquées par le passage du ferry.

C'est le moment où mon cerveau choisit de convertir les 30 nœuds nautiques en 40 km/h. Essayez de franchir un dos d'âne à cette vitesse. Le nez de notre bateau se dresse soudain, avant de fendre l'eau, projetant de fines gouttelettes sur nos visages.

Terje a raccroché. Imperturbable, il consulte à présent l'écran de son mobile.

Seconde vague. Je l'ai mieux abordée. Terje a raison. Il faut absolument les prendre de face.

Troisième crête d'écume. Cette fois, j'ai capté le truc. Sans prévenir, Terje pose sa main sur la mienne et pousse les gaz à fond.

L'avant dressé, notre bateau se montre plus stable, comme lorsqu'on prend de la vitesse en vélo après quelques tours de pédalier.

Le sillage du ferry s'estompe. La surface de l'eau redevient calme. Terje retire sa main. Je suis à nouveau seule capitaine à bord.

J'ai du mal à l'admettre, mais j'aime ça.

— Kjetil viendra nous chercher à 17h00 sur le port de Sand, m'annonce Terje après avoir jeté un dernier coup d'œil derrière nous.

— C'est un collègue ?

— Non, le propriétaire de notre Airbnb.

15h42. Nous accostons à Sand, un port orienté plein ouest à l'embranchement avec l'Hylsfjord.

Il nous reste plus d'une heure avant notre rendez-vous. Cela devrait nous permettre de remédier temporairement à un problème logistique : depuis que nous avons abandonné toutes nos affaires chez Roald, je suis condamnée à porter la même chemise blanche et le même pantalon noir.

Sand étant quatre fois plus petit que Sauda, sa placette fait office de centre-ville, avec une seule boutique de vêtements : Sand Sports AS.

J'ai l'impression d'être une enfant perdue dans les rayons pour adultes. Difficile de trouver ma taille au milieu de tous ces XXL. Compte tenu de mon budget et de la météo depuis le début de mon séjour, je suis tentée de me contenter de quelques sous-vêtements, d'une veste polaire et d'un pantalon de randonnée suffisamment chaud.

Terje sélectionne des articles similaires. Puis, au lieu de se diriger vers la caisse, il me tire au fond du magasin. Tenues coupe-vents, vêtements techniques, chaussures spécifiques : bienvenue au rayon *running*. Si les tarifs sont norvégiens, la qualité saute aux yeux.

Un vendeur me tend déjà trois paires de baskets au design très dynamique et m'invite à m'asseoir. Terje sourit :

— Tu en auras besoin à Tromsø.

Si je compte réellement courir ce marathon, j'en aurai besoin bien avant. Tous les jours.

En moins de dix minutes, ma tenue optimale se compose. Terje ne me laisse pas le temps de convertir les prix en euros dans ma tête. Il règle la facture et m'attend à l'extérieur, avec nos achats regroupés dans un sac de sport tout neuf.

Terje remonte la rue principale, comme un habitué des lieux. Je lui emboîte le pas. Nous pénétrons à l'intérieur d'une supérette estampillée COOP Market. Il n'est pas nécessaire d'être calée en gastronomie pour déprimer face aux rayonnages. Si l'on veut éviter les burgers et hot-dogs, il ne reste qu'une panoplie de prétendues salades gorgées de sucre, crème et autres graisses. Avec un tel régime, c'est mal barré pour le marathon.

Terje garnit son panier de toutes sortes de produits alimentaires et d'hygiène. Il ne tarde pas à me semer. Puis un mot attire mon regard : *kanel*. J'adore la cannelle. Je rejoins donc Terje à la caisse avec un sachet de *Kanel kaker* [36] à la main.

Les courses réglées, nous traversons la rue pour nous installer sur la terrasse d'un charmant salon de thé, le *Fargeriet kafé*. Comme je suis visiblement arrivée au paradis des amateurs de cannelle, je reprends des forces en engloutissant un *kanel kaker* fait maison.

Consciente que Terje serait capable d'attendre Kjetil sans prononcer un mot, je parle la première :

— Les drones qui nous ont attaqués appartiennent au même pilote que le drone tueur de Beito. Je l'ai reconnu sur le quai.

Terje prend le temps de finir de mâcher, puis d'avaler son sandwich au saumon, avant de me répondre calmement :

— On va devoir se cacher, Margo.

Après avoir temporairement retrouvé l'identité d'Émeline, aujourd'hui, mon prénom sonne presque faux à mes oreilles.

Rassasiée, je retrouve toute ma lucidité :

---

[36] Gâteaux à la cannelle en forme d'escargots.

— Il va vraiment falloir qu'on fixe un budget...

— Tu ne dois plus me parler français en public, me répond-il dans un anglais tranchant.

Le ton de sa voix a changé. Son regard aussi. Terje poursuit :

— Les Témoins de Jéhovah ne sont pas tous nos alliés. Les Russes ne nous oublieront pas. Avec ou sans drone.

Il boit une gorgée de café avant de conclure :

— Et depuis cet après-midi, la police norvégienne recherche Émeline Dalbera.

Comme une enfant qui fait ce qu'on vient de lui interdire, je réponds machinalement en français :

— Alors Agnès ne pourra pas courir sous mon nom à Tromsø.

— Je vais tout régler d'ici là.

J'acquiesce en silence.

16h49. En avance, Kjetil arrête sa voiture sans bruit devant la vitrine de Sand Sports AS. Suivant les consignes de Terje, je reste muette tandis qu'ils échangent des politesses en norvégien.

La soixantaine dynamique, Kjetil dépose notre unique bagage dans le coffre à la propreté impeccable. Le logo arrière de la Tesla brille, sa carrosserie bleu marine et ses jantes sont étincelantes. L'odeur dans l'habitacle me le confirme : cette voiture est toute neuve.

Kjetil parle peu. De toute manière, je ne comprends pas un mot de sa conversation avec Terje. En attendant que ce dernier me traduise l'essentiel de leurs échanges, j'observe la route, installée seule sur la banquette arrière.

Rapidement, les habitations se font rares, avant de totalement disparaître. Nous nous enfonçons dans une vallée boisée, sillonnée d'un cours d'eau vigoureux. Un embranchement sur la droite, et nous voilà ballotés par une série de lacets. Le franchissement d'un col nous offre un panorama évoquant le plateau du Larzac, en version légèrement plus arborée. De moins en moins large, la chaussée permet à peine de se croiser. Encore faudrait-il croiser quelqu'un.

Kjetil ralentit au niveau d'un panneau quasiment invisible sur le côté droit de la route, qui indique *Osahaugvegen*. Il emprunte un chemin forestier de plusieurs kilomètres, terminé par un parking en pleine forêt. Deux rangées de quatre véhicules s'y font face. Certains ont l'air d'être stationnés là depuis longtemps.

Une demi-heure s'est écoulée depuis que nous avons quitté le port de Sand. Kjetil extrait notre sac de son coffre. Pas la moindre habitation à proximité, seulement la forêt à perte de vue.

Deux cents mètres. C'est la distance à vol d'oiseaux. Il faut en parcourir près du double pour contourner les arbres et le relief afin d'atteindre notre logement. En chemin, j'aperçois les silhouettes camouflées de deux autres maisonnettes en bois, dont le toit végétalisé se confond avec la flore alentour. Ces constructions minimalistes traditionnelles que Terje appelle "*cabines*" ne semblent pas occupées.

Immobile, silencieux, le lac Mosvatnet n'est qu'à quelques mètres de notre logement. Kjetil nous indique du doigt une barque blanche amarrée tout près du rivage. Elle semble nous attendre patiemment, tel un chien docile attaché à sa niche.

18h07. Enfin seuls. Le sac de sport tout neuf est posé sur le canapé usé du salon. Terje range nos provisions dans la cuisine voisine. Sur la table basse, une carte manuscrite nous souhaite la bienvenue en anglais et en norvégien. Ce faux air de vacances procure un aspect irréel à la situation. Je me suis contenue jusqu'à maintenant, mais l'isolement et la promiscuité décuplent brutalement mon angoisse. Ici, personne ne m'entendra crier. Terje a l'exclusivité de mes revendications :

— J'en ai marre des devinettes ! Ça t'éclate sûrement de jouer avec mes nerfs, mais je ne veux plus de mystères ni de surprises ! Depuis le début tu prétends me protéger, en réalité tu me fais flipper, Terje. D'ailleurs, je ne sais pas comment j'ai pu être assez conne pour te suivre jusqu'ici... Je dois être suicidaire.

Terje ne répond pas, il n'a même pas levé les yeux vers moi. Il sort sur la terrasse en laissant la porte d'entrée ouverte. Sidérée par son comportement, mais pas vraiment étonnée, je me penche pour tenter de l'apercevoir à travers les petites fenêtres à carreaux.

Je ne le vois pas, mais je l'entends s'affairer derrière le mur. C'est un bruit saccadé, comme des meubles qu'on entrechoque. Terje démonte-t-il déjà notre cabine ?

Je suis prise d'un rire nerveux en le voyant revenir les bras chargés de bûches soigneusement taillées. Très concentré, Terje les dépose près du poêle installé dans le salon, avant de préparer un feu.

Si je ne le connaissais pas, je croirais qu'il se fout de ma gueule. Mais j'ai appris ma leçon.

En effet, ce n'est qu'une fois convaincu de la vigueur des flammes que Terje daigne enfin me répondre :

— Olav est mort empoisonné. Renaud a été tué par un drone. Ils ont tous les deux été assassinés, Margo. Je t'ai protégée et je te protège encore. Alors, fais-moi confiance. Ici, tu es en sécurité.

Je n'ai pas bougé. Mes pieds sont comme vissés au plancher. Y-a-t-il une logique, un plan ? À quoi suis-je censée m'accrocher ? Je n'aurais jamais dû quitter la vallée de la Vésubie. Qui va m'identifier lorsqu'on retrouvera nos cadavres au fond du lac, au pied d'un arbre, ou dans ce minuscule salon ?

J'ai éprouvé de la peur face au drone tueur, à la détermination de Nae, ou encore aux mains d'Agnès autour de mon cou. Mais ce que je ressens à présent est différent. Des sueurs froides accompagnent une vague de frissons le long de ma colonne vertébrale.

Sans un mot, Terje remet une bûche dans le poêle où le feu crépite.

Je sursaute. Sentir les vibrations de mon téléphone dans cette forêt perdue me semble si improbable que je mets quelques secondes à en consulter l'écran. Ce n'est pas une erreur de fonctionnement : les quatre petites barres de la jauge indiquent une réception optimale de la 4G. Mes sueurs froides redoublent d'intensité.

Sans déchiffrer les notifications reçues, je lève brutalement mon mobile devant le visage de Terje :

— En sécurité ? Vraiment ?

— Tu me l'as répété toi-même. Ton numéro est enregistré sous le nom de Marthe Visseaux, et tu communiques uniquement par messagerie cryptée.

— Ils nous ont suivis depuis le début... Pourquoi ce serait différent cette fois ?

— Parce que rien ne nous relie à ce trou perdu.

— Tu te fous de moi ? Qui l'a réservé ? Qui l'a payé ? Et Kjetil ? Il pourrait nous identifier...

— Kjetil ne connaît pas nos vrais noms. C'est vrai, la police recherche Émeline Dalbera. Mais l'Émeline qu'ils traquent n'a pas ton visage.

Bon Dieu ce qu'il m'énerve... Calme, imperturbable. Le sac à moitié vide sur le canapé me rappelle notre état de dépouillement total :

— On a tout abandonné chez Roald. Comment suis-je censée m'habiller, me nourrir... Et aller jusqu'à Tromsø ?

— Calme-toi, Margo.

Cette phrase a un effet pire que celui d'une gifle. Terje vacille lorsque je lui jette le sac de sport à la figure.

— Je risque de tout perdre ! Tu comprends ça ? Si Agnès disparaît, il me restera quoi quand tu seras tranquillement rentré chez toi pour retrouver ton fils ?

Totalement sourd à mes questions, Terje repose le sac de sport sur le canapé. Je sens les larmes monter aux yeux, tandis que la chaleur douce du poêle caresse mon visage. Le sang cogne dans mes tempes.

Le souvenir de mes derniers échanges avec Ada surgit brutalement dans ma pensée. Elle me paraît si lointaine. Inaccessible.

— Pendant que je cherche ici les autres *Émeline Dalbera* capables de m'envoyer en prison à vie, là-bas certains s'acharnent déjà à détruire Margo, dis-je, ne sachant plus vraiment si je m'adresse à Terje.

Empêchée d'être moi-même, incapable d'être une autre.

Terje me prend par la main et m'entraîne jusqu'à la barque amarrée devant notre cabine. En guise de plage, le rivage forme un dégradé de sable et de terre sur moins d'un mètre.

Moi qui ai le mal de mer, me voilà de nouveau à flot, pour la deuxième fois de la journée. Assis face à moi, Terje m'offre une nouvelle prestation muette. Dans le rôle du rameur mutique, il excelle. L'eau glisse de part et d'autre de la barque en sifflant, tandis que le bois de notre embarcation craque de toutes parts. La peinture écaillée me colle aux mains.

Sans me sourire ni même croiser mon regard, Terje se lève et m'invite d'un geste cordial à prendre sa place au centre. À mon tour de ramer.

Après tout, pourquoi pas ? Les Japonais payent très cher pour détruire des assiettes contre des murs dans des salles défouloirs.

Je n'aurais jamais imaginé que ramer était si dur. L'eau me paraît si lourde. Les premiers mouvements sont épuisants, démoralisants. Pourtant après avoir tant demandé à mes jambes ces derniers jours, solliciter mes bras finit par devenir une libération.

Notre barque avance doucement. D'abord déstabilisée par le fait de ramer dos à notre destination, à mesure que le rivage s'éloigne, je prends le temps d'apprécier le paysage. Tout en longueur, le lac s'étire du nord au sud sur un peu moins de trois kilomètres. Seuls quelques oiseaux en troublent la surface paisible. Notre cabine s'est complètement fondue dans le décor.

Face à moi, Terje fixe l'horizon. Impossible de lire dans son regard. Pourquoi ai-je l'impression qu'il se cache, qu'il fuit quelque chose, lui aussi ? Est-il seulement encore en mission ?

— Je vais t'aider, Margo. Agnès nous mènera jusqu'à Madeleine, qui a fait de mon fils un orphelin. Je n'ai pas su être là pour Sigrid, mais je serai là pour toi.

Je ne lui ai jamais connu cette vibration dans la voix. Terje me fixe d'un regard sincère. Le calme du lac et sa déclaration me libèrent de la rancœur. Je me sens bête. Il y a encore quelques minutes, j'aurais voulu le gifler, le frapper.

Mon ventre rompt un silence devenu gênant : j'ai faim. Il est temps de faire demi-tour. J'appréhende la composition du menu, composé par les achats de Terje. Tant pis, il faut que je mange.

Question de survie.

***

ROBIN

C'est sans doute la vue qu'il préfère. Après une heure de trajet depuis la côte, se révèle le fond de la vallée, sa naissance.

La première fois qu'il a découvert Saint-Martin-Vésubie, la silhouette du village alpin lui a immédiatement semblé familière.

Robin s'est installé ici pour une femme qui a disparu du jour au lendemain. Aujourd'hui, il craint de vivre un nouvel abandon. Et si Margo ne revenait pas ?

Robin répète qu'il agit pour sa fille. Ada voit en Margo une seconde mère, la présence rassurante et complice qui lui manque.

Dès le début de cette année scolaire, la routine de Robin s'est trouvée régulièrement perturbée par les visites de Margo. D'abord purement professionnelles, dans le cadre des cours qu'elle donnait à Ada. Puis, Margo a trouvé sa place chez eux.

Depuis son départ pour la Norvège, Robin espère l'apercevoir devant son portail à chaque fois qu'il rentre chez lui. Mais plus personne ne vient. Oui, Ada a raison. Robin a beau avoir du mal à l'admettre, leur histoire n'est pas terminée, parce qu'elle n'a pas encore commencé.

Si le télétravail lui épargne plusieurs allers-retours par semaine, Robin rallie la côte régulièrement. Il a beau connaître le trajet par cœur, cette route l'apaise. À tel point qu'il en oublie parfois de mettre de la musique ou de brancher la radio. Les gorges étroites et les anciennes planches cultivées rendues à la végétation défilent en silence, puis le voilà devant son portail, étonné d'avoir été si rapide.

19h07. Ce soir, quelqu'un l'attend. Une personne sans gêne s'est permis d'ouvrir le portail que Robin ne verrouille jamais pour garer son Range Rover modèle 1994 au beau milieu du jardin. Le vieux 4x4, équipé d'un énorme pare-buffle, est censé impressionner. Tout comme la carrure de son propriétaire, déjà confortablement installé dans le fauteuil de la terrasse. Coiffé de son sempiternel chapeau usé façon garde-forestier canadien, l'homme, au visage marqué par le travail et par des années de chasse en forêt, ne prend pas la peine de se lever.

D'ailleurs, il n'a pas besoin de se présenter, Robin reconnaît immédiatement l'imposant, arrogant et influent Lionel Gastaldi. Il ne le salue pas et déclare sèchement :

— Cannelle n'est pas là, tu peux repartir.

— Ma fille est aussi facile à suivre que la tienne. Je n'ai pas besoin de toi pour savoir où elle est.

— Tant mieux, je ne suis pas une balance.

Robin hésite encore à ouvrir sa porte d'entrée en présence de ce visiteur indésirable.

— Sers-moi une bière, lâche Gastaldi. Il faut qu'on parle de ta copine.

Robin serre les dents. Il pénètre à l'intérieur de son chalet, et ressort aussitôt, une seule bière à la main. Il la jette sans un mot à Lionel, qui l'attrape au vol.

Pressé d'en finir, Robin reste debout face à Gastaldi. Lionel sourit. Il n'a ni décapsuleur ni verre, mais cela ne semble pas le perturber. D'un geste sec, il percute le goulot contre l'accoudoir du fauteuil. La capsule saute et atterrit plus loin sur la terrasse.

Ne lâchant pas Robin du regard, Lionel avale de grosses gorgées de bière avant de reprendre la parole :

— Je suis quelqu'un de simple. Je fais ce que je dis et je dis ce que je fais. Alors forcément, je n'aime pas beaucoup les mensonges ni la triche. En fait, je n'aime pas qu'on me prenne pour un con.

Lionel n'inspire que du rejet à Robin. Comment un type pareil peut-il être le père d'une fille aussi généreuse et attachante que Cannelle ?

Lionel avale de nouvelles gorgées de bière, avant de poursuivre :

— T'as servi sous le drapeau. À l'armée, c'est chacun sa place. Dans la vallée, c'est pareil. Ta copine n'a rien à foutre ici.

— Commence par retenir son prénom. Elle s'appelle Margo.

— Vraiment ? T'en es bien sûr ? Elle ment depuis le début. Et si tu t'arranges pas pour la convaincre de partir, je m'en chargerai.

Robin se contient, comme il sait si bien le faire. Même lorsqu'une caricature de cowboy menace chez lui ceux qu'il aime.

— La "brasserie du Comté", continue Lionel d'un ton méprisant en désignant l'étiquette de sa bouteille. Sans moi, ils n'auraient jamais mis la main sur leur terrain de l'autre côté du torrent.

Lionel se lève. Il abandonne sa bière à moitié pleine dans l'herbe. La main sur la portière de son Range Rover, il prend un air paternaliste et hypocrite :

438

— T'as le chic pour choisir les femmes, Robin. Avec un peu de chance, celle-ci non plus ne reviendra pas.

Le vieux turbo vrombit. Les énormes pneus tout terrain entaillent la pelouse de tranchées boueuses, sous le regard glacial de Robin.

***

MARGO

La fumée de la cheminée m'a guidée jusqu'à notre cabine. Malgré le poêle, la température intérieure n'est pas encore suffisante pour se passer des nombreuses couvertures pliées sur le canapé. Insensible au froid, Terje s'affaire en cuisine, seulement vêtu d'un jean usé et d'un tee-shirt.

Un peu inquiète en pensant au repas à base de tubes qu'il me prépare, je mesure l'effet réparateur de notre courte virée sur le lac. Je me sens mieux, mais j'appréhende les jours à venir. S'il parvient toujours à me rassurer, quelles surprises Terje me réserve-t-il encore ?

19h18. Le dîner est cette fois servi à un horaire raisonnable. Terje a fait un effort de présentation. Il me rejoint dans le salon avec un plateau de différentes galettes de seigle aux garnitures colorées.

Je retrouve le *Kaviar*, à base d'œufs de cabillaud fumés. Toujours trop sucré et vraiment trop salé.

Tartine suivante, une nouveauté : le *Skinkeost*, littéralement "fromage de jambon", une sorte de fromage blanc aromatisé. Un mélange de baies saupoudré en surface est le bienvenu.

Suit un aliment facile à identifier : des filets de maquereaux, sucrés, évidemment. J'apprécie toutefois d'avoir quelque chose à mâcher.

Nous terminons par les fromages. Pas grand-chose à voir avec nos innombrables spécialités régionales. Je reconnais plusieurs variétés du *brunost*, ce fromage brun légèrement caramélisé dégusté à Undredal. S'y ajoute cette fois le *Norvegia*, un classique national. On dirait une sorte d'Emmental blanc très doux qui fond dans la bouche.

Blottie sous mes couvertures, apaisée par le crépitement du feu, je dévore ma part sans hésitation. Assis sur le bord du canapé, Terje semble plus pensif. Décidément, je ne comprendrai jamais comment son corps fonctionne. Appétit, sommeil : on est vraiment décalés.

Repue, je m'affale dans les coussins, décidée à consulter les nombreuses notifications de mon flux d'actualités qui illuminent mon mobile depuis que je l'ai reconnecté au réseau 4G. Beaucoup d'informations inutiles, voire périmées.

Un titre finit par accrocher mon regard. La presse française mentionne un incident lors d'une manifestation écologiste à Sauda. L'article évoque la mort tragique de Renaud Fossey, consultant chez Bellona pour le groupe Eramet.

Grossière traduction d'une courte dépêche, le texte survole les événements, mais suffit à me replonger brutalement dans l'horreur.

Les mains d'Agnès autour de mon cou. Le verre brisé sous mes pieds. Les cris de panique. Le visage de Renaud enfermé dans un sac mortuaire.

Malgré le malaise, je clique sur le lien en bas de page. L'article original a été publié sur le site de l'*Aftenposten*, un quotidien norvégien de référence selon Terje. Celui-ci s'est rapproché de moi pour traduire le reportage illustré de photos prises par les journalistes qui couvraient l'événement.

Je n'apparais nulle part. Aucune mention d'Émeline Dalbera. Mais sur un cliché, on identifie parfaitement celle que la police a arrêtée sous mon nom. Grande, plus fine que moi, les cheveux plus clairs. Voilà celle qui nous a sauvées Agnès et moi. La troisième Émeline. Qui est-elle ?

Une capture d'écran et un zoom plus tard, le regard de cette inconnue s'affiche en gros plan. Qui se cache derrière cet amas de pixels flous ?

Encore endolori et assoupi par la route, la barque et la chaleur du poêle, mon cerveau s'anime à nouveau. S'agit-il d'une piste supplémentaire ? Pourquoi cette femme est-elle venue prendre de tels risques à Sauda ?

Je ne laisse pas Terje achever sa traduction :

— Agnès m'a dit que Madeleine avait prévenu les usurpées que Tromsø serait son dernier marathon. Et si cette inconnue avait aussi besoin d'une nouvelle identité ?

Je scrute chaque pixel de son visage, consciente que la piètre qualité du cliché laisse peu d'espoir quant à la possibilité de l'identifier formellement.

***

ADÉLAÏDE

Ada n'avait jamais remarqué ce petit renfoncement sur la gauche en descendant l'avenue Kellerman depuis la mairie. La dénomination place du Barri lui semble d'ailleurs un peu exagérée. Il s'agit plutôt d'un élargissement entre plusieurs maisons de villages, à travers lesquelles s'enfonce ensuite une ruelle étroite en escaliers.

C'est au numéro 1. Les murs du rez-de-chaussée auraient besoin d'une nouvelle couche de peinture jaune pastel. Quant aux boiseries apparentes de l'étage, elles souffrent d'un manque d'entretien. Pourtant, l'endroit a son charme. Surtout à l'intérieur.

À peine installée, Margo a su insuffler la vie dans ce duplex désuet en plein cœur du village. Au fil des cours qu'elle y suivait, Ada a vu son logement se colorer, se personnaliser.

En l'inspectant attentivement, elle n'y trouve aucune photo de famille ni de souvenirs d'enfance. Et comme à chacune de ses visites, Ada admire la discipline de fer de Margo. Rien ne traîne. Tout est impeccable.

19h35. Déjà une bonne heure que Cannelle accompagne Ada dans sa mission. Elles ont promis toutes les deux d'aider Margo.

Suivant des instructions précises, les deux adolescentes débarrassent un sac à dos usé de quelques affaires de randonnée pour y glisser le vieux portable MacBook, alors encore posé sur la table de nuit.

Cannelle sourit en voyant Ada tirer à bout de bras un antique poste de télévision à tube cathodique abandonné dans un recoin du salon.

— Il est plus vieux que nous deux réunies ! s'exclame-t-elle, tout en aidant Ada à démonter sa façade arrière.

Il y a au moins une vingtaine de vis. Ada s'applique à retirer la première quand son téléphone vibre. Des notifications Instagram. Rien d'urgent. En revanche, un voyant indique un message WhatsApp non lu :

Papa – 19h33 : Le père de Cannelle me harcèle. Vous foutez quoi encore toutes les deux ?

Ada le montre à Cannelle, qui soupire. Échange de regards complices entre les deux amies.

Le fond se détache, et Ada extrait une pochette de plastique noir scellée, remplie de documents. Elle s'empresse de la ranger dans le sac à dos, avec l'ordinateur de Margo.

Tandis que Ada s'applique à revisser le téléviseur, Cannelle prend le temps d'observer autour d'elles :

— Tu m'as tellement parlé de cet endroit.

— Sans Margo, c'est pas pareil.

— Elle conduit une décapotable trop stylée et on dirait qu'elle vit comme une mamie...

— Margo, elle est comme moi. Elle ne reste pas en place. Ici, c'est pour dormir, c'est tout.

Un bruit les fait sursauter. On frappe à la porte, au rez-de-chaussée. Les coups résonnent de plus belle. Cannelle chuchote à Ada :

— Merde... Mon père.

Cannelle presse Ada. Tant pis pour les dernières vis. Les deux collégiennes effacent les rares traces de leur passage et dévalent les escaliers étroits jusqu'à la porte d'entrée.

Lionel occupe toute la largeur du perron. Sans même accorder un regard à Ada, il dévisage sa fille :

— Qu'est-ce que vous faites ici toutes les deux ? Je ne paye pas ton forfait pour que tu me raccroches au nez.

— Je suis venue chercher le MacBook de Margo, pour terminer les exercices d'anglais, l'interrompt Ada.

Sans même lui répondre, Lionel lui arrache le sac à dos noir des mains. Il l'ouvre et n'y trouve que le vieil ordinateur. D'un rire méprisant, il déclare :

— Elle ne vaut pas plus qu'elle, son antiquité...

Lionel rend le sac à Ada d'un geste brusque qui manque de lui faire perdre l'équilibre.

— J'espère que tout est en ordre là-dedans, lâche-t-il aux deux adolescentes en leur barrant le chemin. Le propriétaire est un ami d'enfance. Je n'aimerais pas avoir à lui rapporter des dégradations...

Cannelle se dresse entre son père et Ada :

— Tout est impeccable.

Lionel se détend, et arbore soudain un sourire trop généreux pour être sincère.

— Parfait, parfait, déclare-t-il d'une voix chaleureuse. Il est déjà tard, rentrons. Bonne soirée, Adélaïde.

Tout en suivant son père jusqu'à son Range Rover boueux, Cannelle soulève discrètement son tee-shirt : Ada aperçoit furtivement la pochette de plastique noir, coincée dans son dos. Avant de monter en voiture, Cannelle lui adresse un clin d'œil complice.

***

MARGO

20h08. Qu'ils soient écrits en français, en anglais ou en norvégien, les articles relatant l'incident de Sauda ne nous permettent pas d'en apprendre plus sur la troisième Émeline.

Pourquoi prendre ce risque insensé ? N'aurait-elle pas pu trouver directement Madeleine au marathon de Tromsø ?

— À moins qu'elle ne soit venue te trouver, toi.

Peu bavard, Terje choisit ses mots. Je dois l'admettre, je ne l'avais pas envisagé. Agnès ne veut plus être Émeline. Mais si cette inconnue voulait au contraire le rester ?

— Elle m'a déjà volé mon identité... Qu'est-ce qu'elle pourrait encore me prendre ?

Notre conversation est interrompue par la sonnerie du téléphone de Terje. Toujours assis au bord du canapé, il répond sans s'éloigner de moi. Son interlocuteur parle français. Ou plutôt, son interlocutrice. J'entends sa voix, sans vraiment comprendre ce qu'elle dit. Terje l'écoute très sérieusement, avant de conclure :

— Très bien. Oui, elle est avec moi. Merci.

Terje raccroche, repose son téléphone, et dévore la dernière tartine du plateau-repas, le regard rivé aux flammes du poêle. Je n'existe plus. Il vient de parler de moi, de nous. Cela ne lui vient même pas à l'esprit de s'expliquer. Je finirai par m'y habituer. C'est sa façon de jouer. Alors, jouons :

— C'était Murielle ?

— Oui.

Putain, j'ai envie de le baffer. Le voilà de nouveau la bouche pleine. Il se fout de moi. Reste calme, Margo. Je reprends :

— Elle va bien ?

Elle va tout arranger.

— Arranger quoi ?

— Elle va nous permettre d'aller à Tromsø sans craindre la police.

— T'es sérieux ?

— Bien sûr.

— Mais t'es quoi au juste ? T'es en train de me dire que notre sécurité dépend de ta pote française ?

— Murielle va gérer en direct avec l'ambassade de France. Tant qu'elle ne nous aura pas donné le feu vert, on reste ici.

Notre cabine me paraît soudain minuscule, oppressante. Le soleil encore éclatant au-dessus du lac n'y fait rien. Je me sens plongée dans l'obscurité. Combien de jours encore vais-je être bloquée ici, isolée par ces grands espaces sauvages ? Enfermée dehors.

Je n'aurai plus besoin de mon identité lorsque je serai devenue folle.

Pas vraiment gêné à l'idée de passer les prochains jours seul avec moi, Terje débarrasse notre repas, et avale deux comprimés avant de me souhaiter une bonne nuit. Ceci explique sans doute cela. Soleil de minuit ou pas, Terje ne trouve pas le sommeil sans un petit coup de pouce.

Il lui faut quelques minutes seulement pour s'allonger dans sa chambre et dormir à poings fermés. Comment fait-il ? La température frôle à peine les 12 °C.

Pour ma part, je me contente de contempler la braise incandescente, lovée dans mes couvertures.

Par réflexe, je consulte mes messages WhatsApp non lus :

Ada – 19h45 : J'ai récupéré ton MacBook. C'est Cannelle qui a ta pochette noire. Son père nous a interrompues.

Lionel. Cela aurait dû se régler entre lui et moi. Je me déteste d'avoir mêlé Ada et Cannelle à mes histoires. Ces documents sont mon assurance vie.

Mais après tout, comment Lionel pourrait-il imaginer une seule seconde que ce qui lui permettrait de me neutraliser se cache dans sa propre maison ?

Moi – 20h23 : Merci, Ada. Merci infiniment.

28

***

MURIELLE

Deux jours. Murielle a tenu deux jours. Elle avait promis. En cours, les nombreux étudiants étrangers en parlaient tous. Elle s'est éloignée, pour surtout ne rien entendre.

Petter n'aurait pas compris. Elle n'aurait pas pu partager ce moment historique avec lui. Sans doute se serait-il moqué de son excitation ? Décidément, elle a bien fait de le quitter.

Ce soir, son compagnon de canapé n'a que 12 ans, mais il connaît par cœur les 10 saisons de FRIENDS, dont le dernier épisode a été diffusé deux jours plus tôt, sur la chaîne américaine NBC.

Si Murielle peut se vanter du niveau de français de Terje, elle n'est pour rien dans sa maîtrise de l'anglais. Il la doit essentiellement à la sitcom la plus regardée au monde. Ainsi, ce soir, ils pourront savourer ensemble l'ultime apparition de leurs six héros iconiques en version originale, sans le moindre sous-titre.

Leurs soirées TV en tête à tête sont de plus en plus fréquentes, le rôle de nounou de Murielle s'étant enrichi en échange du gîte et du couvert. Sa présence rassure les parents de Terje, souvent en déplacement. Murielle retrouve donc chaque weekend une chambre qui lui est réservée chez eux.

Si Murielle avait d'autres oreilles à qui se confier, elle entendrait sûrement les mêmes réactions : ce n'est qu'un enfant, fréquente des garçons de ton âge...

En réalité, se mettre au niveau de Terje et de sa maturité exceptionnelle pour ses 12 ans paraît plus aisé à Murielle que de tenter de communiquer avec ses camarades à l'université.

La situation reste délicate. Parfois, elle prend peur et manque d'embarquer dans le premier bus pour Oslo. Oui, Terje est trop jeune. Mais hors de question de renoncer à leurs moments si précieux.

La vérité, c'est que les parents de Terje considèrent Murielle comme une grande sœur providentielle pour leur fils. Il aurait pu être le petit frère qu'elle n'a jamais eu.

Mais Terje ne voit pas les choses de cette manière. Pour lui, c'est limpide. Il est amoureux de Murielle. Il le lui a dit et le lui a écrit. Parfois avec une justesse et une émotion déroutantes.

Alors, Murielle maintient une barrière indispensable entre eux, une ligne rouge.

Mais cette limite ne disparaît-elle pas lorsqu'ils partagent la même partie du canapé devant leur série préférée, l'un contre l'autre ?

29

***

BASILE

6h21. Quelle ironie. Lorsqu'il a constitué leur dossier de mariage l'année précédente, Basile n'aurait jamais imaginé devoir s'en servir un jour pour traquer Émeline à l'autre bout du continent.

Basile n'a pas dormi de la nuit. Les yeux rouges, il ressemble à un zombie désorienté au milieu des archives étalées dans son salon.

Il a jusqu'à la fin de la semaine. Son chef d'équipe le lui a répété encore hier soir : pour garder son poste au sein d'Europ Assistance, Basile doit prouver qu'Émeline a piraté son compte professionnel d'ici samedi.

Gilles, son collègue et ami, ne peut plus le couvrir. D'ailleurs, il ne cautionne pas du tout sa traque. Usurpée ou pas, Émeline ne fait plus partie de sa vie, et Basile doit l'accepter. Autrement, après avoir déjà perdu nombre de ses amis, il risque de se retrouver chômeur et célibataire.

Entêté, mais pas suicidaire, Basile était sur le point de renoncer. Il avait perdu la trace d'Émeline quelque part dans le sud-ouest de la Norvège, et commençait à se faire à l'idée d'abandonner ses recherches.

Puis, l'impensable est arrivé. Totalement décalé par ses nuits d'astreinte et ses journées d'investigation, il a pris connaissance de l'information seulement tard dans la nuit.

Émeline Dalbera a été arrêtée à Sauda, soupçonnée d'être à l'origine de la mort d'un consultant d'ONG, lors d'une manifestation écologiste.

Depuis 3 heures du matin, Basile scrute les sites d'information. Il a tenté de traduire les grands titres norvégiens. À cette heure avancée de la nuit, personne ne pouvait l'aider. Personne ne pouvait le raisonner non plus.

Gilles l'aurait certainement mis en garde : il s'agissait sans doute de son usurpatrice. Mais Gilles dormait et Basile a pu nourrir son obsession jusqu'au petit matin.

Le ventre vide et les yeux fatigués, Basile enfile une chemise propre et prend la direction de Gennevilliers. En chemin, il prépare son argumentaire. Parce qu'il sait déjà ce que son collègue va lui répondre. Mais Basile insistera. Et Gilles cèdera. Ensemble, ils détourneront l'outil informatique d'Europ Assistance. Une dernière fois.

***

MARGO

6h30. Malgré les vieux rideaux épais, le soleil m'a réveillée depuis longtemps déjà.

Quitte à dormir peu, autant reprendre les bonnes habitudes. Discrètement, j'enfile la tenue de course achetée la veille à Sand. Mes nouvelles chaussures aux pieds, je me risque à l'extérieur. La fraîcheur vivifiante me conforte dans mon idée : un bon entraînement d'une dizaine de kilomètres devrait me permettre de retrouver mon rythme.

Cela fait trop longtemps que je n'ai pas activé la fonction course de ma Garmin Fēnix 5. Ma montre connectée ne se gêne pas pour me le rappeler. Désolée, j'étais un peu occupée ces derniers jours... D'ailleurs la jauge de la batterie indique un niveau très faible. Tant pis, je la chargerai à mon retour.

J'aime courir dans un endroit pour la première fois. Me voilà au parking voisin, où les mêmes voitures que la veille stationnent à l'ombre des arbres. Maintenant, compte tenu de la situation et des lieux, quelle direction choisir ?

Invisible depuis notre cabine, j'aperçois un chemin s'enfoncer dans les bois. C'est décidé, je me lance.

À cet endroit, l'eau du lac s'avance jusqu'aux pieds des arbres, formant une petite crique. Je la vois scintiller à travers les branchages. Quelques oiseaux me saluent au passage.

Une, deux, non : trois cabines, disséminées dans la nature. C'est elles que mon chemin dessert. Il s'efface ensuite pour devenir un sentier à peine visible.

Tant pis, je continue. Des buissons chargés de baies colorées me griffent les jambes. Je cours à flanc de colline, suffisamment haut pour apercevoir le lac, tel un miroir, s'étirer vers le sud. Un pêcheur matinal y a déjà lancé sa ligne, seul dans sa barque.

Depuis le départ de notre cabine, située à cinq cents mètres d'altitude, j'ai gagné une centaine de mètres de dénivelé. La végétation hétérogène, alternant buissons et sous-bois, fausse ma perception du relief.

Le terrain est irrégulier. L'itinéraire pas toujours clair. Mais quel bonheur de respirer à pleins poumons les parfums matinaux des premières myrtilles et autres groseilles jonchant le sol. La lumière est filtrée par les cimes des arbres.

Mes nouvelles chaussures amortissent chaque pas comme de véritables coussins d'air invisibles. Merci, Terje.

Je me sens bien. Malgré la troisième Émeline et l'issue incertaine de Tromsø. J'aurais dû emporter mon téléphone, et appeler Robin. Écrire à Ada.

L'impression étrange d'être suivie me sort soudain de mes rêveries. Je me retourne : rien ne bouge derrière moi. Je suis pourtant certaine d'avoir entendu des pas.

Du calme, Margo. Les animaux sauvages ne manquent pas ici. Et puis, même si je croisais quelqu'un, il pourrait très bien s'agir d'un occupant des cabines voisines.

La peur est comme une goutte de vin rouge sur une belle nappe de tissu blanche. Elle s'étale, se répand, et ne s'efface plus. Impossible de courir sereinement. Même au milieu de nulle part.

Comme si je craignais de me retrouver face à un potentiel suiveur, j'augmente mon allure.

La végétation se densifie. Je cours les bras devant, pour écarter les branches basses. Tout en choisissant le meilleur passage, je dois rester attentive aux pièges du sol. Racines, trous, et roche affleurante, autant de risques de trébucher violemment.

Je manque d'entraînement et d'échauffement. Mes poumons brûlent. Des millions d'aiguilles transpercent mes cuisses et mes mollets. La sueur transforme chacune de mes griffures en piqûre, infligeant à mes bras de véritables décharges électriques.

Je continue. J'accélère encore.

Une part de moi-même le sait. Personne ne me poursuit. Pourtant, impossible de ralentir.

J'aurais dû sentir de légères vibrations à mon poignet, indiquant chaque nouveau kilomètre accompli. Mais l'écran de ma montre reste désespérément vide. Merde, plus de batterie. Donc, plus de GPS. Bravo, Margo.

En longeant la rive ouest du lac, j'ai évité de me perdre, mais quelle distance ai-je réellement parcourue ? Les journées sont si longues... La position du soleil ne m'aide pas à m'orienter.

Hors de question de m'arrêter. Je piétine, en quasi-sur place, avant de me persuader de longer le lac dans l'autre sens.

Un choc. Le bruit des oiseaux et l'écho me font douter l'espace d'un instant. Mais à la seconde détonation, mon corps se met en mode automatique. La période de la chasse est encore loin, mais ce sont bien des coups de feu qui sifflent à mes oreilles.

Tandis que j'accélère avec l'espoir de revenir sur mes pas, je suis terrifiée à l'idée qu'un troisième tir puisse encore se rapprocher.

Je ne perçois que le bruit du vent dans les arbres, et les querelles agitées de nuées de volatiles au-dessus de ma tête. Sur le lac, le pêcheur solitaire a disparu. Reste concentrée, Margo. Avance. Respire.

Les arbres se font plus rares. Les silhouettes camouflées des premières cabines apparaissent à nouveau. Aucun signe de vie. Je maintiens mon allure.

Le parking. Vide. Plus une seule voiture, seulement des traces au sol plus ou moins marquées par le temps.

Merde, Margo, reprends-toi.

J'y suis presque. Deux cabines sur la gauche avant la nôtre. À cet instant précis, apercevoir Terje serait un tel soulagement... Quelque chose me retient d'hurler son nom. Et si... Prudence.

Un bruit de moteur. Des portières claquent. Cela vient du parking, dans mon dos. Des voix d'hommes. Ils marchent dans ma direction.

J'ai du mal à rester rationnelle. Je cours de toutes mes forces vers notre cabine. Le sol est défoncé. Difficile d'en apprécier le relief à l'ombre des grands arbres qui m'entourent. Plusieurs fois, j'essaie de me retourner pour les voir. La suite est confuse. Choc. Douleur. Cri. Boue. Froid.

Je crois que c'est la chaleur qui m'a réveillée. Une chaleur étouffante et curieusement familière. Ma mémoire finit par associer cette sensation à Agnès. Le sauna.

Une douleur intense fait régulièrement le tour de mon crâne. En effleurant mon front, mes doigts engourdis dessinent une bosse à la naissance de mes cheveux.

Malgré tout, je me sens en sécurité, blottie dans un angle contre des parois chaudes. Du bois. De grandes lattes lisses et douces.

Quel silence. Je l'apprécie d'autant plus que je n'ai pas encore ouvert les yeux. Comme réfugiée sous la couette un dimanche matin pluvieux, je profite de ce répit inattendu.

— On a gagné, Margo. Ils ont signé.

La voix de Terje est si proche. Si présente. Mon cerveau tarde à interpréter ses propos. J'ai sans doute rêvé. Je vais garder encore quelques minutes les yeux fermés. Juste quelques minutes.

— Renaud n'est pas mort pour rien. L'accord est sauvé. L'exploitation du nouveau gisement sera conditionnée par le nettoyage de la presqu'île de Kola.

Merde. Je ne rêve pas. Terje est dans ma tête. Ou juste à côté. J'ouvre enfin les yeux. La lumière blafarde du ciel voilé filtre à travers les lucarnes étroites installées très haut sur les parois. L'air ambiant n'est qu'un épais nuage de vapeur.

Mes fesses aplaties contre les lattes chaudes commencent à souffrir. En voulant changer légèrement de position, je réalise tout à coup la légèreté de ma tenue : une serviette enroulée autour de moi, comme une crêpe géante.

Mais la vraie surprise, c'est lui. Pas plus habillé que moi, Terje est assis dans l'angle opposé. Il poursuit son monologue, sans avoir l'air de se soucier de mon réveil difficile.

— Les enjeux sont tels que la mascarade des drones n'a pas suffi à faire capoter l'accord. Certaines têtes vont tomber à Moscou.

Au contact de la sueur, les griffures sur mes jambes et mes bras se manifestent comme autant de souvenirs de ma course matinale.

J'aimerais comprendre ce qu'on fait tous les deux à moitié nus dans ce sauna minuscule.

— C'est toi qui m'as amenée ici ?

Terje réagit enfin. Tout en versant de l'eau froide sur les pierres brûlantes, il m'offre un compte rendu en guise de réponse :

— Ta plaie a arrêté de saigner, mais je n'ai pas pu t'éviter une grosse bosse. J'ai mis tes vêtements pleins de boue à tremper. Et ta montre est en charge.

Dense, la vapeur remonte à travers les lattes de notre banquette. Ma mémoire décante doucement. Les derniers instants de ma course me reviennent incomplets. Je me souviens d'un choc à la tête. Je me suis assommée dans ma chute.

— Il n'y avait personne, n'est-ce pas ?

Terje reste silencieux, comme s'il savait que je connaissais déjà la réponse. Ma parano m'a joué des tours. J'aurais pu trouver un moyen plus simple et moins dangereux de profiter du sauna.

— Tu as failli rouvrir ta vieille cicatrice, ajoute-t-il. Mais tu n'auras qu'un bleu.

En réalité, j'ai deux cicatrices. Deux entailles sur la hanche droite. La plus récente a quasiment disparu. La plus ancienne me rappelle chaque jour que j'ai voulu en finir. Ma vie m'échappait, j'avais renoncé.

C'est la poignée de frein d'un vélo qui a marqué ma chair. En me percutant de plein fouet, sans le savoir, un cycliste distrait m'a sauvée. Quelques secondes plus tôt, j'avais décidé de me jeter sous un bus.

Comme s'il l'avait deviné, Terje affiche une attitude pudique et bienveillante. Je me sens percée à jour. Cette marque indélébile révèle plus mon intimité que ma poitrine ou mes fesses.

Ma chute matinale a calmé mes ardeurs sportives pour quelques heures au moins. Je dois vraiment veiller à ne pas sombrer dans la paranoïa. Heureusement que Terje était là.

Ce matin, il avait enfin l'air d'être lui-même, comme soulagé par la signature de l'accord.

Pour la première fois depuis notre rencontre, il y a bientôt une semaine, j'ai le sentiment qu'il est enfin prêt à s'ouvrir auprès de moi.

Le voilà en train de fouiller les deux meubles du salon. Un vieux bloc-notes et un stylo en main, il m'invite à le rejoindre à la table de la cuisine.

Sans prononcer un mot, il griffonne une sorte de tableau numéroté. Même à l'envers, je reconnais les termes "course", "barque", "repas", "norvégien", et "exercices".

Le plus sérieusement du monde, Terje fait pivoter sa feuille pour que je puisse lire correctement.

— Il nous reste 17 jours pour te préparer, déclare-t-il.

— On va vraiment rester ici aussi longtemps ?

— Murielle me préviendra dès qu'on pourra circuler librement. Jusque là, pas question de s'en aller.

— De toute manière, on n'a plus de voiture.

Terje n'apprécie pas ce reproche. Il se lève, et me tend mon linge propre et plié.

— Change-toi, me lance-t-il. Je vais t'apprendre à mieux te contrôler.

— Qu'est-ce que tu as encore en tête ?

— Øksekasting.

Les cours de norvégien attendront encore un peu. Aux abords de notre paisible cabine perdue dans la forêt, Terje m'indique où me placer. Il désigne ensuite un arbre à quelques mètres devant moi.

— Dans un premier temps, essaie de le toucher, dit-il en ramassant une hache qu'il me tend ensuite avec le sourire.

Le vieux manche en bois usé est orné d'une lame rouillée si lourde que je dois le tenir à deux mains. Mes premières tentatives sont sans appel : je n'atteins même pas les grosses racines du tronc désigné par Terje.

Pédagogue et appliqué, il m'offre une démonstration de lancer de hache. Sa lame s'enfonce profondément dans l'écorce, au milieu de la cible.

Terje fait preuve d'une patience exemplaire. Il tient à m'enseigner cette activité héritée de ses ancêtres, et particulièrement appréciée à travers le royaume. Certains la pratiquent comme un sport à part entière.

Le maniement de la hache requiert dextérité et concentration. Si mes jambes ne manquent pas d'entraînement, mes bras, en revanche, ne peuvent pas en dire autant, malgré mes séries de pompes régulières.

Lancer. Ramasser. Lancer. Ramasser. S'échauffer les poignets et les épaules. C'est indispensable. J'ai l'impression que mes bras vont se désolidariser de mon corps...

Au bout d'une heure douloureuse et décourageante, je parviens à planter la hache dans l'écorce. Je suis fière de moi, jusqu'au moment où je comprends que ce n'est que le début. L'entraînement commence maintenant.

Les mains serrées autour de ce manche de bois poli par les années, les jambes écartées pour plus de stabilité, je lève mes bras et lance de toutes mes forces. En voyant la hache arracher l'écorce sur le flanc de notre cible, je m'interroge soudain.

Margo, tu apprends à lancer la hache au milieu de nulle part pendant qu'une inconnue "gère" la situation... Que fait-elle exactement ? Murielle travaille-t-elle à l'ambassade ?

Une voix familière, que je ne parviens pas à identifier tout de suite, interrompt brutalement ma première leçon. Kjetil vient de se matérialiser devant nous, comme par enchantement. Étais-je concentrée à ce point sur ma cible ?

Terje échange rapidement quelques mots avec notre hôte, avant de planter vigoureusement la hache dans une souche près de notre cabine. Il m'adresse alors un regard complice :

— Kjetil nous invite chez lui.

— Je croyais qu'on ne devait pas se montrer avant que Murielle...

— Il nous invite dans son autre cabine.

— Ah... Elle est loin ?

Terje sourit de plus belle, et désigne un point dans mon dos :

— Non, juste là.

— Il vit à côté de nous depuis le début ?

— Oui, il vérifie ses cabines une à une en début de saison.

— Mais il en a combien ?

— Une dizaine autour du lac.

30

***

MURIELLE

Murielle ne pouvait pas trouver plus près et plus pratique. Le site industriel de Aker Solutions AS s'étend sur la rive ouest du canal qui sépare Jeløy de la partie continentale de Moss.

Longtemps spécialisé dans les solutions techniques pour l'industrie pétrolière, Aker s'est diversifié dans les énergies renouvelables et la logistique en haute mer.

L'usine de Moss fabrique des câbles sous-marins. Essentiels pour relier les plateformes de surface ou les installations immergées, ceux-ci permettent également d'acheminer Internet via des kilomètres de fibre optique.

Autour des imposants hangars qui se dressent le long du quai, de longs serpents colorés dorent au soleil, formant des couronnes de plus de 35 mètres de diamètre. Régulièrement, des navires aménagés déroulent un de ces longs cordons ombilicaux, pour l'enrouler à nouveau sur une bobine à bord.

Il y a encore quelques semaines, Murielle ignorait tout de ces câbles sous-marins. Elle n'avait même jamais entendu parler de Aker. Une discussion avec le père de Terje a eu l'effet d'un déclic.

Petite déjà, sa mère disait de Murielle qu'elle avait un sacré culot. C'est toujours le cas. Arrêter brutalement ses études, convaincre une équipe d'ingénieurs qu'elle correspond parfaitement au profil qu'ils recherchent et leur proposer une période d'essai gratuite : c'est la méthode Murielle.

La voilà chargée à 25 ans des relations commerciales avec les clients français et anglais.

Murielle va pouvoir déménager sans quitter Moss.

Sa journée de travail terminée, elle profite de la proximité du canal pour aller chez le poissonnier installé derrière la supérette REMA 1000. Murielle tient cette adresse du père de Terje qui n'hésite pas à s'y rendre directement en bateau. Il lui suffit d'accoster au pied de la boutique.

Fisk & Skalldyr : poissons et fruits de mer, tout est dit ! En Norvège, les poissonneries sont une institution, une partie du patrimoine, au même titre qu'une bonne boucherie-charcuterie au cœur de l'Auvergne.

Saumon et crevettes, Murielle ne prend aucun risque : les Ellingsen adorent ça. L'odeur de poisson semble la poursuivre à l'extérieur. Heureusement, elle est rapidement dissipée par la brise marine qui remonte le canal. Sur le quai opposé, la façade du Peppe's Pizza évoque ses plus vieux souvenirs à Moss. Avec Terje, ils y ont partagé leur premier repas en tête à tête.

Cela lui paraît si proche. Et pourtant...

Un bateau ressemblant à celui des Ellingsen s'approche. Murielle n'y prête pas attention, jusqu'à ce qu'une voix crie son nom, sans le moindre accent.

Voir Terje seul aux commandes du hors-bord familial provoque chez Murielle un véritable électrochoc. Pourtant, il a maintenant 16 ans. Il devient un homme. Comment l'oublier ?

31

***

ADÉLAÏDE

16h49. Avant même de franchir la grille du collège, elles l'ont remarqué. L'orage de cette nuit n'a nettoyé que la partie supérieure de sa carrosserie. Sa peinture rouge carmin brille au soleil. Impossible de le confondre, toute la vallée connaît le Range Rover usé de Lionel Gastaldi.

Cannelle serre brièvement la main d'Ada en apercevant son père derrière le volant. Lorsqu'elle croise son regard implacable, elle relâche immédiatement son étreinte.

Ada sait qu'il est inutile de dire quoi que ce soit. Sans même la saluer, elle regarde son amie s'éloigner, résignée.

Un peu plus loin, le bus scolaire est déjà là. Au-dessus du pare-brise, l'affichage numérique indique *Ligne VB1 - destination : Saint-Martin-Vésubie*.

Ada grimpe quelques marches pour rejoindre le flux d'élèves à l'intérieur, le cœur serré. À chaque fois qu'elle quitte Cannelle, elle ressent ce vide. Seule Margo l'a perçu. Seule Margo la comprend. Elle lui manque, elle aussi.

Ada s'assoit dans les derniers rangs du bus. Son sac sur les genoux, elle enfile ses écouteurs, et lance Spotify. La dernière chanson écoutée reprend au début :

Artiste : **Duffy** Titre : **Stepping stone**

Les premières notes introduisent la voix rauque et *soul* de la chanteuse galloise, longtemps considérée comme la nouvelle Amy Winehouse.

But I will never be your stepping stone
Take it all or leave me alone
I will never be your stepping stone
I'm standing upright on my own[37]

---

[37] *Je ne serai jamais ton tremplin / C'est à prendre ou à laisser*
Je ne serai jamais ton tremplin / Moi, je me tiens debout seule

462

Le texte du refrain enveloppe progressivement Ada. Des vibrations secouent son siège : le bus démarre. L'agitation des collégiens lui paraît lointaine. La tête plaquée contre la vitre, Ada laisse son regard errer dans le vide. Discussions agitées, enfants pressés, chamailleries. La vie à l'extérieur du bus ne l'intéresse pas plus. Elle n'attend qu'une chose : retrouver le calme de sa chambre.

Dernier avertissement sonore, les portes du bus se ferment. Une silhouette longe le véhicule en courant. Ada n'est pas certaine d'avoir bien vu. Apaisé par la musique, son cœur s'agite immédiatement. Le chauffeur râle, mais finit par rouvrir la porte avant. Une crinière brune grimpe à bord et remonte toute l'allée centrale sans prêter attention aux curieux et aux remarques indiscrètes.

Cannelle obtient d'un regard que le garçon installé à côté d'Ada lui cède sa place. Même les yeux fermés, elle aurait immédiatement perçu sa présence. Mue d'un réflexe incontrôlé, Ada saisit la main de son amie. Cannelle plonge son regard dans le sien, sans un mot. Elle n'a pas pleuré, mais n'en était pas loin. Ada sait parfaitement ce qu'il s'est passé. Elle devine ce que Lionel a répété. Elle devine aussi ce que Cannelle a répondu.

Le bus démarre. Cannelle attrape doucement un des écouteurs d'Ada pour le glisser à son oreille. Unies par la voix de Duffy, toutes deux restent silencieuses pendant l'essentiel du trajet.

La vallée défile sous leurs yeux. La pluie nocturne a gonflé la Vésubie, dont le flux incessant lèche les rives d'une écume fournie. La route la surplombe directement, pour finalement s'en éloigner, tandis que le bus roule plein nord.

Quelques élèves descendent au niveau de la gare de Berthemont-les-Bains. La plupart attendent le terminus comme Ada. Et Cannelle.

La chanson terminée, Cannelle fait comprendre d'un signe à Ada qu'elle aimerait la réécouter. Le temps semble ralentir, jusqu'à s'arrêter.

Ada ne voit pas le paysage défiler. Ses sens sont comme aveuglés, saturés. Son corps et son esprit ne sont pas prêts. Ada n'est pas préparée à ce saut dans le vide. Ce mélange de joie intense et d'angoisse profonde à l'idée de passer la nuit avec Cannelle.

***

MARGO

17h34. Kjetil nous accueille à l'intérieur d'une cabine comparable à celle qu'il nous loue. Chaleureuse et fonctionnelle.

Premier verre. Visiblement, l'apéritif norvégien se prend aussi tôt que le dîner norvégien.

Laisser parler Terje m'offre un répit bienvenu. Tandis qu'il discute en norvégien, je ne peux m'empêcher de mesurer les risques de notre présence.

Certes, Terje a donné de faux noms, et ce n'est pas mon visage que la police recherche. Mais il reste les Russes. Et les Témoins de Jéhovah.

Je n'ai pas encore touché à mon verre. J'ignore même ce qu'il contient. Mon regard vient de s'arrêter sur un objet accroché au mur, près de la porte d'entrée. Un fusil de chasse. Rien de bien surprenant. Pourtant, comment oublier les coups de feu de ce matin ?

Assis à côté de moi sur une banquette inconfortable, Terje est un moulin à parole. Je n'ose pas prononcer un mot de français. Mais Kjetil comprend-il seulement l'anglais ?

Son crâne arrondi est entièrement chauve. Ses yeux marron malicieux nous observent à travers une paire de lunettes rectangulaires noires. Kjetil ressemble à un joueur de tennis du dimanche, dont les mains portent les stigmates de nombreuses activités manuelles. Lance-t-il la hache pour se détendre, lui aussi ? À moins qu'il ne manie souvent les rames au milieu du lac...

— Rouge ou blond ?

C'est à moi qu'il s'adresse. En français. L'accent de Kjetil est surprenant. En le voyant brandir deux bouteilles de vin, je comprends le vrai sens de sa question. Je réalise alors qu'il m'avait servi une eau gazeuse, avant de me proposer du vin dans un joli verre à pied. Je souris poliment :

— Blanc, merci.

— *Blond*, perfekt da.

Nouvel étonnement. Terje rigole de bon cœur. Il me glisse discrètement que Kjetil ne sait rien dire de plus dans ma langue. Comme le confirment les bouteilles proposées, c'est un amateur de vins de Bourgogne, ravi d'accueillir une Française.

Je ne me suis jamais considérée comme une grande connaisseuse. Mais je dois avouer que déguster en pleine forêt norvégienne un Meursault à bonne température a quelque chose de grisant. D'autant plus que le millésime 2017 est particulièrement réussi.

Ma crainte aurait été de le boire à jeun ou mal accompagné. Kjetil n'en finit pas de me surprendre : il partage avec nous une quantité généreuse de crevettes appétissantes.

Voici donc mon premier apéritif franco-norvégien.

À l'initiative de Terje, Kjetil poursuit la conversation en anglais, visiblement ravi de me voir apprécier son vin. Entre deux échanges, Terje me précise qu'une bouteille vendue en France une trentaine d'euros en coûte ici plus du double. Je le trouve plus détendu. Après tout, n'aurions-nous pas droit à une trêve ?

Pourtant, lorsque Kjetil annonce m'avoir vue courir ce matin, mes membres se crispent. Et les coups de feu ? Est-ce sa voiture que j'ai entendue se garer juste avant ma chute ?

Pour la première fois depuis un moment, les leçons de mon vieil ami Séverin résonnent dans ma tête. Se méfier, chaque jour. Anticiper, toujours. Mon cerveau doit lutter contre la fatigue et l'alcool pour enregistrer chaque bribe d'information sur notre hôte.

58 ans. Père de trois enfants. Originaire d'Oslo. Concentre-toi, Margo, c'est important.

***

ADÉLAÏDE

18h02. Il a beau se répéter qu'elle a l'âge de rentrer seule, qu'elle sera au lycée l'an prochain, Robin angoisse dès qu'Ada a quelques minutes de retard. Le bus est généralement ponctuel. Qu'est-ce qui peut la retenir ? Pourquoi ne répond-elle pas à ses messages ?

Robin ne peut s'empêcher de repenser à la visite menaçante de cet enfoiré de Lionel. S'il approchait Ada...

Toute sa colère s'évanouit à la seconde où il aperçoit la silhouette de sa fille derrière le portail. L'image de Lionel persiste toutefois dans son esprit lorsqu'il voit une seconde silhouette se dessiner.

Comme si elle avait lu dans son esprit, Ada se contente de lui faire la bise.

— C'est bon papa, dit-elle, il sait que Cannelle est là.

En ouvrant la porte du chalet aux deux collégiennes, Robin regrette une fois de plus l'absence de Margo

Ada rêvait depuis des heures de retrouver le calme de sa chambre. Mais ce soir, tout est différent. Cannelle est assise sur son lit, un cahier de physique ouvert sur les genoux.

Son parfum est déjà partout. Chaque geste, chaque mot prononcé, Ada craint la réaction de Cannelle lorsqu'elle comprendra. Combien de temps encore sera-t-elle aveugle à ce qui la consume ?

Cannelle n'est pas insensible. Elle est en colère. En colère et blessée par l'attitude de son père. Alors elle relit machinalement sa leçon sur la loi de la gravitation. Deux corps qui ont une masse s'attirent mutuellement.

Ada fait des efforts considérables pour se concentrer sur son cahier. Mais les mèches brunes ondulées de Cannelle la magnétisent. Tout comme les caresses sur le papier de ses doigts marqués par la forêt et le sport. Ada peut sentir sa rage intérieure. Elle voudrait lui prendre la main, la serrer très fort. Ce sont les seules pensées qu'elle s'autorise à avoir. De peur de rougir.

Mais Cannelle s'est renfermée en elle-même.

Après avoir frappé à la porte, Robin s'introduit dans la chambre. Il dépose sur le lit une serviette de bain propre soigneusement pliée et annonce le dîner imminent.

Cannelle ne réagissant pas, Robin s'en va. Plusieurs longues minutes défilent avant que Cannelle ne bondisse sans prévenir. Ada peine à la rattraper dans les escaliers.

Au rez-de-chaussée, Cannelle plaque ses mains sur la grande table de la cuisine, défiant Robin du regard :

— Est-ce que vous croyez en Margo ?

Occupé à préparer le repas, Robin est pris de court. Cannelle frappe du poing. Dans son dos, Ada sursaute. N'obtenant pas de réponse, Cannelle insiste :

— Vous iriez jusqu'au bout pour elle ?

— Calme-toi, s'il te plait, lui demande Robin en posant sa spatule à côté du feu.

Ada est pétrifiée. Les deux êtres qu'elle aime le plus au monde s'affrontent à propos de celle qui a redonné un sens à sa vie.

Cannelle monte encore d'un cran :

— S'il s'agissait d'Ada, je serais prête à faire n'importe quoi. Dites-moi que vous iriez au bout pour Margo.

Robin ne s'attendait pas à un tel interrogatoire en accueillant pour la nuit la meilleure amie de sa fille. Pourtant, il sait qu'elle a raison. Sa question est légitime. Margo mérite-t-elle tout ce qui lui arrive ?

Cannelle fixe en silence Robin pendant une longue minute. Ada ne bouge pas. L'intensité des sentiments de son père envers Margo la renvoie à ses propres sentiments envers Cannelle.

Robin finit par articuler :

— Margo refusera mon aide. Elle ne reviendra sans doute pas avant un moment. Mais je l'attendrai. Et je l'aiderai. Ni ton père ni personne ne m'en dissuadera.

Visiblement convaincue de sa sincérité, Cannelle se détend et s'installe à table. Ada échange un regard troublé avec son père avant d'imiter son amie.

***

MARGO

La deuxième bouteille de vin marque la fin de cet apéritif prolongé jusqu'à l'épuisement des stocks de crevettes et d'une multitude de mystérieux aliments en tubes.

J'ai beau avoir limité ma consommation de vin, j'ai besoin de boire de l'eau fraîche. Je fais signe discrètement à Terje : il est temps pour nous de rentrer.

Je n'ai plus l'habitude de boire. Même en petite quantité, l'alcool fausse mon jugement et ma perception. Un signe supplémentaire de mon extrême fatigue ?

Fatigue ou pas, il est temps de me ressaisir. Kjetil a-t-il eu un propos suspect ? Incohérent ? Est-ce que je lui ai communiqué une information sensible à notre sujet ?

Une chose est sûre : Terje et moi avons su préserver les apparences. Pas un mot en français de toute la soirée. Notre cabine est restée ouverte en notre absence. Le contraire aurait été suspect. Mon téléphone ne me quitte pas. Mes documents importants sont bien plaqués dans ma pochette dorsale.

Sur le court chemin qui relie nos deux cabines, Terje perçoit mon trouble.

— Kjetil Dyrendahl Stolten, me dit-il.

— Pardon ?

— C'est son nom complet, si tu veux vérifier sur Internet.

— Tu avais déjà tout contrôlé...

Terje acquiesce sans sourire. Est-ce sa manière de me reprocher de ne pas le prendre au sérieux ? Même si les contours de sa mission ne sont pas toujours bien définis, il est bien en mission. Et moi ? Comment qualifier ma situation ? Suis-je en sursis ou en cavale ?

J'ai besoin d'écrire à Robin. Tandis que Terje alimente notre poêle, je me concentre sur mon mobile.

Mais tous mes messages restent sans réponse. Son téléphone est éteint. À moins qu'il ne capte pas.

Je tente de contacter Ada. Merde. Tel père, telle fille. C'est le silence radio. Je guette quelques minutes l'arrivée d'un accusé de réception de mes messages sur WhatsApp. En vain.

23h18. Dehors, le soleil décline lentement. Je viens de vider une bouteille d'eau minérale. Notre cabine ne comporte pas de robinet, mais abrite d'importants stocks d'eau potable sous les meubles. Pour le reste, c'est l'eau du lac.

Terje boit à même une bouteille pour avaler son médicament du soir. Puis, il vient s'asseoir près de moi.

Je suis gelée. La main de Terje est chaude.

***

ADÉLAÏDE

23h19. Ada commence à avoir froid. La chair de poule hérisse déjà la peau de ses jambes. Depuis que Cannelle s'est hissée sur le rebord de la fenêtre pour voir le croissant de lune et compter les étoiles, la fraîcheur de la nuit a envahi la chambre.

Quand elles étaient plus petites, Robin les retrouvait souvent au fond du jardin, enroulées dans la couette, les yeux brillants levés au ciel. Tout était plus simple. Ada ne luttait pas encore contre ce sentiment d'asphyxie perpétuelle à proximité de son amie.

Le torrent du Boréon chuchote, tout proche. Il est accompagné du chant des grillons, et du passage d'une voiture, au loin. Souverain, le silence efface peu à peu le bruit ambiant.

Ada se demande si Cannelle pourrait entendre son cœur. Il bat si fort qu'elle en souffre presque.

Une seconde question la traverse : est-ce qu'elle ment à son amie en lui cachant ses sentiments ?

Soudain, Cannelle replie ses jambes. Elle fait dos au vide et saute à l'intérieur de la chambre. Elle atterrit sur Ada, qui la rattrape comme elle peut. Ada voudrait rire comme son amie, mais son cœur risque de lâcher. Elle doit garder le contrôle. Se retenir. Résister.

Ada perd la notion du temps. Cannelle rompt enfin le silence :

— Avec le père que j'ai, je ne sais pas comment je peux encore aimer les garçons.

Ada frôle l'arrêt cardiaque. Heureusement, Cannelle poursuit aussitôt :

— Avec le tien, c'est l'inverse.

Ada sourit maladroitement, incapable de prononcer un mot. Elle n'imaginait pas que cela deviendrait aussi difficile.

— C'est Margo ? demande soudain Cannelle en brandissant un dessin au crayon gris, extrait du chaos qui règne sur le bureau encombré. Elle est trop belle !

Sur la feuille, la tête baissée de profil, Margo semble perdue dans ses pensées. Ada répond d'un sourire gêné, tout en se précipitant pour ranger grossièrement ses affaires. Trop tard. Cannelle les a vus. Il y a d'abord les esquisses préliminaires, les nombreux brouillons du portrait qu'Ada lui a offert. Puis tous les autres croquis. Ceux représentant Cannelle allongée dans l'herbe. Cannelle attentive aux consignes de Valérie pendant le cours de français. Cannelle assoupie dans le bus. Au total, une bonne vingtaine de portraits plus ou moins achevés.

Le visage juvénile de Cannelle devient illisible pour Ada. Intriguée, gênée, touchée, choquée ? Un silence pesant s'installe, à peine troublé par le frottement léger des différents papiers utilisés.

Soudain, une vibration. Puis une notification lumineuse. Ada respire à nouveau. Sauvée par cette diversion inespérée, elle saisit son smartphone. En apercevant l'avatar de Margo, elle s'empresse de lire ses messages. Plusieurs photos de la cabine et du lac s'affichent sous le regard curieux des deux adolescentes. Cannelle arrache le téléphone des mains d'Ada et l'entraîne vers le lit :

— On va lui envoyer une photo, viens !

Allongée en travers du lit, Cannelle tient le mobile au-dessus d'elle en mode selfie, tandis qu'Ada la rejoint.

— Allez, rapproche-toi !

Cannelle a collé sa tête contre elle. Ada rougit, elle en est sûre. Heureusement rien ne transparaît sur l'écran. Voilà, leur autoportrait vient d'être transmis. La réaction ne tarde pas à s'afficher :

Margo – 23h36 : Je suis contente de vous voir ensemble. Vous me manquez.
Margo – 23h37 : Faites attention à la pochette noire. C'est très important.

Cannelle ne laisse pas le temps à Ada de répondre. Elle envoie à Margo un autre selfie où elle fait un signe affirmatif avec son pouce en l'air. Sur le cliché en arrière-plan, difficile d'ignorer qu'Ada la dévore du regard.

Résister. Se retenir.

Comme un enfant se lasse d'un jouet, Cannelle rend son smartphone à Ada. Dans le même élan, elle se redresse et remonte son haut blanc, jusqu'à révéler le bleu ciel de son soutien-gorge. Ada détourne le regard, mais Cannelle lui présente son dos. La pochette noire dépasse de son vieux jean. Elle prend alors un air sérieux :

— J'aurais dû te la rendre avant.

Ada récupère la précieuse pochette :

— Merci.

Tandis qu'Ada se rend compte que l'étui a été ouvert, Cannelle rajuste son haut blanc. Son visage s'assombrit :

— Je suis désolée. Je sais que je n'avais pas le droit de regarder à l'intérieur... J'ai tout remis à sa place.

— T'avais promis. Margo nous fait confiance.

Ada ne parvient pas à dissimuler sa déception. Luttant contre une tentation irrésistible, elle se dépêche de ranger en lieu sûr la pochette noire sans en inspecter le contenu.

Cannelle se redresse au milieu du lit, mais Ada est visiblement contrariée. Sans regarder son amie, elle annonce :

— Il est tard.

— J'ai eu tort. Je suis désolée. J'ai eu peur qu'elle nous mente. Qu'elle nous utilise comme le fait mon père avec toute la vallée.

— Margo n'a rien à voir avec lui.

Cannelle se laisse retomber en arrière, étalée sur sa moitié du lit.

— Quand on aime quelqu'un, on doit tout lui dire, tu ne crois pas ?

Ada est tétanisée. Assise sur le bord du lit, elle tourne le dos à Cannelle.

Sans insister, Cannelle se déshabille pour ne garder que sa culotte. Elle enfile ensuite un vieux tee-shirt délavé d'Ada. La voilà glissée sous la couette :

— Tu sais que mes cousins à Nice ouest crèvent déjà de chaud la nuit ? Ça promet pour cet été... On est tellement mieux ici ! Et Margo ? Tu crois qu'elle se gèle dans sa cabine au bord du lac ? Je suis jalouse ! Pas toi ? Ada ? Ça va ?

Elles ont dormi ensemble des centaines de fois. En pyjama, habillées ou en sous-vêtements. Ni l'une ni l'autre n'a jamais fait preuve de pudeur excessive. Alors, pourquoi est-ce si différent cette fois ? Pourquoi cela lui paraît-il insurmontable cette nuit ?

Ada finit par murmurer :

— J'ai un peu froid, je vais dormir comme ça.

— Tu verras, sous la couette, il fait trop bon...

Si elle savait. Si elle mesurait même une infime partie des sentiments qui consument Ada. Tous ses sens sont noyés, submergés.

La couette a déjà pris son parfum. Parler doucement rend sa voix plus pénétrante encore. Et lorsque leurs pieds s'effleurent au fond du lit, Ada lutte de tout son être pour ne pas embrasser son amie.

En s'assurant que le réveil sonnera à la bonne heure le lendemain, Ada déclenche Spotify par erreur. Une piste souvent jouée par Margo commence. La voix ensorceleuse de Hope Sandoval chuchote au-dessus de la mélodie lancinante de Massive Attack.

D'un geste de la main, Cannelle signifie à Ada de laisser la chanson se poursuivre. Le mobile posé entre elles au milieu du lit distille aussitôt une atmosphère chaleureuse et mélancolique.

Les deux adolescentes se font face sans dire un mot, l'oreille tendue au-dessus du smartphone. Ada maintient le volume très bas, pour éviter que Robin ne les entende.

Le refrain reprend, comme une lente caresse désenchantée.

And I somehow slowly love you
And wanna keep you this way
Well, I somehow slowly know you
And wanna keep you
But I somehow slowly love you
And wanna keep you the same
Well, I somehow slowly know you
And wanna keep you away[38]

Cannelle laisse alors seulement échapper :
— C'est beau.

Ada acquiesce d'un sourire. Sans doute Cannelle n'a-t-elle pas perçu le dernier mot, presque inaudible. *Away.* Comme le murmure la chanteuse, ne devrait-elle pas prendre ses distances ?

Ada ne comprend plus les signaux de son corps. Son visage est-il écarlate ? A-t-elle des bouffées de chaleur ou des sueurs froides ?

---

[38] *Et j'apprends tant bien que mal à t'aimer*
Et je veux te garder comme ça
J'apprends tant bien que mal à te connaître
Et je veux te garder
Mais tant bien que mal, j'apprends à t'aimer
Et je veux te garder comme ça
Tant bien que mal, je te découvre,
Et veux te tenir à distance

La chanson est terminée. Cannelle s'est endormie. Ada n'ose plus bouger. Elle coupe son téléphone, et ferme les yeux, bercée par la respiration de Cannelle.

Lac Mosvatnet (Norvège), mercredi 5 juin 2019

***

MARGO

23h39. J'aimerais aider Ada. La réconforter, la rassurer. Elle est tellement démunie face à ses sentiments. Mais si je lui écris maintenant, Cannelle risque de lire mes messages. Et puis, suis-je vraiment en bonne position pour la conseiller ? Moi qui ai préféré confier ma précieuse pochette noire à deux adolescentes, plutôt qu'à l'homme que j'aime. Qu'avais-je à craindre ? Qu'il me dénonce s'il en inspectait le contenu ? Non, cette idée est ridicule. Je n'avais peur que d'une chose : qu'il rejette celle que je suis vraiment. Après tout, je ne lui ai présenté qu'une version falsifiée de moi-même. Depuis le début, il fréquente Margo, mais ignore l'existence d'Émeline.

Un bruit sourd m'extrait brutalement de mes pensées. En se brisant dans le foyer, une bûche a frappé la porte vitrée du poêle. La lueur orangée des flammes danse sur les murs et sur nos visages. Terje n'a pas bougé. Sa main a accueilli la mienne. Sa chaleur me réconforte.

Je me déteste à penser ça, pourtant, c'est la vérité. Terje ne connaît pas seulement une version de moi, il me voit telle que je suis réellement. Je me sens nue vis-à-vis de lui.

Terje me regarde, intrigué. J'espère que je n'ai pas pensé à haute voix ! À moins que ce ne soit ma main resserrée autour de la sienne qui ne l'ait alerté. Mon regard doit exprimer un tel désarroi qu'il déclare très calmement :

— Tu as parlé de lui dans ton sommeil, dès la première nuit.

Il se tourne un peu plus vers moi, sans lâcher ma main. Les flammes du poêle faiblissent doucement, mais leur lumière suffit à distinguer nos visages.

— Sigrid disait qu'elle m'entendait souvent lui parler dans mon sommeil, ajoute-t-il, les yeux plongés dans les braises. Je la réveillais parfois. Mais savoir que je rêvais d'elle la rassurait et elle se rendormait.

— J'ai froid.

Sans échanger un mot de plus, Terje me guide près de lui, tout en déployant une couverture supplémentaire. Sans réfléchir, je me blottis contre lui, immédiatement happée par un sommeil réparateur.

32

***

MURIELLE

Terje a déjà 17 ans. Non, Terje a seulement 17 ans. Murielle, elle, fête aujourd'hui ses 26 ans. Elle ne cesse de se le répéter. La barrière qui les sépare s'estompe de plus en plus. Ce qui était évident face à un enfant de 12 ans ne l'est plus face à un jeune homme intelligent et inconscient de son charme.

Pour se rassurer, Murielle essaie de se remémorer ses premières émotions amoureuses. C'est un échec. Elle n'a rien connu de comparable. En réalité, elle a tardé à s'intéresser aux garçons. Même sa relation avec Petter lui semble puérile avec le recul. Elle a bien fréquenté deux hommes depuis, mais sans éprouver des sentiments suffisamment profonds.

Terje ne se contente pas de l'admirer avec ses yeux bleus malicieux, il la soutient, l'encourage et n'hésite pas à la mettre face à ses contradictions. Il est la première personne capable de l'aider à être elle-même. Est-elle à l'origine de cette maturité parfois troublante ? Ou a-t-elle perdu son discernement en le voyant grandir jour après jour ?

Peut-être ne se serait-elle pas autant attachée à lui si elle avait eu plus d'amis norvégiens ? Mais n'a-t-elle justement pas fait le vide dans sa vie pour lui accorder toute la place qu'il mérite ?

C'est un tourbillon dans sa tête, mais Murielle tâche d'apprécier l'instant présent. Celui où le ronronnement du moteur hors-bord se confond avec le glissement des vagues sur la coque effilée.

Derrière eux, le port de Skjærhalden devient minuscule. Il leur faut se faufiler entre des pilotis de toutes tailles, parfois même des récifs affleurant à peine l'eau turquoise. Terje fait preuve d'une grande dextérité. Il a longtemps observé son père.

C'est la première fois qu'il se rend seul sur ce coin de paradis. Dernier fragment de Norvège aux frontières des eaux suédoises, l'îlot de Tisler marque l'extrémité sud-ouest de l'archipel de Hvaler.

À vol d'oiseau, six petits kilomètres le séparent de Skjærhalden. Mais à hauteur d'homme, la réalité est toute autre. Récifs, bancs de terre et îles escarpées constituent autant d'obstacles qui allongent considérablement le trajet. Étendu sur un kilomètre de diamètre, l'ilot de Tisler garde en son centre une saillie de roches usées parsemées d'herbes coriaces. Comme égaré aux portes de l'Oslofjord, cet éclat de paradis évoque à Murielle un mélange réussi du littoral breton et de son Auvergne natale.

D'autres bateaux les ont devancés. Il faut s'approcher avec prudence pour apercevoir les rares cabines établies à l'abri du relief rocailleux. Contournant l'île pour atteindre un mouillage accessible, Terje répète alors ce que son père lui a appris. Ni l'un ni l'autre n'a fait la moindre allusion à leurs corps accolés depuis le départ du port. Sans prévenir, alors qu'il n'a pas encore immobilisé le bateau, Terje se tourne vers Murielle, pour lui déclarer simplement :

— Joyeux anniversaire.

Murielle ne voit pas comment le remercier autrement que par un baiser. Leur premier baiser.

4 · BASILE

33

***

BASILE

Basile est à cran. Ce n'est pas Émeline que la police norvégienne a interpellée à Sauda. Du moins, pas *son* Émeline.

Se serait-il trompé depuis le début ? Qu'elle soit une usurpatrice ou un homonyme importe peu. Cette erreur lui a fait perdre un temps précieux. Sans parler des conséquences dans les locaux d'Europ Assistance au nord-ouest de Paris.

Basile devrait renoncer. Sa hiérarchie exige de lui qu'il se consacre pleinement à ses fonctions. Quant à sa nouvelle compagne, elle ne restera pas s'il s'entête.

D'ailleurs, comment tolérer son obstination ? Comment soutenir la traque de celle qu'il a lâchement laissée sortir de sa vie alors qu'ils étaient sur le point de se marier ?

Où est Émeline ? Cette question le hante. Basile était prêt à s'envoler pour la Norvège. Mais cette fausse piste ne le mènera à rien. Faut-il tout abandonner ? Maintenant ?

Grâce à son fidèle collègue Gilles, il dispose d'un accès illimité à une quantité astronomique de données personnelles. Il s'y cache forcément un moyen de retrouver Émeline.

Depuis quelques jours, une idée a germé dans son esprit. Elle a grandi jusqu'à l'obsession.

***

MARGO

Depuis mon réveil à 6h30 précises, Terje ne m'a pas laissé une seconde de répit.

Deux tours du lac à la rame. Une longue séance d'exercices variés, qu'il a effectués à mes côtés. Un nouvel entraînement au lancer de hache. Mon niveau progresse doucement.

Pourtant, pas question aujourd'hui de tenter un mini marathon improvisé. Terje tient à ne pas trop s'éloigner de notre cabine. Perfectible, mon endurance m'a déjà permis de terminer honorablement la course à Beito. Alors en attendant de m'attaquer de nouveau aux longues distances, Terje m'a concocté un programme de renforcement. Du pur cardio. Ma bête noire.

Juchée sur une butte, notre cabine domine le lac de quelques mètres. Dans notre dos s'élève une colline aux pentes prononcées. Sur son flanc boisé se dressent d'autres cabines, dont celle de Kjetil.

Depuis une heure déjà, ce terrain de jeu est devenu mon lieu de torture. Dès les premiers allers-retours, j'ai immédiatement repensé aux pompiers que je voyais courir tous les matins, dans le vingtième arrondissement de Paris. Je vivais alors près d'une ruelle pavée, plutôt coriace à gravir. Le temps de la monter en marchant, les pompiers l'avaient déjà courue quatre fois, sans se départir de leur sourire.

Je retrouve la brûlure mordante qui rongeait mes mollets et mes cuisses pendant le marathon. J'ai l'impression que mon cœur tente de percer ma cage thoracique. À chaque nouvelle montée, je contourne la cabine de Kjetil. Difficile de désigner le pire : l'ascension, abrupte à travers la végétation sur un sol parfois glissant ou la descente, toute en retenue, qui sursollicite les articulations des genoux et des chevilles ?

Des hurlements interrompent mon calvaire. Je crois d'abord à une blague de Terje, ou à un accident avec sa hache. Puis, je comprends que les cris ne sont pas les siens. En redescendant le flanc de la colline, je découvre un Kjetil hurlant à la mort.

11h37. Porter Kjetil jusqu'à sa voiture a été éprouvant. J'ai aidé Terje de mon mieux, malgré des jambes qui menaçaient de se mettre en grève après une matinée intense.

Je m'installe maintenant à l'arrière pour empêcher Kjetil de perdre connaissance. Même si je dois me contenter de l'eau glacée du lac, j'aurais vraiment beaucoup apprécié de pouvoir prendre une douche, et enfiler des vêtements propres avant de jouer les infirmières.

Dès les premiers virages négociés un peu trop vite par Terje, la tête de Kjetil glisse sur mes genoux. Prise au dépourvu, j'essaie d'adopter la bonne attitude, même si je ne suis pas certaine d'avoir bien compris la situation :

— Qu'est-ce qu'il raconte là ?

— Il dit qu'il connaît bien la pharmacienne de Sand.

— Et si elle n'a pas son traitement en stock ?

— C'est possible.

Possible ? C'est la merde oui ! Pas d'hôpital à proximité, un médecin de garde en visite à l'autre bout de la commune, c'est-à-dire à 30 km d'ici : la vie rurale norvégienne est risquée.

Il nous faudra une vingtaine de minutes pour atteindre le centre-ville de Sand. Autant dire une éternité. Kjetil tiendra-t-il seulement jusque là ?

— Garde-le éveillé !

Terje me fixe par intermittence dans le rétroviseur central. Mon regard alterne entre ses yeux et le visage de Kjetil déformé par la douleur. J'hurle à mon tour :

— Je ne comprends pas un mot de ce qu'il dit...

— Parle-lui en anglais, demande-lui de te raconter n'importe quoi, mais ne le laisse pas sombrer !

J'ai peur. Après avoir frôlé la mort, l'avoir aperçue à bonne distance ces derniers jours, je suis terrorisée à l'idée que Kjetil s'endorme et ne se réveille pas sur mes genoux.

— Il ne faut pas salir la voiture !

L'accent norvégien de Kjetil ne me facilite pas la chose, mais malgré son état, son anglais reste compréhensible.

Je dois le maintenir éveillé. Faire la conversation. Vas-y Margo.

— Elle est neuve n'est-ce pas ?

— Dag en a besoin, elle doit rester intacte !

Kjetil risque de mourir et il s'inquiète pour la voiture ? L'alcool de la veille n'a peut-être pas été totalement éliminé de son sang.

— Qui est Dag ?

— Mon fils. Il a besoin de la voiture, je dois la lui rapporter.

— Dag attendra que vous alliez mieux.

Kjetil a tendance à glisser. Je sollicite toute la force de mes bras pour le retenir. Malheureusement, la conduite sportive de Terje ne m'aide pas. Merde, voilà qu'il ferme les yeux.

— Il est où votre fils ? Kjetil ! Répondez-moi ! Où habite Dag ?

— Drammen !

— C'est loin ça ?

Kjetil gémit de douleur. Terje répond sans l'attendre :

— Près d'Oslo.

Je n'ai pas besoin d'une carte pour imaginer de longues heures de route. Kjetil insiste :

— C'est important ! Dag compte sur moi...

— Putain, mais qu'est-ce qu'elle a de si important cette voiture ?

Terje partage mon interrogation d'un froncement de sourcil. Nous dépassons les premières maisons de Sand. Tiens bon, Kjetil ! Eh merde, le voilà qui glisse encore...

— Racontez-moi un peu... Il fait quel métier votre fils ?

Je réalise que j'ignore la profession de Kjetil lui-même. Nous avons tellement parlé des cabines norvégiennes et des vins français...

— Nous tenons la concession de Drammen.

Bien, il vend des voitures. Cette conversation aurait dû avoir lieu hier, autour du Meursault. Pas sur une banquette arrière avec l'intéressé en danger de mort.

Kjetil retrouve la force de prononcer quelques mots :

— Elle est unique en Europe !

— On roule dans un prototype ?

Kjetil a perdu connaissance. J'essaie de prendre son pouls lorsqu'un coup de frein manque de m'écraser contre le dossier du siège passager.

Terje descend de la voiture et court vers la pharmacie. Kjetil est étalé de tout son poids sur mes genoux. Il ne réagit plus, mais je sens encore son cœur battre faiblement. J'ai peur que le mien ne s'arrête brutalement. Une sensation semblable à un mal de mer diffus me saisit d'un coup.

Et s'il mourait sur mes genoux ? Qu'est-ce que je dirais à la police ? Est-ce qu'ils viendraient fouiller les cabines ?

Puisque la foire aux questions est ouverte, d'autres, moins évidentes, se bousculent. Où en est Murielle dans ses démarches ?

Est-ce que je rentrerai un jour en France ? Sous quel nom ?

— Fais-lui avaler ça ! Maintenant !

Le ton autoritaire de Terje me fait sursauter. Il ouvre la portière, puis me tend deux comprimés d'un rouge trop vif pour être naturel. Je les prends délicatement dans ma main, craignant de les écraser ou de les perdre. Terje insiste :

— Il a besoin des deux Margo, dépêche-toi !

Sans réfléchir plus longtemps, je lui pince les narines, lui ouvre la bouche et lui fais gober ses comprimés. Kjetil manque de s'étouffer, mais ne recrache pas. Il déglutit bruyamment.

Penché sur moi depuis le trottoir, Terje guette l'état de notre passager. Je n'ose plus bouger. Les minutes paraissent interminables.

Enfin, le soulagement. Kjetil ouvre les yeux et se redresse contre la banquette, libérant enfin mes jambes ankylosées. Sans attendre, je m'extirpe du véhicule pour respirer à pleins poumons.

Semblable à une supérette déguisée en maison, l'unique pharmacie de Sand est située en plein centre, face à la boutique d'équipements sportifs où nous avons fait nos achats lors de notre court passage en ville. Nous sommes de retour à la case départ.

À une vingtaine de mètres devant nous, les eaux du fjord m'éblouissent. Là encore, j'imagine le pire. Et si la police s'était lancée à nos trousses, après avoir retrouvé notre embarcation abandonnée ?

J'ai par moments l'impression d'être prisonnière d'un immense *escape game*, dont l'unique but est de tester mes limites. Terje en serait l'organisateur diabolique. Un maître du jeu sadique.

D'ailleurs, où est-il passé ? Assis seul à l'arrière de sa voiture, portière ouverte, Kjetil m'adresse un sourire fatigué, mais rassuré.

Terje apparaît soudain, lunettes de soleil sur le nez. Il déguste tranquillement un cornet de glace. Je pourrais croire qu'il souffre d'Alzheimer tant son attitude est décalée.

Sans m'adresser la parole, il s'installe côté passager. Il m'invite à prendre le volant. Fatiguée, j'obéis. Le réglage des rétroviseurs m'offre l'occasion de constater que chaque trait de mon visage trahit mon exaspération. Terje finit par s'expliquer :

— Je viens d'avoir le fils de Kjetil au téléphone. On a plus de cinq heures de route demain pour convoyer sa voiture jusqu'à Drammen. Je tiens à ce que tu t'habitues à la conduire.

— Pardon ?

— Murielle a réussi. La police ne nous recherche plus. On va pouvoir la rejoindre à Moss.

— Mais Drammen, c'est sur notre route ?

— On peut dire ça, oui.

Saint-Martin-Vésubie, jeudi 6 juin 2019

***

BASILE

Sept années. Sept années de vie commune avec Émeline n'auront pas suffi à percer le mystère de sa sœur. Basile avait été prévenu dès le début. Flore est un animal sauvage. Petite déjà, elle ne faisait rien comme les autres enfants.

Adolescente, elle menait une double vie à l'insu de ses parents. Seule Émeline était dans la confidence.

Étudiante, Flore n'a terminé aucun cursus. Elle a tracé sa route. Nomade et aventurière, elle n'a jamais eu besoin de rien ni de personne.

En dehors de sa sœur, Flore n'avait confiance qu'en tata Yvette, qui les a accueillies chaque été tout au long de leur enfance.

Flore ne l'oubliait jamais, qu'elle soit en vadrouille en Suisse, au Maroc, en Allemagne, ou en Grèce... Elle prévoyait toujours un passage dans le Cantal. À chaque séjour dans la ferme familiale d'Allanche, Flore racontait ses aventures à tata Yvette, qui l'écoutait sans s'arrêter de travailler la terre, jamais. Puis, Flore repartait, toujours. Intraçable, injoignable, incapable de rester en place. Elle jonglait entre des boulots de saisonnière, vendangeuse, fille au pair, quêteuse pour des ONG, animatrice, et bénévole dans l'humanitaire.

Tantôt furieuse contre elle, tantôt jalouse de son indépendance, Émeline évoquait très rarement sa sœur. Alors quand Basile a décidé qu'il allait utiliser ladite sœur pour retrouver son ex-fiancée, il savait que ce ne serait pas une mince affaire. Il lui faudrait comprendre qui est réellement Flore ? Et surtout, où elle se cache...

Si Basile dispose de puissants outils chez Europ Assistance, il peut surtout compter sur l'aide de Gilles. Celui-ci n'a pas son pareil pour contacter n'importe qui en situation d'urgence.

Mais encore faut-il savoir où chercher. Aucune adresse postale connue. Plusieurs emails obsolètes. Un numéro de portable souvent désactivé. Et une carte Vitale non utilisée depuis des années.

Basile a consacré plusieurs nuits entières à la traque d'indices. Les seules photos dont il dispose datent de la fête surprise organisée pour les 30 ans d'Émeline en

2014. Alors âgée de 24 ans, Flore y apparaît en arrière-plan, souvent seule. On dirait les clichés volés d'un photographe de presse *people*.

Lors des événements des années suivantes, à chaque réunion de famille, Flore brillait par son absence. Émeline s'inquiétait de rester sans nouvelles, parfois pendant des mois. Pourtant, Flore finissait toujours par se manifester. Par une carte postale, un SMS, un email, ou un appel bref.

C'est en se remémorant ses réapparitions que Basile a trouvé la faille. Un soir, Flore avait contacté sa sœur, paniquée. Il lui fallait traverser la France rapidement. Émeline avait dû lui créer un compte BlaBlaCar. Si Flore utilise encore le site de covoiturage, il pourrait se révéler très instructif.

Gilles a mis moins d'une heure à débloquer le compte de Flore. Le dernier trajet effectué date du samedi 25 mai 2019. Départ : Allanche, dans le Cantal. Étapes : Montpellier, Aix-en-Provence et Cagnes-sur-Mer. Destination finale : une adresse à Saint-Martin-Vésubie.

Flore serait encore sur place ? Basile a envie d'y croire. Émeline a souvent prononcé le nom de ce village. N'y avait-elle pas un grand-père, qu'il n'a jamais rencontré ?

En y repensant, Basile mesure un peu plus la part d'ombre de celle qu'il s'apprêtait à épouser.

Basile prend le premier vol pour Nice, loue une voiture et avale les 60 km qui séparent l'aéroport posé sur la mer du village alpin.

Dopé aux boissons énergisantes et à l'optimisme, il ne trouve à l'adresse mystérieuse qu'un portail fermé et une boîte aux lettres au nom de Durringer. Aucun signe de Flore.

Basile s'absente le temps d'acheter un sandwich plus bas dans le village. En épiant à nouveau le chalet où serait descendue Flore, il remarque cette fois la présence d'une camionnette blanche, marquée du logo de la Brasserie du Comté. Personne n'a pris la peine de refermer le portail. Une simple livraison ?

Saisissant immédiatement son mobile, Basile comprend que la brasserie est installée à proximité. Il décide d'en inspecter le compte *Instagram*, à la recherche de Flore.

En remontant les derniers clichés partagés par la brasserie, Basile découvre plusieurs photos d'un anniversaire, organisé dans le jardin du chalet qu'il surveille. En arrière-plan, un peu floue, Basile en est persuadé, il vient de reconnaître Émeline.

Son Émeline.

34

***

MARGO

11h32. Mes derniers échanges avec Ada remontent à mercredi soir. Depuis, plus rien. Je n'ai pas été très disponible, mais ce silence me ronge. Comment s'est passée sa nuit avec Cannelle ?

Faute de pouvoir la lire, je peux écouter les mêmes musiques qu'elle. La dernière piste sélectionnée par Ada prend aujourd'hui un sens prémonitoire.

Artiste : **Goldfrapp** Titre : **Road to somewhere**

Dans notre cocon feutré, la voix soprano de cette chanteuse accompagne à merveille notre épopée routière à travers les paysages forestiers du Telemark.

Kjetil a pris la peine de nous initier tous les deux à la conduite de son prototype, un modèle qui me rappelle un mélange esthétique entre la grande berline Tesla model S, très répandue chez les VTC, et la silhouette ramassée d'un Renault Captur.

J'ai préféré laisser Terje assurer le début du trajet.

Première étape : une borne de recharge rapide, au niveau de la commune de Vinje, à 166 km de notre point de départ. Le grand écran de notre tableau de bord nous promettait ce matin une autonomie de 200 km environ.

La Norvège, pays de longues distances, très peu peuplé, et quasiment dénué d'autoroutes, constitue un véritable laboratoire grandeur nature pour les constructeurs de véhicules électriques. Grâce à la politique volontariste du gouvernement, nous a expliqué Kjetil, la Norvège est le seul pays du monde où l'on vend plus de voitures électriques et hybrides que de véhicules thermiques. Un paradoxe étonnant pour un pays qui doit sa richesse aux énormes gisements d'hydrocarbures exploités depuis les années 1970.

Avec son fils Dag, Kjetil tient la concession Tesla la plus dynamique du royaume. Il peut même se vanter d'y avoir accueilli Elon Musk. Conscient de l'importance du marché norvégien, le deuxième après les États-Unis, le fondateur charismatique lui a fait livrer en exclusivité un des rares exemplaires déjà assemblés de la future Model Y, prévue pour 2021 en Europe et décrite par Kjetil comme un *SUV sport de taille intermédiaire*.

En contrepartie de ce privilège, Kjetil s'est engagé à rouler un maximum de kilomètres, par tous les temps, pour permettre à Tesla d'ajuster les derniers paramètres. Comme tous les véhicules de la marque, la Model Y transmet ses statistiques de conduite en temps réel, et reçoit ses mises à jour directement depuis le siège californien.

Des concessionnaires de toute l'Europe doivent découvrir notre exemplaire dès ce soir, au show room de Drammen. Kjetil n'avait pas prévu sa défaillance cardiaque, et l'interdiction de conduire pour une période indéterminée qui en découlerait...

Moi qui commençais à me faire à l'idée de suivre l'entraînement intense programmé par Terje... Terminés les virées sur le lac, les cours de lancer de hache, et les escapades musclées en forêt. Terminé aussi l'isolement. Si la police norvégienne n'est plus un problème pour nous, qu'en est-il de tous celles et ceux qui ont décidé de m'empêcher de récupérer mon identité ? Témoins de Jéhovah plus ou moins radicaux, mercenaires ou agents russes... Nous guettent-ils déjà à Tromsø pour nous atteindre, Madeleine et moi ?

Et Agnès ? Nomade forcée comme moi, elle est sans doute déjà loin. Sur qui peut-elle encore compter après la mort de Renaud ? A-t-elle de la famille quelque part ?

La mienne se résume aujourd'hui à ma sœur Flore. Sera-t-elle encore à Saint-Martin lors de mon retour ? Si je ne me bats pas pour moi, je me bats pour elle. Pour qu'elle ait enfin la vie qu'elle mérite. La vie transmise par tata Yvette.

— Quand elle a débarqué à mon anniversaire, je n'avais pas parlé à ma sœur depuis près d'un an. Je suis parfois restée des mois sans avoir la moindre idée de l'endroit du globe où elle pouvait se trouver.

Concentré sur la route, Terje ne sourcille pas. Pourtant, je sais qu'il m'écoute attentivement, alors je continue sur ma lancée :

— Comme on n'a jamais pu compter sur nos parents, on a créé un lien spécial entre nous. Un lien invisible. Les gens qu'elle croise au gré de ses aventures ignorent pour la plupart mon existence. De mon côté, je ne parle que très rarement d'elle. Pourtant, Flore a une place unique dans ma vie.

Terje me lance un regard furtif. Il reste muet.

— Est-ce que Murielle tient cette place dans ta vie ?

J'ose enfin aborder le sujet. Vais-je percer le mystère de celle qui sait déjà tout de moi alors que j'ignore tout d'elle ?

Terje fronce les sourcils. Concentré, il jette de rapides coups d'œil dans le rétroviseur central. Il contrôle ensuite notre position sur l'écran tactile embarqué.

— Ne te retourne pas, me répond-il d'un ton pressé. Nous sommes suivis.

Terje serait-il prêt à inventer un truc pareil pour changer de sujet de conversation ? Une part de moi voudrait le croire. Mais il a l'air tout à fait sérieux. En me contorsionnant, je parviens discrètement à apercevoir dans mon rétroviseur latéral la silhouette d'un camping-car se tenant à une distance raisonnable.

Nous dépassons une série de panneaux indicateurs. Odda via la Rv13 à gauche. Oslo via la E134 à droite.

Le croisement approche. C'est un cédez-le-passage. La route s'élève rapidement sur notre gauche, tandis qu'elle continue de longer le lac Røldalsvatnet sur notre droite. Ses eaux sombres s'étirent du nord au sud en légère courbe comme une banane géante large de moins d'un kilomètre, cernée de montagnes boisées.

Les pneus crissent et me voilà plaquée contre ma portière. Terje n'a pas marqué le moindre ralentissement. D'un coup de volant à gauche, il nous engage sur la route d'Odda. Le camping-car, lui, n'a pas le choix : il doit céder le passage à un imposant semi-remorque.

Terje ralentit. Je me retourne sur mon siège. Le camping-car tourne finalement à droite et s'éloigne lentement. Je voudrais identifier son conducteur, c'est hélas impossible.

Pourtant, deux détails sur le véhicule m'impriment la rétine. Il faut quelques secondes à ma mémoire pour me permettre de reconnaître le blason blanc, barré d'une fine croix jaune dans toute sa largeur et sa hauteur. L'emblème du Trøndelag, un des cinq landsdeler du royaume. C'est Terje qui me l'avait expliqué. Les deux lettres VX de l'immatriculation du véhicule n'ont elles aussi aucun mystère pour moi : elles correspondent à la ville d'Orkanger, tout près de Trondheim plus au nord.

Nous avons déjà croisé ce camping-car, j'en suis certaine. Nous avons roulé pendant des heures derrière lui sur la route de Beitostølen.

Échange de regards furtifs avec Terje. Même si nous empruntons un axe fréquenté jusqu'à Oslo, la coïncidence est difficile à envisager.

La façade rectiligne et sombre d'un hôtel se dresse sur le bord de la route. Le ciel et le lac se reflètent dans les baies vitrées.

Nouveau coup de volant sur la droite. Nous quittons la route, contournons l'hôtel et grimpons entre les maisons, sur une voie sinueuse et escarpée. À peine assez large pour croiser.

Cet itinéraire bis nous permet de rejoindre un peu plus haut l'axe principal, en pleine courbe. Terje y reprend la direction d'Oslo, délaissant la station de ski d'Odda, construite plus en amont.

C'est un tunnel original qui nous permet de regagner le niveau inférieur : un toboggan hélicoïdal creusé dans la roche. Ils sont fous ces Norvégiens.

Les mains vissées au volant, Terje cesse de respirer pendant la traversée du tunnel. Lorsqu'il reprend enfin son souffle, la réverbération du soleil à demi voilé sur les eaux du lac m'agresse.

La route est à nous. Aucun véhicule en vue. Le croisement pour Odda est déjà loin derrière, quand Terje finit par me confier :

— Je l'ai vu hier à Sand, en sortant de la pharmacie.

La boule de douleur dans le bas de mon ventre se manifeste à nouveau, plus intense que jamais. Les grands espaces sauvages qui nous dominent prennent soudain un air menaçant, angoissant.

Du bout des doigts, je fais défiler sur l'écran géant notre itinéraire jusqu'à la borne de recharge. Dictée par le relief et les lacs longs de plusieurs kilomètres, la route que nous suivons ne nous mènerait-elle pas droit dans la gueule du loup ?

Peut-être qu'on se trompe. Peut-être que Terje a mal vu hier. Peut-être même que les autocollants du Trøndelag sont populaires.

Je suis obligée de reconnaître qu'un camping-car sur les routes norvégiennes se fond totalement dans la masse. Surtout en saison touristique.

Toujours aucun véhicule en vue.

— Tu crois qu'il nous attend à la prochaine borne de recharge ?

— C'est possible, répond Terje sans quitter la route du regard.

Rapidement, je localise sur l'écran digital les deux chargeurs installés sur notre parcours, en amont de celui que nous avons choisi.

Une idée germe enfin dans mon esprit. Kjetil nous a offert la meilleure arme qu'il soit pour nous défendre : sa voiture.

À moi de jouer les maîtres du jeu. Je cherche sur Internet les influenceurs les plus virulents et les plus suivis concernant le constructeur Tesla. Critiquée, méfiée, la marque californienne déchaîne les passions sur la toile depuis sa création, à l'image de son fondateur.

Dans un pays où Tesla dame le pion à la concurrence, l'opinion est friande de scoops. Cela tombe à point nommé : nous roulons à bord d'une exclusivité mondiale.

Quelques messages bien ciblés sur Twitter suffisent à attiser la curiosité des fans qui résident à proximité. Mes photos de l'habitacle ont convaincu les plus sceptiques. Je suis bien à bord du Model Y.

Phase numéro deux. Prendre quelques clichés en mode paparazzi sur le bord de la route. Terje se prête au jeu. Elles sont rapidement mises en ligne. Cette fois, l'effet viral est immédiat. Scoop : une Model Y voyage sur la route européenne 134 vers l'est.

Phase numéro trois. L'arrêt à une borne de recharge située 12 km avant la bourgade d'Edland. Nous nous garons devant la façade traditionnelle de bois rouge d'un hôtel. Malheureusement pour nous, contrairement à celui que nous avions repéré, il ne s'agit pas ici d'un supercharger Tesla. Il nous faudra près de trois quarts d'heure pour récupérer les 100 km d'autonomie qui nous permettront d'atteindre Drammen. Autant dire une éternité. Je tente de gagner du temps en diffusant un maximum d'informations contradictoires sur notre position. Mon objectif : éviter que l'on nous remarque. Mes derniers messages annonçaient notre présence à la borne suivante, située à Haukeli, près du centre d'Edland.

Trente-cinq minutes de charge. Je trépigne. Comme à son habitude, Terje semble plus détendu. Il a inspecté chaque recoin du parking, étudié le menu et les tarifs des chambres de l'hôtel.

Trente-neuf minutes. Un homme surgit de l'hôtel, smartphone à la main. Merde. C'est ce que je craignais. Il nous a repérés. Trop tard.

Je prends le volant. Terje débranche la borne, et se presse de me rejoindre à bord. Il est temps de filer.

Dès le démarrage, je sursaute en effleurant la pédale d'accélérateur. La puissance est restituée instantanément aux quatre roues motrices. C'est déroutant. Et rudement efficace.

Nous avalons rapidement les 12 km restants. Je ralentis au niveau du Haukeli Hotel. Terje scrute avec la même attention que moi l'affluence inhabituelle sur le parking attenant. Journalistes et fans de Tesla nous attendent en discutant. Un véhicule dépasse tous les autres et attire notre regard : le camping-car.

L'attroupement de curieux vient d'apercevoir notre voiture. Marche arrière. Je suis à nouveau surprise par l'agilité des moteurs électriques. La caméra de recul retransmet une image plein écran haute définition sur l'écran central.

Terje sourit. Impossible pour le camping-car de ressortir du parking : il est bloqué par nos paparazzis.

Destination finale enregistrée. Itinéraire recalculé. Deux cent sept kilomètres nous séparent de la concession Tesla à Drammen. Autonomie estimée : 210 km. Il n'est plus question de marquer le moindre arrêt. Ni de gaspiller nos batteries.

Terje fait le même constat que moi, en étudiant minutieusement la consommation de notre voiture. Il se cale confortablement dans son siège, avant de prononcer ces quelques mots seulement :

— Murielle est bien plus que ça.

***

BASILE

Basile a payé d'avance deux nuits à la Bonne Auberge. Cet hôtel deux étoiles, situé dans la prolongation de la route du Boréon, juste après avoir contourné le vieux village, est une grande bâtisse traditionnelle toute en pierres grises, ornée de volets rouges et blancs.

Si les bonnes notes sur Internet l'ont convaincu, Basile a choisi cet établissement en remarquant un véhicule stationné devant. Un touriste belge vidait le coffre de sa BMW M3 rouge de 1992. Ce modèle emblématique a immédiatement inspiré une stratégie à Basile.

Il lui a suffi de photographier le bolide avec insistance pour susciter l'intérêt et attiser la fierté de son propriétaire. Après une heure de discussion pointue, le Belge a invité Basile à sa table pour dîner.

Aujourd'hui, il est près de 17h lorsque Basile conduit son nouvel ami, qui lui a fait l'honneur de lui confier le volant, au niveau du portail rouillé du 620, avenue Eugénie Raiberti.

Repérée la veille, la voici abritée sous l'avancée du toit du chalet : une BMW 325i bleu marine de 1992, dans un état remarquable.

Si le Belge n'a même pas remarqué la Peugeot 308 blanche nacrée garée au milieu du jardin, Basile y voit au contraire un signe de présence du propriétaire des lieux : Robin. Il note également les fenêtres grandes ouvertes, et fait immédiatement vrombir les 286 chevaux du moteur de la M3.

Passionné d'automobile, le Belge insiste pour voir la BMW bleue de plus près.

Basile gare la M3 et accompagne son nouvel ami dans le jardin qui entoure ce chalet en contrebas de la route. Il alterne entre pierres grises et murs peints en blanc au rez-de-chaussée, tandis que l'étage est habillé d'un joli bois couleur caramel. La toiture métallique rouge d'origine aurait besoin d'une bonne rénovation.

Les deux hommes progressent lentement, quand le Belge s'écrie :

— Il y a quelqu'un ?

Soudain, la porte d'entrée s'ouvre, et Robin apparaît, un peu étonné. Son regard passe du Belge, au visage de Basile, pour finalement fixer le rouge écarlate de la M3 au niveau du portail. S'ensuit alors un échange de sourires. Des sourires dignes de trois enfants sur le point de comparer leurs jouets préférés.

35

***

MARGO

Il faut environ 35 minutes pour traverser l'Oslofjord. Comme son nom l'indique, ce large chenal offre à la capitale norvégienne son accès à la mer. Ses innombrables îles lui offrent autant de postes de défense naturels autrefois fortifiés.

Trente-cinq minutes au milieu des touristes et des locaux, qui empruntent ici le ferry comme on prend le bus chez nous.

La course folle jusqu'à Drammen a quelque peu bousculé mon équilibre alimentaire : nous n'avons rien mangé depuis ce matin. Résultat, me voilà accoudée à la rambarde en train de dévorer des roulés à la cannelle achetés à bord. Près de moi, Terje croque des bâtonnets de pâte d'amande enrobés de chocolat. Ils ressemblent à s'y méprendre aux Fingers de mon enfance.

Qui conduisait ce camping-car ? Était-ce de la pure paranoïa ? Pour la première fois, j'ai l'impression que Terje n'en sait pas plus que moi.

La dernière partie du trajet m'a paru interminable. Par crainte d'une police norvégienne particulièrement stricte, et contrainte par une autonomie limitée, j'ai veillé à respecter la limitation de vitesse jusqu'à Drammen. Soporifique.

Dag, le fils de Kjetil, nous a accueillis à bras ouverts. Il nous a remerciés mille fois d'avoir sauvé son père, et convoyé sa précieuse Tesla. Il s'est même réjoui de voir que nous avions vidé les batteries jusqu'à ce que la jauge indique 0 % de charge. Car la Model Y dispose en réalité d'une réserve de secours de 3 % qui s'est avérée très utile.

Dag a ensuite insisté pour qu'un employé nous dépose au port d'Horten, à une heure de route plus au sud.

Ce trajet en ferry est notre première immersion dans la foule depuis celle dans le port de Flåm, six jours plus tôt. C'est fou comme on s'habitue vite aux grands espaces. Au silence. Heureusement, la brise marine qui balaye le pont supérieur décourage la plupart des passagers. Ils lui préfèrent le confort de leurs véhicules, alignés dans la coursive centrale.

La navigation autour de nous se densifie. Voiliers, hors-bords, ferries danois et suédois : nous traversons une autoroute maritime. La côte ouest du fjord est déjà loin, tandis que notre destination approche. Partout, les eaux sombres sont bordées de collines boisées, clairsemées de maisons de toutes tailles.

Nous virons légèrement sur bâbord pour contourner le sud de l'île verdoyante et résidentielle de Jeløy, seulement séparée de la partie continentale par un étroit canal. C'est à sa droite que le débarcadère pointant dans notre direction marque l'entrée du port industriel de Moss.

À cet instant, il m'est impossible d'oublier Agnès et la troisième Émeline, croisée à Sauda. Pourtant, c'est une autre femme qui accapare mon esprit.

Qui est Murielle ? Quel est son rôle dans mon histoire ?

Nous accostons. Répétée plusieurs fois par jour, la manœuvre est exécutée sans accroc. Tout juste libéré, le flot de voitures se déverse immédiatement sur le quai, croisant les files d'attente prêtes à embarquer à leur tour.

Détail amusant : le ferry ne fait jamais demi-tour, il est symétrique. Seul le commandant se déplace à l'intérieur de sa cabine, selon le sens de la marche. Ainsi, l'avant devient l'arrière du navire, et inversement.

Je ne sais pas à quoi je m'attendais. Comme lorsqu'on lit certains romans sans vraiment mettre un visage sur l'héroïne, je ne lui avais pas imaginé une apparence particulière.

Murielle est plus petite que moi. Si je m'en tiens à une description sommaire, nous nous ressemblons. La trentaine bien entamée, brune, les yeux marron, la peau plutôt claire, et une poitrine moyenne. Pourtant, sans même l'entendre parler, la femme qui nous attend au bout du quai me semble bien différente de moi. En fait, elle me rappelle Émeline. Avant la fausse couche, avant la dépression, avant la course à pied... Avant Margo.

Murielle a l'air joviale et bonne vivante. Le bandeau rouge bordeaux qui maintient ses cheveux coupés mi-court lui donne une allure très *sixties*. Je l'imagine tout à fait conduire une 4L jaune ou un petit cabriolet MG rouge.

Murielle nous attend à côté d'une Renault Zoé blanche très consensuelle. La fatigue se lit sur son visage tout en rondeurs. Mais ses yeux pétillent de malice comme ceux d'un personnage de film Pixar. Au moment de la saluer, je dois l'admettre : Murielle m'inspire confiance.

Pas d'embrassade, pas de bise à la française. Pas même de mots chaleureux. Terje et Murielle seraient-ils pudiques à ce point-là ? Quel lien les unit au juste ? Est-ce qu'ils se doivent quelque chose ?

Murielle habite le cinquième et dernier étage d'un large immeuble construit au pied d'une colline boisée, à proximité de la rive ouest de l'île de Jeløy. Sa terrasse embrasse une vue panoramique sur l'Oslofjord, où le soleil est encore bien loin de se coucher.

Incomplète. C'est le mot que m'inspire la décoration de son appartement, par ailleurs très lumineux et fonctionnel. Il ne manque pas seulement des cadres aux murs, ou des pans entiers de sa bibliothèque. Chaque détail, chaque meuble porte la marque de quelqu'un qui vivait ici, avant de partir en emportant ses affaires.

Terje m'a habituée aux surprises et aux comportements inattendus. Je suis servie. J'ai tout envisagé. L'ex, l'amie d'enfance, la collègue, ou même la supérieure hiérarchique. Ce n'est rien de tout ça, ou plutôt un peu tout à la fois.

Pourtant, j'étais persuadée d'en apprendre un peu plus sur mon acolyte norvégien à travers cette alliée mystérieuse. Verdict : c'est pas gagné.

Murielle se comporte comme l'intendante appliquée de notre séjour. Nos lits sont impeccablement faits. Les placards et le congélateur sont pleins. Il y a même un ordinateur à notre disposition.

Terje entretient cette atmosphère détachée et professionnelle en se concentrant sur l'essentiel : les démarches auprès de l'ambassade de France et des autorités norvégiennes.

D'ailleurs qu'en est-il exactement ? La police enquête-t-elle encore sur la mort de Renaud ?

La troisième Émeline a-t-elle été expulsée ? Ou bien relâchée ?

— La Française interpellée à Sauda sur les lieux de l'attaque de drones sous le nom d'Émeline Dalbera a été relaxée. La mort de Renaud a été classée en accident. Officiellement, la police norvégienne soupçonne une action militante dirigée depuis l'étranger.

La voix provient de la cuisine. Murielle ne m'a jamais autant parlé depuis notre rencontre sur le quai.

— Je me suis portée garante de toi auprès de l'ambassade de France à Oslo, poursuit-elle tout en préparant le dîner.

Murielle marque une pause, puis ajoute sans le moindre accent français :

— For deg også.[39]

Planté devant la baie vitrée, le regard perdu dans les eaux ensoleillées du fjord, Terje répond seulement :

— Merci.

Alors c'est tout ? On s'est isolés dans une cabine paumée comme des braqueurs en cavale pour qu'elle nous annonce que tout est réglé comme une simple formalité ?

Percevant ma déception, Murielle me lance sèchement :

— Tu pourras courir à Tromsø. Agnès aussi. C'est ce que tu voulais, non ?

Pendant que j'essaie de digérer la situation et le rôle flou de notre hôte, Terje dresse la table et Murielle coupe le feu sous sa grande poêle.

Une délicieuse odeur de fromage grillé atteint mes narines. Une odeur familière, mais surprenante dans ce contexte nordique. La préparation ne ressemble en rien à ce que j'ai pu voir ou goûter depuis mon arrivée en Norvège. Et pour cause, il s'agit d'une truffade. De la tome fraîche du Cantal, cuite avec de la poitrine fumée, des pommes de terre et des oignons.

Les trois assiettes sont copieusement servies. Terje et Murielle m'attendent patiemment à table. Encore un moment déroutant. Qui sont-ils ? Comment peut-elle cuisiner de tels produits dans un pays ou faire ses courses alimentaires est un cauchemar pour n'importe quel gastronome ?

En m'asseyant à mon tour, les questions fusent dans ma tête. Mais mon estomac me rappelle à l'ordre : d'abord, mangeons.

---

[39] Pour toi aussi.

***

ADÉLAÏDE

Bientôt 19 h. Ada vient à peine de réaliser que son père n'est pas encore rentré. Depuis sa chambre, elle constate la présence dans le jardin de la Peugeot 308 que Robin utilise au quotidien. Est-il descendu au village à pied ? Est-il passé voir Édouard à la brasserie voisine ?

Si Ada était revenue seule du collège, elle aurait remarqué l'absence de la BMW 325i et le garage grand ouvert. Mais Cannelle lui accapare l'esprit.

D'ailleurs, Ada craint la réaction de Robin lorsqu'elle lui apprendra que Cannelle passe le weekend chez eux. Son père n'a jamais aimé se retrouver devant le fait accompli.

Pourtant, en voyant l'état de stress de Cannelle toute la journée au collège, Ada n'a pas hésité. Mais elle n'a pas réfléchi non plus. Trois soirées ensemble. Trois nuits à partager le même lit. Ce qui lui semblait naturel jusqu'à récemment devient une épreuve émotionnelle vertigineuse.

Ada a déjà embrassé des garçons. Elle a déjà été amoureuse. Du moins, c'est ce qu'elle croyait jusqu'ici. Elle échangerait sans hésiter tous ses flirts contre un baiser, même du bout des lèvres, avec Cannelle.

Ada ne sent plus ses doigts. Elle fouille le congélateur coffre installé dans la cave du chalet, sous l'œil amusé de Cannelle :

— Tu vas tomber dedans si tu continues de te pencher !

— La voilà !

Ada brandit fièrement une terrine remplie à ras bord, enveloppée dans un sac plastique. Cannelle scrute la masse givrée :

— Qu'est-ce que c'est ?

— De quoi calmer mon père pour tout le weekend : la daube de sanglier d'Édouard.

À la fin du cours de français, Valérie, qui connaît bien le père de Cannelle, a elle-même demandé à Ada de veiller sur sa camarade. Alors Ada fait de son mieux. Malgré l'absence de Margo.

Si Robin entrait dans la cuisine maintenant, il ne pourrait se douter que Cannelle faisait triste mine une heure plus tôt. Elle a insisté pour remuer à son tour la daube qui mijote doucement dans une grande cocotte en fonte. Il suffit de soulever le couvercle pour humer un parfum composé de vin rouge corsé, de plantes aromatiques, de légumes et de gibier mariné, relevés d'une délicate touche finale de chocolat noir.

Sur le feu voisin, une casserole porte de l'eau à ébullition, avant de recevoir une flopée de gnocchis artisanaux, congelés eux aussi. Ada laisse échapper un petit cri : l'eau bouillante lui rejaillit sur la main.

Cannelle se moque gentiment d'elle, et caresse affectueusement la zone endolorie. Gênée, Ada retire sa main, avant de masquer son geste par un rire nerveux.

— C'est le moment de goûter !

Cannelle plonge une cuillère en bois dans la daube, et la tend à son amie. Ada déguste du bout des lèvres, de peur de se brûler. Cannelle lèche la sauce à son tour et se régale. Elle n'en laisse pas une goutte et repose la cuillère avec le sourire espiègle d'une enfant fière de sa bêtise. Ada rigole de bon cœur :

— Tu t'en es mis partout...

Sans réfléchir, Ada s'approche et essuie du bout du doigt la trace de sauce à la commissure des lèvres de Cannelle. Surprise et amusée, celle-ci se laisse faire.

Pour la première fois depuis très longtemps, Ada soutient le regard de Cannelle. Comme si le temps s'était arrêté.

L'embrasser. Maintenant. Sans penser aux conséquences. Sans envisager le pire. Se laisser porter. Ada hésite, elle en meurt d'envie. Sa bouche est si proche.

Cent quatre-vingt-douze chevaux. Robin l'a assez répété pour qu'Ada s'en souvienne. Elle a très tôt appris à reconnaître le son du six cylindres. Sans même tourner la tête, Ada visualise la BMW 325i bleue de son père en train de franchir le portail.

Le charme est rompu. Cannelle s'est précipitée à la fenêtre de la cuisine. Ada veut pourtant savourer ces dernières secondes d'intimité avec son amie, avant que Robin ne l'assomme de reproches.

Cannelle bouscule les prévisions de son amie en quelques mots :

— Ton père n'est pas seul.

Robin et son mystérieux visiteur ont bien mis dix minutes à quitter le garage pour atteindre la cuisine. Les deux collégiennes en ont profité pour dresser la table. Elles se tiennent toutes les deux debout et souriantes, lorsque Robin leur fait la bise le plus naturellement du monde. Comme si Cannelle avait toujours habité sous son toit.

Qui est donc l'homme d'origine japonaise qui l'accompagne ? Incapable de contrôler sa curiosité, Ada le dévisage avec insistance. Plus petit que Robin, il ressemble à son ami Édouard, mais avec d'épais cheveux noirs, coupés très courts. Ada se demande quel âge peut avoir cet inconnu.

— Daube et gnocchis ! Génial, les filles ! Je vous présente Kaito.

L'inconnu sourit aux filles :

— Enchanté.

Elles lui rendent son sourire, tandis que Robin ajoute :

— Il voudrait acheter la même BMW que la mienne, alors je lui ai fait faire un tour...

Le prénommé Kaito renchérit sur un ton enjoué :

— Et on n'a pas vu le temps passer.

Robin lui désigne une chaise autour de la table :

— On va ajouter un couvert : vous avez cuisiné pour dix !

Ada fixe son père, réjouie. C'est la première fois qu'elle voit Robin s'amuser depuis très longtemps. Il est méconnaissable. On dirait un enfant qui a ramené un copain de l'école pour partager ses jouets.

Pendant tout le repas, Cannelle dissimule de son mieux sa méfiance. Celle-ci n'échappe pourtant pas à Ada, qui l'interroge discrètement du regard.

Finalement, Cannelle se lève et invite Ada à l'aider à resservir les deux hommes. Tandis qu'elles garnissent les assiettes, Cannelle chuchote à l'oreille d'Ada :

— Il ment. Son vrai nom, c'est Basile. Je le reconnais. Je l'ai vu dans la pochette noire de Margo. C'était son fiancé.

Ada frôle le vertige. Comment a-t-il fait ? Pourquoi aborder Robin sous un faux nom ?

Intarissable sur les routes de la région et les performances de sa BMW, Robin insiste pour offrir un digestif à son invité. Basile/Kaito, s'est déjà levé de table. Il ne veut pas abuser de son hospitalité.

Les filles le saluent brièvement, et le suivent du regard jusqu'au portail. Elles restent silencieuses, mais n'ont qu'une idée en tête : prévenir Margo.

***

MARGO

20h17. Courir sur les hauteurs de Jeløy combine le souvenir de la fraîcheur boisée de notre cabine isolée à celui de l'air marin d'Ålesund. Sans oublier le relief de l'île, qui m'évoque dans une moindre mesure le dénivelé de Beitostølen. Une sorte de condensé de ma Norvège.

Si courir était un besoin, m'éloigner de Terje et Murielle était une nécessité.

Je serais bien incapable de qualifier ce à quoi j'assiste depuis notre arrivée chez elle. La tension qui existe entre eux est bien plus ancienne que mon usurpation.

Pourtant, je ne devrais pas me permettre le moindre reproche. Je suis nourrie, logée, blanchie... avec la désagréable impression d'être tenue à l'écart des vrais enjeux.

Si Terje persiste à enchaîner les périodes de mutisme complet, Murielle s'est chargée à sa place de clarifier la situation. Elle m'a prise à l'écart sur sa terrasse, et m'a balancé entre quatre yeux :

— Terje s'expose et risque son poste pour t'aider. Ne l'oublie pas, s'il te plaît.

— On m'a volé ma vie. Alors, ne me parle pas de *risque*.

Murielle ne se démonte pas :

— Non justement, on t'a seulement volé ton nom. La femme de Terje n'a pas eu la même chance.

Sans lui laisser le temps d'ajouter un mot de plus, j'ai enfilé ma tenue et je suis partie. Sans la moindre idée de la direction à prendre ni de l'adresse exacte de Murielle. Rien à foutre. J'ai besoin de me défouler. De me vider la tête.

Après des heures passées assise au volant, courir a un effet libérateur et euphorisant. J'ai besoin de sentir mon rythme cardiaque accélérer. Me sentir vivante. Mes articulations et mes muscles réclament une meilleure préparation, mais c'est un luxe que je ne peux pas m'offrir.

Le soleil irradie encore le fjord incandescent. Il y a toujours autant de bateaux. Des enfants jouent dans les jardins. Un couple se promène et me sourit poliment. Des maisons assez cossues défilent des deux côtés de la rue tracée sur les hauteurs de Jeløy, toutes différentes et pourtant très similaires.

Je n'ai pas envie de rentrer chez Murielle. Hormis la pochette de sécurité attachée dans mon dos, mes rares affaires sont chez elle. Seul, Terje était une énigme. Avec Murielle, son comportement devient encore plus incompréhensible.

Vais-je les surprendre en pleine dispute ou au beau milieu d'une partie de jambes en l'air ? Et si Terje repartait sans moi ?

En devenant Margo, j'avais retrouvé une certaine forme de liberté. Qu'en reste-t-il aujourd'hui ?

À cette réflexion, un malaise diffus s'empare de mon corps épuisé. Il est temps de faire demi-tour.

***

ADÉLAÏDE

21h18. Ada affiche un air satisfait. Elle connaît tellement bien son père. Il est si prévisible. Depuis la fin du repas, il s'est installé par terre dans son bureau, après avoir étalé au sol les documentations techniques et autres reliques des années 1990 relatives à sa BMW.

Porte fermée à clé, Ada s'est assise sur son lit, le vieux MacBook de Margo posé devant elle. Suspendue à la charpente, dressée en chandelle, ou penchée à la fenêtre, Cannelle ne tient pas en place depuis l'apparition de Basile.

Le silence de Margo est insupportable. Cannelle s'interroge :

— Comment réagirait ton père si on lui disait qu'il a dîné avec le fiancé de Margo ?

— Ex-fiancé.

— Ex, sans doute, mais qui la poursuit jusqu'ici...

Plusieurs notifications sonores font sursauter Cannelle, qui se précipite contre Ada pour lire les réponses apparues à l'écran. La fenêtre WhatsApp s'affiche au premier plan :

Margo – 21h23 : Vous êtes sûres que c'était Basile ?
Margo – 21h24 : Il a dit qu'il s'appelait comment ?

Ada s'empresse de répondre :

Ada – 21h25 : Il prétendait s'appeler Kaito.
Margo – 21h25 : OK. C'est bien Basile.
Margo – 21h25 : Ne dites rien à Robin. Ni à personne. Gardez ça pour vous. C'est très important.
Ada – 21h26 : Tu peux compter sur nous.

Le compte de Margo arbore aussitôt la mention "hors ligne". Elles n'en sauront pas plus ce soir. En réduisant la fenêtre WhatsApp, Ada révèle une vidéo en cours de lecture sur son ordinateur. Curieuse, Cannelle en déclenche aussitôt la lecture.

C'est un épisode d'une série américaine à l'image un peu désuète, en version originale sous-titrée.

Comme pour se justifier Ada précise :

— Margo regardait ça quand elle avait notre âge. On s'en sert pour les cours d'anglais.

— Trop bien ! Et ça s'appelle comment ?

— *Dawson's Creek.*

L'accent soigné d'Ada fait sourire Cannelle, qui s'installe confortablement dans le lit et dispose l'ordinateur face à elles, invitant Ada à l'imiter :

— C'est lui Dawson ?

— Oui, et là c'est Joey.

— OK, c'est quoi leur histoire ?

Ada sent qu'elle rougit. Elle n'y peut rien. Cannelle s'est appuyée contre elle, le regard rivé à l'écran. Ada bafouille maladroitement :

— Deux meilleurs amis depuis l'enfance, qui prennent conscience qu'ils ont des sentiments l'un pour l'autre. Et ça complique tout.

— Tu m'étonnes.

À l'image, Joey et Dawson regardent un film, allongés sur le lit d'une chambre d'adolescent. Cannelle souligne l'ironie : c'est un peu comme si elles se regardaient dans un miroir.

Ada a l'impression qu'une centrale nucléaire en fusion a remplacé son cœur. Sans réfléchir, sans prononcer un mot, elle se penche sur son amie et dépose un baiser fragile sur ses lèvres. Prise au dépourvu, Cannelle reste pétrifiée.

Mue par le désir, Ada l'embrasse une seconde fois, s'attardant un peu plus contre sa bouche.

Presque autant gênées l'une que l'autre, les deux adolescentes s'écartent, en silence.

À l'écran, la série continue. Dawson et Joey dansent un slow ensemble, au cours d'un mariage où ils sont tous les deux serveurs. Une chanson couvre alors la bande sonore :

Artiste : **Chantal Kreviazuk**   Titre : **Feels like home**

Les paroles réconfortantes portées par le piano semblent s'éterniser, comme ce moment unique, irréversible. Ada ne regrette pas son geste. Elle appréhende pourtant ses conséquences.

Dawson a son ami d'enfance, Pacey, pour le rassurer. Joey a sa grande sœur Bessie. Ada devrait avoir Margo. Mais pas ce soir. Pas au moment le plus important, le plus vertigineux de son adolescence.

Cannelle fixe l'écran de l'ordinateur, sur lequel le générique de fin défile. Ada n'ose pas replier l'écran. Cannelle se couche en lui tournant le dos.

Ada range le MacBook, éteint la lumière, et se recroqueville de son côté du lit. La lueur de son mobile lui brûle la rétine. Mais Margo ne répond plus aux messages.

Ada garde les yeux ouverts, de peur que Cannelle ne fasse plus partie de sa réalité au réveil. Elle se répète les paroles de la chanson entendue dans l'épisode ce soir :

If you knew how much this moment means to me
And how long I've waited for your touch
If you knew how happy you are making me
I've never thought that I'd love anyone so much [40]

---

[40] *Si tu savais combien ce moment compte pour moi*
Et combien de temps j'ai attendu ton contact
Si tu savais à quel point tu me rends heureuse
Je n'ai jamais pensé que j'aimerais autant quelqu'un

36

***

MARGO

Comment l'oublier ? Comment ne pas y songer ce matin ? J'aurais dû me marier aujourd'hui. Je me souviens parfaitement du coup de téléphone de la mairie de Saint Maur. Ce fonctionnaire très appliqué s'était illustré une première fois en m'annonçant que j'étais *déjà* mariée le jour de mon anniversaire.

Alors que ma vie se fissurait de toutes parts depuis la révélation de mon usurpation, il m'avait laissé un message vocal plein d'espoir le mois suivant :

— Une fois vos problèmes réglés, n'hésitez pas à revenir vers nous. Un créneau vient de se libérer le samedi 8 juin 2019.

Je souhaite beaucoup de bonheur à celle qui a finalement hérité du précieux créneau.

Ce matin, je n'ai pas de robe de mariée à enfiler, mais nous avons droit à une véritable séance d'essayage Terje et moi, sous la direction implacable et méthodique de Murielle.

À quelle heure s'est-elle levée ? Mon réveil matinal aurait dû m'octroyer un moment de répit. Il n'en fut rien : Murielle avait déjà préparé un copieux petit déjeuner, pris une douche, et disposé une grande quantité de vêtements sur le canapé du salon où a dormi Terje.

Là encore, j'ai le sentiment d'avoir raté un épisode. Terje ne s'étonne pas de cette atmosphère "professionnelle". Au contraire, il l'entretient en alternant norvégien et français. Je réalise dans un second temps qu'il veille à m'intégrer aux conversations, évitant par la même occasion les moments seuls avec Murielle.

Qu'on m'impose une séance d'essayage au petit matin, soit. Mais je sature de cette ambiance déroutante. Musique. Spotify.

Artiste : Freya Ridings   Titre : Castles

Terje semble hermétique au rythme soutenu de la chanson. Murielle, au contraire, ne se retient pas de battre la mesure. En fait non, elle danse sur place, à sa manière.

Pourquoi Ada ne me répond-elle plus ? Je ne suis pas sûre d'avoir bien compris ce qu'il s'est passé avec Cannelle hier soir. D'habitude, elle commente chacun de mes choix musicaux sur notre compte partagé...

Je dois reposer mon mobile. Me voilà en sous-vêtements. Pas d'excès de pudeur ce matin. Après tout, je suis devenue intime avec Terje, et Murielle ne prête pas la moindre attention à mon physique.

D'où proviennent toutes ces tenues ? Il y en a pour toutes les saisons, et pour tous les goûts, ou presque. Murielle serait-elle une ancienne accroc au shopping en cure de désintox ? Elle aurait viré son mec, mais gardé tous ses vêtements ? J'ai l'impression d'être la seule ici à m'en étonner.

Un peu plus en chair que moi, Murielle doit mesurer environ cinq centimètres de moins. Ainsi, certains habits sont trop courts ou trop amples. En revanche, Terje peut quasiment tout enfiler à la perfection. À croire qu'il essaie ses propres affaires.

Il n'y a pas de grand miroir dans l'appartement. Mais les baies vitrées renvoient un reflet suffisant pour apprécier nos nouvelles tenues. Je ne me reconnais pas. Comme si les habits de Murielle modifiaient ma silhouette au point de lui ressembler.

Ada me reconnaîtrait-elle ainsi vêtue ? Et Robin ?

De part et d'autre du canapé, deux piles nous attendent chacun : vêtements chauds d'un côté, vêtements plus légers de l'autre. Murielle revient de sa chambre avec un seul gros sac de voyage bleu foncé. Je ne sais pas si c'est censé me rassurer. Terje y glisse ses deux piles, avant d'y ajouter les miennes. Sans doute une manière de sceller notre mission commune.

Murielle me présente ensuite une sorte de trousse de toilette, de la taille d'une feuille A4. À l'intérieur, je trouve trois gourdes et leurs pipettes pour boire en courant, des lacets de rechange, deux tubes de pommade, des gants noirs, une serviette éponge, différents paquets de barres énergétiques, et un kit complet de premiers secours.

Le message est très clair : le marathon du soleil de minuit se tient le 22 juin à Tromsø. Je n'ai plus que deux semaines pour me préparer.

Visiblement, le programme de la journée est déjà fixé. Nous voilà tous les trois de retour à bord de la Renault Zoé. Les rues de Jeløy défilent. Je finis par reconnaître une longue allée boisée bordée de jolies maisons surplombant le fjord. J'ai couru ici, hier soir.

Murielle arrête sa voiture sur le bord de la chaussée, au niveau d'une belle propriété. Il n'y a ni clôture ni portail, mais un parterre fleuri en guise d'accueil. À la norvégienne.

Je n'ai pas le temps de lui demander pourquoi elle s'est garée ici. Déjà sortie du véhicule, Murielle gagne tranquillement la porte d'entrée. On lui ouvre, elle disparaît à l'intérieur.

Je me tourne vers Terje, installé seul à l'arrière de la voiture. Il devine ma question et déclare d'un ton neutre :

— C'est la maison de mes parents.

Sans attendre ma réponse, il descend de voiture. Le hayon s'ouvre. Terje en extrait un siège bébé qu'il fixe sur la banquette arrière, avant de prendre le volant. J'hallucine.

Murielle ressort de la maison avec un gros sac. Et un enfant de moins d'un an dans les bras. Erling, le fils de Terje.

Je me sens totalement transparente. Murielle agit comme si elle avait oublié ma présence. Elle installe Erling dans le siège bébé et s'assied de l'autre côté de la banquette.

Terje démarre sans sourciller. Murielle sourit à l'enfant. C'est un complot. Ou une mauvaise blague. La boule dans mon ventre se manifeste brutalement. S'y ajoute une sorte de mal de mer.

À un feu rouge, je me vois ouvrir la portière et m'enfuir. Loin.

— On descend ici, toi et moi.

Murielle claque sa portière et m'attend sur le trottoir. À en croire le regard que me jette Terje, je suis censée connaître la suite du programme. J'aimerais, mais je n'en ai aucune idée. Pourtant, j'obéis. Je la rejoins.

Murielle ne s'est pas retournée pour me parler. Au contraire, elle accélère le pas. Terje nous a déposées dans un quartier ancien de Moss. Cette partie urbanisée de la presqu'île de Jeløy aligne les maisons traditionnelles en bois et quelques commerces de proximité. Aucune construction ne dépasse les deux étages.

Alors que nous approchons d'un bâtiment plus imposant que les autres, Murielle ralentit. J'en profite pour l'interroger :

— Pourquoi Terje n'est pas allé chercher lui-même son bébé ?

— Il n'était pas venu voir Erling depuis deux mois.

— Il s'est fâché avec ses parents ?

— Terje ne tiendra pas très longtemps sans moi, se contente-t-elle de répondre en consultant sa montre.

D'un seul coup, comme lorsqu'on comprend tardivement un détail aperçu au début d'un film, je revois l'appartement de Murielle et sa chambre toujours porte close. Y cache-t-elle les affaires du bébé ? Veille-t-elle sur Erling en l'absence de son père ?

Murielle m'entraîne à l'intérieur de ce qui s'avère être un cabinet médical. Derrière son pupitre d'accueil, un homme, vêtu d'une blouse blanche et de petites lunettes, nous salue. Il a reconnu Murielle du premier coup d'œil, et nous fait signe d'entrer dans la pièce suivante. Nous sommes visiblement en retard de quelques minutes. Oui, "nous". Là encore, Murielle ne me laisse pas le choix et ne lâche pas mon bras.

Pas besoin de traduction pour saisir qu'il s'agit d'une généraliste. Ne pas comprendre le moindre mot de ses échanges en norvégien avec Murielle me met à la place d'une personne malentendante. Libérée de l'ouïe, je me concentre sur mes autres sens, à commencer par la vue.

La blouse médicale étiquetée *Doktor Rozerin Sundquist* laisse deviner une carrure assez imposante. Ce physique de championne de lutte se complète d'une peau noire très foncée, et de cheveux crépus attachés en queue de cheval. Ses yeux perçants semblent m'analyser de la tête aux pieds.

Qu'est-ce que je fous là ? Un examen médical commun ? Depuis quand les médecins reçoivent-ils deux patientes en même temps ?

Rozerin ne s'intéresse qu'à moi. Elle me fixe avec insistance, tandis que Murielle lâche simplement :

— Tu peux te mettre en sous-vêtements.

L'idée que Rozerin puisse se fâcher m'incite à obéir. C'est vraiment ma journée.

J'ai un peu froid. Le sol est glacé. Je me sens idiote, les bras croisés devant ma poitrine. Pourtant, il y a moins d'une heure, je n'étais pas gênée de me dévêtir devant Terje au beau milieu du salon transformé en cabine d'essayage.

Mais cette doctoresse norvégienne, qui incarne le monde extérieur, semble me ramener soudain à la réalité.

Rozerin me pèse, me mesure, m'ausculte et enregistre les données dans son ordinateur. Je devrais protester, demander à Murielle dans quel piège elle m'a amenée. Pourtant, je ne sais pas si c'est ma confiance en Terje qui joue encore ici, mais je me laisse guider. Je crois deviner le but de cette embuscade.

Murielle traduit une série de questions liées à mon hygiène de vie et à mon état de santé général.

Non, je n'ai jamais fumé.

Je bois modérément, jamais seule (j'ai une pensée pour Kjetil).

Je dors bien (surtout dans les cabines paumées en forêt).

Je pratique un sport quotidiennement.

Je cours presque tous les jours.

Oui, j'ai déjà couru un marathon, il y a maintenant une semaine.

J'avais vu juste. Tout ce stratagème n'a qu'un seul objectif : Tromsø. Si Agnès court sous mon vrai nom, je vais devoir m'y inscrire sous celui de Margo. Je vais donc avoir besoin d'un certificat médical d'aptitude. Je n'aurais jamais imaginé l'obtenir dans ces conditions.

La dernière fois que j'ai passé des examens médicaux approfondis, je sortais à peine de ma convalescence, suite à ma grossesse interrompue. Putain, qu'est-ce que je déteste ces mots.

Rozerin prend ma tension, écoute ma respiration et mon cœur. Elle se contente à chaque fois d'acquiescer brièvement sans sourire.

Assise dans un coin de la pièce, Murielle m'observe. Ses yeux fixent un point sur ma hanche droite. La cicatrice que j'ai failli rouvrir lors de ma chute près de notre cabine au bord du lac. La cicatrice que Terje a vue, lui aussi. Murielle examine chaque partie de mon corps. Curiosité ou jalousie ?

Pas le temps d'y réfléchir, j'ai droit au test de Ruffier qui consiste à mesurer une première fois mon rythme cardiaque, avant de m'infliger une série de trente flexions. Puis, une minute plus tard, une nouvelle prise de pouls juge de ma capacité de récupération. Mes articulations craquent aux premiers mouvements, mais je tiens le rythme.

Mon corps tout entier réclame du repos. Pourtant, je sens le besoin de reprendre mon entraînement quotidien.

Rozerin ne commente pas mes résultats qu'elle s'empresse de saisir dans son ordinateur. D'ailleurs, Murielle a-t-elle anticipé la visite au point de communiquer à notre doctoresse mes coordonnées ?

À commencer par mon nom ?

Murielle se lève et me tend mes habits. C'est terminé. L'imprimante recrache trois pages. Rozerin les agrafe, puis les plie soigneusement en deux, avant de les confier à Murielle.

Je quitte Rozerin en la saluant poliment, sans vraiment cerner son rôle dans mon histoire.

Dans la rue, Murielle ne ressent pas le besoin de s'expliquer. Elle me donne néanmoins les feuilles imprimées par la doctoresse.

Des ressemblances avec l'anglais, le français ou l'allemand me permettent de traduire quelques mots par-ci, par-là. Apparemment, j'ai perdu deux kilos depuis le mois dernier.

Ma photo d'identité en noir et blanc orne l'angle supérieur droit de la première page. Juste en dessous, ce qui m'interpelle n'a pas besoin de traduction :

Etternavn : Pradier
Fornavn : Murielle
Fødselsdato : 5. august 1983
Fødselssted : Clermont-Ferrand
Nasjonalitet : fransk

Voilà le plan de Terje. Et de sa complice. Je vais courir sous l'identité de Murielle. Les questions se bousculent dans ma tête. J'ai envie d'attraper Murielle et de la secouer pour tout savoir. Elle ne m'en laisse pas le temps :

— Bravo, tu es apte.

Son pas effréné m'oblige à accélérer pour marcher à son niveau. J'ignore encore où elle m'emmène. J'ai d'abord droit à une précision :

— Je n'ai jamais été inscrite à la moindre course. Tu pourras courir sous mon nom sans risque.

— C'est une idée de Terje ? Où est-il ?

— T'inquiète pas, il viendra nous récupérer... Mais avant, on va profiter de ce petit répit pour résoudre un problème urgent. À pied, on en a pour une bonne vingtaine de minutes.

L'idée de marcher pendant vingt minutes seule avec Murielle ne m'enchante guère. Autant qu'elle le sache :

— Je ne bouge plus tant que tu ne me dis pas où tu veux m'emmener.

— Lindex. C'est une boutique de fringues dans le centre commercial, sur la partie continentale.

— Tu te fous de moi ? J'ai essayé assez de vêtements ce matin pour une année entière !

Parler sa propre langue à l'étranger permet de préserver une certaine confidentialité dans les lieux publics. Heureusement. Quelques passants nous dévisagent, sans ralentir. Murielle s'approche et rétorque :

— Margo, crois-moi, je ne suis pas fan de shopping. Mais entre nous, tu as sérieusement besoin de sous-vêtements.

***

ADÉLAÏDE

Ada a lutté contre le sommeil une bonne partie de la nuit. Puis, elle a fini par s'endormir profondément, le cœur serré.

Au moment d'ouvrir ses yeux embués, des bribes de rêve persistent encore. Ou plutôt d'un cauchemar trop réaliste. Elle s'y voyait courir, à bout de forces, essoufflée. Au loin, inaccessibles et hors de portée, celles qui l'ont abandonnée. Sa mère. Margo. Cannelle ?

Cannelle. Ada n'ose pas bouger, encore moins se retourner. Pourtant, elle perçoit la place vide dans son dos. Les draps défaits. Cannelle est partie. Pour de bon.

Ada s'en veut. Elle regrette. La vraie vie ne ressemble pas aux séries TV. Quand on embrasse sa meilleure amie, elle ne vous rend pas votre baiser. Elle disparaît.

Ada se recroqueville sur elle-même, les poings serrés. Mais le lit lui semble glacé. Ada aimerait que Margo revienne. Elle a besoin d'elle.

— Margo a besoin de nous !

La voix un peu cassée, comme saturée en énergie et en enthousiasme, perce les tympans d'Ada. Cannelle a tiré les draps d'un coup sec. Elle se dresse au pied du lit, douchée et habillée :

— Lève-toi, on mangera un truc en marchant.
— En marchant où ?
— Jusqu'à l'hôtel de Basile.
— Pour quoi faire ?
— J'ai un plan. On sera revenues avant ton père.

Une douche rapide, des vêtements attrapés à la sauvette dans ses tiroirs, et voilà Ada qui emboîte le pas de Cannelle, survoltée. Et amnésique ? Comment est-il possible qu'elle n'y ait encore fait aucune allusion ? Qu'elle n'ait aucune gêne ? Au contraire d'Ada qui a du mal à respirer depuis son réveil.

Ada a embrassé Cannelle. Deux fois. Le répéter dans sa tête suffit à lui donner des vertiges. Aurait-elle rêvé ?

Pour atteindre le cœur du village depuis le chalet de Robin, il leur suffit de poursuivre l'avenue Eugène Raiberti, qui n'a d'avenue que le nom. Il s'agit plutôt d'une route bordée de chalets plus ou moins espacés, plongeant sur une intersection avec la rue principale de Saint-Martin. C'est-à-dire la route de la Vésubie qui serpente autour du vieux village, desservant le quartier du Boréon avant d'atteindre le lac du même nom.

Visible depuis l'autre côté de la chaussée, la façade de la Bonne Auberge est en partie dissimulée par de grands platanes.

— J'ai bloqué les appels, dit Cannelle en arrivant devant l'hôtel choisi par Basile. Il est obligé de répondre par SMS.

Elle brandit un mobile du début des années 2000, et précise, souriante :

— Mon père prête ces vieux téléphones à ses employés. Il dit que ça capte partout et que la batterie tient une semaine.

Cannelle a choisi un poste d'observation discret, d'où elles pourront s'assurer que Basile quitte l'hôtel et le village pour de bon. Ada s'assoit sur le muret à côté d'elle, troublée par le comportement détaché de son amie. Ada repense à la pochette noire que Cannelle a ouverte. Margo n'apprécierait pas qu'elles se servent des documents précieux qu'elle contient.

— Tu as pris son numéro dans la pochette noire ?

Cannelle esquisse un sourire crispé. Ada s'emporte :

— Tu avais promis. On a promis toutes les deux à Margo.

Le vieux portable vibre. Ada s'étonne :

— Tu lui as déjà écrit ? Sans me le dire ?

Cannelle s'empresse d'afficher les messages sur le petit écran monochrome. Ada y découvre sa conversation avec Basile :

Cannelle : *Ne t'approche plus de Robin, sinon Gilles sera prévenu. Émeline.*

Basile : *Admettons que ce soit vraiment toi. Je n'ai rien dit à Robin. Réponds-moi, je veux entendre ta voix.*

Cannelle : *C'est trop tard. Quitte Saint-Martin. Oublie-moi.*

Ada rougit de colère :

— T'es folle de lui écrire ça ?

— Tu préfères qu'il vole Margo à ton père ? Qu'ils attendent son retour de Norvège ensemble ?

Ada dévore du regard la fille qu'elle a embrassée timidement la veille. Son courage et son audace sont décuplés par la situation.

Une seule personne est capable de transformer l'énergie débordante de Cannelle en tornade nocive et entêtée. Son père, Lionel. Il a déclaré la guerre à Margo. Sans se soucier des sentiments de sa propre fille. Sans mesurer les conséquences sur la vie de Robin et d'Ada.

Alors oui, Cannelle s'est transformée. Comme un animal sort ses griffes. Sa malice et son astuce constituent ses meilleures armes.

Ada murmure seulement :

— C'est surtout que *tu* ne veux pas qu'il donne raison à ton père.

— Je veux qu'il parte. Je veux le voir s'en aller. Loin. Pour que Margo puisse revenir.

Une nouvelle vibration. Les deux adolescentes se hâtent de déchiffrer les pixels grossiers du minuscule écran LCD. Ada blêmit en lisant la réponse :

Basile : *Je te cherche depuis des mois. Je sais que tu es en Norvège. Je sais que tu étais à Sauda. Je peux t'aider. Je vais venir te voir.*

***

MARGO

En contemplant mon reflet dans le miroir étroit de la cabine d'essayage, je me revois en train de préparer mes bagages à Saint-Martin. J'étais loin d'imaginer que mon séjour s'éterniserait autant. Encore moins que j'abandonnerais ma valise dans la maison d'une famille de Témoins de Jéhovah.

Murielle a raison. Nos achats de tenues sportives à Sand ne suffisent pas. J'ai besoin de sous-vêtements.

À l'intérieur du centre commercial AMFI de Moss, Murielle m'a emmenée dans une boutique Lindex. Cette marque suédoise m'est totalement inconnue. J'avoue ne pas avoir prêté grande attention aux collections, en me concentrant immédiatement sur le rayon lingerie. Ma sélection privilégie confort et budget, ce qui me vaut plusieurs essayages décevants.

Je viens de réaliser que Robin ne m'a jamais vue en sous-vêtements, alors que je me suis déjà retrouvée deux fois nue en présence de Terje. Et me voilà aujourd'hui en train d'essayer des sous-vêtements accompagnée de Murielle, dont je ne connais rien.

Dans le miroir, mon corps porte déjà les stigmates de mon voyage en Norvège. J'ai perdu une taille de soutien-gorge. J'ai des bleus à de nombreux endroits. Quant à mes cheveux raccourcis et brunis à Sauda, ils complètent ma métamorphose et m'éloignent un peu plus de ceux qui comptent vraiment pour moi. Suis-je encore celle que j'étais en quittant Ada et Robin ? Serai-je encore celle qu'ils attendent ?

Malgré le bruit ambiant du magasin, la ventilation et l'ambiance musicale pesante, je me sens seule. Isolée.

Mon téléphone vibre. Ce n'est pas un message ni une notification. C'est un appel. Voir s'afficher Adélaïde Dirringer comme numéro entrant a l'effet d'un électrochoc. Lui est-il arrivé quelque chose de grave ? Robin a-t-il eu un accident ?

Murielle s'attarde à l'autre bout du magasin. Je profite de ce répit pour décrocher, en m'exprimant à voix basse :

— J'avais pourtant dit ni appel ni SMS. Pourquoi tu n'utilises pas WhatsApp ?

Aucune réponse. J'ai été un peu rude. Ada n'est pas une enfant, elle mesure à quel point je tiens à rester discrète dans nos échanges. Je prends un ton plus chaleureux :

— Je ne peux pas parler longtemps. C'est vraiment important ?

Toujours rien. Pourtant, j'entends un souffle, comme celui d'une vieille radio. Quel tour me joue-t-elle ?

— Émeline, c'est bien toi ?

La voix de celui que j'aurais dû épouser aujourd'hui semble irréelle. Comme cette cabine d'essayage mal éclairée, ces sous-vêtements accrochés à la hauteur de mon regard et la présence de la pochette dans le creux de mes reins.

Le soutien-gorge que je viens d'essayer me serre de toutes parts. Je manque d'air. Mes jambes ploient sous mon poids. Mes mains tremblent.

Entendre Basile prononcer ce prénom, pour lequel je me bats dans le Grand Nord, c'est comme un flash-back douloureux. Comme une gifle qu'on n'a pas vue venir.

— J'aurais dû être là pour toi, mais je t'ai abandonnée. J'aurais dû te soutenir, mais j'ai douté. Tu as tous les droits de m'en vouloir. Mais réponds-moi. Dis-moi quelque chose. On devait se marier aujourd'hui, merde !

Je ne m'étais pas préparée à ça. Je n'avais pas prévu de reparler à Basile aussi tôt. En fait, je n'avais pas prévu de lui reparler du tout. J'ai du mal à réaliser que celui avec qui je comptais partager ma vie prend des risques inconsidérés pour me contacter.

Je me sens gênée. Comme s'il pouvait me voir, à l'instant, dénudée dans cette cabine anonyme. Nous sommes séparés par des milliers de kilomètres, pourtant sa présence me perturbe.

— Émeline, je sais que tu es là, que tu m'écoutes. Je te connais, tu aurais déjà raccroché si tu le voulais vraiment.

Ce souffle, cette qualité sonore médiocre, ces bruits de fond... Alors que j'hésite encore à répondre, je perçois des chuchotements entre Ada et Cannelle.

Elles ont suivi mes consignes. Elles n'ont pas communiqué mon numéro ni prêté leur téléphone à Basile. Elles ont plaqué leurs téléphones l'un contre l'autre pour que notre communication soit intraçable : Basile appelle Cannelle, Ada m'appelle.

Pas question de laisser Basile me dicter quoi que ce soit. Mon périple norvégien est déjà assez compliqué. Je dois être claire avec lui. Je n'ai aucun compte à lui rendre :

— Laisse Robin et sa fille tranquilles.

Basile prend le temps de répondre, comme s'il savourait le peu de mots que je lui accorde. Mais en une phrase, il réveille toutes mes angoisses :

— Je n'ai pas eu besoin de lui pour te suivre jusqu'en Norvège. Mais tu ne m'as pas laissé le temps de te rejoindre à Sauda.

Merde. Il ne s'est pas contenté de la messagerie interne d'Europ Assistance, il m'a traquée... Est-ce qu'on traque ceux qu'on aime ? Jusqu'où ira-t-il ?

Basile ajoute :

— Un mot de ta part, et je prends le premier vol demain.

Mon téléphone m'échappe des mains. Je me retrouve à genoux, sur la moquette usée de la cabine d'essayage. J'ai la chair de poule. De grosses gouttes de sueur perlent sur mon front.

Quelle idiote. Terje m'a aidée à semer un drone tueur, un témoin de Jéhovah, et la police norvégienne... Pendant que mon ex me suivait à la trace.

— Émeline ? Émeline !

J'entends sa voix grésiller depuis mon mobile tombé à terre. Tout s'embrouille dans ma tête. La sensation d'être brutalement ramenée à la case départ. Ou pire, que tout est terminé.

Je fixe de longues secondes mon téléphone, comme un objet dangereux et toxique. Je sens mon sang battre dans mes tempes.

— Margo ? Tu as terminé ? Terje nous attend.

La voix de Murielle me sort de ma torpeur, et provoque un déclic. Comme si tout se remettait en ordre dans mon esprit. Elle vient de m'appeler Margo.

Basile ne m'a jamais retrouvée. Il ne sait pas où me chercher. Parce qu'il ignore tout de ma nouvelle identité. Il ne connaît qu'Émeline. J'ai voyagé sous plusieurs noms, essentiellement celui de Margo. Je viens de comprendre. Basile a suivi la trace de la troisième Émeline.

Mes jambes retrouvent instantanément la force de me relever. Le téléphone dans la main, je rassure brièvement Murielle :

— Oui, j'arrive dans une minute.

Il ne m'en faudra pas plus pour clore définitivement ma conversation. Autant que Basile le sache, il s'est fait avoir :

— Celle que tu as suivie en Norvège, ce n'est pas moi.

— Je sais. Mais je suis sûr que tu n'es pas loin d'elle.

Moi qui voulais me débarrasser de lui... Je vais avoir besoin de son aide. Réfléchis, Margo. Si Agnès ne réapparaît pas, quelle piste me restera-t-il pour remonter jusqu'à Madeleine ?

De toute manière, il risque déjà son poste à cause de moi : j'ai piraté son compte professionnel. Son collègue Gilles ne pourra pas le couvrir éternellement, il enfreint tous les protocoles de confidentialité en me traquant à travers l'Europe. Les moyens techniques d'Europ Assistance lui permettent de suivre la troisième Émeline, d'anticiper ses mouvements. À moi de fixer les règles du jeu. C'est ma vie. Mon nom. En rapprochant la bouche de mon téléphone, je veille à articuler distinctement mes conditions :

— Je vais te blanchir auprès de la direction d'Europ Assistance.

— Tu crois que c'est pour ça que...

— Laisse-moi parler. Je n'utiliserai plus ton compte, et je permettrai à Gilles de prouver que j'ai agi à ton insu. Mais j'ai besoin que tu me rendes un dernier service.

Par la fente des rideaux de ma cabine, j'aperçois Murielle qui s'impatiente. Je ne crois pas qu'elle m'entende. Je conclus à voix basse :

— Basile, tu vas continuer de suivre l'autre Émeline. Je veux savoir où elle est, où elle va.

37

***

MARGO

On dit souvent qu'une odeur ou une musique peuvent raviver un souvenir, même lointain. Eh bien, ça marche aussi avec des éléments moins poétiques, comme les applications.

Au début de notre relation, Basile m'a initiée aux jeux vidéo en ligne. Nous avons très vite adopté l'application *Discord* pour les discussions entre joueurs. Facile à installer, facile à utiliser. Si elle permet de gérer les communications vocales collectives pendant une partie, Discord comporte également une messagerie instantanée performante et sécurisée. Dernier détail important : elle n'exige pas de numéro de téléphone, contrairement à WhatsApp.

Ironie du sort, Basile m'a enseigné le moyen de bénéficier aujourd'hui de son aide tout en le gardant à distance.

Quand Terje m'a demandé si on pouvait faire confiance à mon ex-fiancé, j'ai eu une seconde d'hésitation. Comment a-t-on pu en arriver là ? Pourquoi n'est-ce pas Basile qui m'accompagne ce matin dans le terminal ultra moderne du principal aéroport norvégien ?

Pourtant, il a bien joué le jeu. Grâce à lui, je ne devrais pas tarder à la voir. Depuis combien de temps vit-elle sous mon nom ? Qui est cette troisième Émeline ?

Car il s'agit bien d'elle. Agnès ne réapparaîtra pas avant le marathon du soleil de minuit. J'en suis persuadée.

La patience de Basile, les astuces de son ami Gilles, et le réseau Europ Assistance ont permis de repérer l'usurpatrice interpellée à Sauda sur une liaison intérieure.

L'écran des départs indique déjà son vol, assuré par la compagnie SAS. Prévu pour un décollage à 10h, le SK 4414 doit atteindre Tromsø à 11h50. Ce trajet, équivalent à celui reliant Paris à Oslo, est l'occasion d'appréhender les dimensions du royaume : un littoral montagneux étiré sur près de 1 800 km jusqu'au cap Nord.

8h36. Nouvelle notification de Basile sur Discord : la troisième Émeline vient de rendre sa voiture à l'agence Europcar. Elle va forcément enregistrer ses bagages. Il lui faudra alors passer devant Terje et moi. Mais serai-je capable de la reconnaître parmi les 173 passagers de son vol ?

Jusqu'ici, la presse a dissimulé son visage. L'incident de Sauda n'a pas suscité l'emballement médiatique que je redoutais... Les groupes miniers ont réussi à étouffer l'affaire.

J'avais déjà du mal à digérer ma confrontation avec Agnès. Elle m'a donné l'impression de me regarder dans un miroir déformant.

Je suis sur le point de rencontrer ma deuxième usurpatrice connue. Et j'essaie de ne pas penser aux dix autres évoquées par Terje.

C'est Basile qui a réservé nos billets via la plateforme d'Europ Assistance, après avoir repéré une passagère nommée Émeline Dalbera. Mais hors de question d'embarquer sans être certains de sa présence sur ce vol.

Alors, pour le moment, tandis que l'enregistrement des bagages bat déjà son plein, les deux sacs contenant nos achats sportifs à Sauda et nos essayages chez Murielle attendent à nos pieds.

Terje n'a posé aucune question au sujet de Basile. Sans doute veut-il éviter les miennes à propos de son fils qu'il a confié à ses parents, ou du rôle de Murielle dans sa vie.

Basile doit nous prévenir à l'instant précis où SAS signalera les bagages d'Émeline Dalbera comme enregistrés. Il faudra alors agir vite, et la repérer avant qu'elle ne se confonde à nouveau avec les autres passagers. Ensuite seulement, il sera temps pour nous de confier nos sacs au tapis roulant.

La place d'Oslo dans la vie norvégienne est sans doute plus centrale encore que Paris ne l'est pour les Français. De nombreux passagers de tous âges ont effectué un aller-retour rapide dans la capitale pour raisons médicales ou administratives et voyagent léger. Ils se mêlent aux touristes retraités, dont la plupart vont probablement rejoindre un bateau de croisière polaire. Ces derniers tirent de lourdes valises. Enfin, quelques familles tentent de calmer les plus jeunes et les plus impatients, sans égarer leurs bagages surchargés.

Et si elle voyageait en famille ? Après tout, Agnès s'est bien mariée sous mon nom. Cette nouvelle usurpatrice a peut-être des enfants... Je l'observerais sans le savoir depuis quelques minutes ?

Basile a parlé d'une réservation isolée, mais rien ne l'empêche d'avoir pris ses billets séparément, avant de rejoindre ici ses enfants et leur père.

Arrête, Margo. Reste concentrée.

8h49. Tels de parfaits petits soldats bien alignés, les bagages pesés et étiquetés disparaissent les uns après les autres dans les entrailles de l'aéroport.

Une silhouette fait soudain irruption dans mon champ de vision. Merde. Pas lui. Immobile, je n'y aurais pas prêté attention. En mouvement par contre, impossible de le confondre. Cette démarche mécanique. Cette carrure.

Terje vient à son tour de reconnaître celui qui m'a pourchassée au marathon de Beitostølen. Celui que je soupçonne d'avoir un lien de parenté avec Madeleine, la trafiquante d'identités.

Nae m'a retrouvée. Mais pourquoi venir précisément dans le terminal d'embarquement du vol SK 4414 ? J'y suis. Il est là pour la même raison que nous : il a suivi la piste de la troisième Émeline.

Terje me fait signe de rester discrète. Je risque de tout faire échouer. Basile ne fait que confirmer mes craintes. Il y a bien un Nae Miereanu sur notre vol. Aucun bagage enregistré. Tient-il lui aussi à s'assurer de la présence de la troisième Émeline à bord avant de franchir les derniers contrôles ?

Que lui veut-il ? Comment réagira-t-il en s'apercevant qu'elle n'est pas *moi* ? Quoi qu'il en soit, il faut absolument l'atteindre avant lui.

Terje prend les devants. Sans un mot, il empoigne nos deux sacs et file droit dans la direction de Nae. Un échange de regards suffit. La diversion fonctionne à merveille. Nae a emboîté le pas à Terje. Où va-t-il ? Combien de temps pourra-t-il le tenir à l'écart ?

À moi de jouer. Je me surprends à faire preuve de la même audace que Terje, en m'installant au beau milieu des files d'attente de passagers. Je balaie l'assistance du regard, en vain. Poussée par une montée d'adrénaline, je me hisse sur un siège pour surplomber tout le monde. De nombreux regards étonnés et offusqués se lèvent. Toujours rien. Je me risque carrément à crier :

— Émeline !

Cette fois, une femme s'est dressée dans la foule. Ses yeux ne me lâchent plus. Nous avons sensiblement le même âge. Plus grande, plus fine, et plus pâle que moi, elle est blonde.

Mais pourquoi est-ce moi qui ai l'air plus intimidée qu'elle ? Elle semble si déterminée qu'elle pourrait me faire sentir illégitime.

Reprends-toi, Margo. La seule et authentique Émeline, c'est toi.

J'ai partagé un sauna nue avec Agnès. Me voici enfermée dans les toilettes pour handicapés de l'aéroport, face à une blonde qui me dépasse d'une tête et qui tient fermement contre elle sa valise cabine de couleur noire mate. Elle m'a guidée jusqu'ici sans que je sois capable de m'y opposer.

— C'est sûrement ma seule chance de te convaincre, me dit-elle d'une voix calme et posée. Je ne suis pas venue jusqu'en Norvège pour te rendre ton nom, mais pour te demander la permission de le garder. Parce qu'il est hors de question qu'on m'appelle à nouveau Philomène. Je vais me marier avec un homme pour qui je suis Émeline. Je dois rester Émeline.

Ma réponse fuse :

— Si tu comptes courir le marathon, reprends ton vrai nom : une autre Émeline s'est déjà inscrite.

Philomène me dévisage comme si j'avais parlé une langue inconnue. Elle a beau me dominer, je la fixe droit dans les yeux jusqu'à ce qu'elle réponde :

— Je t'ai trouvée, je n'ai plus besoin de Madeleine.

— Pourquoi je t'aiderais à rester moi ?

— Parce que toi, tu as besoin de Madeleine. Et que je me suis fait arrêter par la police à ta place à Sauda.

Une notification Discord s'affiche sur mon mobile. Dans un silence de plomb, je lis le message reçu :

Basile - 9h18 : Nae Miereanu a été PNC pour S7 Airlines avant de devenir chef de cabine chez Austrian.

Personnel Navigant Commercial. Steward comme disent encore les passagers. Nae est dans son élément, pour peu qu'il connaisse du monde à Oslo. Mon rythme cardiaque s'emballe. N'importe quelle hôtesse pourrait être sa complice. Quand je pense que j'ai crié "Émeline" en public...

Soudain, une voix féminine répète en norvégien, puis en anglais à travers tout le terminal :

— Les passagers du vol SK 4414, Émeline Dalbera et Nae Miereanu sont priés de se présenter de toute urgence aux contrôles de sécurité.

Le stress me redonne de l'aplomb. Je me sens moins petite face à Philomène :

— Écoute-moi bien. Tu vas laisser cet avion partir sans toi. Ensuite, tu attendras bien sagement un autre vol. Et je ne veux plus te voir avant le marathon. Là-bas, tu m'aideras à piéger Madeleine.

— Tu te fous de moi ?

— Dernier détail, le plus important : à partir de maintenant, si tu veux que je te laisse utiliser mon nom pour sauver les apparences auprès de ton fiancé, tu dois d'abord redevenir Philomène.

Elle serre les dents, sans détourner son regard. Pendant une demi-seconde, je redoute sa réaction. Étais-je assez crédible ?

Apparemment, oui.

— Comment vais-je te retrouver sur place ? me demande-t-elle seulement.

— Inscris-toi au marathon sous ton vrai nom.

Philomène acquiesce, et me confie son billet aux couleurs de SAS en guise de bonne foi. Tant de questions fusent dans ma tête. Pourtant, je dois rester concentrée. Il va falloir sortir des toilettes. Aucun signe de Terje. Et si Nae ou les Russes nous guettaient à l'extérieur ?

L'évidence me saute aussitôt aux yeux. Elle est à mes pieds, pour être plus précise. D'un ton sec, j'ordonne à Philomène :

— Ouvre ta valise. Il faut qu'on change d'apparence.

Merde, Margo. T'es devenue Jason Bourne.

9h28. Me voilà seule dans le terminal, affublée d'une chemise trop longue et d'un bandeau blanc dans les cheveux. Je ne me reconnais même pas dans les vitrines.

Je n'arrive pas à joindre Terje. Ni Basile. J'ignore où se cache Nae. Je serre le billet de Philomène dans ma main. Embarquer avec serait de la pure folie. Nae me rejoindrait aussitôt. Comment ne pas imaginer un comité d'accueil à l'arrivée ?

Sur les grands écrans, un vol direct pour Nice vient de s'afficher. Une vague de chaleur suivie de sueurs froides me traverse le corps.

Mon téléphone vibre. C'est un message vide de Terje, ne comportant qu'une position GPS. À en croire Google Maps, il m'attend à l'extérieur, au niveau du dépose-minute.

Une brise fraîche me cueille à la sortie. En cherchant Terje du regard, je finis par l'identifier à bord d'un break Volvo flambant neuf. Au volant de ce vaisseau roulant de près de cinq mètres de long, je reconnais Murielle. Ai-je raté un chapitre ?

Ça vibre. Un appel vocal de Basile via Discord. Je décroche, tout en m'installant sur la banquette arrière de la Volvo. La voix de mon ex-fiancé me perturbe toujours autant. Son ton très professionnel me rappelle nos astreintes chez Europ Assistance :

— Nae n'a pas embarqué. Il vous guette. Il n'est plus question de prendre un vol. Vous allez voyager en bateau, mais pas sous vos véritables identités. Je viens de déclencher une demande de passeports en urgence. Vous pourrez retirer vos nouveaux papiers auprès de la vice-consule honoraire de Trondheim.

Basile marque une pause, avant de poursuivre sur un ton plus solennel :

— C'est sans doute la dernière fois que je vous aide. Gilles n'a pas réussi à me couvrir. La direction technique d'Europ Assistance va enquêter sur moi. J'ai tout transmis à Terje. Bonne chance.

Basile ne m'a pas laissé le temps de lui répondre. Ni de le remercier. Discord affiche son compte comme déconnecté.

Je croise le regard de Terje dans le rétroviseur central :

— Tu m'expliques ?

— Tu seras Murielle. Je serai Basile.

Nouvelles sœurs froides. La Volvo s'est insérée dans la circulation, et s'engage sur l'autoroute direction plein nord. Le GPS intégré de la voiture estime la durée de notre trajet à près de sept heures. Je vais commencer par me caler confortablement, avant de me préparer à affronter Terje et Murielle.

38

***

MARGO

10h39. J'ai du mal à garder les yeux ouverts. Même à l'arrière, le confort du véhicule n'a rien à envier aux meilleures berlines de luxe. Si je ne me trompe pas, Murielle conduit la dernière génération hybride de la Volvo V90. Plus rien à voir avec la modeste Renault Zoé généreusement subventionnée par le gouvernement norvégien. Murielle est décidément pleine de surprises.

La succession de tunnels que nous traversons depuis une vingtaine de minutes me maintient dans une somnolence assez désagréable. Murielle n'a pas prononcé un mot depuis le départ. Terje non plus. La fatigue ne m'a pas rendue plus bavarde.

Le visage de Philomène m'est apparu plusieurs fois, comme un reflet flou dans la vitre. Combien d'autres Émeline vais-je rencontrer ? Madeleine va-t-elle réellement me permettre de toutes les confondre ?

Un changement de direction brutal et une décélération soudaine me sortent de ma torpeur. Nous atteignons une aire de repos réduite au minimum : quelques places de stationnement matérialisées et deux mystérieux dômes de plastique rouge. L'autoroute continue en contrebas, affleurant les rives d'un lac tout en longueur. En amont, la forêt s'étend à perte de vue.

Murielle se gare et descend de la voiture en silence. Lorsqu'elle disparaît dans un des deux dômes rouges, je comprends qu'ils abritent des toilettes.

Je profite de cet instant seule avec Terje pour l'interroger :

— Tu comptes m'expliquer quand ? Comment Murielle a-t-elle pu nous rejoindre aussi vite à l'aéroport ? Il y a presque une heure et demie de route depuis chez elle !

— Murielle n'était pas repartie après nous avoir déposés ce matin.

— Quoi ? Tu lui avais demandé de nous attendre ? C'est son idée les passeports d'urgence ?

— Non, celle de Basile.

La procédure d'urgence est une démarche de secours. Pour une raison humanitaire, médicale ou professionnelle, les services diplomatiques français peuvent délivrer un passeport temporaire dans les 24 heures qui suivent la demande. Après des années passées à rapatrier des clients d'Europ Assistance des quatre coins du monde, Basile est devenu expert en la matière.

Ces documents authentiques et officiels nous permettront de voyager à bord de l'Hurtigruten, l'express côtier, comme de simples passagers ayant perdu leurs papiers d'identité.

Murielle reprend le volant. Elle met le contact et rejoint l'autoroute. Toujours sans un mot.

Est-ce à moi de briser ce silence ? La tension est palpable. Pourtant, je serais bien incapable de qualifier l'état d'esprit de Terje. Pas un geste, pas un signe qui clarifie sa relation avec Murielle.

Coup de volant. Coup de frein. Mon visage a percuté l'appui-tête conducteur. La Volvo est immobilisée sur la bande d'arrêt d'urgence. Les poids lourds et les autres usagers nous frôlent à pleine vitesse. Murielle a les mains crispées sur le volant. Terje la fixe d'un regard sévère. Puis, c'est l'explosion. Mon niveau de norvégien ne me permet pas de comprendre tout ce que Murielle reproche à Terje. Mais sa tirade vient droit du cœur. J'ai envie de me cacher derrière les sièges, de disparaître sous la banquette. Depuis combien de temps Murielle accumule-t-elle toute cette colère ?

Terje l'écoute attentivement, mais ne bronche pas. Murielle ajoute en français :

— Tu devais déjà me répondre ce matin, alors c'est simple, je ne redémarre pas tant que tu ne seras pas capable de t'exprimer. Il fait jour très tard. J'ai tout mon temps.

Le regard de Murielle me pétrifie. Je serais prête à payer cher pour traduire au moins une partie de ce qu'elle vient de balancer à la figure de Terje.

**

ADÉLAÏDE

C'était le 25 mai. Robin se souvient parfaitement de la petite lionne surgie de nulle part pour l'anniversaire de Margo. Il ne s'attendait pas à la revoir chez lui ce soir. Surtout sans Margo. Encore moins accompagnée par Ada, Cannelle et Valérie.

La professeure de français sort la première de sa voiture. Les deux adolescentes l'imitent. Enfin, la petite lionne croise le regard de Robin. Le soleil auvergnat a encore éclairci le blond de ses cheveux et souligné un peu plus son teint hâlé. À la vue de ses mains, le père d'Ada reconnaît la marque du travail de la terre. Il devine les tatouages qui dépassent de son tee-shirt et de son short usés.

La petite lionne précède Valérie et les deux collégiennes pour se présenter :

— Je m'appelle Flore.

Robin a deviné, mais il préfère l'entendre. Alors elle précise :

— Quelqu'un profite de l'absence de ma sœur pour lui nuire.

Robin serre les dents, mais ne prononce pas un mot. Cannelle prend alors la parole :

— Je ne laisserai pas mon père détruire Margo. Avec Flore, on va vous expliquer comment la protéger tous ensemble.

Dans son dos, Cannelle étreint la main d'Ada.

— Pour commencer papa, renchérit Ada, il faut que tu saches que Margo n'est pas son vrai nom.

39

***

MARGO

8h32. Après 500 km de montagnes et de forêts, les caméras automatiques du péage urbain indiquent notre arrivée aux abords de la troisième ville du royaume. Murielle me précise que les Norvégiens ont été des pionniers dans ce domaine. Trondheim taxe la circulation en centre-ville depuis 1991.

Hier, Terje a conduit la deuxième moitié du trajet jusqu'au petit chalet où nous avons passé une courte nuit. Murielle et lui discutaient encore en norvégien lorsque j'ai fini par m'endormir.

Tout est flou. Mes souvenirs des dernières vingt-quatre heures s'emmêlent avec la fatigue et l'angoisse. Agnès, Philomène, Nae... Basile, Murielle. Quand je pense que tout a commencé par un dossier de mariage à la mairie.

Pourtant, bien avant, l'usurpation était déjà là. Invisible, mais irréversible. Dupliquée lors de chaque marathon par Madeleine.

— Mets de la musique, s'il te plaît, me demande Murielle.

Perdue dans mes pensées, j'en avais oublié sa présence. Elle est pourtant assise à côté de moi. Terje lui a laissé le volant ce matin et dort seul à l'arrière.

— Tu veux écouter quoi ?

— Peu importe, tant que ça me tient éveillée.

Réfléchissons. Spotify. Albums triés par artistes. Quelque chose me dit qu'il faut éviter de réveiller Terje. Profiter de ce rare moment seule avec Murielle, avant qu'elle ne nous dépose en ville.

La connexion Bluetooth entre mon mobile et la voiture est établie. Une voix évoquant celle de Sia Furler nous enveloppe, portée par le rythme downtempo d'un groupe britannique.

Artiste : **Zero 7**   Titre : **Passing by (ft. Sophie Barker)**

Murielle ne dit rien, mais je la vois battre la mesure du bout des doigts autour du volant. Je prends ça pour une validation de sa part.

Sur la banquette, Terje n'a pas sourcillé, encore plongé dans un sommeil profond. Ont-ils discuté toute la nuit ? Ont-ils couché ensemble ? Ça leur ferait sûrement du bien...

— Sois prudente, Margo.

Murielle me parle. Il lui aura fallu près de sept heures de trajet cumulées et une étape nocturne pour m'adresser la parole. Je fais de mon mieux pour lui paraître aussi avenante que la situation me le permet :

— J'ai conscience du geste que tu fais.

— Sois prudente avec Terje. Il ne saura pas s'arrêter à temps.

Deux phrases courtes. Quelques mots. Une gravité inédite. Je me souviens soudain des messages reçus par Terje dans le plus long tunnel du monde, dans lesquels elle le mettait en garde contre moi.

Est-il entièrement dévoué à sa mission, ou fait-il cavalier seul, obsédé par l'usurpation et le suicide de sa femme ?

Le regard de Murielle alterne entre sa trajectoire et le rétroviseur central.

— J'ai cru qu'on était suivis. Par un camping-car.

Je me retourne aussitôt, cisaillée au plus profond de mon ventre par une douleur que j'aurais préféré oublier. Est-ce possible ? Jusqu'ici ? Malgré l'épisode de l'aéroport et le changement de voiture ?

Mais je ne le vois pas. La circulation matinale compte quantité de camions et de voitures particulières.

Respire, Margo. La Norvège est le pays du camping-car. Murielle a pu se tromper.

La boule dans mon abdomen insiste et s'installe. Murielle se mure à nouveau dans le silence, tandis que nous pénétrons le centre-ville. C'est la première fois que je retrouve le tracé urbain moderne et ordonné aperçu à Ålesund, lors de mon arrivée en Norvège. Des rues rectilignes mêlent d'anciens bâtiments en pierres grises aux constructions plus contemporaines.

Chaînes de magasins nationales et internationales, boutiques plus traditionnelles et une multitude de restaurants : en quelques minutes, j'aperçois plus de commerces et de piétons que depuis notre départ de l'aéroport d'Oslo.

Notre voiture ralentit, puis s'immobilise sur le bas-côté. Le GPS indique que nous sommes arrivés à destination.

Dronningens gate 12. C'est dans les locaux de la Chambre de Commerce et d'Industrie locale que la vice-consule va nous recevoir. La boule grossit. Mon ventre bourdonne de petites aiguilles. Je suis incapable de me lever.

Murielle m'observe. Je me sens vulnérable. Comme si elle pouvait percevoir ma faiblesse.

— Merci, lui dis-je, incapable de trouver d'autres mots.

Murielle fuit mon regard et observe à nouveau la rue à travers le pare-brise :

— Je n'ai jamais osé rentrer en France parce que je ne suis plus la Murielle qui a quitté sa famille en 2003, me confie-t-elle Elle n'existe plus.

Derrière, Terje s'est réveillé sans bruit et a quitté la voiture. Il m'attend sur le trottoir avec nos bagages. Après être restée immobile si longtemps, je peine à le rejoindre.

Murielle démarre et disparaît au bout de la rue à sens unique. C'est tout ?

Visiblement, oui. Sans témoigner la moindre émotion, Terje consulte l'heure sur son mobile.

8h56. Il est temps d'entrer. Terje me tend un de nos sacs de voyage avant de m'inviter à pénétrer dans le bâtiment quelque peu austère. La façade de béton noircie par le temps est bardée de larges bandes de briques orange à chaque étage.

Au moment de franchir la lourde porte battante, je renonce à essayer de prononcer correctement l'inscription interminable *Næringsforeningen i Trondheimsregionen* qui orne la plaque blanche où figure la répartition des différents services présents dans le bâtiment.

Je suis *Murielle*, il est *Basile*. Toute la journée d'hier, nous avons répété nos rôles. Pourtant la boule dans mon ventre s'amplifie étage après étage, à mesure que nous approchons du bureau de la vice-consule honoraire.

Impossible de ne pas songer à Gunnar, son homologue malheureux mort sous mes yeux en pleine rue à Ålesund. M'aurait-il permis de piéger Agnès rapidement s'il avait survécu à son malaise cardiaque ?

Aujourd'hui, c'est une femme qui nous reçoit. Berit est une version norvégienne et souriante d'Angela Merkel. Bonne vivante et joviale, mais tout aussi rigoureuse et appliquée, elle suit la procédure à la lettre.

Ma photographie et celle de Terje apparaissent à plusieurs reprises, au fil des signatures et des coups de tampon.

Fonctionnaire bénévole au service de la France, Berit doit maintenant commencer sa journée de travail à la chambre de commerce. Elle échange les dernières politesses, et nous voilà en possession des précieux documents. Deux passeports temporaires au nom de Murielle Pradier et Basile Valmir. Authentiques. Et totalement faux.

9h23. Au bout du couloir, un miroir mural nous renvoie nos reflets. Je suis *Murielle*, il est *Basile*.

Douze jours. Voilà le temps qu'il me reste avant le marathon. Avant ma dernière chance. C'est à la fois trop court pour s'entraîner, et trop long pour garantir notre sécurité.

Un sac de vêtements chacun. De faux vrais papiers. Une cabine à bord de l'express côtier. Va-t-on vraiment nous confondre avec des touristes ?

Comme son nom l'indique, notre navire, le MS Polarlys, chasse les aurores boréales. Depuis le pont arrière, j'apprécie ma première vue d'ensemble de Trondheim.

Accoudé à mes côtés, Terje m'accompagne en silence. Il est hors de question que nous nous séparions pendant la traversée. Nous guettons ensemble les allées et venues sur le quai en contrebas. Des voitures s'engouffrent par intermittence dans le ventre du navire.

Il y a bien quelques camping-cars, mais aucun ne ressemble à celui qui nous traquait depuis Beito.

11h45. Des sirènes annoncent l'appareillage imminent. L'escale de l'express côtier à Trondheim est déjà terminée.

Soulagée de voir les passerelles reculer et les portes se fermer sans avoir aperçu la moindre silhouette suspecte, je décide de partager un peu de musique avec Terje. Mes écouteurs auriculaires feront l'affaire. Un chacun. Spotify. Lecture.

Artiste : **Mozez** Titre : **Looking at me**

Un doux mélange d'électro, de pop et de soul caresse nos oreilles. Le MS Polarlys remonte toute la largeur du Trondheimsfjord et se faufile entre de grandes presqu'îles pour accéder à la pleine mer, plus au nord.

535

Si je parviens à admirer le paysage, je n'oublie pas de jeter un œil aux passagers qui m'entourent.

À l'autre extrémité du pont arrière, le physique atypique d'une jeune fille attire mon attention. Difficile de deviner ses origines. Brune, le visage pimenté de quelques taches de rousseur, et des yeux légèrement en amande.

Elle m'adresse un sourire en croisant mon regard. Au moment de lui rendre la politesse, je sens mon cœur se contracter d'un coup. Ma main empoigne celle de Terje pour ne plus la lâcher. Les mots ne sortent pas de ma bouche.

Il est là. C'est lui. Aucun doute. Il accompagne la jolie Eurasienne. Je dois prévenir Terje. Respirer. Garder l'équilibre.

Je me rapproche immédiatement de mon allié norvégien. Ma bouche collée à son oreille, je chuchote seulement :

— Le pilote du drone est à bord.

Le commandant annonce en norvégien puis en anglais notre passage imminent dans les eaux du comté de Nordland.

ÉPILOGUE

Les picotements dans les jambes se font de plus en plus intenses. Le froid traverse les trois épaisseurs de son collant de course. Pourtant, elle garde les yeux fermés et ne bouge pas. Concentrée sur sa respiration, elle rapproche un peu plus ses genoux de sa poitrine. Elle n'entend que l'air entrer et sortir de ses poumons. Son cœur frappe contre sa cage thoracique. Depuis combien de temps est-elle assise sur le sol gelé ? Elle l'ignore.

D'un geste contrôlé, elle retire délicatement ses gants. Leur tissu coupe-vent cesse aussitôt d'isoler ses doigts du froid. Au contact de la glace, la brûlure est instantanée. Elle garde un moment ses mains plaquées à la paroi lisse, sans réagir à la douleur.

Le silence l'enveloppe un peu plus. Un silence coupé du monde.

Soudain, elle hurle de toute son âme. Chaque cri est plus fort que le précédent, plus déchirant. Tout ce que son corps est capable de contenir au quotidien. Tout ce qu'elle dissimule au plus profond d'elle-même jour après jour.

Puis son souffle diminue, ses cordes vocales fatiguent, et des larmes naissent. Elle retire ses mains dans un sursaut, comme si la douleur lui parvenait enfin.

Les yeux toujours fermés, elle écoute sans bouger la réponse à ses hurlements. Un ruissellement commence à la cerner de toutes parts. Puis surviennent les premiers craquements. Ils résonnent autour d'elle comme dans une cathédrale.

Elle ouvre enfin les yeux. La cavité s'est déformée depuis sa dernière visite. Les lueurs bleutées n'ont rien perdu de leur magie. Le spectacle l'émerveille comme si c'était la première fois.

Ses membres et ses fesses endolories se manifestent de plus belle au moment de se lever. Dressée au centre de la cavité, elle s'étire, imitée par ses innombrables reflets dans la paroi glacée.

Les années d'entraînement ont sculpté son corps. Une silhouette élancée, des muscles fins et un regard bleu acier que lui envient beaucoup de femmes. Un bandeau noir maintient ses cheveux châtains, tandis que son visage semble insensible au froid. De la vapeur se dégage par grandes volutes de sa bouche finement dessinée.

D'un pas élancé, elle regagne l'extérieur. Un soleil timide arrose déjà le relief d'une lumière blafarde. Elle veille à ne pas glisser, car chaque foulée peut être fatale. Les crevasses turquoises sont comme saupoudrées d'une fine pellicule de cendres. En réalité, il s'agit de la roche broyée par la glace, centimètre après centimètre.

Le réchauffement climatique n'épargne aucun endroit sur Terre. Même son glacier. Depuis des années, en vivant à proximité, elle a appris à l'apprivoiser. Les craquements de la glace évoquent parfois des chants, mais lorsqu'il fait trop chaud, comme aujourd'hui, ils ressemblent à une longue plainte. Le glacier fond trop vite. Il recule d'année en année.

À cette heure matinale, le Nigardsbreen lui appartient encore. Bras le plus accessible du Jostedalsbreen, le plus grand glacier d'Europe continentale, il attirera ses premiers touristes du jour d'ici une petite heure seulement.

Elle atteint enfin la roche, et se retourne une dernière fois. Ses 43 ans lui semblent bien insignifiants à l'échelle de ce monstre de glace millénaire. Lui survivra-t-il ?

Un peu plus loin, un réseau de torrents bruyants alimente les eaux vertes du lac Nigardsbrevatnet. Sur une partie stable du rivage se dresse un embarcadère vide. Il verra bientôt débarquer les premiers touristes à bord du bateau taxi.

Un renard croise sa route sans s'inquiéter. Les rochers ont remplacé la glace, mais le risque persiste. Il faut rester attentive à chaque pas pour accomplir les 200 m de dénivelé négatif.

Le bitume du parking offre un confort salvateur à ses pieds endoloris. Elle n'a plus que quatre kilomètres de route avant d'atteindre sa maison.

Après une zone arborée, une guérite et une barrière de péage délimitent le secteur payant. Mais le gardien n'a pas encore pris ses fonctions.

Elle accélère jusqu'aux premières habitations de Mjolver, un hameau aux portes du glacier.

La chaleur du poêle à bois caresse doucement ses joues. La maison est plongée dans le silence. Son mari s'est absenté plusieurs jours. À l'étage, les enfants dorment encore.

L'eau brûlante de la douche conclut en douceur ce moment solitaire qu'elle s'accorde chaque matin. Alors que ses muscles se détendent un à un, une angoisse germe en elle. Impossible de la chasser. Elle coupe l'eau, enfile un peignoir et se précipite au grenier. Dans une caisse remplie de livres, elle choisit un vieil ouvrage qu'elle emporte dans la salle de bain.

Une fois la porte verrouillée, elle tend l'oreille. Silence. Rassurée, elle ouvre le livre usé, dont les pages intérieures ont été découpées. Un sac plastique noir occupe le centre évidé. Elle en extrait un téléphone mobile, qu'elle s'empresse d'allumer. Le modèle a déjà quelques années, mais il finit par accrocher le réseau. Sur l'écran apparaît l'icône de la seule application installée : WhatsApp.

En quelques secondes, le nombre de notifications augmente. Une seule conversation l'intéresse. Les derniers messages écrits par Agnès datent de cette nuit. Après quelques secondes d'hésitation, elle finit par lui répondre, en signant simplement MADELEINE.

Fin du second tome

La sélection musicale
de Margo & Ada pour le tome 2

Leagues - Walking backwards

Duffy - Stepping stone

Massive Attack - The Spoils (ft. Hope Sandoval)

Goldfrapp - Road to somewhere

Chantal Kreviazuk - Feels like home

Freya Ridings - Castles

Zero 7 - Passing by (ft. Sophie Barker)

Mozez - Looking at me

*Retrouvez la Playlist **MARGO · 2** sur Spotify*

Thomas Martinetti

MARGO

Tome 3

3 · Soleil de minuit

(midnattsol)

À Nicole, Hubert et Claude

PROLOGUE

23h36. Après une journée caniculaire, la fraîcheur nocturne gagne le chalet. Dans la chambre d'Ada, Cannelle dort déjà. Plongé dans l'obscurité, le rez-de-chaussée est désert. La porte-fenêtre du salon oscille doucement au gré de la brise qui remonte le torrent du Boréon en contrebas du jardin.

Ada adore les sons et les odeurs de la nuit, surtout en cette saison. D'habitude, c'est avec Cannelle qu'elle partage ces moments hors du temps. Mais Ada a laissé son amie dormir pour se consacrer à celui qui a vraiment besoin d'elle ce soir. Son père a eu du mal à digérer toutes les révélations à propos de Margo. Plus dur encore de réaliser que Valérie, Cannelle et Ada étaient dans la confidence, mais pas lui. Elles ont beau avoir répété que Margo tenait à le préserver et lui éviter des ennuis, Robin est blessé, Ada le sent.

Ils sont assis au fond du jardin, à l'écart des lampadaires pour mieux distinguer les étoiles.

— Quand tu étais petite, tu voulais voir passer l'avion où travaillait maman. Tu ne pleurais jamais, alors qu'elle était souvent absente.

— J'étais fière d'elle dans son uniforme d'hôtesse de l'air. Et puis, je savais que j'allais avoir mon papa pour moi toute seule.

— C'est bien parti pour durer.

Ada décèle une tension inédite chez son père.

— Margo va revenir.

— Émeline, tu veux dire.

— Quelle importance ?

— Elle m'a menti depuis le début. Il ne s'agit pas d'un surnom ou d'un changement de vie. Elle a volé l'identité d'une autre.

— Elle n'avait pas le choix.

Robin bouillonne. Ada le croyait prêt à accepter la vérité, mais il est profondément meurtri.

— Comment peut-elle être sincère si elle ment à longueur d'année ?

Ada inspire et se lance dans une confession dont elle se croyait encore incapable :

— Moi aussi je mens tous les jours. Je mens à mon père et à celle que j'aime le plus au monde. Parce que j'ai peur de sa réaction. Je suis amoureuse de Cannelle, papa. Et crois-moi, je suis sincère.

Robin tombe des nues. Il dévisage sa fille comme si elle rentrait d'un long voyage. Le cœur d'Ada s'emballe. Se confier à voix haute rend la situation si réelle.

Ada lève les yeux au ciel où la lune joue à cache-cache derrière les montagnes, et déclare :

— Margo pouvait disparaître. Elle a choisi de se battre. Justement parce qu'elle veut revenir, et rester.

Le mobile d'Ada vibre. Un message WhatsApp s'affiche :

Margo – 23h51 : Bonsoir Ada. Nous avons embarqué sur l'express côtier, cap plein nord.

Margo – 23h53 : Le pilote du drone est à bord lui aussi.

I · TORSTEIN

01

Orkanger est un petit port industriel d'environ 8000 habitants. Torstein Ekelund a grandi ici, à moins de 500 km du cercle polaire. À cette latitude, le soleil joue avec les nerfs des habitants, surtout pendant l'hiver. Particulièrement aujourd'hui. Sa mère l'appelle le jour le plus déprimant. C'est surtout le plus court de l'année, avec seulement 4 heures et 39 minutes de soleil.

Mais Torstein s'en fiche. Il n'a jamais eu de difficultés à s'endormir en plein jour. Vivre en pleine nuit ne lui pose pas plus de problèmes.

Parler des journées courtes ou longues peut sembler exotique à l'étranger, mais c'est d'une banalité affligeante pour les Norvégiens.

Du haut de ses 19 ans, Torstein n'a jamais été confronté à de grandes difficultés. Si ce n'est que sa vie est banale. Il est né et a grandi dans un quartier moyen d'une ville moyenne, ni vraiment au nord ni vraiment au sud du pays. Ses parents incarnent la classe moyenne dans chaque aspect de leurs vies.

La scolarité de Torstein est à leur image : sans accroc. Sans excès non plus. Élève moyen, il est invisible aux yeux de ses professeurs et pire encore à ceux des filles.

Inscrit à l'université d'Oslo sans grande conviction, il assiste aux cours dans un quasi-anonymat depuis plusieurs mois, et obtient des notes convenables. De retour dans sa famille pour les fêtes de Noël, il retrouve la monotonie de ses parents, à un détail près : ils ont acheté un grand camping-car. C'est très courant en Norvège, mais Torstein y voit quand même un effort de rompre avec la routine. Depuis toujours, ses parents se cantonnent à passer tous leurs congés dans la cabine forestière héritée d'un vieil oncle. Torstein pourrait en décrire chaque centimètre les yeux fermés.

Dans sa chambre d'adolescent, Torstein n'a pas de vieux posters à détacher ou de jouets à protéger de la poussière. La pièce ressemble à une chambre d'hôtes. La décoration n'est pas désagréable. Elle est seulement elle aussi banale.

Certains de ses camarades ont grandi dans des chambres gigantesques remplies de jeux, de CD et de DVD, tandis que d'autres ont redoublé d'inventivité pour aménager une pièce minuscule. Celle de Torstein a une taille intermédiaire.

L'achat de son premier ordinateur personnel a été le plus grand bouleversement de la vie de Torstein. Le PC portable qu'il emporte partout avec lui n'est pas seulement l'objet le plus précieux qu'il n'ait jamais possédé, il abrite son secret. Ou plutôt ses secrets.

Si son existence a toujours été banale, Torstein ne s'en est pas contenté longtemps. Depuis qu'Internet le lui permet, il s'est inventé d'autres vies bien plus trépidantes. Pendant que ses parents le croient occupé à jouer en ligne comme beaucoup de garçons de son âge, Torstein ne joue pas. Il vit et gagne de l'argent sous de faux noms. Alors que le soleil se couche ou pas lui importe peu.

O2

Il est 8h39. J'envie mes voisins. À se demander s'ils ont dormi dans leurs fauteuils : mon petit couple de retraités n'a pas bougé depuis hier. Fascinés par le panorama grandiose qui défile de part et d'autre de la salle vitrée du bar du pont supérieur, ils se tiennent la main comme pour se soutenir face à tant de beauté. Est-ce leur premier voyage sur l'Hurtigruten, l'express côtier norvégien qui relie 34 ports, le long d'un littoral de plus de 2700 km ? À moins qu'il ne s'agisse d'habitués ? Peut-être encore ont-ils déjà fait ce voyage dans l'autre sens ou en hiver ?

Depuis notre embarquement hier à Trondheim, je m'étonne un peu plus chaque instant de la diversité des profils des passagers. Une femme est montée pour une seule escale, sans bagage. D'autres ont réservé leur cabine pour un mois. Comme si le MS Polarlys était à la fois un TGV, un TER, un bateau-mouche parisien et un bateau de croisière. Sans oublier le courrier, le fret et les voitures qu'il transporte sous nos pieds.

— Tu ne finis pas ta brioche ?

La voix de Terje me ramène à la réalité. Ma brioche à la cardamome. J'en ai mangé deux bouchées, mais j'ai l'impression de mâcher du carton. Impossible d'en avaler plus. Terje me fixe, impatient. Et gourmand. Son appétit n'a pas l'air altéré. Au contraire. Comment fait-il ? Terje sourit, plaisante avec les employées de la pâtisserie Multe. Une fois servi, il me raconte la bouche pleine que "multe" signifie "baie" en norvégien et désigne le fruit de la plaquebière, appelée aussi ronce des tourbières, ou ronce petit-mûrier. Il me recommande la confiture obtenue à partir de cette baie sauvage arctique en accompagnement de gaufres recouvertes d'une généreuse portion de crème fouettée ou de glace.

Mais rien que l'odeur du café et des toasts me donne la nausée. Je n'en ai pas dormi. Il est à bord. Et le voilà à notre table. Le pilote du drone tueur prend son petit déjeuner face à moi, avec sa petite amie Saskia. Jolie métisse aux origines indonésiennes et hollandaises, ses taches de rousseur et ses yeux en amandes m'avaient marquée. Amputée d'une jambe, elle a couru le marathon de Beitostølen à mes côtés. Il y a dix jours déjà. Elle m'a reconnue hier soir et nous a immédiatement abordés. Saskia nous a alors présenté son compagnon : Torstein. Le pilote du drone. L'assassin. Maintenant, je connais son nom.

Depuis, une question me hante au point de m'empêcher de fermer l'œil de la nuit. Saskia est-elle sa complice ou sa victime ? La présence de Terje n'y fait rien. J'ai peur. Je suis terrifiée. Je me sens seule, piégée.

Personne ne nous prête attention. Tous les passagers du pont supérieur sont confortablement assis face aux grandes parois translucides derrière lesquelles le littoral escarpé et l'océan se déploient à perte de vue.

Chacune de mes tentatives de prendre une photo de son visage s'est soldée par un échec. Torstein évite habilement les objectifs. Je me retiens de le dévisager, de peur qu'il ne se doute de quelque chose. Alors je l'observe par intermittence, détail après détail, pour le photographier mentalement. Une petite vingtaine d'années. Visage assez étroit et carré, rasé de près. Des yeux marron pour un regard dur. Des cheveux blonds avec des reflets cuivrés. Aussi grand que Terje, donc plus grand que moi. Des mains géantes aux longs doigts qu'il garde à moitié cachées dans les manches trop amples de son pull bleu marine.

Torstein picore son petit déjeuner et se contente de minuscules bouchées qu'il sélectionne rigoureusement. Discret et soigné, il concentre son attention sur Saskia, qui monopolise la parole pour son plus grand plaisir.

Qui est-il ?

9h22. J'ai cru que ce petit déjeuner n'allait jamais se terminer. Saskia s'est levée la première. Elle déborde d'énergie et m'invite à la rejoindre dans la salle de sport, située au même niveau sur le flanc droit du navire, ou du tribord comme disent les marins. D'abord étonnée, je réalise soudain que ma tenue, comme toutes celles de notre unique bagage, est une tenue de sport.

Terje se contente de sourire. J'en déduis qu'il compte en profiter pour se renseigner sur Torstein. Du moins, je l'espère en le voyant regagner seul notre cabine. Saskia m'entraîne déjà dans l'allée centrale de la salle panoramique, après avoir donné un baiser furtif à Torstein.

L'espace fitness est désert. Saskia s'installe sur un tapis roulant et commence à courir. Je l'imite sur la deuxième machine. Nous faisons toutes les deux face à la côte montagneuse du Nordland, qui défile inlassablement, comme le sol artificiel sous nos pieds. Saskia se tourne parfois vers moi, souriante.

Il faut que je trouve les bons mots. Que je lui parle. Je dois savoir dans quel camp elle est. Saskia comprend un peu le français, mais je cherche mes mots en anglais pour la mettre plus à l'aise. *Allez, Margo, lance-toi.*

Trop tard. Un homme vient d'entrer. Il se dirige vers le vélo d'appartement installé entre Saskia et moi. C'est Torstein, dans une nouvelle tenue. Il monte rapidement en puissance, pesant de tout son poids sur les pédales.

Les grandes surfaces vitrées n'y font rien, je me sens à l'étroit dans cette salle qui doit à peine mesurer une quinzaine de mètres carrés.

Malgré sa prothèse, Saskia maintient une régularité exemplaire. Ce n'est pas mon cas. J'ai du mal à respirer, à trouver mon rythme. Mes yeux sont rivés aux gouttelettes de pluie qui glissent sur l'extérieur des fenêtres. Mais dans le coin de l'œil, je ne peux m'empêcher de scruter Torstein. Que veut-il au juste ? Nous suivre à terre pour libérer son drone et nous abattre discrètement ? En veut-il aussi à Agnès ? Qui a attiré l'autre dans ce cirque macabre ?

J'ai mal au cœur, et mes jambes n'ont plus de force. Je n'aurais pas dû laisser Terje manger tout mon petit déjeuner. J'ai l'impression de gravir une montagne le ventre vide.

Torstein descend de selle, et tend une main vers moi. Je lève mon bras, dans un réflexe d'autodéfense. Mais son geste n'a rien d'agressif. Il réduit la cadence de mon tapis roulant. Il m'adresse un sourire, avant de remonter sur son vélo. Tandis que je ralentis, soulagée, Torstein pédale de plus en plus fort. Son appareil alterne efforts intenses et récupérations. Le mien me laisse enfin reprendre mon souffle.

10h31. Fin du calvaire. Pire entraînement de ma vie. Saskia et Torstein quittent la salle et me donnent rendez-vous pour déjeuner. Je leur souris et rejoins ma cabine comme un zombie. Je m'engouffre dans la douche sans même remarquer l'absence de Terje.

— C'est bien le camping-car qui nous a suivis.

La voix de Terje me fait sursauter. Ce n'est pas la première fois qu'il reprend une conversation interrompue une heure plus tôt. À moi de suivre. J'ai fini par m'y habituer. Mais après bientôt deux semaines ensemble, le plus troublant entre Terje et moi, c'est justement qu'il n'y a rien entre nous.

Un peu déconcertant au début, il se révèle bienveillant et réservé. Même dans les situations les plus gênantes, je me suis toujours sentie en sécurité avec lui.

Je n'en suis pas encore à me promener toute nue dans la chambre, mais j'ouvre la porte de la salle de bains pour lui répondre, tout en m'essuyant les cheveux :

— Dénonçons-les à la prochaine escale. On atteint Bodø à 12h30. La police trouve le drone à l'intérieur et on continue sans eux.

— Ce n'est pas si simple, Margo. Torstein peut démonter le drone. Personne ne soupçonnera les pièces détachées dispersées dans ses bagages. On ne sait pas de quoi il est capable s'il se sait démasqué.

— Justement, c'est pas ton boulot de savoir qui il est réellement ?

— Un étudiant qui conduit le camping-car de son père.

— Et qui a essayé de nous tuer. Plusieurs fois.

Terje est assis sur le bord d'un des lits jumeaux. Il a cet air pensif et impénétrable que j'aimerais déchiffrer. Je finis de m'habiller pour le rejoindre quand il déclare :

— Si on ne peut pas s'en défaire, partons. On descend à Bodø et on prendra le prochain express côtier.

— Très bien. On déjeune avec eux et on s'éclipse avant le café.

12h43. Cette fois, c'est au niveau quatre que nous partageons notre repas. J'ai opté pour le plus pratique des restaurants du bord, le bistro Brygga[41].

Nouvelle table, mêmes convives. Assise face à Torstein et à la droite de Saskia, je fais des efforts surhumains pour garder le sourire. Et l'appétit. Terje dévore un sandwich aux crevettes très prisé à bord, servi avec des œufs, de la mayonnaise à l'aneth et une rondelle de citron. Je me réconforte avec une bergensk fiskesuppe[42] bien chaude. Les beaux morceaux de poisson mêlés à du céleri, des carottes, et beaucoup de crème me redonnent du tonus. Derrière Torstein, en contrebas, j'aperçois le ballet des voitures et des passagers sur le quai. La silhouette de Bodø se découpe à peine dans le ciel grisâtre. La cité portuaire s'étend au pied d'une chaîne montagneuse étirée en presqu'île et terminée par l'aéroport à son extrémité.

Impossible de ne pas penser à notre fuite. Comment choisir le meilleur moment sans éveiller les soupçons de Torstein ? Terje m'a assuré qu'il se débrouillerait

---

[41] Brygga signifie "jetée". Les quais de la côte norvégienne sont généralement des lieux animés où les travailleurs chargent et déchargent leur cargaison sans prendre le temps de s'asseoir pour déjeuner. C'est pourquoi le Brygga sert des plats rapides et savoureux.

[42] "Soupe de poisson de Bergen", important port de la côte ouest.

pour me suivre. À moi de donner le signal du départ. Tout paraît pourtant si simple. Un repas détendu entre passagers.

13h04. Déjà une heure d'escale. Il est temps. Je me lève en m'excusant, avant de demander à ce qu'on m'indique les toilettes. Bien entendu, je les ai repérées dès mon arrivée. J'ai pu m'assurer que les escaliers et l'ascenseur étaient juste à côté. Je répète intérieurement le chemin le plus rapide pour récupérer notre sac et gagner la terre ferme.

Devant la porte de notre cabine, je regarde l'heure sur mon mobile. Je suis dans les temps. Mais une notification Airbnb attire soudain mon attention. Est-ce un message de Roald, notre hôte à Sauda ? Je me presse de consulter l'application. Ce qui s'affiche sur l'écran me coupe la digestion.

Si je fais vite, je dois pouvoir revenir à table avant que Terje ne se lève. Il ne comprendra pas mon geste. Mais il n'est plus question de quitter ce navire.

Je remonte les escaliers quatre à quatre. Arrivée au niveau du bistro, je m'efforce de reprendre une respiration normale. Et je souris. Je rigole le plus naturellement possible en montrant l'écran de mon téléphone à Terje, qui dissimule à merveille sa surprise de me voir regagner ma place à ses côtés.

— Regarde ce que j'ai reçu de ma sœur. Jamais à court de blague celle-là !

Devant les visages intrigués de Saskia et Torstein, je rajoute :

— Désolé, c'est un humour impossible à traduire...

— Oui, c'est vraiment personnel, renchérit Terje en me rendant le mobile.

À l'insu des autres, je consulte à nouveau la photo reçue sur ma messagerie Airbnb. On y reconnaît sans le moindre doute Agnès. Emmitouflée dans une grande parka, elle tient devant elle un exemplaire du journal local Lofotposten, daté d'aujourd'hui. Sur un panneau de la compagnie Hurtigruten, je peux lire le nom de notre prochaine escale, Svolvær. Puis je remarque l'ombre immense projetée au sol par celui qui a pris la photo. Nae tient Agnès en otage.

Terje a compris. Il commande des desserts pour toute la table et m'adresse un sourire censé me rassurer.

17h37. Robin conduit en silence, les vitres grandes ouvertes. Quand elle a vu que son père était venu la chercher à la fin des cours, Ada n'a pas eu besoin de poser la moindre question. Rien qu'à l'expression sur son visage, elle a deviné leur destination.

En roulant plein-est depuis Saint-Martin, ils s'élèvent vers le sanctuaire de la Madone de Fenestre, construit à 1904 mètres d'altitude, à deux pas de la frontière italienne. Très attachée à cet endroit, Ada y a aperçu ses premiers chamois, alors que ses parents venaient à peine de s'installer dans la Vésubie.

Robin a arrêté sa voiture dans un des derniers lacets. Juste au-dessus, les bâtiments séculaires du sanctuaire dépassent du paysage alpin. Le moteur coupé, seuls le son des grillons, le tintement des cloches et le cri des rapaces envahissent l'habitacle. Des bouffées d'air chaud caressent le visage d'Ada, surprise par les émotions qui la submergent. Ce n'est pourtant pas la première fois qu'elle revient ici avec son père depuis le dimanche 8 octobre 2017. Ada se souvient très bien de ce pique-nique improvisé. Sur un coup de tête, sa mère a décidé de venir déjeuner dans les alpages alentour. Robin avait alerté sur la météo incertaine. À raison, puisqu'un orage a chassé la petite famille de son écrin de verdure moins d'une heure après leur arrivée. Le trio s'était alors réfugié dans la voiture, à l'endroit même où Robin s'est arrêté aujourd'hui.

C'est le dernier souvenir heureux avec la mère d'Ada. Bénédicte a disparu le lendemain sans prévenir. Le jour de ses 31 ans.

Ada l'a très mal vécu. Son père a beaucoup souffert, même s'il redouble d'efforts pour le cacher. Le chagrin et l'incompréhension ont progressivement cédé la place à la colère chez lui.

Sans un mot, il redémarre et lance sa Peugeot 308 sur le chemin du retour. Ada perçoit la nervosité de Robin dans chaque coup de volant. Elle sait qu'il faut le laisser se calmer par lui-même, au risque d'empirer la situation.

La route épouse le lit de la Vésubie, encore réduite à un mince torrent de montagne. La forêt omniprésente abrite tout le trajet de son ombre. Ada réalise que le visage de sa mère commence à s'estomper dans sa mémoire. Elle se souvient d'elle, bien sûr. Mais ses traits deviennent de plus en plus flous. Est-ce que son père éprouve la même chose ?

Côté passager, Ada l'observe du coin de l'œil. Elle perçoit d'abord un changement brutal dans son regard. Quelque chose a surgi sur la chaussée. Une masse métallique sombre a jailli d'un chemin forestier. Les réflexes de Robin lui permettent d'esquiver l'obstacle de justesse.

Ada s'agrippe à son siège, quand la glissière de sécurité entre en contact contre la carrosserie dans une gerbe d'étincelles. Moins d'un mètre plus à droite, c'est la chute assurée dans le lit accidenté du torrent. Robin garde son sang-froid, rétrograde et rétablit sa trajectoire dans un crissement de pneu assourdissant, souligné par le vrombissement du moteur. La sortie de route a été évitée de justesse. Au virage suivant, Robin freine brutalement et guette le rétroviseur central. Personne. Aucun véhicule.

— Ça va papa ? demande Ada, encore sous le choc.

— C'était Lionel. J'en suis certain, répond Robin sans quitter le rétroviseur des yeux.

17h56. Retour dans la salle panoramique du pont supérieur. Les passagers s'agglutinent à bâbord, appareils photo ou smartphones pointés vers le littoral majestueux de l'archipel des Lofoten. Près d'une centaine d'îles au relief vertigineux et aux plages de sable constituent pour beaucoup l'apogée du voyage. Ces joyaux naturels semblent surgis d'un roman de Tolkien. Même Terje se laisse émerveiller par tant de beauté.

Il reste presque trois heures avant d'atteindre Svolvær. Chaque minute passée dans cette salle panoramique, piégée avec notre bourreau et sa compagne, est une torture.

Mon cerveau bouillonne. Je me remémore notre séjour à Sauda. Notre hôte Airbnb Roald ne nous aurait pas trahis. Mais son épouse Elisabeth ne partageait pas son progressisme et son ouverture à ceux qui ne sont pas Témoins de Jéhovah. J'en suis certaine : c'est elle qui a permis à Nae de me contacter via la messagerie d'Airbnb. Admettons. Mais comment a-t-il pu nous localiser aussi rapidement ? Nous n'avons pris nos billets qu'une fois à bord. Nous avons changé nos identités auprès du consulat de France pour voyager anonymement. Sur mon vrai faux passeport temporaire, je porte le nom de Murielle, l'ange gardien français de Terje. Tandis qu'il porte celui de Basile, mon ex-fiancé. Rien que d'y penser, j'hésite entre le vertige et le ridicule. Bordel, comment Nae peut-il savoir ?

Je me surprends à entretenir une conversation intéressante avec Saskia. Je lutte intérieurement pour répondre naturellement lorsqu'elle m'appelle Murielle. Mais le plus difficile reste pour moi d'appeler Terje par le prénom de celui qui aurait dû devenir mon mari cette semaine.

Nous longeons Henningsvær par le sud. Ce petit port de pêche construit sur un amas de rochers affleurants à peine la surface des flots annonce la proximité de notre destination, située un peu plus loin au nord-est. Un mince ruban de goudron relie les confettis de ce village touristique à l'île principale dont certains sommets accrochent les nuages à plus de mille mètres d'altitude.

20h36. Je dois en avoir le cœur net avant de débarquer. Pour savoir dans quel camp joue réellement Saskia, il n'y a qu'une seule solution : le lui demander. J'ai besoin d'être en tête-à-tête avec elle. Je sais que Terje m'a ordonné de rester tranquille jusqu'à l'amarrage du bateau. Mais c'est plus fort que moi. Parmi toutes les idées qui me sont venues à l'esprit pour faire diversion, j'ai retenu celle-ci. La plus simple.

Il est 20h38 quand je bouscule une serveuse, qui renverse le contenu de son plateau sur le pantalon de Saskia. Je m'excuse platement, l'employée ramasse comme elle peut les tasses et les assiettes sales. J'accompagne immédiatement Saskia aux toilettes pour l'aider à nettoyer. J'essaie de ne pas montrer à Torstein que son regard me glace le sang. Terje m'a proposé son aide, que j'ai refusée d'un geste de la main. J'espère qu'il ne m'en voudra pas trop.

Les dimensions réduites des toilettes rappellent que nous sommes bien à bord d'un navire. L'espace est compté. Tant mieux. Très à l'aise avec son corps, Saskia retire son pantalon taché, dévoilant au niveau du genou droit une prothèse différente de celle prévue pour la course. Je suis un peu gênée, pas elle.

Tout en l'aidant à laver son pantalon avec du savon, je prends le risque de l'honnêteté. J'ai très peu de temps. Saskia a laissé son portable sur son fauteuil. J'ai donc l'assurance que cette conversation restera entre nous. Dans le reflet du miroir, je capte son regard pour ne plus le lâcher. Je me lance, dans mon anglais le plus clair possible :

— Écoute-moi très attentivement, Saskia. Si on s'est croisées au marathon de Beito et qu'on se retrouve sur ce bateau, ce n'est pas par hasard. Ton petit ami te ment. Il traque une femme qui a volé mon identité. Pour l'atteindre, il me suit et a failli me tuer plusieurs fois. Le jeudi 30 mai, vous étiez aux environs d'Åndalsnes. Samedi 1er juin, vous étiez à Beitostølen. Le 7 juin, vous rouliez en direction d'Odda. Plus tard, le même jour, vous étiez sur le parking d'un hôtel à Edland.

À l'expression troublée qui gagne son visage, je vois que Saskia hésite à me croire. Chaque matin en me réveillant, j'ai moi-même du mal à accepter la réalité. Ma réalité. J'ai capté son attention, je ne dois pas la lâcher. Sans la laisser répondre, je poursuis :

— Torstein cache un drone armé dans son camping-car. Tu es en danger avec lui. Il ne te l'a peut-être pas encore dit, mais vous allez vous arrêter à Tromsø. La femme qu'il traque va y courir le marathon du soleil de minuit. J'y serai aussi sous le nom de Murielle.

Saskia n'ouvre pas la bouche, mais des larmes s'accumulent dans ses yeux. Les taches ont presque disparu de son pantalon. Je m'approche d'elle, tout en fixant son regard dans le miroir.

— En réalité, je m'appelle Margo et je veux t'aider.

La porte des toilettes s'ouvre brusquement. Torstein tend un pantalon propre à Saskia. Si je le rencontrais seulement maintenant, je jurerais qu'il est sincèrement et profondément amoureux d'elle. A-t-il entendu notre conversation ?

Je laisse Saskia se rhabiller. En sortant des toilettes, je me répète la même question : ai-je raison de lui faire confiance ?

20h57. Le MS Polarlys accoste avec quelques minutes d'avance. Au fur et à mesure que notre voyage nous entraîne plus au nord, la nuit tend à disparaître sous un soleil éclatant qui fait scintiller les flots agités autour de nous. Un léger tremblement sous nos pieds indique le contact du navire avec le quai. Les premiers véhicules vont pouvoir débarquer.

Malgré l'heure tardive, de nombreux randonneurs semblent prêts à attaquer la visite de l'archipel. Je me mêle à cette foule colorée de sacs à dos chargés et de chaussures de marche pour gagner l'extérieur au plus vite. Rejoindre Terje.

Le voilà à une dizaine de mètres devant moi. Il tient notre unique bagage à la main et me sourit. Son plan a visiblement fonctionné. Aucun signe de Torstein. Sur la passerelle, je respire à pleins poumons. Je suis soulagée.

Soudain, le visage de Terje s'assombrit. Il m'encourage à accélérer. Torstein vient d'apparaître dans mon dos, il me rattrape. Un couple pousse une grosse valise devant moi. Impossible d'aller plus vite. Terje, lui, n'a pas bougé. Il observe sur sa droite avant de me fixer à nouveau, d'un air assuré. Saskia m'a-t-elle trahie ?

Je n'ai pas le temps de me retourner, une main touche mon épaule. En croisant le regard glacial de Torstein, je perds l'équilibre, j'ai du mal à m'agripper à la rambarde. *Relève-toi, Margo !*

Deux policiers interceptent soudain Torstein et lui répètent une phrase en norvégien dont je ne reconnais aucun mot. Il ne proteste pas. Terje me hisse vers lui d'un mouvement sec. Nous quittons la passerelle sans nous retourner.

Tout en marchant à mes côtés, il murmure seulement :

— La police locale a reçu un appel anonyme dénonçant le propriétaire d'un camping-car pour trafic de drogue. Sa cabine et son véhicule vont être fouillés.

03

Torstein aime ses parents. Sans doute parce qu'ils sont les seuls à voir ce qu'il y a de spécial chez lui. Il n'est pas assez mauvais pour qu'on se moque de lui à l'école ou qu'on lui recommande un cursus adapté. Mais il n'est pas suffisamment brillant pour mériter les éloges et le soutien de ses professeurs ou l'admiration de ses camarades.

Les parents de Torstein ont toujours été bienveillants avec lui. Enfant, puis adolescent, il n'a manqué de rien, et ne s'est jamais plaint. À l'âge où ses amis se rebellaient contre leurs parents, il restait correct et serviable avec les siens.

Caché derrière de faux profils, bien protégé par plusieurs VPN et autres défenses informatiques, Torstein sait très bien que ses vies numériques ne sont pas légales. Pourtant, il ne se considère pas comme un tricheur. Il aurait pu falsifier ses notes, mais il ne doit son admission en ingénierie de l'énergie électrique qu'à ses efforts et sa persévérance.

Depuis qu'il a intégré la prestigieuse NTNU[43], Torstein est redevenu invisible. Un étudiant moyen totalement anonyme sur le campus de Gløshaugen, dans le sud de la ville.

Aujourd'hui, Torstein fête ses 21 ans. Il a pris un bus pour relier les 40 km qui le séparent de la maison de son enfance. Un repas de famille ordinaire et quelques cadeaux convenus sont l'occasion pour ses parents de partager un moment avec leur fils unique.

Torstein ne leur a jamais parlé de ses vies cachées. D'ailleurs, il ne se confie jamais à personne. Pourtant quelqu'un sait. Quelqu'un qui a fait le lien entre plusieurs de ses faux profils, avant de le contacter directement sur son portable pour lui proposer du travail. Un travail très rémunérateur pour lequel il a déjà touché une somme importante versée sur un compte étranger. Il lui suffit de retrouver des personnes sans se faire remarquer d'elles. Être invisible, sa spécialité.

---

[43] *Norges Teknisk-Naturvitenskapelige Universitet*, pour *Université norvégienne des sciences et technologies.*

Sa première mission consiste à localiser une Française du nom d'Agnès Grangé. Un jeu d'enfant pour Torstein. Il a bien compris que ses employeurs sont russes. Quelle importance ? Il n'est qu'un étudiant norvégien moyen, dans une ville moyenne.

04

21h13. La brise marine me glace le visage alors que le soleil brille encore haut dans le ciel. Difficile d'imaginer que ce port accroché au littoral escarpé des Lofoten, qui regroupe seulement 4 000 habitants, reçoit plus de 200 000 touristes chaque année.

Agnès nous attend plus loin sur le quai, à l'endroit même où la photo a été prise avec le journal du jour. Une silhouette masculine familière se tient dans son dos. On dirait Terje en plus âgé, plus costaud. Et plus grand. Nae Miereanu. Mon cauchemar depuis le marathon de Beito. Tandis que Torstein se cache derrière les commandes de son drone, ce témoin de Jéhovah radical n'hésite pas à en venir aux mains, quitte à se mettre à dos les siens.

Avons-nous fait le bon choix ? Peut-être devrions-nous remonter à bord du MS Polarlys ? Terje m'entraîne à ses côtés d'un pas déterminé, notre sac plaqué contre lui.

Agnès me lance un regard désolé, comme pour s'excuser de la situation. Nae prend la parole, dans un français fluide teinté de son accent roumain :

— Je peux vous protéger des Russes et de la communauté.

Terje ne laisse rien transparaître de sa surprise, mais je ne peux retenir ma curiosité :

— Qu'est-ce que tu veux exactement ?

— Vous accompagner à Tromsø.

Je ne m'y attendais pas. Voyager tous les quatre, comme une bande de potes jusqu'au Grand Nord. Je prends mon ton le plus sec pour demander :

— Pourquoi nous aider ?

— Tout ce qui m'intéresse, c'est retrouver ma sœur, celle que vous appelez Madeleine.

L'horloge digitale du tableau de bord indique déjà 21h46. Une heure plus tôt, je ne me serais pas imaginée au volant d'une Nissan Leaf électrique aux côtés d'Agnès, avec Nae et Terje installés à l'arrière.

J'ai choisi de conduire. Accepter de voyager avec Nae et Agnès ne signifie pas pour autant leur faire entièrement confiance. Reste à voir si je tiendrai jusqu'à

Tromsø. L'itinéraire qui nous permettra de rouler le plus discrètement possible représente au moins 7 heures de trajet pour seulement 420 km.

Point positif : à cette époque de l'année, le soleil ne disparaît jamais totalement à l'horizon.

Personne n'a prononcé un mot depuis notre départ du port. Après tout ce que nous avons traversé, je n'ai plus la patience ni la retenue. J'espère que mes passagers apprécieront Margo sans filtre :

— Madeleine, ou peu importe son vrai nom, a foutu ma vie en l'air. Elle a vendu mon identité à douze personnes, dont Agnès. J'ai tout perdu à cause d'elle.

Nae ne sourcille pas. Il observe en silence le paysage défiler. Il inspire profondément et tourne la tête dans ma direction. Je croise son regard dans le rétroviseur central lorsqu'il ouvre enfin la bouche pour répondre d'un ton égal :

— Ma femme Yulia considère ma sœur comme la pire des Ingrates. Elle ne s'est pas contentée de fuir les siens, elle aide les déserteurs à abandonner la communauté. Avec une nouvelle identité, elle leur permet de trahir Dieu en reniant leur nom de baptême. Yulia est obsédée par cette traque qui n'est plus la mienne. Ma propre foi a été mise à l'épreuve. Je veux revoir ma sœur pour lui demander si elle a eu raison de faire ces choix. J'attends ce moment depuis bientôt 26 ans.

Nae redevient silencieux, et contemple le panorama majestueux par la fenêtre. La route paraît bien fluette, tel un fragile serpentin contournant d'imposantes montagnes plantées dans des eaux mêlant turquoise et bleu nuit.

Je tourne furtivement la tête vers Agnès pour l'interroger :

— À quand remonte ta dernière conversation avec Madeleine ?

— Hier matin, très tôt. Elle ne m'a donné qu'une seule consigne. Si je veux récupérer ma nouvelle identité, je dois terminer le marathon du soleil de minuit sans m'arrêter.

Agnès marque une pause. Dans le coin de l'œil, je sens son regard posé sur moi avec insistance. Elle reprend :

— Sans Madeleine, je croupirais dans une prison russe depuis quatre ans.

Une discussion surréaliste vient de commencer. Il reste 6 heures de route.

22h05. Une nuit de semaine normale, Ada serait déjà couchée. Et la présence de Cannelle n'y changerait rien. Mais depuis que son père est persuadé d'avoir été attaqué par Lionel sur la route de la Madone, plus rien n'est normal au chalet.

Ce soir, le salon accueille une réunion de crise. Toutes les alliées de Margo ont répondu à l'appel, à commencer par sa sœur Flore, installée chez leur grand-père bourru, isolé à l'écart du village. Ada l'invite à côté d'elle sur le vieux canapé, mais Flore préfère rester debout.

Cannelle les rejoint et s'assoit près de son amie. Depuis la semaine dernière, elle a élu domicile au chalet, ou plus précisément dans la chambre d'Ada.

Les filles saluent Valérie, dont la présence à cette heure tardive ne les étonne pas. Depuis longtemps déjà, elle est bien plus que leur professeure de français. Comme Flore, elle refuse de s'asseoir, et fait tourner nerveusement ses clés de voiture entre ses doigts.

Avant de s'exprimer, Robin remarque le regard tendre que sa fille pose sur Cannelle. D'un ton déterminé, il révèle ensuite comment il compte dépouiller la vie numérique de Lionel pour exploiter la moindre faute contre lui.

Contrairement à sa sœur, Flore parle peu, mais pèse chaque mot :

— Je ne vais plus le lâcher.

— Mon père a ses habitudes. Mêmes endroits, mêmes fréquentations. Il est facile à suivre, lance Cannelle.

Ada admire le courage de son amie en silence.

— Lionel a déjà broyé les parents de plusieurs élèves au collège, alerte Valérie, appuyée contre le mur. Il tient les rênes de la mairie, et les profs qui ne le soutiennent pas le craignent.

— Malgré tout le respect qu'on a tous pour vous ici, on ne peut pas lui laisser le champ libre. Il ne va pas s'arrêter là, vous le savez très bien, souligne Robin.

— Je ne baisse pas les bras, rétorque-t-elle en glissant ses clés dans une poche de sa veste. Je vous demande seulement d'être prudents.

— Si on veut la paix, il va falloir frapper fort et vite, insiste Flore, immobile.

Ada consulte discrètement des messages de Margo sur l'écran de son mobile. Comment lui annoncer que la guerre contre Lionel vient de commencer ?

Il est près de 4 heures du matin. Il n'a jamais fait nuit depuis notre départ de Svolvær. J'ai enchaîné une journée au volant après une journée en mer. Mes yeux me brûlent. Mon dos me lance.

Je lutte contre l'alanguissement qui m'envahit et le manque de sommeil qui se fait ressentir. Avec le régulateur de vitesse calé à 70 km/h, notre trajet paraît interminable.

Pourtant, je ne me lasse pas des paysages somptueux que nous traversons. Chaque vallée, chaque bout de mer qui s'aventure entre les montagnes, offre une palette de couleurs et des jeux de lumière sublimes.

Mais je suis à bout.

Agnès s'est endormie subitement, à la fin d'une conversation sur sa vie à Ålesund. Nous écoutons toujours la radio spécialisée dans le jazz scandinave qu'elle a sélectionnée.

Nae n'a pas prononcé un mot depuis au moins deux heures, pas même lors de nos courtes pauses. On dirait qu'il dort les yeux ouverts.

Quant à Terje, alors qu'il semblait perdu dans ses pensées depuis un bon moment, le voilà en train de fixer l'écran du GPS. Les indications sont assez succinctes : une seule route, la Fv 858, longe le Balsfjord, composante du réseau de bras de mer qui entoure l'île où est bâtie Tromsø. Un nom apparaît sur la carte. Nous allons traverser le village, ou plutôt, le hameau de Kraksletta. Une dizaine de maisons et de fermes en bois rouge carmin se dressent parmi les arbres et les cultures de part et d'autre de la route, toutes orientées plein-est vers les eaux paisibles du fjord.

J'apprécie le paysage ouvert et dégagé. Ici les montagnes apparaissent seulement en arrière-plan avec leurs sommets enneigés.

Un trampoline installé dans un jardin et un arrêt de bus scolaire soulèvent en moi une multitude de questions. Comment grandit-on dans un endroit comme celui-ci ? Est-ce que la vie d'un enfant y ressemble à celles d'Ada et de Cannelle dans la Vésubie ? D'ailleurs, Ada n'a pas répondu aux messages que je lui ai envoyés lors de nos pauses sur la route.

Si Ada m'accompagnait, quelle chanson aurait-elle envie d'écouter ? J'apprécie le jazz, mais j'ai besoin de me changer les idées. Et de me tenir éveillée. Du bout des doigts, je lance Spotify pour accéder à notre sélection musicale partagée.

`Artiste : `**`Lilly Wood and The Prick`**` Titre : `**`Into Trouble`**

575

— Arrête-toi s'il te plaît.

La voix de Nae a l'effet sur moi d'un électrochoc. Sans prendre le temps de réfléchir, je ralentis et immobilise notre véhicule devant un vieux hangar en bois. Nae ouvre la portière et s'éloigne de la voiture sans un mot. Dans mon dos, je sens Terje aux aguets. Que fait Nae ? A-t-il besoin de discrétion pour téléphoner ? Ou veut-il simplement soulager sa vessie ?

J'ai tout faux. Nae a levé les yeux au ciel, avant de prendre appui sur une barrière usée et de joindre ses mains pour prier.

— Laisse Nae conduire.

La voix de Terje a un timbre inhabituel. Pas seulement parce qu'il veille à ne pas réveiller Agnès. Je me retourne dans mon siège pour lui demander :

— T'es sûr de ce que tu fais ?

— J'ai besoin de toi ici.

Il désigne de sa main la place libre à côté de lui. Je lis alors dans ses yeux une peur irrépressible. L'évidence m'apparaît enfin. Il ne reste que 6 km avant l'entrée du *Ryatunnelen*. Le second tunnel de notre trajet, bien plus court que le précédent avec seulement 2,7 km de long. Il a fallu les prendre en compte dans le choix de notre itinéraire. Terje a accepté. Mais sa claustrophobie lui joue des tours.

J'intercepte Nae, qui a terminé sa prière et revient vers nous. À lui de conduire, nous échangeons nos places. Le léger sifflement du moteur électrique remet notre Nissan sur la route en douceur. Agnès ne bouge pas. Elle dort profondément.

Nous y sommes. Après avoir épousé la courbe du littoral, nous abordons un rond-point, aménagé à quelques mètres du rivage. Sur notre gauche, creusée dans la roche et signalée par plusieurs panneaux de mise en garde, se découpe l'entrée du tunnel de Rya. Au milieu de la banquette arrière, Terje prend ma main pour ne plus la lâcher.

La route entame un tracé hélicoïdal tout en s'enfonçant sous terre. Puis c'est la descente, une pente de 8% en ligne droite sous les eaux du fjord jusqu'à 87 mètres de profondeur. Nous ne croisons aucun véhicule. La traversée donne une impression de flottement. Nous glissons doucement dans ce long tube.

Les haut-parleurs de la voiture diffusent la suite de ma sélection musicale partagée avec Ada.

Artiste : **CUT_** Titre : **Out of Touch**

L'horloge de bord indique 4h du matin quand nous atteignons la moitié du tunnel. La main de Terje serre la mienne de plus belle. Son visage blêmit. Encore quelques minutes à tenir.

Je ne comprends pas les mots que Nae laisse échapper. Je n'ai pas le temps de voir ce qu'il a aperçu sur la chaussée. Il est trop tard de toute manière. Dans une déflagration assourdissante, nos quatre pneus éclatent. Une sorte de herse métallique a été déployée sur toute la largeur de la voie juste avant notre passage. Nae tente de garder le contrôle pour éviter de se mettre en travers de la route.

La Nissan s'immobilise enfin. Une odeur irritante de gomme brûlée envahit l'habitacle. Terje serre ma main si fort que je ne sens plus mon bras tout entier. Une chose est certaine : ce n'est pas un accident.

Un gros 4x4 fonce vers nous. Nae se retourne pour amorcer une marche arrière, et envoie tout ce que le moteur électrique a de puissance dans les roues avant. La gomme déchirée nous ralentit, jusqu'à ce que les jantes nues entrent en contact avec le bitume dans une gerbe d'étincelles. La Nissan recule tant bien que mal, mais déjà un autre imposant 4x4 arrive à toute vitesse par-derrière pour nous empêcher de rebrousser chemin.

Notre voiture accélère de plus belle, suivant une trajectoire incertaine. Nae tente le tout pour le tout, mais le gros 4x4 reste braqué sur nous. Le choc est inévitable.

Contorsionné dans son siège conducteur, Nae plisse les yeux, ébloui par les pleins phares de notre second agresseur à travers la lunette arrière. Il croise mon regard et hurle :

— Baissez-vous !

À ces mots, Terje lâche ma main pour me plaquer la tête entre les genoux, tout en se courbant lui-même, comme le conseillent les hôtesses de l'air à bord des avions.

Froissement de tôle. Claquements des airbags. La vitre arrière vole en éclats, les autres sont étoilées, mais restent en place. Le coffre de notre voiture a disparu, plié comme du papier par le pare-chocs renforcé de notre agresseur.

La musique s'est arrêtée net. Agnès se réveille en sursaut. Elle hurle de terreur quand des mains gantées l'extraient sans ménagement de l'habitacle. Nac proteste. Un coup de taser le neutralise immédiatement.

Terje me fait signe de ne pas bouger. Je lis les mots sur ses lèvres :

— Laisse-toi faire.

Ensuite, c'est le voile noir. Il est 4h02.

05

En deuxième année au NTNU, Torstein se sent parfaitement intégré dans son cursus. En maintenant ses notes à la moyenne, il entretient une discrétion confortable. Très organisé, Torstein gère ses vies numériques comme les nombreux onglets de son navigateur web. Elles avancent toutes en simultané sans jamais interférer les unes avec les autres.

Ainsi, tout en suivant ses cours d'ingénierie électrique, Torstein contrôle plusieurs parties de jeux en ligne, et accomplit la dernière mission que lui ont confiée ses généreux commanditaires russes : surveiller les connexions de la fondation Bellona sur le campus. Basée à Oslo et présente à Bruxelles et Washington, cette ONG environnementale est très influente en Russie, notamment à Saint-Pétersbourg et dans le port militaire de Mourmansk. Torstein n'est pas naïf sur la gravité de ses activités. Mais les affaires internationales ne l'intéressent pas.

D'ailleurs, l'argent non plus. Assurer ses arrières et ceux de ses parents lui suffit amplement. Alors quand ce jeu ne l'amusera plus, Torstein arrêtera, tout simplement. Il n'aime ni les risques ni les surprises.

Pourtant, quelqu'un a remarqué Torstein depuis le début de leur cursus commun. Quelqu'un d'aussi discret que lui. Cette fois, il ne s'agit pas des Russes, mais d'une personne désintéressée. Arrivée d'Utrecht aux Pays-Bas via le programme Erasmus, elle redouble d'efforts pour s'effacer.

Saskia van Geffen apprécie les compliments comme les sourires des nombreux garçons qui la trouvent charmante et sexy. Mais il lui est insupportable de surprendre les regards gênés sur la prothèse qui remplace la partie inférieure de sa jambe droite depuis ses 9 ans.

Il a fallu plus d'une année à Saskia pour adresser la parole à Torstein, alors qu'ils suivaient le même cursus. Ils n'ont pas évoqué leurs cours ou d'autres banalités étudiantes. Ils ont seulement parlé de navigation.

Les étudiants les plus fortunés possèdent leur propre bateau, tandis que d'autres friment à bord de celui de leurs parents. Torstein se contente d'emprunter régulièrement l'un des modestes voiliers de l'université. Il n'a pas réservé dans un restaurant chic équipé d'un ponton privé ni loué une cabine isolée pour tendre un piège romantique à Saskia.

Par contre, il est le seul à lui avoir proposé de tenir la barre. Pour la première fois depuis longtemps, Saskia a oublié son handicap. En pleine mer, elle devient plus rapide que les valides.

Torstein n'a jamais eu de petite amie. Il n'a même jamais été amoureux. Mais Saskia change tout. Elle bouscule son équilibre minutieux et mesuré. Il n'aime toujours pas l'argent, mais il connaît à présent quelqu'un qui en a plus besoin que lui.

Alors Torstein a prévenu ses commanditaires russes qu'il se tenait à leur disposition. Il acceptera toutes les missions qu'on lui confiera. Et les rémunérations correspondantes.

06

L'odeur est tenace et persistante. J'ai l'impression d'avoir dormi la tête dans une cheminée. J'essaie de me lever, mais mon crâne pèse une tonne. Mon dos craque au moindre mouvement. Une idée terrifiante m'extrait immédiatement de ma torpeur. On tente de m'asphyxier. Je vais mourir en respirant du gaz.

Non, ce n'est pas cette odeur-là. *Concentre-toi, Margo.* J'ouvre les yeux, mais tout est flou. Je suis enfermée. De la lumière passe sous une porte. Je sens un courant d'air caresser mes jambes et mes pieds nus. Je ne me souviens pas avoir retiré mon pantalon et mes chaussures.

En essayant de me relever, le contact du bois usé réveille d'anciennes blessures. Comme si mon corps me balançait une facture particulièrement salée à la figure.

Mon ventre gargouille. J'ai tellement faim. Crier m'est impossible tant ma gorge est sèche. Je suis assoiffée.

C'est seulement en me redressant pour m'asseoir correctement que je réalise que je suis attachée. Un cordage de marin usé, mais robuste, cisaille ma cheville droite à chacun de mes mouvements.

Ma vue s'améliore. Autour de moi, des étagères noircies par la fumée. Des grilles propres alignées. Un peu plus loin d'autres grilles encore souillées de peaux de poisson. Par endroit, des morceaux de saumon sont restés collés au métal. L'unique porte est fermée à clé et il n'y a pas de fenêtre. Je suis prisonnière à l'intérieur d'un fumoir traditionnel norvégien.

J'appelle à l'aide en anglais, puis en français. Mais le silence total depuis mon réveil me laisse peu d'espoir. L'odeur puissante de la mer et du bois brûlé imprègne déjà mes cheveux, ma peau et mes sous-vêtements.

Essaie de réfléchir, Margo. L'accident, ou plutôt l'attaque a eu lieu à 4h du matin. Le soleil semble se trouver très haut dans le ciel. Il est sûrement près de midi.

En prêtant l'oreille, je perçois le ressac, signe de la proximité du rivage. Un nouveau bruit attire mon attention. Des pas hésitants et une respiration difficile. Quelqu'un s'approche de la porte. Un grognement rauque annihile tous mes espoirs d'être libérée. L'animal errant s'éloigne. Me revoilà seule.

Pour ne pas devenir folle, j'essaie de remettre de l'ordre au puzzle. Les Russes. Torstein et son drone. Torstein et Saskia. Nae et Agnès. Terje. Tout s'embrouille. Je me sens perdue. Jamais Robin et Ada ne m'ont paru si lointains.

Des pas, humains cette fois, j'en suis certaine. Une clé tourne dans la serrure rouillée. La porte s'ouvre en grinçant. Le soleil pénètre brutalement dans le fumoir et me brûle la rétine. La main en visière, j'essaie d'identifier la personne qui me rejoint. C'est une jeune fille, une blonde assez frêle. Elle doit avoir 15 ans.

— Qui êtes-vous ? Qu'est-ce que je fais là ? Que me voulez-vous ?

Je répète inlassablement mes questions en français et en anglais, mais je devine à son visage que ma visiteuse n'en comprend pas un mot. Sans jamais me regarder directement, elle fouille le sac en tissu qu'elle porte en bandoulière, et me tend une gourde d'eau. Je me jette dessus pour avaler plusieurs gorgées réparatrices. Hydratée partiellement, je l'interroge à nouveau, en vain. Ma visiteuse me propose à présent des tranches de viande séchée et des fruits secs. Je dévore tout sans retenue, en cherchant à accrocher son regard. Je finis d'avaler ma bouchée pour articuler correctement, en me désignant du doigt :

— Margo.

La jeune fille me sourit timidement, et répond enfin :

— Bente.

Un prénom, rien de plus. Je répète mes questions, mais cette fois je lui montre les étagères du fumoir, le lien à ma cheville, et je fais semblant de grelotter pour lui signifier que mes vêtements me manquent. Bente m'écoute calmement, puis se lance dans un long monologue en norvégien. Son accent est très différent de ce que j'ai pu entendre jusqu'ici.

J'insiste en touchant mes sous-vêtements, et mes jambes nues. Elle mime plusieurs gestes pour m'indiquer qu'elle s'est occupée personnellement de changer ma tenue.

Soudain, elle rajuste son sac et ressort du fumoir. Je l'interpelle, je lui demande à nouveau où nous sommes, quel est cet endroit, en montrant tout autour de nous avec de grands mouvements des mains et des bras. Elle s'immobilise sur le seuil et prononce seulement :

— Rekvik.

La porte se referme, le verrou grince. Les pas s'éloignent. Silence.

Impossible de retenir les larmes qui inondent mes yeux irrités par la fumée persistante et la fatigue. Je pleure comme une enfant abandonnée. Le vent sous la porte, la mer toute proche, le soleil à travers les fissures du bois. Mes paupières se ferment. Je perds progressivement la notion du temps.

Lorsque j'entrouvre à nouveau les yeux, je ne vois plus qu'un trou de lumière à la place de la porte. Bente est revenue. Elle n'est pas seule. Agnès la précède. Elle a l'air aussi affaiblie que moi, mais elle porte une robe à la coupe simple et aux couleurs ternes. Bente me tend un vêtement identique à enfiler immédiatement. Tandis qu'Agnès s'assoit près de moi et me regarde m'habiller, Bente attend que je termine pour repartir sans un mot.

Après l'avoir traquée à travers tout le pays et l'avoir maudite pour ce qu'elle m'a fait subir en volant mon identité, je n'aurais jamais imaginé éprouver autant de joie en reconnaissant son visage. Mes questions fusent, ma curiosité est totale :
— Ils t'ont fait mal ? Tu as vu quelque chose ? Où sont Terje et Nae ? Bente t'a dit quelque chose ?
Agnès tousse plusieurs fois avant de me répondre :
— J'ai seulement aperçu des inconnus de loin. Les hommes n'ont pas le droit de nous adresser la parole. Bente viendra nous chercher. Son accent est vraiment spécial... Comme si elle parlait une sorte de vieux norvégien.
— C'est tout ? Putain, mais qui sont ces tarés ?
Agnès me dévisage. J'ai l'impression de me voir dans un miroir. En l'observant, je devine mes propres cernes et mes yeux injectés de sang. Elle s'approche un peu plus pour me répondre :
— T'as pas encore compris Margo ? On est chez les Témoins de Jéhovah.

Le mercredi, la matinée de cours est divisée en deux parties égales. Après deux heures de sport en plein soleil, le cours de français est un vrai soulagement pour Ada et Cannelle.

Valérie est toujours aussi passionnante, mais aujourd'hui impossible de l'écouter attentivement. Ada s'inquiète pour Margo, qui ne reçoit plus ses messages depuis cette nuit. Ses derniers mots évoquaient un long trajet. La sortie de route évitée de peu avec son père en revenant de la Madone a marqué Ada. Elle ne peut s'empêcher d'imaginer le pire. Et si Margo avait eu un accident ? Cannelle essaie de la rassurer, mais rien n'y fait. Faut-il prévenir Valérie du silence de Margo ? Cannelle s'y oppose : inutile d'inquiéter davantage leur professeure pour le moment.

11h44. La dernière heure paraît toujours plus longue que les autres. Ada relit une énième fois les messages de Margo, quand la Principale du collège interrompt leur cours, pour murmurer discrètement quelques mots à Valérie. Son visage se décompose. Elle s'excuse et libère ses élèves quelques minutes avant la sonnerie.

Ada et Cannelle rangent leurs affaires et attendent d'être seules dans la salle avec Valérie, visiblement préoccupée. Ada se penche vers sa professeure :

— Ça va aller, madame ?

— Ma mère a eu un accident. Un camion a failli la renverser devant chez elle, à la Bollène.

— C'est grave ? demande Cannelle.

— Juste une vilaine chute, mais elle est terrorisée. Les voisins sont avec elle. Mais c'est un coup de ton père, j'en suis certaine.

— Quel enfoiré, enrage Cannelle, outrée. Je suis désolée...

— Ne le sois pas. J'assume mon soutien à Margo, répond Valérie d'une voix calme.

Agnès a réussi à s'endormir. Pas moi. J'ai beaucoup souffert du froid et du soleil pendant la nuit, et de l'angoisse de cet enfermement. J'ai espéré pendant des heures le retour de Bente. Jusqu'à ce que le sommeil surpasse la peur.

Comment s'échapper d'ici ? Courir avec nos robes me semble possible. Mais pieds nus ? Et puis il y a ce lien à nos chevilles. Il faudrait au moins trouver un moyen d'appeler les secours.

On approche. Si c'est Bente, elle n'est pas seule cette fois. Quand la porte s'ouvre, Agnès et moi sommes obligées de baisser la tête pour supporter la lumière éblouissante du soleil. Impossible d'identifier les femmes qui accompagnent la jeune fille. Une chose est sûre : nous sommes bel et bien leurs prisonnières.

Seule Bente pénètre le fumoir, pour se pencher à mon niveau. Elle défait mon lien, avant de l'attacher solidement à celui d'Agnès. Nous pouvons nous lever et sortir, mais nos jambes sont solidaires, ce qui complique sensiblement notre faculté à marcher.

On nous guide sur un sentier au milieu des herbes et des buissons côtiers. Ma vue s'améliore, mais j'ai encore trop mal aux yeux pour regarder devant moi.

Sur ma gauche, le rivage est tout proche, et nous enivre d'air iodé. À droite, je devine des maisons éparses. Aucune voiture. Pas un signe de vie. C'est ça, Rekvik ?

Nos geôlières échangent soudain quelques mots et nous immobilisent. Je reconnais le bruit animal entendu hier près du fumoir. Ce sont trois rennes. Ils paraissent désorientés et se précipitent vers un cours d'eau presque à sec.

Agnès traduit partiellement la conversation de nos geôlières :

— Ils sont perdus à cause de la sécheresse.

Je compatis. Notre calvaire en duo reprend, et nous entraîne à l'intérieur d'une grande maison traditionnelle en bois. À l'intérieur, la décoration spartiate et les couleurs sombres me rappellent immédiatement le foyer de Roald à Sauda. La même austérité.

Bente nous présente deux chaises rustiques et inconfortables. Nous nous asseyons. Les volets à moitié fermés et les rideaux tirés maintiennent le salon dans une obscurité lugubre, mais néanmoins reposante pour nos yeux. Bente s'est retirée derrière nous, avec les autres femmes silencieuses.

Agnès et moi faisons face à une dizaine d'hommes plus âgés que nous. Une grande table de bois foncé nous sépare de ce comité mystérieux et menaçant.

J'ai envie de hurler, mais mon instinct de survie me l'interdit. Il maintient mes sens éveillés au maximum. Il faut noter chaque détail, tout ce qui pourrait nous aider à localiser cet endroit. Et le fuir.

Le silence de plomb est rompu par le doyen de nos interlocuteurs. Avec le même accent étrange que Bente, il se lance dans un long monologue. Sans en comprendre un mot, je n'ai aucun doute sur le fait d'en être le sujet principal. Mais à aucun moment, cet homme ne daigne poser son regard sur nous.

S'ensuit un nouveau silence, plus lourd encore. Les hommes murmurent entre eux, comme si nous n'étions plus dans la pièce. Les femmes derrière nous ne bronchent pas. On pourrait croire qu'elles ont cessé de respirer.

Le voisin de l'homme au monologue nous fixe enfin. Il prononce une dernière phrase, qui déclenche le mouvement de Bente. Rapidement, elle nous aide à nous lever et nous guide à nouveau vers l'extérieur. Je ne peux m'empêcher de demander à Agnès :

— Je t'en prie, dis-moi que t'as compris ce qu'il a dit.

Malgré le regard désapprobateur de Bente et des autres femmes, Agnès me répond simplement :

— Notre procès va bientôt commencer.

C'est une mauvaise blague ? Une caméra cachée ? Ils se sont crus au XIIIe siècle ?

Tout en marchant de mon mieux malgré le lien entre nos jambes, j'aperçois une silhouette familière. C'est Nae, entouré de deux hommes. C'est à son tour de passer devant l'inquisition. Il ne nous a pas vues. Où est Terje ?

07

Lorsqu'il était enfant, les parents de Torstein ne fêtaient pas la Saint-Valentin. Dans les années 1990, le marketing et Hollywood ont d'abord converti les Norvégiens les plus jeunes. Depuis plusieurs semaines déjà, de nombreux commerces du centre-ville arborent des cœurs de toutes tailles, et griment leurs vitrines de décorations rouges et roses.

C'est la première fois que Torstein fête la Saint-Valentin. Mais Saskia et lui ne s'offriront aucun cadeau. Ils n'iront pas non plus se ruiner dans un restaurant à la mode.

Saskia aime répéter que chacun choisit la valeur qu'il donne aux étapes de la vie. Ce soir, ils dorment tous les deux dans une des cabines gérées par le *Studentersamfundet i Trondheim*, la plus grande association étudiante de Norvège. Accessible seulement après une heure de marche en forêt, elle est régulièrement ravitaillée et entretenue.

Si ses professeurs et ses camarades lui accordaient un peu plus d'attention, ils auraient remarqué que Torstein a changé tout en restant fidèle à lui-même. Il est amoureux de celle que les autres étudiants comparent sans cesse à Kristin Kreuk, l'héroïne de *Smallville*, une série américaine des années 2000 sur la jeunesse de Superman.

Pourtant personne ne peut se douter un seul instant, pas même Saskia, que Torstein mène plusieurs vies secrètes. Récemment, celle d'agent au service des Russes a pris une importance disproportionnée, jusqu'à éclipser toutes les autres.

Bien organisé, Torstein n'a aucun mal à gérer cette mission au quotidien. Même ce soir. Une application camouflée en jeu vidéo ringard lui permet de la poursuivre depuis son mobile. Prétextant terminer une dernière partie, il garde les yeux vissés à l'écran, tout en écoutant Saskia se livrer à lui.

D'ordinaire très réservée sur son enfance, et plus particulièrement sa vie avant l'accident — celle durant laquelle elle aimait courir, nager ou naviguer toute l'année — elle a décidé de tout raconter à Torstein. Elle lui fait suffisamment confiance pour ça.

La famille maternelle de Saskia est revenue en urgence aux Pays-Bas lors de la décolonisation hollandaise après 1945. Sa grand-mère indonésienne lui a transmis ses yeux en amande et ses cheveux noir de jais. Saskia a hérité des taches de rousseur de son père, fils de pêcheurs à Breskens, non loin de la frontière belge. Elle a grandi dans l'insouciance près du port de plaisance, jusqu'au 27 octobre 2005. Elle venait d'avoir 9 ans. Un bus lui a pris sa jambe droite.

Torstein écoute, mémorise et sourit. Mais une partie de son cerveau analyse les informations transmises par les mouchards virtuels qu'il a installés pour traquer sa cible. Retrouver Agnès Grangé n'a pas été très compliqué pour lui, une fois qu'il avait découvert qu'elle vivait en Norvège sous l'identité volée d'Émeline Dalbera. Très satisfaits de son travail, les Russes ont doublé son salaire.

Agnès n'est plus la seule à les intéresser. Il s'agit à présent d'espionner son mari. Français lui aussi, il réside en Norvège, également sous une fausse identité : Renaud Fossey. Ce dernier est lié à Bellona, l'ONG que Torstein surveille déjà ici au NTNU.

Comme Torstein n'aime pas jouer sans connaître toutes les règles, il a approfondi ses recherches. Pour lui, il ne fait aucun doute : les Russes visent Agnès/Émeline et Renaud pour atteindre une trafiquante d'identités seulement connue sous le nom de Madeleine.

Sur la vieille banquette près de la fenêtre, Saskia se rapproche de Torstein. Il dissimule immédiatement l'écran de son mobile. Sincèrement touché par ses confidences, Torstein aime Saskia, il le sent. Mais il n'oublie pas Agnès. Ni Renaud. Ni les Russes.

Parfois, il s'interroge sur ses capacités. Multitâches, il peut écouter un documentaire tout en menant une conversation orale avec quelqu'un, et en discutant avec plusieurs personnes par messagerie instantanée. Ce soir encore, tout est parfaitement compartimenté dans sa tête. Saskia d'un côté. Agnès de l'autre.

Torstein ne culpabilise pas. Il caresse les cheveux de Saskia allongée contre lui et manipule son mobile de sa main libre. Il évoque à voix basse les sorties en mer du printemps, tout en contrôlant l'activité numérique d'Agnès. Quelque chose cloche. En fouillant dans ses SMS, Torstein finit par comprendre. Les Russes ont menacé Agnès pour influencer Renaud. Erreur de stratégie. Agnès n'a pas cédé à leur chantage, mais craque sous la panique. Pour préparer sa fuite, elle vide les comptes bancaires de la véritable Émeline Dalbera, en France. L'intéressée risque d'avoir une mauvaise surprise.

08

L'absence d'obscurité perturbe la notion du temps, mais je crois que nous entrons dans notre deuxième journée de détention. Bente est venue nous apporter des tartines de fromage blanc et des fruits secs en guise de petit déjeuner. Elle attend patiemment que nous ayons tout mangé pour nous demander de nous lever. Très appliquée, elle chasse les plis de nos robes et nous coiffe délicatement avec une vieille brosse en bois.

Aucun signe des autres femmes ni des hommes. J'en profite pour interroger cette adolescente disciplinée :

— Tu sais où est Terje ? Il voyageait avec nous. C'est un Norvégien, comme toi.

Agnès lui traduit ma question. Bente se crispe. Sa réponse ne tarde pas, sur un ton sec et froid. Agnès me la répète en français :

— Terje est un ennemi de la communauté. Il ne peut pas être sauvé.

— Qu'est-ce que ça veut dire ? Ces tarés ne vont pas l'exécuter quand même !

Agnès s'efforce de prendre un ton apaisé, mais Bente perçoit ma colère. Elle me fixe droit dans les yeux, et articule lentement, pour permettre à Agnès de traduire en temps réel :

— Estimez-vous heureuses d'avoir une chance d'être sauvées.

Nous n'obtiendrons pas un mot de plus. Bente nous juge suffisamment présentables pour nous entraîner à l'extérieur. La douleur cisaille mes yeux dès mes premiers pas communs avec Agnès. La lumière du soleil et sa réverbération sur la mer nous agressent tant qu'il m'est impossible de regarder autre chose que mes pieds nus endoloris. Nous avons droit à des robes toutes propres, mais personne ne nous a rendu nos chaussures.

Après les cailloux saillants, et les buissons piquants, la douceur du parquet usé sous nos pieds est bienfaitrice.

La même pièce austère, la même grande table de bois sombre, et les mêmes hommes stoïques, de part et d'autre du doyen. À tour de rôle, les uns et les autres récitent des textes en norvégien, recevant chacun une sorte de bénédiction d'un geste simple de la main de leur aîné.

Je dois reconnaître que l'atmosphère solennelle m'impressionne pendant les premières minutes. Sentir ces femmes réduites au silence derrière nous et supporter le regard méprisant de ces hommes qu'on croirait sortis d'un tribunal du XIXe siècle est à la fois risible et insoutenable. J'ai beau savoir qu'ils ne comprennent pas un mot de français, ma révolte jaillit sans prévenir :

— Vous n'avez pas le droit de nous garder prisonnières ! Vous avez failli nous tuer dans le tunnel. Où sont Terje et Nae ? Qu'est-ce que vous nous voulez ? Nous n'avons rien à voir avec votre communauté.

L'assistance tout entière se fige. Je me sens dévisagée, jugée. Personne ne réagit, sauf Agnès qui me supplie de me taire. Cette parodie de justice lui rappelle la Russie qu'elle a fuie.

Le doyen prononce une seule phrase. On nous invite à nous lever. Bente explique à Agnès, qui traduit :

— Einar, le doyen des Anciens déclare le procès de l'incident de Sauda ouvert.

Mais de quoi parle ce vieux fanatique ? Les hommes attablés à ses côtés murmurent entre eux puis s'échangent des documents manuscrits. Pas d'écran ni d'imprimés. Je remarque alors l'absence totale de technologie à Rekvik. Bente ne porte pas de montre. Aucune voiture ne stationne à proximité. Je n'ai pas vu de téléphone, ni le moindre appareil électronique.

En consultant plusieurs feuilles couvertes de notes, Einar reprend la parole sur un ton très officiel. Agnès s'efforce de me décrypter l'essentiel :

— Terje Ellingsen est accusé d'avoir détourné le frère Roald Bjørgestad et son fils Fabian de la vérité alors qu'il était hébergé sous leur toit et soutenu par la congrégation locale de Sauda. Terje Ellingsen sera puni pour son acte.

J'ai beau scruter chaque recoin de mon champ de vision, aucun signe de Terje. Je m'inquiète pour lui.

Agnès tremble en écoutant la suite du discours d'Einar.

— Émeline Dalbera et Margo Jossec sont accusées de mentir devant Dieu, me répète-t-elle. Voler l'identité et usurper le nom donné à la naissance constituent un péché grave. On ne triche pas devant Dieu.

Einar ne s'arrête plus, Agnès a du mal à tout saisir. Elle se raccroche à ma main, comme si elle craignait de perdre l'équilibre. La scène est surréaliste. À tel point que je me demande par moments si Agnès n'invente pas les propos délirants de nos geôliers.

Soudain, notre procès prend une autre tournure. Des femmes installent une petite table devant nous et approchent deux chaises. On nous fournit des crayons et des feuilles blanches. Agnès m'explique les consignes transmises par Bente à voix basse :

— Nous devons mériter d'être sauvées. Pour cela, il faut répondre honnêtement à leurs questions, sans exception. Jéhovah n'acceptera que la vérité pour savoir si nous sommes prêtes.

Le cauchemar continue. Je sens Agnès sur le point de craquer. Sa main est glacée. Je la serre fort. Elle doit tenir. Je ne survivrai pas seule ici.

Une femme un peu plus jeune que nous dicte la première question à Agnès, qui la transcrit directement en français sur sa feuille.

Avez-vous tué ou provoqué la mort de quelqu'un ?

Réponse négative pour nous deux. Question suivante.

Avez-vous déjà eu des relations intimes avec des personnes du même sexe ?

Réponse négative pour ma part, mais Agnès hésite. Les hommes et les femmes de l'assemblée guettent chacun de nos gestes. Bente fixe la feuille blanche d'Agnès, qui finit par écrire simplement *non*.

Pratiquez-vous des plaisirs solitaires ?

J'ai toujours trouvé ridicule le questionnaire distribué aux voyageurs à leur arrivée aux États-Unis. Notamment la fameuse *"envisagez-vous d'assassiner le président ?"*. Aujourd'hui, je ne sais pas si je dois rire ou pleurer. Mais une chose est sûre : à leurs yeux, il n'y a qu'une seule réponse valide. J'inscris un *NON* en lettres capitales, aussitôt imitée par Agnès.

Avez-vous été mariée ?

On ne m'en a pas laissé le temps. Agnès répond oui.

Avez-vous déjà été enceinte ?

Agnès inscrit *non* et ne peut réprimer un rictus en lisant ma réponse positive. Je ne sais pas vraiment pourquoi je choisis de dire la vérité en écrivant *oui*. Sans doute parce que je ne suis pas capable de me mentir à ce sujet. La boule dans mon ventre me l'interdit. La douleur me cisaille brutalement les entrailles. Questionnaire grotesque.

Avez-vous reçu une transfusion sanguine ?

L'interdit qui dérange. Les Témoins de Jéhovah refusent de recevoir du sang. À ma connaissance, *non*, je n'ai jamais été transfusée. Agnès a tout juste le temps d'inscrire la même réponse. Bente récupère nos feuilles et les tend immédiatement à une femme plus âgée qui les survole rapidement, avant de les confier à Einar.

Sans un mot, les femmes restées immobiles derrière nous depuis le début retirent la table et les chaises. Nous voilà debout, pieds nus, face à Einar et ses camarades, aussi impassibles et muets les uns que les autres.

Alors quoi ? Combien de temps sommes-nous censées patienter jusqu'au verdict ?

Einar se lève et quitte la pièce. Un silence oppressant rend l'attente insoutenable. Agnès serre à nouveau ma main. Je préférerais sentir celle de Terje. Que lui ont-ils fait ? Est-il retenu prisonnier avec Nae dans un fumoir comme le nôtre ?

15h05. La sonnerie retentit. La plupart des élèves du collège changent de classe pour le cours suivant. Mais l'absence d'un professeur libère Ada et Cannelle prématurément.

La chaleur est partout. Même le vent qui remonte la vallée ne rafraîchit plus. Alors qu'elles s'abritent à l'ombre d'un arbre, un coup de klaxon usé attire l'attention des deux adolescentes.

Une Citroën AX blanche ralentit à leur niveau, toutes vitres baissées. Crinière dorée et tatouages, yeux bleu clair et bandana dans les cheveux : difficile de croire que Flore est la sœur de Margo tant elles sont différentes.

Les filles font le tour du véhicule, ouvrent la portière côté passager, et se glissent à l'intérieur. Cannelle s'installe sur la banquette arrière, tandis qu'Ada s'assoit à l'avant. La petite Citroën s'éloigne du collège et remonte dans le village pour longer la terrasse du café des sports. Aménagé dans l'angle d'une vieille bâtisse, ce dernier étale ses tables sur la partie inférieure de la place de la mairie.

Quasiment à l'arrêt, Flore prononce ses premiers mots :

— Il a chargé deux sacs avant de partir. J'ai eu peur de le perdre, mais il est encore là. Il flatte sa cour.

Ada l'aperçoit enfin. Un café à la main, Lionel s'en donne à cœur joie : il embrasse, salue, congratule, et interpelle toute la clientèle, tel un député en pleine campagne électorale. Il pose sa tasse vide sur le comptoir et s'échappe à petites foulées du bar pour prendre le volant de son Range Rover boueux stationné en double file dans la rue principale. Cannelle s'avance entre les deux sièges avant et conseille à Flore :

— Laisse-lui un peu d'avance. Mon père a un sixième sens, il va nous griller direct.

Redoublant de précaution, la sœur de Margo lance sa Citroën blanche vers la partie ancienne du village, de l'autre côté de la Vésubie. Un peu plus loin, le Range Rover quitte la route de Belvédère pour s'engager dans une voie sinueuse qui s'élève rapidement à flanc de montagne. Alors que la chaussée s'est rétrécie, Lionel fait vrombir son moteur et accélère de plus belle à la sortie de chaque virage, dans un nuage de fumée grise. Heureusement, nous croisons peu de voitures sur cette portion très arborée.

Les zones ombragées offrent un peu de répit aux trois passagères de l'AX transformée en cocotte minute par le soleil. Les cheveux collent à la peau, le tissu usé des sièges gratte sous les jambes nues, et les plastiques de l'habitacle dégagent une odeur de brûlé. Même à basse vitesse, le relief torturé de la chaussée fait chanter le châssis de la vieille Citroën, accompagné du couinement des suspensions fatiguées. Après dix longues minutes d'ascension en pleine forêt, le moteur souffre dans la montée, mais tient bon malgré l'atmosphère fiévreuse.

— On approche de l'ouvrage de Flaut, annonce Cannelle en fixant la route étroite devant elle.

— L'ouvrage ? demande Flore.

— Un fort de la Seconde Guerre mondiale. Un bunker si tu préfères, explique Ada.

— Qu'est-ce que ton père va foutre dans un bunker ?

— J'en sais rien, déplore Cannelle.

— Attention ! hurle Ada.

Le Range Rover a freiné subitement, pour s'engager sur une piste à moitié effacée par la végétation. Flore ralentit, mais continue sur sa lancée pour ne pas éveiller les soupçons. Lionel s'est garé à l'abri d'un arbre, comme s'il tenait à rester invisible depuis la route.

— Arrête-toi ! s'écrit Cannelle.

Flore dissimule la Citroën derrière une longue rangée de stères de bois abandonnés. Moteur coupé, les trois passagères du véhicule n'entendent plus que le gazouillis des oiseaux et le chant des cigales stimulées par la température.

— Si on se dépêche, on peut le suivre, lance Cannelle en bondissant hors de la voiture après avoir rabattu le siège avant côté passager.

Les filles veillent à fermer les portières sans bruit et prennent la direction approximative du Range Rover. Après quelques pas prudents dans la végétation séchée par des semaines sans pluie, elles progressent à l'ombre d'une grande bâtisse abandonnée. Typique des habitations construites dans la vallée au XIXe siècle, l'architecture mêle influences alpines et style Belle Époque. Le soleil perce à travers la toiture qui menace de s'effondrer.

— Merde, je l'ai perdu, enrage Flore à voix basse.

— Il est peut-être dans la maison, chuchote Cannelle.

— Il ferait quoi dans ces ruines ? s'étonne Ada.

Des branches craquent dans les bois : Lionel s'éloigne. Les filles le suivent avec la plus grande discrétion pendant de longues minutes.

L'ombre des arbres se fait plus rare aux abords du lit asséché d'un torrent, réduit à une bande de boue à moitié cuite par le soleil. Seules des flaques résistent par endroits, pour le bonheur des moustiques et de quelques oiseaux venus se désaltérer.

Des empreintes toutes fraîches de pas témoignent du passage récent de Lionel. Elles facilitent la traque silencieuse des filles qui décident de marcher à couvert, quelques mètres au-dessus du lit du torrent.

Après une progression difficile au milieu des buissons secs et des souches fendues, les filles atteignent une butte au relief en partie effacé par la végétation. Échange de regards : où est passé Lionel ?

Ada s'immobilise. Ce qu'elle a d'abord confondu avec un énorme rocher recouvert de mousse et de fougères se révèle être un mur en ciment. Flore l'observe à son tour, quand Cannelle leur fait signe un peu plus loin. Elle désigne du doigt l'entrée d'un tunnel. Le ferraillage du béton armé affleure par endroits et une grille rongée par la rouille en interdit l'accès. Mais en s'approchant, Ada constate que la boue figée du torrent empêche la porte de fermer. Sans écouter les consignes de Flore, Ada se faufile à l'intérieur.

Il suffit de marcher quelques mètres pour sentir la température baisser. Dans son dos, Cannelle murmure :

— Je crois que t'as trouvé une vieille entrée du fort de Flaut.

— Ton père l'a trouvée avant moi.

Des grincements métalliques suivis du bruit sourd d'un objet lourd jeté au sol résonnent dans la galerie, dont il est impossible d'estimer la profondeur.

Cannelle prend la tête du trio, déterminée à découvrir ce que cache son père dans ce lieu insolite et dangereux. Des sons plus proches l'obligent à ralentir.

Arrivées derrière une série de portes restées entrouvertes, les filles aperçoivent des colonnes de coffres-forts. Si la poussière les fond dans le décor, leur installation récente saute aux yeux. Mais les filles n'ont pas le temps de les observer de plus près. Lionel revient sur ses pas. Il faut ressortir.

Il paraît que la pire des tortures consiste à vous empêcher de dormir, et plus particulièrement à vous faire perdre toute notion du temps. Le cerveau est progressivement privé de ses repères et finit par confondre souvenirs et réalité.

Chaque femme, chaque homme présent dans la salle depuis le début du procès s'est absenté une fois. Mais Agnès et moi sommes plantées au milieu de la pièce depuis au moins trois heures. Je ne sais plus comment me tenir pour calmer mes tiraillements. J'ai essayé d'écarter légèrement mes jambes et de rester autant que possible en suspension pour répartir mon poids équitablement, sans résultat probant. Mes pieds me brûlent et je peux sentir la douleur irradier entre chaque vertèbre. Le tissu de la robe me gratte. Malgré mes regards implorants, Bente m'a poliment fait comprendre que je n'avais pas le droit de bouger.

Einar revient. Les autres attendent qu'il reprenne sa place centrale pour regagner leurs sièges. Bente nous fait signe d'avancer de quelques pas pour nous rapprocher de la grande table des hommes. Einar aligne plusieurs feuilles devant lui, en terminant par nos réponses à leur questionnaire. Il consent enfin à nous adresser un regard empreint de sévérité. L'assistance se fige pour écouter son verdict. Einar prononce une courte phrase, qui ne provoque aucune réaction de ses camarades.

Bente laisse apparaître un demi-sourire sur son visage. Agnès lui demande confirmation, pour être sûre qu'elle a bien compris les propos d'Einar. Elle se tourne alors vers moi :

— Ils vont nous baptiser.

Et quoi encore ? Ils vont nous tatouer ensuite ?

Ma colère et mon exaspération n'ont pas le temps de s'exprimer. Un événement troublant rompt le silence. Un homme pénètre brutalement dans la pièce et court chuchoter quelques mots à l'oreille d'Einar, qui fixe aussitôt Bente avec un regard désolé. Rien de plus. Bente explose de rage et d'indignation. Je ne comprends rien, mais je perçois une gigantesque frustration accumulée et contenue depuis des années. Cela n'a rien à voir avec Agnès et moi.

C'est d'elle seule qu'il s'agit. Les autres femmes tentent bien de la calmer, mais c'est trop tard, elle fonce sur Einar, qui ne bronche pas. Des hommes parviennent à l'arrêter alors qu'elle s'en prend physiquement au doyen. Einar fait un signe de la main pour qu'on tienne le visage de Bente face au sien. Il prononce quelques mots, puis Bente est accompagnée à l'extérieur.

Tandis que des inconnues s'occupent de nous escorter jusqu'à notre fumoir prison, Agnès me traduit ce qu'elle a cru entendre :

— La mère de Bente vient de mourir à l'hôpital. Son mari Einar a refusé une transfusion sanguine.

09

Torstein jubile. Profiter d'un échange universitaire sur la côte ouest du pays pour passer un weekend en amoureux et célébrer la nouvelle année avec Saskia n'a rien d'exceptionnel. En faire la couverture insoupçonnable pour accomplir une mission au service des Russes relève du grand art.

Une heure d'avion seulement sépare Trondheim de Bergen. L'université occupe un groupe de bâtiments disséminés au cœur de la cité établie aux portes de la mer du Nord.

La première conférence commence par une présentation vidéo d'une série d'innovations technologiques dans le domaine du vol léger à décollage vertical. Autrement dit, les drones, et plus spécifiquement leur autonomie. Malgré des spécialités différentes, Saskia partage l'intérêt de Torstein pour ces objets volants. Elle n'imagine pourtant pas une seconde que son petit ami détourne certains travaux universitaires pour le compte de ses commanditaires russes.

Si Bergen est bien plus au sud que Trondheim, la deuxième plus grande ville de Norvège n'échappe pas aux journées raccourcies des longs mois d'hiver. Mais la cité regorge de lieux chaleureux pour déguster une pâtisserie et siroter un thé brûlant ou un chocolat chaud.

Saskia aime flâner et photographier les rues pittoresques du quartier de Bryggen. Bordées de maisons traditionnelles colorées encore grimées de leurs décorations de Noël, leurs pavés usés brillent sous la neige.

Après quelques recherches sur Internet, Saskia a sélectionné le *Kaf Kafe Bryggen* pour sa carte de desserts et son offre de thés. Son emplacement l'a confortée dans le choix de cet établissement. Caché au bout d'une ruelle étroite, aménagé en retrait sous une grande toiture, il s'apparente au repaire secret de tous les gourmands de la vieille ville, à l'écart des flots de touristes qui la visitent toute l'année.

Saskia apprécie immédiatement ce havre de paix, abrité du froid et de l'humidité qui engourdissent la cité entière. La salle tout en bois a quelque chose d'intemporel. Des étals chargés de thés, de cafés et d'épices colorées garnissent le mur du fond. Une ardoise portant la liste des tarifs est suspendue au-dessus de la vitrine des pâtisseries installée dans l'angle. Derrière sa caisse, la commerçante leur adresse un sourire de bienvenue.

Parmi la dizaine de tables, seules trois sont occupées. Une dame âgée se réchauffe les mains autour de sa tasse de thé, tout en discutant avec une amie. Un couple de cinquantenaires dévore des sandwichs appétissants. Enfin, trois adolescents partagent gaufres en forme de cœurs et cafés en rigolant.

Après avoir choisi une table, retiré son manteau, ses gants et son bonnet, Saskia va passer commande. Elle connaît les goûts de son compagnon.

Camouflé derrière son air un peu rêveur, Torstein est sur le point d'accomplir une mission particulièrement délicate. Il aimerait que ce soit la dernière, et signifier sa démission à ses commanditaires russes. Torstein apprécie le travail bien fait : il s'appliquera jusqu'à la fin.

Une trentaine de programmes tournent simultanément dans son smartphone. D'apparence banale, il abrite une bombe technologique commandée sur un site spécialisé. Torstein jongle avec la puissance de calcul de deux ordinateurs portables dans le creux de sa main. C'est le minimum pour mener une manœuvre virtuelle et son pendant bien réel.

La cible désignée par les Russes est une employée du groupe minier français Eramet. Elle vit à Bergen, mais travaille pour le bureau de Trondheim, au sein duquel elle collabore avec l'ONG Bellona. Ces trois derniers mois, Torstein a épluché chaque détail de la vie de Sigrid Fossum. Ainsi, lorsqu'à l'aide de son drone il pénètre l'appartement de sa cible sur les hauteurs de la ville, il a l'impression de la connaître. Comme s'il avait déjà pris un café chez elle et feuilleté les magazines éparpillés sur la table de son salon.

Pour programmer sa mission du jour, il s'est d'abord assuré qu'elle serait seule. Car Sigrid Fossum est mariée et mère d'un bébé de 6 mois. D'ailleurs, son nom d'usage a changé depuis qu'elle a épousé Terje Ellingsen en 2017.

Grâce à ses batteries innovantes conçues à l'université, le drone de Torstein peut voler plus longtemps, et plus discrètement. Il évolue sans risque dans les moindres recoins de l'appartement de sa cible et observe en temps réel les conséquences de l'autre aspect de la mission : le piratage de toute la vie numérique de Sigrid. Le drone permet à Torstein de se connecter directement à son wifi et à ses périphériques Bluetooth.

Il a fallu trois mois à Torstein pour contaminer sa correspondance en y ajoutant de faux emails, créer des historiques de conversations factices sur WhatsApp, et modifier ses prescriptions médicales.

L'œil de verre du drone contemple le résultat de semaines de travail : Sigrid est en train de découvrir l'ampleur du piratage. Mission accomplie. Torstein prévient ses commanditaires.

— Vaffel med brunost[44].

Saskia pose une assiette surchargée devant Torstein. Le parfum de la pâte encore tiède envahit ses narines. Elle le connaît bien. Il est incapable de résister à ce dessert gourmand. Saskia sourit de satisfaction.

En ayant grandi près de la frontière belge, ses exigences en matière de gaufres n'ont fait qu'augmenter avec l'âge. Mais depuis son arrivée en Norvège, elle a adopté la recette locale, cuite dans un moule en forme de trèfle à cinq feuilles en cœur. La pâte est un compromis réussi entre la généreuse gaufre liégeoise et sa cousine plus légère de Bruxelles, bien connue des Français. Le tout parfumé à la cardamome.

Torstein manque de s'étouffer. Les Russes ont accusé réception et en moins d'une minute, deux hommes cagoulés ont surgi chez Sigrid pour la neutraliser. C'est la première fois que Torstein a du mal à dissimuler ses émotions. Sur l'écran haute définition de son smartphone, le flux vidéo transmis par le drone lui provoque un haut-le-cœur. Sigrid vient d'être pendue au plafond de sa cuisine, dans un simulacre de suicide. C'est déjà terminé, les deux hommes ont quitté les lieux sans laisser de trace.

Torstein déclenche le rapatriement d'urgence du drone et coupe son smartphone. Il lutte pour sourire à Saskia :

— C'est délicieux, ma chérie.

En réalité, Torstein frôle l'évanouissement. Il a envie de vomir. Il aimerait pouvoir effacer les images, annuler les dernières commandes. Mais il ne s'agit pas d'un programme ni d'un film. Une femme a été assassinée. Et il y a participé. C'est irréversible.

Des milliers d'idées confuses et angoissantes bouillonnent à toute allure dans son cerveau. Mais une seule phrase tourne en boucle : *tu ne peux plus revenir en arrière.*

---

[44] Gaufre au brunost (fromage caramélisé norvégien)

IO

J'ignore l'heure qu'il est, mais je peux affirmer que nous entrons dans notre troisième jour de détention. La nuit a été calme et moins ensoleillée. Depuis l'intérieur de notre prison, le ciel semble s'être couvert. D'ailleurs, j'ai les pieds gelés.

Troublées par les événements d'hier, Agnès et moi avons beaucoup discuté avant de trouver le sommeil. Aussi étonnant que cela puisse paraître, nous avons évoqué toutes sortes de sujets, même les plus futiles. J'apprends à connaître celle que je rêvais de voir disparaître. Je la considère surtout comme ma seule alliée ici, mon unique chance de fuir cet endroit.

Ce n'est pas Bente qui vient nous apporter le petit déjeuner ce matin. Trois femmes se relaient pour nous coiffer et remplacer nos robes par de longues toges blanches, seulement percées d'un trou pour la tête. Toujours rien pour protéger nos pieds. J'en pleure intérieurement.

Sur le seuil, une femme retire le lien entre nos jambes. Agnès et moi n'avons plus besoin de synchroniser nos pas.

Notre moment est enfin venu. Nous sortons. Les nuages chargés qui plombent le ciel filtrent une grande partie de la lumière du soleil. Mes yeux les remercient. J'en profite pour observer avec attention notre environnement.

Notre fumoir a l'allure d'un vieux cabanon de pêcheurs, perché sur un rocher affleurant, à quelques mètres seulement du rivage. L'eau est agitée ce matin. Les vagues claquent inlassablement contre les innombrables cailloux usés qui se dressent dans une terre presque noire par endroits. Sous mes pieds, l'herbe folle cuite par le sel est tiède, mais la brise marine me glace le sang. Le vent fait grincer l'éolienne et secoue quelques fanions colorés, mais je n'entends pas le moindre bruit de moteur.

Plus loin, à l'intérieur des terres, je reconnais aisément la plus grosse maison, celle d'Einar, lieu de notre "procès". Avec son perron en bois et ses fenêtres à petits carreaux, elle ressemble à toutes ces vieilles bâtisses scandinaves en bois peint qui ont inspiré les premières fermes américaines du XIXe siècle, comme celle représentée dans *American Gothic* du peintre Grant Wood. D'autres, plus modestes, dispersées sur le rivage et accompagnées de minuscules abris à bateaux, complètent ce hameau de pêcheurs que Bente a appelé Rekvik.

D'ailleurs où est-elle passée ? Toutes les femmes que nous avons croisées jusqu'à présent sont des adultes. Bente était la plus jeune.

Une grande brune nous guide depuis le cabanon. Nous foulons une terre de plus en plus humide. Nos pieds s'enfoncent dans le sol meuble et épais. Un faux pas dans une flaque et je manque de glisser sur un rocher lisse recouvert d'algues.

Ça y est, nous marchons dans la mer. L'eau qui nous lèche les chevilles est glacée. La moindre tentative de revenir au sec est réprimée par des gestes brusques. Après avoir longé un moment le rivage, la grande brune s'éloigne subitement des terres, pour s'enfoncer dans l'eau agitée. En quelques enjambées, nous voilà immergées jusqu'aux cuisses. Le tissu de sa robe flotte devant moi, tandis que la fraîcheur de l'océan, semblable à des milliers de mâchoires invisibles, attaque chaque centimètre de ma peau. Ma longue toge s'alourdit et ralentit ma progression. L'eau atteint mon ventre. Les vagues frappent dans mon dos. Je grelotte de toute mon âme. Agnès claque des dents. La grande brune s'immobilise sans se retourner. Le froid n'a aucun effet sur elle.

Mon esprit embrouillé cherche tous les moyens pour ne pas vaciller. J'ai compté au moins trois canots accessibles à la nage. Mais comment avancer avec ce tissu trempé qui s'est transformé en véritable camisole et cette eau glaciale qui tétanise tous mes muscles ?

Agnès perd l'équilibre et se rattrape à moi. Derrière nous, une autre femme nous houspille. Agnès se rétablit et me remercie du regard. Elle cherche mon soutien. Elle voudrait m'entendre lui dire qu'on va s'enfuir. Mais elle doit se contenter du silence de mes lèvres bleutées et de la fatigue de mon visage rougi.

Je ne sens plus mes jambes, et je serais bien incapable de décrire le sol sous mes pieds. Je lutte pour me maintenir droite contre la houle.

Des mots résonnent soudain, à moitié couverts par le vent. Toujours cet accent de vieux norvégien. Et cette voix. Celle d'Einar, qui approche en récitant ce qui ressemble à un texte religieux, immergé jusqu'à la taille. Comment ne pas le comprendre ? C'est notre baptême.

La grande brune se retourne et nous observe l'une après l'autre. Ensuite, elle lève les yeux vers Einar. Je l'entends approcher dans mon dos. La prière continue, presque mélodieuse. Puis Einar se tait subitement. Pour oublier le froid, je guette le moindre indice sur le visage de la grande brune face à nous. En vain.

Une claque glacée et salée s'abat par surprise sur mon visage. Je n'ai rien vu venir. Des mains puissantes m'immergent brutalement. Je sens la surface s'éloigner, comme au ralenti, et le grondement de l'océan m'envelopper. Un bourdonnement emplit mes oreilles. Une décharge électrique parcourt chacun de mes muscles. Le manque d'oxygène fait accélérer les battements de mon cœur.

Lorsqu'on me ressort la tête de l'eau, une nouvelle sensation de froid me traverse. Le vent transforme chaque gouttelette en pointe acérée sur ma peau. J'ai l'impression absurde que mes cheveux trempés laissent place à des stalactites.

Le froid est sournois. Il se glisse partout. Il révèle des parties méconnues de notre corps. Il empêche de réfléchir. Je ne sais pas si je préfère qu'on m'immerge pour de bon ou qu'on m'éloigne du rivage le plus vite possible.

J'aperçois soudain Terje. J'en suis sûre, c'est lui, à quelques mètres de nous. Il a l'air affaibli, mais vivant. Escorté par un groupe d'hommes habillés de couleurs sombres, il est vêtu d'un tissu noir qui contraste avec la blancheur de nos toges.

Derrière moi, Einar reprend sa récitation religieuse. Je devrais peut-être faire mine d'y être attentive, mais je ne peux m'empêcher de garder un œil sur Terje. S'il n'a pas droit à être baptisé, quel sort lui réservent-ils ?

Les mains puissantes m'attrapent à nouveau, et m'enfoncent dans l'eau. Cette fois, la sensation est différente. Le froid m'anesthésie. Mais je n'oublie pas Terje. Ils lui ont enfilé une grosse capuche sur la tête. Je ne pense plus qu'à sa claustrophobie, il ne va pas supporter ce traitement longtemps.

Les vagues m'aveuglent. On me plaque vers le fond. Je perds Terje de vue. Lors de cette nouvelle immersion forcée, je perçois les cris d'Agnès sous l'eau. Je voudrais lui dire de se calmer. Mais j'ai beau essayer d'inspirer un maximum d'oxygène, le froid consomme toutes mes réserves. C'est une évidence : je vais me noyer.

Les mains me sortent enfin de l'eau. Mes poumons sont en feu. Je n'arrive pas à les alimenter suffisamment en air. Mes yeux brûlés par le sel ne trouvent plus Terje. À sa place, je ne devine qu'une masse informe de tissu noir agitée par les flots. Deux hommes immobiles montent la garde.

Je tousse, je tremble. J'ai du mal à reprendre mon souffle. Agnès me supplie du regard, mais comment l'aider ? Comment sauver Terje ? Je ne sais pas si mes jambes vont me porter encore longtemps. Si seulement je pouvais me laisser flotter...

Les deux hommes ressortent soudain Terje de l'océan. Il ne bouge plus. Mon cœur s'arrête. *Merde, Terje.*

Les deux bourreaux le traînent sans ménagement jusqu'au rivage, où il finit par s'agenouiller en recrachant de l'eau. Il vit encore, mon cœur se remet à battre.

Einar s'approche de Terje. Il lui récite de nouveaux textes sacrés. Une vingtaine d'hommes se rassemblent autour d'eux. On les croirait habillés pour un enterrement. J'ai froid.

En remontant au Boréon, ce lac artificiel perché au-dessus de Saint-Martin-Vésubie, Ada repense à la dernière fois qu'elle a couru ici avec Margo. C'est ce jour-là que son amie lui a avoué s'appeler Émeline.

Avec ses eaux d'émeraude, le Boréon ressemble à un bout de Canada au cœur du Mercantour. Paradis des pêcheurs et des randonneurs, le site accueille depuis 2005 un parc animalier dédié aux loups. Plusieurs meutes évoluent dans de vastes enclos épousant le lit du torrent et la forêt environnante.

Ada est tombée amoureuse des loups dès son arrivée dans la région. Si Robin n'a jamais rechigné à l'accompagner, ce n'est pas le cas du père de Cannelle, qui voue une haine totale à ces canidés. Alors quand elles viennent toutes deux après les cours jouer les bénévoles aux côtés des soigneurs et des gardiens du parc, c'est à l'insu de Lionel.

À leur âge, les deux adolescentes ont seulement le droit d'aider à la préparation des rations alimentaires des animaux et à leur comptage quotidien. Cannelle est particulièrement douée pour reconnaître chaque individu, tandis qu'Ada décrypte leur comportement avec beaucoup de facilité.

En fin de journée, avant qu'un employé ne les redescende au village, les deux amies arpentent tous les miradors du parc vidé de ses visiteurs. Elles sont seules avec les loups.

Certaines plateformes offrent une vue imprenable sur le vallon du Boréon et permettent d'observer loin à travers les bois. Munie des puissantes jumelles du parc, Ada a déjà surpris des campeurs indiscrets ou des animaux sauvages attirés par les eaux fraîches du torrent.

Soudain, à quelques mètres de la route qui mène aux vacheries, une silhouette masculine accroupie au pied d'un grand mélèze lui rappelle étrangement celle de Lionel.

— C'est ton père ! lâche-t-elle à Cannelle.

— Qu'est-ce qu'il fout là ? s'exclame son amie en lui arrachant les jumelles des mains.

— En tout cas, il n'y a pas de bunker ici, ironise Ada. Cannelle n'a pas envie de rire. Elle a l'impression qu'il y aura toujours une crasse inédite à découvrir sur son père.

Ada reprend les jumelles, fronce les sourcils, puis commente :

— Il se recueille... comme sur une tombe.

Cannelle a beau se creuser la tête, cet endroit ne lui dit rien. À quoi joue son père ?

Le mystère s'épaissit quand Ada rend les jumelles à Cannelle. Celle-ci aperçoit son père frapper le grand mélèze de rage, avant de disparaître dans les bois.

L'explosion est si puissante, qu'une vague d'air chaud me brûle la nuque. Dans la seconde qui suit, des débris de verre et de bois font clapoter l'eau tout autour de nous. La grande brune reçoit des éclats en pleine figure. Heureusement, Agnès et moi sommes de dos. Je prends le risque de me retourner, juste à temps pour voir la maison d'Einar disparaître dans une boule de feu gigantesque.

Je pense d'abord à un accident isolé. Pourtant, les flammes qui dévorent également notre cabanon et les autres bâtiments ne me permettent plus d'en douter : Rekvik est attaquée. Mais par qui ?

La panique gagne immédiatement la communauté. La végétation cuite par la sécheresse et les vents marins brûle à grande vitesse et ajoute une fumée épaisse à celle qui s'échappe déjà des habitations. Einar tente de garder le contrôle, mais les moyens dérisoires déployés pour contenir les incendies laissent peu d'espoir.

Je ne vois plus la grande brune. D'autres femmes nous aident à sortir de l'eau, avant de courir avec leurs semblables. Je rassemble le peu de forces qu'il me reste pour atteindre Terje, étendu dans la terre mêlée de sable et de coquillages.

Il revient à lui, et parvient à se redresser lentement. Les cris et le vacarme autour de nous couvrent sa voix. Il me sourit. Agnès nous rejoint en titubant, ébranlée par le spectacle.

À nouveau, une détonation retentit, tel un claquement de fouet divin qui s'abat sur la plage. Einar s'effondre, le crâne transpercé. De multiples coups de feu résonnent. Des hommes tombent à terre comme du gibier pendant que les femmes hurlent ou prient à genoux.

Au milieu des décombres, à moitié cachée par la fumée, une silhouette avance d'une démarche robotique. Sa robe est tachée de sang et de suie. Un fusil à la main, un autre en bandoulière avec une ceinture de cartouches, Bente traverse son champ de bataille sans la moindre émotion. Elle menace celles et ceux qui l'approchent. Elle abat les plus agressifs.

La voilà qui avance maintenant dans ma direction, sans s'inquiéter des membres de sa communauté qui la croient possédée. L'adolescente me fait signe de la rejoindre. Agnès m'aide à soutenir Terje, et nous la suivons le long du rivage.

Dans le chaos, des rennes effarouchés nous dépassent en remontant le littoral qui devient plus escarpé après les ruines fumantes de notre geôle.

Sous mes pieds endoloris, une sorte de sentier se dessine. D'abord à peine esquissé, il se fait plus précis. On dirait un vieux chemin côtier. Bente nous indique de le suivre, et me tend une clé rouillée. Agnès traduit ses derniers mots :

— Maison blanche et rouge.

Je serre la clé dans ma main gelée, avant de demander :

— Et Nae ?

Bente secoue seulement la tête en guise de réponse. Est-il mort ? S'est-il déjà échappé ? Je n'ai pas le temps d'insister. Bente s'est retournée face à son chaos. Je supplie Agnès :

— Dis-lui de venir avec nous !

Bente ne le fera pas. Elle n'ira plus nulle part. Elle s'est suicidée d'une balle dans la tête.

2 · LIONEL

II

Le parc du Mercantour va fusionner avec son équivalent transalpin. Toute la semaine, Lionel a entendu son père critiquer la mainmise des bureaucrates écolos sur leur vallée. Comme tous les anciens, ils voient d'un mauvais œil la nouvelle réglementation toujours plus stricte.

Du haut de ses 17 ans, Lionel Gastaldi a une autre vision des choses. Il pense tourisme, investissements, valorisation des terres que possède sa famille. En fait, Lionel a plein d'idées, mais son père ne l'écoute jamais.

Dès la naissance, Lionel a déçu les attentes de celui qu'on surnomme "le maître du bois" bien au-delà de la Vésubie. Bûcheron redoutable, fin connaisseur des forêts de la vallée, Martial Gastaldi dirige la première scierie du département. Fournisseur des artisans les plus prestigieux de Cannes à Monaco, il n'a pas encore trouvé en Lionel le digne héritier qu'il espérait.

De toute manière, père et fils ne partagent presque rien. Ils ont pourtant un ennemi commun : le loup. Réintroduit en Italie en 1990, il a été repéré côté français dès 1992. En trois ans, plusieurs meutes ont élu domicile dans la Vésubie et la vallée voisine de la Roya.

Martial considère l'implantation du loup comme un danger pour les éleveurs et leur bétail. Lionel y voit un frein au développement de la vallée. Et puis, pas besoin de faire de longues études pour mesurer à quel point la présence du prédateur divise. Elle oppose jeunes et anciens, citadins et éleveurs, écologistes et commerçants.

Le maire de Saint-Martin-Vésubie rêve déjà d'un parc à loups, comme en Italie et en Bavière. Là aussi, Martial et son fils partagent une aversion totale pour ce projet ridicule.

Ce matin, Lionel a réussi à quitter la maison avant que son père ne soit levé. Il a poussé sa moto cross jusqu'à ce qu'il estime être assez loin pour démarrer sans se faire repérer. Il lui a fallu moins d'une demi-heure pour atteindre le lac du Boréon. Ensuite, il a continué sur la route des vacheries, puis a garé sa moto à l'ombre d'un grand mélèze.

Lionel a prémédité son coup depuis de longues semaines. Il s'est renseigné discrètement. Il s'est même entraîné tout seul sur la piste forestière des granges de la Brasque, au-dessus de Roquebillière. Aujourd'hui, le plus petit des fusils de son père est chargé à cartouches réelles. Hors périodes de chasse, Martial ne devrait pas remarquer son absence : il ne l'utilise plus depuis des années, et l'a remplacé par une arme plus perfectionnée. De toute manière, ses séances de tir au club n'ont lieu que le weekend. Et puis peu importe, Lionel ne reculera pas.

Les anciens bergers lui ont appris à reconnaître les fèces : les crottes de loups. Ce sont eux aussi qui lui ont assuré qu'un mâle solitaire, certainement exclu de sa meute, rôdait au-dessus des vacheries du Boréon. Il a été repéré la veille du côté de la Madone de Fenestre, non loin de la frontière italienne.

7h23. Lionel s'écarte rapidement des sentiers de randonnée déjà très fréquentés en cette saison. Le Boréon est une destination prisée des Niçois en quête de fraîcheur dès le début de l'été.

Au bout de seulement deux heures de marche, Lionel l'aperçoit dans sa lunette de visée. C'est un mâle fatigué, sans doute blessé. La traque commence. Le loup se méfie, se camoufle. Il décrit progressivement un cercle pour vérifier ses arrières et renifler les proies éventuelles. Et les menaces. Lionel doit agir vite. Sinon le loup va lui échapper.

Le jeu de cache-cache désoriente temporairement Lionel. Heureusement, le soleil déjà haut dans le ciel et le torrent en contrebas lui permettent de se repérer sur ce versant nord boisé et escarpé.

Soudain, tout s'accélère. Le loup file à la poursuite d'une proie invisible. Lionel court, enjambe des souches et des bosquets, manque de tomber plusieurs fois. L'idée de rentrer bredouille lui est si insupportable qu'il se découvre une énergie insoupçonnée.

Le loup l'entraîne vers le fond du vallon. Lionel sait qu'il doit l'abattre avant qu'il n'atteigne le torrent. Malgré son cœur qui cogne fort contre sa poitrine, il s'applique à viser et bloque sa respiration. Le loup s'est immobilisé. Comme s'il sentait l'arme pointée sur lui. Le coup part. La bête a disparu. Lionel est pourtant certain de l'avoir touché. La déception l'envahit, la frustration le ronge. Mais il doit se maîtriser. La détonation va attirer l'attention. Il doit quitter les lieux rapidement et dissimuler son arme. Il la récupérera demain soir, quand il sera sûr de ne subir aucun contrôle de la police ou des agents du parc du Mercantour.

Alors qu'il redescend à vive allure vers la route qui longe le torrent, le loup réapparaît, à moins de 50 mètres. Les années de mépris de son père, sa haine du loup et l'adrénaline de cette matinée de traque l'emportent sur la raison. Lionel tire une seconde cartouche.

Cette fois, il en est certain, la bête est touchée. Mais des crissements de pneus et des cris le pétrifient sur place. Dissimulé dans les massifs de fougères couvertes de rosée, Lionel assiste avec effroi au spectacle de son imprudence. Sur la route des vacheries toute proche, une Peugeot 405 blanche a percuté un arbre avec une famille à bord. Balle perdue ? Lionel blêmit. Il n'en a plus rien à foutre de ce stupide loup. Il espère de toute son âme voir les passagers du véhicule s'animer.

Une branche morte craque sur sa droite. Lionel sursaute. Dans un réflexe primaire, il pointe son arme vers l'intrus. Il ne s'agit pas du loup, ni même d'un animal. Le regard accusateur, le visage sévère, une fille d'une dizaine d'années lui lance :

— Tu as tiré sur la voiture. Tu les as tués ! Je t'ai vue, conclut-elle avant de s'échapper à toute allure dans la forêt.

Lionel tombe à genoux dans la mousse humide du sous-bois. La poursuivre ? Traquer le loup ? Prêter assistance aux accidentés ?

Comme un signe du destin, des cris retentissent à nouveau. Les parents se sont extraits de la voiture, et portent secours à leurs enfants, encore attachés à l'arrière. Lionel déglutit. Il ne s'autorise à reprendre sa respiration qu'après avoir aperçu les quatre membres de la famille vivants.

Le visage de la petite moucharde lui revient soudain à l'esprit. Il l'a déjà vue quelque part. Il connaît même son prénom : Émeline.

12

Le clapotis des vagues et le piaillement des oiseaux ont remplacé les cris. L'air iodé et le parfum de l'herbe séchée se sont substitués à l'odeur de brûlé. Le tracé ancien est presque effacé par la végétation et l'érosion du sol, mais en longeant le rivage il nous est aisé de suivre le sentier côtier.

La brise a vite séché nos vêtements et nos cheveux. Elle a cicatrisé toutes nos plaies, sauf celle de nos pieds. J'essaie de ne pas penser au froid. Mes doigts gelés. Mes lèvres gercées. Ma gorge sèche.

Sans l'aide d'Agnès, je n'aurais pas réussi à porter Terje jusqu'ici. Nous avons dû faire de nombreuses pauses, mais j'ai insisté à chaque fois pour repartir rapidement, de peur qu'un fanatique de Rekvik ne nous rattrape.

"Maison blanche et rouge", nous a dit Bente. Il s'agit en réalité d'un grand cabanon de pêcheurs. Les murs exposés au soleil et au vent ont presque perdu toute leur peinture, rudement écaillée sur l'ensemble de l'édifice en bois. La paroi face à nous porte une inscription partiellement effacée : Katteberget.

Juché sur un promontoire rocheux, notre point de chute tant espéré domine une minuscule presqu'île herbeuse, dont nous pouvons aisément surveiller le littoral dans les deux directions.

Il n'y a qu'une porte et une seule serrure. La clé rouillée de Bente tourne au prix de nombreux efforts et d'entailles dans mes mains. Je crains le pire en entrant la première dans ce cabanon qui me rappelle le fumoir géant dont je crois encore sentir l'odeur sur ma peau.

Contrairement aux parois extérieures rongées par le temps, l'intérieur du bâtiment offre un spectacle étonnant lorsque je permets à la lumière d'y pénétrer.

Pas d'odeur tenace de poisson ici, mais un parfum délicat de fleurs séchées. Le sol est constitué d'un parquet artisanal, véritable bonheur et réconfort pour nos pieds blessés. Agnès m'aide à allonger Terje sur une banquette recouverte d'un matelas rustique empli de paille. J'attrape aussitôt une des couvertures propres suspendues au plafond pour réchauffer mon compagnon.

Agnès soupire de soulagement, et se précipite sur une vieille gourde remplie d'eau. Après avoir goûté prudemment une première gorgée, elle en boit une partie et me tend le récipient. Je mouille les lèvres sèches de Terje, qui avale un peu d'eau avant de m'inviter à me désaltérer moi aussi.

En observant l'aménagement soigné de chaque recoin, je comprends que Bente en avait fait son refuge. Un lieu paisible et coloré loin de l'austérité et des interdits de sa communauté radicalisée.

Mais au-delà du refuge qu'elle a choisi de nous transmettre, Bente a rassemblé ici toutes nos affaires récupérées la nuit de l'accident. Agnès retrouve sa valise format cabine. Je me jette sur notre sac de voyage, pour constater que son contenu semble intact.

Le téléphone de Terje ne s'allume pas. Celui d'Agnès non plus. Batteries à plat.

Lueur d'espoir en saisissant le mien : l'écran affiche 13h22 et indique encore 1% de batterie. Je prends diverses positions pour tenter d'améliorer la réception, mais rien à faire. Même en sortant, je ne capte aucun réseau. J'ai tout juste le temps de lire les nombreux messages d'Ada, morte d'inquiétude. Écran noir. Mon téléphone s'est éteint pour de bon. Il faudra patienter pour trouver de quoi brancher nos chargeurs.

Après cette déception, une bonne nouvelle provoque un petit rire nerveux, sûrement dû à ma fatigue extrême. Non seulement nous allons pouvoir enfiler des vêtements propres et confortables, mais nous avons tous de quoi nous chausser ! Car pour rejoindre la civilisation, plusieurs heures de marche seront nécessaires. Continuer pieds nus aurait été inenvisageable.

Un bruit sourd résonne dans le cabanon. Terje s'est relevé d'un coup et s'est cogné la tête contre une poutre. Il grogne de douleur, mais affiche un sourire étonnant. D'une main, il désigne une glacière comme en utilisent les pêcheurs pour transporter leurs appâts ou leurs prises. En l'ouvrant, Agnès découvre de la nourriture fraîche. De quoi reprendre des forces pour nous trois. Cachées derrière, d'autres gourdes pleines d'eau potable. Merci, Bente.

— On mange et on repart.

Je n'avais jamais eu autant de plaisir à entendre la voix de Terje. Sauf qu'il n'est pas en état de marcher tout de suite.

— Tu te reposes d'abord.

Je n'ai pas envie de gaspiller le peu d'énergie qu'il nous reste dans un débat stérile.

Agnès se redresse, et tend l'oreille. Je me tiens immobile, mais je n'entends personne.

— Ne vous prenez pas la tête. Il pleut, constate-t-elle.

Un orage vient d'éclater. Un orage d'été. Dehors, l'air se rafraîchit instantanément et la pluie crépite sur le toit.

Je crois que je me suis assoupie. Dix minutes ? Une heure ? Terje n'a pas bougé, mais je ne vois plus Agnès. Affolée, je me retourne et l'aperçois dans le fond du cabanon. Elle maintient la porte entrouverte pour que la lumière blafarde éclaire le carnet qu'elle lit attentivement.

En m'approchant, je remarque des pages remplies d'une écriture régulière et soignée. Le visage d'Agnès traduit toutes sortes d'émotions au fil de sa lecture. Sans lever les yeux du carnet, elle assouvit ma curiosité :

— C'est une sorte de journal. Bente y raconte sa vie à chaque passage ici. Elle mentionne aussi bien ses petites joies du quotidien que des atrocités subies tout au long de son enfance. Elle nomme tous les hommes qui lui ont fait *mal*.

Agnès marque une pause. Elle ne donne pas plus de précisions, mais j'imagine le pire. Agnès poursuit :

— Il lui a fallu des mois pour nettoyer le cabanon. Elle n'en a jamais parlé à personne, et voulait que tout soit prêt pour le retour de sa mère.

Agnès a l'air sincèrement touchée par les confessions de notre sauveuse. Elle me tend le carnet, ouvert à la dernière page. Des morceaux de cartes y sont collés et annotés.

— Bente prévoyait de fuir avec sa mère guérie. Il y a un itinéraire jusqu'au prochain village.

20h13. Ada et Cannelle franchissent le portail du chalet. Pendant quelques secondes encore, leurs mains se frôlent, bercées par le saxophone planant d'une musicienne londonienne qu'elles écoutent en boucle depuis une semaine.

Artiste : **Laura Misch** Titre : **Walk Alone to Hear Thoughts of Your Own**

Les filles tiquent toutes les deux en apercevant la Citroën AX blanche garée dans le jardin.

Sur la terrasse ombragée, profitant du retour de la fraîcheur, Flore déguste une bière du Comté. Ada remarque son sac de voyage posé à ses pieds. Elle ne peut retenir sa question :

— Tu t'installes chez nous ?

— J'ai eu ma dose de cohabitation avec mon grand-père, mais je garde sa voiture, réplique Flore avec un grand sourire.

Assis à côté de la sœur de Margo, Robin confirme :

— Quand je serai absent, vous pourrez compter sur elle. Mais plus question d'aller explorer les vieux bunkers. Ces endroits sont dangereux. Lionel est dangereux...

Cannelle le coupe :

— Mon père est un connard, vous le savez tous ici puisque vous m'hébergez. Il cache quelque chose dans ces galeries et on finira par découvrir de quoi il s'agit.

Ada ajoute :

— On l'a vu au Boréon, se recueillir au pied d'un arbre, près de la route des vacheries.

— C'est quoi ces conneries ? s'énerve Robin.

Le visage de Flore devient soudain sévère :

— Pas *des* mais *une* connerie. Suffisamment grosse pour qu'il vienne se recueillir seul.

— Tu sais ce qu'il s'est passé là-haut ? demande Ada.

— Non, mais Margo oui, répond Flore en emportant son sac à l'intérieur du chalet.

Il a plu toute la nuit. Nous avons quitté le refuge de Bente dans la matinée, dès que la météo s'est adoucie. Agnès a emporté le carnet de notre bienfaitrice. J'ai fermé à clé ce qui restera son sanctuaire.

Terje a du mal à marcher, pourtant nous progressons à une vitesse honorable. Nous avons glissé les affaires indispensables d'Agnès dans notre sac de voyage. Il faut se relayer pour le porter, mais son poids est tolérable.

Coincé entre une pente montagneuse et une plage étroite constituée d'éboulis, le sentier s'efface parfois, pour réapparaître un peu plus loin.

Comme signalé dans les notes de Bente, nous atteignons Myrnes, où le sol plus aplati a permis la construction de trois maisonnettes, ou des cabines comme disent les Norvégiens. Il n'y a personne, mais des traces récentes indiquent que l'endroit n'est pas abandonné.

Une des cabines n'est pas verrouillée. À l'intérieur, nous subtilisons un peu d'eau potable. Ces endroits, conçus pour les loisirs et le repos, sont aujourd'hui nos seuls gages de survie.

Combien de temps de marche nous reste-t-il jusqu'au premier village ? D'après Agnès, environ 4 heures.

Les trois cabines ne sont plus que de minuscules points derrière nous lorsqu'un bruit confus de broussailles et d'éboulements approche à grande vitesse. Agnès m'interroge du regard. Terje manque de perdre l'équilibre en voyant surgir un renne affolé. Il fonce droit sur nous. Nous reculons jusqu'à atteindre le bord de l'eau, acculés.

L'animal s'arrête net, retenu par un lasso. Il vacille, et tombe à genoux dans un souffle rauque. Un chien de berger accourt près de lui. Le renne se calme enfin.

Un peu plus haut, à l'autre bout du lasso, apparaît un homme de taille moyenne, grimé d'une veste colorée. Un vêtement traditionnel, j'imagine. Ses cheveux argentés me rappellent ceux de Doc dans le film *Retour vers le futur*. Sauf que notre dresseur de rennes arbore une coupe plus courte, qui dépasse à peine de sa vieille casquette. Je lui donne plus de 60 ans.

L'inconnu parle d'abord au renne avant de nous adresser la parole. Il le réconforte, puis récompense son chien d'un geste affectueux, et se tourne enfin vers nous. Son monologue est si intense et rapide qu'Agnès est larguée. Terje le laisse terminer pour lui demander d'articuler : son accent est difficile à saisir. J'ai au moins compris son nom : Per Kitti. Terje et Agnès me traduisent la suite des échanges.

Per déplore ce genre d'incidents. Les rennes sont désorientés avec la chaleur qui augmente chaque année, et l'eau qui devient rare. L'orage et la pluie ont rendu fou l'animal déshydraté.

L'éleveur s'interrompt et prend alors le temps de nous dévisager. Il réfléchit quelques secondes, puis demande sans détour si nous sommes les trois personnes recherchées par les prêcheurs de Rekvik. Per nous rassure aussitôt : les Témoins de Jéhovah méprisent les Sámis et leurs croyances païennes. Il ne les aime pas non plus. Nous sommes en sécurité avec lui.

Après un échange rapide avec l'éleveur, Terje sourit.

— Per nous invite chez lui, nous annonce-t-il. Il nous aidera ensuite à atteindre Tromsø à l'insu des fanatiques. Pour l'instant, pas question de s'aventurer sur la seule route qui permet de quitter la presqu'île.

Plus d'une heure d'ascension à flanc de montagne plus tard, nous apercevons le logement de Per, installé dans un vallon glaciaire, à proximité d'un lac d'altitude aux eaux émeraude. Tout autour, une trentaine de rennes paissent paisiblement. Certains d'entre eux semblent saluer le retour de leur congénère.

Décidément, je pourrais me spécialiser en architecture norvégienne et établir un catalogue des cabines, cabanes, et cabanons... Cette fois, je découvre une variante moins colorée que les autres, mais très bien équipée. De l'eau de source y est captée et filtrée sur place. Trois récupérateurs de pluie abreuvent les bêtes et irriguent le potager. Et des panneaux solaires brillent sur toute la toiture, signe que nous allons enfin pouvoir recharger nos portables.

Per installe Terje sur un amoncellement de vieilles couvertures. Agnès s'assoit contre un mur de la cabane et fixe les rennes, pensive. C'est le moment idéal pour une toilette rapide.

Comme le soleil ne se couche jamais, il chauffe en continu les réservoirs d'eau et m'offre une douche tiède : un pur bonheur après mon baptême polaire d'hier matin. Je rince le sel et le sable qui s'étaient incrustés dans chaque pli de ma peau et raidissaient mes cheveux.

Per nous sert ensuite un bol de soupe brûlante à chacun. Je me régale du liquide qui irradie tout mon corps et achève de me régénérer. Difficile d'identifier tous les ingrédients. Amusé par ma curiosité, notre hôte désigne son troupeau du doigt. Oui, forcément, il y a de la viande de renne.

Mon portable atteint enfin un niveau de charge suffisant pour le rallumer et espérer capter un réseau. La réception est médiocre, mais les premières notifications s'affichent déjà sur mon écran. Je passe les pubs et les autres messages sans intérêt pour me concentrer sur ceux d'Ada. Elle est morte d'inquiétude. Mais que lui répondre ? Ses derniers messages datent de ce matin.

Nous sommes le samedi 15 juin. Il est 22h43. Il fait plein jour. La date et l'heure me semblent tellement abstraites. Je pourrais être membre de l'équipage de l'ISS, en orbite au-dessus de nos têtes, ou parmi les sous-mariniers enfermés dans leur cigare d'acier, que la notion du temps ne me paraîtrait pas plus artificielle. J'ai quitté la vallée de la Vésubie le mercredi 29 mai. Il y a une éternité.

Malgré tout, si je n'ai pas la force de tout lui raconter, je dois rassurer Ada. J'ouvre notre conversation WhatsApp :

Moi – 22h46 : Bonsoir Ada. Je viens de rallumer mon téléphone. Tout va bien. Je suis avec Terje et Agnès. Je t'expliquerai.

Je fixe mon écran. Les petits chevrons grisés indiquent qu'Ada n'a pas encore lu mes messages.

— Saskia a confirmé son inscription au marathon de Tromsø, m'annonce Terje en s'asseyant à côté de moi, son portable à la main.

— Alors Torstein y sera aussi.

Le mentionner suffit à me glacer le sang. Combien de drones tueurs va-t-il lancer à nos trousses cette fois ? Comment approcher Madeleine sans risque ? Celle que nous traquons tous me fait penser à son frère.

— Tu crois que Nae est resté à Rekvik ?

Terje range son téléphone et se tourne vers moi :

— Je crois surtout qu'il est trop tôt pour aller à Tromsø.

13

Le buraliste Max Tordo est une légende du village. Il a beau avoir pris sa retraite en 1998, certains locaux le sollicitent encore pour acquérir les innombrables articles qui garnissaient sa vitrine depuis 1965.

Aujourd'hui, Lionel lui achète un couteau. Pas n'importe lequel. De fabrication artisanale, il s'agit d'un instrument conçu pour la chasse. Sa lame en acier inoxydable se rétracte dans le manche en bois de noyer. Le dessin est simple, la prise en main parfaite. Lionel remercie le vieux Max et lui tend une liasse de billets de 100 francs.

Cet argent, Lionel l'a gagné à la sueur de son front. Le mépris de son père ne suffisait pas. Il a fallu que son oncle et leurs nombreuses connaissances dans la vallée se transmettent le mot.

Dénoncé par la petite Émeline, Lionel a subi les foudres de son père quand il a eu vent de sa chasse sauvage au Boréon. Heureusement, l'accident de voiture n'a tué personne.

Le fils de Martial est un faible, un incapable. Alors à lui les boulots de merde, les travaux ingrats et les payes ridicules.

Mais Lionel ne flanche pas. Il s'aguerrit. Il observe. Il enregistre tout ce qu'il voit et tout ce qu'il entend. Il attend son heure. Parce que son père et les anciens ne sont pas éternels.

Ce couteau, c'est le premier objet précieux qu'il s'offre. Il lui a fallu du temps pour économiser suffisamment. Martial lui réclame un loyer depuis la fin du lycée. Lionel doit payer son essence, et parfois même sa nourriture.

Pour s'endurcir, Lionel a pris l'habitude de partir seul en montagne pour ne rentrer que le lendemain. Jusqu'ici, il n'avait qu'un vieux canif usé. Son couteau change la donne.

Pourtant, jamais il n'aurait imaginé que cette lame encore intacte allait lui sauver la vie. Ni qu'elle lui permettrait d'obtenir sa revanche. Une revanche inespérée contre son pire ennemi. Cette nuit, Lionel a été attaqué par un loup pendant son sommeil. Cette fois, la bête a été vaincue à mains nues.

Max Tordo le lui a répété :

— Garde toujours ton couteau à portée de main. Mange avec, pisse avec, dors avec. C'est un prolongement de ton corps.

Cette nuit, Lionel a déployé sa lame contre son agresseur. La dépouille de l'animal lui est tombée dessus. Il a fallu frotter longtemps la lame dans l'eau du torrent pour la débarrasser de son sang épais. Dans dix jours, Lionel aura 23 ans. Et déjà, il vient de tuer son premier loup.

14

Depuis trois jours, nous partageons la vie pastorale de Per. Terje s'est totalement rétabli, et nous avons pu rattraper le sommeil en retard.

En échange de notre aide quotidienne, Per s'est transformé en un véritable entraîneur. Chaque jour qui nous sépare du marathon est exploité pour améliorer notre endurance.

Au fil des longues heures de marche sur les crêtes alentour, nous avons pu nous rendre compte de notre proximité avec la ville de Tromsø, ainsi que de l'isolement offert par le relief torturé et l'océan omniprésent.

Nous n'avons pas quitté la presqu'île des Témoins de Jéhovah, nous nous trouvons à l'autre extrémité, protégés par une barrière montagneuse de près de 1000 mètres d'altitude.

Ce gros bout de terre s'étend sur 10 km du sud au nord pour environ 13 km d'ouest en est. Il ne constitue, selon Per, qu'un septième de la superficie totale de Kvaløya, "l'île des baleines" en norvégien, aussi appelée Sállir en langue same.

Si la langue natale de Per est un des nombreux dialectes toujours pratiqués par les Sámis[45], notre guide a appris à parler bokmål[46], la forme la plus répandue du norvégien, à l'école. C'est aussi la langue la plus communément enseignée aux étrangers, comme Agnès .

Le peuple same, réparti dans tout le nord de la péninsule scandinave, compte un peu plus de 85 000 personnes, dont la majorité vit ici, en Norvège. Les Sámis étaient autrefois tous nomades, mais seule une minorité d'entre eux perpétuent ce mode de vie ancestral en accompagnant leurs troupeaux de rennes sur des centaines de kilomètres, s'affranchissant des frontières humaines.

Enfant, Per a suivi son grand-père et ses parents jusqu'à la frontière russe. Adulte, il alterne entre les terres qu'il partage avec d'autres membres de sa famille.

---

[45] Lapons et Laponie ont une connotation péjorative et coloniale.

[46] Le bokmål (littéralement "langue du livre") est la version la plus répandue du norvégien, et côtoie le nynorsk (nouveau norvégien) surtout utilisé dans l'ouest du royaume.

Après la fin des examens, sa femme le rejoindra. Elle enseigne l'histoire et la culture sames à l'université de Tromsø. L'été venu, elle devient guide touristique et dirige des cours de langues pour les enfants.

Per aussi a une double vie. Il est responsable de plusieurs rubriques culturelles dans un journal local, le *Nordlys*[47] et couvre les nombreux festivals de musique que comptent la ville et sa région. Mais dès que ses différentes activités le permettent, il se retire auprès de ses rennes.

Au début de notre séjour ici, je ne voyais pas trop en quoi Per me ressemblait comme le prétendait Terje. Pourtant, ses propos prennent aujourd'hui tout leur sens. Pour rester lui-même, chaque Sámi doit devenir quelqu'un d'autre.

---

[47] Aurore boréale.

17h05. Mêlées aux autres élèves, Ada et Cannelle sortent du collège. Elles redoutent la chaleur à l'intérieur du bus qui doit les ramener à Saint-Martin quand un engin boueux contourne le bus, se frayant un chemin parmi les collégiens à coups de klaxon. La foule s'écarte. Tout le monde reconnaît le Range Rover de Lionel Gastaldi. Le 4x4 s'immobilise au niveau de la porte du bus, en interdisant l'accès. Au volant, le père de Cannelle lui fait signe de monter avec lui, tandis que les élèves privés de bus commencent à protester.

Cannelle se crispe et serre fort la main d'Ada sous le regard de leurs camarades. Ce n'est pas le premier coup d'éclat de Lionel, mais cette fois, la situation est différente.

Soudain, l'AX blanche surgit sur le trottoir, contourne le bus et s'immobilise à proximité des deux adolescentes. Flore leur sourit en leur ouvrant la porte côté passager. Soulagées, les filles s'engouffrent sur la banquette arrière, et se retournent pour voir la réaction de Lionel, tandis que l'AX s'éloigne du collège.

— Maintenant c'est sûr, il reconnaîtra ma voiture... plaisante Flore en roulant vers Saint-Martin. Mais on s'en fout. J'ai récupéré la clé, annonce-t-elle en brandissant un minuscule objet de plastique noir.

— Génial, la félicite Flore, sans lâcher la route des yeux.

— C'est sa clé USB de secours. Avec ça, Robin aura de quoi s'amuser toute la nuit, renchérit Cannelle en fixant Ada avec malice.

Sur la banquette usée, les mains des deux adolescentes s'enlacent de plus belle.

Pas question de rater le départ du marathon... Pourtant je prends goût à la vie sans montre ni téléphone au pays du soleil qui ne se couche jamais. Il m'a suffi de deux jours aux côtés de Per pour adopter son quotidien "sans fuseau horaire".

L'expression n'est pas de lui. Elle a été inventée à quelques kilomètres d'ici, dans le village de Sommarøy. Comme ses quelque trois cents habitants, Per a abandonné sa montre et l'a accrochée aux barrières du pont reliant le petit port de pêcheurs au reste de l'archipel. Depuis quatre jours, les médias de tous les pays se fascinent pour la pétition intitulée "Sommarøy : arrêtons le temps" remise au député local. Celui-ci réclame au parlement norvégien de déclarer leur île première zone "sans fuseau horaire" au monde.

Cette initiative fait sourire à l'étranger, pourtant la vie au contact de Per a vite ébranlé mes certitudes. Quand les touristes s'émerveillent devant les aurores boréales, les Norvégiens souffrent de l'hiver polaire. Beaucoup d'entre eux pratiquent la luminothérapie. Les plus aisés se réfugient aux Canaries deux semaines par an.

Si vivre sans soleil est difficile, l'absence de nuit pose d'autres problèmes. J'ai cru au début qu'il suffisait de s'enfermer dans le noir pour trouver le sommeil, mais ce n'est pas si simple.

Les ancêtres de Per ont choisi d'imiter les rennes, dont l'horloge biologique s'adapte au soleil de minuit. Pendant cette période, notre hôte organise ses journées à sa guise, alternant efforts et repos.

Lors de la première édition du marathon de Tromsø en 1990, cette faculté entretenue depuis son plus jeune âge lui a donné un avantage essentiel sur les autres coureurs, pour la plupart étrangers. Per a terminé dans les dix premiers.

Mon horloge biologique est encore très française, mais je sens déjà les bienfaits de cette vie calée sur la nature, libérée des horaires.

23h44. Depuis que Cannelle lui a confié la clé USB de Lionel, Robin s'est enfermé dans sa chambre pour entreprendre de la décrypter.

Comme à son habitude depuis qu'elle s'est installée au chalet, Flore s'isole au fond du jardin après le dîner pour fumer. Tous les soirs, Ada l'observe enfiler les petits écouteurs blancs de son vieil iPod. Ensuite, d'un geste mécanique, elle lance la lecture aléatoire de ses MP3. Flore n'a jamais ajouté un morceau depuis que Margo lui a offert ce baladeur numérique le jour de ses 15 ans, le 7 novembre 2005. Ada adore partager cette capsule temporelle musicale où se mélangent les chansons de M, Gorillaz, Sinsemilia, Moby, U2, Francis Cabrel, System of a down, Norah Jones, Dido, Placebo et bien d'autres.

Mais ce soir, Ada doit laisser Flore écouter seule sa musique. Dans sa chambre à l'étage, elle cherche une chanson adaptée pour contenir la colère de Cannelle envers ses parents.

— Ma mère vient de se souvenir que j'existe, remarque-t-elle en survolant un SMS sur son écran.

— Elle est toujours retenue à Nice ? demande Ada.

Sans répondre, Cannelle jette son téléphone sur le lit comme une boulette de papier dans la corbeille.

Ada n'ose pas ajouter un mot. Elle allume son enceinte sans fil, et lance un morceau langoureux et apaisant où chuchote la voix numérisée de Moby, découvert dans l'iPod de Flore.

Artiste : **Moby** Titre : **The Whispering Wind**

Les deux amies ont enfilé de vieux t-shirts et des shorts de gym usés en guise de pyjamas. Même quand elle s'énerve, qu'elle critique inlassablement ses parents, Cannelle pétille de vie. Ada lutte pour étouffer ses émotions. Les vibrations émises par son téléphone lui offrent un répit inespéré.

Margo – 23h48 : Ada, le soleil de minuit c'est complètement fou !

Margo – 23h49 : Je commence mon entraînement en plein jour alors que tu dois être déjà couchée depuis un moment...

Ada – 23h50 : Margo ! On ne dort pas... Cannelle est surexcitée.

Après avoir bondi plusieurs fois sur le lit, Cannelle s'agrippe à Ada pour lire ses messages par-dessus son épaule :

— Surexcitée ? lit-elle amusée.

Ada rougit en sentant le souffle de son amie dans son cou, et plaque nerveusement son mobile sur sa table de nuit.

Cannelle n'insiste pas. Elle attrape l'ordinateur sur le bureau et en déploie l'écran sur le lit en souriant :

— Ce soir, on attaque la saison 3 !

Cannelle s'installe confortablement dans le lit pendant que le générique de *Dawson's Creek* retentit. Emblématique de sa génération, c'est la série doudou par excellence de Margo. Avec ses personnages réalistes et ses décors authentiques de la côte Est, elle s'est démarquée des innombrables sagas adolescentes de la télévision américaine.

L'épisode commence et Ada se demande comment Cannelle peut être aussi détendue quand elle redoute chaque seconde d'intimité. Dix jours ont déjà passé. C'était le 7 juin. Leur premier baiser. Un baiser volé.

Ada voit bien que le comportement de Cannelle a changé. D'ailleurs, elles se tiennent la main, même au collège. Elles se réveillent collées dans le lit. Son regard aussi est différent. Pourtant, elles n'en ont pas parlé une seule fois. Pas un mot à propos de ce qui consume Ada un peu plus chaque jour.

À quel jeu étrange et maladroit Cannelle joue-t-elle ? Suivre les ambiguïtés amoureuses entre Dawson et sa meilleure amie Joey les renvoie à leur propre relation, épisode après épisode.

Cette fois, Ada ne se sent plus capable de faire semblant. Sauf qu'elle n'a aucune idée de la manière dont elle doit s'y prendre. Comment basculer de l'amitié à la séduction ? Elles partagent le même lit depuis que Cannelle s'est réfugiée au chalet. Ada appréhende déjà une nuit supplémentaire sans sommeil, tourmentée par ses sentiments et le flou entretenu par son amie.

Après deux épisodes, Cannelle s'est endormie. Ada replie son ordinateur portable et le range avant de se glisser doucement sous les draps. Elle joue ensuite les équilibristes pour éteindre la lampe de chevet restée allumée du côté de Cannelle. Penchée au-dessus de son amie endormie, Ada retient son souffle et parvient enfin à presser l'interrupteur du bout du doigt. L'obscurité envahit aussitôt la chambre, où ne persiste qu'un léger halo lumineux émis par la lune. Avec les mêmes précautions acrobatiques, Ada s'applique à reprendre sa place dans le lit. Cannelle bouge. Ada immobilise son visage au-dessus du sien. Elle se sent idiote. Après tout, si elle réveille son amie, quelle importance ?

Soudain, une chanson rythmée comme les battements de son cœur la fait sursauter. Où a glissé ce foutu téléphone ? Comment a-t-elle pu déclencher Spotify à un moment pareil ? La voix torturée de Simon Buret murmure doucement sur les notes électro-mélancoliques d'Olivier Coursier.

Artiste : **Aaron** Titre : **We Cut the Night**

Les yeux de Cannelle brillent dans la pénombre. D'un réflexe maladroit, Ada veut s'écarter, mais Cannelle la surprend.

Le premier est si rapide qu'Ada le confond avec un pur fantasme. Mais il est bien réel. Le second baiser de Cannelle agit sur Ada comme un révélateur de l'intensité de ses sentiments. Elle sent des larmes naître tant l'émotion la submerge.

— Bonne nuit, murmure simplement Cannelle. Ada n'avait jamais remarqué à quel point sa voix pouvait être douce et sensuelle. Cannelle se tourne sur le côté, dos à son amie. Elle saisit ensuite la main d'Ada pour la plaquer contre son ventre. Leurs respirations s'apaisent. Le visage blotti dans le cou de Cannelle, Ada n'a aucun mal à s'endormir.

15

Après dix ans de négociations, les élus et les écolos ont gagné. Le parc Alpha des loups est inauguré aujourd'hui. Dix hectares clôturés dans le lit du torrent et à flanc de montagne accueillent trois meutes en semi-liberté.

Lionel a 27 ans, et c'est la première fois qu'il marche main dans la main avec son père. Ils ont pris ensemble la tête des opposants au parc et plus largement des anti-loups. Car s'il est trop tard pour empêcher Alpha d'ouvrir, le combat contre le prédateur continue pour les bergers et de nombreux villageois.

Dix ans après, l'incident de chasse du Boréon est enfin derrière lui. Lionel a commencé à gagner un semblant de respect de son père et des anciens.

Il vient d'acheter un Range Rover de 1994 à un ami garagiste. Pour emprunter les chemins les plus accidentés, mais surtout pour transporter sa famille. Cette année, Lionel est devenu papa. Sa fille Cannelle a presque trois mois aujourd'hui.

Éprouvée par une grossesse et une naissance difficiles, la maman tarde à s'installer définitivement à Roquebillière, sur les terres du clan Gastaldi. En découvrant le sexe de l'enfant, Martial n'a pas caché sa déception. Pourtant, Cannelle a su conquérir le cœur de son grand-père et redonner courage à son père.

Les biberons nocturnes de Cannelle ne sont pas seuls à l'origine des cernes de Lionel. Superviser les équipes de bûcherons et l'acheminement du bois jusqu'à la scierie remplit ses longues journées.

Certaines nuits, Lionel s'échappe plusieurs heures pour mener une activité confidentielle, dans les entrailles de la montagne. Un secret qu'il ne partage avec personne, mais qui lui rapporte déjà beaucoup d'argent et lui confère un pouvoir jusqu'ici inespéré.

16

Cinquième jour au rythme des rennes. La météo clémente nous a permis de continuer à progresser. Nos performances s'améliorent. Notre capacité à gérer périodes d'efforts et de repos sans tenir compte de la nuit ou du jour m'étonne déjà. Pendant que Terje s'occupe de tout organiser pour le marathon, Agnès et moi devons nous entraîner.

Comme je ne contrôle mon téléphone qu'au moment de me lever, ma perception du temps a changé. Il m'est arrivé de perdre pied. Au cours de nos longues marches, les moments silencieux et la sérénité du paysage libèrent l'esprit. Malgré mes efforts, les visages de Robin et d'Ada m'apparaissent de plus en plus lointains.

Depuis peu, c'est celui de Bente, aux contours plus nets, qui m'accompagne aussi dans ma quête. Je ne parviens pas à me défaire de l'idée que son sacrifice nous a délivrés. Cinq jours après, que reste-t-il de sa communauté ? Les survivantes ont-elles brisé leurs chaînes à leur tour ?

— Margo, reviens sur ta gauche ! crie Agnès dans mon dos.
Le retour à la réalité est brutal. Quelques mètres devant moi, Per me foudroie du regard. Un pas de plus et je glissais sur une plaque de glace. Ensuite, c'était la chute assurée sur deux cents mètres de pente raide.

Je rectifie ma trajectoire, en veillant à contrôler ma respiration. Pas question de m'arrêter, ni même de ralentir.

Aujourd'hui, Per nous guide pour la phase finale de notre entraînement. La première fois qu'il nous a parlé d'une course intitulée Blåmann vertical, je n'ai pas réalisé qu'il s'agissait d'une ascension athlétique jusqu'au Store Blåmannen[48], le point culminant de Kvaløya.

Ce matin, Per nous a annoncé le programme : 2,7 km pour 1044 mètres de dénivelé. Soit presque quatre fois les 1665 marches d'escalier qui mènent au dernier étage de la tour Eiffel.

---

[48] Grand homme bleu.

— Lors de la précédente édition de cette course verticale, nous a-t-il expliqué, la femme la plus rapide a terminé en moins de 44 minutes.

— Monter en courant ? ai-je lâché. Jamais de la vie !

Pourtant, bravant le vent glacial et le soleil éblouissant, nous voilà, Agnès et moi, approchant du sommet encore saupoudré de neige malgré la saison.

— Si vous y arrivez en moins d'une heure, vous serez prêtes pour le marathon, nous souffle Per.

Trouver son rythme et le conserver alors que le relief accidenté réserve de nombreux pièges est un défi de chaque instant. Après une première moitié sans difficulté, la partie supérieure de notre ascension requiert la plus grande prudence. Des plaques de glace surgissent entre deux éboulis. La neige peut être molle comme un granité géant, ou aussi dure et glissante que du béton ciré.

Nous croisons quelques marcheurs découragés par l'état du chemin, faute d'avoir prévu l'équipement nécessaire.

Habile et adroit, Per ne faiblit pas. Pas une minute ne passe sans qu'il s'inquiète de notre bonne progression. La traduction d'Agnès est alors inutile. Les gestes et les sourires de notre entraîneur suffisent à nous guider.

Les derniers mètres sont les plus dangereux. Mais Per sait où poser les pieds, et marcher dans ses pas est la meilleure des assurances.

Une petite tour cylindrique, assemblage de pierres sèches partiellement enneigées, nous signale la fin de l'effort. Per nous annonce un chrono de 58 minutes. Son visage façonné par les saisons et la vie au grand air n'a jamais été aussi radieux.

Il s'agenouille et touche le sol de sa main. La vue panoramique à 360° est incroyable. Des îles, l'océan et des montagnes encore enneigées à perte de vue. Mais c'est à Terje que je pense, quelque part en bas, fondu dans ce décor sauvage. Per me montre un bout de terre urbanisé relié par un long pont au continent et à notre île géante : Tromsø.

Mon rythme cardiaque ralentit tout juste. Mes articulations accusent le coup et mes muscles brûlent toujours, mais je me sens apaisée.

Je ramasse quelques cailloux et les empile doucement pour ériger un petit cairn en mémoire de Bente. Son regard triste et déterminé reste imprimé sur ma rétine.

Sans un mot, Agnès construit à son tour un monticule de pierres. Elle se recueille quelques instants, en murmurant le prénom de Renaud, avant de préciser :

— C'était il y a cinq ans. Notre premier marathon.

Per, qui admire toujours la vue en silence, interrompt notre recueillement en déclarant :
— Vendredi, je vous accompagne à Tromsø. D'ici là, reposez-vous. Il faut se préserver la veille d'un marathon.

17h46. La fraîcheur, enfin. Quelques gros nuages ont jeté leur dévolu sur le village. Les gouttes sont fines, mais bienfaitrices. En descendant du bus scolaire, Ada et Cannelle inspirent à pleins poumons l'air montagnard. Main dans la main, elles remontent l'avenue Eugène Raiberti, en partageant l'écoute d'une chanson que Margo leur a fait découvrir sur Spotify. Il s'agit du titre le plus connu d'un groupe de trip-hop belge, dans une version symphonique.

Artiste : Hooverphonic
Titre : Mad About You - live at Koningin Elisabethzaal

La voix profonde et légèrement éraillée de Noémie Wolfs isole les deux adolescentes dans une bulle mélancolique. Ada voudrait que la chanson ne se termine jamais. Elle redouble d'efforts pour ralentir Cannelle.

Ada essaie de faire un bilan dans sa tête. Que s'est-il passé depuis que son amie l'a embrassée dans l'obscurité de sa chambre ? Au-delà de l'émotion, et beaucoup de tendresse entre elles, la même gêne et le même flou persistent.

Et si Cannelle n'avait pas aimé embrasser une fille ? À moins qu'elle ne craigne elle aussi de perdre sa meilleure amie ? Si seulement Margo était là.

— Il n'y a personne chez toi, remarque Cannelle.

La musique cesse et la bulle éclate. Retour à la réalité. Ada constate à son tour que le jardin est vide. Où est passé son père ?

La réponse apparaît sous leurs yeux, quand la Peugeot 308 franchit le portail et se gare d'un coup de frein brutal devant le chalet. Robin descend de voiture le premier, suivi de Valérie côté passager.

Les filles sont surprises de retrouver ici leur professeure, absente toute la journée. Habituellement rayonnante et dynamique, Valérie affiche ce soir un visage fermé et préoccupé. Un sourire forcé accompagne un geste de la main en guise de salut à ses deux élèves.

Tout en tenant la porte d'entrée à leur invitée, Robin fait signe aux adolescentes de les rejoindre à l'intérieur.

— Hier, Lionel est venu au collège réclamer une procédure contre Margo et son expulsion définitive du soutien scolaire. Je m'y suis fermement opposée. Ce matin, l'infirmière qui s'occupe de ma mère a annulé ses visites après avoir reçu des menaces, explique Valérie d'un ton glacial qu'Ada ne lui connaissait pas.

639

Le salon du chalet a repris des airs de cellule de crise, avec les adultes assis face aux adolescentes de part et d'autre de la grande table.

— Et vous voulez toujours jouer la prudence avec mon père ? s'énerve Cannelle.

— Non. La clé USB que tu lui as volée m'a permis d'y voir plus clair dans son réseau, réplique Robin.

Ada frissonne, elle a l'impression de ne plus se trouver face à son père affectueux, mais face à son portrait, le visage dur, lorsqu'il officiait dans l'armée de terre.

— Alors qu'est-ce vous attendez ? proteste Cannelle.

— Même si tu lui as rendu sa clé USB, ton père va vite comprendre qu'on a volé ses données. Vous devrez redoubler de prudence les filles, souligne Robin.

— Il risque de s'en prendre à Adélaïde, et il voudra récupérer Cannelle par tous les moyens, ajoute Valérie.

— Qu'il vienne me chercher ! lâche Cannelle en frappant du poing sur la table. S'il touche un cheveu d'Ada, c'est lui qui aura un accident grave.

— Ça suffit, ici vous êtes sous ma responsabilité, martèle Robin.

Ada n'a jamais vu son père aussi sévère depuis la disparition de sa mère.

L'heure du repas approche et les filles dressent la table. Au moment de déposer une cinquième assiette, Ada est interrompue par son père :

— Flore ne dîne pas avec nous.

— Tu sais quand elle rentre ? s'inquiète Ada.

— Elle est partie ce matin avec ses affaires, répond Robin en retournant dans la cuisine avec l'assiette en trop.

Après sept jours passés parmi les rennes, notre départ suscite en moi une palette d'émotions parfois contradictoires.

Un soulagement d'abord. Après l'épisode traumatisant de Rekvik et le sacrifice de Bente, Per a su nous transmettre une forme de quiétude en nous affranchissant du temps. Même la présence d'Agnès s'est révélée étrangement positive.

Mais la boule dans mon ventre s'est ravivée, comme une palpitation à vif. Mon corps tout entier me rappelle la gravité de la situation, ce que j'ai déjà perdu et ce que je risque ici. Au réveil, j'ai cru ne pas pouvoir me lever tant la douleur était intense.

Inutile de me voiler la face : Tromsø sera le chapitre final. À vrai dire, je suis terrifiée à l'idée de rencontrer celle qui a vendu mon identité à treize femmes. Terje sait ce qu'il fait, cela devrait me rassurer. Pourtant, quelle que soit l'issue de notre confrontation avec Madeleine, je n'aurai pas de seconde chance.

Le moment est venu de quitter le lac et le troupeau. Terje nous invite Agnès et moi à rassembler nos affaires. Notre sac commun résume à lui seul la situation. J'espérais pouvoir compter sur Terje jusqu'au bout, mais je n'imaginais pas amorcer le chapitre final aux côtés d'Agnès.

Pour notre dernière marche tous ensemble, Per choisit un raccourci à travers le relief qui nous sépare du littoral oriental de la presqu'île. Le sentier rocailleux et accidenté nous assure une discrétion bienvenue.

Ravi malgré ses difficultés à suivre notre rythme, Terje mesure les progrès accomplis par Agnès et moi sous les conseils de Per.

Nous y voilà. Le chemin s'efface aux abords d'une route côtière. Le bleu de la mer m'éblouit. Pourtant, c'est d'elle que vient notre salut. Un modeste bateau de pêche motorisé à l'allure désuète s'approche prudemment du rivage en toussotant. Les odeurs d'essence et de poisson agressent mes narines. Elles sont heureusement vite chassées par la brise.
Per échange quelques mots avec la navigatrice, qui nous fait signe d'embarquer. Il prend alors un ton rassurant :

— Vous pouvez faire confiance à mon amie Karlotte pour sa discrétion. En contournant la partie nord-est de Kvaloya, vous serez au centre-ville de Tromsø en moins d'une heure.

La longue accolade que nous donne Per scelle notre amitié. Impossible de le remercier assez pour sa générosité. Mais il semble y avoir trouvé son compte.

Agnès monte la première à bord de l'embarcation. Terje m'aide à grimper. Il perçoit mon malaise. J'aurais préféré aller à pied jusqu'à Tromsø si ça pouvait m'épargner ce calvaire marin. J'ai déjà le mal de mer, mais je ne bronche pas. C'est le meilleur moyen d'éviter les Témoins de Jéhovah et notre ami Torstein.

17

Lionel adopte une conduite plus calme lorsque sa fille est à bord. Il faut dire que Cannelle ne lui laisse pas le choix. Elle est implacable sur la sécurité routière. Les accidents sont fréquents dans la vallée, et souvent fatals. Le retour des beaux jours réduit les risques liés à la météo, mais voit aussi augmenter le nombre de frimeurs et autres chauffards du dimanche.

Les moments seuls avec sa fille sont rares, mais précieux. Aujourd'hui, Lionel est allé la chercher plus tôt que prévu. Cannelle a passé les congés scolaires dans la famille de sa mère, en plein cœur de Nice.

S'il y a bien quelque chose qu'elle partage avec son père depuis toujours, c'est son amour pour la nature. En ville, Cannelle étouffe. Dès les premiers virages et les premières gorges de la Vésubie, elle baisse les vitres au maximum et emplit ses poumons de l'air rafraîchi par le torrent et les fougères, abritées du soleil par la roche millénaire.

Au collège, Cannelle est une pipelette intarissable. Avec son père, elle communique en silence. Le printemps plein de promesses se passe de commentaires.

Cela fait au moins une demi-heure qu'ils ont quitté la vallée, pour suivre une route forestière au-dessus de Roquebillière. Les quatre roues motrices du Range Rover agrippent la piste dans un ronronnement quasi félin.

Soudain, après une dizaine de kilomètres d'ascension en pleine nature, le puissant véhicule s'immobilise en s'enfonçant dans la terre et en faisant grincer la tôle. Lionel serre le frein à main et dit simplement :
— Ici, ça fera l'affaire.

Cannelle rejoint son père et lui emboîte le pas à l'ombre des grands sapins. Sous ses pieds, les couleurs du printemps jaillissent un peu partout.

— Même si je n'apprécie pas trop ta copine Adélaïde, j'aime vous savoir ensemble dans la nature plutôt que sur des écrans qui abrutissent à petit feu, déclare-t-il.

Cannelle sourit timidement. Venant de son père, c'est un compliment. Et ils sont rares.

Lionel ralentit, il cherche quelque chose du regard. Le tronc épais d'un énorme sapin semble lui convenir.

— Tu as déjà 13 ans. Il y a des choses que tu as besoin de savoir, dit-il en la fixant droit dans les yeux.

Un peu surprise, Cannelle s'immobilise en voyant son père retirer son vieux polo Lacoste des années 1980. Ils ne vont jamais à la plage ni à la piscine ou au lac ensemble. Pour la première fois, Cannelle découvre ses impressionnantes cicatrices. D'énormes tranchées de chair foncée sur le flanc droit, reliant le bas du ventre à son dos. Voilà pourquoi même en pleine canicule, Lionel ne se dévêtit jamais. Cannelle est pétrifiée. Les épaules de son père portent d'autres blessures plus anciennes, à moitié effacées.

— C'était au lycée, dit-il en désignant les marques les plus discrètes. Je ne savais pas me défendre, raconte-t-il.

Mais le regard de Cannelle ne quitte plus les griffures géantes. Lionel ajoute :

— En 2001, le loup m'a attaqué.

Cannelle bouillonne de questions, mais ne parvient pas à en formuler une seule. Lionel détache de sa ceinture un petit étui en cuir noir. D'un geste rapide et précis, il libère son couteau, dont il déploie la lame d'un clic métallique.

— Première chose, la prise en main.

18

Karlotte est méticuleuse. Malgré le bruit et l'aspect pour le moins rustique, le bateau lui obéit au doigt et à l'œil. Au terme d'une manœuvre délicate, nous voilà amarrés en plein centre-ville.

Le débarquement est rapide, les adieux et les remerciements aussi. Karlotte repart aussitôt, nous laissant avec Agnès et Terje, plantés sur un ponton étroit, autour de notre unique sac de voyage.

Impossible de rater l'imposant bâtiment couvert de lattes de bois rouge bordeaux qui enjambe une partie du port à lui tout seul. Un mélange étrange de lycée des années 1970 et de sémaphore terminé par un mât blanc profilé surmonté d'un drapeau rubis.

À en croire les lettres géantes rouge vif accrochées à la façade, il s'agit d'un hôtel que la météo maussade rend particulièrement austère. Il a presque un air soviétique.

Agnès commente aussitôt :

— Renaud a prépayé une chambre juste avant de mourir. On peut y prendre une douche et déposer nos affaires.

Terje lui adresse un regard inquiet. Agnès le rassure :

— Aucun risque, la chambre est à son vrai nom : Laurent Nipoix.

Précaution judicieuse et efficace. Depuis son assassinat à Sauda par un drone, la prudence et la discrétion s'imposent. Si nos passeports d'urgence aux noms de Basile et de Murielle sont parfaitement en règle, Terje et moi tenons à en limiter l'usage au maximum.

Comme convenu, nous rejoignons Agnès dans sa chambre dix minutes après son enregistrement auprès de l'accueil du Scandic Ishavshotel[49]. Après les épreuves déjà endurées ensemble, me retrouver avec eux deux dans cette pièce me semble irréel.

Située à l'extrémité du bâtiment, perchée au-dessus des flots, la chambre offre une vue panoramique sur le pont qui relie la ville insulaire au continent. Dans

---

[49] Hôtel de l'océan arctique

l'alignement de cette jonction routière se dresse la cathédrale arctique, construction moderne composée de triangles en béton blanc. Un igloo géométrique qui domine la rive continentale.

En m'asseyant quelques minutes au bord du grand lit, je me sens envahie par une immense lassitude. La cohabitation forcée permanente et le mouvement perpétuel m'interdisent toute forme de repos réparateur. D'ailleurs, peut-on parler de dernière nuit avant le marathon, quand la nuit ne tombe jamais ?

Avant un bon lit, c'est une douche bien chaude qu'il me faut. Perdue dans ses pensées, Agnès me laisse prendre possession de la salle de bains. J'entends Terje, en pleine conversation téléphonique. Sans doute avec sa hiérarchie. Parfois, j'ai le sentiment qu'il est un fugitif, si déterminé à aller au bout de sa mission qu'il en oublie presque le retour.

D'ailleurs, est-ce que ce marathon va réellement conclure ma quête norvégienne ? Et à quel prix ?

Le confort régénérateur de la douche a un double effet immédiat. La réactivation de mon organisme et ma faim.

Sur Internet, difficile de trouver une alternative aux fast-foods sans se ruiner dans les quelques bonnes tables de la ville. Mais une adresse encensée par de nombreux sites nous convainc de tenter le déplacement, à quelques minutes de marche de l'hôtel.

Après ma douche chaude, le choc thermique est violent. Un panneau indique 12 °C, mais le vent marin pénètre nos vêtements trop légers.

Comme un vestige anachronique érigé au milieu d'une place piétonne, Raketten Bar & Pølse[50] ressemble à un minuscule kiosque de bois jaune aménagé en cuisine et installé sur une estrade octogonale. Victime de son succès, l'endroit est encerclé de clients déjà servis, tandis que d'autres attendent patiemment leurs sandwichs. Quelques minutes sans bouger suffisent à justifier le grand brasero allumé à proximité, en plein mois de juin.

Ici, pas de salades végétariennes, mais quelques soupes et toute une variété de combinaisons autour de la saucisse grillée et du pain agrémentés d'ingrédients plus ou moins originaux.

---

[50] La fusée, bar & saucisses

Il est plus de 14h et nous voilà enfin servis. Terje termine son hot dog au renne et au bœuf, alors qu'Agnès commence à peine à croquer dans sa version végétarienne. Il s'essuie la bouche et déclare :

— Inutile de trop se montrer ensemble. J'ai des achats à faire. On se retrouve aux inscriptions à la mairie tout à l'heure.

Il s'éloigne sans un mot de plus. Je partage un nouveau moment étrange avec Agnès. Comme deux copines en vacances.

Je n'aime toujours pas le café, et ce n'est pas l'odeur de celui que boit Agnès qui va me faire changer d'avis. Pendant qu'elle se réchauffe en se brûlant les lèvres, j'en profite pour écrire à Ada.

Moi – 14h18 : Bonjour Ada. Je suis à Tromsø. Le marathon commence demain soir à 20h30.

Le fil décousu de notre conversation WhatsApp reflète l'isolement de ces derniers jours. J'ai envie de tout lui raconter, mais comment puis-je être aussi égoïste ? Je ne sais rien de ce qu'il lui est arrivé depuis bientôt une semaine. Comment gère-t-elle sa relation avec Cannelle ? Et toutes les conséquences de mon absence prolongée ? Est-ce qu'on s'en prend à elle au collège ? Quelle idiote je suis ! On est vendredi. À cette heure-ci, Ada est encore en cours.

15h38. La lumière filtrée par les nuages inonde le hall de la mairie ultra moderne à travers son immense façade vitrée. En traversant la foule digne d'une gare parisienne la veille d'un long weekend, je m'efforce d'imaginer ce bâtiment désert le reste de l'année.

Ce chaos apparent dissimule en réalité l'événement sportif local majeur parfaitement orchestré. Pour sa trentième édition, le marathon du soleil de minuit rassemble des coureurs de plus de soixante-dix nationalités différentes.

Sponsors, institutions et clubs tiennent des stands de toutes tailles. J'ai déjà repéré le seul qui nous intéresse : celui des dossards. Les bénévoles sont nombreux et la distribution se révèle plutôt rapide.

Quand je suis arrivée en Norvège, je ne comptais pas y séjourner aussi longtemps. Jamais je n'aurais imaginé retirer un dossard au nom de Murielle Pradier, encore moins laisser Agnès porter celui à mon nom de naissance.

Si tout se termine demain soir, j'aurais récupéré mon identité le jour suivant. Mais est-ce que mon nom m'appartiendra toujours ? Agnès est venue jusqu'ici pour l'abandonner définitivement, Philomène est déterminée à le garder.

Perdue dans mes réflexions, je mets quelques secondes à réagir lorsque la jeune bénévole s'adresse à moi en m'appelant Murielle Pradier. Il va falloir m'y habituer. Jusqu'à la ligne d'arrivée, ce sera mon nom. Celui inscrit sur le certificat médical établi à Moss par la docteure de Murielle.

Je saisis le dossard, remercie la bénévole et je cède la place aux autres participants.

En validant nos inscriptions, j'ai pu vérifier celle de Philomène. Je suis rassurée de constater qu'elle a tenu sa promesse. Mais je ne serai soulagée qu'en la voyant de mes propres yeux.

J'ai le dossard 4587. Agnès portera le 5490. Au moment de les réceptionner, le titulaire du dossard 5491 s'est senti obligé de nous adresser la parole. Je n'aurais rien eu contre s'il ne s'agissait pas d'un Français particulièrement collant et arrogant. Le genre de type qui ne peut exister qu'en présence de sa cour. Ici, elle se réduit à deux suiveurs dont l'unique fonction consiste à rire aux blagues douteuses de leur meneur.

En quelques minutes, sans l'avoir souhaité ni demandé, nous savons tout de ces trois expatriés employés par Technip, une entreprise française spécialisée dans la logistique des hydrocarbures.

Le meneur s'appelle Fred. Il a 42 ans et se trouve particulièrement en forme pour son âge. Taille moyenne, carrure moyenne et gonflette de club de musculation lui permettent d'incarner une version très moyenne du hipster parisien. Depuis qu'il nous a abordées, je ne compte plus le nombre de fois où il a caressé sa barbe sculptée au millimètre. Enfin, la météo quasi hivernale ne l'a pas découragé de porter un t-shirt moulant sans manche, dans l'unique but d'exhiber ses bras tatoués.

Beaucoup plus discrets, les deux suiveurs ne prennent la parole que lorsque Fred la leur accorde. FX est le plus âgé. Il n'a pas été précis, mais je lui donne moins de 50 ans. Je le trouve plus lourd que réellement méchant. Et je sens que son admiration envers Fred atteint ses limites. Il ressemble à un prof de maths jovial et un peu dégarni, dans un corps trop grand pour lui.

Enfin, derrière son sourire impeccable et sa peau parfaite, JP est le plus inquiétant. Trentenaire survitaminé, c'est un requin prêt à tout pour battre Fred à son propre jeu.

Depuis qu'Agnès leur a répondu, ils ne la lâchent plus. Je ne peux pas l'abandonner ni prendre le risque d'exposer nos fausses identités. Je l'entraîne vers d'autres stands. Fred nous accompagne, suivi de FX. Un peu en retrait, JP maintient un sourire figé de publicité, tandis que ses regards sont plus gênants encore que ceux de Fred.

— Hvem er disse tre drittsekkene ?[51]

Le timbre de la voix de Terje en norvégien me surprend toujours. Je crois que je me suis trop habituée à son accent en français. Nos trois suiveurs n'ont visiblement pas compris un mot. Agnès sourit et répond simplement :

— Våre nye venner.[52]

Fred perd son assurance. FX le regarde comme un chien qui attend les instructions de son maître. Seul JP insiste encore.

Agacée, j'improvise en jouant le couple amoureux avec Terje. Je l'entraîne vers l'extérieur en veillant à ce qu'Agnès nous emboîte le pas. Ce n'est qu'une fois sortis de la mairie que nous constatons enfin l'absence de nos trois emmerdeurs.

Terje nous guide dans la rue jusqu'au scooter électrique qu'il a loué pour la durée du marathon. Penser que le contrat est au nom de mon ex-fiancé Basile ne me choque presque pas. Je ne croyais pas m'habituer si rapidement à notre vie de cavale. À moins que ce soit dû au décalage et à la fatigue.

Terje s'est procuré toute une panoplie en double exemplaire. Les sacs à dos légers et profilés accueilleront des poches à eau munies d'un tuyau terminé par une valve, permettant de boire en courant. Suivant consciencieusement les prévisions météo de l'application norvégienne Yr, Terje a acheté de quoi nous protéger de la pluie. Après le vent et les plaques de neige à Beitostølen pour mon premier marathon, bienvenue à Tromsø.

D'un geste de la main, j'écourte la présentation de Terje :

— Merci pour le shopping... Mais je dois m'assurer de la présence de Philomène. Sinon, tout notre plan tombe à l'eau.

Agnès prend un ton réconfortant :

— Elle n'est peut-être pas encore en ville.

Terje remballe ses achats dans un grand sac :

— Elle participera à la Pasta Party...

Je crois qu'Agnès a la même réaction que moi. Difficile de savoir quand Terje plaisante.

— ...qui se tiendra ce soir, dans le restaurant de notre hôtel, précise-t-il.

---

[51] Qui sont ces trois connards ?

[52] Nos nouveaux amis.

Il ne plaisante pas. La Pasta Party est une sorte de tradition, la veille du marathon du soleil de minuit. Réservé aux coureuses et coureurs, il s'agit d'un grand buffet composé essentiellement de pâtes, comme son nom l'indique.

Ada – 18h02 : Margo ! Je suis à la fête de la musique avec Cannelle. Papa a préféré rester à la maison...

Ada – 18h03 : Il y a un monde fou à Saint-Martin ! Je vais t'envoyer des photos, c'est incroyable !

Ada – 18h05 : Tu vas courir de nuit ? C'est vrai que le soleil ne se couche jamais ?

Dans le calme de notre chambre d'hôtel, les mots d'Ada me réchauffent le cœur.

Agnès se douche et Terje bricole quelque chose dans son coin. Il finit par me montrer le résultat, comme un enfant fier d'avoir terminé son Lego. Je dois m'approcher pour distinguer correctement la micro-oreillette qu'il tient dans sa main.

Quelques minutes plus tard, pendant qu'Ada profite de sa jeunesse à Saint-Martin, je me présente, l'air le plus naturel possible devant d'immenses buffets de pâtes et d'assortiments variés, pris d'assaut par les athlètes. La grande salle de restaurant de notre hôtel grouille de monde. Autour de moi, le norvégien se mélange à l'anglais, l'italien, l'allemand, et d'autres langues que je ne reconnais pas.

— Il y a du crabe, c'est délicieux.

Terje parle à l'intérieur de ma tête, via l'oreillette qu'il a lui-même bidouillée. Je vais devoir m'y habituer si je veux tenir toute la durée du marathon.

Je dois admettre que la nourriture proposée est appétissante. Face à un choix et à un volume impressionnants, je suis les conseils de Terge en goûtant au crabe, tout en ne reniant pas mon faible pour le saumon préparé façon *gravlax*.

J'ai beau picorer à chaque buffet, je ne vois toujours pas Philomène. En revanche, discrètement mêlée aux convives, une silhouette attire mon attention. Saskia finit par m'aborder à voix basse, dans un anglais impeccable :

— Je vais courir le marathon, sous le dossard 4076.

Je ne sais pas quoi lui répondre. Je sens de la peur dans sa voix. Comment Torstein a-t-il réagi à notre évasion subite ? Surveille-t-il chacun de ses faits et gestes ?

Prudente et à l'affût, Saskia attrape ma main, la serre très fort :

— À demain, conclut-elle avant de se fondre dans la foule.

— J'ai Torstein, occupe-toi d'Agnès.

L'oreillette rend la voix de Terje glaciale, mais il a raison. Si je suis, moi aussi certaine d'avoir reconnu Torstein dans un coin de la salle, Agnès a besoin de moi. Émancipé de son mentor, JP, le requin trentenaire, s'est lancé seul à l'assaut d'Agnès. Du pur harcèlement digne de tous les #metoo de la planète.

J'essaie de me frayer un passage au milieu d'une foule compacte, déterminée à s'assurer un accès direct aux plats, constamment ravitaillés. Je ne progresse pas assez vite. JP se fait plus insistant, et entraîne de force Agnès hors de mon champ de vision. Ils quittent le restaurant. Si elle crie à l'aide, elle risque de mettre notre plan en péril. Madeleine est sans doute dans la salle…

Pas question d'abandonner Agnès aux griffes de ce connard. Une rage animale me guide à présent. Je bouscule deux convives pour attraper un couteau sur le buffet. Je plaque la lame contre l'intérieur de mon poignet et fonce vers le couloir où Agnès a disparu. Je ne sais pas vraiment ce que je compte faire avec mon arme, mais je suis presque à leur niveau.

Soudain, il se passe quelque chose que je ne déchiffre pas immédiatement. JP se retrouve neutralisé à terre dans un mouvement rapide et précis de Philomène, surgie sans bruit. Elle nous entraîne ensuite Agnès et moi vers la sortie, en déclarant :

— Je n'ai plus faim du tout.

En franchissant les grandes portes de l'hôtel, j'apprécie le calme et la fraîcheur après l'agitation et la chaleur. J'ai l'impression d'entrer dans une chambre sourde, dont les parois absorbent les ondes sonores. Le port est silencieux et les passants sont rares malgré la lumière du jour en pleine nuit.

L'oreillette reliée à Terje reste muette. Tant mieux, j'ai déjà beaucoup à faire avec mes deux usurpatrices. J'ai besoin d'elles, et elles le savent. Agnès va récupérer comme prévu une nouvelle identité auprès de Madeleine pendant le marathon, avant de passer le relais à Philomène, qui finira la course sous le nom d'Émeline Dalbera pour sauver les apparences.

En s'exposant à l'arrivée, Philomène risque de devenir la cible de Torstein ou de ses amis russes. Je me dois de faire tout mon possible pour la protéger. Car plus je pense à sa demande de garder mon identité définitivement, plus je m'interroge sur mon propre cas. Qu'est-ce que je dirais à la vraie Margo Jossec si elle exigeait que je lui rende son nom ?

Philomène se connecte à notre groupe sur Discord. Prisée des joueurs en ligne, cette application ne requiert aucun numéro de téléphone et garantit l'anonymat de chaque membre.

Maintenant que je peux prendre le temps de l'observer attentivement, j'ai l'impression qu'elle est encore plus grande que lors de notre première rencontre. J'essaie de la visualiser en train de courir : une seule de ses foulées doit correspondre à trois des miennes.

Inutile de rester trop longtemps ensemble. Philomène l'a compris. Avant de nous quitter, elle confie à Agnès un petit aérosol métallique noir mat orné d'un minuscule pistolet en plastique rouge :

— Vise les yeux.

21h36. La fête de la musique bat son plein et Ada peine à suivre Cannelle à travers la foule colorée qui a envahi le village. Des odeurs de bière et d'autres alcools se mêlent à celles des plats régionaux proposés par plusieurs stands ambulants.

Cannelle s'arrête devant un petit camion équipé d'un four à pizza. Le commerçant jovial et bedonnant leur tend deux généreuses parts de socca, une grande crêpe épaisse à base de farine de pois chiche, tout juste arrachées à la plaque de cuisson en cuivre étamé.

Tout en se régalant, les deux adolescentes s'éloignent de la place Général De Gaulle et remontent la rue Cagnoli qui sillonne le vieux village de haut en bas. Malgré la canicule, la rigole chante toujours, divisant la chaussée de son scintillement rafraîchissant. Comme lorsqu'elles étaient enfants, les deux amies ne résistent pas à l'envie de tremper leurs pieds dans l'eau glacée échappée de la montagne.

Les voilà au sommet, à l'endroit qu'elles apprécient tant. Un perchoir privilégié pour observer les toits du village et le massif boisé de la Colmiane, d'où dépassent les maisons de Venanson, agrippées au versant sud. Elles connaissent cette vue par cœur.

La bouche pleine, Cannelle invite Ada à s'asseoir à côté d'elle. Sans prononcer un mot, elle sort une feuille de papier qu'elle déplie avec soin. Ada reconnaît immédiatement le portrait crayonné de Cannelle qu'elle lui a offert ici même il y a bientôt trois semaines.

— Il ne me quitte jamais, murmure Cannelle.

Ada se réfugie dans sa barquette de socca. Elle sent ses joues s'empourprer. Cannelle replie la feuille et la glisse dans une poche intérieure de son minuscule sac à main.

Ada traque les dernières miettes de socca pour dissimuler sa gêne. Elle s'applique à ramasser avec le doigt le moindre morceau de poivre. Une série de sons émis par son téléphone lui sauvent la mise. Sur l'écran, elle s'aperçoit qu'elle a raté des messages de son père :

Papa – 21h41 : Vous vous amusez bien ?

Papa – 21h43 : Je galère. Lionel n'est pas si facile à piéger. Il n'utilise presque pas Internet pour communiquer. C'est un mec à l'ancienne.

Papa – 21h46 : Tu n'as pas croisé Flore ?

Papa – 21h47 : Soyez prudentes.

Une musique entraînante s'élève soudain du village. Cannelle se lève. Elle retire la barquette vide des mains d'Ada et l'attire près d'elle, dans une danse improvisée.

Portée par la mélodie, incapable de reconnaître la chanson, Ada se répète qu'elle n'est pas timide. Pas coincée non plus. Elle a déjà dansé avec des garçons et c'est elle qui menait. Mais avec Cannelle, c'est différent. Elles ont souvent inventé des chorégraphies improbables quand elles étaient plus jeunes, pourtant ce soir, Ada retient son souffle et ses gestes.

Cannelle suit le rythme de la musique et accélère ses mouvements, avant de ralentir à nouveau. Leurs corps se frôlent. Leurs robes légères virevoltent. Les cheveux parfumés de Cannelle caressent le visage d'Ada.

La musique ralentit encore. Sans réfléchir, Ada prend enfin l'initiative, et plaque Cannelle contre elle. L'ondulation de son corps guide celle de son amie. Ada ferme les yeux, se nourrit du parfum de Cannelle, et sent leurs coeurs battre plus fort. Serrées l'une contre l'autre, joue contre joue, elles dansent lentement, dans un léger slow. Plus rien n'existe autour d'elles. La musique s'est fondue dans le froissement de leurs robes.

Sans ouvrir les yeux, Ada décale doucement sa bouche, jusqu'à rejoindre celle de Cannelle. Leurs lèvres se cherchent.

Le temps s'arrête. Les peurs d'Ada s'envolent. Leurs lèvres se sont trouvées.

Le sommeil m'a-t-il définitivement quittée ? J'ai erré sans but précis depuis notre hôtel. Me voilà arrivée sur les rives d'un lac d'environ 500 mètres de long. Si la ville de Tromsø a grignoté tout le littoral, les collines du centre de l'île très boisé sont totalement préservées. À cette heure avancée, le soleil fait encore scintiller les eaux calmes où barbotent paisiblement des familles de canards.

Je n'ai aucune idée du chemin à suivre pour retrouver l'hôtel. Mais je ne suis pas pressée. Le soleil de minuit et le rythme acquis auprès de Per me procurent un sentiment agréable de flottement. Comme si le temps avait suffisamment ralenti pour me laisser respirer, malgré les enjeux de la course de demain.

Ma montre indique 23h57. Par réflexe, je consulte mon mobile pour y découvrir une photo reçue à l'instant. J'ai déjà vu des dizaines de clichés d'Ada et Cannelle côte à côte. Mais celui-ci est différent. C'est le premier où l'on devine qu'elles *sont* ensemble.

Je ressens comme un soulagement au fond de moi. Je crois que je redoutais encore plus qu'Ada la réaction de Cannelle.

En guise de réponse, je leur envoie un panorama de la nature environnante : lac, montagnes, canards, soleil rasant, sommets enneigés au loin.

Ada vient de lancer une chanson sur notre compte partagé Spotify. J'active l'oreillette de Terje pour écouter les premières paroles de cette jeune prodige britannique.

Artiste : Freya Ridings   Titre : Lost Without You

Le titre me fait d'abord penser que les paroles me sont destinées. Mais il s'agit clairement d'un message pour Cannelle.

I just feel crushed without you
'Cause I've been strong for so long
That I never thought how much I needed you
I think I'm lost without you
[53]

---

[53] *Je me sens brisée sans toi*
Parce que j'ai été forte pendant si longtemps
Que je n'ai jamais réalisé à quel point j'avais besoin de toi
Je pense que je suis perdue sans toi

Je reprends quelques secondes pour regarder les deux amies enlacées. Une évidence s'empare de moi. Si du haut de ses *presque* quatorze ans Ada est parvenue à faire preuve de tant de courage, je n'ai plus aucune excuse. Les filles sont à la fête de la musique. Robin est seul chez lui. Finis les appels en absence et les messages lus le lendemain. Il est temps d'utiliser mon mobile pour sa fonction première : téléphoner.

Une demi-sonnerie seulement. Il avait la main sur son portable ou quoi ? Comme d'habitude, Robin décroche, mais ne dit rien. Pourtant j'entends son souffle et de la musique en fond. Queen, pour changer. Il m'oblige à amorcer la conversation :

— C'est moi, je ne te dérange pas ?

— Les filles sont sorties, répond-il d'un ton neutre.

— Ada m'a envoyé une photo.

— T'as plus de chance que moi, dit-il vexé avant d'installer un silence gênant.

Il m'énerve, mais je ne me sens pas plus douée. Pourtant, cette fois, je dois me faire violence. Robin mérite plus que quelques messages écrits depuis mon départ le 29 mai.

Dès le début de notre relation, Ada a servi d'alibi pour éviter de parler de nous directement. Ce soir, c'est différent. Ada me donne la force de dire ce qui est sous-entendu depuis trop longtemps :

— Ta fille est plus courageuse que moi.

À mon tour de marquer une pause. Ma voix tremble un peu. J'ai l'impression d'avoir l'âge d'Ada. Je continue :

— Elle a risqué ce qu'elle a de plus cher pour devenir celle qu'elle est vraiment au fond d'elle-même.

Sans le voir, je peux décrire l'expression contrariée de Robin. Il me laisse reprendre :

— Ada s'est confiée à moi, car elle avait peur de ses propres sentiments. Elle m'a choisie parce que je ne suis pas sa mère et encore moins son père. J'étais là quand elle n'arrivait plus à garder tout pour elle.

— Tu es sûre que tu parles toujours d'Ada ?

— Je ne voulais pas te mettre en danger.

— Tu as préféré exposer une fille de treize ans.

— Bientôt quatorze, et Ada est plus douée que toi pour écouter les gens.

Robin soupire. Je n'aime pas quand il est comme ça. Il boude. Le silence, pesant, s'éternise. Je dois poursuivre :

— Demain, je risque de tout perdre.

— Je me fiche royalement de ton vrai nom. Je veux juste que tu rentres, conclut-il d'un ton cinglant.

Ces derniers mots ont à la fois l'effet d'un baiser et d'une gifle. Je sens mon cœur battre un peu plus fort dans ma poitrine. Comme si je mesurais subitement les 3000 kilomètres qui nous séparent et m'empêchent de le serrer dans mes bras.

— Je ne t'appelle pas pour essayer de te faire comprendre comment ma vie a basculé. Sache que si je ne rentrais pas, j'aurais tout fait pour revenir.

Cette fois, c'est moi qui marque un temps, avant de conclure :

— Mon seul regret, c'est d'avoir été moins courageuse qu'Ada.

— Margo, me coupe-t-il de sa voix calme qui m'apaise tant.

Je ne trouve plus mes mots. Robin ajoute :

— Tu vas rentrer après la course.

Ada vient de lancer une nouvelle chanson. Cette fois, elle m'est adressée. Je souris intérieurement en écoutant les paroles enragées écrites pour le troisième volet de la saga de films MAD MAX.

Artiste : **Tina Turner** Titre : **One Of The Living**

19

17h12. Il fait déjà nuit et la place du Général de Gaulle scintille de mille feux, métamorphosée en village de Noël pour le bonheur des plus jeunes et des moins jeunes. À l'approche du réveillon, les chalets se remplissent et les rues s'illuminent. Les familles se réunissent et les Niçois retrouvent leurs aînés des montagnes.

De sa table à la Brasserie des Alpes, Lionel contemple la belle affluence du lancement officiel des festivités de fin d'année. On l'attend aussi pour trinquer à Roquebillière, mais il sait à quel point c'est important de se montrer ici, à Saint-Martin. Élus, commerçants, éleveurs, notaires, tous viennent le saluer. Dans les conversations, et dans la vie de la vallée, Lionel a remplacé son père Martial.

Soudain, Cannelle surgit dans la salle bondée. Le sourire aux lèvres, elle précède Ada. Les inséparables. Lionel préfère ça à un connard qui voudrait trop s'approcher de sa fille. Sans broncher, il plonge la main dans sa poche arrière et en retire un billet de 20 euros, qu'il tend à Cannelle avec un sourire contenu :

— Prends-moi aussi une part, s'il te plaît.

À travers les vitres de la brasserie, Lionel suit les filles du regard jusqu'au stand de socca et pissaladière. Malgré la température négative à l'extérieur, le commerçant ambulant ne porte qu'un grand t-shirt pour travailler près de son four à pizza.

Une femme d'une trentaine d'années approche du stand à son tour. Ada et Cannelle la saluent. Elles lui font même la bise. Lionel l'observe attentivement. Malgré son bonnet et son écharpe, son visage lui dit quelque chose. Les parts de socca sont prêtes. L'inconnue desserre son écharpe pour manger. Ça y est. Lionel la reconnaît. La dernière fois qu'il l'a vue, c'était en 1995. Il avait raté un loup et causé un accident de voiture. Il avait 17 ans, elle en avait 11. Elle a failli détruire sa vie en le dénonçant.

Lionel se dresse sur sa chaise et ne la lâche plus du regard. Émeline Dalbera est revenue.

20

7h12. En Norvège, les volets n'existent pas. Et les rideaux réduisent à peine la luminosité qui pénètre la chambre. J'ai l'impression d'avoir fermé les yeux dix minutes. En guise de sommeil, je crois que j'ai révisé mentalement le tracé du marathon. En réalité, j'ai dû dormir trois heures, tout au plus.

Terje est déjà sorti. La dernière fois que je l'ai vu, il était assoupi dans le fauteuil de notre chambre d'hôtel.

Agnès, elle, s'est couchée bien plus tard. Elle dort toujours profondément à côté de moi. Il y a encore quelques jours, j'aurais tout donné pour un moment comme celui-ci. Profiter de la moindre occasion pour attaquer ma pire ennemie. Mais en découvrant ses blessures héritées de notre séjour à Rekvik chez les Témoins de Jéhovah, je réalise à quel point elle est une victime, elle aussi.

Avant de sortir, je consacre quelques minutes à configurer ma montre connectée. Elle me sera utile pendant la course pour gérer mes efforts.

Dehors, il fait gris, le ciel est chargé et les sommets alentour saupoudrés de neige. L'agitation matinale du centre-ville rappelle immédiatement l'événement estival imminent. Déambuler dans les rues parmi les sportifs et les touristes a quelque chose d'invraisemblable. Je n'ai pas été seule depuis plusieurs jours.

Soudain, alors que j'approche du pont de Tromsø, j'assiste à la parade de la flamme officielle de la compétition. À l'occasion de cette trentième édition du marathon du soleil de minuit, elle a été allumée par un signal électrique envoyé d'Athènes à Tromsø hier.

Précédés d'une voiture de police, les passagers d'une Tesla S noire filment la progression du cortège. Le représentant grec de la flamme, un ancien maire de la ville de Marathon, confie solennellement la flamme à l'actuel maire de Tromsø, qui la transmet à son tour au directeur de la course. Ce sont ensuite une cinquantaine de coureuses et de coureurs qui s'élancent, brandissant les drapeaux de toutes les nationalités représentées au marathon.

Lorsqu'ils passent à mon niveau, sans réfléchir, je me mets à courir avec eux. Des athlètes chevronnés côtoient des enfants et des personnes âgées, certains poussent même des fauteuils roulants. Le rythme lent permet de ne laisser personne de côté.

Dès les premières foulées, je réalise ce qu'il me manque depuis notre arrivée en ville. J'ai traversé tout le royaume pour participer à un marathon, je me suis entraînée en montagne, mais je n'ai pas couru après notre départ de la cabane de Kjetill en pleine forêt. C'est comme une reconnexion immédiate avec mon corps.

Les rues défilent, les passants nous saluent et nous photographient. Les commerçants célèbrent tous l'événement, chacun à leur manière. Une ambiance bon enfant se dégage de toute la cité.

Ils sont tous loin de se douter de la vraie raison de ma présence. Malgré la situation, je me surprends à sourire à mes compagnons du moment en profitant de cet élan bienveillant.

Soudain, mon cerveau se remet en alerte. Il est déjà trop tard pour le vérifier, mais j'en suis persuadée : je viens d'apercevoir le camping-car de Torstein au coin d'une rue. J'envoie la position à Terje, qui n'est visiblement pas sur son téléphone.

Le cortège ralentit. Le porteur de la flamme monte sur une petite estrade installée au milieu d'une place piétonne. Il allume alors une grande torche constituée de lamelles d'acier au design moderne : la flamme officielle du marathon du soleil de minuit.

Il me semble reconnaître l'endroit. Et pour cause : me voici à deux pas du kiosque de Raketten Bar & Pølse. Tout en agitant leurs drapeaux, certains n'hésitent pas à commander un hot dog. Moi, je ne peux pas m'empêcher de scruter le ciel, guettant le survol d'un drone de Torstein.

10h26. Les organisateurs du marathon appellent ça le breakfast run. Les volontaires participent à un tour de chauffe sur une partie du parcours, avant de se retrouver autour d'un buffet de petit déjeuner devant la mairie.

Agnès me rejoint, le visage fermé. On la croirait sur le point de passer un concours particulièrement difficile. Cet entraînement sans contrainte de temps nous permet de tester notre matériel. Les douleurs héritées du marathon de Beitostølen me rappellent à quel point l'équipement est important sur une distance aussi longue. Surtout que cette fois encore, la course ne sera pas une simple partie de plaisir.

La liaison vocale permanente fonctionne parfaitement. Les oreillettes ne nous gênent pas pour courir et restent bien en place. Tout va bien. Ou presque : dix heures nous séparent du départ et Terje a disparu...

Au lendemain de la fête de la musique, Saint-Martin-Vésubie récidive avec la seconde édition de la fête du printemps. Les ateliers et les activités de la journée permettent à Ada et Cannelle de justifier leur absence tout l'après-midi. Les filles veillent à bien se faire remarquer, afin que Robin soit rassuré par les potins du village.

Cette nuit, des Martiens vont débarquer avec leurs tambours lumineux accompagnés des marcheurs de l'espace. Tout un programme.

Ada et Cannelle, elles, ne croiseront pas de Martiens. Elles sont déjà loin. Elles ont pris le dernier bus pour descendre jusqu'au vieux village de Roquebillière. De là, il leur faut parcourir plus de 5 km, avec un dénivelé de près de 300 mètres.

Ada profite de l'abonnement de Margo à une application de randonnée. Elle peut ainsi consulter le meilleur itinéraire sans risquer de se perdre sur un chemin privé ou dans le lit asséché d'un ruisseau. Elle estime leur temps de marche à une bonne heure.

Sous leurs pas, le goudron restitue la chaleur emmagasinée tout au long de la journée. Les lourds sacs qu'elles portent collent à leur dos trempé. Chacune a prévu une grande réserve d'eau. Ada se remémore la liste de leur équipement : petites lampes à LED, t-shirts sombres, gants de cyclistes, batteries de secours pour leurs mobiles, et quelques outils subtilisés à son père.

Elles ont caché leurs chaussures de marche dans leurs affaires pour ne les enfiler qu'une fois sorties du bus.

Cannelle avance d'un bon rythme, à croire que son sac est vide et qu'elle ne craint pas la chaleur. Perturbée par le manque de sommeil et les sentiments qui bouillonnent en elle, Ada peine à suivre son amie. Elle se demande ce que dira Margo quand elle apprendra leur virée nocturne jusqu'aux galeries abandonnées de l'ouvrage de Flaut. Mais impossible d'agir autrement, les filles ne supporteront pas un coup bas supplémentaire de Lionel. En menaçant la mère de Valérie, il a franchi la ligne rouge.

Ada sait que son père finira par trouver un moyen de piéger Lionel depuis son clavier d'ordinateur. Mais dans combien de temps ?

Les questions s'enchaînent dans l'esprit d'Ada. Si elle avait refusé de venir, Cannelle aurait été capable de partir seule à l'aventure.

Est-ce sa meilleure amie qu'elle accompagne ce soir ou la fille qu'elle a longuement embrassée hier, pendant leur danse sensuelle ? Peut-elle considérer qu'elles sont en couple ? Ada ressasse ces interrogations, mais n'ose pas les formuler. Pas maintenant.

Soudain, Cannelle s'arrête et se tourne vers son amie :
— Merci d'être là. Moi aussi je repense à hier soir. Mais j'ai besoin de régler mes comptes avec mon père.
Décontenancée, Ada n'a pas le temps de répondre. Cannelle lui consent un baiser du bout des lèvres, avant de reprendre l'ascension.

20h15. Sous quelques gouttes de pluie, près de 6 000 personnes ont enfilé leurs dossards pour s'échauffer sur la ligne de départ. Si le ciel est invariablement gris, c'est un assortiment de couleurs en mouvements qui s'étire et se dégourdit les jambes autour de nous. Il y en a pour tous les goûts et tous les climats. Bonnets, bandeaux, gants et combinaisons intégrales côtoient les shorts et les t-shirts sans manche.

En voyant le regard inquiet d'Agnès, je me sens étrangement sereine. Est-ce parce qu'il n'y a plus de retour en arrière possible ? Comme si le flot de coureurs allait me porter jusqu'à la ligne d'arrivée, 42,195 km plus loin.

Depuis que Terje est réapparu, on ne l'arrête plus. Il n'a jamais autant bavardé que dans nos oreillettes. Personne ne s'étonne de me voir parler toute seule. Je constate d'ailleurs qu'un grand nombre de participants portent des écouteurs de toutes tailles. Certains ont déjà glissé leurs smartphones dans un brassard étanche. D'autres se filment ou se photographient.

20h28. Alors que je vérifie le partage de position en temps réel avec Terje, une voix féminine me murmure en anglais à l'oreille :

— Il a déplacé le camping-car sans prévenir. J'ignore où il est. Mais je crois qu'il a compris... Il sait que je sais.

Sous sa tenue rose fuchsia, Saskia a du mal à dissimuler son angoisse. Elle sautille en se réchauffant les mains. Ma sérénité s'est volatilisée en un quart de seconde. Dans un même réflexe, nous levons les yeux vers le ciel. Beaucoup de nuages, mais aucun signe du drone de Torstein.

20h30. Le départ est donné. Je suis pétrifiée. Je voudrais remonter le flux des milliers de coureurs, nager à contre-courant, mais je n'y arrive pas. La voix de Terje se tait pour me laisser seule avec le bruit de ma respiration, du froissement des vêtements sportifs, et des pas sur le bitume détrempé. Agnès m'entraîne avec elle. J'essaie de soutenir Saskia, mais quelqu'un la bouscule et elle manque de chuter. Je la perds de vue. J'ai peur pour sa prothèse.

Une fois le goulot d'étranglement formé par le portique de départ derrière nous, les plus rapides distancent les autres. Nous sommes moins serrés, mais très nombreux.

La course remplit la principale rue commerçante de la ville, encouragée par un public amassé derrière de longues barrières décorées aux couleurs du marathon.

Madeleine se cache-t-elle parmi eux ? À moins qu'elle ne participe à la course ? La pluie, et peut-être l'angoisse, me pique les yeux. Difficile de discerner les coureuses et les coureurs autour de moi. Beaucoup d'athlètes ont enfilé toutes sortes de capuches.

Pendant un court instant, je crois reconnaître la silhouette de Nae. C'est évidemment mon imagination. Est-il encore vivant ? Quel sort les Témoins de Jéhovah lui ont-ils réservé à Rekvik ? J'ignore même où il se trouvait lors de l'attaque suicidaire de Bente...

3 · LUANA

21

Je m'appelle Luana Miereanu. Je suis née le 8 avril 1976 à Cluj-Napoca en Roumanie. Après la chute du régime communiste en 1989, ma famille a déménagé pour Bucarest. Cette année, notre communauté s'est coupée de nos frères et nos sœurs du monde entier en créant *La Vraie Foi des Témoins de Jéhovah*. Je les hais.

Ceci est mon journal personnel. J'ai choisi d'écrire en français parce que j'aime cette langue, et qu'elle sera incomprise par ceux que je hais. Je ne sais pas encore à qui j'adresse ce texte, mais ce journal est mon unique confident.

Aujourd'hui, j'ai profité de l'absence de ma mère pour regarder les Jeux olympiques à la télévision. Ma mère répète que le sport spectacle nous éloigne de la vérité. Ceux que je hais ne comprennent rien.

Heureusement, mon père voit le sport comme un moyen de s'accomplir et de réussir. Il dit qu'après des années de dictature, notre pays a besoin de croire en son avenir et en sa jeunesse.

J'ai assisté en direct à l'unique médaille roumaine des jeux de Barcelone. Malgré une blessure qui a gâché son année d'entraînement, Galina Astafei est vice-championne olympique de saut en hauteur. Elle a commencé sa carrière sportive à 17 ans. J'en ai 16.

22

Tromsø (Norvège), samedi 22 juin 2019

20h44. Tout au long du parcours, des panneaux indiquent la distance restante. Celui des 40 km marque le début du seul dénivelé notoire du marathon : le pont de Tromsø. 38 mètres de haut pour un kilomètre de long.

Après avoir sillonné les rues, la course prend l'allure d'une longue farandole colorée étirée sur la passerelle de béton gris. Beaucoup n'ont pas encore trouvé leur rythme et le classement évolue constamment.

Je sens Agnès rongée par l'impatience, mais je m'efforce de la contenir. Nous devons préserver nos forces pour parer à toutes les éventualités.

Arrivées au point culminant du pont, nous luttons contre le vent latéral. L'océan n'est pas loin et veille à nous le rappeler. C'est à cet instant que l'incroyable se produit.

— Agnès ? C'est toi ? Coucou !

Si nos compatriotes sont bien présents à Tromsø, quelle était la probabilité de croiser d'anciennes connaissances d'Agnès, rencontrées lors de précédentes courses ? Elles sont quatre, et courent côte à côte en équipe. Tout sourire, elles approchent d'Agnès rapidement.

Se précipiter maintenant c'est compromettre le reste de la course. Pourtant, il faut les semer. Le risque est trop grand.

— Moins vite Margo, vous ne tiendrez pas ce rythme.

J'avais presque oublié la voix de Terje, incrustée dans ma tête. Parler en pleine accélération est une vraie torture. Je fais court :

— Elles ont reconnu Agnès.

— Profitez de la descente jusqu'à la cathédrale pour récupérer.

La pluie s'intensifie et nous ralentit. Je voudrais scruter le ciel, guetter la présence de Madeleine ou de Nae, mais les gouttes glacées qui ruissellent sur mon visage altèrent ma vue.

Véritable emblème de la ville, la cathédrale arctique évoquée par Terje marque notre arrivée sur le continent après le franchissement du pont. De loin, elle ressemble à une enfilade de pyramides blanches. En l'approchant, on distingue mieux sa façade vitrée et sa toiture triangulaire de béton laiteux. Nous laissons l'édifice sur notre droite pour nous enfoncer dans les terres, à travers un quartier encore très rural.

Notre nouveau rythme achève de décourager les anciennes amies d'Agnès. Mais en remontant le flux des coureurs, nous retrouvons d'autres visages familiers. Fred, FX et JP nous reconnaissent à leur tour.

Il serait suicidaire d'accélérer à nouveau, et trop dangereux de retourner au niveau de celles qui pourraient compromettre notre plan et nos identités. Nous voilà piégées.

À l'attitude de JP, je devine aisément qu'il n'a pas partagé avec ses deux camarades l'incident d'hier soir. Le sourire carnassier qu'il nous adresse laisse craindre le pire.

J'essaie d'en informer Terje le plus discrètement possible :

— Les trois connards d'hier sont là.

Il répond immédiatement :

— Donne-moi leurs numéros de dossards.

— On va les gérer. Par contre, je veux bien le nom du 92.

— Je me renseigne, dit-il en mastiquant.

J'ai bien entendu : Terje est en train de manger, pendant qu'on trime sous la pluie.

Mais pour l'instant, la faim est le cadet de mes soucis. Mon attention se focalise sur l'inconnu qui nous suit depuis un moment. Il nous fixe et ne s'en cache pas.

La plupart des participants ont un numéro de dossard compris entre 4 000 et 6 000. Les nombres inférieurs sont très rares. Les seuls que j'ai pu remarquer cumulent toutes sortes de sponsors sur les tenues. Est-ce que je peux en déduire que le porteur du 92 est un véritable athlète ? Si c'est le cas, et qu'il travaille pour les Russes, ce n'est pas une bonne nouvelle pour nous.

Avant de franchir le petit pont métallique rouge qui enjambe un mince cours d'eau, je fais semblant d'avoir perdu quelque chose pour me retourner franchement et scruter nos arrières. Le 92 s'est encore rapproché et m'observe. Le pont est si étroit que pendant un court instant, nous sommes seuls dessus.

Plus loin, des terrains sauvages et des champs cultivés entourent le secteur des PME locales. Après un enchaînement de croisements et de bifurcations, la course effectue une sorte de boucle pour passer sous le grand pont de Tromsø avant de prendre la direction du sud au pied d'une colline surplombant le littoral.

Il reste 35 km à avaler.

Nous courons sur une route secondaire, tandis qu'un axe parallèle plus important, maintenu ouvert à la circulation, longe le rivage.

Si JP a réellement gardé pour lui la manière dont Philomène l'a séparé d'Agnès hier soir, je peux tenter quelque chose avec ses deux compères.

FX semble prendre le marathon trop au sérieux. Mon plan ne fonctionnera pas avec lui. Je me reporte donc sur Fred et sa barbe impeccable pour essayer de gagner du temps vis-à-vis du coureur 92, qui s'est encore rapproché.

Mes cheveux trempés et emmêlés collent à ma nuque, mes lèvres sont décolorées par le froid et mes yeux rougis de fatigue, mais j'affiche mon sourire le plus aguicheur pour aborder Fred. Je me surprends à parler d'une voix mielleuse :

— Tu permets que je me cale sur ton rythme.

— Avec plaisir. C'est ton premier ? Tu verras, à partir du cinquième, ça roule tout seul...

Encore plus lourd que je n'aurais osé l'imaginer. C'est parfait. Tandis que Fred croit avoir une touche avec moi, ses deux acolytes nous entourent, Agnès et moi, jouant les escortes : torses bombés, foulées exagérées. Je me retiens de rire, mais leur présence tient à distance le coureur numéro 92.

Un premier stand de ravitaillement équipé de toilettes est installé au niveau des 32 km restants. Malgré la pluie, les bénévoles se risquent hors de leurs tentes pour accueillir les coureurs.

Notre escorte masculine s'est encore resserrée, et JP redevient franchement collant avec Agnès.

Des bénévoles nous tendent des bouteilles d'eau sur le bord de la chaussée. Je décline poliment, mais Fred en attrape une, qu'il me propose aussitôt avec un grand sourire. Je sais que ma poche d'eau dorsale me suffira amplement. Pourtant, j'hésite à accepter pour ne pas le froisser. Il faut garder le contrôle de la situation.

Au même instant, Agnès reçoit elle aussi une bouteille d'une bénévole. Sans ralentir, elle la glisse dans la main droite de JP, qui approchait clairement de ses fesses. Pris de court, le trentenaire saisit la bouteille et avale plusieurs gorgées sans quitter Agnès des yeux.

Je commence à regretter d'avoir utilisé nos trois harceleurs. Ils vont finir par devenir un vrai problème pour la suite de la course. Comment s'en débarrasser ? D'autant plus que la menace du coureur 92 a disparu.

Un bruit sec me sort brutalement de mes réflexions. JP s'est effondré au sol et ne bouge plus. Agnès a failli s'arrêter à son niveau, mais je l'entraîne avec moi. Il faut continuer. Derrière, FX et Fred sont penchés sur leur ami et appellent les secours. JP ne respire plus.

— Ne te retourne pas, Agnès.

Elle est terrifiée. Retrouver notre rythme, c'est le plus important. Agnès blêmit à vue d'œil. Le regard dans le vague, elle dit simplement :

— Il a bu ma bouteille.

— Il a peut-être fait un malaise.

— On l'a empoisonné à ma place.

— Tu crois vraiment que les Russes ont contaminé les bouteilles du marathon ?

— Cette bénévole me l'a donnée. Elle m'a vue arriver et m'a donné cette bouteille, pas une autre.

Même si ça paraît inconcevable, difficile de ne pas envisager le pire. Il faudra se contenter de nos propres provisions, en réduisant au maximum les variations de rythme et les accélérations pour limiter nos besoins en eau.

Je m'étonne de ne pas entendre la moindre réaction de Terje hormis quelques bruits parasites. On dirait que le vent souffle dans son micro :

— Terje ? Tu nous as reçues ?

— Je suis en scooter.

— Tu as trouvé le camping-car ?

— Non. Par contre j'ai identifié le 92. Jesper Stordal est un Témoin de Rekvik. Et un champion local. Il a fini quatre fois dans les cinq meilleurs temps. Méfiez-vous de lui.

La communication est interrompue. Je ne peux m'empêcher de scruter nos arrières régulièrement. Toujours gênée par la pluie, je ne le reconnais pas immédiatement. Pourtant c'est bien lui. Dossard 92. Jesper est un petit brun très fin, alliant une silhouette assez juvénile à la foulée d'un athlète. Avec son maillot de corps minuscule et son short ultra court, on le croirait totalement insensible au climat.

En scrutant ses arrières, Agnès manque de perdre l'équilibre. Cette portion du parcours est à double sens. Nous n'avons pas encore atteint le point de retour, mais croisons déjà les plus rapides.

— Elle est là, souffle-t-elle soudain en me désignant les meilleurs coureurs.

Agnès a vu Madeleine. Je suis soulagée. Son absence aurait anéanti tous mes espoirs. Elle est la seule et unique raison de notre présence.

— J'ai passé le pont, je viens vers vous.

675

La voix de Terje me rassure quelques secondes, avant que je ne m'aperçoive que Jesper zigzague entre les coureurs pour nous rattraper. Un léger brouillard s'ajoute par endroits à la pluie fine et réduit encore la visibilité, mais il n'y a aucun doute, il accélère.

C'est le moment, j'invite Agnès à tricher :

— Va la retrouver maintenant.

Agnès semble hésiter. Elle tâtonne sa veste et en extrait la petite bombe anti-agression que lui a confiée Philomène la veille.

— Rejoins-moi après, se contente-t-elle de me dire.

21h32. Il a fallu du temps à Ada pour localiser avec précision l'entrée de la galerie sur son application de randonnée. La voilà, la porte entrouverte, figée dans la boue séchée par le soleil. Les filles se faufilent sans bruit à l'intérieur du long couloir. À cette heure-ci, il y fait déjà très sombre et la fraîcheur du béton contraste avec la moiteur de la forêt.

Dès les premiers pas sur le sol fissuré par le temps, Ada réalise la folie de leur acte. Et si elles se perdaient ? Cette éventualité l'a poussée à prévenir Flore de leur escapade nocturne. Elle saura où les chercher si elles ne revenaient pas avant le lever du soleil.

Ada et Cannelle remontent l'ancienne galerie d'évacuation, bien plus longue que dans leurs souvenirs. En multipliant les pauses, lampes éteintes, elles s'assurent d'être bien seules dans ce lieu lugubre. La salle des coffres-forts aperçue lors de leur première visite finit par apparaître sur la droite.

Éclairée par Cannelle, Ada déplie la pochette remplie d'outils. Elle a toujours vu Robin réparer toutes sortes d'objets électroniques. Quant à Cannelle, elle a été élevée par un bûcheron mécanicien qui lui a offert une perceuse à la place de sa première poupée Barbie.

Pas la peine d'insister pendant des heures. Les coffres sont scellés dans le béton armé du bunker. Et les serrures mécaniques sont trop fines et trop robustes pour être forcées sans matériel spécialisé.

Ada voit Cannelle s'acharner à la lueur de sa lampe et tente de la raisonner, quand un claquement métallique retentit. Elles se figent une seconde, et rassemblent rapidement leurs affaires pour effacer la moindre trace de leur passage.

Ada enfile son sac à dos et se précipite vers l'accès à la galerie, quand Cannelle l'attire contre elle dans un retranchement invisible depuis l'entrée de la salle. Des pas viennent dans leur direction. Ada est pétrifiée. Cannelle étend sa lampe et met un doigt sur la bouche de son amie. Elles ne bougent plus. Une porte grince, les pas approchent.

Cannelle s'est métamorphosée en félin à l'affût. Le faisceau d'une lampe balaie la pièce des coffres. Un reflet métallique brille dans la pénombre. Ada croit halluciner. Pourtant c'est bien un couteau à cran d'arrêt que son amie tient plaqué contre elle. Cannelle porte une arme.

La brise marine soulève les capes de pluie de certains athlètes. Avec un peu de chance, Jesper n'aura pas vu Agnès rejoindre les coureurs dans l'autre sens.

Maintenant que faire ? Impossible de semer un sportif de son niveau. Il m'est de plus en plus difficile de me retourner pour vérifier sa progression. Je ne peux pas non plus prendre le risque de le mener jusqu'à Madeleine. D'ailleurs est-ce après elle qu'il en a ? Ou cherche-t-il uniquement à venger sa communauté en punissant celles qui ont perverti Bente ? Courir sans savoir m'est insupportable.

Terje est étrangement silencieux et je suis seule depuis de longues minutes. Instinct de survie ? Grain de folie ? Sur un coup de tête, je remonte la course à l'envers. En une poignée de secondes, je fais face à Jesper qui ne cache pas son étonnement de me voir foncer sur lui.

J'attends le dernier moment pour lever mon bras armé de la bombe anti-agression que m'a confiée Agnès.

De plus près, l'observation détaillée de Jesper me glace le sang. Je comprends soudain la raison probable de sa tenue ultra légère. Des brûlures superficielles sur la moitié droite du corps. Un visage bardé de cicatrices et un crâne en partie dégarni par les flammes. C'est un survivant de Rekvik. Son regard suffit à exprimer la vengeance qui guide ses pas. Il ne renoncera pas.

Cette vision d'horreur m'est fatale. Mon hésitation permet à mon adversaire de me désarmer d'un coup sec sur le bras. L'aérosol rebondit au sol dans un éclat métallique.

Prise au dépourvu, je décide de continuer ma remontée sans me retourner. Me voilà mêlée aux plus rapides, ceux qui ont déjà fait demi-tour un peu plus loin.

Je croise alors Saskia et me remets dans le bon sens pour courir à côté d'elle. Sa tenue est déchirée sur le côté, stigmate de sa chute sur la ligne de départ. Elle semble apprécier ma présence et me confie d'un air déterminé :

— Je ne rejoindrai pas Torstein après la course.

J'acquiesce du regard.

L'ordre des coureurs devant nous se modifie subitement pour nous dégager la vue sur Jesper. Je ne lâche pas des yeux les chiffres de son dossard 92. Il se retourne plusieurs fois. Malgré ses efforts pour rester discret, Saskia le remarque :

— Tu le connais ?

— Torstein n'est pas la seule menace aujourd'hui. D'autres personnes veulent s'en prendre à moi pour atteindre celle qui a vendu mon identité. Le coureur 92 en fait partie.

— Tu as besoin de le semer ?

Saskia a repris confiance en elle. Son regard réclame une réponse de ma part. D'un hochement de tête, j'accepte son aide.

21h54. Il reste 30 km et nous parvenons enfin au point retour de l'extrémité sud du parcours. La météo maussade et la nature verdoyante de part et d'autre de la chaussée rendent l'endroit encore plus incongru. Deux bénévoles derrière un simple panneau et deux modestes barrières empêchent les étourdis de continuer tout droit.

Avec moins d'une minute d'avance, le 92 fait demi-tour et nous croise en me dévisageant. Tandis que nous repartons également vers le nord, Saskia accélère pour se mettre rapidement au niveau de Jesper, qui est suivi d'un petit groupe de coureurs.

Soudain, Saskia chute violemment. Elle hurle de douleur, accusant Jesper de l'avoir poussée. Les participants les plus proches s'en prennent aussitôt au dossard 92, qui n'a pas cessé de courir.

Je profite de l'altercation pour tous les dépasser. *Merci, Saskia.* Mais la diversion est de courte durée. Jesper a neutralisé d'un coup sec le coureur qui l'avait agrippé au bras, et terrifié les autres avant de continuer comme si de rien n'était.

J'espère que Saskia ne s'est pas réellement blessée... Je ne vois toujours pas Agnès devant moi. Je n'ai qu'une option pour éviter Jesper : augmenter mon rythme, au risque de ne pas finir le marathon.

La pluie redouble d'intensité. Je sens les gouttes d'eau glacée perler le long de ma nuque alors que je transpire de plus belle.

— Margo ! Tu m'entends ? J'ai perdu la position d'Agnès. Je viens vers toi. Je suis sur la route du littoral. On devrait se croiser bientôt. Tu vas bien ?

Terje, si tu savais...

23

Au moment de quitter la Roumanie, j'ai promis à mon père de battre un record en course à pied. Il était fier de moi et m'a souhaité bonne chance. Ma mère n'a rien dit. Elle est comme ceux que je hais.

Mon grand frère Nae m'a serrée fort dans ses bras. Il a compris à mon regard que je ne reviendrai pas. C'est pour lui que j'écris mon histoire. J'espère qu'il me pardonnera un jour de l'avoir abandonné. Mais si j'étais restée parmi ceux que je hais, je serais morte à petit feu. Je n'ai pas fui, j'ai commencé à vivre l'année de mes 17 ans.

Je n'avais jamais voyagé sans mes parents ni quitté mon pays avant d'atterrir à Oslo pour les Bislett Games, un célèbre meeting d'athlétisme. Il m'a fallu des mois d'efforts et beaucoup de mensonges pour arriver jusqu'ici. Mon équipe et notre entraîneur me croyaient capable de battre un record au 5000 mètres. Je les ai tous déçus.

Samedi 10 juillet, le jour de la compétition, je n'ai jamais foulé la piste ni même enfilé ma tenue de course. Une ambulance m'a transportée immédiatement à l'hôpital. Mon plan avait fonctionné. Pourtant, malgré ma détermination, j'ai bien cru ne jamais réussir à me casser le bras toute seule.

Au moment de passer à l'acte sous la douche, je savais qu'en détruisant mon passeport, j'avais franchi un point de non-retour. Je me suis alors rappelé les conseils de mon cousin. Sa technique lui a permis d'échapper au service militaire. J'ai dû le supplier pour qu'il m'explique comment briser l'os d'un geste net. Le craquement m'a fait tellement peur que j'en ai oublié un court instant la douleur. L'important, c'est de ne pas regarder la fracture ouverte.

En pleine compétition, notre entraîneur n'a pas pu s'absenter. Je me suis donc retrouvée seule dans un hôpital norvégien, sans vêtements ni affaires personnelles. Plus rien ne me reliait à mon pays, encore moins à ceux que je hais. J'avais réussi, mais je n'étais toujours pas libre. Pas question pour moi de retourner en Roumanie.

Je ne comprenais pas un mot de norvégien. Mes notions d'anglais étaient trop rudimentaires pour engager une conversation. On allait me mettre à la rue, ou me renvoyer en Roumanie.

Je commençais à désespérer. Comment j'avais pu m'imaginer que ce serait facile ? J'en voulais encore plus à ceux que je hais et à mes parents qui m'avaient isolée de la réalité du monde.

Puis Astou est venue m'offrir des madeleines. Mon infirmière préférée a fui un mariage forcé au Sénégal. Son arrivée et son installation en Norvège ont été très difficiles. Quand elle a compris qu'on pouvait discuter en français toutes les deux, elle a multiplié les prétextes pour visiter ma chambre.

Le paquet de madeleines avait été oublié par une famille française au service des urgences. Astou adorait ça, moi aussi. C'est ainsi que j'ai hérité du surnom de Madeleine.

24

Je me retourne une fois de plus, redoutant que Jesper ne se soit encore rapproché. Mais ce que je vois me stupéfait. Un inconnu surgi de nulle part récupère le dossard du coureur poussé à terre par Jesper, et se lance dans la compétition.

Difficile de garder l'équilibre tout en jetant de rapides coups d'œil derrière moi. Je fais de mon mieux pour maintenir un rythme soutenu, mais ma curiosité est trop forte. Dans mon dos, l'incroyable se poursuit. Le coureur mystérieux prend de la vitesse et dépasse Jesper, qui ne l'a pas vu venir.

Il faut que le voleur de dossard soit à mes côtés pour que je le reconnaisse enfin. Nae n'est pourtant plus que l'ombre de lui-même. Amaigri et lui aussi brûlé au visage, je devine d'autres cicatrices profondes sur tout son corps. Il cache ce qu'il lui reste de cheveux sous un bandeau noir. Mais son regard perçant ne laisse aucun doute sur son identité. Quelles horreurs a-t-il subies depuis l'attaque du tunnel ? Où était-il retenu prisonnier lorsque Bente a incendié Rekvik ?

En sentant sa main pousser mon dos pour m'entraîner dans son accélération, je réalise soudain que mon pire ennemi à Beitostølen devient aujourd'hui mon allié le plus inattendu.

Il reste 27 km à parcourir. Mes doigts sont gelés. Mais la pluie a cessé. Nous approchons d'un peloton de coureurs, parmi lesquels évoluent Agnès et Madeleine.

Car c'est bien elle. Même de dos, je la reconnais sans hésiter. Le sosie de l'actrice américaine Keri Russell se déplace avec cette aisance qui m'avait marquée lors de notre première rencontre à Beito. Ce physique sec et musclé, ce regard d'acier et ces cheveux attachés qui oscillent à chaque foulée. Je la vois parler avec Agnès. Le marathon n'a pas l'air de lui réclamer le moindre effort.

J'ai du mal à réaliser que défilent déjà les minutes les plus décisives de ma vie. Occupée à observer cette femme dont j'ignore tout, j'en oublie presque la menace de Jesper. Il maintient une distance entre nous, tel un fauve qui attend le meilleur moment pour bondir.

Puis-je vraiment compter sur l'aide de Nae pour tenir Jesper suffisamment éloigné ? Je ne peux pas me permettre de laisser disparaître Madeleine une seconde fois. C'est son dernier marathon, elle l'a répété à Agnès.

J'admire les athlètes capables de discuter tout au long de l'effort. Agnès et Madeleine en font partie. Leurs lèvres remuent, sans que je ne perçoive un mot de leur conversation.

Après une longue portion bordée de maisons et de résidences à deux étages orientées vers la mer, la route traverse un terrain en friche, grossièrement arboré.

Madeleine choisit cet endroit, à l'abri des regards des coureurs les plus proches, pour confier discrètement une petite pochette plastifiée à mon usurpatrice : une nouvelle identité. La promesse d'une autre vie pour définitivement quitter la mienne. Agnès se retourne et me sourit. Je lis le soulagement et la joie dans son regard jusqu'ici terne et éteint.

Elles échangent à nouveau quelques mots, avant que Madeleine ne me fixe à son tour. Agnès me fait signe d'approcher.

Cette image se déchire sous mes yeux. D'abord dans un léger sifflement aigu, puis un claquement sec suivi d'un impact sourd à peine perceptible. Une main géante invisible vient de faucher Agnès sous mes yeux. Son corps a chuté sur l'accotement boueux, avant de glisser et de s'évanouir dans la végétation en contrebas. Tout s'est passé si vite que personne ne remarque sa disparition.

À en croire sa réaction, Madeleine ne comprend pas tout de suite ce qu'il vient de se passer à quelques centimètres d'elle.

Je lutte pour contenir mes émotions et ne pas vaciller. Malgré la pluie, le drone maudit de Torstein a atteint sa première cible.

Prise de tremblements et de nausées, je m'efforce d'articuler :

— Il a eu Agnès ! Il vient de l'abattre en pleine course ! Terje, tu m'entends ?

Dans mon dos, j'aperçois Jesper. Continuer. Continuer. Madeleine risque d'être la prochaine. *Pas maintenant. Laisse-moi le temps de lui parler. De lui demander pourquoi. Pourquoi moi ?*

— Ne t'arrête surtout pas Margo. J'arrive au niveau de Gammelgården. Je vais essayer de retrouver Agnès.

J'ai envie de crier. L'image de l'impact reste imprimée sur ma rétine. Je hurle de rage :

— Elle est morte !

— Calme-toi, Margo. Avec l'agitation de la course, on retrouvera son corps bien après la fin de la compétition.

— Il faut récupérer les papiers d'identité que Madeleine venait de lui donner !

— Je vais surtout m'arranger pour qu'on identifie le corps d'Agnès Grangé. Pas celui d'Émeline Dalbera.

Je dois demander à Philomène de prendre le relais. Ce n'est pas vraiment ce qui était prévu. Mais on n'a pas le choix. Une multitude de questions bourdonnent dans mon crâne. Comment Terje va-t-il pouvoir confier le dossard d'Agnès à Philomène ? Sera-t-elle prête à temps ?

La voix de Terje cingle mes oreilles comme un électrochoc :

— Concentre-toi sur Madeleine. Je m'occupe du reste.

Terje a raison. Madeleine risque d'être la suivante, mais son frère Nae semble bien décidé à la protéger.

Madeleine se laisse approcher. Je cours à sa gauche, à moins d'un mètre d'elle, tandis que Nae l'accompagne à sa droite. Frère et sœur n'ont pas encore échangé un regard.

Le bourdonnement mécanique couvre soudain le clapotement des chaussures contre le sol mouillé. La pluie s'est remise à tomber, mais ne semble pas gêner le pilotage du drone, alors que la visibilité réduite l'oblige à voler très bas. Le voilà, juste au-dessus de nos têtes. Nous avons beau tenter de zigzaguer, nous sommes des proies faciles sur cette route rectiligne et dégagée. L'œil électronique a accroché sa cible et va tirer.

Soudain, Nae brandit sa gourde et la lance d'un geste sec sur l'oiseau de métal. Le choc est suffisant pour le déstabiliser et décourager son pilote. Le drone s'élève dans le ciel nuageux avant de s'éloigner.

Sans m'en rendre compte, ralenti par la fatigue et les événements, j'ai laissé quelques mètres d'avance à Madeleine et son frère. Nae l'assomme de questions. Je ne comprends pas un mot de leurs échanges en roumain. L'émotion est pourtant palpable pour les deux, 26 ans après leur séparation. Regards mouillés, mains qui se frôlent. Le colosse increvable rencontré à Beito et l'athlète impassible ont fendu leurs carapaces.

22h43. Une silhouette d'homme pénètre dans la salle plongée dans l'obscurité. Ada et Cannelle reconnaissent la démarche de Lionel. Pourquoi s'est-il immobilisé au milieu de la pièce ? Se doute-t-il de quelque chose ?

Il finit par allumer une puissante lampe torche qu'il installe sur un rebord du mur, de façon à éclairer abondamment les coffres. Lionel entrouvre la sacoche qu'il porte en bandoulière, et en extrait plusieurs porte-documents. Tel un facteur confidentiel, il répartit les dossiers dans plusieurs coffres. Les premiers qu'il ouvre sont hors du champ de vision des filles. Mais Ada distingue parfaitement la combinaison du dernier coffre. Elle s'efforce de la mémoriser correctement.

Une fois sa distribution terminée, Lionel referme sa sacoche, éteint sa lampe et reste immobile plusieurs longues minutes avant de s'éloigner, uniquement guidé par la lueur de son écran de téléphone.

Ada et Cannelle relâchent enfin leur respiration et quittent leur cachette recouverte de mousse et de peinture écaillée. Après s'être assurées que Lionel ne revenait pas, elles allument leurs lampes de poche. D'un échange de regard, Cannelle encourage Ada à passer à l'acte. Accroupie face à la façade rouillée et burinée, cette dernière se concentre et reproduit les gestes précis de Lionel. Plusieurs cliquetis métalliques précèdent un son sec. La porte du coffre s'ouvre dans un léger grincement. Ada en découvre le contenu : plusieurs pochettes pleines de documents parfaitement ordonnés. D'un mouvement rapide, Cannelle se saisit de la totalité, qu'elle glisse immédiatement dans son sac. Quelques feuilles lui échappent des mains. Ada les récupère sur le sol poussiéreux. À la lueur de sa lampe, elle reconnaît le logo de la métropole Nice Côte d'Azur sur une page et celui d'une banque privée sur la suivante. Un alphabet différent apparaît sur les autres. Habituée aux jeux vidéo de son père, Ada est certaine qu'il s'agit du cyrillique. Lionel cache des documents rédigés en russe.

Le bruit d'un lourd mécanisme assourdissant pétrifie les filles. Pendant quelques longues secondes, elles sont persuadées que tout l'édifice va s'effondrer sur elles. Contre toute attente, le silence absolu revient. Rien n'a bougé. Ada et Cannelle n'osent pas prononcer un mot. Impossible de savoir si le bruit venait de leur galerie d'accès ou d'un autre secteur de l'ouvrage militaire.

Ada se précipite sur le coffre vide pour le refermer. La minutie du verrou exige des mouvements précis. Dans son dos, Cannelle s'impatiente. Elle chuchote soudain :

— De la lumière ! Quelqu'un approche !

Après avoir ralenti, surpris lui aussi par l'attaque du drone, Jesper reprend son allure. J'ai même l'impression qu'il court encore plus vite. Pendant notre seconde traversée du pont de Tromsø, il bouscule des participants pour me rattraper. Son allure étonne parmi les coureurs lancés depuis près de 2h30.

Devant, Nae ne quitte plus Madeleine. Autour de moi, les athlètes ne peuvent s'empêcher d'admirer la vue sur la ville et le bras de mer qui la sépare du continent. Cette constellation de vêtements colorés devient pour un temps une sorte de peloton coordonné. Autant de témoins potentiels si Jesper tente de s'en prendre à moi, maintenant qu'il est si proche que je perçois presque son souffle sur ma nuque. Quelques mètres seulement nous séparent.

Je repense aux trois harceleurs français et la situation me donne une idée. Espérons que ça fonctionne.

— Laisse-moi tranquille, espèce de pervers ! Au secours, le dossard 92 me harcèle !

Mon mélange de français et d'anglais maladroit a un effet immédiat. Hommes et femmes me regardent. Un cercle oppressant se forme aussitôt autour de Jesper. Je peux respirer quelques minutes, tout en remerciant ce soutien collectif.

Ce répit ne dure pas. Pendant la traversée du pont, le drone ne pouvait se risquer à cause des lampadaires et du vent latéral. Et comme je le craignais, le peloton protecteur qui m'isolait de Jesper se distend à notre retour dans les rues de la ville, alors que la pluie se remet à tomber.

23h03. La luminosité grisâtre n'a pas changé depuis le début de la course. Il reste 20 km quand nous apercevons la silhouette massive de notre hôtel. En longeant le port, Jesper se fait discret sans abandonner sa traque.

Nae s'écarte soudainement de Madeleine à qui il fait signe de le devancer. Il se tourne vers moi et m'incite à accélérer pour rejoindre sa sœur. Il n'a pas prononcé un mot, mais je comprends à son regard ce qu'il manigance.

Pendant que je rattrape Madeleine, son frère ralentit brutalement pour se retrouver au niveau de Jesper. Les voilà côte à côte pendant quelques secondes.

La chaussée se rétrécit entre un immeuble et l'arrière de notre hôtel. L'endroit est désert. Aucun coureur en vue. Aucun passant non plus.

J'entends alors un cri étouffé et un bruit métallique. En me retournant, j'aperçois la silhouette imposante de Nae en train de s'en prendre à Jesper derrière un conteneur. Pourvu que leur altercation n'attire pas l'attention des autorités.

Nae nous adresse un dernier regard, avant de disparaître derrière le conteneur avec Jesper.

Je me retrouve seule avec Madeleine, qui maintient son rythme, imperturbable. Personne ne peut deviner ce que je suis en train de vivre.

Je l'ai traquée à travers tout le pays. Maintenant la voilà, à côté de moi. Nous sommes en sécurité, pour quelques minutes au moins, le temps que la ville et ses immeubles nous protègent du drone de Torstein.

Je me sens ridicule, crispée par un mélange de peur et d'intimidation. Comment l'aborder ? Dans quelle langue ?

— C'était le 10 avril 2011, au marathon de Paris. Avec ta fiche d'inscription et ton certificat médical, déclare-t-elle.

J'aurais pu m'en douter, mais Madeleine parle français. Sa voix me surprend par sa douceur et l'autorité naturelle qu'elle dégage. Comme je ne réponds pas, elle ajoute :

— C'était la première identité que je volais.

Les mots sortent enfin de ma bouche :

— Pourquoi moi ?

Cette fois, le visage de Madeleine se crispe. Elle attend plusieurs foulées pour me déclarer simplement :

— Ton dossier est le seul que j'ai pu prendre ce jour-là.

Ma mémoire ravive quelques souvenirs d'une période de ma vie qui me semble aujourd'hui si lointaine. Je me rappelle à quel point Basile a insisté pour qu'on participe ensemble à ce marathon. Pour une première vraie course à pied, je trouvais ça risqué. Finalement j'ai accepté au dernier moment. Une bénévole a enregistré mon inscription quelques minutes avant le départ.

Madeleine me scrute du coin de l'œil, à l'affût d'un déclic de ma part. Il s'agit plutôt d'un flash. Une image nette remonte brutalement à la surface. Le visage de cette bénévole. Le sourire de Madeleine qui me tend mon dossard et me souhaite bon courage pour mon premier marathon. Le jour où elle a volé l'identité d'Émeline. Mon identité.

— Margo ? Tu es avec elle ? Ne la lâche pas. J'ai terminé ici.

J'entends le vent dans le micro de Terje. Il est en mouvement. Qu'est-ce que je peux lui répondre ? Que la grande trafiquante qu'il poursuit depuis des mois a piqué mon nom juste par opportunité lors d'un marathon ?

La course continue. Il reste 18 km. Les questions bourdonnent dans ma tête. *Calme-toi, Margo. Focalise-toi sur l'essentiel.*

Maintenir une allure soutenue à ses côtés réclame un effort considérable. Je peine à trouver mon souffle, et parler en courant devient difficile. Madeleine en profite pour garder la parole :

— Renaud et Agnès ont pris trop de risques.

C'est tout ce qu'elle a à dire ? Agnès vient de mourir sous nos yeux, abattue par une machine !

Réveille-toi Margo ! Qu'est-ce que tu t'imaginais ? Une grande révélation ? Des regrets ?

Je n'ai qu'une envie, la frapper. La jeter à terre sans me retourner. Je n'arrive plus à me contenir. Une année de descente aux enfers et d'incertitudes pour ça ?

Comme un bourdon géant, la menace vient du ciel. Mais l'oiseau métallique n'est pas au-dessus de nous. Je l'entends sur ma gauche. Madeleine l'a vu aussi. Il décolle malgré la pluie et les rafales de vent, derrière une station-service Shell. Le pilote est forcément dans les parages.

— Terje ! J'ai repéré Torstein.

— Le pont est fermé pour le marathon, je fais un détour par le tunnel, j'arrive, hurle-t-il aux commandes de son scooter.

Je prends le temps de mieux cerner les lieux. Torstein est malin. Quelle meilleure cachette pour son camping-car que le parking d'un loueur de camping-cars ? Une trentaine de véhicules stationnent devant un hangar blanc flanqué de l'inscription *caravan.no* en lettres géantes bleues.

23h28. Encore 17 km à tenir. Le soleil a légèrement baissé, mais sa lumière blafarde filtrée par les nuages ne projette quasiment aucune ombre au sol. Une météo plus clémente aurait permis d'apercevoir la silhouette du drone chasseur. Jusqu'ici, les câbles téléphoniques et les arbres le tenaient à distance. La route dégagée qui s'ouvre à nous en sortie de virage n'offre elle aucun abri.

25

Où es-tu Nae ? Comment vas-tu ? Est-ce que tu penses parfois à ta sœur ? Je me demande si en te croisant dans la rue, je serais encore capable de te reconnaître au premier coup d'œil. C'est ma grande peur. Je ne veux pas t'oublier ni oublier qui j'étais.

Astou a appris à mentir pour fuir son pays. En 1993, elle m'a aidée à voler l'identité d'une patiente dans le coma pour devenir norvégienne. Astou m'a permis de quitter l'hôpital sous un nouveau nom. Je dois ma vie à cette infirmière sénégalaise.

Aujourd'hui, grâce à elle, je m'appelle Yngvild Ekdahl. J'ai 34 ans, je suis mariée et j'ai deux enfants. J'habite le petit hameau de Mjolver, dans l'ouest du royaume. L'endroit est verdoyant, à deux pas d'un énorme glacier.

Aujourd'hui, un forcené déguisé en policier a commis un attentat à la bombe au centre d'Oslo, avant d'aller massacrer des enfants innocents sur une île voisine. La paix est fragile, même ici.

Je n'ai jamais pu remercier Astou. Mais sa force et sa générosité m'ont inspirée. J'ai décidé d'aider les autres à mon tour. C'est ma façon de canaliser les angoisses que provoquent mes mensonges quotidiens.

Avec les années, j'ai trouvé la couverture idéale : les marathons internationaux. Des coureuses et coureurs du monde entier y transmettent leurs papiers d'identité pour s'inscrire.

Une erreur d'enregistrement de mon dossard lors d'une course m'a donné l'idée de postuler comme bénévole à l'organisation d'événements sportifs.

L'appel à l'aide d'un Français prêt à tout pour fuir ceux que je hais m'a convaincue de passer à l'acte. Grâce à moi, Laurent Nipoix est devenu Renaud Fossey à son arrivée en Norvège.

C'était le premier et le dernier homme que j'ai aidé. Depuis j'ai décidé de me consacrer aux femmes. Partout, elles sont plus exposées et plus menacées. Je sélectionne celles qui ont besoin d'une nouvelle identité pour changer de vie.

J'agis seule. Toutes ne me connaissent que sous le pseudonyme de Madeleine.

26

Ma montre indique déjà 3h09 de course. Il reste 15 km avant l'arrivée. Un poste médical et un stand de ravitaillement occupent le parking d'un supermarché Kiwi sur notre gauche. Il y a du monde. Le drone s'élève dans le ciel. Trop de témoins pour attaquer.

Nous voilà à nouveau entourées d'autres athlètes. Petits groupes ou solitaires, tous luttent à leur manière contre la fatigue et l'essoufflement.

Des arbres, une piste cyclable tracée parallèlement à la route, puis des immeubles modernes de deux ou trois étages, disséminés dans la verdure. La mer réapparaît au terme d'une légère descente qui soulage nos efforts. Nous longeons à présent le littoral. Plus rien ne nous protège. Madeleine ne ralentit pas, mais semble de plus en plus préoccupée.

— Je ne suis plus très loin du loueur de camping-cars. Sois prudente. Tu es toujours avec elle ?

La voix de Terje est moins assurée qu'à son habitude. Pourtant je sais que je peux compter sur lui. Je le dois.

— Pour l'instant, oui.

La condition physique de Madeleine m'impressionne. Je commence réellement à douter de mes capacités. Je ne finirai pas la course à ce rythme-là. Mais je ne peux pas ralentir, pas maintenant, j'ai besoin de réponses :

— Je veux la liste des douze Émeline.

Madeleine m'a dévisagé un court instant, avant de fixer à nouveau le bitume trempé devant elle. Je perçois à peine ses mots :

— Approche-toi.

La pluie redouble de violence. Le bruit des gouttes contre nos vêtements ne parvient pas à étouffer le bourdonnement du drone. Peu importe, j'insiste en criant :

— Où sont-elles ?

Portée par le rythme de Madeleine, je l'accompagne au cœur d'un groupe de coureuses encapuchonnées. Madeleine les imite, et je finis par me couvrir la tête également. Du ciel, difficile de nous distinguer les unes des autres.

Le drone s'est stabilisé à notre vitesse. Combien de temps peut-il tenir ?

Cette partie du parcours est à nouveau à double sens. Pour ne pas gêner les plus rapides déjà sur le retour, notre petit groupe se resserre sur le côté droit de la chaussée. Cette promiscuité soudaine occasionne plusieurs contacts physiques entre Madeleine et moi. Jusqu'à ce qu'elle glisse une pochette plastifiée dans ma main.

De quoi s'agit-il ? Est-ce un piège ? La fameuse liste ? Je m'efforce de glisser l'objet sous ma tenue en veillant à ne pas le laisser tomber.

La présence des femmes autour de nous l'incite à la discrétion la plus totale. Madeleine se contente d'un regard soutenu à mon égard. Ses yeux perçants brillent derrière ses cheveux mouillés et les parois ruisselantes de sa capuche.

Soudain, une coureuse maghrébine d'une trentaine d'années s'approche de Madeleine et s'adresse à elle en allemand. Mes cours du lycée me permettent seulement de déchiffrer quelques mots : *sauver la vie, merci infiniment, grâce à vous, nouveau nom...*

En dégageant une mèche trempée, la trentenaire révèle de profondes cicatrices sur son visage et d'autres lésions sur son poignet frêle.

La fatigue me rend sans doute plus sensible, mais la vision de cette femme et l'intonation avec laquelle elle semble remercier Madeleine me touchent.

Terje parle depuis le début d'une trafiquante d'identités. J'avais du mal à croire Agnès qui prétendait avoir usurpé mon nom gratuitement. Aujourd'hui, je viens de comprendre. Madeleine ne trafique pas. Elle sauve des vies.

La trentenaire redevable serre la main de sa bienfaitrice sans ralentir. Madeleine sursaute. Ce moment d'inattention lui est fatal. Quelque chose la pique à travers son imperméable. Madeleine repousse la trentenaire, écarte les autres coureuses et hausse le ton pour la première fois. Ce seront ses derniers mots, et ils me sont destinés :

— Tu dois terminer cette course.

Sa voix s'étrangle. Madeleine vacille. Elle titube vers le bas-côté, tout en me faisant signe de continuer. Terminer à tout prix. La peur couvre artificiellement ma fatigue, tandis que j'accélère de toutes mes forces pour dépasser les coureuses. Certaines ont remarqué le comportement de Madeleine. Je n'ose pas me retourner. Pourtant, j'en suis sûre. Elle vient de s'effondrer sur le bord de la route. Une athlète en interpelle une autre, elles vont prévenir les secours. Ils arriveront trop tard.

— J'y suis, j'ai trouvé le camping-car de Torstein ! Margo ? Tu me reçois ?

— Trop tard. Madeleine est morte. Il l'a eue.

Silence. Terje accuse le coup. Pour lui, c'est comme si tous ses efforts étaient réduits à néant. Il se ressaisit rapidement :

— Ne t'arrête surtout pas. Respire. Ralentis si tu en as besoin, mais ne t'arrête sous aucun prétexte. Tant que tu cours, tu es Murielle Pradier. Renoncer c'est prendre le risque d'attirer leur attention.

— Je ne vais pas y arriver, Terje. Je ne sens plus mes jambes. Mes poumons me brûlent. J'ai les pieds et les mains gelés. Je suis trempée jusqu'aux os...

— Margo, écoute-moi. Je suis là. On va finir cette course ensemble.

J'ai choisi de ne pas lui parler de la pochette que Madeleine m'a confiée avant de mourir. Un doute m'a traversé l'esprit. Un doute à propos de Terje et de ses objectifs réels. Depuis le début, il a une longueur d'avance sur moi. Cette pochette change enfin la donne.

À chaque foulée, je la sens plaquée contre ma peau mouillée et j'imagine toutes sortes de manières d'en inspecter le contenu. Mais le risque est trop grand si près du but. Terje a raison, je dois continuer. Agnès et Madeleine ne peuvent pas être mortes pour rien.

— Torstein a disparu. Quelqu'un a déjà fouillé son camping-car et aucune trace de son drone. Sois prudente, conclut Terje d'une voix décousue et teintée d'angoisse.

À bout de souffle, je balbutie seulement :

— Il peut être n'importe où.

Comme s'il n'y avait plus rien à ajouter, un silence pesant semblant durer une éternité s'installe dans mon oreillette.

— Margo, je sais que je ne t'ai pas tout dit depuis le début. Pourtant tu m'as fait confiance. Je ne t'abandonnerai pas et je traquerai Torstein jusqu'au bout.

— Continue.

— Quand je t'ai rencontrée, j'étais déterminé à venger Sigrid par tous les moyens. Murielle a pris soin de mon fils et tu m'as sauvée. Sans vous, j'aurais fait des conneries. De grosses conneries.

C'est un peu ridicule, mais ça marche. J'en oublie presque la douleur, le sommeil, la faim et le froid. Est-il sincère, ou me joue-t-il encore un coup tordu avec ses confessions improvisées ?

— J'ai besoin de savoir si Sigrid s'est vraiment suicidée. Tu comprends Margo ?

Terje se livre enfin. Si je ne craignais pas de me faire abattre par un drone pirate, j'apprécierais cette conversation en courant le long de la mer au pied de prairies verdoyantes, sous une pluie fine et pénétrante.

Je veux répondre à Terje, le rassurer à mon tour. Mais un claquement métallique m'en empêche. Un déchirement à l'intérieur de l'épaule droite m'arrache un cri de douleur. Madeleine a été empoisonnée, je n'ai pas droit au même traitement.

C'est la confusion dans ma tête. Quelle est la meilleure réaction à avoir ? Continuer tout droit ? Zigzaguer ? Se plaquer au sol ?

— Margo ? J'ai entendu un tir ?

Terje a raison de s'inquiéter. Je crois que cette fois c'est la dernière. La décharge qui irradie toute mon épaule ressemble à une violente électrocution doublée d'un puissant coup de marteau. Du sang brûlant coule sur ma peau gelée et imbibe mes vêtements trempés. Je pleure de toute mon âme et j'ignore comment je peux encore tenir debout.

Le bourdonnement s'approche. C'est la fin. Nouvelle déflagration. J'ai tellement peur que je perds l'équilibre et tombe lourdement au sol. Je comprends alors que le second tir ne m'a pas atteinte. La griffure dans le goudron laisse imaginer la puissance de l'impact. Il n'y a personne alentour. Je suis seule face à cette menace aérienne.

Mais ce que je distingue à travers le rideau de pluie en levant les yeux au ciel me stupéfait. Le drone qui m'a attaquée a été percuté par un autre engin volant. Les deux rapaces finissent par s'éloigner.

Je dois me relever maintenant, sinon je risque de mourir ici. Je n'ai aucune idée de la gravité de ma blessure. Je me sens anesthésiée. J'ai perdu l'usage de mon bras droit, qui pèse une tonne. Je tâtonne nerveusement le bas de mon dos à l'aide de ma main gauche. La pochette de Madeleine est toujours à sa place.

— Terje ? Terje, tu m'entends ?

Rien. Silence. Merde, je viens de comprendre. J'ai égaré mon oreillette et j'ai brisé ma montre connectée en tombant. Je suis bel et bien seule.

23h51. Cela fait près d'une heure que Ada et Cannelle sont blotties l'une contre l'autre, plaquées contre le mur froid et humide, coincées entre une vieille canalisation rouillée et une gaine électrique arrachée.

Est-ce bien Lionel qui visite à nouveau les coffres ? S'il procède à un inventaire, il va rapidement s'apercevoir que des documents manquent.

Ada cale sa respiration sur celle de Cannelle. Elles se serrent la main comme pour se retenir de tomber. Cette fois leur position interdit toute observation, elles doivent se contenter d'écouter. Les longs silences sont encore plus angoissants que le froissement du papier et le grincement des coffres.

Ses yeux s'étant habitués à l'obscurité, Ada parvient à déchiffrer les consignes de survie toujours affichées aux murs. Abreuvée des histoires de son grand-père depuis toute petite, Cannelle, elle, repense aux conditions de vie à l'intérieur de ces fortifications creusées entre les deux guerres. Combien de soldats ont patienté dans ces souterrains avant elles ?

La lumière s'éteint, les pas s'éloignent et la salle des coffres redevient silencieuse. Les minutes passent. Les filles hésitent, puis finissent par quitter leur cachette. Elles ont mal au dos et souffrent de crampes, mais pas question de s'attarder une seconde de plus ici. Ada entraîne Cannelle dans la galerie d'évacuation d'un mouvement rapide, en visant le sol avec sa lampe réglée au minimum.

Les filles progressent dans le long couloir. Elles devinent déjà la forme de la porte de sortie quand Cannelle pousse un cri aigu. Bousculée par son amie, Ada laisse tomber sa lampe qui s'éteint en cognant le béton, puis roule à ses pieds. Derrière elle, Cannelle gémit de douleur. Ada cherche sa lampe en tâtonnant le sol froid et irrégulier. Le bruit d'une gifle résonne dans la galerie. Quelqu'un s'en prend à Cannelle.

— Lâche-moi ! Tu me fais mal ! La voix cassée de Cannelle traduit la souffrance et le désespoir qui s'emparent d'elle.

Ada pousse un cri de soulagement et braque la lampe vers son amie. Le faisceau lumineux découpe la silhouette imposante de Lionel, qui plaque sa fille contre la paroi. Un temps ébloui, l'agresseur se tourne vers Ada. Une grimace de dégoût déforme son visage :

— T'es venue avec ta pétasse ?

Pour seule réponse, Cannelle se débat de plus belle, mais Lionel lui assène immédiatement une puissante gifle. Horrifiée, Ada s'en prend à lui, avant d'être jetée à terre d'un coup de pied.

Cannelle profite de cette diversion pour planter son couteau dans la cuisse de son agresseur. Lionel hurle de douleur et lâche prise en posant un genou à terre :

— Sale petite conne !

Cannelle se dresse au-dessus de son père, accroupi les mains sur la plaie, s'efforçant de contenir l'hémorragie. Lorsque Ada aperçoit la lame du couteau scintiller sous le faisceau de sa lampe, elle retient le geste de son amie, craignant le pire. En agrippant son bras, Ada entraîne Cannelle dans la galerie. Elles se mettent alors à courir sans se retourner.

J'ignore par quel miracle j'ai réussi à me relever. Mon rythme est si lent et le paysage tellement monotone sur la côte ouest de l'île que j'ai l'impression de faire du sur place. Le sang séché tout autour de ma blessure ajoute en surface une gêne désagréable à la douleur intérieure.

De nombreux coureurs m'ont rattrapée puis dépassée. Je n'ai plus la force de chasser la pluie qui ruisselle dans mes yeux. Je distingue seulement des silhouettes colorées au milieu du ruban noir de la route.

Depuis quelques minutes, je sens une présence sur ma droite. Mon épaule blessée m'empêche de me tourner pour identifier ma voisine de course. Celle-ci finit par entrer dans mon champ de vision.

Je reconnais d'abord Saskia à la démarche particulière que lui confère sa prothèse. Son courage et sa persévérance me fascinent. À la vue de ma blessure et de l'auréole de sang sur ma tenue, Saskia blêmit :

— Si je cours près de toi, il n'osera plus attaquer.

À cet instant précis, le drone réapparaît un peu plus loin au-dessus du parcours. Il nous survole une première fois avant de reprendre de l'altitude. Saskia serait-elle devenue ma meilleure assurance-vie ?

Un gros rond-point permet de nous engager dans la double voie qui contourne l'unique piste de l'aéroport par le sud. Le terre-plein central nous sépare des coureurs déjà sur le retour.

Après un court passage souterrain, nous ne percevons plus aucun signe du drone. La proximité de l'aéroport nous protège.

Une clôture grillagée, des hangars longs de plusieurs centaines de mètres, et voici enfin le point de retour. Un panneau aux couleurs du marathon indique 10 km restants. Je n'ai aucune idée de l'heure. Saskia ne porte pas de montre ni le moindre équipement numérique. J'estime seulement que nous avons dû passer minuit.

Tout près de nous, un avion décolle dans un vacarme assourdissant. Impossible de ne pas m'imaginer à bord. Mais comment me projeter aussi loin quand les prochaines minutes sont si incertaines ?

Saskia me permet de garder le rythme, d'oublier la douleur et la peur. Pourtant ma partenaire de course souffre autant que moi. Son visage, sa respiration et ses foulées témoignent d'un effort surhumain pour accomplir les derniers kilomètres.

Tandis que nous empruntons à nouveau la double voie et le rond-point, je m'inquiète pour Terje. A-t-il confronté Torstein ? À moins qu'il n'ait retrouvé Nae ?

La pluie cesse. La caresse d'une brise marine vivifiante a remplacé les piqûres des gouttes glacées. Dans ce calme relatif, je n'ai aucun mal à percevoir le retour de l'oiseau métallique. Seulement, j'ai un doute. N'est-ce pas le drone qui a percuté celui qui m'a tiré dessus ?

Avant que je n'aie le temps de faire part de mes doutes à Saskia, un spectacle aérien monopolise notre attention. Deux autres drones, plus petits, apparaissent dans le ciel. Ils sont aussitôt neutralisés par mon appareil "protecteur". Le premier chute dans les arbres, tandis que le second s'échoue en mer. Le danger écarté, le drone "protecteur" se repositionne à notre verticale.

Saskia a l'air émue. Elle hésite, puis murmure :

— Je savais qu'il pouvait changer...

— Tu penses que c'est Torstein qui nous défend ?

— J'en suis certaine. Il n'a pas cédé à leurs menaces alors ils ont engagé d'autres pilotes.

Saskia ne les mentionne pas, mais j'ai bien compris qu'elle parle des Russes. Comme Nae, Torstein s'est finalement mué en précieux allié.

Notre ange gardien nous abandonne aux portes du centre-ville, trop dense et trop dangereux pour le vol rapproché. La fatigue est telle que Saskia et moi ne remarquons pas immédiatement son absence au-dessus de nos têtes.

Nous voilà dans les rues commerçantes. Il est très tard, et l'essentiel des coureurs a déjà terminé. Pourtant, un public clairsemé mais motivé applaudit à notre passage.

Les regards inquiets dans notre direction sont-ils dus uniquement à notre état de fatigue ? Certains passants nous interpellent avec un ton bienveillant. La jambe de Saskia et mon épaule noircie de sang nous donnent une allure de survivantes échappées d'une zone de combat. Je sens comme des absences et des fourmillements. Franchirons-nous la ligne d'arrivée ?

699

27

Cette période est toujours aussi difficile pour moi. Ceux que je hais ne fêtent pas Noël. Mais avant de se radicaliser avec la communauté en 1992, ma mère redoublait d'efforts pour nous gâter au réveillon. Enfant, je pouvais rester immobile devant le four pour voir gonfler et dorer le Cozonac. Jamais plus je n'ai pu manger cette brioche traditionnelle roumaine, cousine rectangulaire du panettone italien.

Mon mari aime Noël. Leif Olav est un vrai Norvégien. Il a transmis à nos enfants son attachement aux coutumes. Effi a 12 ans et Magnus bientôt 14 : leur engouement pour les fêtes de fin d'année est intact.

Alors quand Renaud m'a implorée de lui fournir une nouvelle identité pour son amie Agnès échappée de Russie, j'ai hésité. Le délai était court, et la période délicate, pour ne pas dire compliquée.

Toutefois, un homme prêt à conduire plus de 8 heures sous la neige pour aider une femme méritait mon soutien. Alors, j'ai cédé. C'est la première et dernière fois que j'ai transmis des documents en mains propres hors marathon. Renaud m'a remercié, avant de refaire 7 heures de route jusqu'à Oslo, d'où un avion l'amènera à Kirkenes demain matin. Là, il pourra accueillir Agnès à la frontière russe et lui donner les précieux papiers.

Qu'est-ce que mon frère penserait de moi s'il savait ? Mentir et falsifier sont incompatibles avec la foi qu'on nous a inculquée.

Le jugement divin ne regarde que moi. Par contre, les menaces pesant sur ma famille m'inquiètent.

Ceux que je hais ne m'ont jamais oubliée. En aidant des femmes à leur échapper, je suis devenue leur ennemie. Ce n'est qu'une question de temps avant que quelqu'un ne fasse le lien entre Madeleine et Yngvild Ekdahl. Alors mon mari et mes enfants seront exposés.

Les Russes aussi me traquent. Ils disposent de moyens plus redoutables encore que ceux que je hais. Agnès n'est pas la première à fuir la Russie grâce à moi. Elle ne sera pas la dernière. La question n'est pas de savoir si je dois m'arrêter, mais de reconnaître que j'ai besoin d'aide.

28

Temps de course : 4h57. Dans le brouillard épais qui voile mon esprit, ces chiffres s'impriment dans ma mémoire. Le chrono clignote à quelques mètres de la ligne d'arrivée, où les bénévoles qui nous enveloppent dans des couvertures de survie argentées répètent notre performance à haute voix.

Un infirmier accourt immédiatement auprès de Saskia, mais celle-ci refuse poliment son aide. Elle gagne le trottoir pour se laisser tomber au sol, dans un cri de soulagement. Elle a réussi.

Je m'assois à côté d'elle, transie de froid. J'entends ma propre voix ressasser en tremblant :

— As-tu vu Philomène ? Elle doit terminer la course avec mon nom.

Le soleil ne s'est pas couché. Il est 1h30 du matin. On me tend un gobelet de thé chaud. On me propose des barres de céréales et des bananes, mais je les ignore. De toute manière, je ne saurais pas quoi en faire. Tout ce qui m'importe, c'est Philomène. A-t-elle tenu parole et terminé la course à la place d'Agnès en portant son dossard ? A-t-elle sauvé mon identité en empêchant la police de déclarer morte *Émeline Dalbera* ?

— Margo ! Je te cherche depuis une heure.

Terje a les yeux injectés de sang, le visage écarlate. Il trépigne devant moi, m'invite à me relever, sans succès. Je lui souris machinalement, sans cesser de répéter :

— As-tu vu Philomène ?

— Non, mais j'ai retrouvé Torstein, il a été abattu par un drone près de son camping-car.

Terje ne se donne pas la peine de chuchoter, il oublie toute notion de discrétion. Heureusement, peu de gens comprennent le français autour de nous.

À côté de moi, Saskia a fini par laisser l'infirmier retirer sa prothèse. La jonction avec son membre amputé a pris une couleur violacée. Saskia attrape ma main et la serre de toutes ses forces.

Je lui traduis alors la triste nouvelle en anglais. Tandis que l'infirmier nettoie sa plaie, Saskia pleure en silence, envahie par la douleur et la mort de Torstein.

Terje prend enfin conscience de mon état en me regardant plus attentivement. Il s'adresse alors à l'infirmier, échange quelques mots en norvégien, puis soulève doucement ma couverture de survie au niveau de mon épaule. La chair à vif sous le tissu déchiré saigne encore abondamment. L'infirmier m'examine de plus près et accable Terje de questions à propos de ma plaie inhabituelle pour un marathon. Leurs voix s'éloignent et se confondent tandis que je vacille. Avant de sombrer, je répète à Terje :

— Trouve Philomène.

1h44. Une question tourne en boucle dans la tête d'Ada : ont-elles réellement semé Lionel ? Cela fait bientôt deux heures qu'elles ont réussi à s'échapper du bunker pour se cacher dans la forêt. En gardant un bon rythme, elles auraient dû atteindre le village de Belvédère ou se rapprocher de Roquebillière pour y trouver de l'aide. Mais après dix minutes de course entre les arbres et les fourrés cuits par la canicule, Ada s'est effondrée. À la lueur de son téléphone, Cannelle a remarqué la blessure profonde qui entaille son flanc gauche. En voulant libérer son amie, Ada a failli s'empaler sur une vieille tuyauterie rouillée.

Les voilà immobilisées à proximité de fortifications que Lionel connaît comme sa poche. Il peut surgir à tout moment par un accès caché dans la forêt.

Ada a encore du mal à réaliser la gravité de la situation. L'image de Cannelle, son couteau à la main, tourne en boucle dans sa tête. Assise dans l'herbe sèche au pied d'un pin plié par le temps, Ada observe Cannelle d'un nouvel œil. Elle se demande ce qu'en penserait Margo. Et surtout, a-t-elle révélé sa vraie nature face au danger, elle aussi, là-bas, en Norvège ?

La fatigue et le sommeil engourdissent les membres de l'adolescente un à un. Cannelle s'assoupit contre elle. La nuit est calme. Le vent secoue doucement la cime des arbres et apporte une fraîcheur bienvenue. Des oiseaux nocturnes se répondent par intermittence. Ada hésite à se laisser aller avant de songer qu'elles pourront attraper le premier bus à l'aube. Elle ferme les yeux.

Quelques secondes ou une heure ? Combien de temps a-t-elle dormi ? Lorsqu'elle ouvre les paupières, Ada devine une silhouette massive qui la surplombe, terminée par le long canon d'un fusil.

— Tu vas me rendre ce que tu m'as volé, sale fouineuse, réclame Lionel, d'une voix menaçante.

Ada a déjà vu des armes à feu, mais c'est la première fois qu'elle se retrouve en ligne de mire. Elle cherche Cannelle dans l'obscurité, mais ne la trouve pas. La douleur de sa blessure lui ronge le ventre. Au lieu de l'affaiblir, elle stimule Ada, qui se redresse face à son agresseur :

— Je les ai balancés dans un ravin.

Lionel laisse échapper un rire nerveux :

— Conneries.

Ada peut sentir l'odeur de transpiration de son assaillant. Lionel n'osera sans doute pas lui tirer dessus, mais s'il peut frapper sa fille, il n'hésitera pas à lui infliger de lourdes blessures. Où est passée Cannelle ? Ada craint le pire.

Lionel s'impatiente et respire bruyamment, comme un sanglier. Soudain, un homme l'attaque par-derrière, le désarme et le plaque au sol de tout son poids. La chute est telle que Lionel en a le souffle coupé. Il n'a rien vu venir, à croire qu'il partage aussi la vue basse du porc sauvage.

Cannelle bondit de l'obscurité et serre Ada contre son cœur. Le faisceau d'une lampe éclaire la scène. Ada découvre stupéfaite Robin en train de braquer Lionel avec son fusil. Au soulagement d'être sauvée, succède la peur de voir son père commettre l'irréparable. Robin garde son sang-froid. Dans une gestuelle maîtrisée, il démonte l'arme et en éparpille les éléments autour de Lionel.

C'est Flore qui a guidé Robin jusqu'ici. Elle confie sa lampe à Cannelle, pour aider Ada à se relever. Robin s'assure de l'état de santé de sa fille, avant de se tourner vers Lionel. D'une voix autoritaire, il conclut :

— Les filles ne sont jamais venues ici. Les documents disparus n'ont jamais existé.

Pendant que Terje invente une histoire à dormir debout à propos de l'origine de ma blessure, l'infirmier appelle des renforts pour désinfecter mon épaule. Par chance, le projectile m'a transpercée de part en part. Même si aucun corps étranger ne semble être resté dans la plaie, je n'échapperai pas à un passage à l'hôpital.

À l'abri de la tente des secours, je surveille la ligne d'arrivée. Assise à mes côtés, Saskia a dévoré tout ce que les bénévoles lui ont offert. Son visage a retrouvé des couleurs rassurantes. Répondre à ses questions m'a permis de ne pas sombrer dans les abîmes de l'angoisse et de la douleur.

En lui résumant la situation, je réalise à quel point tout cela est invraisemblable. Et pourtant. Après la mort d'Agnès en pleine course, Terje a fait son possible pour qu'elle soit identifiée sous son vrai nom par la police. Mais pour sauver l'identité d'Émeline, me voilà suspendu à la loyauté de Philomène.

La ligne d'arrivée ferme à 2h00 du matin. Dans douze minutes.

Saskia rallume son portable. Elle consulte sa messagerie vocale, avant de tendre son mobile à Terje, les yeux rougis :

— Écoutez jusqu'au bout, s'il vous plaît, dit-elle en anglais.

Intrigué, Terje colle son oreille contre le téléphone. Immobile pendant de longues minutes, il réécoute le message dans son intégralité. Le visage de Terje traduit alors une série d'expressions que je ne lui connais pas.

Dans le même temps, avec l'énergie qu'il me reste, mon corps se dresse sur ses jambes endolories. L'infirmier me répète quelque chose en norvégien. Je l'écarte de mon bras valide et je me précipite vers la ligne d'arrivée que franchit enfin une grande silhouette féminine. Philomène s'enveloppe à son tour dans une couverture de survie. Sur elle, on dirait une taille enfant. Elle a tenu parole. Elle a terminé la course avec le dossard d'Agnès. Celui au nom d'*Émeline Dalbera*.

Philomène marche dans ma direction. D'un geste sec, elle arrache son dossard et me le tend, signifiant avoir rempli sa part du marché. Elle attend sûrement que je la rassure. Elle veut m'entendre lui répéter qu'elle pourra rester Émeline. Cette fois, les infirmiers sont moins arrangeants. En quelques secondes, on m'installe à bord d'une ambulance.

Philomène me fixe, immobile au milieu des retardataires, tandis que la ligne d'arrivée ferme officiellement. Il est 2h00.

À l'arrière de l'ambulance, j'interroge enfin Terje :

— Il disait quoi, le message vocal ?

Encore troublé, Terje balbutie :

— Sigrid a bien été assassinée. Torstein a aidé les Russes à la tuer. Elle ne s'est pas suicidée, Margo.

Sa voix tremble et sa main chaude serre la mienne. La plaie qui ronge Terje depuis que je l'ai rencontré va pouvoir cicatriser.

Et la mienne ? Est-ce que la pochette mystérieuse va me permettre de combler tout ce que j'ai perdu ? À défaut de me rendre mon passé, Madeleine m'a-t-elle donné de quoi assurer mon avenir ?

29

L'an dernier, la Russie a déclaré la guerre à ceux que je hais. Est-ce que tu as été touché, Nae ? Étais-tu en Russie ? Y es-tu encore ? En écrivant ton prénom, je mesure un peu plus le temps qui nous sépare. Mon frère.

Aujourd'hui, j'ai peur. Ceux que je hais se sont radicalisés. Ils traquent les déserteurs qui ont profité de quitter la Russie pour abandonner leur communauté. Je suis devenue leur cible. J'ai peur pour toutes celles que j'ai sauvées. Et je crains pour ma famille.

Pourtant, j'ai sans doute rencontré celle qui pourrait tout changer. Elle se bat aussi contre les Russes. Et elle est victime d'usurpation d'identité : les Russes veulent la discréditer. Sigrid Fossum pourrait m'aider à les démasquer sur le sol norvégien.

Son mari, Terje Ellingsen, est un juriste spécialisé dans l'usurpation d'identité au sein des multinationales. Elle hésite à tout lui révéler. Ils viennent d'avoir un bébé et elle a peur de les exposer eux aussi.

J'ai sauvé de nombreuses vies. Je ne pourrais supporter aucune victime.

Que ferais-tu à ma place Nae ? Lorsque tu liras ce journal, j'espère que tu me comprendras.

30

Au moment d'atterrir, je repense à notre dernière visite dans cet aéroport moderne et spacieux, deux semaines plus tôt. Rien n'était gagné. Est-ce qu'on peut aujourd'hui parler de victoire ?

Pendant que notre avion s'aligne vers une porte de débarquement, les visages défilent dans ma tête. Madeleine et Agnès ne sont plus. Torstein a perdu à son propre jeu. Saskia est saine et sauve. Et Nae a disparu.

En apercevant d'autres avions circuler sur le tarmac, je me demande si l'étrange Philomène est à bord de l'un d'entre eux. Depuis Tromsø vers la France, la correspondance par Oslo est obligatoire.

Quant à moi, c'est ici que je rends son nom à Murielle, pour redevenir Margo.

Terje me précède dans les couloirs. En quelques minutes seulement, nous voilà plantés au milieu de ce terminal immense où se croisent voyageuses et voyageurs de tout le pays et du monde entier.

Pas de bagage pour nous. Entre ce que nous avons abandonné, perdu ou abîmé, il ne reste pas grand-chose à rapporter avec moi. Ma tenue n'est qu'une combinaison multicolore de vêtements sportifs marqués par les entraînements.

Retour à la réalité pour Terje. Sa boîte email déborde et son téléphone sonne sans arrêt. Confronté aux conséquences de notre aventure et de sa conclusion, il gère le tout avec une désinvolture à laquelle je ne m'habituerai jamais. Il s'éloigne à nouveau pour prendre un appel au calme.

Je lui dois tout. Il a servi de bouclier dans toute cette histoire. Je lui laisse l'administratif et le juridique. Je me retrouve seule face à l'humain. Est-ce que mes trois semaines de cavale en valaient la peine ? J'ai retrouvé la personne qui a distribué mon identité à d'autres femmes. J'ai couru aux côtés de celle qui a déclenché cette bataille sans fin.

Bien sûr, j'ai débloqué la situation de ma sœur. L'usurpation d'Agnès a été reconnue. Si ses nombreuses conséquences sont loin d'être effacées, l'interdiction bancaire est retirée. L'héritage de tata Yvette ne sera pas dilapidé dans le remboursement des dettes contractées par Agnès. Flore va pouvoir reprendre l'exploitation sereinement.

Mais lorsque nous aurons quitté le bureau du notaire, aurais-je encore envie d'être Émeline ? Je ne suis même plus sûre d'être la Margo qui a abandonné Ada et Robin quand ils avaient besoin de moi.

19h07. L'heure est affichée partout dans l'aéroport. Pourtant mon horloge biologique n'a pas encore choisi son fuseau horaire. L'appel de Terje s'éternise et m'incite à dévorer mon dernier roulé à la cannelle. Il fera office de petit déjeuner. Ou bien de dîner ?

— Merci, Margo.

Cette voix calme et chaleureuse s'adresse à moi en français sans accent. Murielle a l'air d'une touriste égarée et insouciante. Son visage a pris des couleurs inédites. J'ai l'impression qu'elle n'a pas souri comme ça depuis longtemps. Quelque chose s'est libéré en elle. Je me sens bête avec la bouche pleine de gâteau. Murielle reprend :

— Sans toi, Terje ne serait pas revenu. Tu lui as permis d'avoir la réponse qu'il lui manquait.

J'essaie de sourire en retour, tout en avalant une grosse bouchée. Murielle ne dit rien mais son sourire se fait narquois.

Dans une série américaine, les personnages se prendraient dans les bras. Entre Françaises, est-ce qu'on doit se faire la bise ?

Une voix féminine numérisée appelle les passagers de mon vol en norvégien, puis en anglais. Terje a disparu. Murielle m'aide à le chercher du regard, en vain :

— Ne rate pas ton vol. Terje n'est pas doué pour les adieux.

— Pour le reste non plus.

Murielle ne rigole pas, mais ses yeux brillent. Je suis de trop. Terje et elle ont besoin de se retrouver seuls. Je confie une enveloppe à Murielle, avant de la saluer une dernière fois.

C'est terminé. Un pincement au cœur précède un profond soulagement au moment de franchir la porte de l'avion. En patientant derrière les autres passagers, je souris à l'hôtesse qui me souhaite la bienvenue en norvégien et en français, avant de remonter le couloir central.

Ça y est, je suis sur le chemin du retour. Assise dans mon siège, je me sens soudain submergée par ce qui m'attend à Saint-Martin-Vésubie.

J'ai dépensé beaucoup d'argent pendant ce voyage. Je me suis absentée bien plus longtemps que prévu. Est-ce que la vie que j'avais commencé à me construire dans la vallée m'attend encore ?

J'essaie de canaliser mes angoisses en écrivant sur WhatsApp. Ada ne me répond pas. Je tente de contacter son père :

Moi — 20h15 : J'ai embarqué.
Robin — 20h16 : Je serai à l'aéroport. La nuit dernière a été longue.

Je patiente quelques minutes. Robin s'est déconnecté. De toute manière, je suis tellement épuisée, que je peine à tenir mon téléphone devant moi.

De nouveaux messages apparaissent. Ils se succèdent à un rythme impressionnant. L'expéditeur écrit plus vite que son ombre :

Terje — 20h24 : Murielle m'a donné l'enveloppe. Je viens de lire les documents de Madeleine.
Terje — 20h24 : Tu ne te rends pas compte de leur importance.
Terje — 20h24 : Grâce à toi, mon enquête change de dimension.
Terje — 20h24 : Fais attention à toi.
Terje — 20h25 : Tusen Takk[54].

C'est tout. Terje s'en va comme il est arrivé : sans formalité. J'active le mode avion pour le décollage, puis je range mon mobile. En inclinant un peu plus mon siège, je sens dans mon dos la présence de la pochette plastifiée. Elle abrite toujours mes papiers d'identité de secours. Mais son volume a triplé depuis le marathon. Je n'ai encore montré à personne l'intégralité des documents que Madeleine m'a confiés avant de mourir. Je n'ose pas les consulter ici.

Je sais seulement que j'ai enfin la liste de toutes les Émeline. Ce n'est que la partie visible de l'iceberg.

---

[54] Merci beaucoup (littéralement : mille mercis.)

Le cocktail soleil de minuit, marathon, antibiotiques et antidouleurs m'a plongée dans un sommeil profond. Je n'ai ouvert les yeux qu'une fois l'avion immobilisé sur la piste au ras de la Méditerranée.

Ici, le soleil se couche. Il fait nuit. L'obscurité altérée par le scintillement de la côte me rassure.

L'aéroport est quasi désert. Mon reflet dans les grandes baies vitrées résume à lui seul mon séjour norvégien. Mes cheveux sont plus courts et plus foncés, j'ai perdu quelques kilos, et mes jambes n'ont jamais été aussi musclées.

Mais en y regardant de plus près, je ressemble à un zombie. J'ai passé trois semaines soutenue par l'énergie de Terje. Me voilà livrée à moi-même. Sans bagage, je traverse tout le terminal d'une traite jusqu'à la zone des arrivées où patientent quelques familles et plusieurs chauffeurs de VTC.

Robin est là, droit comme un piquet. Certains y voient un héritage de ses années dans l'armée. Moi je sais que c'est de la timidité. Il est au moins aussi gêné que moi ce soir.

Sa peau est pâle pour un Niçois, mais bronzée par rapport à celle d'un Norvégien. Je savoure chaque seconde de cet instant. Il ne m'a pas encore aperçue. Tout me revient d'un coup. Son sourire. Son regard. Son parfum. Je rassemble le peu de forces qu'il me reste pour le prendre dans mes bras. Je sais que j'ai changé, et ce n'est pas qu'une histoire de coupe ou de couleur de cheveux. Je le sens un peu dépassé, mais il finit par m'enlacer à son tour.

Je ne sais pas combien de temps nous passons immobiles, serrés l'un contre l'autre. Seuls au monde. Littéralement : le terminal est vide. Sans un mot, sans réfléchir, je lui saisis le visage à deux mains pour l'embrasser comme je n'ai jamais embrassé personne avant lui. Un frisson intense m'électrise au point de me faire perdre l'équilibre.

Trois semaines de stress et de fatigue défilent subitement dans chacun de mes membres. Mon épaule blessée me lance. Je vacille.

Robin m'entraîne vers sa voiture, garée dans le parking adjacent. L'accès extérieur me permet de respirer une grande bouffée d'air marin.

Je me souviens seulement avoir commencé à raconter mon voyage. Je lance Spotify et choisis une de mes chansons préférées. Parce que je me sens à nouveau chez moi.

Artiste : **Carly Simon**   Titre : **You're So Vain**

Comme à chaque écoute, Robin et moi nous amusons à reconnaître par moments la voix de Mick Jagger parmi les chœurs. Puis, bercée par la route, je m'endors jusqu'au chalet.

En me portant dans sa chambre, Robin s'applique à ne pas réveiller les filles à l'étage. Ce moment nous appartient. On a dû échanger moins de dix mots. Nos regards suffisent. Je suis assise sur son lit. J'ai mal partout. Mon bras gauche est hors service. Robin redouble de douceur pour m'aider à retirer mon t-shirt. Sa manière délicate de me déshabiller me touche, bien que chaque geste réveille une douleur différente.

Je guide Robin pour qu'il détache la pochette logée dans le bas de mon dos. Je frissonne à l'idée qu'il découvre les documents de Madeleine. Robin n'y prête pas attention. Son regard s'attarde sur les blessures et les cicatrices qui couvrent toutes les parties de mon corps épuisé.

J'ai besoin de dormir. Mais je n'ai jamais autant désiré quelqu'un. Robin.

Je suis rentrée en France depuis une semaine et deux jours. Ada a quatorze ans aujourd'hui. Robin a encore du mal à le réaliser. Elle a passé les dernières épreuves du brevet cet après-midi, en terminant par les matières scientifiques.

17h48. Ada et Cannelle ne vont pas tarder à revenir du collège. Le jardin de Robin est méconnaissable. Tout est prêt pour une fête d'anniversaire mémorable.

Il y a bien sûr le fourgon décoré du logo de la bière du Comté. Habillé aux couleurs de sa brasserie installée de l'autre côté du vallon, Édouard assure le service, impeccable comme toujours. Pour s'adapter à l'âge de nos jeunes convives, il a prévu un gros volume de sa dernière création : une limonade citronnée artisanale, toujours à l'eau du torrent et bien sûr sans alcool. J'accepte la bouteille qu'il décapsule devant moi, en le remerciant d'un grand sourire.

Un peu plus loin, Valérie s'affaire dans le coffre de sa voiture. Je l'aide comme je peux de mon bras valide, à prendre les nombreuses tartes et tourtes préparées par sa mère et ses voisines de la Bollène-Vésubie. Lorsqu'il nous voit approcher les bras surchargés, Robin nous ouvre la porte du chalet. Il tente de garder le contrôle, comme toujours. Je le sens fier et stressé à la fois. Sa fille grandit et lui échappe. Le choix de son lycée va l'éloigner un peu plus. Des copines du village et des environs sont déjà là, surexcitées par le début des grandes vacances.

— Tu m'as convaincue de rester, me confie Valérie en posant les tartes sur la table de la cuisine.

Comment ai-je pu oublier ? Elle a pourtant essayé de m'avertir le jour de mon anniversaire. Valérie hésitait à tout quitter pour s'installer à l'étranger. Mon escapade norvégienne et ses conséquences ont relégué son départ au second plan.

— La vallée est un petit paradis quand on est encore à l'école primaire. Avec l'entrée au collège, elle devient une prison isolée. Mais vous savez ouvrir les portes de cette prison.

— C'est joliment dit, sourit Valérie.

— Ce n'est pas de moi. Ce sont les mots d'Ada, quand je l'ai prévenue que vous alliez sans doute quitter la région.

— Notre place est ici, dit-elle en partageant de fines parts de pissaladière encore tiède.

Le goût de l'oignon légèrement salé et caramélisé ravit mes papilles et m'évite de répondre.

Sauvée par le gong ! Un message de Cannelle me prévient de l'arrivée imminente de la reine de la journée. Robin s'agite de plus belle. Tout le monde joue le jeu, et Ada bondit de joie en pénétrant le jardin décoré jusqu'à la cime des sapins. Les copines trépignent et veulent déjà offrir leurs cadeaux. Robin serre sa fille dans ses bras comme si elle allait embarquer le lendemain pour Mars.

Puis c'est au tour de Cannelle de lui souhaiter un bon anniversaire. Elle dépose un baiser timide sur les lèvres d'Ada. C'est la première fois qu'elles s'embrassent en public. Ada ne se contente pas de la version timide. Elle lui rend son baiser avec beaucoup de tendresse, avant de prendre Cannelle par la main et d'annoncer ce que je savais déjà : elles sont en couple. Robin a besoin d'une bière fraîche servie par Édouard et de ma présence pour encaisser le choc de cette officialisation. Il serre ma main, et sourit.

Pour la première fois depuis des années, ma sœur me manque. Flore est ressortie de ma vie comme elle y était revenue. Sans prévenir. À l'heure qu'il est, elle a dû retrouver les terres et les animaux que lui a confiés tata Yvette.

Une semaine a suffi pour tout régulariser avec la banque et la notaire. J'ai repris l'identité d'Émeline comme on enfile une vieille veste qu'on range ensuite jusqu'à la saison suivante. Mais cette fois, c'est moi qui ai choisi. J'ai choisi d'être Margo.

Et j'ai permis à Philomène d'être Émeline.

Mais pour combien de temps ? Je ne suis pas encore capable de juger si l'héritage de Madeleine est une chance ou une responsabilité trop lourde pour mes épaules.

Ses documents m'empêchent de dormir depuis mon retour. Je ne dispose pas seulement de la liste des onze Émeline restantes. Madeleine m'a confié les coordonnées de toutes les usurpatrices et tous les usurpateurs de son réseau. Si j'en crois les confessions de son carnet, ces personnes sont des victimes en sursis. Madeleine n'attend pas de moi que je les traque ou les dénonce. Elle m'a passé le relais comme un ange gardien.

Soudain, Ada m'attrape la main et m'entraîne à l'écart, derrière le fourgon de bières. Pétillante et pleine d'énergie, elle me fixe avec ses grands yeux bleus pour m'interroger le plus sérieusement du monde :

— Tu restes avec nous pour de bon ?

J'aimerais lui dire oui. Mais c'est faux. J'attends encore une réponse, et j'ignore dans combien de temps je l'obtiendrai.

ÉPILOGUE

Je m'étais juré que je ne mentirais plus à Robin. Ce matin, je dois revoir le médecin qui traite mes blessures norvégiennes. Mais j'ai quitté Saint-Martin-Vésubie avec deux heures d'avance.

Au fil des virages et des tunnels de la vallée, j'ai essayé de me préparer. De choisir mes mots. De trouver le ton. Négocier. Car c'est de cela qu'il s'agit. Je vais négocier dans le plus grand secret.

De larges panneaux indiquent l'aéroport Nice Côte d'Azur. Une fois garée, je l'ai rejoint à l'endroit convenu, au premier étage du terminal 2. Malgré ses cheveux coupés très courts, il m'apparaît inchangé. Démarche robotique, carrure impressionnante, Nae me salue brièvement. Il n'y a ni joie ni haine dans son regard. Pas question de le faire patienter une minute de plus. Je lui tends un carnet, qu'il ouvre immédiatement à la première page.

Son visage se métamorphose. Comme si l'enfant qui se cachait dans ce corps de géant se réveillait brutalement. Il tourne délicatement les pages, savourant chaque mot écrit par sa sœur.

Nae se laisse tomber sur une banquette. Des larmes menacent de couler dans ses yeux rivés au carnet que m'a transmis Madeleine, ou plutôt Luana, de son vrai prénom.

— Merci, articule-t-il d'une voix émue.

Voilà, j'ai répété à haute voix mon texte pendant tout le trajet. Je suis pourtant incapable de formuler correctement ma phrase. Tu parles d'une négociatrice !

Nae consulte rapidement la fin du carnet et le referme avant de se relever. Du haut de son mètre quatre-vingt, il me fixe de ses yeux humides. Son visage reprend l'air impassible du début, quand il me tend un petit bout de papier. Une adresse y est notée au crayon gris. Une adresse autrichienne. Lorsque je relève les yeux, Nae est déjà reparti.

Centre-ville de Nice. Le docteur dresse un bilan interminable de mes nombreuses blessures corporelles. J'acquiesce machinalement, mais je ne l'écoute pas. Mon cerveau est resté bloqué sur l'adresse autrichienne que m'a confiée Nae. Il ne m'a pas laissé lui poser la moindre question. À quoi correspond-elle exactement ? Est-ce que je dois essayer de contacter quelqu'un sur place avant d'y aller ?

— Vous m'écoutez, madame ?

Le docteur perd patience. Je n'ai aucune idée de ce qu'il vient de me dire. Je me redresse sur ma chaise :

— Désolée, j'ai peu dormi, je suis épuisée…

— Pas étonnant dans votre état, dit-il en consultant l'écran de son ordinateur.

— Je vous promets de suivre à la lettre vos recommandations.

— Il vaudrait mieux pour vous et pour l'enfant, ajoute-t-il.

Un trou noir prend la place de mon cœur et aspire l'intérieur de ma poitrine. Face à mon mutisme, le docteur confirme :

— Vous êtes enceinte et il va falloir faire attention à vous deux.

Je n'arrive pas à assimiler l'information. Comme si j'avais enregistré l'idée que mon corps refusait d'abriter la vie depuis mon premier échec. Pourtant, ce souvenir insupportable ne ravive pas la boule dans mon ventre. Au contraire, mon corps semble accepter la bonne nouvelle.

Je quitte le cabinet médical avec une tonne de paperasse, d'ordonnances et de recommandations. Et une forme d'angoisse inédite.

Une fois au volant, j'essaie de digérer les deux informations de la matinée. La route du retour me paraît à la fois courte et interminable. Cette parenthèse solitaire d'une soixantaine de kilomètres m'offre un dernier répit avant de retrouver Robin et Ada. Avant de leur mentir.

L'adresse notée au crayon par Nae est celle de Bénédicte, l'épouse de Robin, et la mère d'Ada. Je n'arrive pas à le formuler à haute voix. Mes mains tremblent, j'ai dû m'arrêter sur le bord de la route pour réfléchir. Quelques mètres plus bas, la Vésubie bouillonne malgré son faible niveau. J'ai envie de plonger la tête dans ses eaux cristallines.

Je suis enceinte d'un homme abandonné par sa femme du jour au lendemain deux ans plus tôt. Et je suis la seule à savoir où elle vit.

Fin du cycle norvégien de Margo.

La sélection musicale
de Margo & Ada pour le tome 3

Lilly Wood and The Prick - Into Trouble

*CUT_* - Out of Touch

Laura Misch - Walk Alone to Hear Thoughts of Your Own

Moby - The Whispering Wind

Aaron - We Cut The Night

Hooverphonic - Mad about you (live at Koningin Elisabethzaal)

Freya Ridings - Lost Without You

Tina Turner - One of A Living

Carly Simon - You're So Vain

*Retrouvez la Playlist **MARGO · 3** sur Spotify*

À paraître :

MARGO

4 · CONFLUENCES

PERSONNAGES

Émeline Dalbera / Margo Jossec

35 ans, chargée d'assistance chez Europ Assistance, découvre l'usurpation de son identité en mars 2018. Elle a volé l'identité d'une autre pour survivre. Émeline est devenue *Margo*.

Terje Ellingsen

28 ans, juriste norvégien spécialiste de l'usurpation d'identité. Celle d'Émeline serait au cœur d'un trafic international de données personnelles.

Agnès Grangé / Émeline Dalbera

32 ans, professeure de sciences naturelles au lycée français de Moscou. Condamnée pour des propos jugés déviants, elle fuit la Russie et change d'identité pour devenir *Émeline*. Elle ignore alors que cette identité a été vendue par une trafiquante.

Adélaïde "Ada" Dirringer

Bientôt 14 ans, collégienne à qui Margo donne des cours de soutien scolaire dans l'arrière-pays niçois. Abandonnée du jour au lendemain par sa mère, Adélaïde se réconforte auprès de Margo, dont elle connaît le secret.

Robin Dirringer

35 ans, père d'Adélaïde, informaticien installé dans l'arrière-pays niçois. D'abord complice de sa fille, Margo s'est rapprochée de lui. Mais le départ inexpliqué de sa femme deux ans plus tôt a laissé à Robin une blessure à vif.

Flore Dalbera

29 ans, sœur d'Émeline/Margo. Pendant longtemps, elle était la seule au courant de son secret. L'avenir de Flore dépend de la quête norvégienne d'Émeline.

Cannelle Gastaldi

14 ans, collégienne et meilleure amie d'Adélaïde. Elle adore Margo.

Lionel Gastaldi

41 ans, père de Cannelle, homme influent et personnalité incontournable de l'arrière-pays niçois. Il se méfie de Margo depuis le premier jour.

Valérie Dol

54 ans, ancienne professeure de français d'Émeline/Margo, elle enseigne aujourd'hui à Adélaïde et Cannelle au collège de la vallée. Comme Flore et Adélaïde, elle partage le secret de Margo.

Édouard Borelli

42 ans, cofondateur de la Brasserie du Comté et ami de Robin.

Basile Valmir

35 ans, employé chez Europ Assistance, ex-fiancé d'Émeline/Margo. Ils auraient dû se marier en juin 2019.

Yulia Mureiko

44 ans, témoin de Jéhovah russe, elle a organisé le sauvetage d'enfants de sa communauté lorsqu'ils ont été chassés de Russie. Depuis, elle a chargé son mari Nae de traquer ceux qu'elle appelle les Ingrats, ces témoins de Jéhovah qui ont profité de l'exil pour déserter leurs familles.

Nae Miereanu

46 ans, témoin de Jéhovah d'origine roumaine. Marié à Yulia, il a fui la Russie avec elle et cherche sa sœur disparue alors qu'ils étaient encore adolescents.

Madeleine

Connue uniquement sous ce pseudonyme, cette trafiquante d'identités a vendu celle d'Émeline à plusieurs femmes. Elle serait en réalité la sœur de Nae.

Torstein Ekelund

23 ans, étudiant norvégien en vacances à bord du camping-car de ses parents. En réalité, il traque Agnès pour le compte des services de renseignements russes, armé d'un drone tueur. Son véritable objectif : Madeleine.

Saskia van Geffen

22 ans, étudiante néerlandaise, petite amie de Torstein. Elle l'accompagne en vacances sans se douter de son activité clandestine.

200 km

Norvège

Tromsø

Kirkenes

Russie

Svolvær

Suède

Finlande

Ålesund

Trondheim

Beitostølen

Bergen

Oslo

Sauda

Moss

Estonie

Les dessins d'Ada

MARGO

10.03.19

731

Cannelle

REMERCIEMENTS

Merci tout d'abord à **mes parents** qui m'ont toujours encouragé à écrire, et ont été mes premiers lecteurs.

Sans lui, je n'aurais pas osé me lancer dans l'autoédition. Un grand merci à mon fidèle coauteur **Christophe Martinolli**, compagnon d'écriture au long cours.

Merci à **Samuel Delage** d'avoir partagé son expérience d'auteur de romans édités.

Elle m'a permis de découvrir son merveilleux pays. Sans elle, Margo n'aurait sans doute jamais visité le Grand Nord. Un immense merci à **Mariann Oppegaard-Lautard**.

Relectrices appliquées, merci à **Coralie Carminati** et **Jenane Wahby** pour leurs corrections et leurs conseils avisés. Mention spéciale à **Émeline Labatut** à qui j'emprunte le prénom de mon héroïne.

Je lui dois mes magnifiques couvertures, mais pas seulement. Graphiste douée, **Virginie Pourchoux** est également une lectrice implacable. Un grand merci pour son aide précieuse.

Elle m'a donné le goût de lire et l'envie d'écrire. Elle m'a supporté pendant quatre ans au collège. Un merci spécial à mon éternelle prof de français, **Véronique Dau**.

Elle partage ma vie et ma plume. Sans elle, Margo ne serait pas Margo. Un merci infini à mon alter ego, **Aurélie Desfour**.

L'AUTEUR

Originaire de Nice, Thomas Martinetti s'installe à Paris en 1999 pour intégrer une école de cinéma. Alternant régie et production, il travaille sur de nombreux films, pubs, et clips.

À partir de 2005, lorsqu'il n'est pas sur un plateau de tournage, Thomas coécrit pour la TV avec Christophe Martinolli, niçois comme lui. Ensemble, ils créent la série de courts-métrages FEMMES TOUT COURT, et signent leur première bande dessinée SEUL SURVIVANT, une série fantastique en trois volumes éditée par les Humanoïdes Associés.

Aujourd'hui, Thomas vit à Lyon, écrit des romans et développe des projets de fiction TV avec Aurélie Desfour et différents scénaristes.

NE DESCENDS PAS

Un vieux chalet savoyard au bord d'un torrent de montagne, ce pourrait être le cadre idéal pour élever ses enfants. Surtout lorsque c'est une maison de famille. Sauf que depuis leur emménagement, Aude ne s'y est jamais sentie chez elle. Non seulement chaque recoin est chargé de souvenirs de sa belle-famille, mais pour couronner le tout, les travaux de rénovation de la cave s'éternisent. D'ailleurs, Aude n'y descend jamais.

Pourtant, après une nuit tragique, cet immense chantier poussiéreux va l'obséder. Tout comme le comportement de certains membres de son entourage. Car rien de tel qu'un drame pour révéler des secrets bien gardés.

Culpabilité, paranoïa ou soupçons étayés, Aude commence à perdre pied. Et peut-être aussi la raison...

Découvrez mon nouveau **roman**,
un **thriller psychologique** glaçant
au format numérique (EPUB) sur <u>Kobo</u> et la <u>FNAC</u>
ou en version papier (broché) sur <u>Amazon</u>

POUR CONTINUER LA LECTURE

Je vous remercie d'avoir lu

MARGO

La trilogie norvégienne

Si ce livre vous a plu, faites-le savoir en partageant votre avis sur
Amazon, Babelio, Booknode et SensCritique.
Vos commentaires et vos notes sont essentiels à la vie du livre.

Vous voulez découvrir mon univers ?
Retrouver toutes les Playlists de Margo ?
Vous avez une question ?

Un seul lien : linktr.ee/thomas.martinetti

Intégrale de la trilogie norvégienne
ISBN 9798322881933

© Thomas Martinetti · avril 2024

Printed by Amazon Italia Logistica S.r.l.
Torrazza Piemonte (TO), Italy

61063818R00421